Les Âmes perdues d'Angelkov

Linda Holeman

Les Âmes perdues d'Angelkov

Traduit de l'anglais (Canada) par
Natalie Zimmermann

ÉDITIONS
FRANCE
LOISIRS

Titre original : *The Lost Souls of Angelkov*
Publié par Random House Canada

Édition du Club France Loisirs,
avec l'autorisation des Éditions Plon.

Éditions France Loisirs,
123 boulevard de Grenelle, Paris
www.franceloisirs.com

ISBN : 978-2-298-07878-7

I am greatly honoured to dedicate The Lost Souls of Angelkov to all my readers at France-Loisirs. This novel holds a special place in my heart, as the kidnapped child is a part of my own Russian family history.

With warmest wishes from Canada,

Linda Holeman

2014

C'est un grand honneur pour moi de dédicacer *Les Âmes perdues d'Angelkov* à tous mes lecteurs de France Loisirs.

Ce roman tient une place à part dans mon cœur parce que l'enfant kidnappé fait partie de l'histoire de ma famille russe.

Du Canada, avec mes sentiments les plus chaleureux,

Linda Holeman, 2014

À la mémoire de mes grands-parents,
Theodor et Lyuba, qui m'ont légué
un riche héritage russe

« Sans illusions, adieu à la vie ! »
Leitmotiv du *Souvenir d'une Mazurka*
Mikhaïl Glinka, 1847

« La mode des orchestres de serfs, qui dura une centaine d'années, ne produisit que peu de musiciens confirmés et un seul grand compositeur, Glinka, qui les fréquenta dans sa jeunesse… »

Richard Stites
Serfdom, Society, and the Arts in Imperial Russia

1

DOMAINE D'ANGELKOV, PROVINCE DE PSKOV
À trois jours de cheval de Saint-Pétersbourg

AVRIL 1861

Le jour où son fils fut enlevé, Konstantin avait remarqué la différence dans l'air. C'était un parfum subtil, le premier signe que le printemps allait enfin venir à bout du long hiver. Et c'est à cela qu'il pense – à ce parfum dans l'air – quand les hommes surgissent devant lui.

Ils arrivent de la forêt silencieuse – sa forêt – se glissant et s'immisçant entre les bouleaux élancés dépourvus de feuilles et les épicéas verts. Comment a-t-il pu ne pas entendre le martèlement des sabots sur la neige durcie, le souffle puissant des chevaux qui galopent vers lui ? Il se rappelle que Mikhaïl l'a averti – *Papa, il y a quelqu'un qui vient* – mais il n'a pas prêté attention à l'enfant. Pourquoi ? Cela aurait-il changé quelque chose ? Aurait-il dû arrêter son cheval pour tendre l'oreille ?

Les hommes ont enfoncé leur toque de fourrure sur leurs yeux. Leur veste en drap de laine porte l'insigne distinctif des cosaques. Une écharpe leur dissimule le nez et la bouche. Ils paraissent gigantesques, monstrueux sur leurs montures rapides. Ils foncent sur lui sabre au clair, ce sabre qu'affectionnent les cosaques. Konstantin lâche les rênes qu'il tient mollement d'une main pour saisir sa propre épée. Il la tire maladroitement de son fourreau tout en lançant par-dessus son épaule : *Va-t'en, Mikhaïl, va-t'en vite !*

Mais l'enfant ne parvient pas à contrôler son cheval.

Papa, papa, je n'arrive pas à le faire tourner.

Mikhaïl a neuf ans. Il ne monte pas sa petite jument docile habituelle, mais un fringant hongre pommelé. Gricha, le régisseur de Konstantin, a suggéré que ce serait un défi salutaire pour l'enfant. *Maudit Gricha.* Cela aurait-il changé quelque chose si Mikhaïl avait monté sa jument, celle qui obéissait aussitôt à ses ordres ?

Ils sont trois cosaques, peut-être quatre ; tout se passe si vite, et sa vue… n'est plus ce qu'elle était. Il est trop vieux pour distinguer ce qui l'entoure avec la même clarté qu'autrefois, pour entendre ce qu'il devrait entendre. Soudain, son fils est près de lui ; il entrevoit l'épaisse chevelure blonde du petit garçon, son teint laiteux. Il ressemble tellement à sa mère.

Antonina, songe-t-il aussitôt, ô mon Dieu, non, Antonina. Elle l'a prié de ne pas emmener le petit aujourd'hui, invoquant qu'il faisait trop froid et que l'enfant était encore convalescent. *Ne l'emmenez pas, Konstantin,* l'a-t-elle supplié. *S'il vous plaît, Kostia, il ne devrait pas sortir par ce froid.*

Il sait instinctivement que ce qui se produit en ce moment même, dans ces bois, la détruira. Le visage d'Antonina lui apparaît, dévasté, angoissé, saisi d'une expression qu'il ne lui a jamais vue auparavant. Mais il est trop tard. Il sait qu'il est déjà trop tard.

Konstantin s'empare des rênes du cheval de son fils et les tire vivement afin de rapprocher de lui la monture et l'enfant. Mais le hongre est nerveux. Les cosaques les encerclent.

Tout cela à cause de son entêtement. *Vous n'êtes qu'un vieillard entêté*, lui a lancé Antonina lorsqu'il insistait pour emmener Mikhaïl avec lui. Puis elle l'a de nouveau tancé quand il a refusé qu'un serviteur les accompagne. Konstantin l'a ensuite vue parler à Gricha en le tirant par la manche. Elle vacillait déjà, bien qu'on ne fût qu'au début de l'après-midi. Lorsque le régisseur s'est éloigné, Antonina est restée sur les vastes marches, à l'entrée du manoir, appuyée contre un pilier. Elle lui a encore crié quelque chose, sa voix habituellement mélodieuse sonnant âpre et dure dans l'air glacé et silencieux, quelque chose à propos d'une casquette pour Mikhaïl. Il s'est détourné. Un serviteur s'est alors lancé à leur poursuite en brandissant l'*ouchanka* de l'enfant.

Konstantin a galopé vers la forêt. Mikhaïl avait une longueur d'avance, et le comte pouvait admirer l'épaisse chevelure de son fils qui flottait au vent.

Et maintenant… le chef des cosaques, plus grand et plus imposant que les autres, amène son alezan à la hauteur de l'arabe gris argenté de Konstantin, tremblant sur ses membres minces. Le cheval du cosaque mâchonne son mors et hoche la tête comme pour acquiescer aux ordres de son cavalier.

Le pur-sang arabe de Konstantin est plus haut que l'alezan, mais il bronche et rejette la tête en arrière, comme s'il percevait la violence dans l'air.

Konstantin soulève son épée – comment a-t-elle pu devenir si lourde ? – mais avant même qu'il remarque le mouvement du cosaque, un sifflement mauvais se fait entendre et une lame fine et meurtrière s'enfonce dans le revers de sa main dégantée. Son épée n'est plus là.

Il ne ressent pas la douleur tout de suite et parvient à retenir les rênes du cheval de son fils avec sa main gauche. Il entend le cri de détresse de Mikhaïl : *Papa, papa !*

— Tout va bien, Mikhaïl, lui lance Konstantin.

L'enfant est livide, et ses lèvres tremblent.

— Tout va bien, Micha, répète-t-il. Calme-toi. Calme-toi.

Il a l'impression que le silence peut empêcher la catastrophe de se produire. Il se reproche aussi de ne pas avoir pris la casquette à rabats : Mikhaïl a la tête trop exposée, trop vulnérable. D'une certaine façon, l'*ouchanka* aurait pu protéger l'enfant.

— Comte Mitlovski, énonce le cosaque devant lui, la voix étouffée par le foulard.

Le cosaque le connaît. Tout le monde le connaît : il est le seigneur. Tout le domaine d'Angelkov lui appartient, ainsi que les centaines de *dessiatines* environnantes. Il possédait aussi, jusqu'à récemment, plusieurs milliers d'âmes, autrement dit des serfs. Donc oui, c'est bien une embuscade. Depuis combien de temps les cosaques l'attendent-ils, tapis dans les bois, par ce froid humide de fin d'hiver, le bout des pieds engourdi dans leurs hautes bottes de cuir, les cheveux luisants de sueur sous leur toque ? Depuis combien de jours viennent-ils précisément ici, guettant le moment précis où le comte Konstantin Nikolaïevitch Mitlovski traversera sans escorte son épaisse forêt de sapins, d'épicéas et de bouleaux ? Le moment où il empruntera sans le moindre soupçon le sentier isolé qu'il a fait tracer par ses serfs à travers bois pour raccourcir le trajet de cinq *verstes* jusqu'au village le plus proche ?

Mais il prend conscience presque aussitôt qu'il a traversé ainsi les bois chaque jour de la semaine précédente. Il faisait tellement beau. Oui, il a parcouru seul ce même sentier hier, et le jour d'avant, et celui d'encore avant. La seule différence aujourd'hui, c'est que son fils l'accompagne.

Son fils unique.

Konstantin s'efforce de se concentrer sur les yeux sombres de l'homme qui lui fait face. Il a maintenant conscience d'un élancement terrible dans sa main droite. Celle-ci pend mollement le long de son corps, et le sang coule du bout de ses doigts sur son pantalon de lainage gris, sur le cuir lustré de sa botte cavalière droite, sur la neige tassée par les sabots de son cheval. Il est soulagé que Mikhaïl se trouve de l'autre côté et ne voie pas le sang couler.

Le cosaque regarde derrière Konstantin pour examiner l'enfant. Quelque chose dans le regard du cosaque pousse Konstantin à fermer les yeux en adressant une prière muette à tous les saints.

— J'ai des roubles sur moi, dit-il en rouvrant les yeux pour regarder à nouveau le cosaque bien en face.

Il a la voix rauque, comme s'il s'éveillait d'un long sommeil.

— Ici, précise-t-il en désignant d'un signe de tête le côté de son manteau où une bourse de peau est fixée à sa ceinture. Prenez-les. Et il y en a d'autres. Vous savez qu'il peut y en avoir autant que vous voulez. Dites un chiffre. Dites un chiffre et vous les aurez.

Il faut absolument que Konstantin continue d'espérer qu'il ne s'agit que d'un vol. Que ces hommes ne cherchent qu'à prendre ce qu'ils estiment leur revenir de droit – conséquence supplémentaire des troubles qui balayent le pays. Le tsar a émancipé les serfs en février, et leur liberté coûte cher à ceux qui les ont possédés. Ces hommes ne sont peut-être pas de vrais cosaques, pas des soldats du tsar, mais de ces nouveaux affranchis qui en veulent encore à ceux qui ont eu la mainmise sur leur vie.

Le cosaque se sert de l'extrémité de son sabre pour trancher les passants de cuir qui retiennent la bourse à la ceinture de Konstantin. Puis d'un autre mouvement habile de sa lame, il projette la bourse en l'air, la saisit de sa main gauche et la fourre dans la poche de son manteau.

Mais Konstantin n'est pas rassuré. Les hommes se rapprochent. Il sait ce qui va arriver. Un horrible retour de balancier lui donne soudain l'impression qu'il va tomber de son cheval comme cela ne lui est pas arrivé depuis l'âge de trois ans, quand il montait son premier petit poney.

Le cosaque pose à présent la pointe de son sabre contre le cou du comte.

— Donne les rênes du petit.

Konstantin ne bouge pas, conscient du métal contre sa peau.

— Je vous en prie, épargnez l'enfant. Je vous en supplie. À quoi vous servirait-il ? Il est si jeune, pas même encore bon cavalier. Il ne ferait que vous ralentir. Au nom de Dieu, je vous donnerai ce que vous…

Il s'interrompt, la pointe du sabre s'enfonce si profondément dans son cou que la peau produit un petit bruit sec à son oreille, le son que ferait un bouchon de champagne sautant dans une pièce voisine. Il ressent comme une brûlure au fer rouge.

— Donne-moi les rênes, répète le cosaque.

Il abaisse son sabre et tend brusquement l'autre main, immense et noueuse, pour arracher les rênes à Konstantin ; les forces du vieux seigneur ne peuvent rivaliser avec celles du cosaque.

Alors que le hongre passe devant le pur-sang arabe de son père, Mikhaïl le dévisage.

— Papa ? demande-t-il.

L'enfant n'a jamais été particulièrement obéissant, mais là, il attend les instructions de son père.

Konstantin distingue le nom du petit, *Mikhaïl*, brodé au bas de sa *talmotchka* de drap bleu. Il se souvient d'avoir vu Antonina manier le fil et l'aiguille, la tête penchée sur le manteau doublé de son fils.

— Je vous en prie, supplie Konstantin d'une voix qu'il trouve lui-même faible et chevrotante.

Quelle impuissance. Il n'a plus d'arme, plus de défense. Il n'est qu'un vieillard face à trois – ils ne sont effectivement que trois – cosaques jeunes et puissants. Il s'incline cependant sur sa selle pour tirer de sa main indemne le cosaque par la manche. Coupe-moi la main, pense-t-il, coupe-la, coupe-moi les deux mains afin que tous puissent voir que j'ai tenté de sauver mon fils.

Mais le cosaque se contente de rengainer son sabre et cherche à se dégager de l'étreinte du comte. Celui-ci ne le lâche pas. Le cosaque éperonne alors sa monture, qui se cabre brusquement. Konstantin est projeté au sol, son cheval s'emballe et s'enfuit, oreilles couchées, dans la forêt. Le cosaque tourne son alezan dans la direction opposée, puis, guidant le cheval de Mikhaïl, il s'éloigne, suivi par les deux autres.

Mikhaïl se tord sur sa selle pour regarder son père. Konstantin s'est déjà relevé et lance à l'enfant :

— Tout va bien, Mikhaïl. Reste calme. Fais ce qu'on te dit de faire. Je reviendrai te chercher. Je vais venir. N'aie pas peur.

Sa propre voix lui paraît ferme et ne manquera pas de rassurer l'enfant. Certainement. Son fils présente un visage effrayé, ses yeux gris-vert agrandis par la terreur dans l'air rare et glacial, mais il ne profère pas un son.

Un petit courageux, se dit Konstantin en cet instant curieusement figé.

— La rançon, hurle-t-il alors que les hommes s'enfoncent dans les arbres et que Mikhaïl, qui continue de se retourner, le regarde par-dessus son épaule. La rançon ! Tout ce que vous voudrez. Faites-le-moi savoir. Je paierai tout de suite. Tout ce que vous voudrez, je vous le certifie. Je vous donnerai n'importe quoi. N'importe quoi. Dites-moi !

Il observe la direction que prennent les cosaques tout en scrutant les bois en quête de son cheval. Il faut qu'il les suive.

En entendant les appels de son père, Mikhaïl ne contrôle plus sa bouche et il se détourne, ses petites épaules raidies, sa chevelure dorée capturant la lumière qui filtre à travers les grands arbres balancés par le vent.

Il fait trop froid pour le laisser tête nue, se dit Konstantin. *Sa mère avait raison, comme toujours. J'aurais dû l'écouter.*

Un martèlement de sabots se fait entendre derrière lui ; il se retourne. C'est Gricha, qui tient les rênes de l'arabe gris.

— Gricha, s'écrie-t-il. Dieu soit loué. Ils ont emmené Mikhaïl. Ils ont pris mon fils. Suis-les, Gricha.

Celui-ci lâche les rênes du pur-sang arabe devant Konstantin. Le comte s'efforce de se hisser sur le cheval avec sa main valide, mais il s'effondre dans la neige gorgée de sang. Il essaye encore et tombe de nouveau. Sa main gauche tremble lorsqu'il indique l'ouest et ses bois épais.

Gricha se lance au galop à la poursuite des ravisseurs et disparaît parmi les arbres.

2

Antonina est alertée par les cris d'une servante devant le manoir.

Elle soulève sa large jupe à deux mains et se précipite vers la porte d'entrée. Elle arrive juste à temps pour voir Gricha aider Konstantin à descendre de cheval. Le comte serait tombé sans la poigne ferme du régisseur.

Elle saisit aussitôt la scène : son mari et Gricha. Son mari ne va pas bien. Où est Mikhaïl ?

— Micha, prononce-t-elle. Micha.

Aidé de Liocha, le palefrenier, Gricha traîne et porte à moitié Konstantin vers la maison.

— Allons-y, Gricha, lance Liocha en ployant sous le poids du comte. Je vais chercher les autres. On ne peut pas leur laisser plus d'avance.

Antonina a soudain la bouche sèche. La peur s'empare d'elle avec une telle force qu'elle ne peut plus parler, qu'elle ne parvient même pas à répéter le nom de son fils.

Gricha secoue la tête et intime d'une voix sifflante à Liocha de se taire.

— On doit le porter à l'intérieur. Ensuite, on y retourne.

Antonina s'accroche au chambranle de la porte, les yeux fixés sur le manteau ouvert de son mari, sa chemise ensanglantée et sa main enveloppée dans une écharpe qu'elle reconnaît comme étant celle de Gricha. Quand ils lui passent devant, elle décèle l'odeur rance de la peur et la senteur métallique du sang dans leur sillage. Elle les suit pour les regarder allonger Konstantin sur le canapé de soie émeraude du salon.

Gricha se redresse et se tourne vers la comtesse. Antonina a soudain l'impression que l'air se fige tout autour d'elle.

Les domestiques se pressent à la porte, se poussent en silence et se signent. Antonina voit sa servante, Lilia, serrer l'épaule de son jeune frère, Liocha, comme pour le protéger bien qu'il soit plus grand qu'elle, l'obligeant à lever le bras.

Antonina craint, si elle bouge ou si elle parle, de perdre la tête et de commettre une folie – faire tourner ses bras comme un moulin, se jeter par terre et agiter les jambes en l'air en montrant tous ses jupons de dentelle aux serviteurs. Elle risque de pousser des hurlements – oh, elle ne doute pas qu'elle hurlera comme une vieille babouchka ou comme ces pleureuses professionnelles qui accompagnent les cercueils au cimetière.

Non, elle ne se laissera aller à rien de tout cela. Elle finit par demander :

— Mon fils, Konstantin. Où est mon fils ?

Comme Konstantin ferme les yeux et détourne la tête vers le dossier du canapé, Gricha intervient :

— Il a été enlevé, madame. Je suivais le comte et votre fils, comme vous me l'aviez demandé, mais je suis resté en arrière. Je savais que si le comte me repérait… aussi, le temps que j'arrive dans la clairière et que je le trouve, dit-il en désignant Konstantin du menton, les hommes avaient une bonne avance. J'ai suivi la direction indiquée par le comte, mais c'est devenu rapidement impossible. Il y avait trop de traces, comtesse. Il fallait que je retourne auprès du comte pour le ramener à la maison. Sa main…

Liocha sort de la foule des serviteurs massés à l'entrée de la pièce.

— Mettons-nous en chasse, Gricha.

Gricha le foudroie du regard jusqu'à ce qu'il recule. Cette fois, Lilia pose la main sur son bras. Au domaine, c'est Gricha qui commande. Il est sous les ordres directs du comte et c'est à lui que les autres obéissent.

Sans prévenir, un flot d'acidité remonte à la gorge d'Antonina. Elle le ravale, le poing pressé contre sa bouche. Elle ne va pas se couvrir de honte devant les serviteurs. Son larynx la brûle lorsqu'elle abaisse sa main.

— Enlevé ? répète-t-elle avant de s'éclaircir la gorge. Enlevé par qui ?

— Je ne sais pas, madame. Je ne les ai pas vus ; le comte dit qu'ils étaient trois. Il a besoin d'un médecin, madame.

— Non, intervient enfin Konstantin d'une voix forte en se redressant. Nous n'avons pas le temps d'attendre un médecin. Qu'on m'apporte un linge propre.

Avec une grimace de douleur, il déroule lentement l'écharpe.

Antonina baisse les yeux sur la main de son mari. Le revers en est profondément entaillé, les tendons et les veines réduits à une masse informe de sang frais et coagulé.

— Comte Mitlovski, proteste Gricha, ça saigne beaucoup tr…

— J'ai dit, pas de médecin. Nous n'avons pas le temps, répète Konstantin qui tressaille. *Tchiort*, jure-t-il.

— Madame, dit Gricha à Antonina. Sa main… S'il vous plaît, madame. Nous attendons vos ordres.

— C'est moi qui donne les ordres, indique Konstantin à son régisseur. Tais-toi.

Antonina se concentre sur la chemise de lin de son mari : une grande tache écarlate macule la toile blanche. C'est la main de Konstantin, pense-t-elle. Ce n'est pas Mikhaïl. Le sang provient de la main de Konstantin.

— Qu'on apporte quelque chose pour arrêter le saignement ! lance-t-elle à la cantonade.

Sa voix est ferme. Elle n'a pas perdu la tête. Elle remarque un bout de tissu coincé dans l'autre main du comte.

— Qu'est-ce que c'est ? questionne-t-elle. Qu'est-ce que vous tenez dans votre main, Konstantin ?

Elle s'approche de lui pour essayer de desserrer ses doigts, mais il a déjà la raideur de la mort.

— Konstantin, souffle-t-elle avec violence.

Il ouvre les doigts. Un fragment de drap portant un petit insigne brodé à points serrés repose dans sa paume.

— Des cosaques, constate-t-elle.

Sa voix, rauque et âpre à présent, est celle d'une étrangère. C'est comme si elle avait crié très longtemps. Les cosaques, ces cavaliers des troupes du tsar armés de lances, de carabines, de pistolets et de sabres, sont de sauvages prédateurs en temps de guerre. Mais là, il n'y a pas de guerre.

Les cosaques devraient être en train de pêcher et d'élever du bétail, comme toujours en temps de paix.

— Pourquoi des cosaques auraient-ils enlevé Micha ? demande-t-elle à Konstantin, songeant aux rumeurs selon lesquelles les cosaques enlèveraient les petits paysans pour les enrôler de force en temps de guerre. Ils ne manquent pas de garçons en ce moment. Et surtout pas d'un… enfin Mikhaïl est noble. Alors pourquoi, Konstantin ?

Konstantin dégage sa main. Ses lèvres sont crispées et cerclées d'un halo blanc. L'insigne tombe par terre.

Des jupes bruissent derrière Antonina, de grosses bottes claquent et crissent sur le sol. La pendule poursuit son tic-tac sur la cheminée. Il y a des murmures. Puis la vieille gouvernante, Olga, emmaillote la main de Konstantin dans une bande de coton. Mais le sang persiste à imbiber les couches d'étoffe.

Antonina s'éclaircit de nouveau la gorge et déglutit, sa salive ayant pris un goût aigre sur sa langue.

— C'est pour l'argent ? C'est ça, Konstantin : une demande de rançon ? reprend-elle d'une voix dure. Tous ces troubles… Ils pensent qu'il suffit de voler des enfants et de demander une rançon ?

Elle se tourne vers la foule rassemblée à l'entrée, comme si ces gens, les serviteurs de sa propre maison, étaient responsables de tout ce qui agite la Russie. Tous, à l'exception de Lilia, baissent les yeux. Celle-ci s'avance vers sa maîtresse.

— Ils vont demander une rançon, déclare Antonina en se retournant vers Konstantin.

Sa voix résonne dans le silence surnaturel de la pièce. La jeune femme se sent soudain déborder d'une formidable énergie ; ils ont déjà perdu un temps précieux.

— Une rançon ! Une rançon. Nous paierons la rançon, évidemment.

Elle tend les mains en tremblant. Lilia se tient près d'elle.

— Madame, appelle-t-elle doucement.

Antonina baisse aussitôt les bras.

— Oui, dit Konstantin. Oui, ils voudront de l'argent et nous leur en donnerons. Ça suffit, indique-t-il à Olga, qui s'affaire toujours sur sa main. Mais nous n'allons pas attendre qu'ils se manifestent. Nous allons nous lancer à leur poursuite. Gricha, rassemble autant d'hommes que nous avons de chevaux. Nous les retrouverons, Antonina. Et nous vous ramènerons Mikhaïl.

— Kostia, prononce-t-elle en regardant la main enfermée dans un épais bandage et maintenue en écharpe contre sa poitrine – seuls l'index et le majeur apparaissent, et ils semblent désigner son cou. Micha, reprend-elle, lui ont-ils fait du mal ? Dites-moi ce qui lui est arrivé. Répétez-moi exactement ce qu'ils ont dit.

— Ils ne lui ont pas fait de mal, assure-t-il.

Elle ne demande qu'à le croire.

— Alors, Kostia, dépêchez-vous, lui enjoint-elle en haussant le ton.

Elle regarde Gricha par-dessus son épaule.

— Allez-y, Gricha. Je vous accompagne. Lilia, va me chercher mes bottes. Liocha, selle mon cheval.

Konstantin fixe des yeux le régisseur.

— Toi, rugit-il en se levant brusquement.

Il pousse Antonina de côté, comme s'il venait de lui prendre son énergie. Elle perd l'équilibre, mais Lilia est là pour la rattraper. Konstantin vacille.

— C'est toi qui lui a donné ce satané cheval. Il n'arrivait pas à le manier. Il n'était pas assez docile pour lui. Pourquoi lui avoir donné une monture aussi difficile ? Espèce d'imbécile.

Il lève la main gauche, comme s'il voulait frapper Gricha, mais pousse un gémissement et se contente de toucher sa main bandée avant de retomber lourdement sur le canapé, jambes écartées.

Gricha n'a pas bougé. Son visage, comme d'habitude, ne trahit rien sinon une légère rougeur. Il ne s'excuse ni ne baisse le regard.

— Pour l'amour du ciel, Konstantin, on se moque du cheval. Allez, Gricha, intervient Antonina. Tout de suite. On ne peut pas attendre. Chaque moment qui passe... Mikhaïl n'est qu'un enfant. Il était fiévreux hier encore. Il n'aurait jamais dû sortir par ce froid.

Elle sait qu'elle parle trop vite, mais ne peut s'arrêter.

— Il faut qu'il reste au chaud, n'est-ce pas, Lilia ? poursuit-elle en regardant sa servante, qui acquiesce. Il fera bientôt nuit. On ne peut pas attendre plus longtemps, répète-t-elle.

Lilia prend la main de la comtesse et la frictionne entre les siennes.

Konstantin se relève, le visage crayeux.

— Dépêche-toi, sombre idiot ! hurle-t-il à l'adresse de Gricha. Rassemble les hommes et mets-toi en route.

Gricha regarde Konstantin bien en face, comme s'il voulait dire quelque chose. Son visage s'est encore coloré, et sa mâchoire se crispe.

— Par où devons-nous... commence Antonina en dégageant sa main de celles de Lilia.

Mais Konstantin l'interrompt en lui saisissant le poignet.

— Vous ne venez pas. Attendez-nous ici.

— Pas question. Je monte mieux que la plupart des hommes. Je viens avec vous.

Konstantin resserre son étreinte et se penche tout près d'elle. Il n'élève pas la voix, mais tout le monde peut entendre.

— Vous êtes ivre. Vous ne pouvez pas monter dans cet état. Restez ici à dessoûler. Vous m'entendez ?

Antonina redresse la tête avec un cillement d'yeux. Pas un son n'émane des serviteurs, pas une toux ni un raclement de botte. Antonina relève le menton.

— Ne parlez pas ainsi, Konstantin. La seule chose qui compte pour l'instant, c'est la sécurité de notre fils. Je veux venir.

— Non, il n'en est pas question.

Konstantin passe devant sa femme, et le groupe des serviteurs massés à la porte s'écarte.

Lilia entoure d'un bras les épaules de sa maîtresse.

— Venez. Venez, madame. Nous allons vous apporter du thé.

Antonina la regarde comme si elle parlait une langue étrangère. Du thé ? Croit-elle vraiment qu'un thé serait d'un quelconque secours ? Lilia baisse les yeux, mais Antonina a tout juste le temps d'y déceler quelque chose. Un grand chagrin. Du chagrin, et quelque chose d'autre qu'Antonina ne parvient pas à identifier. Tout cela reste incompréhensible.

* * *

Antonina ne peut imaginer prendre du thé. Elle préfère se rendre sous le grand porche à l'avant de la demeure. Gricha est là, de dos. Elle remarque une trace sanglante encore fraîche sur sa nuque. Il se retourne en l'entendant arriver, et, lorsqu'elle s'approche, il pose la main sur son avant-bras, un geste inhabituel.

— Madame, dit-il. Pour le cheval…

— C'était stupide de votre part, ainsi que l'a souligné mon mari, s'emporte-t-elle. Vous saviez qu'il ne monte pas encore très bien.

Le régisseur a le col de sa tunique blanche maculé de sang. Antonina sait que c'est Konstantin qui l'a fouetté. À quoi servirait de le punir davantage ? Elle a besoin de lui pour retrouver son fils.

Gricha la dévisage encore. Comme elle n'ajoute rien, il hoche la tête.

— Nous attendons que tout le monde soit en selle pour partir dans la forêt. Nous nous déploierons dans toutes les directions et nous retrouverons ces cosaques, comtesse. Nous vous ramènerons votre fils sain et sauf.

À ces mots, exprimés avec une telle assurance, Antonina se sent parcourue d'un frisson. Elle regarde la main posée sur sa manche et, pour la première fois depuis les hurlements hystériques de la servante, elle a le sentiment de ne plus être seule.

— Merci, Gricha, souffle-t-elle. Merci.

Voilà exactement ce dont elle a besoin : entendre des paroles de réconfort proférées dans le blanc des yeux, et y croire. Gricha est beaucoup plus jeune que Konstantin, et il est fort. Il ne se montrera ni lâche ni faible, contrairement à son mari.

Il n'y a pas plus de deux heures que Mikhaïl a été enlevé. Ainsi que l'a assuré Gricha, ils retrouveront les cosaques, évidemment. Micha lui sera rendu, gelé, effrayé, affamé, mais sain et sauf.

Je ferai envoyer ces cosaques au fin fond de la Sibérie. À cette pensée, Antonina se redresse. Elle a toujours éprouvé une certaine pitié envers les prisonniers envoyés vers l'est, à l'autre bout du pays, à travers d'immenses terres désolées. Il lui est arrivé d'examiner leurs visages en croisant sur la route un chariot plein de ces êtres enchaînés, meurtris et misérables, et de se demander quels crimes ils avaient pu commettre pour être condamnés à un tel exil. Elle ne ressentira plus de pitié.

Gricha ôte sa main et dévale les marches pour rejoindre le cheval que Liocha a ramené de l'écurie.

Antonina regarde partir les hommes, Konstantin à leur tête. Elle ne porte pas de manteau, mais ne sent pas le froid. Moins de trois heures plus tôt, elle se tenait au même endroit et suivait des yeux son fils, qui s'éloignait avec son père.

Olga la tire doucement par le bras. Antonina laisse la vieille femme la ramener dans la maison puis dans le salon, où Lilia est en train de poser sur la table un plateau contenant un verre de thé et une coupe en cristal remplie de confiture. Antonina contemple le plateau comme s'il comptait des objets étranges, puis elle s'assoit sur le sofa de velours bordeaux, en face du canapé ensanglanté. Olga lui enveloppe les épaules dans un châle de laine. Tinka, le *bolonka* d'Antonina, un bichon maltais minuscule, saute aussitôt sur le sofa pour se coucher près d'elle en se léchant les pattes.

— Lilia, demande Antonina, apporte-moi un verre de vin, s'il te plaît.

Mais n'est-ce pas justement la raison pour laquelle Konstantin lui a pris Micha, cet après-midi ? N'est-ce pas de sa faute si son mari a emmené leur fils faire du cheval ? Si elle n'avait pas bu, Konstantin et elle ne se seraient pas disputés. *Vous me dégoûtez,* avait dit Konstantin. *Je n'aime pas que le petit vous voie comme ça.*

Elle se tenait dans le salon de musique et, les yeux fermés, assise dans le petit fauteuil près du piano, elle écoutait jouer Mikhaïl. Elle buvait son vin et se laissait submerger par la musique.

L'enfant jouait sans effort. Bien qu'elle aussi eût ce don, elle se rendait compte que son fils était plus avancé qu'elle ne l'avait été au même âge. Quel plaisir il lui apportait, non seulement lorsqu'il jouait, mais dans leur vie de tous les jours. Il était sa première pensée le matin au réveil et occupait ses dernières prières le soir avant de s'endormir. Tandis qu'elle l'écoutait, cet après-midi, elle se remémorait le premier duo qu'ils avaient joué ensemble, quand Mikhaïl avait quatre ans, le duo Kinderball de Schumann, et la façon dont il l'avait regardée une fois les dernières notes égrenées. Il la regarde toujours ainsi lorsqu'il termine une œuvre compliquée et qu'il est content de lui, désireux de partager son plaisir avec elle.

Aujourd'hui, il jouait *la Séparation* en *fa* mineur de Glinka quand la voix de Konstantin, toute proche et sonore, la fit sursauter et renverser quelques gouttes de vin sur sa jupe.

— J'emmène le petit en balade, annonça-t-il.

Elle se leva sans lâcher son verre. Mikhaïl continuait de jouer.

— Laissez-le terminer son morceau, demanda-t-elle. Il n'a pas joué depuis plusieurs jours à cause de la fièvre.

Konstantin plongea les yeux dans les siens.

— À cette heure-ci, Antonina ?

Elle redressa la tête.

— Je me suis beaucoup inquiétée pour lui, vous le savez.

Puis elle porta le verre à ses lèvres et but, lentement, en le défiant du regard.

Elle le vit serrer les lèvres puis, sans prévenir, il leva la main et frappa le verre, le fracassant contre la cheminée de pierre. Les partitions volèrent, et certaines atterrirent dans le vin répandu et les fragments de verre. Mikhaïl s'interrompit brusquement, se leva d'un bond et plaqua les mains sur ses oreilles.

— Regardez ce que vous lui faites ! s'écria Antonina. Pourquoi le perturber ainsi ?

— Ce n'est pas moi qui le perturbe, répliqua Konstantin, haussant le ton. J'ai honte que même les serviteurs puissent vous voir dans cet état.

— Père, dit Mikhaïl en courant vers sa mère pour lui enlacer la taille. Je vous en prie, ne rendez pas maman malheureuse.

— Tout va bien, mon chéri, le rassura Antonina en lui caressant les cheveux. Je ne suis pas triste du tout. Termine ton nocturne. C'est magnifique. Tu n'en as pas oublié une note. Vas-y, mon chéri, termine-le.

Mais Konstantin secoua la tête.

— Tu viens faire un tour de cheval, Mikhaïl. Tu ne sors pas assez. On a besoin d'exercice quand on a été malade. Gricha a fait seller les chevaux. Viens.

Il s'éloigna, et Mikhaïl s'écarta d'elle, la dévisagea puis lança un coup d'œil vers le piano avant de se tourner vers Konstantin avec une expression éperdue.

Antonina voulait qu'il termine son nocturne. Un morceau inachevé lui faisait immanquablement l'effet d'une phrase laissée en suspens, un non-dit. Elle n'avait pas toujours été aussi fragile, aussi facilement déstabilisée. Le tremblement commençait, juste sous la surface de sa peau. Cependant, elle ne pouvait supporter l'angoisse qui se lisait sur le visage de son fils.

— Vas-y, mon chéri. Obéis à ton père.

Il hocha la tête, mais paraissait encore troublé. Elle se retint de ne pas le retenir pour le serrer contre elle. Elle aurait voulu sentir l'ossature fragile de ses épaules sous ses mains, enfouir son visage dans les cheveux blonds de l'enfant et les humer.

Elle se rappellerait toujours cet instant : elle l'a envoyé rejoindre son père. Que serait-il arrivé si elle l'avait *rappelé*, si elle avait dit *non, non Micha, je ne te laisserai pas partir. Tu resteras ici, en sécurité, avec moi.* Que se serait-il passé si elle l'avait dit ? Aurait-elle empêché Konstantin de l'emmener ?

Mikhaïl avait saisi son petit cahier de musique à reliure de cuir sur le piano et couru après son père. Antonina fit un pas en avant et entendit le verre crisser sous son pied. Elle baissa les yeux sur la partition.

À Antonina Léonidovna, pour sa fête – avec tout mon respect et mon admiration, Valentin Vladimirovitch. Le 14 mars 1849.

Le verre de vin brisé avait éclaboussé la page de taches rouges et luisantes. En voyant que Konstantin avait même gâché cela – sa jolie partition de Glinka, présent si cher à son cœur – Antonina s'approcha du buffet et se servit un autre verre de vin à la carafe. Elle l'avala d'un trait puis reposa le verre et s'essuya les lèvres du revers de la main.

—Lilia, appela-t-elle. Lilia ! Va chercher le manteau et le chapeau de Micha. Il sort à cheval.

Mais bien sûr, Mikhaïl n'avait pas son chapeau.

Et c'est la dernière image qu'Antonina garde de ce moment : son fils qui s'éloigne d'elle à cheval tandis qu'elle lève la main en criant à Konstantin *Attends, je t'en prie, attends. Mikhaïl a besoin de sa casquette.* Elle voit ses cheveux blonds flotter derrière ses oreilles et elle sait qu'il aura froid. Ses cheveux sentiront le vent glacé.

À présent, Lilia, agenouillée entre la table et le sofa, fait prendre à sa maîtresse une cuillerée de confiture.

— Pas de vin pour l'instant, madame, répond-elle, et Antonina hoche la tête.

— Tu as raison. Assez de vin pour aujourd'hui.

Elle avale la confiture et prend un trait de thé brûlant au gobelet que porte la servante à sa bouche dans le support en argent ciselé. Le verre mince a la douceur du satin sur ses lèvres. Antonina a conscience de la suavité de la confiture, de la chaleur du thé, mais ne sent aucun goût.

— Quand vont-ils le retrouver, d'après toi ? questionne-t-elle. Ce sera avant la nuit, certainement avant la nuit. Qu'en penses-tu, Lilia ?

— J'en suis sûre, madame, répond la servante en posant le verre. La nuit ne tombera pas avant plusieurs heures.

Elle a le visage tendu et inexpressif. On dirait une étrangère. Elle a beau être la servante dont Antonina se sent la plus proche, elle lui paraît soudain distante et singulière.

— Ne vous affligez pas davantage, madame, conseille à présent Olga. Le mieux serait de dormir. Si vous vous reposez...

— Oh non, je dois aller les guetter, réplique la comtesse en se levant d'un bond.

Son châle tombe de ses épaules, et Tinka saute à terre.

Lilia, toujours à genoux, s'écarte vivement pour ne pas prendre les jupes de sa maîtresse en pleine figure. Olga recule et marche sur la patte du petit chien. Tinka piaille de surprise et se réfugie sous le sofa.

La comtesse se dirige vers l'entrée, vers la porte. Lilia se relève tant bien que mal et lui court après.

— Madame, dit-elle en lui touchant la main. Olga a peut-être raison. Vous devriez aller au lit et prendre une de vos pilules pour dormir.

Antonina secoue la tête et croise les bras sur sa poitrine.

— Non, je dois être là pour le retour de Mikhaïl. Je veux être en train de l'attendre quand on me le ramènera.

— D'accord. Mais revenez prendre du thé alors. Vous n'avez rien mangé depuis ce matin. Si vous prenez un verre de thé et mangez quelque chose, vous serez… vous-même plus rapidement. Et vous pourrez vous occuper convenablement de votre fils quand il en aura besoin. Venez, dit-elle, avant d'ajouter, tout bas pour qu'Olga ne puisse pas l'entendre : Venez Tossia, je vous en prie.

Antonina s'humecte les lèvres. Elle remarque la croix de la servante et pense à la médaille de saint Nicolas accrochée à la mince chaîne d'or autour du cou de son fils, à côté de sa croix. A-t-elle réellement cru que saint Nicolas pourrait le protéger ? L'émotion la submerge et elle frissonne.

— Oui, tu as raison.

Elle retourne sur le sofa de velours et remet son châle sur ses épaules. Lilia murmure des instructions à Olga tout en servant un nouveau verre de thé. Tinka sort de sous le sofa, et Lilia la saisit pour la poser sur les genoux de sa maîtresse.

Pendant qu'elle boit son thé, Antonina caresse distraitement la petite chienne.

Olga réapparaît avec un plateau. Antonina contemple la salade de betterave et de mouton froid, le petit pain beurré. Elle déglutit. Elle ne voit pas comment elle pourrait manger.

— Tout doucement, madame, lui conseille Lilia. Un petit peu à la fois.

Elle rompt un morceau de pain et le tend à la comtesse, qui le prend et le porte à sa bouche. Antonina coupe la viande, mâche et avale difficilement, comme si elle avait quelque chose de coincé dans la gorge, jusqu'à ce que l'assiette soit à moitié vide. Elle donne un morceau de mouton à Tinka.

Puis elle se tamponne les lèvres avec la serviette damassée.

— Merci, Olga, dit-elle enfin. Je vais attendre à la fenêtre.

La vielle femme emporte le plateau.

Tinka toujours dans ses bras, Antonina se dirige vers les hautes fenêtres qui donnent en façade et reste debout, le regard fixe, le dos raide. Lilia s'agenouille près d'elle et joint les mains en prière.

— Il sera bientôt de retour, Tossia, assure-t-elle. Et ce sera comme avant. Vous, moi et notre Micha.

Elle ferme les yeux et baisse la tête sur ses mains.

Antonina se penche sur la tête de la petite chienne et murmure ses propres prières.

* * *

Les hommes et les chevaux, Konstantin et Gricha à leur tête, traversent les bois dans un bruit de tonnerre. Gricha sent encore le coup de fouet du comte le brûler sur la nuque.

S'il avait tourné la tête à cet instant, Konstantin aurait été surpris de découvrir la haine gravée sur les traits de l'homme sur qui il s'appuie pour diriger Angelkov. Gricha n'est pas un serf mais un homme libre, qui touche un salaire pour son travail, et le comte estime le traiter avec équité et générosité.

Il considère d'ailleurs s'être toujours montré généreux et juste envers tous ses serfs – toutes les âmes qu'il a possédées.

Mais tout change à présent. Le monde russe vacille sur son axe. Le manifeste d'émancipation signé par le tsar Alexandre II deux mois plus tôt, en février 1861, a changé la vie des serfs comme celle des propriétaires.

Les serfs ne doivent désormais plus rien aux seigneurs, ni *obrok,* cette redevance annuelle qu'ils versaient au propriétaire moyennant l'utilisation d'une partie des récoltes pour se remplir le ventre, ni paiement en nature.

Certains des serfs de Konstantin ont déjà quitté le domaine pour commencer une vie indépendante au village. Mais il n'arrive pas à croire que Gricha voudrait partir. Que pourrait-il revendiquer loin d'Angelkov ? N'était-il pas le mieux loti de tous, en occupant la plus haute position du domaine ? Konstantin ne lui a-t-il pas accordé une maison – une petite maison de bois bien chaude avec des volets bleus – qui lui permet de vivre seul, à l'écart du quartier collectif des serviteurs ou, pis encore, des *isbas* misérables de village qui ne sont guère plus que des taudis ? N'allait-il pas lui-même le voir dans sa maison aux volets bleus en apportant de la vodka pour discuter politique avec lui, en le traitant pratiquement comme s'ils étaient de la même classe ?

* * *

Alors qu'ils chevauchent, Gricha ne pense pas à l'enfant disparu. Il pense au réveillon du jour de l'an, trois mois plus tôt, et à la discussion qu'il a eue avec le comte Mitlovski à propos de la promesse – ou de la menace, selon le point de vue – que le tsar signe l'abolition du servage.

— C'est le servage qui empêche la Russie d'avancer, avait-il assuré au seigneur devant un verre de vodka. Ne s'est-on pas fait humilier en Crimée ? Nous vantons notre armée alors que nous sommes loin derrière les forces françaises, britanniques ou turques. Avec tout le respect que je vous dois, comte Mitlovski, la plupart des pays européens ont abandonné le féodalisme depuis des siècles.

Le maître rajusta son col, tira sur son gilet et lissa sa barbe avant de les resservir de vodka. Puis il leva son petit verre et le vida d'un trait.

— La sainte Russie est une nation guidée par Dieu. Ce n'est pas en nous tournant vers les nations corrompues d'Occident que nous pourrons apprendre quelque chose.

Gricha sentait son œil gauche battre sous l'effort d'avoir à se contenir alors qu'il devait, une fois de plus, laisser le comte recevoir ses rendez-vous galants chez lui. Il entendait Tania, la blanchisseuse d'Angelkov, bouger dans la chambre. *Sa* chambre. Et, pendant qu'elle se rhabillait, il devait écouter le verbiage de Mitlovski. Il serra son verre mais se garda de boire.

— Permettez-moi, *barine*, monseigneur, de ne pas être d'accord. Nous avons beaucoup à apprendre de pays qui ont laissé leur peuple décider de leur propre destin. Quand les hommes sont esclaves, ils ne sont guère motivés pour progresser.

Konstantin s'esclaffa.

— Des esclaves ? Les paysans ne sont pas des esclaves. Je possède la terre, et les paysans travaillent cette terre. C'est simplement pour cela qu'ils dépendent de moi.

Gricha dut se lever et s'inclina brièvement devant le comte en allant à la fenêtre. Il faisait nuit dehors, et il voyait son reflet dans la vitre, ses cheveux noirs et ondulés peignés en arrière, ses yeux pareils à des fentes dans l'ovale pâle de son visage.

— Pourtant, toujours avec mon respect, comte Mitlovski, dit-il à son image, vous contrôlez la vie des milliers d'âmes que vous possédez. Vous avez le pouvoir d'interdire à vos paysans de quitter vos terres et vous pouvez, selon votre bon vouloir, envoyer ou vendre n'importe quelle âme dans un autre domaine, quitte à séparer des familles.

Il se retourna et vit que Konstantin avait les paupières lourdes et les joues empourprées. Il poursuivit d'une voix sourde, monocorde :

— Vous pouvez les faire battre, les envoyer sans motif travailler à la mine ou terminer leur vie en Sibérie. Vous leur dictez qui épouser. Cela n'est pas de l'esclavage, *barine* ?

Konstantin agita la main comme si les paroles de Gricha ne comptaient pas, comme s'il les avait entendues trop souvent pour les prendre au sérieux.

— Cesse de parler politique, Gricha, tu m'ennuies. Le tsar est ordonné par Dieu. Il recouvrera la raison. Il ne mettra pas en pratique cette menace ridicule. Allons. C'est le nouvel an. Buvons à notre santé et à la santé de ceux que nous aimons.

Gricha se joignit à lui, et la première explosion du feu d'artifice du domaine retentit alors qu'il buvait avec son maître.

— Bonne nuit, ma belle, lança le comte vers la porte de la chambre en se levant pour poser son verre vide.

Gricha entendit Tania murmurer une réponse.

Konstantin déposa une petite poignée de roubles sur la cheminée, puis partit regarder le feu d'artifice avec sa femme et son fils. Gricha observa le feu. La vodka lui brûlait les entrailles. Le comte Mitlovski se trompait. Gricha ne doutait pas que le tsar signerait le manifeste d'émancipation dans les mois qui viendraient. Et, lorsque cela se produirait, Gricha savait exactement comment il vivrait, libéré de la coupe de Mitlovski.

Tania sortit de la chambre, les bras chargés de linge. Sa chevelure auburn étaient bien coiffée et son long visage impassible lorsqu'elle prit les roubles et les rangea.

Gricha servit un autre verre de vodka et le leva.

— Trinque avec moi à la nouvelle année, Tania.

— Merci, Grigori Sergueïevitch, répondit-elle en posant les draps sales pour saisir le verre.

Des rides profondes séparaient ses sourcils et entouraient sa bouche. Il choqua son verre contre celui de la blanchisseuse et le leva :

— À la liberté, lança-t-il avant de rejeter la tête en arrière et de boire.

3

Plusieurs heures se sont écoulées. Antonina se tient assise sur une chaise à dossier droit, devant la fenêtre, penchée en avant pour scruter l'obscurité. Elle n'a pas quitté l'allée des yeux.

Elle bondit en entendant des chevaux, tend Tinka à Lilia et se précipite à la porte d'entrée. Elle l'ouvre à la volée, mais s'arrête si brusquement à la première marche du perron que Lilia, juste derrière elle, lui rentre dedans.

Ce ne sont que Konstantin et Gricha.

Elle dévale l'escalier.

— Konstantin, que se passe-t-il ? Pourquoi rentrez-vous ? Mikhaïl... Micha... commence-t-elle en regardant son mari à moitié effondré sur sa selle, la bouche légèrement entrouverte, puis Gricha. Vous ne l'avez pas trouvé ?

Elle le sait déjà, mais il faut qu'elle pose la question.

— Pas encore, madame, répond le régisseur en secouant la tête. Mais Liocha et les autres continuaient de chercher quand je les ai laissés ; ils suivaient une piste tant qu'il faisait encore jour, car les traces...

Il s'interrompt et jette un regard vers Konstantin.

— Le comte a perdu trop de sang et il n'a plus de forces. Il tient à peine à cheval. Il était nécessaire de le ramener ici. Mais les autres… ils vont le trouver, madame.

Antonina serre d'une main son châle sur sa poitrine comme si un vent froid balayait soudain le jardin.

— Cela fait déjà trop longtemps. Il est trop tard, Gricha. Et maintenant, il fait presque nuit.

— Non, il n'est pas trop tard, assure-t-il en mettant pied à terre. Lilia, appelle Pavel pour qu'il m'aide à porter le comte ! Non, ajoute-t-il à l'adresse d'Antonina en lui effleurant la main, il n'est pas trop tard du tout. Et si on ne le retrouve pas ce soir, nous repartirons aux premières lueurs du jour, avec des chevaux frais.

Cette fois encore, son assurance et son contact la calment. Pavel, le valet de chambre de Konstantin, vient prêter main forte à Gricha pour descendre le comte de cheval. Ils le montent dans sa chambre à coucher. Antonina les suit, et lorsqu'il se retrouve allongé sur son lit, sa main valide posée sur ses yeux, elle s'approche de lui.

Pavel et Gricha s'apprêtent à sortir.

— Konstantin Nikolaïevitch, prononce-t-elle avec autorité en le dévisageant.

Le comte écarte la main de ses yeux.

— Parlez-moi, reprend-elle. Dites-moi exactement ce qui s'est passé la dernière fois que vous avez vu Mikhaïl.

Elle remarque une nouvelle égratignure sur la peau flasque, derrière le lobe de son oreille.

— Kostia, insiste-t-elle d'une voix plus forte.

Il la regarde, mais sa bouche reste scellée.

— Pourquoi ne me parlez-vous pas ? questionne-t-elle alors, criant presque.

Elle le prend par les épaules et le secoue. Elle a l'impression de se voir d'en haut, comme dans un rêve, aussi hystérique qu'une *vedma*, peut-être même Baba Yaga en personne.

Konstantin la regarde toujours, et son air d'impuissance la met en rage. Gricha revient derrière elle et pose la main sur son épaule. Honteuse, elle cesse de secouer son mari.

Le comte ouvre la bouche, carré noir sous son épaisse moustache blanche, et murmure :

— Mon fils, Tossia. Notre garçon. Il a été si courageux, ajoute-t-il, les yeux brillants de larmes.

Antonina presse la main contre ses lèvres. Gricha lâche son épaule et recule. Le jeune femme entend la porte se refermer doucement. Pavel ne bouge pas, prêt à obéir aux ordres. Elle reste debout près du lit, mais au lieu de l'émouvoir, les larmes de Konstantin attisent encore sa colère. Ses propres larmes lui sont dictées par la rage, et par une peur immense aussi.

— Dites-moi, insiste-t-elle, sans crier cette fois.

— Ils… ils ont juste pris les rênes de son cheval. Ils ne lui ont pas fait de mal. Ils ne l'ont même pas touché. Il n'a pas proféré un mot. Je lui ai dit de rester calme, et c'est ce qu'il a fait. Il est resté calme, Tossia. C'est un bon garçon. Ça a toujours été un bon garçon, n'est-ce pas ?

Antonina n'arrive pas à parler.

— C'est un enfant très éduqué et d'une intelligence supérieure. Il se comportera avec noblesse, comme nous le lui avons enseigné. Les cosaques s'en rendront compte et ils le respecteront pour cela.

Elle ferme les yeux. Konstantin est un imbécile. *On nous a pris notre enfant et il parle de respect.*

— Il avait si fière allure sur son cheval, Tossia. En le regardant s'éloigner, je me suis aperçu qu'il contrôlait bien mieux sa monture que je ne me l'imaginais. Il a l'étoffe d'un bon cavalier. Tout ce qu'il lui faut, c'est monter davantage : moins de temps au piano et plus en selle.

Comme si je ne connaissais pas mon propre enfant ? Je veux savoir ce qui va se passer. Je veux savoir quand je vais pouvoir le serrer dans mes bras.

— Il gardait la tête haute, Tossia. Il ne s'inclinera pas devant eux. Je l'ai bien formé.

La voix de Konstantin chevrote soudain. Il ne peut en dire davantage. Le comte pleure bientôt pour de bon, il sanglote comme un enfant. Antonina ne l'a jamais vu ainsi. Elle voudrait être serrée dans des bras, elle voudrait qu'on la réconforte, mais elle ne se rapproche pas de son époux.

Et comme il ne lui reste rien d'autre à faire, elle s'agenouille par terre et se met à prier, tournée vers son mari. Il a les yeux fermés et les larmes coulent de part et d'autre de ses joues, vers ses oreilles, mais il ne fait aucun bruit.

Antonina demande à Pavel d'aller chercher la vodka sur la table en bois de rose, près de la cheminée. Contrairement à Lilia, Pavel obéit, sans hésitation.

Elle lui arrache la bouteille, se sert un verre et lui fait signe. Il s'incline et sort de la pièce, même si

Antonina sait qu'il restera dans le couloir, près de la porte, au cas où elle aurait besoin de lui.

Elle va s'asseoir sur le grand fauteuil de cuir. Elle finit par entendre la pendule sonner minuit sur le palier. Elle se sert de nouveau. La comtesse boit durant toute la première nuit de la disparition de son fils.

* * *

Au lever du jour, Konstantin appelle Pavel et l'envoie chercher Gricha. Antonina n'a pas dormi. Elle fait les cent pas. Elle sait qu'il n'y a rien de neuf ; si cela avait été le cas, Gricha serait venu immédiatement.

Quand Gricha lui annonce que les hommes sont revenus bredouilles vers minuit, Konstantin ordonne qu'ils soient fouettés. Il ne sait pas comment gérer autrement sa peur et sa culpabilité. Gricha acquiesce, mais se garde d'obéir.

— La demande de rançon arrivera certainement aujourd'hui, dit Antonina à son mari sans cesser de marcher devant son lit.

Elle s'essuie les lèvres du revers de la main.

— Elle arrivera aujourd'hui et nous saurons ce qu'il faut faire pour récupérer Micha.

Konstantin a le teint grisâtre. Son bandage est couvert de sang séché, mais des taches rouges continuent de fleurir.

— Vous devez faire examiner votre main, décrète Antonina. J'envoie chercher le médecin.

— Nous n'avons pas le temps. Nous allons repartir, lui rappelle-t-il. Pavel ! Aide-moi à m'habiller.

— J'y vais aussi, annonce Antonina.

Konstantin ne discute pas.

À huit heures, ils partent tous par ce matin d'avril couvert et humide. Ils retournent dans la clairière où Mikhaïl a été enlevé ; il y a là de la boue remuée, des plaques de neige durcie dont certaines sont éclaboussées du sang de Konstantin. Les cavaliers décident de rayonner à partir de là. Antonina accompagne Gricha. Ils avancent lentement tandis que leurs chevaux cherchent un chemin à travers bois. Ils finissent par arriver à un champ qu'ils traversent pour atteindre le village de Touchinsk, qui appartient à Konstantin.

Là, ils descendent de leurs montures et les mettent à l'attache afin de parcourir les quelques rues à pied.

— Mieux vaut rester avec moi, madame, lui conseille Gricha.

Le régisseur interroge les villageois. Ils se méfient de lui et gardent le silence, se contentant de secouer la tête. Ils s'inclinent bien bas devant Antonina. Elle leur pose elle aussi des questions, mais l'expression de ces hommes et de ces femmes lorsqu'elle leur ordonne de relever la tête ne trahit rien.

Ils se remettent en selle et ne s'arrêtent ni pour manger ni pour boire. Avec chaque heure qui passe, Antonina sent son désespoir s'intensifier. À un moment, ils interrogent un paysan qui tire une charrette à bras sur la route, et, comme celui-ci reste muet et se contente de lever les yeux sur eux,

Antonina s'emporte contre le malheureux. Gricha se penche vers elle et pose la main sur les rênes.

— Il se fait tard, madame. Nous devrions rentrer au domaine. Vous devez avoir froid, dit-il en considérant son manteau de laine qui s'ouvre au vent glacé.

— Je n'ai pas froid, assure-t-elle en ramenant son manteau contre elle. Continuons.

Un crachin se met à tomber, et Gricha insiste pour qu'ils fassent demi-tour et rentrent à Angelkov.

— Pas encore, Gricha. Avançons encore un peu. Rien qu'une heure, supplie Antonina.

Gricha secoue la tête en contemplant la jument de la comtesse. La rouanne qu'Antonina a baptisée Dounia est lasse et baisse la tête pour avancer d'un pas lourd sur ses sabots délicats.

— Le comte peut-être, ou les autres… avance-t-il. Mikhaïl Konstantinovitch est peut-être rentré à présent.

— Je prie pour que ce soit vrai, Gricha, réplique-t-elle en faisant faire demi-tour à Dounia pour reprendre le chemin d'Angelkov.

* * *

Ils arrivent avant Konstantin et les autres. Il n'y a aucune nouvelle des ravisseurs de Mikhaïl.

Antonina monte à sa chambre et retire ses vêtements trempés de boue. Lilia lui sert un verre de vodka, puis un deuxième et Antonina va ensuite s'installer sous le porche en frissonnant, les bras serrés contre elle, sans quitter du regard la longue allée bordée de tilleuls aux branches encore dénudées dans l'air printanier.

Elle finit par rentrer. Au bout d'une demi-heure, percevant des bruits d'hommes et de chevaux, elle court au-devant d'eux, en escarpins et fine robe de laine sur les plaques de neige à moitié fondue et la boue gelée qui la séparent des écuries. Elle voudrait tellement trouver son fils à califourchon devant Konstantin. Mais il n'y est pas.

Bras ballants le long du corps, elle dévisage son mari.

— Y a-t-il une demande de rançon ? demande le comte.

Antonina fait signe que non.

Konstantin paraît beaucoup plus vieux qu'hier. Dans la lumière déclinante, la forme de son crâne se distingue trop nettement sous les cheveux humides de transpiration lorsqu'il retire son chapeau. Il a soixante et un ans, et elle vingt-neuf. Il a du mal à descendre de cheval avec une seule main disponible. Liocha emmène l'animal.

— Konstantin ? Et maintenant ? demande Antonina.

Mais il ne répond pas tout de suite.

Au bout d'un moment, il se décide à la regarder.

— Nous recommencerons demain, dit-il. C'est tout ce que nous pouvons faire. Chercher, en attendant d'avoir des nouvelles de notre fils.

Elle le suit dans la maison, où les serviteurs ont allumé les lampes. Il règne une odeur de bœuf cuit, et, sur la grande table cirée de la vaste salle à manger, le couvert est disposé pour deux. La jeune femme passe devant la salle et monte l'escalier tournant afin de gagner sa chambre.

Konstantin prend place à table et attend qu'on le serve. Il considère le couvert d'Antonina, puis l'endroit où devrait être assis son fils.

* * *

Antonina ne dort pas et veille de nouveau en compagnie d'une bouteille de vodka. Au matin, elle tremble quand Lilia vient, comme d'habitude, l'aider à s'habiller. L'épaisse chevelure blonde d'Antonina lui arrive à la taille, mais son mari lui-même ne l'a jamais vue complètement lâchée. Il faut en général à la servante une bonne demi-heure pour la brosser intégralement et l'attacher suivant la mode, à l'aide des peignes finement ciselés qu'affectionne la comtesse. Lilia pense à chaque fois que ce sont vraiment de beaux cheveux et s'émerveille de leur lourdeur entre ses mains. Elle aime les laver pendant que sa maîtresse est allongée dans la grande baignoire de porcelaine. Parfois, lorsqu'elle est seule dans la chambre d'Antonina, Lilia essaye de coiffer de la même façon ses propres cheveux bruns. Mais les siens sont trop fins, et les peignes ne tiennent pas. Cela n'a pas d'importance. Elle ne se présenterait jamais autrement qu'avec sa coiffure habituelle, de toute façon, des tresses enroulées autour de la tête.

— Fais vite, Lilia, lui recommande Antonina. Je repars avec eux. Je ne veux pas perdre de temps.

Elle pousse un grand soupir tandis que la brosse glisse à longs coups réguliers de la racine à l'extrémité de ses cheveux.

Lilia croise le regard de sa maîtresse dans le miroir.

— Tous les serviteurs prient pour que Mikhaïl revienne sain et sauf, dit-elle. Même mon mari assure que les cosaques ne feraient pas de mal à un enfant, et encore moins à un enfant comme notre Mikhaïl.

Antonina laisse passer un silence avant de répondre :

— Qu'est-ce que ton Sosso connaît aux cosaques et à leurs pratiques, Lilia ? Et que sait-il de mon enfant, ou des enfants en général, d'ailleurs ?

La brosse se fige. Lilia prend une inspiration, comme si elle s'apprêtait à défendre son mari, puis se contente de dire :

— Alors remettons-nous-en à Dieu pour prendre soin de Son agneau.

Et elle soulève de nouveau la brosse, mais Antonina lève la main et l'interrompt.

— Je veux bien m'en remettre à des hommes comme Gricha ou comme ton frère, Liocha. Si quelqu'un peut retrouver Mikhaïl, ce sont eux. Ils vont le retrouver et me le ramener sain et sauf. Voilà sur qui je compte, Lilia, et non sur ton balourd de mari ni sur mon velléitaire de comte. Ni sur Dieu.

Lilia serre les lèvres.

— Mais vous devriez tout de même vous occuper du comte. Pavel dit qu'il n'est pas bien du tout.

Antonina contemple le plateau de nacre qui contient ses peignes.

— Tossia ? Vous avez entendu ce que j'ai dit ?

Antonina examine le reflet de Lilia dans le miroir ovale. Elles ont le même âge, quoique Lilia paraisse nettement plus âgée. La servante a déjà des mèches grises dans ses cheveux noirs, et les ridules qui partent du coin de ses yeux sont visibles même quand elle ne sourit pas.

— Tu veux bien finir, s'il te plaît, Lilia, la presse la comtesse.

Dès que Lilia a terminé, Antonina remonte le long et vaste couloir qui mène à la chambre de son mari. Elle entre et trouve Pavel auprès de Konstantin, un linge humide à la main. Un autre linge est appliqué sur le front du comte.

— Kostia ? appelle-t-elle.

Il retient sa main bandée contre sa poitrine avec sa main gauche. Outre le sang séché et le sang frais, une horrible substance jaunâtre imbibe le pansement.

Antonina se penche vers son mari, mais recule aussitôt en respirant son haleine. Les yeux de Konstantin sont mornes et brillent cependant d'un étrange éclat.

— Laissez-moi défaire le bandage pour examiner votre main, dit-elle.

Il fait non de la tête.

— Alors, laissez-moi faire venir le médecin.

Konstantin se redresse.

— Je dois repartir. Pavel, aide-moi.

— Mangez quelque chose avant de partir, intime Antonina. Vous ne serez utile à personne si vous tombez malade.

Konstantin ne lui prête pas attention et, avec l'aide de Pavel, se lève lentement sans pouvoir réprimer une grimace.

Antonina quitte la chambre, descend au salon et envoie chercher Gricha. Il s'incline en arrivant.

— Je voudrais que vous essayiez de convaincre Konstantin de faire soigner sa main. Il aurait fallu nettoyer et recoudre convenablement cette blessure. Je vais envoyer chercher le médecin de Pskov, mais vous savez comme le comte peut se montrer entêté. Vous voudrez bien lui parler, Gricha ? Dites-lui qu'il n'est pas en état de monter. Il faut qu'il soit en bonne santé jusqu'à... enfin il faut qu'il soit en bonne santé pour aider à ramener notre fils. Vous, il vous écoutera.

— Oui, madame. Dois-je y aller maintenant ?

— S'il vous plaît. Il est dans sa chambre. Sans lui... ajoute-t-elle avant de s'interrompre. Quand les ravisseurs réclameront la rançon, ils s'adresseront au comte.

Elle se tient devant le régisseur et doit lever les yeux vers lui. Il est plus grand que son mari.

— Pourquoi n'avons-nous pas reçu de demande de rançon, Gricha ? Pourquoi ?

Gricha détourne les yeux vers le feu qui crépite dans la cheminée.

— Je suis sûr qu'elle arrivera aujourd'hui, madame.

— Oui ? insiste Antonina en saisissant sa manche. Vous le croyez vraiment ?

— Ces hommes... tout ce qu'ils veulent, c'est vous faire souffrir. Ils veulent vous amener au bord du désespoir.

Il regarde la main de la jeune femme, qui la retire aussitôt.

— Ils prennent tout leur temps pour être sûrs de ne rencontrer aucune hésitation quand ils dicteront leurs ordres.

Antonina laisse échapper un profond soupir.

— Cela paraît logique. Et ils ne toucheraient pas à Micha, n'est-ce pas, Gricha.

Il ne s'agit pas vraiment d'une question.

— Pourquoi faire du mal à l'enfant alors qu'ils comptent le rendre, madame ? réplique le régisseur d'une voix radoucie.

Elle hoche la tête et lui est reconnaissante de se montrer si confiant : Mikhaïl va bien et la demande de rançon leur parviendra aujourd'hui. Cependant, elle ne peut pas s'empêcher de pleurer ; c'est comme si le calme et la force de cet homme lui permettaient de verser des larmes. Elle détourne la tête, honteuse de se laisser aller devant lui.

— Je crois que vous devriez rester à la maison aujourd'hui, conseille-t-il à mi-voix. Au cas où la demande arriverait.

— Mais je veux aider à le retrouver, proteste-t-elle en le regardant bien en face. Je veux…

Elle ne poursuit pas en le voyant secouer la tête.

— Je crois, madame, que vous seriez plus utile ici. Si jamais votre fils revenait, ou si une demande de rançon arrivait. Dans l'un ou l'autre cas, vous devriez être ici.

— Vous avez peut-être raison, convient-elle avant de prendre un mouchoir dans sa manche pour s'essuyer les joues. Alors qu'elle s'emploie à respirer profondément, Gricha éprouve un véritable respect pour cette femme. Elle aborde chaque jour avec dignité et stoïcisme. Il sait à quel point son fils est tout pour elle. Il peut deviner l'étendue de son désespoir.

* * *

Comme Gricha l'a prédit, la demande de rançon arrive en début d'après-midi. Pavel vient réveiller Antonina, qui s'est assoupie sur le sofa, dans le salon de musique.

Elle se précipite à l'entrée de service où l'attend Fiodor, l'intendant des écuries. Elle sent l'odeur de ses bottes crottées, celle de la toque qu'il tient entre ses mains et de sa grosse veste saturée de crasse et de transpiration. Antonina remarque qu'il lui manque l'oreille gauche alors qu'il s'incline bien bas, visage parallèle au sol, tout en lui tendant à bout de bras une feuille de papier. Qu'est-il arrivé à son oreille ? s'interroge la jeune femme. Elle l'a su, autrefois.

Elle lui arrache la feuille et la déplie, les mains tremblantes. C'est mal écrit, mais les détails sont clairs. Elle lit le message une fois, deux fois, puis le presse contre sa poitrine. Fiodor se tient toujours plié en deux devant elle.

— Tu peux partir, Fiodor, dit-elle. Merci.

Elle se sent tellement soulagée qu'un message soit arrivé qu'elle en oublie de lui demander qui l'a apporté.

L'homme se redresse, bien qu'il garde les yeux baissés. Il sort en reculant. Il se comporte toujours comme un serf ; il faudra du temps pour que les habitudes de toute une vie disparaissent.

Antonina ne bouge pas. Le message réclame une somme astronomique qui doit être livrée par le régisseur de la propriété à une heure et à un endroit spécifiques, en pleine forêt. Le message ajoute que le régisseur doit se présenter seul : s'il y a qui que ce soit avec lui, l'enfant ne sera pas rendu.

Antonina tombe à genoux et se signe en murmurant une prière de gratitude.

* * *

Ce jour-là, la patrouille de recherche rentre à Angelkov plus tôt que les jours précédents. À peine entend-elle les chevaux qu'Antonina se rue dehors pour donner le message à Konstantin. Il le lit et le tend à Gricha – un régisseur doit savoir lire pour tenir les comptes du domaine.

— On nous le rendra demain, demain, Konstantin, dit-elle. Demain.

— Qui a apporté cela ? questionne le comte, et Antonina s'aperçoit alors qu'elle ne l'a même pas demandé.

Elle lui indique que c'est Fiodor qui le lui a remis, et son mari se rend aussitôt aux écuries avec Gricha.

Antonina avale quelques bouchées du dîner dans sa chambre. Puis elle prie Lilia de lui préparer un bain et la laisse lui laver la tête, poussant un soupir de soulagement alors qu'elle s'allonge dans l'eau très chaude. Elle veut que son fils la retrouve telle qu'elle a toujours été lorsqu'il rentrera à la maison.

Une fois que Lilia la laisse pour la nuit, elle sort la bouteille de vodka de sa cachette habituelle, au fond de l'armoire. Elle la contemple un instant puis la remet en place sans l'ouvrir. Elle sait qu'elle pourra dormir sans cela. Mikhaïl Konstantinovitch rentre à la maison.

* * *

Elle se lève bien avant l'aube. Incapable d'attendre que Konstantin se réveille, elle va le voir dans sa chambre avant sept heures. Lorsqu'elle ouvre la porte et s'avance dans l'obscurité, l'odeur putride est encore plus forte que la veille.

Pavel se lève d'une paillasse, au pied du lit de son maître.

— Konstantin Nikolaïevitch, souffle-t-elle en s'approchant du lit. S'il vous plaît. Vous avez l'argent à remettre à Gricha ?

Konstantin a visiblement du mal à ouvrir les yeux, et, lorsqu'il la regarde enfin, il semble perdu, comme s'il ne savait pas trop s'il rêve ou est éveillé. Il a le front en sueur, et le devant de sa chemise de nuit est mouillé.

— Le médecin va venir aujourd'hui, annonce-t-elle.

Konstantin acquiesce d'un signe de tête.

— Tout est prêt pour Gricha ? insiste-t-elle.

— Je l'accompagne, annonce Konstantin, qui repousse les couvertures, bascule les jambes par terre et doit se balancer un instant afin d'avoir assez d'élan pour se mettre debout.

Antonina l'arrête en posant une main sur sa poitrine.

— Le message est très clair, Konstantin. Vous ne pouvez pas y aller. Ni moi non plus. Si l'un de nous deux y va, cela va tout faire rater.

— Ils ne me verront pas, assure-t-il alors qu'il vacille et doit se retenir à l'épaule de sa femme.

Pavel s'avance derrière elle.

— Regardez-vous ! Vous tenez à peine debout. Vous ne pouvez pas monter à cheval. Vous êtes malade, Konstantin. Laissez Gricha faire ce que ces cosaques demandent. Kostia, il ne faut pas que vous vous rendiez là-bas, dit-elle plus fort. Je ne vous laisserai pas faire.

— J'ai vu mon fils se faire enlever, et je veux assister à sa libération, décrète-t-il en la repoussant de son bras valide. Écartez-vous. Pavel, mes vêtements.

Antonina secoue la tête.

— Mais vous ne comprenez pas qu'en y allant, vous ris…

— Sortez d'ici, rugit Konstantin.

Antonina ouvre la bouche pour ajouter quelque chose, mais ne trouve plus rien à dire. Elle s'en va et claque la porte derrière elle.

* * *

Elle attend sous le porche. Konstantin et Gricha reviennent trois heures plus tard. Les deux hommes montent le grand pur-sang arabe de Konstantin, Gricha se tenant derrière le comte et le retenant par la taille. La tête de ce dernier penche en avant, le menton contre la poitrine, comme s'il était endormi. Dès que Gricha arrête le cheval et retire son bras,

Konstantin tombe, lentement et lourdement sur la neige sale de l'allée. Le régisseur descend à son tour avec peine. Il est blessé : il a une joue déjà très enflée, l'œil gauche tuméfié et noirci, une coupure à la lèvre et du sang séché plein le menton. Son manteau a disparu et sa chemise est déchirée.

Mikhaïl n'est pas avec eux.

Antonina a posé un genou à terre près de son mari.

— Où est-il ? Où est mon fils ? Qu'est-il arrivé ?

Mais Konstantin est inconscient. En entendant sa voix, si aiguë, tendue et chargée de panique, les serviteurs accourent de la maison, des écuries, de l'étable et des serres, des entrepôts, des poulaillers et de la forge. Les hommes soulèvent le comte et le portent dans la maison. Antonina se tourne vers Gricha.

— Racontez-moi ce qui s'est passé, dit-elle.

* * *

Gricha est assis dans la cuisine. Son verre est plein et il a une bouteille de vodka posée devant lui. Antonina se tient debout de l'autre côté de la table et serre les mains pour les empêcher de trembler. Elle a du mal à respirer ; elle a le vertige et se sert un verre du liquide fort et limpide. Puis elle le tient à deux mains en attendant que Gricha parle.

— J'ai prié, ou plutôt j'ai supplié le comte de ne pas venir, commence enfin le régisseur entre deux petites gorgées, l'alcool le faisant ciller à chaque fois qu'il touche sa lèvre coupée. Une fois que je l'ai convaincu de me remettre le paquet de roubles

– l'argent de la rançon – je me suis éloigné au galop en espérant le distancer et arriver au lieu de rendez-vous avant lui pour remettre la rançon et récupérer le jeune maître. Je ne pensais pas que le comte arriverait à me rejoindre vu que, comme vous le savez, c'est à peine s'il tient à cheval.

Antonina ne cesse d'acquiescer, sa tête oscillant de bas en haut comme si elle ne contrôlait rien.

— Je suis arrivé à l'endroit spécifié par les cosaques, et…

— Mikhaïl. Avez-vous vu Mikhaïl ? l'interrompt la comtesse.

Gricha secoue la tête.

— Non, madame, je regrette. Votre fils n'était nulle part en vue. Mais il y avait trois cosaques. Ils avaient le visage caché. Je me suis approché et leur ai lancé : *Où est l'enfant ?*

« Est-ce que tu as l'argent ? m'a répliqué l'un d'eux. *Es-tu venu seul ?*

« Oui, j'ai répondu, *oui, mais sans l'enfant, vous n'aurez pas la rançon. Montrez-moi Mikhaïl Konstantinovitch et je vous montre l'argent.* L'un des hommes a tourné sa monture et s'est dirigé vers un bosquet. J'ai entendu un autre cheval hennir derrière les arbres. Je crois…

— Oui ? Qu'est-ce que vous pensez, Gricha ?

— Je pense que Micha était caché là.

Antonina retient son souffle.

— Mais vous ne l'avez pas vu ?

Gricha a déjà répondu à cette question.

— C'est à cet instant que le comte a surgi dans la clairière. Il tenait à peine sur sa selle. Il n'était pas lui-même, madame, et hurlait des mots sans suite. Il délirait.

—Et ? insiste Antonina, sa voix à peine plus audible qu'un soupir.

—Quand ils ont vu le comte, ils m'ont sauté dessus. Ils m'ont fait tomber de cheval et m'ont frappé. Je me suis battu, mais ils m'ont arraché mon manteau et pris la rançon qui s'y trouvait.

Il ne regarde pas la comtesse mais examine sa propre main, qui tient le verre. Antonina remarque la peau arrachée aux jointures et l'hématome qui apparaît déjà.

—Je me suis battu, répète-t-il. Je leur ai dit qu'ils avaient l'argent, alors quelle importance si le comte était arrivé ? Ils étaient masqués, personne ne pourrait les reconnaître. Donnez-moi l'enfant et tout est terminé, leur-ai-je dit. Vous vouliez l'argent, vous l'avez. Donnez-moi l'enfant maintenant.

Il finit par lever les yeux vers Antonina.

—Ils m'ont pris mon cheval. Je leur ai couru après, mais, à pied, je ne pouvais pas lutter. Alors je suis retourné auprès du comte, je l'ai fait descendre de cheval et je me suis lancé à leur poursuite. Mais ils avaient déjà disparu. J'ai tourné en rond un certain temps, madame, et puis je suis allé chercher le comte… et nous sommes rentrés.

À part le bruit régulier que fait Raïssa, la cuisinière, en pétrissant sa pâte, le silence règne dans la cuisine. Il y a quelque chose qui mijote sur le feu, et le couvercle de la grande marmite vibre légèrement.

—Donc, si Konstantin n'avait pas surgi, Mikhaïl serait à la maison avec moi, articule lentement Antonina.

Elle soulève son verre et boit, sans quitter Gricha du regard.

Celui-ci engloutit sa vodka. Il effleure sa lèvre fendue du bout de la langue.

— Je le crois, madame. C'est ce que je pense.

Il ne peut plus la regarder. L'angoisse qu'il lit sur son visage lui rappelle trop une autre femme.

Ce qui se passe depuis quelques jours fait ressurgir les vieux souvenirs.

Il se ressert de vodka et boit pour assourdir la douleur qui provient de ses blessures, et aussi pour effacer l'image de sa mère.

4

Gricha naquit en 1827, sous le nom de Timofeï Alexandrovitch Kassakov, à Tchita, village situé dans la province orientale d'Irkoutsk, en Sibérie. À l'ouest, la ville la plus proche était l'enclave bouriate de Verkhne Vdinsk.

Lorsque Gricha, ou Timofeï – Tima – comme on l'appelait alors, quitta Tchita pour la petite ville d'Irkoutsk, le trajet de plus de huit cents verstes lui apprit à connaître sa propre endurance. Il avait quinze ans et partit sur son cheval, Félia, avec une poignée de roubles, une sacoche de nourriture, deux lourdes couvertures en poil de yak, les rares vêtements qu'il possédait, quelques livres, le crucifix de son père et la roue à prières tibétaine de sa mère ainsi qu'une flûte en bois que lui avait donnée son frère, Kolia. Il portait aussi le poids plus lourd encore de la culpabilité.

C'était au mois de juin, et, sur le chemin boueux et difficile qui menait à Irkoutsk, Tima rencontra des orages qui tonnaient dans la steppe avec une force terrifiante, des moucherons qui le rendirent presque fou alors qu'il tentait de dormir à la belle étoile, roulé dans ses couvertures. Avançant avec peine, trébuchant et luttant pour ne pas perdre l'équilibre, il fit traverser à Félia des bourbiers et des ruisseaux en crue. Lorsqu'il était à court de nourriture, il achetait ce dont il avait besoin dans les hameaux qu'il traversait.

Un après-midi, deux hommes en haillons l'accostèrent au moment où il s'arrêtait pour faire boire sa monture dans un étroit cours d'eau, et essayèrent de s'emparer de ses sacoches. Il n'eut guère de mal à leur échapper, mais, pour la première fois de sa vie, se sentit menacé. Au village suivant, il s'acheta un couteau à long manche. Chaque jour, il louait l'endurance incroyable et la vigueur de son cheval du Don, cette race de chevaux russes habitués à supporter les conditions les plus extrêmes.

Lorsqu'il arriva enfin à Irkoutsk, deux semaines après avoir quitté Tchita, il s'engagea dans une des rues principales et regarda autour de lui avec émerveillement.

Il projetait de ne passer qu'une nuit dans cette ville, d'acheter de la nourriture, puis de reprendre son chemin. Il devait profiter du temps clément. Il n'avait aucune idée de jusqu'où il pourrait aller avant que l'automne sibérien précoce ne s'abatte sur la région, mais il savait qu'à ce moment-là, il devrait s'arrêter et trouver du travail. En cherchant à franchir les montagnes basses de l'Oural pour gagner la partie européenne de la Russie pendant les mois d'hiver, il risquait fort de mourir dans les steppes désertiques et les forêts de la taïga sibérienne.

Tima fut aussitôt séduit par Irkoutsk, qui lui offrait des images et des sons dont il n'aurait même pas rêvé dans son minuscule village de Tchita, mais il ne pouvait pas s'attarder. Il devait partir le plus tôt possible pour aller le plus loin possible vers l'ouest.

Nikolaï – Kolia – se trouvait quelque part dans cette ville, et Tima ne pouvait se permettre de croiser son frère.

Il repoussa la pensée de son frère pour vivre cette nuit unique dans cette ville excitante. Il commença par dépenser quelques-uns de ses précieux kopecks pour trouver une écurie où laisser son cheval. Puis il dîna de soupe au chou et d'un plat de courge et de pois tout en vidant quatre bouteilles de bière aigre bon marché. Légèrement vacillant sur ses jambes, il reprit le chemin de l'écurie avec l'idée de dormir sur la paille auprès de Félia si personne ne le jetait dehors. Il se demandait si son cheval avait vraiment reçu la ration d'avoine qu'il avait réglée ou si on l'avait dupé en ne donnant à l'animal que du foin de mauvaise qualité, quand une jeune femme lui fit signe d'approcher.

Grisé par la bière, enflammé par l'animation qui régnait dans les rues aux trottoirs de bois éclairées par des lampes à huile et les devantures des boutiques, Timofeï s'exécuta. Il la laissa l'entraîner par la main dans une salle cloisonnée par des couvertures suspendues. Il s'efforça de ne pas écouter les gémissements et les chuchotements qui se faisaient entendre dans l'atmosphère chaude et fétide.

— Comment tu t'appelles, *moï sladkiï*? Hein, mon chou ?

— Grigori, répondit-il après réflexion. Grigori Sergueïevitch Narychkine.

Il avait combiné les noms de trois vieux amis de son père. Il ne voulait plus être Timofeï Alexandrovitch Kassakov. Même s'il savait qu'il n'y avait pratiquement aucun risque que quelqu'un reconnaisse le nom de son père, il aspirait à un nouveau départ. Il ne voulait plus être vu – y compris par lui-même – comme le fils d'un révolutionnaire et le frère du garçon doux et confiant qu'il avait trahi.

— Ah, Grichenka, beau gosse, répliqua la fille. Tu as de ces yeux... Toutes les filles doivent fondre devant ces yeux-là.

— Combien ? demanda-t-il en s'efforçant de maîtriser sa respiration.

Il était puceau, mais ne voulait pas que la fille le sache.

Elle dit un prix, et il hocha la tête en lui tendant la somme. Elle fourra les kopecks sous sa paillasse, émit un petit rire en faisant glisser sa robe d'un mouvement d'épaules, s'allongea vêtue de sa seule chemise rapiécée et attira Timofeï sur elle.

Elle avait les cheveux curieusement rougeâtres, et le jeune homme aima le son de son rire. Il apercevait la pointe de ses seins, petite et aussi rose que ses joues, à travers l'étoffe mince. Son inexpérience et son excitation étaient telles qu'il jouit presque tout de suite après avoir baissé son pantalon et s'être pressé contre elle. Elle poussa une exclamation de dépit et le repoussa en baissant sa chemise, lui reprochant de l'avoir toute salie. Puis elle se redressa et lâcha un rire bref.

— C'est la première fois ?

Timofeï recula en respirant son haleine chargée d'oignon cru et remarqua les stries argentées qui marquaient son ventre un peu mou.

Humilié et en colère, il se releva maladroitement à côté de la couche. Le rire de la fille lui parut cette fois détestable.

Elle frotta sa chemise avec un chiffon nauséabond qu'elle lui jeta ensuite.

— Tiens, essuie-toi. Tu as payé pour une heure. Je suis fatiguée. Je vais en profiter pour dormir.

Là-dessus, elle se coucha sur le côté, face à lui, et une respiration régulière ne tarda pas à s'échapper de ses lèvres entrouvertes.

Timofeï la regarda dormir. Il aurait voulu la gifler pour s'être moquée de lui. Mais il écouta les halètements étouffés, de l'autre côté de la couverture qui les séparait de la paillasse voisine et entendit le choc mou de la chair contre la chair. Au bout de quelques minutes, il fit courir ses doigts rugueux sur le sein à peine couvert de la jeune femme, puis enfourcha celle-ci et releva sa chemise. Elle poussa une exclamation irritée en le découvrant dans la lumière ténue.

Il s'enfonça alors en elle sans prêter attention à ses protestations : *attends… laisse-moi juste… j'ai les cheveux coincés…*

— Pardon, murmura-t-il en se concentrant pour ne pas penser à la douceur chaude qui l'accueillait, pour retenir ses râles involontaires.

Il s'interdit de penser à la route qui conduisait à Tchita, ou à celle qui l'attendait.

Il s'interdit de penser à son frère, Kolia.

Il s'efforça surtout de ne pas penser à la femme qui se trouvait sous lui. Cette fois-ci, il se garda de toute précipitation, bien décidé à ne pas se ridiculiser de nouveau.

— Bon, eh bien, tu as compris, ce coup-ci, commenta la fille lorsqu'il eut terminé et se retrouva assis au bord de la paillasse. Continue comme ça et fais ton joli sourire. Est-ce que tu reviendras me voir, *moï sladkiï?*

Elle leva la main pour lui toucher la joue, mais Timofeï se déroba. Il se leva, remonta son pantalon et enfila ses bottes.

Il ne tarda pas à découvrir qu'il y avait des femmes à prendre pour pratiquement rien dans tous les villages et hameaux qui jalonnaient le chemin. Certaines d'entre elles percevaient en lui quelque chose – sans savoir si c'était de la violence contenue ou de l'indifférence – et se méfiaient de lui. Certaines se sentaient attirées par son silence réservé et ses airs ténébreux. Lors de ce long voyage solitaire, la nuit venue, il appréciait le réconfort d'une présence féminine. Mais il ne se laissa jamais séduire par aucune. Il ne voulait pas d'attaches.

* * *

Il décida de s'arrêter pour l'hiver à Krasnoïarsk, au nord-ouest d'Irkoutsk. Il se fit engager pour décharger des rondins. C'était bon de se servir à nouveau de ses muscles après tant de temps à chevaucher Félia.

De Krasnoïarsk, il écrivit deux lettres qu'il envoya à l'ami de son défunt père. Il s'agissait d'un décembriste qui avait participé avec son père à l'insurrection de 1825 à Saint-Pétersbourg.

L'une des lettres était destinée à la mère de Timofeï, qui ne savait pas lire. Il lui racontait qu'il n'avait pas pu trouver Kolia à Irkoutsk et qu'il ne rentrait pas à Tchita. Il lui disait que l'ami lui expliquerait pour l'argent de la vente de la tonnellerie

– l'entreprise familiale où Timofeï avait travaillé avec son père jusqu'à la mort de ce dernier. L'entreprise, qui fabriquait tous les tonneaux de Tchita et des environs, était des plus prospères. Sa vente permettrait à sa mère de vivre sans soucis financiers. Il terminait par : *Je t'embrasse et te remercie pour tout. Tima.*

La deuxième lettre demandait à l'ami en question de vendre la tonnellerie et de remettre l'argent à sa mère. Il le priait aussi de veiller à ce qu'elle n'ait besoin de rien. *Je ne reviendrai pas à Tchita,* écrivait-il. *Ma vie est ailleurs.* Et il signait *Timofeï Alexandrovitch Kassakov,* sachant que c'était la dernière fois qu'il utilisait ce nom.

* * *

Durant ce long hiver, alors qu'il partageait une cabane venteuse avec une dizaine de gaillards qui ronflaient, toussaient et lâchaient des vents, il les écouta raconter leur vie de prisonniers dans les lointains *katorgi* où ils avaient coupé du bois ou, comme son père, travaillé à la mine. Entre ceux qui avaient été libérés et ceux qui s'étaient évadés, il comprit pour la première fois que la Sibérie était une prison en soi et attendit avec impatience le printemps.

Il partit le jour où les dernières plaques de neige gelée fondaient à l'ombre des sapins et se dirigea vers la grande ville suivante, Novossibirsk.

Tandis qu'il voyageait par les routes boueuses et glissantes, Timofeï – devenu désormais Gricha – luttait pour ne pas penser à Kolia. La plupart du temps, il y parvenait, mais il lui arrivait d'apercevoir un garçon blond et mince et de sentir son cœur cogner douloureusement dans sa poitrine. Il croisa un jour un homme qui foulait un sentier étroit en jouant un air joyeux sur un *svirel* – une flûte paysanne – en bois rustique, et cette fois aussi, il éprouva une vraie douleur.

Quand il passait la nuit dans une masure et ne pouvait s'empêcher de penser au petit frère qu'il avait trahi, il sortait la petite flûte avec son ancien prénom, Tima, maladroitement gravé dans le bois. Kolia, qui savait en jouer, l'avait fabriquée pour lui, alors qu'il n'en pouvait tirer aucun son. Il vidait alors une bouteille de mauvaise vodka afin de pouvoir s'endormir et chasser les cauchemars familiers. S'il se trouvait sur la route et se mettait à penser beaucoup trop à Kolia, il cravachait Félia pour le lancer au galop et fuir ses propres souvenirs.

* * *

Il était encore à une semaine de Novossibirsk lorsqu'il fut soudain encerclé par une troupe de gaillards peu amènes vêtus de tuniques grises. Ils l'interrogèrent et lui demandèrent ses papiers.

Des papiers ? Quels papiers ?

Des papiers qui prouveraient que le cheval lui appartenait, prétendirent-ils. « Tu n'as pas l'air du genre à pouvoir te payer un donski bien nourri. Tu l'as volé », décrétèrent-ils en le faisant descendre. Il se défendit, mais cela lui valut deux doigts cassés et un sifflement dans une oreille qui dura une dizaine de jours. Ils le jetèrent ensuite dans une charrette avec trois autres prisonniers. Ceux-ci ne dirent mot pendant qu'on l'enchaînait à leurs côtés, mais, alors qu'ils passaient la nuit et presque toute la journée du lendemain à tressauter et cahoter, son voisin de chaîne lui expliqua qu'un camp de travail assez proche avait subi de lourdes pertes à cause de la dysenterie. Ce jour-là, les fonctionnaires de bas étage qui lui avaient brisé les doigts et l'avaient rendu à moitié sourd arrêtaient tous les hommes valides qu'ils pouvaient rencontrer dans le but de faire couper la quantité de bois exigée.

Gricha maudit sa malchance. Au début, ce fut surtout la perte de Félia qui le mit en colère, et il espérait que celui qui en hériterait ne le maltraiterait pas. Il n'imaginait pas que cette prétendue arrestation lui vaudrait davantage qu'une semaine ou deux de travail pénible et pensait se remettre aussitôt en route, mais cette fois, à pied. Il était habitué à travailler dur. Cependant, quand il arriva au camp enfoui dans la forêt de conifères et découvrit l'expression hagarde sur le visage creusé et jaunâtre des autres hommes, ainsi que les chaînes qui les retenaient à leur brouette et à leur scie, il ressentit l'étreinte glacée de la terreur.

Durant les premières semaines, Gricha ne put penser qu'à son père. Son père qui n'était à l'époque ni aussi jeune ni aussi fort que lui, mais qui avait survécu plus d'un an à des conditions encore pires, plus au nord, dans les mines. Au moins, Gricha travaillait-il dehors et respirait-il un air pur. Dans la taïga dense de l'été, les hommes trouvaient des baies, et parfois des champignons sauvages pour compléter les maigres rations qu'on leur accordait après douze heures d'abattage. On lui permit de garder ce qu'il avait apporté avec lui, hormis le couteau, et, dans sa sacoche, Gricha avait encore quelques livres, le crucifix, le moulin à prières et le *svirel* de Kolia.

Pendant l'hiver qui suivit, Gricha regarda les hommes qui l'entouraient mourir d'épuisement, de froid, de malnutrition et de maladie. Chaque nuit, toute la nuit, les hommes toussaient, gémissaient et priaient, alors que Gricha se refusait à prier. Un jour que son partenaire de scie, les doigts engourdis par le froid, avait un instant perdu prise, les dents de métal acérées s'étaient enfoncées profondément dans sa cuisse, et Gricha avait vu, impuissant, son compagnon perdre tout son sang dans la neige. Il avait cessé de croire.

La prière n'apportait ni pain, ni couverture, ni bottes chaudes, ni protection contre les dents des scies. Il estimait que les autres perdaient leur temps à prier pour un peu de réconfort. Alors qu'il apprenait à survivre au camp, il se disait qu'il apprenait aussi à survivre au-dehors. Il travaillait, ou volait, pour obtenir ce qui lui était nécessaire, et ne comptait que sur lui-même.

À l'approche du printemps, il dressa un plan avec deux autres hommes, tous deux plus âgés que lui. Cela faisait neuf mois qu'il se trouvait dans ce camp, et il savait que, s'il ne s'évadait pas maintenant, il deviendrait trop faible pour le faire ensuite. Les trois hommes attendirent les conditions optimales : une nuit douce et sans lune durant laquelle les gardiens buvaient et se querellaient devant leur cabane. Les prisonniers commencèrent par tuer un gardien, puis un deuxième, et s'enfuirent dans l'obscurité pour s'enfoncer dans la forêt épaisse. Lequel d'entre eux plongea le couteau, constitué d'un fragment de lame de scie, dans la gorge barbue des gardiens, cela demeura leur secret. Ils étaient tous coupables. Ils se séparèrent à trois jours du camp, chacun préférant oublier ce qu'il était devenu. Gricha partit vers l'ouest, sa petite sacoche sur le dos. Il traversa le reste de la Sibérie en marchant et se faisant prendre de temps à autre en charrette. Ce printemps et cet été-là, il déroba ce qu'il pouvait dans les jardins, se contentant des jours durant des premiers petits oignons de printemps et de têtes d'ail. Il volait dans les chariots rudimentaires qui livraient le grain et dans la musette des chevaux. Il volait du linge sur les fils d'étendage; il vola même une fois les bottes d'un homme ivre endormi. Il vendait une partie de ce qu'il avait volé pour quelques kopecks dans le village suivant. Après un peu trop de vodka, il se battait pour rien, à coups de poing.

La seule chose qu'il s'interdit toujours, la seule chose qui constituerait, il le savait, la dernière étape avant l'animal qu'il risquait fort de devenir, était de prendre une femme contre sa volonté. Lorsqu'il avait envie d'une femme, mais n'avait pas de quoi la payer, il haussait les épaules et passait son chemin.

Il croisa la borne indiquant la frontière entre la Sibérie et la Russie occidentale alors que le froid s'installait à nouveau. Il pensa à son père en contemplant le cylindre de pierre rudimentaire, qui le dépassait d'une bonne tête. Bien qu'Alexandre Kassakov n'eût jamais parlé à son fils de son expérience affreuse dans les mines, il lui avait raconté que lorsque le chariot qui les emmenait, ses camarades enchaînés et lui, avait passé cette borne pour entrer en Sibérie, les éloignant de tout ce qu'ils connaissaient et de tous ceux qu'ils aimaient, beaucoup de ces hommes forts et dignes avaient pleuré, le visage enfoui dans leurs mains.

Contrairement à son père et à ces malheureux, Gricha se dirigeait dans l'autre sens. Il regarda pardessus son épaule et se permit un dernier adieu à sa mère et à son frère perdu. Il se jura alors de ne plus vivre dans la culpabilité, culpabilité de ce qu'il leur avait fait, de ce qu'il avait fait aux geôliers et à tous ceux à qui il avait nui à seule fin de pouvoir survivre. C'était la seule façon d'aborder sa nouvelle vie.

Il posa la tête contre la borne de pierre glacée, combattant le vieux réflexe de se signer, puis pénétra en Russie européenne.

5

Le docteur Molov arrive à Angelkov quelques heures après l'entrevue de la comtesse et de Gricha dans la cuisine. Antonina se trouve dans la chambre de Konstantin lorsqu'on introduit le médecin, et reste à ses côtés tandis qu'il écoute le cœur du malade et déplace lentement la flamme d'une bougie devant ses yeux. Konstantin le laisse faire.

— Comtesse Mitlovskaïa, dit le médecin en posant la chandelle, je suis profondément désolé d'avoir appris la tragédie qui frappe votre foyer. On en parle dans tous les villages et domaines des environs.

Antonina hoche la tête.

— La fièvre, reprend le docteur Molov, quand a-t-elle commencé ?

— Je ne sais pas. Hier, peut-être, répond Antonina, dont la gorge se crispe en sentant l'haleine chargée d'ail de son interlocuteur. Sa main valide et ses pieds ont été rafraîchis à l'eau vinaigrée, mais cela n'a pas fait baisser la fièvre.

Le médecin se penche de nouveau au-dessus de Konstantin et entreprend de défaire son pansement. Mais alors qu'il retire la dernière couche de linge, l'odeur qui envahit la chambre est telle que lui-même ne peut s'empêcher de retenir sa respiration.

Antonina presse son mouchoir sur son nez et sa bouche.

— Ceci aurait dû être désinfecté et recousu aussitôt, déclare le médecin. Depuis combien de jours est-il blessé ?

— Quatre.

Elle se dit que cela fait quatre jours qu'elle n'a pas tenu son fils dans ses bras.

Le médecin secoue la tête et ouvre sa trousse pour en sortir un petit boîtier de cuir. Après s'être échiné sur Konstantin avec de l'eau chaude et du désinfectant, puis une aiguille et du fil, il sort avec Antonina dans le couloir. Il l'informe qu'il réexaminera le comte dans la matinée : il n'y a rien d'autre à faire pour ce soir. Il est venu à cheval de Pskov et passera la nuit à Angelkov.

— Merci, docteur Molov, dit-elle avant de regagner sa chambre, à l'autre bout du long couloir.

* * *

Tania a attendu que le médecin et la comtesse aient quitté la chambre de Konstantin. Elle y entre avec une pile de serviettes et de draps.

— Va-t-il se remettre ? demande-t-elle à Pavel.

— Le docteur a fait ce qu'il a pu, dit le serviteur tandis que la femme pose le linge propre.

Il est au courant de la liaison de Konstantin avec la blanchisseuse. Tout le monde au domaine est au courant, y compris la comtesse. Pavel l'observe. Elle ressemble beaucoup à la première femme de Konstantin, osseuse, mate de peau et du même âge que la première comtesse Mitlovskaïa. Le comte a commencé à fréquenter Tania six mois après que sa femme eut succombé à une maladie digestive chronique.

Tania se penche au-dessus du comte et lui caresse la joue.

— Kostia, murmure-t-elle en espérant sincèrement qu'il se remettra.

Au bout de treize ans, elle s'est habituée aux petits plaisirs que lui assurent les roubles supplémentaires donnés chaque semaine par son maître.

Il ne bouge pas, et Tania, sans regarder Pavel, s'en va et retourne dans sa chambre, dans la bâtisse de pierre à un étage qui abrite le personnel d'Angelkov, juste derrière le manoir.

Revenue dans ses appartements Antonina ressasse le fait que son fils aurait dû lui être rendu à présent. Il aurait été là, sans Konstantin. Sa colère contre son mari est telle qu'elle l'empêche de dormir.

* * *

Le lendemain matin, Antonina a la tête engourdie et comme du sable dans les yeux. L'horreur de la situation, les nuits sans sommeil et l'excès de vodka commencent à peser. Elle doit veiller sur son mari, mais la seule idée de franchir le couloir lui est odieuse. Elle serre Tinka contre elle et enfouit son visage dans la fourrure chaude de la petite chienne. Lilia entre et fait doucement asseoir sa maîtresse devant la coiffeuse pour remonter ses cheveux de façon sommaire pour le moment. Elle ne cesse de lui parler tandis qu'elle lui baigne le visage avec un linge chaud et humide ; mais Antonina ne comprend pas ce que sa servante lui dit. Elle a l'impression de se trouver sous l'eau.

Puis elle se dirige lentement vers la porte pour se rendre dans la chambre de Konstantin. Lilia l'arrête, lui met un peignoir sur sa chemise de nuit puis un châle sur les épaules, qu'elle fixe à l'aide d'une broche. Enfin, la servante se baisse pour attraper Tinka, qui s'apprête à suivre sa maîtresse.

Gricha se tient devant la chambre de Konstantin. Il s'incline devant la comtesse et lui ouvre la porte. Elle s'approche du lit de Konstantin et se penche pour examiner son mari. Il est aussi inerte que la veille au soir, et ses yeux sont à présent fermés. Il a de la salive séchée sur les lèvres. Le docteur Molov est assis sur une chaise, près du malade, dont il tient la main blessée. Les lèvres de la plaie sont gonflées et enflammées sous la suture, et semblent lutter contre le fil. Une substance sanglante, mais qui n'est pas seulement du sang, suppure entre les points.

— C'est pire ? s'enquiert Antonina.

Ses mots sont posés. Sa bouche est desséchée et ses lèvres comme engourdies.

— Oui, répond le médecin en levant vers elle un front soucieux. Il est inconscient.

— Que s'est-il passé ? veut-elle savoir. Pourquoi est-il ainsi ?

— Nous ne pouvons rien dire pour l'instant, avoue-t-il en enveloppant la main noircie de Konstantin dans de la gaze propre.

— Nous ? répète Antonina. Qu'entendez-vous par là ? Qu'est-ce qu'il y a à savoir ?

Lui faut-il vraiment tant de temps pour prononcer ces quelques mots, ou son engourdissement lui donne-il tout simplement l'impression d'avoir une voix morne et ralentie ?

Le médecin relève les yeux vers elle.

— Comtesse Mitlovskaïa, il est trop tôt pour s'avancer. Mais si la fièvre se maintient...

Il s'interrompt pour nouer la bande de gaze puis demande :

— A-t-il absorbé du liquide. A-t-il bu de l'eau ?

Antonina remarque les taches fiévreuses sur les joues mangées de barbe de son mari.

— Je ne sais pas.

— Moi non plus, ajoute Pavel, au pied du lit.

— Pourquoi ça ? Pourquoi ne l'avez-vous pas fait boire ? demande le médecin au serviteur.

— J'ai essayé. Plusieurs fois. Mais il refuse.

— Il refuse ? Allons donc, réplique sèchement le médecin. Vous n'êtes donc pas capable d'exécuter la tâche la plus simple ?

Au ton exaspéré de sa voix, Antonina reprend un peu pied. Elle sait à quel point Pavel est dévoué à Konstantin. Il est son valet depuis plus de vingt ans, bien avant qu'elle ne s'installe à Angelkov. Le vieil homme n'a pas quitté le chevet du comte toutes ces dernières nuits, et voilà que ce médecin le gronde comme s'il était un enfant incapable de faire son devoir.

Elle a envie d'une tasse de thé sucré.

— Eh bien, essayez, vous, docteur Molov, dit-elle. Essayez de lui ouvrir les lèvres et de le forcer à avaler.

Le médecin se rembrunit.

— Comtesse, je souligne simplement le fait que c'est très important. En cas de septicémie, il faut...

—Une septicémie? l'arrête Antonina en se massant le front. Vous n'aviez pas parlé de cela.

—J'ai fait ce que je pouvais pour le moment, dit le médecin en se levant. J'ai des engagements aujourd'hui, mais je reviendrai demain. Il est très important que le comte Mitlovski boive, afin de le débarrasser des germes, comtesse.

Antonina acquiesce.

Le médecin referme sa trousse, puis ajoute d'une voix radoucie:

—Votre fils vous sera certainement rendu. Nous sommes dans une grande période d'instabilité: le manifeste d'émancipation a plongé le pays dans le chaos. Personne ne sait ce que cela va impliquer. Les serfs... les nouveaux affranchis, ne savent pas encore comment il vont se répartir, ni comment gérer leur liberté. Il y a de la peur, de la confusion et beaucoup trop de rumeurs. Il y a même eu quelques soulèvements mineurs dans certains domaines. Les voyous qui ont enlevé votre fils ne vont pas tarder à comprendre...

Antonina attend la suite. Même si elle est un peu plus concentrée, elle a encore l'impression d'émerger d'une étrange pénombre.

—Ils ne vont pas tarder à comprendre quoi? interroge-t-elle enfin.

Le docteur Molov rouvre sa trousse et en extirpe une petite fiole carrée.

—Du laudanum, comtesse. Cela vous aidera à tenir pour le moment. C'est mieux que... commence-t-il avant de s'interrompre. Je crois que cela vous aidera, ajoute-t-il. Faites-le boire autant que possible, poursuit-il en se tournant vers Pavel, et continuez de le baigner à l'eau fraîche pour faire descendre la fièvre.

Il ramasse sa trousse, salue Antonina et disparaît.

La jeune femme se laisse tomber sur le grand fauteuil de cuir. Elle ferme les yeux et laisse aller sa tête en arrière, épuisée bien qu'elle n'ait rien fait d'autre que remonter le couloir et écouter le médecin.

* * *

Au moment où le docteur Molov referme la porte, Gricha s'avance pour demander :

— Va-t-il se remettre ? Je suis le régisseur, précise-t-il en voyant que le médecin ne lui répond pas tout de suite. Je dois savoir à quoi m'attendre pour la bonne marche du domaine.

Le médecin hoche la tête et entraîne Gricha par le bras à l'écart de la porte.

— Je vais vous dire la vérité : elle ne me paraît pas en état.

— Que voulez-vous dire ? interroge Gricha en dévisageant le petit homme au souffle court.

— La comtesse. Est-ce que c'est une forme d'hystérie étouffée ? Hier soir, et maintenant ce matin… elle ne semble pas être en possession de toutes ses capacités. Je ne crois pas qu'elle puisse gérer la vérité. Je suis content qu'il y ait quelqu'un de responsable ici, dit encore le médecin en le regardant.

— La comtesse Mitlovskaïa a été profondément bouleversée, reconnaît Gricha. Mais qu'en est-il du comte ?

— Cela se présente très mal. N'ayant pas été soignée, la blessure s'est infectée. Il fait une septicémie et l'infection remonte le long de son bras. Nous voulons éviter qu'elle ne gagne le reste du corps.

— Vivra-t-il ?

— C'est entre les mains du Seigneur à présent, répond le médecin avec un haussement d'épaules. Il ne reste plus qu'à attendre.

Puis il se détourne et s'engage dans l'escalier.

Gricha le regarde partir.

* * *

Cette nuit-là, Antonina envoie Pavel dormir et s'installe au chevet de Konstantin, Tinka sur les genoux : elle sait bien qu'il ne lui servirait à rien de chercher à dormir. Elle a pris plusieurs cuillerées de laudanum tout au long de la journée. Le mélange d'opium et d'alcool lui a permis de lâcher prise, et elle n'a pas voulu émerger de la sensation assourdie et comme onirique que lui a donnée le liquide sirupeux.

Elle reste à présent assise dans l'obscurité, une joue sur la paume de sa main, l'autre main posée sur la tête de Tinka. À un moment, elle croit entendre Konstantin murmurer quelque chose.

Elle se lève en retenant d'une main Tinka contre elle, puis s'agenouille près du lit.

— Parlez, Kostia, chuchote-t-elle. Pour l'amour de Dieu, parlez si vous le pouvez.

Dans l'obscurité, Antonina ne peut déterminer si Konstantin a les yeux ouverts ou fermés, mais elle est certaine de l'entendre chuchoter quelque chose.

— Qu'est-ce qu'il y a ? Qu'est-ce que vous essayez de dire ?

Elle pose la main sur son épaule, qui lui paraît osseuse, comme si la chair s'en détachait.

Puis elle l'entend prononcer un nom.

— Gricha ? Mais il n'est pas là. On est au milieu de la nuit. Qu'est-ce que vous lui voulez ?

— Gricha sait, dit Konstantin, le second mot guère plus qu'un long soupir.

— Il sait quoi ? Qu'est-ce qu'il sait ? J'ai parlé à Gricha : il m'a raconté tout ce qui s'était passé.

— Il sait, répète Konstantin, si bas qu'Antonina doit approcher l'oreille de sa bouche.

— Il sait quoi ? insiste-t-elle.

Mais Konstantin ne dit plus rien. Elle resserre son étreinte sur l'épaule de son mari pour tenter de le réveiller, mais en vain. Il est retombé dans un profond sommeil ou dans le coma. C'est évidemment l'infection due à sa blessure qui le rend malade, et cela aurait pu être évité si seulement il avait accepté de se faire soigner tout de suite. Ou s'il acceptait de boire.

De fait, il se tue. Et de la même façon qu'il a toujours vécu – avec un esprit borné et tenace – Antonina comprend qu'il veut terminer ce qu'il a commencé. Il veut mourir.

— Je sais ce que vous faites, lui murmure-t-elle. Comme vous ne pouvez pas vivre avec cette culpabilité, vous choisissez la fuite. Vous avez perdu notre fils parce que vous n'avez pas voulu m'écouter, et maintenant, vous voulez me laisser affronter seule les conséquences de vos actes. Me laisser seule pour espérer, guetter Micha par la fenêtre, prier à m'en faire saigner les genoux. Et en plus de me forcer à supporter cette douleur insoutenable, vous voudriez m'imposer le fardeau du veuvage.

Il ne réagit pas, bien sûr, et il ne reste plus à Antonina qu'à retourner s'asseoir sur le fauteuil.

* * *

Le lendemain matin, Antonina s'interdit de reprendre du laudanum – elle a besoin de toute sa lucidité – même si, plus tard dans la matinée, elle boit rapidement un verre de vin. Elle a envoyé chercher Gricha, et le vin sert à empêcher ses mains de trembler tandis qu'elle l'attend dans le bureau de Konstantin.

— Et maintenant, Gricha ? demande-t-elle à son arrivée, en remarquant les taches sombres sur le visage meurtri du régisseur.

Elle est assise devant le feu, et Gricha reste debout près de la cheminée.

— Qu'est-ce qu'on fait ?

Gricha repousse avec concentration les cendres vers le foyer.

— Évidemment, nous continuons à chercher Mikhaïl Konstantinovitch, madame. Nous sommes restés dehors toute la journée d'hier, et Liocha poursuit les recherches avec les autres. J'ai eu beaucoup de choses à régler ici, mais j'ai donné des instructions pour que les hommes se déploient en cercles de plus en plus larges autour des villages et des hameaux. Et nous avons signalé l'enlèvement aux autorités de Pskov.

— Y a-t-il quoi que ce soit de nouveau, Gricha ? insiste Antonina, à voix basse car elle n'a même pas la force de hausser le ton.

Le régisseur ne répond pas tout de suite.

— Personne ne s'est encore présenté pour rapporter avoir vu le jeune maître, dit-il enfin. Mais les villageois sont effrayés. On a très bien pu les menacer, et ils ont peur de parler. Nous allons donc continuer à chercher. Nous n'abandonnerons pas, madame. Vous savez que votre fils est résistant, et qu'il est intelligent. Cela doit vous tranquilliser, madame : il va bien. Il va bien, répète-t-il d'une voix plus forte.

Antonina acquiesce, mais ne paraît pas convaincue.

— Ils l'ont peut-être conduit en ville – à Pskov. Ou peut-être même à Saint-Pétersbourg.

— J'ai la quasi-certitude qu'il est tout près, mais bien caché. Nous chercherons dans toute la province, madame.

— Enverront-ils un autre message ? Demanderont-ils davantage d'argent ?

Ces questions, Antonina se les pose depuis la veille. Elle espérait que Gricha aborderait le sujet en premier, de façon posée, comme à son habitude.

— Puisque Konstantin a fait échouer la première tentative, y aura-t-il une autre chance ?

L'expression de Gricha ne vient-elle pas se s'altérer subtilement ? Antonina pense à Konstantin qui murmurait le nom de Gricha cette nuit. *Gricha sait.*

— C'est certainement une possibilité, madame. Les hommes de ce genre... sont corrompus et cupides.

La réponse du régisseur ne lui apporte pas le soulagement qu'elle espérait.

— Alors on doit se contenter d'attendre ?

— Et nous continuons à chercher, madame.

Pendant un moment, seul le crépitement du feu se fait entendre. Gricha contemple les flammes.

— La nuit dernière, Konstantin m'a parlé, lâche Antonina.

Le régisseur ne réagit pas tout de suite, puis se détourne du feu pour la regarder.

— Il a repris conscience ?

— Un instant.

Gricha se tient parfaitement immobile.

— Il a prononcé votre nom. Il semblait dire : *Gricha sait*. Qu'entendait-il par là, Gricha ?

Il ne répond pas immédiatement.

— J'ai cru reconnaître l'un d'entre eux. L'un des cosaques. Quand ils se sont approchés, j'ai appelé un nom.

Antonina se lève.

— Vous le connaissez ?

Mais Gricha secoue la tête.

— Comme je vous l'ai dit, madame, c'est ce que j'ai cru un instant. Je ne voyais que ses yeux, et, lorsqu'ils m'ont frappé, son écharpe a glissé, et ce n'était pas celui que je croyais. Mais le comte... il m'a entendu dire un nom... c'est sûrement de cela qu'il a voulu parler.

Antonina, qui se tient devant son fauteuil, fouille les yeux sombres du régisseur.

— Merci, dit-elle enfin alors qu'une bûche s'affaisse lourdement. Vous pouvez vous retirer.

Gricha s'incline et s'en va. Une fois sorti du bureau, il s'appuie contre la porte fermée. Aussi hostiles que soient ses sentiments envers Konstantin Nikolaïevitch, il ne veut pas qu'il meure.

L'enlèvement ne s'est pas déroulé comme prévu.

La mort ne faisait pas partie du plan.

6

S'il avait soupçonné que tout se passerait aussi mal, que Sosso le tromperait à ce point, Gricha n'aurait jamais accepté.

Il sait maintenant – bien qu'il ne s'en soit jamais rendu compte depuis tout le temps qu'il connaît Sosso, ou plus exactement Iossif, le mari de Lilia – que celui-ci le déteste de la même façon que lui-même déteste Konstantin. Le comte ne se doute pas quelle colère sourde et profonde déclenchent chez son régisseur ses airs supérieurs et ses attentes, la désinvolture de ses exigences.

Et voilà que l'on fait à Gricha précisément ce qu'il aurait voulu faire subir au comte. Sosso le punit comme il cherchait à punir Konstantin – en le faisant chanter, en lui extorquant de l'argent.

Lorsque Sosso invita Gricha à venir disputer une partie de cartes au quartier des serviteurs, un soir de début janvier, Gricha aurait dû se méfier. À cause du poste privilégié qu'il occupait à Angelkov, les autres le traitaient avec une déférence prudente. C'était tout de même lui qui supervisait tous les serfs du domaine, qui informait le comte de leurs fautes et de leurs actes de désobéissance et qui procédait à leur châtiment. Gricha se rendait compte qu'il mettait les serfs mal à l'aise, qu'ils se tenaient tous sur leurs gardes lorsqu'il était à proximité. Il n'était pas du genre à avoir besoin de la compagnie des autres, et il n'avait jamais particulièrement apprécié Sosso, mais l'hiver avait été plus rigoureux que d'habitude, cette année, et chaque soirée se révélait longue, sombre et glaciale. La perspective d'une partie de cartes arrosée de vodka lui avait paru curieusement tentante. Il baissa donc sa garde et accepta.

Lorsqu'ils entamèrent la deuxième bouteille, Sosso parlait de sa rancœur envers le maître des lieux et citait des incidents récents qui continuaient de le mettre en rage : la vente de deux magasiniers à un autre domaine, ce qui lui donnait une surcharge de travail ; la réprimande et l'humiliation qu'il avait subies pour avoir renversé un sac d'avoine, avec, en plus, une retenue sur ses gages.

— Il fait comme si nous avions moins d'importance que ses satanés chevaux, fulmina Sosso.

Gricha ne pouvait qu'être d'accord. Le comte Mitlovski était cruel et emporté. Il y avait des propriétaires qui traitaient leurs serfs avec patience et bonté. Ce n'était pas le cas du comte : pour lui, ainsi que le disait Sosso, ils ne valaient guère plus que des animaux.

— Il croit, poursuivit Sosso en abattant ses cartes, qu'une poignée de roubles à Noël et quelques bouteilles de vodka dans l'année – c'est quand même lui qui possède la distillerie, nom de Dieu – suffisent à faire de lui un saint.

Il cracha par terre.

Gricha vida son verre et sentit sa propre colère s'enflammer.

— C'est moi qui dirige Angelkov et qui fais en sorte qu'il comprenne les comptes. Il me demande mon avis pour tout ce qui touche à ses finances. Le domaine était-il aussi prospère avec le précédent régisseur ? Non. Il me doit beaucoup, mais il se comporte comme si c'était moi qui devais lui être reconnaissant.

Il n'évoqua pas le fait que le comte se servait de sa maison et du lit même de Gricha pour ses rendez-vous avec Tania. Certes, la maison aux volets bleus appartenait au comte, mais qu'il puisse prendre de telles libertés semblait, aux yeux du régisseur, une insulte abjecte.

Il s'empara de la bouteille et remplit de nouveau leurs verres avant de lever le sien.

— À l'honnêteté, lança-t-il.

Conscient que c'était la vodka qui lui déliait la langue, il éprouvait néanmoins un véritable sentiment de camaraderie envers Sosso, dans la pénombre glacée de la chambre que ce dernier occupait dans le quartier des serviteurs. Sosso était l'un des serfs les plus vaillants d'Angelkov. Il avait la charge des magasins et veillait à ce que les réserves de nourriture suffisent aux besoins du vaste domaine. Gricha connaissait Sosso depuis l'arrivée de celui-ci à la propriété, avec Lilia et le petit frère de celle-ci, Liocha. Cela s'était passé dix ans plus tôt, soit juste avant la naissance du fils du comte.

Gricha n'avait jamais pu s'empêcher d'admirer cet homme : Iossif avait quelques années de plus que lui ; il était fort et infatigable. Il travaillait – habituellement – sans se plaindre, aussi Gricha avait-il cru, en l'entendant critiquer aussi librement le comte, que le chef magasinier lui faisait assez confiance pour se confier à lui.

— La liberté est à portée de main, et je ne vais pas partir sans rien après toute une vie passée à m'échiner, déclara Sosso en levant son verre en direction de Gricha. Si Mitlovski pense qu'il pourra nous soutirer la même somme de travail une fois que nous serons affranchis, il se trompe. Je suis en train de mettre au point un plan, annonça-t-il après une rasade, quelque chose qui nous rapportera – à toi et à moi – ce qu'on mérite. Quelque chose pour nous aider à démarrer une nouvelle vie.

Il étudia Gricha en fronçant les sourcils, ses yeux disparaissant presque sous ses paupières lourdes aux cils courts. Puis il enfonça son auriculaire dans son oreille et le fit pivoter à plusieurs reprises.

— On va lui soutirer de l'argent, beaucoup d'argent. Tu n'as pas l'intention de rester travailler pour ce vieux salaud, si ?

— Je ne suis pas un serf, répondit Gricha avec un haussement d'épaules. Pour moi, c'est différent.

— Il te traite comme un serf. Je l'ai vu. Tu veux continuer à supporter ça ? Hein ? Ou tu veux en être ?

Gricha ne répondit pas tout de suite. Il pensa à Tania sortant de sa chambre avec les draps souillés.

— Ça dépend, dit-il enfin, conscient qu'il était ivre. À quoi tu penses ? demanda-t-il après s'être essuyé la bouche sur sa manche.

— Je n'ai pas encore décidé, répliqua Sosso, mais si je sais que je peux compter sur toi, ça facilitera les choses. Et puis j'ai des amis… ils nous aideront.

Gricha se secoua et se leva pour quitter le quartier des serviteurs et rentrer chez lui d'un pas incertain.

Le lendemain, la tête douloureuse, le régisseur se souvint de leur conversation comme d'un moment de solidarité arrosée entre hommes qui cherchaient à se donner de l'importance à coups de rêves de vengeance.

* * *

Mais, après le manifeste d'émancipation, Sosso vint lui demander s'il était sérieux quand ils avaient parlé d'extorquer de l'argent au comte. Gricha lui avait répondu qu'il devait réfléchir.

— Comme je te l'ai dit, j'ai des amis. Je peux m'en porter garant. Ce sont d'anciens cosaques décorés, ajouta Sosso.

Gricha ne savait pas s'il pouvait faire confiance à Sosso, et ne connaissait rien des amis du magasinier, Edik et Lev. Mais il se trouvait que Sosso avait déjà un plan : ils allaient enlever le fils du comte. L'enlever, demander une rançon, prendre l'argent et rendre l'enfant. Simple. L'idée ne plut pas à Gricha. Il pria Sosso de trouver autre chose, qui ne soit pas un enlèvement. Il ne voulait surtout pas que Mikhaïl Konstantinovitch puisse être mis en danger. Du fait de son poste dans le domaine, Gricha avait constamment accès à la maisonnée, et il avait vu l'enfant grandir. Micha ressemblait énormément à sa mère, tant par le physique que par le caractère, et c'était un enfant délicieux auquel Gricha se sentait attaché.

Il n'était pas question qu'il participe à l'enlèvement de Micha.

Sosso lui assura que le petit Mitlovski ne serait pas maltraité, qu'il aurait de quoi manger et un toit sur sa tête pour les une ou deux nuits que durerait sa détention. Rien de plus. Quelques nuits, et puis, quand Gricha aurait apporté l'argent exigé par la demande de rançon, ils se partageraient la somme en quatre. Ils auraient alors chacun plus qu'il ne leur faudrait pour s'acheter de quoi commencer une nouvelle vie : un bout de terre ou une petite entreprise. Ils n'auraient plus jamais de maître à qui rendre des comptes.

Sosso ajouta que Lev et Edik étaient prêts à agir. Gricha maintint son refus. Pourtant, argumenta Sosso, seul Gricha pourrait faire en sorte que l'enlèvement se passe bien. Il était seul à connaître de l'intérieur les déplacements du comte. S'il refusait de marcher avec eux, ils mettraient tout de même leur plan à exécution, mais il leur faudrait peut-être recourir à la violence pour s'emparer de l'enfant. Le sang coulerait. Qui savait ce qui pourrait arriver au petit ?

— Lev et Edik n'attendront pas indéfiniment, poursuivit Sosso.

Tout dépendait à présent de Gricha – voulait-il porter cette culpabilité ?

La culpabilité. Sans le savoir, Sosso avait trouvé la bonne tactique. Gricha accepta donc de prévenir Sosso quand les circonstances seraient favorables – quand il y aurait une possibilité d'enlever l'enfant.

— Mais, précisa-t-il, je veux m'assurer qu'il ne sera fait aucun mal à Mikhaïl Konstantinovitch.

Il insista aussi sur le fait que même si le petit Mitlovski n'avait pas encore dix ans, il était très intelligent et que s'il ne pouvait pas identifier les cosaques, il pouvait reconnaître Sosso. L'enfant avait toute sa vie parcouru librement le domaine, et il était familier de tous les serfs. Il ne devait donc pas y avoir la moindre indication que Sosso – et bien sûr, lui-même – étaient impliqués.

Le magasinier assura qu'il comprenait, et qu'il ferait attention.

— Et Lilia ? questionna encore Gricha. En parleras-tu à ta femme ?

Gricha savait la jeune femme extrêmement dévouée à sa maîtresse et à l'enfant. Il les voyait si souvent ensemble, tous les trois : Antonina, Lilia et Micha.

Sosso secoua lentement la tête.

— Lilia ? Je ne pourrais pas lui faire confiance là-dessus. Elle ne saura rien. Rien, répéta-t-il en se mouchant dans ses doigts. Il n'y aura que nous quatre au courant.

L'enlèvement proprement dit – Gricha l'avait observé à travers les arbres, tapi en arrière – ne s'était pas déroulé aussi calmement que Sosso l'avait promis. L'agression dont le comte avait été victime mit Gricha hors de lui. Ne lui avait-on pas promis que nul ne serait blessé ? C'était le premier signe que les choses risquaient de ne pas se passer comme prévu.

* * *

Ensuite, tout alla de mal en pis. Lorsque, quelques jours plus tard, il porta l'argent de la rançon à Sosso et ses hommes, Mikhaïl était présent.

Il se sentait obsédé par le visage du petit garçon qui s'était éclairé en le voyant apparaître dans la clairière. Les vieux souvenirs de Tchita l'assaillirent.

— Gricha ! appela l'enfant. Gricha ! Ramène-moi à la maison !

— Oui, oui, Mikhaïl, avait assuré le régisseur. Tu vas rentrer à Angelkov avec moi.

Il s'était alors dirigé vers Sosso, qui avait, comme Lev et Edik, le visage dissimulé.

Mais quand Gricha avait remis le sac plein d'argent, avant l'apparition du comte, les hommes l'avaient encerclé, jeté au bas de son cheval et roué de coups. C'était totalement inattendu, et Gricha n'eut pas le temps de réagir. Il tenta de repousser ses assaillants tandis que Micha criait son nom, puis l'enfant appela *papa*, et il n'y eut plus rien. Lorsqu'il reprit conscience, son cheval avait disparu, le comte gisait par terre, près de lui, et le pur-sang arabe furetait dans les sous-bois à moitié gelés.

Il était furieux contre Sosso et retourna le voir plus tard, ce même jour. Sosso, qui transportait de lourds sacs de grains dans la réserve, se contenta d'un mouvement d'indifférence lorsque Gricha lui demanda où Mikhaïl avait été emmené.

— Tu as ton argent, insista Gricha. Je me fiche que tu me donnes ou non ma part. Rends-moi le petit.

Avec sa part, il comptait ajouter un dernier lot de bonne terre aux *dessiatines* qu'il avait déjà achetées. Il avait en effet compris, bien des années auparavant, qu'il aurait besoin d'avoir quelque chose à lui. Voilà que c'était chose faite. Il se construirait une maison et engagerait d'anciens serfs d'Angelkov. Il formait déjà Liocha pour qu'il devienne *son* régisseur et prévoyait de quitter le domaine dès que cette vilaine histoire d'enlèvement serait terminée. Cela n'avait pas été pour lui une question d'argent, mais simplement un problème de ressentiment à l'encontre de Konstantin. Et maintenant, il se demandait pourquoi il s'était montré si vindicatif.

— Donne-moi l'enfant, répéta-t-il en serrant le poing.

Mais il fit une grimace involontaire. Il avait deux côtes cassées et il avait beau bluffer, il savait qu'il ne ferait pas le poids face à Sosso.

— Les autres veulent plus d'argent.

— Plus ? Ils ont eu ce qui était prévu.

Le magasinier laissa tomber son sac avec un grognement.

— C'est pas assez.

— Envoie un autre message pour demander une nouvelle rançon, alors. Mais ne crois pas que je vais la remettre sans récupérer l'enfant, cette fois.

Sosso s'appuya contre un tas de sacs pleins et alluma sa pipe.

— Tout ce qu'ils veulent, c'est un peu plus de fric.

— Où est Micha ? insista le régisseur.

— En sûreté. Trouve-moi l'argent, et je te trouve le gosse.

— Tu crois que je vais te filer plus de fric si le petit est déjà mort ? Tu me prends pour un imbécile ? Si je n'ai pas la preuve qu'il est en vie, il n'y aura pas un kopeck de plus. Donne-moi une preuve.

— Je vais en parler aux autres, répondit Sosso en tirant sur sa pipe. Je leur parlerai quand je serai prêt.

Il croisa les bras sur la poitrine et regarda Gricha bien en face.

Celui-ci comprit alors que Sosso l'avait amené exactement là où il voulait. Il découvrit que, comme pour lui-même, ce n'était pas non plus uniquement une question d'argent pour le magasinier. Sosso se délectait de le laisser mariner.

* * *

Une semaine après l'enlèvement, Antonina se tient au chevet de Konstantin.

Il dort profondément, ses lèvres sont craquelées et desséchées, ses joues creuses. Elle se demande ce qu'il est capable de penser ou de comprendre avec une telle fièvre. Souffre-t-il pour son fils ? Il aime son fils, bien sûr, même si ce n'est pas le fils dont il a rêvé.

Bien qu'il eût duré longtemps, son premier mariage était resté infécond, et Konstantin aurait voulu que le fils que lui avait donné Antonina fût plus robuste. Il le pressait de prendre des risques, de monter des chevaux récalcitrants dans les prés et de plonger, encore et encore, dans le lac du domaine. Konstantin obligeait l'enfant à patiner sur ce même lac, gelé en hiver, jusqu'à ce qu'il soit blême d'épuisement. Il s'était montré fier des capacités musicales étonnantes du petit, certes, fier qu'à l'âge de cinq ans, son fils pût composer des mélodies. Mais cela ne lui suffisait pas.

— C'est tout ce qui l'intéresse ? demanda-t-il à Antonina alors que Mikhaïl avait sept ans à peine. Il n'est pas normal qu'un garçon soit davantage tourné vers la musique que vers l'excitation de la chasse, avec les chevaux, les chiens, les fusils et les arcs. Regardez ce garçon d'écurie, le frère de Lilia, Liocha. Ce n'est encore qu'un gamin et il est déjà très doué. Gricha m'a dit qu'il avait abattu trois perdrix et un renard rien que la semaine dernière.

— Liocha est beaucoup plus vieux que Mikhaïl. Ne le comparez pas à notre fils.

Quelques années plus tôt, Konstantin avait vu Liocha prendre un coup de pied de l'un des chevaux. Il ne s'agissait heureusement que d'une petite pouliche, et elle ne l'avait touché que du bord du sabot sinon le garçon aurait pu être gravement blessé, ou même tué. Liocha avait perdu connaissance, et quand il était revenu à lui, avec deux palefreniers agenouillés auprès de lui, il avait grimacé mais insisté pour se relever. Konstantin avait appris plus tard que l'enfant avait la clavicule et le bras cassés, mais n'avait pas proféré un son. Le comte avait été impressionné par sa force et son stoïcisme.

— Mikhaïl devrait passer plus de temps dehors au lieu de rester toutes ces heures à apprendre ses leçons ou devant le piano, assura-t-il.

— Micha est extrêmement doué pour la musique, avait protesté Antonina. Vous vous en rendez compte.

— Je ne dis pas que le petit doive abandonner ses leçons de musique, grogna le comte, mais je veux un fils qui sache monter à cheval et chasser avec moi, et pas juste composer des bêtises au piano. Je veux qu'il entre dans l'armée.

— Dans l'armée ? répéta Antonina, frappée de stupeur.

— Ce sera une bonne formation pour lui. Il pourra intégrer une bonne école de cadets à Saint-Pétersbourg quand il aura treize ans, dit-il. Cela lui assurera une entrée dans un corps d'élite de l'armée russe. Il pourrait être lieutenant à vingt ans et poursuivre son ascension. J'ai toujours rêvé d'un fils qui devienne général.

Antonina savait qu'il ne servirait à rien de discuter avec Konstantin. Mikhaïl n'avait alors que sept ans. Elle avait des années devant elle pour convaincre son mari de changer d'avis. Quoi que puisse penser Konstantin, elle ne laisserait pas son fils renoncer à une carrière musicale pour les armes.

Je le méprise, songe Antonina en contemplant celui qui est son mari depuis onze ans. Durant toute une vie d'égoïsme, Konstantin n'en a fait qu'à sa tête, au mépris de ce qu'il en coûtait aux autres. Non content d'avoir emmené Mikhaïl sans écouter les arguments qu'elle lui avançait le jour de l'enlèvement, il ne s'était pas conformé aux exigences des cosaques et avait annihilé leurs chances de voir revenir leur fils sain et sauf.

Elle congédie Pavel et prend une paire de petits ciseaux à ongles sur la coiffeuse. Elle se dresse au-dessus de son mari et se retient de porter les petites lames pointues aux lèvres de celui-ci pour les ouvrir et le forcer à donner les réponses qu'elle a besoin d'entendre. *Vous êtes-vous vraiment battu pour n'être blessé qu'à la main ? N'êtes-vous pas prêt à mourir pour votre fils ?*

Elle ne peut imaginer que Mikhaïl soit mort. Il n'est pas mort. Elle le saurait, s'il était mort. C'est son fils.

— *Je t'aime, Maman**, lui disait-il toujours quand elle le mettait au lit (Antonina l'encourageait depuis qu'il était tout petit à pratiquer la seconde langue de la noblesse russe). *Je veux beaucoup de baisers*, ajoutait-il.

— Combien ? demandait-elle alors. Combien de baisers veux-tu ?

Parfois, c'était cinq, parfois dix, parfois vingt. C'était leur rite du coucher. Elle lui couvrait alors les joues de baisers, et il riait en disant que ça chatouillait.

Elle prend soudain conscience que ce ne sont pas les lèvres de son mari qu'elle veut ouvrir. Elle a envie de lui transpercer le cou, d'enfoncer les lames dans la blessure qui s'y trouve déjà, dans l'artère vitale qui bat si lentement. Elle meurt d'envie de voir un jet de sang épais fuser assez longtemps pour que l'arc de vie conduise inéluctablement à la mort. Elle en a tellement envie que ses mains tremblent.

Mais à quoi bon ? Certes, ce serait une vengeance, une manière absurde et illogique de faire payer à Konstantin son manque de respect et sa stupidité. Mais Antonina sait aussi parfaitement qu'il n'y aurait rien à gagner à sa mort. Le meurtre de son mari serait un péché mortel et scellerait son propre

* En français dans le texte (*N.d.T.*).

destin dans l'au-delà. Et, pis encore, cela ne lui ramènerait pas son enfant.

Cependant, elle se laisse tout de même aller à appuyer lentement la lame contre le cou du comte. Il ouvre soudain les yeux, comme si elle l'avait appelé, et la dévisage. Elle ne lit ni peur ni surprise dans son regard. Elle n'y voit que de l'espoir. *Allez-y*, semble-t-il lui dire. *Tuez-moi, Antonina Léonidovna. Je vous en supplie.*

Mais quand elle comprend que c'est ce qu'il veut, elle écarte les ciseaux. Elle ne va certainement pas exaucer son souhait. Cela lui a seulement procuré un soulagement fugitif de penser à autre chose qu'au doux menton de Mikhaïl, à son front haut et lisse, à ses yeux gris-vert si clairs. Elle préfère presser les lames contre la peau fine à l'intérieur de son avant-bras, sous le poignet de dentelle de sa manche. Elle trace alors lentement, sans quitter son mari des yeux, une ligne marquée, se servant des ciseaux comme d'une plume sur le parchemin de sa peau. Il fixe son bras du regard, et elle contemple alors le sang qui perle le long de l'entaille.

Elle ne ressent aucune douleur. Cependant la coupure lui apporte un obscur et violent soulagement qu'elle n'identifie pas. Elle jette les ciseaux à terre et retourne s'asseoir.

* * *

Le lendemain, on s'agite dans la chambre comme dans une ruche. Konstantin n'est plus le faux bourdon ennuyeux qu'elle a souvent vu en lui mais une reine improductive. Comme dans une ruche, toutes les vies semblent dépendre de cette seule existence.

Un second médecin se joint au docteur Molov ; Antonina ne sait pas comment il s'appelle et ne se soucie guère de l'apprendre. Les deux hommes pratiquent des saignées sur le comte et lui appliquent des ventouses. Ils le font boire de force à l'aide d'un tube de verre.

Le père Cyril, prêtre de l'église d'Angelkov, fait désormais partie du mobilier et occupe le fauteuil situé au coin opposé de la chambre par rapport à celui où se tient la comtesse. En plus de Lilia, il y a en permanence bien trop de serviteurs. Antonina reste dans la pénombre, sur le fauteuil de cuir à haut dossier de son mari, et observe le mouvement incessant autour du lit, Tinka sur ses genoux.

Lilia a examiné l'entaille sur le bras d'Antonina et a nettoyé le sang séché sans rien dire. Elle a bandé le bras puis a apporté à sa maîtresse de la soupe, du thé et de la confiture. Elle lui baigne régulièrement le visage et les mains avec un linge trempé dans l'eau tiède, et veille à ce qu'elle ait en permanence un châle sur les épaules et une couverture sur les genoux. Elle prend doucement la petite chienne pour la faire sortir plusieurs fois par jour. Elle lui donne à boire et à manger puis la ramène à sa maîtresse.

Lilia est sa servante, mais c'est aussi une compagne, une amie, et la *niania* de Mikhaïl, sa nounou. Depuis l'arrivée d'Antonina à Angelkov, depuis qu'elle l'a retrouvée, Lilia prévient le moindre de ses désirs et semble comprendre ce qu'il lui faut sans qu'il soit besoin de parler.

D'ailleurs, Antonina ne dit plus rien sinon pour demander, toutes les deux ou trois heures, ou peut-être toutes les dix minutes :

— Y a-t-il eu un autre message des cosaques ?

Personne ne lui répond. Au bout de quelque temps, personne ne regarde plus dans sa direction lorsqu'elle pose sa question, encore et encore.

7

Ce soir-là, dans la chambre, Lilia demande :

— Tossia, vous voulez votre laudanum ?

Antonina fait oui de la tête.

Lilia apporte le flacon et une cuiller. Antonina ouvre la bouche et avale, trois fois.

— Un verre de vin, maintenant, dit-elle.

— Vous n'avez pas besoin de prendre de vin avec le laudanum.

— Si, assure la comtesse.

Lilia lui sert un petit verre. Antonina le vide, assise au bord du lit, puis rend le verre à sa servante.

Lilia l'aide à se déshabiller, lui enfile une chemise de nuit dont elle boutonne elle-même chaque bouton minuscule et allonge ensuite Antonina dans les draps propres. Elle baisse la lampe, ne laissant qu'une faible lueur illuminer les ombres, et entrouvre la haute fenêtre afin qu'une fraîche brise printanière vienne gonfler les rideaux. Antonina sent l'air nocturne lui caresser le visage.

Mikhaïl respire-t-il le même air ? Dort-il dans un lit propre ?

Elle regarde le journal posé sur sa table de chevet. Elle n'avait pas voulu entrer dans la chambre de son fils, espérant que, d'une certaine façon, si elle ne touchait à rien, cela aiderait Mikhaïl à revenir.

Mais, cet après-midi, elle n'a plus supporté de rester confinée dans la chambre grouillante de Konstantin, avec ses chuchotements et ses odeurs déplaisantes. Elle a eu soudain envie, besoin, de s'immerger dans les affaires de Mikhaïl.

Lorsqu'elle a ouvert la porte de l'enfant, ses lèvres ont laissé échapper un son qui se situait entre le gémissement et le soupir. Elle embrassa la pièce du regard : le lit de Micha, son armoire, sa bibliothèque et son bureau, le tabouret bas près de la cheminée, où il aimait s'asseoir ; ses collections enfantines de pierres, de pots de verre contenant des insectes morts et ses dessins, et elle se retint au chambranle de la porte. Une fois le vertige passé, elle ferma la porte et s'approcha du lit. Elle s'allongea dessus et enfouit son visage dans l'oreiller. Mais les servantes avaient changé la literie, et elle ne put sentir qu'une odeur de lessive et d'amidon. Alors, elle se releva pour gagner l'armoire, d'où elle sortit tuniques et vestes. Elle les porta toutes à son visage en pleurant. Elle prit une tunique – il y avait une petite tache d'encre sur le poignet, signe qu'elle avait dû échapper à la blanchisseuse – et retourna s'allonger sur le lit. Elle la plaqua contre son visage et respira profondément, retrouvant enfin, dans la tunique non lavée, l'odeur de son fils.

Elle finit par se relever pour aller s'asseoir devant son bureau. Elle promena ses doigts sur les manuels de Mikhaïl, s'arrêtant sur un journal à reliure de cuir souple. Cela lui fit penser au petit cahier de musique dans lequel elle avait transcrit une version simplifiée de plusieurs fugues et nocturnes de Glinka pour lui. Il jouait bien évidemment les originaux sans problème à présent, mais il avait conservé le cahier pour y noter ses propres compositions. Il l'emportait toujours avec lui, partout, ainsi qu'un petit fusain bien taillé parce que, lui avait-il confié, il ne savait jamais quand il entendrait quelque chose de beau dans sa tête. Elle le revit soudain attraper le cahier sur le piano avant de quitter au pas de course le salon de musique. L'avait-il encore ?

Elle prit le journal à reliure de cuir et en effleura de la main la couverture souple. Il l'avait reçu en cadeau lors d'une fête de Noël donnée par des voisins, cette année. Lorsqu'il le lui avait montré, Antonina lui avait expliqué qu'il devait écrire ses pensées sur les pages blanc crème un peu raides. Elle lui avait raconté qu'elle-même avait toujours tenu un journal et que c'était agréable d'écrire ses pensées ou ses interrogations.

Une semaine plus tard, Mikhaïl se tenait assis en face d'elle à la table du petit déjeuner, et il écrivait pendant qu'elle lisait et buvait son thé matinal.

Puis Konstantin arriva et demanda :

— Est-ce que ce sont des leçons, Mikhaïl ?

— Non. J'écris mes pensées dans mon journal, papa.

Konstantin abattit son poing sur la table. Un peu du thé d'Antonina se répandit dans sa soucoupe.

— Les hommes ne perdent pas de temps à ce genre de sottises, Mikhaïl. C'est un passe-temps de femme. Range ça.

Mikhaïl posa très lentement sa plume sur la table.

— Ferme ce cahier tout de suite, j'ai dit.

— J'attends que l'encre sèche.

— Que je ne te revoie pas avec ça, menaça Konstantin, qui sortit sans même prendre son petit déjeuner.

Lorsqu'il eut entendu la porte d'entrée claquer, Mikhaïl reprit sa plume et la trempa dans l'encre.

Antonina but son thé.

* * *

Elle ouvrit le journal relié de cuir et prit une profonde inspiration.

L'écriture de Micha. Ses mots, ses pensées. Elle referma le cahier et posa la main sur ses yeux. Puis elle finit par se lever en laissant le journal sur le bureau pour aller dans sa chambre, séparée de celle de Mikhaïl par un grand placard à linge. Elle sortit la vodka de son armoire, trouva un verre sur sa table de toilette puis porta le tout dans la chambre de son fils.

Elle remplit le verre et le but, puis en vida un autre avant de lire le premier texte, daté du 8 janvier 1861.

Ce livre m'a été offert pour Noël par mon amie Oksana Alexandrovna. Maman dit que je devrais m'en servir pour noter mes pensées.

Maman m'a conseillé de ne pas être timide et de parler des choses qui me rendent heureux et aussi des choses qui ne me plaisent pas. Elle a dit que c'était personnel et que personne ne le lirait.

Antonina s'interrompit pour remplir de nouveau son verre. Elle caressa les mots mal orthographiés et les taches d'encre.

Maman dit que cela me ferait du bien d'écrire en français, mais je n'en ai pas envie. Je fais encore trop de fautes en français. Monsieur Thibault me le répète tous les jours.

Je n'aime pas recopier mes leçons pour lui. Je me mets toujours de l'encre sur les doigts et je tache les pages, alors il secoue la tête en prenant un air triste. Et quand c'est l'heure de mon cours avec Monsieur Lermontov, il fait de gros bruits de colère avec sa langue et il me dit que mes mains sur les touches ne sont pas celles d'un garçon très soigneux.

À partir d'aujourd'hui, j'essayerai d'être plus soigneux.

Antonina termina son verre et s'en servit un autre. Elle n'avait pas revu les précepteurs depuis la disparition de Mikhaïl. Se trouvaient-ils toujours dans leurs chambres du quartier des serviteurs, à attendre le retour de l'enfant, à attendre qu'on les appelle pour reprendre leurs cours ?

Certaines pages du journal avaient été arrachées. Le texte suivant était daté de trois semaines plus tard.

Je travaille, mais je ne m'améliore pas. Monsieur Lermontov sera très fâché lorsqu'il viendra tout à l'heure. Quand il est comme ça, cela me fait une impression bizarre dans le ventre, comme quand je mange trop des petits pains aux graines de pavot de

Raïssa, et je ne joue plus aussi bien. Il le dit parfois à papa, quand je ne travaille pas assez bien, et cela me fait encore plus mal au ventre de savoir que papa n'est pas content.

Mais si papa n'est pas là, il le dit à maman. Elle fait mine de l'écouter, mais elle me fait des grimaces dès qu'il ne regarde pas. Maman ne se fâche jamais contre moi.

Antonina tira son mouchoir de sa manche et le pressa contre ses yeux pendant un très long moment. Puis elle but quelques gorgées et reprit sa lecture. Le texte suivant datait de la fin février.

J'aime ma chambre, mais elle est très grande, et il y a parfois des bruits qui sortent de la cheminée. L'année dernière, j'ai dit à Lilia que j'étais trop grand pour qu'elle dorme sur le divan au pied de mon lit, mais il y a des nuits où je regrette qu'elle ne soit plus là comme avant. Quand j'étais tout petit et que je faisais des cauchemars, elle me portait dans le lit de maman et je passais le reste de la nuit là-bas. Mais si papa venait de sa chambre le matin et me voyait là, il se fâchait contre maman et lui disait que je n'étais plus un bébé et que je devais dormir dans mon lit. Papa m'appelle son petit soldat, et il dit que les soldats ne dorment pas avec leur maman et qu'ils ne pleurent pas non plus.

J'essaye de ne pas pleurer parce que je sais que cela met papa en colère. Mais je ne veux pas être soldat. Maman m'a raconté que son frère, Victor Léonidovitch, était soldat et qu'il est mort. Je ne veux pas mourir comme mon oncle Victor.

Quand j'étais petit et que papa partait en ville, je dormais toujours avec maman et Tinka. Lilia restait avec nous des fois, et dormait sur le canapé de maman, et quand je me réveillais et que je voyais maman et Lilia en train de rire et de discuter, je me sentais heureux. Maman ne m'appelle jamais son soldat. Elle m'appelle sa petite souris.

Le 14 mars

J'ai cinq amis : Andreï Iakovaritch et Stepan Iakovaritch (ils sont frères), Oksana Alexandrovna et Iouliana Philipovna. Et il y a aussi Ivan Abramovitch. Je l'aime un peu moins parce qu'il lui arrive d'être méchant, mais il est aveugle d'un œil, et maman dit que ça le rend peut-être triste et que c'est peut-être à cause de ça qu'il est méchant, alors je dois quand même être gentil avec lui. Tous mes amis habitent dans d'autres domaines et on ne peut pas jouer ensemble très souvent.

À la maison, j'aime bien jouer avec Liocha. Il est beaucoup plus grand que moi mais il est gentil. C'est le frère de Lilia. Il m'apprend à faire des nœuds spéciaux avec une corde et il me raconte des histoires de chevaux. Il travaille aux écuries avec Fiodor, et des fois, quand j'ai terminé de travailler mon piano et que j'ai fini mes devoirs, maman le laisse m'emmener avec lui. Liocha me montre comment donner une carotte à manger à Dounia, la main bien à plat. Dounia a une bouche toute douce et poilue, et ça me chatouille la paume.

J'essaye de penser à ne pas parler français avec Liocha. Maman m'a dit que ce n'était pas poli parce que les domestiques ne parlent pas français et que si on fait ça devant eux, ils peuvent se sentir exclus. Maman dit qu'on peut le faire quand on est entre nous. Mais papa parle en français même quand il y a des serviteurs.

Un jour que papa et maman m'ont emmené avec eux chez le prince Oussolotsev, ses fils sont partis se cacher et n'ont pas voulu jouer avec moi. Maman m'a trouvé et m'a embrassé. Elle m'a dit qu'elle était désolée que j'aie été exclu comme ça. Elle savait à quel point je me sentais triste parce que elle aussi, elle se sent exclue parfois. Je sais qui c'est qui lui donne cette impression-là. Alors je ne parlerai jamais français devant Liocha, parce que je ne veux pas qu'il se sente exclu comme moi. Ou comme maman.

le 22 mars

Les deux choses que je préfère faire :

1) N'importe quoi avec Liocha.

2) Jouer du piano, mais pas avec Monsieur Lermontov. Quand je joue seul, ou avec maman, je me sens très calme à l'intérieur. Même si la musique me dit qu'il faut jouer fortissimo et que mes doigts appuient très fort sur les touches, je me sens quand même calme. Je me sens pareil que quand maman me serre contre elle, ou comme quand j'étais petit et que Lilia me chantait des chansons dans mon lit, le soir.

J'ai toujours joué du piano. Maman dit que quand j'étais encore bébé, elle me tenait sur ses genoux pendant qu'elle jouait. Elle dit que j'ai dû entendre la musique avant même d'être né, quand j'étais encore un ange, et que c'est pour ça que je joue de cette façon. Je ne me souviens pas d'avoir été un ange, mais je me rappelle quand j'étais tout petit et que maman me prenait sur ses genoux, devant le piano, et me mettait les doigts sur les touches. Je me rappelle aussi quand on a joué notre premier duo ensemble. Maman a pleuré, mais elle a dit que ce n'était pas parce qu'elle était triste. Elle a expliqué qu'on pleure parfois quand on est très, très heureux. Mais peut-être que c'est seulement un truc de filles. Je n'ai jamais envie de pleurer quand je suis heureux.

J'entends toujours de la musique dans ma tête, et j'arrive à produire cette musique avec mes doigts. C'est très facile, et ça fait tellement plaisir à maman. C'est le moment que je préfère, après mon dîner dans la nursery avec Lilia, quand je descends au salon de musique et que je joue pour papa et maman. C'est la seule fois où je les vois sourire tous les deux en même temps.

Papa sourit quand il est sous le porche et qu'il regarde les champs ou quand il me fait monter sur le cheval le plus grand et que je tiens les rênes fermement en faisant semblant de ne pas avoir peur. Il lui arrive aussi de sourire quand Gricha lui parle des papiers qu'ils examinent ensemble, devant la grande table de son bureau.

Maman sourit beaucoup plus que papa. Elle sourit à tout ce que je fais ou dis, et elle sourit quand elle parle avec Lilia et avec les domestiques.

Parfois, surtout quand il a plu toute la journée et que je viens dire bonne nuit à maman et l'embrasser en lui disant je t'aime, elle sourit, mais ses yeux sont mouillés. Une fois, je lui ai demandé pourquoi elle avait les yeux mouillés, et elle m'a répondu qu'elle avait regardé la pluie trop longtemps. Je l'ai crue parce que c'était l'année dernière et que je n'étais pas assez grand. Mais maintenant, je sais que c'est impossible. C'est sûrement parce qu'elle était très, très heureuse.

Le 23 mars

J'espère que j'aurai un chien pour mon anniversaire ou pour ma fête. J'ai eu un petit chien, un bichon, comme Tinka, mais il est mort. C'était juste avant Noël. J'étais très triste, mais maman a dit que dès que le printemps serait là et qu'il ferait plus doux, j'en aurai un autre. J'aimerais bien avoir un chien plus gros cette fois. Ça sera un mâle et je l'appellerai Dani.

Le 6 avril

Ce qui me fait le plus peur :

Être un soldat.

Le bruit que fait parfois le vent dans ma cheminée.

Papa quand il a la bouche serrée.

Quand les chiens de dehors aboient trop longtemps, la nuit.

Qu'il arrive quelque chose à maman quand je ne suis pas avec elle.

C'était le dernier texte.

Lorsqu'elle n'arriva plus à pleurer, Antonina prit le journal et retourna dans sa chambre. Maintenant, elle en caresse la couverture dans la pénombre et s'imagine son fils avec un chien appelé Dani.

— Tinka ? appelle-t-elle.

Elle entend les petites griffes de la chienne gratter le bord de son couvre-lit. Tinka a près de douze ans et ne peut plus sauter sur le lit. Lilia prend le petit bichon maltais crème et caramel et le pose près d'Antonina. La chienne lèche le dos de la main de sa maîtresse, va au pied du lit, tourne quatre fois en rond puis se couche.

Antonina ne bouge pas tandis que Lilia s'agite dans la chambre sombre pour ranger les vêtements, remettre les flacons en place sur la coiffeuse. Elle n'a pas d'endroit où aller, rien à faire de particulier. Elle attend simplement. Cela réclame beaucoup d'énergie d'attendre ; elle se sent tellement fatiguée tout le temps. Elle sait que les hommes fouillent inlassablement les mêmes sentiers, traversent les mêmes villages. Elle ne demande plus à les accompagner. Elle n'en a pas la force.

De l'autre côté de la porte, il y a des bruits de pas et des voix étouffées. À voix très basse, un homme appelle : *Comtesse Mitlovskaïa ?* Ce doit être l'un des médecins ou le prêtre.

Lilia va ouvrir la porte et dit quelque chose, puis elle la referme et revient près du lit.

— Rien d'important, assure-t-elle en regardant Antonina. Il faut essayer de trouver la paix, douce Tossia.

Elle écarte les cheveux du front de sa maîtresse, puis elle se baisse et embrasse le front lisse et chaud. Ses lèvres s'attardent quelques secondes sur la peau d'Antonina, dont le souffle heurté tremble un peu.

— Mais comment puis-je trouver la paix, Lilia ? Comment pourrai-je jamais retrouver le calme ? murmure-t-elle. J'ai tellement peur.

Lilia s'allonge alors auprès d'Antonina et la prend dans ses bras. Celle-ci enfouit son visage dans l'épaule de la servante.

— Je vous aiderai, assure Lilia. Je serai toujours à vos côtés.

Sa voix, bien qu'elle chuchote, est pleine d'assurance.

Au bout d'un moment, la respiration d'Antonina se fait plus douce et régulière. Le laudanum, aidé par le vin et la vodka prise dans la chambre de Micha, produit son effet. Lilia écarte la tête pour mieux observer le visage de la comtesse. Elle effleure sa joue puis se penche vers elle et doucement, tout doucement afin de ne pas la réveiller, embrasse ses lèvres et goûte le laudanum sur sa propre langue.

8

La première fois que Lilia embrassa Antonina, elles avaient treize ans, et elle était serve dans le domaine du père d'Antonina.

Antonina était la fille du prince Léonid Stépanovitch Olonov et de la princesse Galina Maximovna Olonova. Quoiqu'il fût difficile de se rappeler les très lointaines lignées royales dont se réclamaient nombre d'aristocrates, la noblesse russe se classait par rangs : tout en haut de la hiérarchie, il y avait le titre de grand-duc, réservé aux membres de la famille impériale ; venaient ensuite des milliers de princes, comtes et barons.

Le prince Olonov possédait une vaste demeure à Saint-Pétersbourg, mais préférait séjourner dans son immense et luxueux domaine de campagne, construit sur le modèle des manoirs anglais. Le château palladien de la province de Pskov présentait une façade imposante et des ailes séparées reliées au corps principal par des couloirs. Il était entouré d'allées et de parterres verdoyants. S'étendant sur des centaines de verstes dans toutes les directions, il y avait de sombre forêts de bouleaux et de conifères, des prairies vallonnées, des lacs et des rivières, des champs fertiles qui, chaque année, grâce au travail des serfs, passaient du noir au vert ou au doré pour donner toutes sortes de récoltes : avoine, lin, tournesol ou betteraves sucrières. Le prince Olonov possédait des milliers d'âmes, hommes et femmes serfs qui vivaient au château ou dans les nombreux villages qui parsemaient la campagne.

Antonina était la benjamine de la famille : il y avait trois frères avant elle, et le plus jeune avait déjà huit ans à sa naissance.

Lilia était la fille d'un forgeron et d'une paysanne. Liocha, son cadet de dix ans, était le seul frère survivant ; six enfants étaient morts entre eux deux. Ils habitaient l'une des quatre-vingt-neuf isbas d'une pièce qui composaient Kajra, le village le plus proche du château.

* * *

Par un après-midi de début mai, Antonina traversait à cheval la forêt de son père en compagnie de Kécha et de Sémion. Ils lui servaient de gardes du corps depuis trois ans, depuis le jour où elle avait supplié son père de lui permettre de s'éloigner des champs clos autour du château. La jeune fille s'arrêta pour laisser son poney renifler les fourrés. L'herbe pointait tout juste après le long hiver. Kécha et Sémion restaient derrière Antonina, ainsi qu'elle le leur demandait. Leur présence continuelle l'agaçait, et elle aspirait à être seule, réellement seule, même si elle savait qu'on ne l'y autoriserait jamais.

La princesse resta sur sa selle de cuir souple pour laisser son poney grignoter l'herbe odorante dans le calme de cet après-midi paisible. Mais elle fronça soudain les sourcils, tira sur les rênes du poney pour qu'il cesse de mâcher et tendit l'oreille. Puis elle fit signe aux deux hommes de rester où ils étaient et se dirigea vers l'endroit d'où venait ce qui ressemblait à des pleurs.

Dans une clairière, une jeune fille se tenait agenouillée, serrant contre sa poitrine un petit paquet emmailloté dans un linge. Pendant qu'Antonina l'observait, elle déposa le paquet, tout doucement, dans un trou peu profond creusé dans le sol boueux jonché de feuilles mortes, et entreprit de ramener du terreau par-dessus. Tout à son chagrin, elle n'entendit Antonina que lorsque celle-ci eut mis pied à terre et se fut approchée de quelques pas. Une branche morte craqua sous le pied de la princesse, et la jeune fille releva brusquement la tête.

— Qu'est-ce que c'est? demanda Antonina, qui s'immobilisa entre les minces bouleaux effeuillés. Qu'est-ce que tu enterres?

La fille se releva d'un bond et s'essuya les mains sur son tablier. Antonina remarqua qu'elle avait les doigts rouges, les ongles cassés et cernés de terre. La fille s'inclina aussitôt très bas, visage parallèle au sol.

— Relève-toi, dit Antonina, et la fille se redressa.

Bien qu'elle eût peur de regarder le visage de la princesse, la jeune serve examina son étrange accoutrement. La princesse Olonova, fille de celui qui les possédait tous, elle, son frère, son père et sa mère, leur cabane, leur village et la terre qu'ils cultivaient, était habillée en garçon: pantalon, tunique ceinturée, bottes et veste courte. Certes, la culotte était d'un velours brun luxueux, la tunique d'une fine étoffe blanche ornée de broderies délicates sur le devant et la veste d'un épais lainage vert sombre tandis que les bottes et la ceinture étaient d'un beau cuir souple et lisse. Mais ce n'était tout de même pas l'habit d'une princesse. Des mèches blondes s'échappaient de ses tresses, et les cheveux rebelles – elle ne portait même pas de chapeau ! – collaient à son front mouillé de sueur. Elle avait de grands yeux gris-vert, une grande bouche, un nez peut-être un peu trop long. Elle semblait légèrement agacée. Pendant un instant, la petite paysanne en jupe longue et chemise brodée, avec tablier et foulard sur la tête, se trouva plus propre et plus nette que la fille du prince. Elle demanda silencieusement pardon et se dit qu'elle confesserait ce péché d'orgueil le soir même à l'église.

— Je t'ai demandé ce que tu enterres.

Elle finit par lever fugitivement les yeux vers le visage de la princesse.

— C'est Romka. C'était mon petit chien.

— Qu'est-ce qui lui est arrivé ? demanda Antonina en s'approchant de la tombe de fortune.

— Il a mangé le poison que mon père avait mis pour les rats dans son atelier, répondit la jeune fille, qui releva la tête en gardant les yeux baissés. Je ne savais pas que mon père avait mis du poison. Pauvre Romka, ajouta-t-elle, le souffle entrecoupé. Il criait si fort à la fin.

Elle essuya les larmes sur ses joues avec l'extrémité de ses tresses.

Antonina s'accroupit et tapota la terre sur le petit monticule.

— Tu veux qu'on dise une prière ? demanda-t-elle en regardant la paysanne, qui se tenait immobile. Tu veux ?

La fille hocha brièvement la tête en clignant des yeux.

— Comment tu t'appelles ? demanda encore Antonina.

— Nevskaïa, Lilia Pétrovna, répondit-elle.

— Tu sais qui je suis, énonça Antonina en se relevant.

Le paysanne s'inclina très bas, les mains jointes devant elle.

— Bien sûr, je sais qui vous êtes, princesse Olonova, dit-elle.

Puis, avec une légère hésitation, elle releva les yeux. Elle était un peu plus petite qu'Antonina, avec des cheveux châtain foncé et des yeux marron à reflets dorés. Elle avait la peau brunie par le vent et le soleil printaniers.

Antonina trouva jolie la couleur de ses yeux.

— Je vous ai déjà vue traverser Kajra, ajouta la jeune fille, comme si la princesse attendait une explication. C'est là que j'habite.

— Oh, fit Antonina en l'examinant. Quel âge as-tu ?

— Treize ans. Trois mois exactement de plus que vous, au jour près.

— Comment connais-tu ma date de naissance ?

Un petit sourire mal assuré joua sur les lèvres de la jeune paysanne. Elle avait encore les yeux humides.

— Tout le monde connaît l'anniversaire du prince, de la princesse et de leurs enfants, dit-elle. Au village, chaque famille reçoit une bouteille de vodka pour célébrer leurs anniversaires et leurs fêtes.

— Je ne le savais pas, répliqua Antonina en examinant son interlocutrice. Alors nous avons le même âge. Tu as beaucoup d'amis au village ?

— Oh oui, princesse.

— Qu'est-ce que tu fais avec eux ?

— Ce que je fais ? répéta Lilia, de plus en plus mal à l'aise.

Elle ne s'était jamais auparavant trouvée seule à seule avec le propriétaire ni avec aucun membre de sa famille, mais elle savait qu'il convenait de se montrer soumise.

— Oui. Est-ce que tu joues à des jeux avec eux ?

Antonina songeait aux garçons qu'elle voyait sur le domaine et aux jeux curieux auxquels ils se livraient avec des osselets de porc, des cailloux et des bâtons. Mais il n'aurait pas été question de leur parler, sauf pour leur donner un ordre.

— Nous travaillons ensemble aux champs, princesse, répondit la petite, craignant que ce ne soit pas la bonne réponse et essayant de trouver ce qui pourrait bien lui faire plaisir. Mais quand on s'arrête pour boire un verre d'eau ou manger quelque chose, on discute. Parfois même, quand on rentre au village, et si on n'est pas trop fatigués, on chante des cantiques. J'aime bien ça, le chant.

Antonina hocha la tête.

Lilia ne lui trouva pas l'air trop fâché, et elle baissa de nouveau les yeux sur la tombe. Elle aurait voulu que la princesse remonte sur son cheval et s'en aille. Elle l'angoissait avec toutes ses questions.

— Tu l'aimais beaucoup, ton petit chien ?

— Évidemment, princesse.

Il y eut un silence.

— J'imagine que vous avez plein de chiens, reprit enfin Lilia quand il sembla souhaitable de parler.

— Mon père et mes frères ont des chiens pour la chasse.

Antonina pensa aux trois barzoïs hautains et élégants qui se prélassaient sur le sofa de velours rouge du salon ou sur l'épais tapis de laine devant la cheminée. Elle n'avait pas le droit de s'approcher des chiens, alors que son père les brossait chaque jour. Au printemps, il utilisait une grosse brosse de sanglier pour retirer le sous-poil qui avait épaissi durant les mois d'hiver. Elle se rappelait que lorsqu'elle était petite, elle s'appuyait contre son père et le regardait chanter et fredonner pour ses chiens pendant qu'il s'occupait d'eux.

Lilia s'humecta les lèvres. Était-ce à son tour de parler ?

— Mais, vous n'avez pas de chien à vous ? demanda-t-elle enfin.

Antonina secoua la tête.

— Comme c'est dommage, commenta Lilia. Je vais avoir un autre chiot bientôt. Mon père l'a promis.

Ne sachant vers quoi porter son regard, elle baissa de nouveau les yeux vers la tombe.

— Allez, on dit la prière pour Romka, décréta Antonina, qui vint se placer à côté d'elle.

Lilia éprouva un vif soulagement. Les choses prenaient un tour normal, la princesse décidant ce qu'il convenait de faire.

Elles inclinèrent ensemble la tête et joignirent les mains.

— Laquelle ? demanda alors Antonina.

— *Entre Tes mains, ô Seigneur,* commença Lilia d'une voix hésitante, aussitôt suivie par Antonina dans la prière aux défunts, *je confie l'âme de Ton serviteur Romka, et je Te supplie de lui accorder le repos dans le lieu du repos où reposent tous Tes saints bénis, et où la Lumière de Ta contenance brille à jamais.*

Puis Lilia ajouta seule :

— Et je Te supplie, Ô maître, d'accorder à Romka Ta miséricorde.

— Amen, dirent-elles ensemble en se signant.

Lilia cueillit de toutes petites jacinthes sauvages, s'agenouilla et les disposa sur la terre.

Son foulard avait glissé sur ses épaules, et Antonina remarqua la blancheur de son crâne sous les cheveux foncés alors qu'elle était penchée sur la tombe de Romka.

— La prochaine fois que je passerai au village, tu me montreras ton nouveau chien ? demanda Antonina.

Lilia s'empressa de se relever, gardant la tête baissée.

— Oui, si vous voulez, princesse. Mais, reprit-elle en jetant vers sa voisine un regard prudent, pourquoi ?

— Je ne sais pas, répondit Antonina, et elle ne mentait pas.

Elle ne comprenait pas ce qui la poussait à parler avec Lilia, ce qui la retenait là. Puis elles entendirent un cheval s'ébrouer et se retournèrent, découvrant Sémion et Kécha. Bien qu'Antonina leur eût ordonné de rester où ils étaient, ils s'étaient approchés en tirant son poney avec eux. Ils étaient assez proches pour avoir entendu leur conversation.

Antonina secoua la tête, agacée. Mais elle savait qu'ils faisaient leur devoir. S'il lui arrivait quoi que ce soit, Sémion et Kécha le paieraient de leur vie.

De plus en plus embarrassée, Lilia baissa de nouveau la tête. Les deux costauds pouvaient trouver répréhensible qu'elle parle avec la fille du maître.

— Ai-je la permission de me retirer ?

— Oui.

— Alors, au revoir, princesse Olonova, dit Lilia en s'inclinant avant de filer. Elle n'avait pas fait dix pas qu'Antonina l'appela :

— Quand est-ce que tu auras ce nouveau petit chiot ?

Lilia dut se retourner et s'incliner de nouveau.

— Dans une semaine. Aujourd'hui, mon père m'a montré une portée presque sevrée. Il a dit que je pourrai en prendre un.

Antonina pensa à son propre père. Ferait-il ce genre de choses pour elle ? Elle n'en savait rien.

— Alors je viendrai le voir à Kajra la semaine prochaine.

— Comme il vous plaira, princesse, dit Lilia avec une petite révérence.

Mais Antonina n'en resta pas là.

— Lilia Pétrovna, est-ce que tu as *envie* que je vienne ?

La petite paysanne remonta son foulard et le noua fermement sous son menton. Son regard s'attarda sur les branches chargées de petits bourgeons serrés qui oscillaient doucement derrière Antonina. Il esquiva Sémion et Kécha puis revint se poser sur Antonina.

— Je ne comprends pas, princesse, répondit-elle enfin, le visage fermé, visiblement inquiète.

— Qu'est-ce que tu ne comprends pas, rétorqua Antonina avec un haussement d'épaules. Je te demande juste si tu as envie que je vienne voir ton nouveau chiot à Kajra.

— Mais... mais... s'il vous plaît de venir, vous viendrez. Ce n'est pas à moi de décider.

Ce n'était pas la réponse qu'aurait voulu entendre Antonina.

Lilia s'aperçut qu'elle l'avait contrariée.

— Si c'est ce que vous voulez, princesse, dit-elle très vite, le ventre serré, alors, bien, sûr, c'est ce que je veux aussi.

Et elle retint sa respiration.

Antonina sourit.

Oui, pensa Lilia, elle avait le nez un peu long, et les sourcils bien plus sombres que ses cheveux, mais quand elle souriait, l'expression sévère disparaissait. Et elle était jolie, vraiment.

— D'accord, fit Antonina. Je viendrai au village. Guette-moi.

Lilia poussa un soupir. Elle avait trouvé les bons mots.

— Peut-être... peut-être que ce serait mieux si j'apportais le chiot ici, dans la clairière, proposa-t-elle. Et, princesse ? Il faudrait que ce soit le même jour et à la même heure.

— Dimanche après-midi ?

— Oui. C'est le seul jour où je ne travaille pas et où on me laisse du temps libre. Le dimanche, après l'église.

Lilia n'arrivait pas à s'imaginer ce que penserait son père si la fille du prince Olonov venait dans leur isba : cela poserait sûrement des problèmes. Il ne comprendrait pas.

Lilia elle-même ne comprenait pas. Mais c'était l'ordre de la princesse. Elle adressa à Antonina un petit sourire forcé.

Elle avait de petites incisives, entre des canines supérieures plus longues et pointues, et Antonina entraperçut un fragment de ses gencives roses. Avec ses yeux dorés légèrement bridés et ses canines acérées, Lilia Pétrovna évoquait un petit animal inquiet mais rusé.

Un renard. Oui, un renard.

9

Antonina habitait l'immense et superbe château de campagne avec son père et ses frères. Le prince employait des nurses et des gouvernantes pour veiller sur elle, et des précepteurs pour lui apprendre à lire et à écrire d'après des textes religieux et bibliques : le psautier, les livres d'Heures et les Évangiles. Elle apprenait vite, mais se montrait peu assidue, avait du mal à se concentrer, se laissait facilement distraire et laissait souvent son regard s'évader par la fenêtre pendant les leçons.

Les moments qu'elle préférait était ceux qu'elle passait à son piano. Elle avait pris ses premières leçons sur la petite épinette, dans le coin du salon de musique, mais n'avait pas tardé à s'asseoir devant le beau piano carré Érard en bois de rose, importé de Paris, qui trônait au milieu de la pièce. Son professeur, le vieux M. Fadéev, informa le prince que sa fille faisait preuve d'un vif désir d'apprendre et de réelles dispositions. Il fit venir le prince Olonov dans le salon de musique, où Antonina se tenait perchée sur un haut coussin placé sur le banc de piano. Le vieux professeur joua une version simplifiée d'une sonate de Mozart, que la fillette reproduisit sans peine, ses petits doigts s'étirant de façon étonnante pour atteindre les touches.

Le prince Olonov sourit avec fierté en regardant sa fille, avec affection peut-être, mais le fait qu'elle fût douée pour le piano ne portait pas réellement à conséquence. Toutes les jeunes filles de la noblesse se devaient de savoir jouer. Lorsqu'elles arrivaient à l'âge d'être courtisées, on attendait d'elles qu'elles possèdent un répertoire plaisant à l'oreille. Elles jouaient lors de soirées et de réunions pour le plaisir de la famille, des amis, et, avec un peu de chance, d'un futur fiancé. Quel que fût son talent, un noble russe ne devait considérer la musique que comme une distraction à pratiquer dans l'enceinte domestique. Les auditions publiques étaient réservées aux ensembles de serfs formés à cet effet.

Pour les femmes du rang d'Antonina, savoir chanter, dire des poèmes, manier avec aisance aussi bien la plume du calligraphe que l'aiguille, jouer aux cartes avec finesse et du piano habilement faisait partie d'un tout destiné à attirer le prétendant adéquat. Dans le cas d'Antonina, elle bénéficierait d'une telle dot qu'elle pourrait tout aussi bien être vilaine comme un pou et jouer du piano avec des doigts raides comme des baguettes, les prétendants se presseraient pour épouser sa fortune, et son père espérait bien lui faire faire un riche mariage.

Mais, quoi que pût penser son père de ses capacités artistiques, Antonina progressait rapidement dans la carrière musicale limitée qui l'attendait, et tirait chaque jour grand plaisir des heures passées au piano. Elle apprit joyeusement les accords tonitruants de Beethoven, qui lui rappelaient les parfums lourds et les ténèbres de l'église. Elle aimait les contrepoints élaborés de Bach ainsi que les crescendo et diminuendo plus légers de Schubert qui lui faisaient penser aux sons de la forêt. Mais son compositeur préféré était Mikhaïl Glinka, dont la musique évoquait pour elle toute une palette de nuances délicates.

Jeune aristocrate qui étudia à Milan et à Berlin, Glinka écrivit les tout premiers opéras russes dans les années qui suivirent la naissance d'Antonina. Elle aimait le côté villageois slave de sa musique, surtout les mélodies en quartes descendantes dont Glinka disait qu'elles étaient l'âme de la musique russe. À douze ans, Antonina avait mémorisé nombre de ses mazurkas et polonaises ainsi que les nocturnes et fugues plus longs et lancinants qui devinrent pour elle comme autant de révélations d'émotions intimes.

Et s'il arrivait à son père de venir l'écouter en souriant, jamais sa mère ne pénétrait dans le salon de musique, à moins qu'elle ne donnât une de ses réceptions.

* * *

La mère d'Antonina préférait la vie citadine. Elle séjournait parfois au château avec son mari et ses enfants durant les mois d'été plus cléments, mais se gardait de quitter son cercle social pétersbourgeois lorsque l'hiver recouvrait la campagne de neige.

La princesse Olonova avait donné à son époux des enfants parce que c'était son devoir, voilà tout, et elle avait laissé aux nurses et aux nounous le soin de s'en occuper et de les élever. Elle trouvait les trois garçons bruyants, agaçants et souvent imprégnés d'une désagréable odeur de champs et d'écurie. Lorsqu'Antonina était petite, il arrivait de temps en temps à sa mère de la prendre dans ses bras et de lui caresser les cheveux, comme s'il s'agissait d'une poupée ou d'un petit animal charmant, mais dès que l'enfant eut un peu grandi, elle s'en désintéressa également.

Galina Olonova était célèbre pour sa beauté. Elle était aussi volage que superficielle. Seuls comptaient pour elle les derniers potins, ses tenues et les réceptions à venir. La princesse restait entièrement concentrée sur sa propre personne et ses passe-temps : courir les boutiques, se faire faire de nouvelles toilettes pour chaque saison, organiser les fêtes les plus longues et les plus débridées avec toutes les sortes de distractions que ces mondanités imposaient. Il y avait aussi le flot incessant des invités à recevoir, dont certains s'éternisaient parfois des mois d'affilée dans la grande demeure de Saint-Pétersbourg donnant sur la Néva. Elle consacrait également un temps considérable au badinage amoureux. Elle avait des amants. Son mari le savait mais n'en prenait pas ombrage, car il entretenait ses propres liaisons.

Ils vivaient leur vie comme s'ils n'étaient pas mariés l'un à autre, ou, plus précisément, comme s'ils étaient encore libres et célibataires.

Lorsque la mère d'Antonina venait passer quelques semaines estivales au château de campagne, l'immense demeure s'animait soudain. La princesse Olonova organisait des bals, des soirées musicales et des dîners pour une trentaine, voire une quarantaine d'amis. Elle amenait même sans vergogne ses amants au château. Elle avait fait recouvrir les murs et les portes de sa chambre à coucher d'une pellicule de feutre sous le papier peint, afin qu'aucun son illicite ne parvienne aux oreilles des serfs. Elle ne craignait plus depuis longtemps que son mari pût venir la voir à l'improviste. Cela ne s'était pas produit depuis le jour où elle avait appris qu'elle portait l'enfant qui se prénommerait Antonina.

Son époux se montrait plus discret, et préférait une autre catégorie de gibier. Contrairement à sa femme, qui choisissait généralement des hommes de sa classe pour ses frasques – quoiqu'elle ne dédaignât point un rendez-vous rapide avec un homme jeune et bien fait, quelle que fût sa situation – le prince préférait sensiblement les femmes du peuple. Mais il ne voulait pas s'abaisser à abuser de ses propres serves. Tout jeune encore, il en avait trop vu sous le toit de son père. Celui-ci prenait et rejetait ses serves selon son bon plaisir. Tout juste adolescent, le prince avait constaté que tout cela n'était qu'un jeu pour le vieux seigneur : dès qu'une jolie paysanne travaillant aux champ attirait son regard lors de ses tournées d'inspection des semailles de printemps ou des récoltes d'automne, elle était convoquée au château, où on lui donnait un uniforme et la faisait entrer au service de la maisonnée. Il ne lui fallait pas plus de quelques semaines pour comprendre les règles du château – et le rôle qu'elle devait y tenir.

Le jeune prince avait remarqué que ces jouvencelles ne restaient jamais bien longtemps. Certaines étaient renvoyées dans leur village pour la simple raison qu'après une enfance passée dans une cabane et dans les champs, elles ne pouvaient s'adapter à la condition de domestique au château, à tenter de servir à table des mets pour elles inconnus, de laver et repasser des soies et autres étoffes précieuses, d'épousseter des porcelaines rares et de faire briller la lourde argenterie ancestrale. D'autres se révélaient impossibles, ne cessaient de pleurer en pensant à leur mère et décevaient le vieux prince en ne répondant pas à ses grossières tentatives de séduction.

Quand l'une d'elles réagissait comme il l'espérait et s'installait au château, elle était elle aussi congédiée dès les premiers signes de grossesse. Elle était alors renvoyée dans son village où il ne lui restait plus qu'à vivre dans la honte, souillée et immariable, dotée au bout du compte d'un rejeton illégitime.

Le jeune prince Olonov se refusait tout simplement à ces liaisons à la fois dégradantes et accaparantes. Non. Pour lui, l'idéal était les serves comédiennes.

Comme dans beaucoup de domaines riches et importants, le prince Olonov disposait d'un orchestre et d'une troupe de théâtre composés de serfs. Il profitait évidemment de l'orchestre pour son propre divertissement, mais il le louait aussi à des seigneurs qui n'avaient pas les moyens d'en entretenir un. Il gardait en revanche la troupe théâtrale au domaine. Si les orchestres de serfs étaient entièrement masculins, les troupes de comédiens et de chanteurs étaient mixtes. Les hommes et les femmes qui répétaient leur texte ou leur chant restaient cantonnés dans la propriété, et les relations entre eux étaient interdites. Ils n'avaient pas droit à une vie de famille.

Alors que les serfs comédiens et comédiennes, choisis la plupart du temps pour leur physique avantageux, étaient le plus souvent formés à l'entrée de l'âge adulte, les musiciens étaient sélectionnés beaucoup plus tôt. Le seigneur pouvait recruter ses propres serfs, ou envoyer des maestros battre la campagne, en quête de jeunes garçons aux dispositions musicales prometteuses. Les enfants choisis étaient achetés et arrachés à leur famille pour recevoir une formation musicale. Que ce fût dans la troupe ou dans l'orchestre, tous savaient que s'ils faisaient honte à leur seigneur en oubliant leur texte ou en jouant faux devant un parterre d'invités, ce serait pour eux une catastrophe. Selon la personnalité, l'humeur et la fantaisie du seigneur, le serf pouvait soit être sévèrement fouetté soit, pis encore, relégué aux basses tâches au château ou expédié dans une isba misérable de village pour travailler aux champs. C'était particulièrement éprouvant pour un musicien confirmé de se voir privé de son instrument en sachant qu'il n'interpréterait plus jamais la musique qui avait été toute sa vie. Du jour au lendemain, ces mains qui avaient caressé les cordes d'un violon ou d'un violoncelle avec une virtuosité qui faisait pleurer les femmes ne connaissaient plus que la pelle, la hache, la charrue ou la faux.

La comédienne qui décevait devait renoncer à ses belles tenues, à la scène et aux acclamations du public pour passer le reste de ses jours à couper des betteraves et des choux dans une cuisine humide ou à effectuer un travail éreintant dans les champs.

De nombreuses comédiennes, qui avaient suivi des cours de chant et d'art dramatique à Moscou ou Saint-Pétersbourg, avaient mené là-bas une existence plus libre et un peu bohème et avaient appris à tirer leur épingle du jeu. Elle savaient comment divertir un homme mais, non contentes de maîtriser l'art de l'érotisme, connaissaient aussi des moyens d'éviter les issues familiales. S'il arrivait à l'une d'elles de confesser à mi-voix au prince Olonov un petit accident – dont elle revendiquait, assurait-elle, l'entière responsabilité – il suffisait à ce dernier de lui remettre une liasse de roubles, et elle se chargeait elle-même de mettre fin au problème.

Le prince entretenait ses aventures à quelques verstes du château, dans sa datcha d'été, qu'il maintenait chauffée tout l'hiver. Même s'il n'avait pas l'élégance et la grandeur du château, l'endroit était charmant et superbement décoré. Le prince traitait ses maîtresses avec un certain respect. Il leur offrait de jolies robes et des colifichets et organisait pour elles de somptueux repas privés arrosés des vins les plus coûteux. Il les courtisait, louait leur beauté et leur talent. Il éprouvait une vraie fierté lorsqu'il admirait sa maîtresse du moment jouant sur la scène de son théâtre, au bout de l'allée de mélèzes, et contemplait le public pour voir ses réactions. Il conserva certaines de ses maîtresses plus d'un an, et en vint à concevoir de réels sentiments à leur égard.

Mais il finissait toujours par s'ennuyer, et ses yeux tombaient sur une nouvelle comédienne récemment achetée. Il informait alors la précédente que leur idylle était terminée, et, la plupart du temps, la femme se retirait, sachant qu'il ne servirait à rien de protester. Les rares qui refusaient de coopérer – de se débarrasser d'un enfant ou de renoncer aux aimables plaisirs de la datcha – disparaissaient rapidement. On ne parlait ensuite plus d'elles qu'à voix basse, comme si le seul fait de mentionner le nom d'une des rebelles pouvait vous valoir un destin similaire.

* * *

Pendant qu'Antonina grandissait sous l'œil attentif de ceux qui étaient payés pour veiller à ses besoins physiques ou former son esprit, elle était intriguée par ses frères aînés, Victor, Marik et Dimitri. Elle faisait tout ce qu'elle pouvait pour les suivre en toutes choses. Petite, elle était souvent aussi négligée qu'eux, les bottes boueuses et les cheveux défaits, flottant dans son dos en une masse emmêlée. Les nounous se désespéraient et, à la demande du maître, tentaient de la discipliner. Elles lui enfilaient de jolies robes boutonnées et chaussaient ses pieds de souliers de soie ou de satin à lacets. Elles brossaient et bouclaient ses cheveux en s'efforçant, comme l'exigeait le prince, d'imposer un peu de féminité à sa fille unique.

Mais Antonina ne facilitait guère la tâche des femmes chargées de lui enseigner le rôle de princesse. Elle assistait aux prières quotidiennes, dans l'église de la propriété, et passait chaque dimanche trois heures à écouter les homélies du père Vassili. Mais cela n'aidait pas non plus. Elle ne semblait pas disposée à devenir la bonne et douce demoiselle que l'on attendait d'une jeune fille de son rang. Elle aimait passer du temps à la cuisine avec la vieille cuisinière, ou suivre la gouvernante et son trousseau de clés dans tous les escaliers. Avec elles, elle apprit des chansons paysannes.

Les frères d'Antonina la traitaient comme un jeune chien : ils jouèrent avec elle tant qu'ils la trouvèrent mignonne puis la repoussèrent dès qu'elle grandit un peu et réclama davantage d'attention, la trouvant peut-être un peu moins amusante. Ils l'encourageaient à prendre douleur et déconvenue avec stoïcisme, la félicitant de ne pas pleurer quand elle tombait d'un arbre auquel ils l'avaient poussée à grimper. Lorsqu'ils nageaient dans le lac glacé, en bordure du domaine, ils enseignèrent à leur petite sœur à prendre une profonde inspiration avant de plonger sous l'eau jusqu'à ce qu'elle voie des explosions de couleurs vives. Elle comprit rapidement qu'ils ne la laissaient remonter, suffoquant et à moitié asphyxiée, que lorsqu'elle cessait de se débattre et devenait inerte. Ils semblaient satisfaits lorsque le fusil qu'ils lui apprenaient à manier laissait de douloureux hématomes violacés sur son épaule.

Elle avait à peine douze ans quand ils l'encouragèrent à boire de la vodka avec eux, éclatant d'un rire tonitruant à ses premiers signes d'ébriété. Mais elle n'aimait pas qu'on se moque d'elle, et s'accoutuma toute seule à supporter l'alcool fort et limpide. Il y en avait tant de variétés : au cumin, à l'aneth, aux baies, à la sauge ou à la poire. Il y en avait des carafes dans le bureau de son père, dans la salle à manger, la bibliothèque, le salon… partout dans le château. Il était facile de s'en servir un verre, ou deux ou trois, l'après-midi ou le soir, quand elle s'ennuyait ou ne tenait plus en place. Elle apprit à avaler cul sec et, à quatorze ans, savait parfaitement se contrôler en vidant verre sur verre à l'égal de ses frères. Ils se montrèrent au début assez surpris, puis la considérèrent ensuite avec respect.

Même si ses parents ne n'intéressaient guère à elle, trop accaparés par leurs désirs et occupations respectifs, Antonina ne voyait rien d'anormal à cela. Elle avait ses frères, et, jusqu'à sa rencontre avec Lilia, n'avait jamais éprouvé le besoin de passer du temps avec une fille de son âge.

Les serfs qui travaillaient aux champs la voyaient lancer son cheval à pleine vitesse sur les chemins poussiéreux en été, ses gardes du corps derrière elle, ou, toujours habillée en garçon, se frayer un chemin dans les ornières boueuses formées par les douces pluies printanières ou par les déluges automnaux, et ils la croyaient un peu folle.

Bien que très attachée à la plupart des domestiques qui travaillaient au château, Antonina ne considéraient les autres que comme faisant partie du paysage. Courbés vers la terre ou ployant sous des charges, le long des chemins, ils étaient pour elle anonymes et invisibles.

Sa rencontre avec Lilia changea tout.

* * *

Le dimanche suivant, Lilia apporta son nouveau chiot, un petit mâle tacheté, doté d'une étoile blanche à la base de la queue et qu'elle avait baptisé Sezja.

Au début, Lilia se sentit raide et mal à l'aise, mais elle se détendit un peu en voyant Antonina rire avec bonheur devant les cabrioles du petit chien.

Lorsque Lilia informa Antonina qu'elle devait rentrer chez elle, Antonina la pria de revenir le dimanche suivant. Lilia se devait d'obéir à la princesse. La troisième rencontre fut plus plaisante pour Lilia, et, au bout d'un mois, la petite paysanne attendait avec impatience d'échapper à l'ennui des dimanches au village.

Elle fut par la suite souvent la première sur le lieu de rendez-vous.

Durant le long printemps très doux et l'été brûlant de l'an 1848, grâce à son amitié clandestine avec Lilia, Antonina apprit à découvrir la véritable existence des serfs. Au début, lorsqu'elle demandait à Lilia en quoi consistait son travail aux champs et à quoi elle passait ses hivers quand il n'y avait plus rien à faire dehors, Lilia répondait lentement et avec prudence, craignant de dire ce qu'il ne fallait pas. Elle se demandait si la princesse ne tentait pas de la piéger, pour savoir si sa famille et elle travaillaient assez. Mais elle finit par s'apercevoir qu'Antonina s'intéressait sincèrement à eux, et ses soupçons s'évanouirent. Lilia commença même à apprécier les réactions de la princesse à ses récits. Rien ne lui faisait plus plaisir que de lui parler de sa vie et de voir Antonina rester bouche bée ou secouer la tête avec incrédulité.

— Alors, commença Lilia en s'installant plus confortablement sur la bûche où elles avaient pris l'habitude de s'asseoir, cette fois, je vais te raconter la fois où ma mère a eu son bébé dans les champs.

— Le petit frère dont tu m'as parlé, Liocha ?

— Non, non. Cette fois-là, c'était en automne dernier, pendant les récoltes. Et c'était une fille. Mais elle est morte.

Antonina la dévisagea, mais l'expression de Lilia ne s'était pas altérée. Qu'elle lui racontât que sa mère et elle se relayaient pour attacher Liocha sur leur dos pendant qu'elles travaillaient, les jours où il était trop malade pour marcher à côté d'elles et qu'elles ne pouvaient prendre le risque de le laisser allongé par terre à cause des faux, ou combien de rats empoisonnés elle avait dû ramasser dans la forge de son père la veille au soir, elle restait impassible. Et là, elle lui parlait de la mort de sa petite sœur, et elle n'avait même pas l'air triste.

— Mais… pourquoi ta mère a-t-elle accouché au champ ?

— Elle a dit à mon père que les douleurs avaient commencé, mais il lui a répondu qu'elle ne pouvait pas rester à la maison. Il allait falloir payer l'*obrok*, la redevance à votre père, et si elle ne travaillait pas, on aurait trop de retard.

Antonina déglutit. Elle voulait demander à Lilia ce qu'était l'*obrok*. Pourquoi les parents de Lilia devaient-ils payer quelque chose à son père ? Ça n'avait pas de sens. Ils travaillaient déjà pour lui.

— Alors, quand elle n'a pas pu empêcher plus longtemps le bébé de venir et qu'on n'avait plus le temps d'appeler une des autres femmes, elle s'est appuyée sur mes épaules et elle a poussé. Le bébé est tombé par terre. Mais il était déjà mort : il était tout bleu. Je me suis servie de ma faucille pour le détacher de ma mère.

Antonina semblait pétrifiée.

— Mais après ça, ma mère n'arrêtait pas de saigner, et elle n'arrivait plus à marcher. J'ai couru prévenir mon père pour qu'il vienne avec une charrette et la ramène à la maison. Il était très fâché. Ça lui faisait manquer des heures de travail et ma mère n'a pas pu tenir debout pendant deux jours. Ensuite, pendant une semaine, elle n'a pas travaillé très vite. Il l'a battue, mais ça ne l'a pas fait travailler plus vite.

— Il l'a battue ? répéta Antonina. Parce qu'elle avait eu un bébé et qu'elle ne pouvait pas travailler ?

Lilia haussa les épaules, s'empara de Sezja et lui frotta la tête avec son poing.

— Il la bat tout le temps. Et il me bat moi aussi. Liocha, pas encore. Liocha, il lui donne seulement des gifles.

Elle restèrent un instant silencieuses. Lilia prenait plaisir à lire l'horreur sur le visage de la princesse.

Antonina s'imaginait un tout petit bébé bleu, couché, mort, sur la terre, entre deux rangées de lin bleu ondulant sous un ciel bleu intense. Tout était bleu. C'était une image affreusement triste, mais en même temps, tout ce bleu la rendait irréelle dans l'esprit de la jeune fille. Elle avait la même impression que lorsqu'elle lisait un passage particulièrement émouvant dans un roman. Elle prit Sezja des bras de Lilia et enfouit son visage dans le flanc du chiot afin que la jeune paysanne ne puisse plus la scruter.

Chaque dimanche, après avoir entendu les récits de Lilia, Antonina adressait des prières de remerciement à la Sainte Vierge pour les présents qui lui étaient faits. Elle s'agenouillait dans le coin de sa chambre réservé aux bougies et à sa collection d'icônes bénies par le père Vassili, et elle se sentait pleine de reconnaissance.

* * *

Par une journée de juillet étouffante et orageuse, quelques mois après avoir fait la connaissance de Lilia, Antonina tua sa première proie. C'était une biche, au plus profond de la forêt de bouleaux des Olonov, et la princesse l'avait atteinte en pleine poitrine. L'animal tomba gracieusement à genoux, la tête dressée sous l'effet de la surprise, mais le temps qu'Antonina se rapproche et descende de cheval, la biche gisait sur le flanc. La jeune fille s'accroupit près de l'animal agonisant, retira ses gants et caressa la tête infiniment douce alors que les yeux devenaient vitreux et que la langue, qui sortait légèrement, se raidissait.

— Beau coup, petite sœur, commenta Victor alors qu'elle le regardait avec fierté. Étrange, ajouta-t-il alors, et elle se rembrunit.

— Qu'est-ce qui est étrange, Vitia ?

Il examinait le ventre gonflé de la biche.

— C'est bien trop tard pour ça. La plupart des petits sont nés depuis longtemps.

Antonina posa la main sur le renflement, et perçut alors un mouvement à peine perceptible. Elle ouvrit la bouche et leva les yeux vers son frère.

Il haussa une épaule désinvolte.

— C'est pas grave. Les deux seront morts dans un instant. Allez, viens, laissons les autres se charger de préparer tout ça pour le rapporter à la maison. Ce soir, au dîner, nous lèverons nos verres en ton honneur, notre Artémis, notre petite chasseresse.

Il lui souriait avec affection.

Mais à l'instant où Antonina avait senti cet être mourir dans le ventre de sa mère, quelque chose s'était produit en elle. Elle pensait si peu à sa propre mère, sinon lorsqu'il lui arrivait de la détailler quand celle-ci se tenait dans le grand hall pour recevoir des invités. Antonina se demandait alors si elle ressemblait tant que cela à la princesse Olonova dans son jeune temps, ainsi que le lui avait assuré son père.

En sentant ce mouvement si infime et si faible dans le ventre de la biche, Antonina pensa à Lilia en train de serrer contre elle le corps du petit chien Romka. Elle pensa au bébé bleu gisant dans les fleurs de lin. Elle se représenta sa propre mère posant la main sur son ventre distendu alors qu'elle-même bougeait à l'intérieur. La jeune fille se sentit alors gagnée par une tristesse comme elle n'en avait jamais connu. Elle avait tué une biche pleine et son petit, et, pour la première fois de sa vie, sa propre mère lui manquait. Mais celle-ci se trouvait dans sa chambre, à Saint-Pétersbourg, occupée à faire avaler à un jeune et beau lieutenant une pleine cuillerée d'un excellent caviar.

* * *

Ce soir-là, au dîner, Antonina contempla le succulent filet de porc dans son assiette. Qu'était devenu le petit faon ? Pendait-il à un crochet à côté de sa mère éviscérée ? Ferait-il partie d'un repas à venir ? La nausée l'envahit. Sans même avoir touché à son couteau et sa fourchette, elle demanda la permission de quitter la table en se disant incapable de manger. Mais son père la réprimanda et lui rappela qu'elle devait rester à table jusqu'à ce que ses frères, lui-même et leurs invités aient terminé. Un baron et une baronne d'un certain âge, venus les voir pour la semaine, se tenaient à l'autre bout de la table. Ils étaient tous les deux durs d'oreille, dormaient la majeure partie de la journée et se réveillaient à l'heure des repas pour manger avec une vigueur étonnante.

D'habitude, Antonina obéissait à son père. Mais cette fois, elle reprit d'une voix forte :

— Je ne me sens pas bien. Je suis indisposée, papa.

C'était très choquant, déjà devant son père et ses frères, mais d'autant plus devant le baron et son épouse. De plus, c'était un mensonge. Antonina n'était pas encore réglée et ne le serait pas avant plusieurs mois. Elle se crispa et attendit la punition que son père ne manquerait pas de lui infliger pour s'être conduite si grossièrement.

Il n'en fut rien. Au lieu de la punir, le prince parut très mal à l'aise et lança des coups d'œil interrogateurs à ses fils. Mais ceux-ci avaient tous baissé la tête sur leur assiette et mangeaient avec la plus grande application, comme s'ils n'avaient jamais goûté de filet de porc de leur vie. Comme s'ils n'avaient jamais envisagé que leur petite sœur pût devenir une femme.

Le baron et la baronne ne semblaient rien avoir entendu du petit psychodrame qui venait de se dérouler à l'autre bout de la table, et souriaient d'un air vague.

— Papotchka ? insista Antonina. Je peux monter dans ma chambre ?

Elle se leva et posa la main sur son ventre pour étayer son propos, imitant les jeunes servantes quand elles suppliaient l'intendante de leur donner moins de travail certains jours du mois.

Son père lui adressa un bref regard en s'essuyant la moustache sur sa serviette.

— Oui, oui, bien sûr, répondit-il, ses yeux semblant chercher désespérément la salière ou le beurrier sur la table.

Antonina s'allongea sur son lit, dans la chambre qui sombrait dans l'obscurité. Elle pensa à la biche, et elle pensa à sa mère.

* * *

Ce fut la dernière fois que la princesse chassa avec ses frères. Son goût pour la mise à mort s'était éteint avec la biche, et rien, ni les cajoleries ni les remontrances, ne purent désormais la convaincre de se joindre à eux. Elle s'enferma dans le silence et se contenta d'observer les femmes trop habillées et parfumées que ses frères invitaient parfois pour une soirée mondaine.

Antonina, la petite sœur de ces grands et beaux gaillards, ne se laissait plus entraîner dans des conversations verbeuses, se refusait à jouer du piano sur commande, ou à réciter de la poésie ou à jouer une scène de théâtre dans le salon. Elle faisait non de la tête, le menton relevé. Elle ne voulait plus faire son numéro comme ces ours de foire enchaînés derrière les chariots des Allemands sur les routes.

Ses frères qui l'avaient autrefois louée, félicitée pour son stoïcisme et sa bravoure, pour ses qualités de cavalière et sa résistance à la vodka, lui reprochaient à présent à la fin de ces soirées de leur faire honte, de se montrer difficile et taciturne.

—Et tu fais une vraie tête d'enterrement, remarqua Vitia. Pourquoi ne souris-tu pas plus souvent ?

—Je sourirai quand il y aura de quoi se réjouir, répliqua-elle.

Antonina finit par trouver plus facile de rester dans sa chambre quand ses frères recevaient. Elle ne se sentait à l'aise nulle part ; elle n'avait ni le caractère dur et détaché d'un homme, ni le côté doux et délicat des femmes que ses frères faisaient venir.

* * *

Lors de leurs dimanches ensemble, Lilia confia à la princesse que si elle pouvait faire comme bon lui semblait, elle entrerait au couvent des sœurs de Sainte Elizaveta. Le prêtre du village avait un jour parlé d'une de ces femmes vertueuses dans un sermon, et décrit leur existence vouée à Dieu.

—Imaginez de vivre chaque jour dans un endroit beau et propre, avec des chandelles, des icônes et le parfum de l'encens. Dormir dans une cellule, et passer ses journées à prier et servir Dieu, dit-elle.

Antonina n'avait pas tardé à découvrir à quel point Lilia était intelligente. D'ailleurs, si cela n'avait pas été le cas, la princesse ne se serait jamais intéressée à elle. Lilia n'avait-elle pas appris de nombreux versets de la Bible simplement en écoutant le prêtre du village les lire – ce qui représentait davantage, soupçonnait Antonina, qu'elle n'en connaissait elle-même.

— Mais mon père assure que ce n'est pas pour les paysannes, juste pour les nobles. Et il m'a dit aussi que même si je pouvais devenir bonne sœur, il ne le permettrait jamais. Il prétend que les femmes doivent laisser l'Église aux hommes, et accomplir la volonté du Seigneur en portant les enfants et en travaillant pour le bien de la famille.

Elle haussa les épaules avec fatalisme.

— Et vous, demanda-t-elle, qu'est-ce que vous rêvez de faire ?

— Je… commença Antonina en hésitant, peut-être… jouer du piano.

Lilia n'avait jamais vu de piano. La seule musique qu'elle connaissait était le son discordant des cloches du village.

— Mais votre père ne veut pas non plus ?

— Si, j'en joue tous les jours. Mais j'aimerais jouer devant plein de gens, dans un concert. Mes parents m'ont déjà emmenée au concert à Moscou et à Saint-Pétersbourg.

Lilia ne savait pas non plus ce qu'était un *concert*. Elle n'était jamais allée en ville et pensait qu'elle n'irait sans doute jamais. Mais pour une princesse, tout était possible.

— Vous y arriverez certainement.

— Non, il n'y a que les hommes qui ont le droit.

Cette fois, Lilia comprit très bien ce qu'elle voulait dire.

* * *

Évidemment, Antonina ne pouvait pas avouer à son père que, chaque dimanche après-midi, elle passait plusieurs heures avec la fille du forgeron de Kajra. Elle ne pouvait pas raconter à ses frères que Lilia et elle emmenaient le chiot dans un champ en jachère, en bordure de forêt, pour lui apprendre à rapporter un bâton et à donner la patte contre de minuscules fragments de pain noir. Il aboyait quand il courait après les bâtons, aboyait quand il cherchait à attraper sa queue, et aboyait quand il posait ses petites pattes antérieures sur les bottes de Lilia pour la supplier de le prendre dans ses bras.

Naturellement, Sémion et Kécha accompagnaient toujours la princesse et, au bout d'un moment, Lilia s'accoutuma à leur présence.

Jamais les deux gardes ne parlèrent au père d'Antonina : leur rôle était de protéger la princesse du danger. Or, les deux serfs ne voyaient aucun danger à ce que leur jeune maîtresse s'amuse dans la clairière ou dans un champ de chaume avec une petite villageoise portant foulard et un chiot braillard laïka, race qui porte bien son nom : petit aboyeur. Ils trouvaient cela très étrange, et franchement vulgaire. Mais il y avait tant de choses qu'ils trouvaient bizarres concernant la princesse et sa famille. Ils avaient une mission à remplir : protéger la jeune mademoiselle. Et ils s'y employaient.

L'amitié d'Antonina et de Lilia se poursuivit ainsi pendant tout l'été et l'automne. Les problèmes commencèrent alors qu'elles se connaissaient depuis six mois.

10

Ce dimanche de la mi-octobre était sombre et couvert, l'air se refroidissait. Il y avait à peine dix minutes qu'Antonina et Lilia étaient ensemble quand la pluie se mit à tomber. Lilia tressaillait à chaque coup de tonnerre, à chaque éclair déchiqueté.

— Je dois rentrer, dit-elle en prenant Sezja contre elle.

Le chien tremblait et gémissait. Lilia leva un regard inquiet vers le ciel.

— Viens, proposa Antonina en lui tendant la main. Viens avec moi. Je te ramène au village.

Elles coururent, main dans la main, jusqu'au cheval de la princesse. Sémion prit une grosse cape dans sa sacoche et mit pied à terre pour aller en draper les épaules d'Antonina. Celle-ci aida Lilia à monter avec le chiot dans ses bras puis s'assit juste devant elle. Il n'y avait pas vraiment de place pour deux sur la selle, mais elles étaient menues, et Lilia se trouvait collée contre le dos de son amie.

— Tiens-moi bien, recommanda Antonina.

Lilia passa les bras autour de sa taille, coinçant le chiot entre elles deux, et Antonina lança sa monture à un trot rapide. Elles atteignirent le village en moins de dix minutes.

— S'il vous plaît, Antonina Léonidovna, laissez-moi ici, cria Lilia pour se faire entendre sous l'averse.

Elle avait cessé depuis longtemps de donner du « princesse » à Antonina, et allait même parfois jusqu'à l'appeler Tossia.

— Non, non, je vais t'emmener directement chez toi, répliqua Antonina. Tu habites où ?

— Je vous en prie. C'est mieux ici, insista Lilia, mais en vain.

Elle finit par désigner un endroit situé un peu plus loin sur le chemin boueux et désert. Tout était sombre, humide et misérable. Les portes et les volets de bois étaient fermés pour se protéger de l'orage. Elles s'arrêtèrent devant une masure, imitées par Kécha et Sémion, et la porte s'ouvrit. Un homme et une femme regardèrent dehors, arrosés par la pluie qui dévalait le toit en pente. Un petit garçon aux jambes nues, sales et malingres sous sa tunique courte en lambeaux se cachait derrière sa mère et s'accrochait à sa jupe. Il crachait une toux grasse, bouche ouverte. Antonina lui donna deux ou trois ans, mais c'était difficile à dire tellement il était maigre. Sa mère le repoussa à l'intérieur, et la princesse ne le vit plus, seule la quinte de toux caverneuse lui indiquait qu'il était toujours là.

Bouche bée, l'homme et la femme les regardaient avec consternation. Puis ils s'inclinèrent, et la pluie leur mouilla alors le dos. L'enfant toussait, encore et encore.

— Kécha, appela Antonina, viens l'aider à descendre.

Pendant que l'homme mettait pied à terre puis levait les bras vers Lilia pour l'aider, Antonina vit la femme, toujours baissée dans l'embrasure de la porte, se signer puis baiser le bout de ses doigts.

— Ce sont tes parents ? demanda-t-elle tout en sachant que l'homme revêtu de la tunique en cuir des forgerons, dont les bras épais et les mains énormes étaient tachés de noir, ne pouvait être que le père de Lilia.

— Oui, princesse, répondit Lilia, restée près du cheval.

Et pour souligner sa déférence retrouvée, elle s'inclina elle aussi, comme elle ne l'avait plus fait depuis longtemps.

— Mon père, Pétia, Piotr Ivanovitch, et ma mère Lipa Stanislavovna.

Le père de Lilia parlait à ses bottes :

— Mes plus profondes excuses, princesse Olonova. Quoi qu'ait pu faire ma fille, soyez assurée qu'elle ne recommencera pas. Elle sera battue pour s'être mal conduite.

La pluie tombait moins fort à présent. Antonina fronça les sourcils.

— Regardez-moi, Pétia, ordonna-t-elle.

L'homme se redressa. Il avait toujours la bouche ouverte, et Antonina remarqua à la façon dont sa lèvre inférieure se creusait qu'il n'avait plus de dents du bas.

— Elle n'a rien fait de mal, énonça-t-elle en se tournant vers Lilia.

La jeune paysanne avait les yeux anormalement écarquillés et affichait une expression suppliante, comme si elle cherchait à lui faire comprendre quelque chose. La main autour du museau de Sezja pour l'empêcher d'aboyer, elle s'approcha de son père. Il plissa les yeux et examina sa femme, toujours inclinée, puis Lilia. Il parla si bas qu'Antonina ne put entendre ce qu'il disait. Lilia secoua la tête, parlant rapidement elle aussi, dans un même murmure indistinct. Le père lui répondit en haussant légèrement le ton, comme s'il la grondait. Lilia leva enfin les yeux vers Antonina.

— Mon père dit que vous devez prendre Sezja.

L'homme lui glissa quelque chose d'une voix sifflante, et Lilia baissa aussitôt le regard vers la boue.

— Quoi ? Pourquoi devrais-je le prendre ?

— Je lui ai avoué que Sezja avait failli être emporté par le ruisseau, dit Lilia, les yeux baissés, d'une voix plus forte et plus lente que d'habitude. Que vous avez ordonné à vos hommes de le secourir. Que vous vous inquiétiez pour Sezja, et que c'est pour ça que vous nous avez ramenés à la maison.

Bien qu'elle ne pût voir son visage, Antonina devina à son ton bizarre et contraint que Lilia la suppliait de ne pas rectifier sa version des faits.

Elle ne comprenait pas pourquoi son amie avait inventé ce mensonge, mais savait qu'il devait être important de ne pas la contredire.

— Oh ! Oh oui, ça a été vraiment un coup de chance, qu'on passe près du ruisseau juste au moment où Sezja a glissé dans la boue. Je suis très heureuse que mes hommes aient pu le sauver d'une mort certaine.

Piotr Ivanovitch prit brusquement le chiot des bras de Lilia. L'animal poussa un glapissement, et l'homme le saisit par le cou pour le brandir vers Antonina sans relever la tête bien que Lilia, elle, se fût redressée. Antonina voyait sa nuque épaisse et la couche de crasse à l'encolure de sa tunique.

— Vous devez le prendre, princesse. Notre fille dit que ce chien vous plaît. Vous devez donc l'avoir.

Antonina ouvrit la bouche pour protester, mais un regard vers le visage de Lilia, blême et décomposé, la poussa à hocher la tête et prendre le chiot.

— Merci, commença-t-elle avant de s'interrompre.

Elle allait ajouter « Lilia Pétrovna », mais se rendit compte qu'elle n'arrangerait pas les affaires de son amie si son père apprenait qu'elles se connaissaient davantage.

Sans rien ajouter, elle fit donc tourner son cheval et quitta le village en tenant Sezja bien serré contre elle. Sur le chemin du retour, elle ne cessa de penser au visage de Lilia, couleur de cendre, et aux jambes si maigres du petit garçon, avec ses genoux trop protubérants.

* * *

Cette nuit-là, Antonina dormit avec Sezja dans son lit. Elle l'avait monté dans la chambre dissimulé sous sa cape, et lui avait donné une grande assiette de bœuf nappé de sauce prise dans la cuisine après dîner. Par deux fois, au cours de la soirée, elle fit sortir le chiot sur son balcon et le regarda tourner en rond, reniflant avec application avant de se soulager contre une balustre. La deuxième fois, il regarda vers le jardin, se raidit et poussa de petits aboiements brefs.

— Chut, chut, Sezja, lui intima Antonina en le prenant dans ses bras et en lui maintenant la gueule fermée comme l'avait fait Lilia.

Elle s'accroupit vivement dès qu'elle aperçut Boria, l'intendant des écuries, qui passait en tirant un cheval.

— Il va falloir que tu apprennes à ne pas aboyer après tout le monde, ici. Tu vas devoir apprendre à être un petit chien bien tranquille, chuchota-t-elle contre son oreille toute chaude.

Antonina s'endormit avec le chiot dans ses bras, mais elle fut à un moment réveillée par ses gémissements et ses mouvements agités. Elle le caressa et lui murmura quelques mots d'apaisement avant de se rendormir. Le lendemain matin, elle s'aperçut que le malheureux avait vomi pendant la nuit, laissant une masse visqueuse de viande à peine mâchée au pied de son couvre-lit de soie.

Le chiot jappait de plus en plus fort et tournait en rond sur le lit, incapable, ou craignant de sauter en bas. Antonina le prit alors dans ses bras et se dépêcha de le porter sur le balcon. En regardant le pauvre animal frissonner, souffrant visiblement, et s'accroupir de façon pathétique pour essayer de se soulager, Antonina prit conscience qu'elle l'avait rendu malade en lui donnant trop de viande et de sauce.

— Mon pauvre Sezja, murmura-t-elle en le caressant lorsqu'il eut enfin terminé et se fut couché, la tête sur les pattes, et le regard, qu'Antonina jugea mélancolique, perdu au loin.

Le chien détourna les yeux de la rambarde pour la regarder, et elle éprouva un accès de remords. Lilia lui manquait-elle, de même que ses repas de croûtes de pain et son nid de paille près du fourneau ?

— Tu es triste, petit bonhomme ? demanda-t-elle en le prenant pour le serrer contre elle.

Il se débattit, et elle le reposa. Il retourna contempler la campagne et Antonina se sentit encore plus coupable. Elle savait qu'elle n'aurait pas dû le prendre à Lilia et l'arracher à son foyer mais avait-elle eu le choix ? Lilia lui avait fait comprendre le contraire.

Lorsque la servante l'eut aidée à s'habiller, l'eut coiffée et eut emporté le couvre-lit souillé suivant les ordres de sa maîtresse, celle-ci emmena Sezja au salon, où son père lisait devant le feu.

— Regardez, papa, dit-elle, l'animal dans les bras, la main sur son museau.

— Qu'y a-t-il, Tossia ? demanda distraitement le prince, sans même lever les yeux de son livre.

— Regardez, j'ai un petit chien, répondit-elle en pressant ses lèvres sur la tête du chiot, qui se tortilla.

Son père releva la tête et retira ses lunettes.

— Quoi, qu'est-ce que c'est ? D'où vient-il ?

— Je… je l'ai trouvé dans les bois. Il était tout seul, Papotchka, et il avait faim. Je l'ai ramené à la maison. Et je veux le garder.

Son père se leva pour se rapprocher et examina le chiot.

— Non, décida-t-il.

— Pourquoi, papa ? C'est moi qui m'en occuperai. Je lui donnerai à manger, et je m'assurerai qu'il ne pose aucun problème. Nous avons déjà des chiens. Qu'est-ce qu'un de plus ? ajouta-t-elle avec un regard vers les trois barzoïs.

Ils étaient sages et cependant conscients de la présence du chiot, et leur long museau se soulevait de leurs pattes tout aussi longues et délicates. Trois paires d'yeux restaient rivées sur ce qu'Antonina tenait.

— Mes lévriers sont entraînés pour la chasse. Ils servent à quelque chose. Ils sont bien traités parce qu'ils le méritent. Nous avons des chiens de garde dehors. Eux aussi connaissent leur place et savent ce qu'on attend d'eux. Mais ce chien-là ne sert à rien.

Antonina reporta son regard sur les barzoïs. Ils étaient toujours trois ; si l'un d'eux tombait malade ou était tué à la chasse, son père le faisait remplacer le plus tôt possible. Ces chiens étaient soigneusement dressés, ils avaient un fort instinct pour courir, même après un leurre. Bien qu'ils pussent chasser n'importe quelle petite proie, ils étaient particulièrement adaptés pour la chasse au loup. Antonina avait bien conscience qu'à eux trois, ils pouvaient traquer un loup et le maintenir par le cou jusqu'à ce que le prince, ses fils ou n'importe lequel de ses invités arrive pour le tuer.

On avait toujours prévenu Antonina que les barzoïs ne comprenaient pas les jeux simples comme de rapporter des objets qu'on leur lance ou de chahuter. Ils étaient distants, gracieux, silencieux et aussi très sensibles, et facilement perturbés par trop d'activité. Son père lui avait expliqué qu'ils ne comprenaient pas les enfants, leurs cris et leurs mouvements désordonnés. Si elle s'en approchait brusquement, elle risquait de se faire mordre. Et même si elle n'était plus une enfant irréfléchie susceptible d'inquiéter les chiens, elle n'avait rien à faire avec eux. C'étaient les chiens de son père. Elle savait comment ils s'appelaient, un point c'est tout.

— Ton espèce de corniaud est un mâtiné de laïka. Tout ce qu'il saura faire, c'est aboyer et tirer une charge. Il n'a pas de pedigree. Sais-tu que ces chiens – mes chiens – ne s'achètent pas ?

Sezja dégagea son museau et poussa un jappement bref. Les trois barzoïs se levèrent instantanément et consultèrent leur maître du regard. Sezja se remit à aboyer et se débattit, aussi Antonina le posa-t-elle par terre. Les barzoïs se raidirent pour se concentrer aussitôt sur le laïka.

— Couché, ordonna le prince.

Ils obtempérèrent avec un bel ensemble, mais sans quitter le chiot des yeux.

— Ils sont élevés par le tsar, reprit le prince alors que Sezja lui reniflait les bottes. Ses chiens sont offerts aux seigneurs qui s'en montrent dignes, ceux qui ont beaucoup de terres, des âmes en abondance et qui payent leur impôts en temps et en heure. *Aïïïe !* cria-t-il soudain en écartant le chiot d'un coup de pied.

Sezja venait de planter ses petites dents pointues dans le bout de sa botte cavalière en cuir.

— Tu vois ! On peut déjà voir ses problèmes de comportement.

Il tendit sa botte percée de petites marques de dents vers sa fille, qui s'agenouillait pour prendre le chiot.

— Jamais un de mes chiens ne s'est permis un tel comportement.

— Je ne vous demande jamais rien, papa, insista Antonina. S'il vous plaît.

Elle relâcha Sezja et resta debout devant son père, menton baissé, relevant vers lui un regard suppliant. Elle avait déjà utilisé cette tactique, mais pas depuis plusieurs années.

Son père la contempla avec lassitude puis acquiesça.

— D'accord, mais à condition qu'il reste à l'écurie.

Antonina se rembrunit.

— Mais c'est encore un bébé. Il est trop jeune, papa. Il aura peur, tout seul. Et il pourrait se faire piétiner par un cheval. Je vous en prie, Papotchka, permettez-moi de le garder avec moi jusqu'à ce qu'il soit plus vieux ! supplia Antonina.

Sezja trottina vers le plus gros des barzoïs mâles en aboyant. Le grand lévrier grogna un avertissement, et le chiot se jeta aussitôt à terre en gémissant.

— Tu vois ? demanda le prince à Antonina. Ce n'est qu'un chien de serf pleurnichard, ce petit laïka. Il n'a pas de cœur, pas d'audace. Il n'est pas fait pour rester au château.

Antonina s'empressa d'aller le chercher, et Sezja poussa une série de petits jappements, comme pour lui raconter ses malheurs.

— Promis, je le garderai à l'écart de vos chiens, papa.

Mais le prince ne voulut pas céder.

— Non. Ses aboiements dérangeraient tout le monde. C'est un animal d'extérieur. Porte-le à Boria. Tu pourras aller le voir tant que tu voudras. Le sujet est clos, Antonina.

Il se rassit et reprit son livre sous l'œil vigilant de ses barzoïs parfaitement immobiles. Du dehors leur parvenait le bruit du vent dans les arbres proches du château.

Antonina savait que son père ne changerait pas d'avis. Elle porta Sezja à Boria, qui n'eut pas l'air ravi quand elle lui dit qu'il devait s'occuper du chiot.

— Vous voudrez bien nettoyer la stalle vide du coin et y mettre de la paille fraîche pour qu'il puisse y dormir, demanda-t-elle. Avec une couverture de cheval. Je viendrai le nourrir et jouer avec lui tous les jours, Boria. Tout ce que je vous demande, c'est de faire attention que la porte de la stalle soit toujours fermée pour qu'il ne passe pas sous les sabots d'un cheval ou qu'il ne sorte pas. Et tenez-le éloigné des chiens de garde.

Boria y consentit d'un signe de tête, et Antonina attendit qu'il eut débarrassé à la fourche la paille souillée de la stalle et l'eut remplacée par une balle de foin frais et odorant. Puis elle passa un moment à confectionner un petit lit pour le chiot dans un coin chaud et bien sec de la stalle, à l'intérieur de la vaste écurie.

* * *

Quatre jours plus tard, Antonina courut à l'écurie pour aller jouer avec Sezja comme elle l'avait fait les trois jours précédents. La porte de la stalle était grande ouverte.

— Où est-il, Boria ? demanda-t-elle en voyant le serf étriller l'un des chevaux, à l'autre bout de l'écurie. Où est Sezja ?

Boria ne la regarda pas ni ne cessa ses coups de brosse rythmiques sur le flanc renflé du cheval.

— Je regrette, princesse, dit-il plissant le front tout en intensifiant son mouvement. J'ai bien essayé de le surveiller, mais c'est un chiot. Il n'arrêtait pas d'aboyer et de geindre. C'était trop. Je l'ai laissé sortir – oh, juste un petit moment. Je me disais qu'il se calmerait s'il restait près de moi. Mais il a réussi à sortir de l'écurie et…

Il s'interrompit pour changer de brosse et s'attaqua ensuite à la crinière de l'animal. Antonina restait parfaitement immobile.

— Et quoi, Boria ?

Il finit par lever les yeux vers elle.

— C'est un chien de garde, princesse. Le chiot dérangeait tout le monde. L'autre n'était pas très patient, et… il l'a mordu au cou. Ça a été fini dans la seconde, le petit n'a pas eu le temps de souffrir.

Antonina tendit la main pour reprendre son équilibre, cherchant à tâtons le bord d'une stalle.

— Il est mort, Boria ? Sezja est mort ?

Sa voix n'était guère qu'un murmure.

Boria hocha la tête.

— Je regrette, princesse, j'ai fait ce que j'ai pu, mais ce n'est pas mon boulot de surveiller un petit laïka.

Antonina pleurait à présent.

— Où est-il ? Le corps… où l'avez-vous enterré ?

Boria secoua la tête.

— L'enterrer ? Mais c'était un chien, princesse, pas un enfant.

— Mais alors, où… Qu'est-ce que vous en avez fait ?

Boria ne répondit pas tout de suite.

— Princesse Olonova, dit-il enfin. Les carcasses des animaux morts, nous les brûlons. Vous le savez.

Antonina pressa la main sur sa bouche. Elle se détourna et courut vers le château. Son père se trouvait sous le porche, en train de boutonner son pardessus. La calèche portant les armoiries de la famille l'attendait, le cocher déjà assis sur son siège surélevé.

— Il est mort, papa, cria Antonina en se précipitant vers son père. Tu vois ? Tu vois ? répéta-t-elle. Tu m'as obligée à le mettre à l'écurie, et maintenant, il est mort, dit-elle en lui martelant la poitrine avec ses poings. Je te l'avais dit, je t'avais dit qu'il était trop petit.

Son père lui saisit les mains.

— Ça suffit ! cria-t-il. Arrête ça tout de suite. Qu'est-ce que c'est que cette conduite ?

Il se pencha au-dessus d'elle et lui saisit les poignets d'une main de fer, poursuivant d'une voix basse mais dure :

— Les serviteurs peuvent te voir. Tu n'as donc aucun amour-propre ? Puisque tu n'es pas capable de te comporter comme il sied à ton rang, va dans ta chambre.

Antonina pleura en le regardant.

— Va dans ta chambre, répéta son père, à voix très basse. Et restes-y jusqu'à mon retour. Tu as interdiction de quitter ta chambre de toute la journée. C'est bien compris ? Vraiment ?

Antonina hocha la tête, aveuglée par les larmes.

— J'ai compris, hoqueta-t-elle. Mais vous, vous ne comprenez pas. Vous ne comprenez pas ce que vous avez fait.

— Je comprends une chose, répondit le prince, c'est que j'ai une fille impolie et entêtée qui ne semble pas près de devenir une jeune femme accomplie. Tu me déçois tellement, Antonina. Rentre maintenant. Je m'occuperai de toi à mon retour.

Il lui lâcha les poignets et se tourna vers la voiture. Le valet de pied lui tenait ouverte la portière de la calèche, le visage impassible.

Sans un regard en arrière, le prince Olonov monta dans la voiture et le valet referma la portière. Au moment où la calèche quittait la cour, une pluie glaciale se mit à tomber, qui se mua bientôt en grésil. Antonina continuait de regarder, les yeux mouillés de larmes.

* * *

Antonina ne savait pas comment apprendre la nouvelle à Lilia. Ce dimanche-là, après l'église, elle ne se rendit pas à leur lieu de rendez-vous habituel, dans la forêt.

Mais elle ne pouvait pas fuir éternellement. Ce ne serait pas juste pour Lilia qu'elle disparaisse du jour au lendemain. Le dimanche suivant, aux premiers jours de novembre, une douceur inhabituelle fit fondre les premières neiges. Antonina se rendit sans hâte dans la forêt, suivie, comme de coutume, par Sémion et Kécha.

Lilia se trouvait déjà là. Antonina mit pied à terre et tira son cheval vers elle.

La jeune paysanne s'approcha aussi en souriant. Elle portait une longue entaille à la mâchoire et un bleu jaunissant sur le cou. L'une de ses paupières avait pris un ton violet passé.

— Lilia, commença Antonina. Qu'est-il arrivé ?

Lilia lui adressa un petit sourire de travers.

— Je suis tellement maladroite. J'aidais ma mère à finir de charger le bois, et je suis tombée de la charrette.

Antonina examina les blessures de son amie.

— Ça te fait mal ?

— Non, ça va. C'est presque guéri.

Antonina chercha dans sa sacoche et en tira un sac de toile.

— Je t'ai apporté un pot de confiture de fraise.

Lilia prit le pot et l'ouvrit. Elle plongea deux doigts dans la confiture et les lécha.

— Miam, ce que c'est bon. Je la partagerai avec Liocha tout à l'heure. Merci, Tossia.

Antonina n'arrivait pas à penser à autre chose qu'à Sezja. Lilia ne lui avait pas encore posé la moindre question à son sujet.

— Il tousse encore ? demanda-t-elle. Ça a recommencé ?

Lilia hocha la tête.

— Ça disparaît pendant l'été, mais dès que le froid revient, Liocha se remet à tousser. Ma mère lui met des cataplasmes tous les jours, mais il tousse quand même toute la nuit. Vous m'avez manqué, dimanche dernier. Je vous ai attendue.

— Pardon, je n'ai pas pu venir, répondit la princesse en se dirigeant vers le tronc d'arbre. Asseyons-nous. J'ai plein de choses à te raconter. Sur Sezja, ajouta-t-elle avec un sourire forcé.

Elle avait la mâchoire douloureuse, comme si c'était elle qui était tombée. Lilia ne dit rien et l'étudia avec circonspection.

— Voilà, je dois te dire qu'il s'est surpassé pour apprendre des tours, commença Antonina. Rien qu'hier, il a enfin réussi à tourner sur lui-même debout sur ses pattes de derrière. Et il lève ses petites pattes avant avec une telle délicatesse, et il fait aussi de ravissantes pirouettes. Même ma bonne applaudit tellement elle est charmée.

— Mais, Antonina, répliqua Lilia. Antonina, je…

La princesse ne l'écoutait pas.

— Je t'ai dit qu'il dormait sur un coussin de velours au pied de mon lit ? Oh, Lilia, tu devrais le voir. C'est un vrai petit prince, si beau et si fier !

Lilia n'avait pas détaché son regard du visage d'Antonina, et elle affichait une expression qui mit la princesse mal à l'aise.

— Qu'y a-t-il, Lilia ?

— Antonina Léonidovna, dit Lilia, qui, visiblement embarrassée, baissa les yeux sur le sac de toile contenant le pot de confiture posé sur ses genoux. Sezja est revenu au village il y a un peu plus d'une semaine.

Un cri filtra des lèvres d'Antonina.

— Il est vivant ? murmura-t-elle. Sezja est vivant ? Il va bien ? Oh Lilia, il va bien ?

— Il a dû passer plusieurs jours dans la forêt avant de retrouver la maison. Il était tout maigre et très sale, et ses petites pattes étaient couvertes d'égratignures. J'étais couchée, et je l'ai entendu pleurer devant la maison. Je l'ai fait rentrer, je lui ai donné à manger et je l'ai nettoyé. Il va bien maintenant,

Antonina. Mon père m'a punie. Il a cru que le chien vous avait mécontentée et que vous l'aviez chassé. Je ne pouvais pas croire que vous ne vouliez plus de Sezja. J'ai pensé qu'il s'était enfui.

— Ton père… il t'a frappée parce que Sezja est revenu ? interrogea Antonina en examinant le cou et la mâchoire de la jeune fille. Tu n'es pas tombée d'une charrette ?

Lilia n'avait toujours pas relevé la tête. Antonina la regarda un instant puis enfouit son visage dans ses mains. Elle se sentait morte de honte et de chagrin.

— Antonina Léonidovna, fit Lilia. Je vous en prie. Ne soyez pas fâchée contre moi.

— Fâchée contre toi ? s'exclama Antonina en se redressant. Non. Je regrette de t'avoir menti au sujet de Sezja. Je suis tellement contente – soulagée – qu'il soit en vie. Je ne pouvais pas te le dire… je n'ai pas eu le droit de le garder avec moi au château. Mon père a décidé qu'il resterait à l'écurie. Mais j'allais le voir tous les jours, Lilia. Je lui ai apporté à manger, je l'ai brossé et j'ai joué avec lui tous les jours, pendant presque toute la semaine. Et puis un jour, le serf qui s'occupe des écuries m'a dit qu'il avait été tué par un chien de garde. Il a dit qu'il était mort, Lilia. J'étais tellement triste. Non seulement à cause de ce que le pauvre Sezja avait souffert, mais parce qu'il faudrait que je te le dise. Mais je n'ai pas pu, Lilia, et c'est pour ça que je ne suis pas venue la semaine dernière.

Boria n'avait tout simplement pas voulu lui dire qu'il ne savait pas ce qu'était devenu le chiot ; peut-être avait-il pensé qu'elle cesserait de s'en soucier s'il lui disait qu'il était mort. Ou peut-être que c'était son père qui lui avait ordonné de s'en débarrasser. Elle ne le saurait jamais.

— Mais Lilia, le pire de tout, c'est que tu aies été battue à cause de moi. C'est que le petit Sezja ait tant souffert à cause de moi. Tu sais que je ne l'aurais jamais chassé, je l'aimais beaucoup trop.

Lilia se rapprocha d'elle sur le tronc d'arbre et jeta un coup d'œil vers Sémion et Kécha. Ils bavardaient en fumant leur pipe et ne prêtaient aucune attention aux deux adolescentes. Lilia passa son bras autour des épaules d'Antonina.

— Ne pleurez pas, Tossia. Ne pleurez pas. Tout va bien. Je suis contente qu'il soit revenu avec moi. Ça ne me fait rien que mon père me batte. Je suis habituée.

Mais Antonina ne pouvait s'arrêter de pleurer.

— Et aujourd'hui, en venant te voir, j'ai été lâche. Je ne savais pas comment te l'annoncer.

Lilia tenait toujours son amie par les épaules.

— Sezja nous a causé bien de la peine à toutes les deux.

— Mais tout va bien maintenant, dit Antonina avec un hochement de tête. Tu as récupéré ton chien. Il n'a jamais été à moi et je suis contente qu'il soit avec toi, comme il se doit. Il faut que tu dises à ton père que tu m'as vue. Dis-lui la vérité… que le chien s'est simplement enfui.

Lilia secoua la tête.

— Je ne peux pas dire à mon père que je vous ai vue. Et encore moins que je parle avec vous.

— Mais si tu lui dis la vérité, il ne sera plus fâché contre toi.

Lilia retira son bras des épaules de la princesse. Elle se leva et la regarda dans les yeux.

— Antonina Léonidovna, dit-elle, et quelque chose dans la façon dont elle prononça son nom remplit Antonina d'appréhension.

Elle se leva aussi, sans quitter son regard.

— Mon père n'est déjà plus en colère, déclara Lilia. Et… j'ai adoré les moments que nous avons passés ensemble. Je me dis parfois que tout cela n'a été qu'un rêve. Comment est-il possible que vous ayez pu vouloir…

Elle s'interrompit.

Antonina attendit. Elle pressentait ce que Lilia essayait de dire, mais n'avait aucune réponse à offrir.

— Vous avez vu mon père, reprit enfin Lilia. Il ne comprendrait jamais que vous m'ayez choisie comme amie. Moi-même, je ne peux le comprendre, Tossia. Il n'entre pas dans l'ordre naturel des choses tel que Dieu l'a décidé que vous et moi soyons amies. Et si j'essayais de l'expliquer, cela ne ferait que troubler mon père et le mettrait encore plus en colère. Je ne peux plus vous voir, poursuivit Lilia. Aujourd'hui sera la dernière fois. Il fait plus froid de toute façon, et nous ne pouvons pas nous retrouver dehors en hiver. Et je ne peux pas prendre le risque…

Elle fouilla dans la poche de son tablier et en sortit une petite amulette.

— S'il vous plaît, j'aimerais que vous preniez ceci, en souvenir de moi.

Antonina prit l'objet. Il s'agissait d'une petite médaille en métal, assez maladroite, représentant saint Nicolas Tchoudotvorets, Nicolas le Thaumaturge, le plus miséricordieux des saints.

Antonina ne savait pas comment Lilia l'avait eue en sa possession, mais elle était certaine que c'était son seul bijou, et qu'il devait lui être très difficile de s'en séparer. Les larmes lui montèrent aux yeux.

— Merci, Lilia Pétrovna, dit-elle. Je la garderai toujours.

Elle retira de son doigt une petite bague, un simple anneau d'or orné d'un petit grenat.

— Et tu dois prendre ceci en échange. En souvenir.

Lilia contempla la bague en retenant sa respiration, puis secoua la tête.

— Je ne peux pas, Antonina. Si mon père la découvrait… merci, mais je ne peux pas.

Antonina comprit. Elle remit l'anneau à son doigt.

— Tu embrasseras Sezja pour moi ?

Lilia hocha la tête, et elle reprit :

— Je regrette vraiment ce qui t'est arrivé. Je regrette que nous ne puissions plus être amies. Mais peut-être qu'un jour, quand le temps aura passé, nous…

Mais Lilia secoua la tête. Elle s'approcha tout près d'Antonina et jeta ses bras autour de son cou. Elle la serra contre elle, pressant sa poitrine contre celle de la princesse et sa joue contre la sienne.

— Au revoir, Antonina Léonidovna, murmura-t-elle.

Antonina la serra à son tour. Elles demeurèrent ainsi longtemps, puis Lilia écarta la tête et déposa tout doucement un baiser sur chaque joue de son amie. Antonina recula légèrement pour la regarder dans les yeux, et Lilia l'embrassa alors lentement sur la bouche. Les lèvres de Lilia s'attardèrent sur celles d'Antonina, chaudes et douces, pendant un long moment. Puis Lilia se détourna et s'enfuit, son foulard faisant une tache de couleur vive parmi les bouleaux effeuillés.

Antonina se sentait bizarre, comme sans force, après le baiser inattendu de Lilia. Elle resta figée pendant plusieurs minutes, à réfléchir. Puis elle finit par contempler la médaille dans sa main. Elle la retourna. Il y avait un numéro minuscule gravé au dos : 962. Elle enveloppa soigneusement l'image pieuse dans son mouchoir et la coinça dans sa ceinture avant de retourner au château.

Elle se rendit directement à la forge du domaine et demanda au forgeron de percer un trou minuscule dans le haut de la petite plaque afin de la glisser à la chaîne qu'elle portait autour du cou.

Ce soir-là, avant de s'endormir, Antonina embrassa la médaille en même temps que son crucifix. Elle se remémora la sensation des lèvres de Lilia sur les siennes. Elle n'arrivait pas à croire qu'elle ne la reverrait plus jamais.

11

L'absence de Lilia, qui s'était fait une place dans sa vie, lui pesait, et Antonina languissait de ne plus la voir tous les dimanches.

Elle devint agitée. Tout lui pesait, et ses activités hivernales habituelles n'arrivaient plus à l'intéresser. Elle n'avait pas envie de patiner, ni de se rendre aux fêtes annuelles données dans les châteaux voisins, et ses livres lui tombaient des mains. Elle trouvait, comme toujours, un réconfort dans le piano, mais tous les airs qu'elle interprétait lui faisaient penser à Lilia. Et à son baiser.

Quelques semaines après sa dernière rencontre avec Lilia, aux alentours de Noël, le prince Olonov se rembrunit en observant Antonina assise en face de lui à la table du petit déjeuner. Il posa soigneusement son couteau et sa fourchette sur son assiette.

— Viens ici, ma fille, lui dit-il.

Antonina se leva et vint se placer devant lui. Les poils de sa moustache grise présentaient deux traits verticaux orangés sous les narines, témoignage des cigares qu'il fumait à la chaîne.

— Qu'est-ce que tu portes ? demanda-t-il en promenant ses doigts sur la silhouette en relief de la médaille ovale, à côté du crucifix.

— C'est saint Nicolas, le plus miséricordieux de tous les saints.

— Je sais qui il est, mais je te demande où tu as eu ça.

Quelque chose dans sa voix inquiéta Antonina. Elle ne se serait jamais figuré que son père remarquerait – ou se préoccuperait, de ce qu'elle avait autour du cou.

— Je t'ai posé une question, Antonina. Où as-tu eu cette médaille ?

— On me l'a donnée, répondit-elle en pensant qu'il s'en satisferait.

— Qui te l'a donnée, insista-t-il, le visage assombri. Un serf du château ?

Elle n'arrivait pas à trouver de réponse alors que son père la dévisageait si étrangement.

— Je ne sais pas.

— Qu'entends-tu par « je ne sais pas » ? Tu es idiote ou quoi ?

Antonina fut choquée par la dureté de son ton.

— Réponds-moi, Antonina Léonidovna.

La jeune fille ne voulait surtout pas créer d'autre problème à Lilia.

Son père se leva et la prit par les épaules.

— Quel serf te l'a donnée ?

Antonina ouvrit la bouche, puis la referma.

— Qu'est-ce qui vous fait penser que c'était un serf ?

Les mains de son père pesaient lourdement sur ses épaules, et il la dévisageait intensément.

— C'est la plaque que reçoit chacune de mes âmes à sa naissance. Le régisseur m'indique de quelle famille il s'agit, et le nom de l'enfant est ajouté au registre, avec un numéro individuel. Quand nous achetons de nouveaux serfs, nous leur donnons également une de ces médailles avec leur numéro répertorié.

Il tendit la main pour attraper l'amulette, forçant Antonina à avancer le buste. La chaîne tira sur la nuque de la jeune fille. Il retourna la plaque et plissa les yeux.

— J'aurais besoin de mes lunettes pour voir le numéro convenablement, dit-il, et Antonina sentit son cœur s'accélérer. Qu'est-ce que c'est ? Dis-moi le numéro, Antonina.

La princesse déglutit et posa la main sur celle de son père pour écarter ses doigts de la médaille et faire mine d'examiner le minuscule 962.

— Je l'ai trouvée dans les champs, Papotchka, il y a longtemps déjà, avant les neiges. Elle m'a paru jolie, c'est tout. Le numéro, c'est cinq-un-un.

Son père recula aussitôt, le visage détendu.

— Tu l'as trouvée ? Mais tu disais qu'on te l'avait donnée.

Antonina s'humecta les lèvres.

— Je… J'ai juste fait semblant que quelqu'un me l'avait donnée. Que j'avais une amie, papa.

Elle essaya de paraître abattue. Le subterfuge fonctionna.

— Bon. Tu devrais toujours dire la vérité. Tu vois bien que ça m'a fâché. Si tu avais été plus franche, je n'aurais pas eu à me mettre en colère contre toi.

— Je sais Papotchka, assura Antonina en reprenant la main de son père. Pardonne-moi, demanda-t-elle en la pressant contre sa joue.

— C'est bon, ma fille, dit-il en retirant sa main. Remets cette médaille à Kyrill et demande-lui de la rendre au serf qui l'a perdue. Cinq-un-un, tu as dit ? Et en plus, ce n'est pas joli du tout. Tu as tes bijoux à toi. Cette plaque, ce petit rien du tout que possède chacune des âmes de mon domaine, ne convient pas à la fille d'un prince.

— Oui, papa, dit Antonina. Je vais tout de suite la donner à Kyrill.

Elle fit une révérence et quitta la pièce. Mais au lieu de chercher Kyrill, le régisseur de son père, elle se rendit dans sa chambre, retira la médaille de sa chaîne et la dissimula sous le capitonnage de velours, au fond de sa boîte à bijoux.

* * *

Quelques jours plus tard, son père la convoqua dans son cabinet de travail. Il était assis dans son grand fauteuil, derrière le bureau d'acajou, et contemplait la neige qui tombait par la fenêtre.

— Tu as donné cette médaille à Kyrill, comme je te l'ai demandé ? questionna-t-il dès qu'elle fut entrée dans la pièce.

Le cœur d'Antonina s'accéléra. Elle examina le profil de son père, son nez long et droit, le léger renflement au-dessus des sourcils.

Comme elle ne répondait pas, il pivota sur son siège. Elle ne put rien lire sur son visage. Il tendit sa main ouverte.

— Est-ce bien la plaque que tu lui as remise ? demanda-t-il encore, et Antonina avala sa salive. Prends-la, dit-il.

Elle s'approcha du bureau et prit la médaille métallique ovale dans la main de son père.

— Retourne-la et lis-moi les chiffres qui sont dessus.

Antonina savait ce que seraient les chiffres.

— Papa, je…

— Lis le numéro, insista-t-il d'une voix basse et dure.

Antonina la retourna.

— Cinq-un-un, murmura-t-elle en contemplant les trois chiffres.

Ils semblaient danser, comme si elle avait de l'eau dans les yeux. Elle cligna les paupières pour éclaircir sa vision.

— Dois-je te remercier d'avoir été honnête avec moi et d'avoir rendu cette plaque à Kyrill comme je te l'avais demandé ?

Elle ne pouvait plus le regarder.

— Bien sûr que non, répondit-il à sa place. Tu me mens encore, Antonina Léonidovna. Kyrill est venu me voir pour tout autre chose. Il voulait me parler de ton cheval, rien d'important. Je lui ai demandé s'il t'avait vue, ces derniers jours. Il m'a répondu que non, pas depuis plus d'une semaine. Alors je l'ai chargé de vérifier les registres. Cette plaque que tu tiens dans ta main appartient à un serf d'un tout petit hameau près d'ici. J'ai demandé à Kyrill d'aller voir ce serf. C'est une vieille femme, proche de la mort. Il m'a rapporté sa médaille. Celle que tu tiens dans ta main.

La plaque parut glacée dans la main d'Antonina.

— Tu vas me dire la vérité à présent ?

Antonina serra le poing sur la médaille.

— Je veux que tu me donnes la médaille que tu portais, Antonina. Va la chercher. Tout de suite.

— Je l'ai jetée, lança-t-elle effrontément, pour masquer son léger tremblement.

— Comment puis-je te croire ? Comment pourrai-je jamais croire ce que tu me dis, maintenant ?

Comme la jeune fille ne répondait rien, il poursuivit :

— Comprends-tu pourquoi je prends cette question tellement à cœur, Antonina ?

Elle fit non de la tête.

— Parle. Ne secoue pas la tête comme un animal stupide.

— Non, papa. Je ne comprends pas pourquoi cette plaque a tellement d'importance. Ni pourquoi ça vous a tellement fâché que je l'aie.

— Tu me prends pour un imbécile ? J'ai découvert tes mensonges. D'abord, le chien, ensuite la médaille... tu as une histoire avec un serf, n'est-ce pas, Antonina ?

Une seconde de silence – le temps de deux battements de cœur affolés – s'écoula dans la pièce figée.

— Non, papa, je n'ai pas d'histoire avec un serf.

Il était plus facile de répondre à cette question. Lilia et elle n'étaient plus amies. Elle croisa le regard de son père.

— Quel âge as-tu, Antonina ?

— Vous savez très bien que j'ai quatorze ans.

Il se leva si brusquement que son siège recula avec fracas. Antonina sursauta et laissa tomber la plaque religieuse. Elle n'avait jamais vu son père dans une telle rage – pas contre elle. Pas même lorsqu'elle l'avait frappé en croyant que Sezja était mort.

Il fit le tour du bureau et la saisit par les bras.

— Ça ne peut pas continuer comme ça. Je t'ai lâché la bride, je t'ai laissée n'en faire qu'à ta tête pendant trop longtemps, Antonina. Tu n'es plus une enfant. Quand j'ai épousé ta mère, elle n'avait pas seize ans. Tu devras être prête pour le mariage dans quelques années, et ce ne sera pas grâce à elle.

— Je ne veux pas me marier dans quelques années, protesta Antonina.

— Là n'est pas la question. Le problème, c'est que tu ne sais pas te conduire en jeune femme respectable. Je ne veux pas que tu subisses l'influence d'un serf quel qu'il soit.

Il ne l'avait toujours pas lâchée.

— Pourquoi ?

— Pourquoi ? Parce qu'ils ne sont pas dotés du même cerveau que nous, Antonina. Ils ne ressentent pas les choses comme nous. Cela leur est impossible – ils sont élevés par les mêmes familles depuis des siècles. Ils sont illettrés, sans éducation. C'est très simple, ils naissent avec une intelligence moindre, et une moindre capacité à l'émotion.

Antonina eut un mouvement de recul. La poigne de son père lui faisait mal.

— Ce n'est pas vrai, papa. Pas vrai du tout.

Son père la dévisagea.

— Qu'est-ce qui te fait dire ça ? Tu crois que les serfs ont les mêmes capacités que nous ? Les mêmes dons pour les langues et les mathématiques ? Que les serfs pourraient diriger un domaine ? Diriger un pays ?

— Je n'ai pas dit ça.

— Tu dis qu'ils sont les égaux de la noblesse ? Les égaux des descendants des tsars par le sang ?

— Je… Je dis juste…

Des chiens aboyèrent dans la cour, puis un martèlement de sabots se fit entendre sur la neige durcie. Antonina coula un regard vers la fenêtre, espérant que son père la lâcherait pour aller voir qui arrivait.

Mais il ne prêta aucune attention au bruit et lui donna une petite secousse pour la forcer à lui accorder toute son attention.

— Eh bien, ma fille, qu'as-tu à dire ?

Antonina pensa à Lilia, à son visage intelligent, à son sourire prompt. Elle se rappela ses paroles : *l'ordre naturel des choses tel que Dieu l'a décidé.* Elle pensa à la tristesse dans les yeux dorés de Lilia lorsqu'elles s'étaient fait leurs adieux et à ses bras minces qui l'avaient enlacée.

— Tu mènes l'existence d'une fille de la grande noblesse, Antonina. Tu dois te préparer à perpétuer cette existence dans ton propre foyer, avec ton mari et tes enfants.

Sa bouche se durcit.

— Tu devras obéissance à ton mari. Tu devras savoir comment te comporter avec les domestiques. Tu ne peux pas te lier d'amitié avec eux. Et surtout, tu ne dois pas dilapider tes sentiments avec des amants de basse extraction en cocufiant ton mari. Qui est-ce, Antonina ? Qui est cet homme ?

— Un homme ? Papa, qu'est-ce que vous voulez dire ?

— Je ne suis pas stupide, s'écria-t-il, haussant le ton. Tu crois que je ne sais pas comment fonctionnent les femmes, et même ma propre fille ? Toutes les femmes sont esclaves de leurs idées romantiques.

— Papa, non. Je...

Antonina avait le visage empourpré. Comment son père avait-il pu imaginer une chose pareille ?

— Silence, Antonina Léonidovna. Silence, cria-t-il, avant de la lâcher brusquement.

Elle avait les bras endoloris. Chacun d'eux serait le lendemain cerclé d'une bande violacée.

Le prince Olonov s'assit lourdement derrière son bureau. Si le visage d'Antonina s'était enflammé aux insinuations de son père, celui du prince avait blêmi. Il examina le livre posé devant lui, faisant courir un doigt le long de la reliure.

— Je ne suis pas ma mère, dit alors Antonina d'une voix à peine audible.

Le doigt de son père se figea.

— Je ne suis pas comme elle, papa, reprit la jeune fille d'une voix plus forte. Je ne me conduirais jamais comme maman. Jamais.

Le prince Olonov ferma les yeux et porta la main à son front.

— Je voudrais te croire, Antonina. Mais tu as dit trop de mensonges, tu t'es montrée trop impulsive. Même si j'ai été négligent, il est encore temps que je te fasse comprendre l'importance d'une bonne conduite. Il faut qu'il y ait un châtiment, ou du moins une punition.

Il écarta la main de ses yeux pour regarder sa fille.

— Je ne peux pas te laisser continuer comme ça, à entretenir des secrets, mentir. Tu dois rentrer dans le rang. Ton mariage et ton avenir en dépendent.

Tu dois te présenter à ton mari en étant… pure, Antonina.

Il se détourna vers la fenêtre pour ne pas la regarder en face.

— Ce devrait être à ta mère de parler de ces choses avec toi, reprit-il avant de se racler la gorge. La Russie change. Nous devons lutter pour la garder telle quelle, pour faire en sorte que notre culture ne soit pas altérée. Certains, en particulier parmi ceux qui ont beaucoup voyagé à l'étranger, commencent à suggérer des expériences politiques. Ils évoquent la question du servage et de ses maux. Mais le servage n'est pas un mal, c'est une nécessité.

Sa voix s'était assourdie sur cette dernière phrase.

— Où en serions-nous sans les serfs, et où en seraient-ils, Antonina ? Où en serions-nous tous sans cet ordre établi ? Les serfs seraient-ils plus heureux sans notre gouverne, sans notre soutien ? Non. Ils sont comme des enfants et nous, les seigneurs, nous sommes leurs pères. Non les traitons bien tant qu'ils se conforment aux règles, et nous les punissons quand ils les violent. Ils doivent comprendre l'importance du système, de la même façon que toi.

Il reporta les yeux sur elle.

— Les serfs ne sont absolument pas capables de diriger leur vie eux-mêmes, sans parler d'un pays. C'est à nous, Antonina Léonidovna, aux hommes comme moi, et aux futures épouses, toi, ma fille qu'il revient de conserver la pureté de ce pays. Te dégrader avec un serf ne pourrait mener qu'à la ruine.

— Me dégrader ? Papa… dit-elle en baissant les yeux. Je ne me suis pas… Je n'ai rien fait de mal, papa.

Puis le souvenir des lèvres de Lilia lui revint.

Il y eut un silence. La jeune fille ne savait pas lequel des deux était le plus gêné. Elle examina le motif du tapis rouge sombre et violet. La médaille luisait près de son pied droit.

Le prince Olonov poussa un très long soupir.

— Je voudrais te croire, Antonina. Mais tu m'as menti tellement de fois. Tu dois me dire le nom du serf que tu voyais.

— Je t'ai dit la vérité, papa, assura Antonina en relevant la tête. Il n'y a pas d'homme.

Son père la dévisagea si longuement qu'Antonina dut se concentrer pour ne pas se détourner.

Le prince Olonov hocha enfin la tête.

— Tu es entêtée. Tu t'imagines peut-être que tu as de vrais sentiments pour lui. Tu finiras par me dire qui c'est.

— Comment le pourrais-je, puisqu'il n'existe pas ?

— Si tu veux la jouer de cette façon, tu ne me laisses pas le choix, poursuivit son père. Nous le débusquerons. Tu te racontes des contes de fées. Tu t'imagines que c'est de l'amour et tu ne veux pas le trahir. Tu verras. Un serf ne sait pas ce que c'est que la loyauté, ou le véritable amour. Un serf parlera pour sauver sa peau. Je l'ai vu trop souvent. Dès qu'ils sentiront la caresse du knout sur leur dos, ils chanteront tous.

Antonina pensa à la mâchoire tuméfiée de Lilia et à son cou. Un petit nœud glacé se serra au creux de son ventre.

— Que voulez-vous dire ?

— Tu sais très bien ce que je veux dire, Antonina. Nous commencerons ici, au château. Ensuite, nous passerons à Kajra, c'est le village le plus proche. Nous interrogerons chaque serf, pour savoir ce qu'ils ont vu. Il y a toujours quelqu'un qui a vu quelque chose. Rien ne reste jamais secret longtemps. On peut toujours faire parler quelqu'un, soit avec des roubles, soit avec des menaces. Tu t'imagines que ce sera difficile de retrouver cet homme, Antonina ? Fais-moi confiance, ce ne le sera pas.

Antonina avala sa salive.

— Vous ne pouvez pas faire ça, papa. Je vous en prie.

— Tu vas me dire son nom. Sinon, beaucoup de serfs en subiront les conséquences. Et alors, nous verrons si ce jeune homme est aussi merveilleux que tu l'imagines. Tu seras déçue. Je peux déjà te le promettre.

— Vous ne feriez pas cela, papa. Je sais que vous ne le feriez pas. Vous n'êtes pas un homme cruel.

Le prince Olonov la fixa alors d'un regard si dur et si pesant qu'Antonina ne put y tenir plus longtemps. Elle enfouit son visage dans ses mains.

— Tu as raison, Antonina, reprit son père un instant plus tard.

Il avait pris un ton différent, une voix plus doucereuse, mais Antonina ne l'en trouva que plus inquiétant.

Elle se redressa en serrant ses mains devant elle.

— Je voulais voir si tu pouvais être franche et honnête avec moi. Mais tu ne l'es pas. C'est très simple. Tout ce que j'ai à faire, c'est interroger Sémion et Kécha. Ils savent que s'ils ne me disent pas toute la vérité – où tu allais, qui tu voyais – ils risquent non seulement de perdre leur place, mais aussi de perdre la vie. Ils me donneront toutes les réponses dont j'ai besoin.

Antonina avait soudain chaud, très chaud, et le visage de son père se mit à flotter, tel un rectangle étrange et pâle au-dessus de la masse sombre de sa barbe striée de blanc.

— Tu ne peux rien me cacher, Tossia, dit-il.

Elle chercha à tâtons la chaise derrière elle et se laissa tomber dessus.

— D'accord, papa. C'est bon… je vais tout vous dire. Mais ce n'est pas un homme. C'est une fille. Une petite paysanne, c'est tout. Vous ne pouvez sûrement pas m'en vouloir d'avoir parlé avec une petite paysanne ? Il n'y avait pas de mal à ça. C'est comme je vous l'ai dit : il n'y a jamais eu, il n'y a pas, d'homme.

— Une fille ? répéta son père, et Antonina s'efforça de sourire.

— Oui, rien qu'une fille. Vous aviez raison – c'était son chien, et c'est elle qui m'a donné la médaille. Mais je ne l'ai pas vue depuis longtemps.

— Qui est cette fille ?

Antonina fit non de la tête. Le mouvement fut douloureux.

— Cela n'a pas d'importance. Je vous l'ai dit, nous ne nous sommes pas revues depuis longtemps. Je voulais juste…

Elle s'interrompit. Ce n'était même pas la peine d'expliquer à son père comment Lilia et elle s'étaient liées d'amitié, ni pourquoi.

— C'est important.

— Pourquoi ?

— Je viens de te l'expliquer, insista son père en se levant. Et j'en ai assez de toutes ces sottises. J'appelle Sémion et Kécha.

— D'accord, papa, capitula Antonina en se levant d'un bond, ce qui lui valut une violente douleur à la tempe. Elle s'appelle Lilia Pétrovskaïa Nevskaïa. C'est la fille du forgeron de Kajra. Maintenant que vous le savez… c'est tout ce que vous vouliez, n'est-ce pas ? Que je vous donne son nom ? Que je vous dise la vérité ?

Comme le prince ne répondait pas, Antonina se rapprocha de lui et leva son visage vers le sien.

— Mais vous n'allez pas la punir, papa ? Ce n'est pas sa faute. C'est la mienne. C'est moi qui lui ai ordonné de me retrouver, de discuter avec moi. Elle ne voulait pas. Vraiment, elle ne voulait pas. Ce n'est pas sa faute. Il ne faut pas la punir, répéta-t-elle. Promettez-moi que vous ne la punirez pas, ni elle, ni sa famille, pour ce que je l'ai forcée à faire. Pour ce que j'ai fait.

Elle scruta l'expression de son père, espérant le voir acquiescer ou bien dire : *Oui, oui, ma fille, je comprends maintenant. Je te donne ma parole qu'il ne sera fait aucun mal à cette fille ou à sa famille.*

— Non, dit-il. Je ne promettrai rien de pareil.

* * *

Cette nuit-là, les paroles de son père – *Je ne promettrai rien de pareil* – ne cessèrent de résonner dans le crâne d'Antonina, renforçant encore sa migraine récalcitrante. Elle était tellement inquiète au sujet de ce qui pourrait arriver à Lilia qu'elle n'arrivait pas à dormir. Elle resta allongée dans l'obscurité, à scruter le rectangle noir de la fenêtre.

Lorsque le matin se leva enfin, elle descendit dans la salle du petit déjeuner. Son père était à table et lisait le journal en mangeant une petite tourte aux œufs et du rosbif froid.

Antonina s'assit en face de lui.

— Bonjour, Papotchka, dit-elle prudemment.

— Bonjour, répliqua-t-il en lui adressant un bref regard.

Puis il saisit une petite cloche dorée à côté de son assiette et la fit tinter. Aussitôt, la porte s'ouvrit et deux serviteurs en uniforme et gants blancs entrèrent. L'un d'eux apportait sur un plateau un plat recouvert d'une cloche d'argent qu'il déposa devant la jeune fille avant de soulever la cloche avec un grand geste du bras. L'autre lui servit une tasse de thé au samovar.

— Merci, murmura Antonina en regardant la tourte et la viande, l'estomac retourné.

— Mange, Tossia, la pressa son père. Mange pendant que c'est chaud.

Antonina prit sa fourchette et la planta dans la petite tourte aux œufs en la regardant fixement.

— Papa, dit-elle en se tournant vers son père.

— Hmmm ? fit-il sans cesser de lire.

— Papa, répéta-t-elle, plus fort, et cette fois, le prince posa son journal et la regarda par-dessus la table, un sourire tranquille aux lèvres. Que va-t-il arriver à Lilia ?

— Lilia ? demanda-t-il comme s'il n'avait pas déjà entendu ce même nom de la bouche de sa fille pas plus tard que la veille. Oh, la fille du forgeron. On s'est occupé d'eux.

— Occupé d'eux ? répéta Antonina.

— Oui. Le forgeron a été fouetté. Et, afin de punir sa femme, j'ai envoyé au loin la fille et l'autre gamin.

Antonina eut peine à déglutir.

— Vous les avez envoyés au loin ? chuchota-t-elle.

— Oui. La fille et le petit crasseux, répondit-il négligemment. Je ne voulais pas m'occuper du garçon, mais, à la dernière minute, la fille m'a fait pitié. En fait, elle m'a impressionné. Elle a pris ça bien, elle n'a pas fait d'esclandre quand elle a compris ce qui allait lui arriver. Alors, pour la récompenser, j'ai laissé son frère l'accompagner.

Il regarda Antonina en haussant les sourcils.

— Je ne suis pas aussi impitoyable que tu pourrais le penser, ma fille.

Elle voulut parler, mais elle avait la bouche trop sèche. Elle souleva sa tasse de thé. Sa main tremblait, et des gouttes de thé brûlant se renversèrent sur son autre main. Il lui fallut ses deux mains pour reposer la tasse sur la table.

— Papa, Liocha, le petit garçon… il a à peine quatre ans. Il est malade. Il a besoin de sa mère pour qu'elle le soigne.

Le prince se concentra sur son morceau de viande.

— Cela ne me concerne pas. Le châtiment est proportionnel au crime commis.

Au crime? pensa la jeune fille.

— Où les avez-vous envoyés?

— Tu n'as pas besoin de le savoir, Antonina. Tu auras appris une leçon : tes actes ont des conséquences.

Antonina se représenta la masure dans Kajra, la mère hurlant tandis qu'on lui arrachait Liocha, qui pleurait et toussait, le père peut-être encore inconscient d'avoir reçu le fouet. Sezja qui hurlait sans cesse. Et Lilia? Antonina se couvrit le visage. Lilia saurait que tout cela lui arrivait, à elle et à sa famille, à cause d'elle, Antonina. Parce qu'Antonina avait dévoilé son nom.

— Bien, déclara le prince Olonov en la regardant par-dessus la table. Nous n'évoquerons plus jamais cette malheureuse affaire. Passe-moi le poivre, s'il te plaît, Tossia.

Comme Antonina ne bougeait pas, il lui redemanda le poivre. Elle le foudroya du regard.

— Maintenant, je sais quel genre d'homme vous êtes, dit-elle. Hier seulement, vous disiez que vous étiez un père pour les serfs, et qu'il étaient tous vos enfants. Vous traiteriez donc vos propres enfants de cette façon? Seriez-vous prêt à me plonger dans un tel malheur dans le seul but de faire un exemple? Pourquoi feriez-vous une chose pareille?

Le visage de son père s'était assombri, et ses lèvres ne formaient plus qu'une ligne mince. Antonina voyait bien qu'elle attisait sa fureur, mais c'était plus fort qu'elle. Le sang lui martelait les tempes, et elle devait crier pour s'entendre par-dessus le vacarme.

— Vous ne faites qu'aggraver leurs souffrances. Vous êtes un tyran!

Hurlait-elle ? Il se leva et fit le tour de la table. Antonina se leva aussi. Son père s'avança vers elle, main levée.

Antonina ferma la bouche, s'obligeant à ne pas fermer les yeux ni reculer. Elle voulait qu'il la frappe. Elle voulait éprouver ce que les serfs éprouvaient. Savoir ce que Lilia avait subi de la part de son père à elle. Elle compta les battements – le martèlement à l'intérieur de sa tête correspondant à la pulsation du sang à l'intérieur de ses veines – et regarda le visage de son père passer par toute une série d'expressions durant ce laps de temps si infime et cependant interminable. Après cinq battements, il serra le poing et le laissa retomber.

— Qu'est-ce que tu voudrais, Antonina ? Aller vivre dans une cabane de paysan ? C'est ça ? Ça te rendrait heureuse ? Eh bien vas-y ! Va vivre avec les serfs. Tu vas voir combien de temps tu tiendras, à dormir avec les cochons pour avoir chaud, la tête grouillante de vermine, le corps dévoré par les puces.

Antonina tressaillit, découragée. Bien sûr, il avait raison. Elle n'avait aucun pouvoir de faire changer les choses.

— Tu ne sais rien, pauvre écervelée.

Puis il se détourna et s'éloigna, le dos voûté, les bras ballants, l'expression même de la défaite. Arrivé à la porte, il dit encore :

— Monte dans ta chambre. Restes-y jusqu'à demain. Tu seras privée de manger.

Antonina ne répondit rien.

— Tu comprends dans quelle situation tu me mets, Tossia ? Je ne peux pas tolérer ce manque de respect.

Antonina le regarda partir sans pouvoir proférer un mot. Elle pensa à Lilia et s'effondra à genoux, priant pour que la jeune fille puisse trouver un moyen de lui pardonner ce qu'elle avait fait de sa famille et de sa vie.

12

MARS 1849

La fête d'Antonina tombait le 14 mars, plus tout à fait en hiver, mais pas encore au printemps dans la région de Pskov ; chaque jour, le temps changeait sans trop savoir dans quelle saison se situer. Afin de célébrer la fête d'Antonina, l'année de ses dix-huit ans, sa mère vint au château organiser une réception.

Les grandes fêtes étaient la spécialité de Galina Maximovna. À l'automne, elle avait orchestré deux bals en blanc pour présenter Antonina à la haute société de Saint-Pétersbourg. La jeune fille, toute de blanc vêtue, avait dansé avec un certain nombre de prétendants potentiels. Les bals débouchèrent sur deux demandes en mariage, dont aucune ne satisfit le prince Olonov, qui jugea les prétendants trop peu influents ou pas assez riches. Antonina s'était sentie soulagée. Il y avait bien eu un homme, un jeune militaire brun et mince, de bonne famille, qu'elle avait trouvé intéressant et avec qui elle aurait bien aimé faire plus ample connaissance. Elle en avait parlé à sa mère, qui avait invité le militaire à venir prendre le thé. Mais le soldat leur avait fait parvenir un mot d'excuse annonçant qu'il avait déjà un engagement. Il ne cherchait pas à convenir d'un autre rendez-vous. La princesse Olonova expliqua à sa fille que cela signifiait qu'il n'était pas intéressé. Antonina fut à peine agacée par la grossièreté du personnage.

Elle avait vu sa mère à Saint-Pétersbourg deux mois et demi plus tôt, lorsqu'elle y avait accompagné son père pour les fêtes de Noël et du nouvel An, que la princesse Galina Maximovna ne voulait pas passer dans la froidure et l'isolement de la campagne.

Les frères d'Antonina avaient tous quitté le château. L'aîné, Victor, était entré dans l'armée, et Marik était marié et père d'un jeune enfant : il habitait un domaine plus petit à l'autre bout des terres de leur père. Le plus jeune, Dimitri, s'était installé à Saint-Pétersbourg avec leur mère. La princesse se plaignait de ce que Dimitri ne s'intéressât qu'au jeu et aux débits de boisson qui parsemaient la ville. Et Antonina s'était rendu compte par elle-même, durant leurs vacances à Saint-Pétersbourg, que son frère ne se levait jamais avant le milieu de l'après-midi, qu'il était pâle, avec les yeux cernés et le visage légèrement boursouflé que donnaient la vodka et les nuits sans sommeil.

À l'époque, sa mère l'avait embrassée et lui avait promis qu'elle organiserait une grande fête en l'honneur de sa seule et unique fille au mois de mars. La princesse était de fort belle humeur, et Antonina remarqua qu'elle avait au doigt une grosse émeraude qu'elle ne lui connaissait pas.

La princesse tint parole et débarqua une semaine avant la date prévue des festivités pour mettre en œuvre tout ce qu'elle avait imaginé et s'assurer que le château serait prêt. Bien qu'Antonina eût invité plusieurs jeunes gens de son âge des domaines voisins, et que Marik, sa femme et Dimitri fussent attendus (Victor ne put obtenir de permission) la plupart de la centaine d'invités prévus étaient des amis de sa mère qui viendraient de Saint-Pétersbourg et de Moscou. Ils occuperaient les dizaines de chambres d'amis du château. La troupe de théâtre du prince devait jouer, et comme il avait vendu son orchestre de serfs l'année précédente, prétextant qu'il était bien suffisant d'entretenir et de nourrir une seule troupe, on loua celui de Yablonski. Il fallut deux jours aux seize musiciens pour arriver au château des Olonov. Ils furent logés dans le quartier des domestiques et eurent droit à toute une nuit de sommeil pour se remettre du voyage. Puis ils prirent place dans la salle de bal pour répéter les morceaux choisis par Galina Maximovna. Antonina entendit les premiers accords de musique et alla assister à la répétition.

Les hommes portaient la tunique ceinturée, la culotte et les bottes de feutre qui constituaient l'uniforme des paysans. Le regard de la jeune princesse ne cessait de dériver vers un violoniste, le plus jeune musicien de la formation. Il semblait avoir à peu près son âge, avec un visage fin et sensible encadré de boucles blond foncé. Elle ne voyait pas la couleur de ses yeux depuis l'autre bout de la grande salle, mais il avait des sourcils légèrement inclinés vers le bas, ce qui lui donnait une expression mélancolique.

Antonina se rapprocha en restant le long du mur. La salle grouillait de domestiques qui installaient des chaises, accrochaient des rubans, et disposaient des fleurs de serre et des bougies. Elle s'appuya contre l'un des piliers de pierre polie qui s'élevaient jusqu'au lointain plafond. Elle se rendait compte à présent que le violoniste avait les yeux bleu marine. Il avait des mains délicates aux longs doigts fuselés. Une grande bouche aussi. Et il avait aussi un gros hématome violacé et boursouflé sur la pommette gauche, un coup récent, et la chair était encore tuméfiée.

Il abaissa son archet pour tourner la page de sa partition. Antonina détourna les yeux au cas où il lèverait les siens et s'apercevrait qu'elle le dévisageait. Elle examina la corniche au-dessus d'une des fenêtres. Quand elle reporta son regard sur lui, il s'était remis à jouer. Il avait fermé les yeux et présentait un visage radieux, l'ombre de ses cils s'étirant sur ses joues. À quoi pouvait-il bien penser ?

* * *

Lors de la première soirée de festivités, après le dîner et avant que l'orchestre ne commence à jouer, Antonina se tourna vers une haute fenêtre située au fond du salon. Une foule d'invités avait beau évoluer autour d'elle, elle était seule. Elle distinguait son reflet dans la vitre obscure, ainsi que les silhouettes mouvantes des invités se découpant contre la lumière des bougies disposées un peu partout dans la salle, derrière elle. L'air était étouffant ; un feu ronflait dans les cheminées à chaque bout de la vaste salle, et l'atmosphère était saturée par l'odeur des pommades et parfums capiteux des invités mêlée à celle de leur transpiration. Il y avait trop d'éclats de voix, trop de rires ; tous buvaient du champagne en attendant de danser.

Elle sentait venir la migraine, juste derrière les yeux, du fait de la chaleur, du bruit et du champagne d'importation. Elle en avait bu beaucoup, bien qu'elle le trouvât excessivement doux. Elle préférait le goût plus franc et plus pur de la vodka. Elle appuya son front contre la vitre froide et ferma les yeux. Où vivait Lilia à présent ? Dans une autre masure de paysans froide et humide, pareille à l'isba de Kajra, ou pire encore ? Elle pensa au petit garçon, le frère de Lilia, avec son derrière à l'air, ses genoux proéminents et ses pieds crasseux, accroché aux jupes de sa mère. Elle pensa à sa vilaine toux grasse. Était-il encore en vie ? Lilia avait-elle réussi à s'occuper de lui en plus d'accomplir le travail qui lui était assigné ?

Antonina ne voulait pas s'attarder sur les événements terribles qui avaient eu lieu trois ans plus tôt. Alors elle concentra toute son attention sur l'orchestre. Les musiciens n'allaient pas tarder à s'installer et à accorder leurs instruments. Elle se représenta le jeune violoniste à la joue tuméfiée.

Surprise, elle ouvrit les yeux en sentant une main se poser sur son épaule. Dans la vitre, elle reconnut l'un des amis de sa mère, le prince Khroutski. Sa mère le lui avait présenté plus tôt dans la soirée.

— Seule, princesse ? demanda-t-il sans attendre de réponse. Il ne faut pas que la reine de la fête soit seule au premier soir des célébrations. Voudriez-vous me suivre dans la salle de bal et m'accorder la première danse ? Je suis certain que vous dansez à la perfection, ajouta-t-il avec un sourire.

S'adressant toujours à son reflet, elle lui rendit son sourire d'un petit mouvement poli des lèvres. Il se rapprocha encore et appuya imperceptiblement le genou contre l'arrière de sa cuisse. Antonina fit volte-face en prenant garde de ne pas le toucher. Le prince Khroutski paraissait encore plus vieux que son père : il avait des poils qui lui sortaient des narines et des oreilles, les mains tavelées et l'œil gauche qui louchait légèrement, ce qui faisait qu'elle ne savait pas vraiment si c'était elle qu'il regardait.

— Alors ? Me réservez-vous une danse, mademoiselle ? reprit-il, l'haleine chargée des senteurs poissonneuses du caviar.

Elle secoua la tête.

— Non, merci, prince Khroutski. Je ne pense pas que je danserai ce soir. Un peu de migraine. Je vais me retirer dans ma chambre.

— Et abandonner votre propre fête ? C'est impossible. Venez, une coupe de champagne dissipera cette migraine, très chère. Venez, prenez une coupe. Vous êtes grande maintenant, vous avez droit au champagne.

Il riait en parlant, et Antonina remarqua un œuf de poisson, pas plus gros qu'une graine de pavot, coincé entre une canine et une incisive jaunâtres. *Vous avez droit au champagne,* avait-il dit, comme s'il s'adressait à une enfant peu habituée à boire. Ne se rendait-il pas compte à quel point il la répugnait ? Elle sentait la main lourde et chaude de l'homme sur son épaule et se déroba de nouveau, fléchit les genoux et écarta son épaule juste assez pour se soustraire à sa poigne.

Il fit signe à un domestique chargé d'un plateau de coupes de champagne en cristal de Baccarat.

— Merci, prince, vraiment, mais je dois y aller.

Et pendant qu'il prenait les deux verres sur le plateau, elle s'éclipsa de la pièce.

Le prince la suivit. Elle l'entendit lancer : *Princesse Antonina Léonidovna. Mademoiselle, je vous en prie. Ne me fuyez pas. Je voudrais juste profiter de votre compagnie. Nous ne sommes pas obligés de danser, si ce n'est pas ce que vous voulez. Mademoiselle !*

Jetant un coup d'œil par-dessus son épaule, elle vit le prince Khroutski foncer dans sa direction. Elle tourna dans un couloir et fonça vers le bureau de son père. Là, elle se glissa derrière un paravent peint de fleurs et vignes orientales et poussa fermement sur un panneau mural en bois. Il s'ouvrit sans un bruit. Elle entra et referma le panneau derrière elle. Aussitôt plongée dans l'obscurité, elle leva la main, tâtonna vers la droite et, oui, la chandelle et le briquet se trouvaient encore là. Il y avait très longtemps qu'elle n'avait pas utilisé ce passage.

C'était son frère, Dimitri, qui le premier lui avait montré l'escalier secret alors qu'elle avait cinq ou six ans, et la petite fille, enchantée, n'avait été que trop heureuse et impatiente de poursuivre l'exploration. Les portes étaient presque impossibles à discerner, même quand on savait où regarder. Enfant, elle avait passé des heures interminables à parcourir ces lieux secrets et à en surgir en effrayant les serviteurs. Le passage qui donnait dans le bureau conduisait à la chambre de sa mère. Même si l'on avait expliqué à la fillette qu'ils avaient été ménagés pour des raisons de sécurité, pour le cas où leur famille serait menacée, Antonina ne voyait pas du tout comment cela aurait pu se produire. Le château n'était-il pas peuplé de fidèles serviteurs et le domaine tout entier gardé par des serfs dignes de confiance et des chiens féroces ?

Elle frappa le briquet et alluma la chandelle. Le réduit sentait le renfermé, et était tapissé de toiles d'araignées. Des restes de déjections de souris s'écrasaient sous ses semelles avec un petit bruit sec. Sans prêter attention à sa jupe de satin, elle s'assit sur la deuxième marche de l'escalier de bois étroit et raide, enserra ses genoux dans ses bras et appuya le front par-dessus. Le champagne lui avait laissé un goût aigre dans la bouche. Elle attendit, prêtant l'oreille aux voix et aux rires lointains et assourdis, se disant qu'au bout de dix minutes, elle soufflerait la flamme et retournerait dans le bureau de son père. Le prince Khroutski aurait certainement trouvé quelqu'un d'autre avec qui flirter. Elle quitterait furtivement le bureau et gravirait sans être vue la courbe gracieuse de l'escalier central pour gagner sa chambre.

Elle avait survécu au dîner, avait été fêtée, félicitée et embrassée par sa famille, ses amis et les amis de ses parents. Une fois le bal commencé, nul ne remarquerait son absence.

Elle perçut la voix de son père, légèrement assourdie par la porte.

— Khroutski, dit-il. On n'apprécie pas le champagne ?

— Je cherchais votre ravissante fille, Léonid Stépanovitch. J'ai cru l'avoir vue entrer ici, et je voulais lui renouveler mes vœux pour cette fête en son honneur. J'examinais votre collection d'épées. Très impressionnante, mon vieil ami.

Antonina se redressa pour écouter. Les voix traversaient sans peine le mince panneau de bois.

— Cette petite est comme une ombre, disait son père, elle se glisse toujours partout. Tenez, j'ai fait venir ce madère tout récemment. Vous vous joignez à moi ?

Elle entendit les verres s'entrechoquer et respira ensuite les effluves lourds des cigares. Quel ennui ! Elle était véritablement prise au piège. Il lui était impossible de sortir sans se ridiculiser et mettre son père en colère.

La chandelle n'était qu'un fragment ; elle ne tiendrait pas plus de cinq minutes. Antonina n'avait aucune envie de s'attarder dans ce réduit sombre et poussiéreux. Elle pensa à sa chambre et à *Une Histoire ordinaire* de Gontcharov qui l'y attendait. Il ne lui restait plus que quelques chapitres à lire, et elle mourait d'envie de retirer toutes ses couches de vêtements : la chemise de soie recouverte par le corset étroitement lacé, qui lui comprimait douloureusement les côtes pour lui affiner la taille, les couches de jupons et la lourde robe de satin vert sombre qui rehaussait, avait assuré sa mère, la couleur de ses yeux. L'idée d'enfiler une chemise de nuit en coton et de se pelotonner sous la lourde courtepointe de laine pour finir son roman était affreusement tentante. Il lui restait une autre soirée assommante à subir le lendemain. À part la musique, qu'elle adorait, tout cela se résumait à trop de nourriture trop riche et trop d'alcool, toujours les mêmes rires factices, les mêmes bavardages.

Son père avait à présent entraîné le prince Khroutski dans une conversation terriblement ennuyeuse sur la terre et la production agricole. Elle se demanda combien de temps elle devrait encore attendre avant qu'ils terminent leur verre et leur cigare et se retirent.

Bien sûr ! Antonina se leva et monta précautionneusement l'escalier qui conduisait à la chambre de sa mère. Une fois là-bas, il lui suffirait de suivre le labyrinthe de couloirs du premier étage pour arriver à sa propre chambre. Passant instinctivement par-dessus la quatrième marche qui, elle s'en souvenait, craquait horriblement, Antonina monta l'escalier. Elle arrivait presque en haut quand la flamme se mit à crachoter.

À peine éclairée par le reste de chandelle, Antonina tendit la main, et le bout de ses doigts rencontra un panneau de bois. Elle pressa doucement la porte dissimulée dans un pan de papier peint à l'intérieur de la chambre de sa mère, en espérant que, depuis le temps qu'elle n'avait pas emprunté le passage, une servante n'avait pas poussé une coiffeuse ou un gros fauteuil devant. Mais la porte s'ouvrit facilement, silencieusement.

Baissant la tête pour ne pas se cogner contre le linteau, Antonina pénétra dans la vaste chambre. Elle se redressa et perçut un bruit.

La jeune fille s'immobilisa et laissa ses yeux s'accoutumer à la pénombre. Une bûche de chêne crépitait doucement dans la cheminée, projetant une lueur rougeoyante. Antonina faisait face au pied du lit, sur lequel elle ne vit au départ qu'un amas de draps. Puis elle discerna un dos nu, mince et pâle. Elle sut aussitôt qu'il s'agissait du dos de sa mère, à la fleur rouge piquée dans ses épais cheveux blonds. De lourdes mèches s'échappaient à présent de son chignon et retombaient entre ses omoplates.

Antonina retint sa respiration et se raidit, les yeux rivés sur le dos de sa mère.

Galina Maximovna Olonova se mouvait à un rythme lent et régulier, comme si elle montait un cheval docile, sa colonne vertébrale ondulant légèrement à chaque mouvement de va-et-vient. La jeune fille fut hypnotisée, moins par l'éclat moite de la peau nue sur laquelle les braises jetaient des ombres mouvantes que par les mains qui tenaient sa mère par la taille. Les doigts étaient longs et fuselés, les ongles courts et nets. Ils ne serraient pas la chair, ne trahissaient nul désir de possession ou de passion, mais la maintenaient avec assurance.

Antonina resta figée, le bout de chandelle toujours à la main.

Elle serra les lèvres et regarda sa mère bouger de plus en plus vite tout en commençant à émettre un petit cri à chaque mouvement. Aucun son n'émanait du propriétaire des mains ni, pour autant qu'Antonina pouvait le voir, aucun geste. C'était sa mère qui, tout entière, était la flamme, faisait monter la chaleur et le désir, sa mère qui, à un moment, prit les mains de l'homme et les recouvrit furieusement pour les forcer à s'accrocher à elle plus fermement. L'instant d'après, elle les lâcha pour soutenir ses seins en rejetant la tête en arrière, ses mèches de cheveux épars lui tombant alors jusqu'aux reins.

Antonina eut l'impression que sa mère aurait aussi bien pu être seule, s'il n'y avait eu ces mains désincarnées.

Puis sa mère poussa une longue plainte aiguë et, après quelques secondes d'immobilité, se coucha en avant. C'est alors qu'au-dessus de la forme de sa mère, dont les longs cheveux s'amassèrent sur la poitrine de l'homme, Antonina put distinguer son visage. Il était en partie relevé par un oreiller de soie. Elle le regarda, et il lui rendit son regard.

C'était le violoniste de l'orchestre de serfs, le jeune homme à la pommette tuméfiée. Il la contempla alors que sa mère était allongée sur lui et émettait de petits soupirs de contentement.

Antonina avait conscience d'avoir les traits éclairés par la minuscule flamme de la bougie. Elle sentait la chaleur douce et lisse de la cire qui lui coulait sur la main. La bougie s'éteignit, et la jeune fille ressentit une petite brûlure lorsque le suif chaud se mêla à sa peau, entre son pouce et son index. Elle respira soudain une odeur qui n'était pas simplement celle, familière, du parfum capiteux de sa mère, mais aussi celle de la sueur et de quelque chose de plus musqué. Elle comprit instinctivement que c'était l'odeur du sexe.

Le jeune homme n'émit pas un son, n'esquissa pas un geste. Il ne détourna pas les yeux du regard fixe d'Antonina. Son visage, si expressif lorsqu'il jouait, ne trahissait ni joie ni émotion. Il ne montrait rien – ni plaisir ni honte.

— Mon tout joli, je te sens encore, dur, tendu comme un arc. Ton énergie paraît sans limite.

La princesse émit un petit rire de gorge.

— Malgré notre petit intermède de cet après-midi, tu es plus qu'à la hauteur. Aussi délicieux que je l'avais escompté.

Elle lui caressa l'épaule.

— Allons, Valia, dis-moi que je suis belle et que tu n'avais jamais partagé la couche d'une princesse auparavant. J'ai beaucoup plus à offrir que les petites paysannes stupides qui doivent se jeter à ton cou. Dis-moi que je vaux tellement mieux qu'elles. Dis-le moi, Valia.

L'homme n'avait pas quitté Antonina des yeux. Il la contemplait par-dessus l'épaule de sa mère, et celle-ci lui prit le menton pour le forcer à la regarder. Puis elle se laissa tomber sur le flanc et entraîna le violoniste avec elle afin qu'ils se retrouvent face à face.

— Dis-moi ce que je veux entendre avant que tu partes, dit-elle en levant le bras pour écarter les cheveux collés à son visage, ce qui fit retomber un sein flasque. Comme c'est ennuyeux qu'on ait besoin de toi en bas.

Antonina recula, respirant à peine, dans le passage secret, et referma la porte aussi silencieusement qu'elle l'avait ouverte.

Ses jambes la portaient à peine. Elle s'assit dans l'obscurité, sur la marche du haut. Sa poitrine palpitait et elle avait le visage humide de transpiration malgré le froid qui régnait dans le passage. Elle se rendit compte qu'elle-même exhalait une odeur, une senteur chaude et suave, comme si la cire lisse et tiède qui s'accrochait à sa main parcourait à présent son corps. Bien qu'elle éprouvât du dégoût pour sa mère, Antonina était excitée par ce qu'elle venait de voir. Et elle prit soudain conscience que c'était exactement ce dont elle avait envie – faire la même chose avec le jeune serf violoniste.

Elle redescendit l'escalier à tâtons. Aucune voix ne se faisait entendre dans le bureau de son père. Elle poussa le panneau et traversa rapidement la pièce déserte. Les invités s'étaient maintenant rassemblés dans la salle de bal, et elle put monter le grand escalier sans rencontrer personne.

Une fois dans sa chambre, elle s'enferma et s'adossa à la porte, le souffle court – pas seulement parce qu'elle avait couru, mais à cause de ce qu'elle venait d'éprouver.

* * *

Le lendemain, en fin d'après-midi, la troupe de comédiens de son père interpréta une pièce – un triangle amoureux agrémenté de quelques ressorts comiques assez prévisibles – sur laquelle Antonina trouva difficile de se concentrer. La représentation fut suivie par des amuse-gueules et une tournée de whist et de *wint*. Puis les cent douze invités eurent droit à un dîner élaboré et de nouveau à du champagne avant de pouvoir entamer une seconde nuit de danse.

Antonina s'était éclipsée du dîner au moment où l'orchestre commençait à s'accorder. Comme elle l'avait fait lors de la répétition, quelques jours plus tôt, la jeune fille observa les musiciens, cette fois-ci légèrement dissimulés par le haut dossier du canapé aux accoudoirs cintrés où elle avait pris place. La salle résonnait d'une cacophonie de notes frappées, pincées et soufflées.

Elle examina ouvertement le jeune violoniste qui se tenait assis avec son instrument et son archet devant un pupitre vide. Le violoncelliste lui adressa quelques mots, et il parut évident à Antonina que le jeune homme était perdu dans ses pensées. Le violoncelliste dut lui toucher l'épaule pour attirer son attention. Antonina distingua la courbe pleine de ses lèvres lorsque le violoniste lui répondit, l'éclat de ses cheveux dans la lumière des candélabres. Elle s'imagina les mains du jeune homme sur ses hanches nues comme elle les avait vues sur celles de sa mère.

* * *

Par deux fois, Antonina, au bras du frère d'une amie, dansa une mazurka élaborée avec trois autres couples, puis tournoya dans une valse avec un jeune homme inconnu qui se montra assez léger pour qu'elle se sentît à l'aise. Elle aimait danser, et même si ses partenaires ne l'intéressaient guère, elle souriait inconsciemment en exécutant une polka puis un quadrille.

Chaque fois qu'elle passait en virevoltant devant l'orchestre, elle croisait le regard du violoniste. Puis Antonina déclina une invitation à danser une nouvelle polka avec un lieutenant au pantalon trop serré. Prétextant qu'elle avait besoin de reposer l'extrémité de ses pieds, elle prit une coupe de champagne et se joignit à un groupe de jeunes filles des domaines voisins. Elles s'éventaient et échangeaient des exclamations aiguës et essoufflées concernant les couples de danseurs et le charme de certains hommes. Antonina souriait et feignait d'écouter leur conversation tout en s'efforçant de conserver le violoniste dans son champ de vision.

Les musiciens posèrent leurs instruments avant d'entamer un nouveau morceau, et Antonina vit sa mère flirter ouvertement avec le lieutenant au pantalon moulant. Elle effleura le bord de son oreille et rit gaiement avant de susurrer quelques mots contre la joue du militaire. Le lieutenant rit de bon cœur et lui pinça la taille. Antonina tourna la tête vers le violoniste. Lui aussi observait sa mère, les lèvres serrées alors qu'il frottait la mèche de son archet sur un bloc de colophane.

Antonina eut honte pour sa mère et lui en voulut de montrer si ostensiblement au jeune musicien combien il comptait peu pour elle.

— Mère, appela Antonina en se dirigeant vers elle pour la prendre par la main, de sorte que Galina Maximovna dut à contrecœur abandonner son officier, je voudrais que l'orchestre joue *la Séparation* en *fa* mineur de Glinka. C'est mon morceau préféré.

Sa mère esquissa un geste de la main en direction de l'orchestre.

— Eh bien, ordonne-leur de le jouer.

Elles se tenaient non loin du violoniste. Antonina le regarda.

— Excusez-moi, dit-elle en s'avançant vers la petite estrade.

Le violoniste posa sa colophane et se leva. Il posa sur elle, puis sur sa mère, un regard calme et insistant.

— Mère, reprit Antonina. Je crois que vous vous connaissez déjà, n'est-ce pas ?

Ni sa mère ni le violoniste ne lui répondirent, mais le jeune homme s'inclina devant Antonina.

— Je me présente : Valentin Vladimirovitch Kropotkine.

Puis il se releva et la regarda droit dans les yeux, comme il l'avait fait dans la chambre, par-dessus l'épaule de sa mère.

Antonina sentit sa respiration s'accélérer malgré tous ses efforts pour la contrôler.

— Comme je le disais à ma mère, je souhaiterais que l'orchestre joue *la Séparation* en *fa* mineur de Glinka. Vous voudriez bien l'interpréter pour moi ?

La proximité du musicien faisait battre son cœur plus fort. Sans attendre sa réponse, elle se tourna vers sa mère.

— Je suis certaine, mère, que vous pouvez le convaincre d'accéder à tous vos désirs. Non ?

Galina Maximovna fronça les sourcils en jetant un coup d'œil vers le violoniste puis vers sa fille.

— Que veux-tu dire, Antonina ?

— Vous le savez très bien, mère. Ne lui avez-vous pas déjà demandé de faire vos quatre volontés ?

— Mademoiselle, vos désirs sont des ordres, intervint le violoniste en s'adressant directement à la jeune fille, sans prêter attention à Galina Maximovna. C'est votre fête après tout. Je parlerai de ce changement au chef.

La mère d'Antonina arrêta un serviteur pour prendre une coupe de champagne sur son plateau.

— Ce serait un grand plaisir de jouer quelque chose de spécial en votre honneur le jour de votre fête, princesse Olonova. Nous avons toutes les partitions de Glinka. Nous le jouerons en clôture de concert, si cela vous convient.

Le son de sa voix plut à la jeune fille. Le fait qu'il ignorât délibérément sa mère aussi.

— Oui, merci, dit-elle sans sourire. Valentin Vladimirovitch, ajouta-t-elle, l'appelant par son patronyme pour lui marquer son respect.

* * *

À trois heures du matin, lorsque l'orchestre finit de jouer sa dernière valse, les invités en sueur s'apprêtèrent à quitter la salle de bal. Mais le chef d'orchestre donna quelques coups de baguette sonores pour lancer :

— Mesdames et messieurs, si je puis me permettre, il nous reste un dernier morceau à interpréter. Il ne s'agit pas d'une danse, mais d'une pièce spéciale dédiée à la princesse Antonina Léonidovna, un présent qui nous lui offrons pour sa fête.

Il la regarda, et Antonina le remercia d'un mouvement de tête. Les invités encore présents s'immobilisèrent tous, certains continuant de bavarder, puis concentrèrent leur attention sur l'orchestre.

Le maestro se tourna vers ses hommes et leva sa baguette. Antonina sourit ouvertement au violoniste, qui lui sourit à son tour.

Elle porta le bout de ses doigts à ses lèvres alors qu'elle observait son visage, passionné et expressif tandis qu'il accompagnait le pianiste. Elle revit ses mains, si relâchées sur les hanches un peu lourdes de sa mère, et éprouva l'envie de les sentir sur sa peau nue.

Une fois la dernière note du nocturne égrenée, elle applaudit à tout rompre avec les invités. Les musiciens se levèrent tous ensemble et saluèrent bien bas. Antonina n'avait pas quitté le violoniste des yeux. Tout en se redressant, il rejeta la tête en arrière pour écarter une mèche de cheveux de son front, et plongea son regard dans le sien.

Les danseurs quittèrent la salle, mais Antonina s'attarda encore un peu pendant que les musiciens rangeaient leurs instruments. Comme elle l'espérait, le violoniste vint vers elle, une partition à la main.

— J'ai demandé au pianiste l'autorisation de vous remettre un exemplaire de ces pièces de Glinka, annonça-t-il. Même si ces partitions sont loin d'être neuves, et que vous en possédez sans doute déjà certaines, peut-être que lorsque vous les jouerez – je suppose que vous jouez ? avança-t-il, et Antonina acquiesça – vous vous souviendrez de votre fête.

Je me souviendrai de vous, pensa Antonina.

— Puis-je vous les dédicacer ? demanda-t-il.

Troublée, elle acquiesça de nouveau d'un signe de tête.

— Il y a une plume et de l'encre dans le vestibule, indiqua-t-elle. Près du registre des invités.

— Si je peux me permettre... ? suggéra Valentin.

Antonina sortit dans l'immense hall plein d'échos, le violoniste sur ses talons.

Là, il se courba sur la table pour écrire sur la première page de la partition. Pendant qu'ils attendaient que l'encre sèche, Antonina lut ce qu'il avait noté : *À Antonina Léonidovna, pour sa fête – avec tout mon respect et mon admiration, Valentin Vladimirovitch. Le 14 mars 1849.*

— Je sais que ce présent ne peut le moins du monde rivaliser avec aucun de ceux que vous avez reçus, dit Valentin en embrassant du geste tous les riches cadeaux qu'Antonina avait reçus de la part des invités et qui étaient exposés sur la table.

Elle ramassa les feuillets.

— Pour moi, cette musique restera spéciale, assura-t-elle, choquée par sa propre audace. Chaque fois que je la jouerai, je penserai à celui qui me l'a donnée.

Il avait une très belle écriture.

— Après notre dernier concert, au déjeuner de demain, peut-être me ferez-vous l'honneur de jouer pour moi, proposa Valentin.

Antonina lui sourit.

Elle ne vit pas que sa mère l'observait, le front légèrement plissé.

* * *

Les partitions de Glinka reposaient sur sa coiffeuse. Antonina pensa au jeune violoniste en s'abandonnant au sommeil. Elle dormit profondément et se réveilla heureuse à l'idée de le revoir. Elle réfléchit longuement pour décider quel morceau elle lui jouerait au piano.

Lorsqu'elle descendit, elle préféra éviter l'énorme salle à manger où se rassemblaient les invités, et se glissa dans la pièce réservée au petit déjeuner pour prendre une tasse de thé. Elle fut surprise d'y trouver son père et sa mère, qui s'entretenaient à voix basse. Ils se turent dès qu'elle franchit la porte vitrée. Antonina se demanda pourquoi ils ne prenaient pas le petit déjeuner avec leurs invités.

C'était curieux de les voir ainsi ensemble, et la jeune fille leur trouva un air étrangement satisfait. Comme s'ils étaient, pour une fois, tombés d'accord sur quelque chose. Pendant qu'elle mangeait un petit pain sucré et buvait une tasse de thé, ses parents évoquèrent brièvement la réussite de la soirée de la veille.

— À quelle heure sont prévus le repas et le concert d'aujourd'hui ? demanda Antonina en espérant que sa question paraîtrait assez détachée.

Elle tendit le bras pour prendre un autre petit pain.

Sa mère abaissa à peine les paupières.

— En fait, j'ai donné congé à l'orchestre. Ils sont partis il y a une heure. Le déjeuner aura lieu à une heure, ajouta-t-elle en gratifiant sa fille d'un sourire insouciant.

Antonina écarta sa main du plat de petits pains et ouvrit la bouche pour protester. Mais, en contemplant sa mère, elle préféra ne rien dire. Qu'aurait-elle pu invoquer ? Elle la haïssait de tout son cœur.

— Je voudrais te voir dans mon bureau, lui dit alors son père.

Elle se leva et évita de regarder sa mère.

13

Antonina passa les doigts sur le globe lisse et froid qui ornait le bureau de son père, comme elle le faisait depuis qu'elle était petite quand elle venait dans cette pièce. Il s'installa sur son fauteuil de cuir crissant.

Ce n'était jamais une bonne nouvelle d'être convoquée dans le bureau de son père. Petite, elle y venait pour se faire corriger d'avoir été malpolie avec ses précepteurs ou de s'être cachée de sa nounou. Plus grande, elle s'était fait réprimander pour avoir monté le cheval préféré de son frère sans demander la permission, ou pour être allée nager dans le lac sans chaperon ou encore pour avoir donné une robe ordinaire appartenant à sa mère à une servante pour son mariage.

La dernière fois, cela avait été pour l'incident de la médaille.

Bien qu'elle eût grandi, elle avait l'impression d'être une enfant alors qu'elle se tenait devant l'imposant bureau d'acajou importé de Londres. Allait-on la réprimander pour avoir refusé de danser avec l'horrible prince Khroutski, deux jours plus tôt, ou pour avoir cherché à humilier sa mère devant le violoniste ?

— Assieds-toi, s'il te plaît, Tossia, dit le prince Olonov.

— Merci, père, répondit-elle en s'asseyant sur la chaise de brocart.

Le siège s'affaissa légèrement ; il aurait eu besoin d'être regarni. Elle prit conscience qu'il n'y avait pas eu de nouveau mobilier ni de changement de décor au château depuis un certain temps, et cette pièce était un peu défraîchie. Les rideaux de soie bleu marine étaient décolorés, le soleil ayant laissé des bandes d'un bleu plus clair le long des plis. Un feston s'était décousu et pendait mollement.

— Tu es grande maintenant, commença son père.

Il avait le front luisant et cela rappela de nouveau à Antonina cette fois où, trois ans plus tôt, il avait exilé Lilia et Liocha. Il faisait frais, et une douce brise de mars entrait dans la pièce par la fenêtre entrouverte et soulevait les rideaux passés, derrière le fauteuil du prince.

Celui-ci se leva ; Antonina fit respectueusement de même. Il se comportait bizarrement, et la jeune fille aurait pu croire, que par un curieux renversement de situation, c'était elle qui le mettait mal à l'aise.

— Aussi t'ai-je trouvé un mari, annonça-t-il.

— Pardon ?

Comme son père, toujours derrière son bureau, ne répondait pas, elle se passa la langue sur les lèvres et demanda :

— Mais… qui ça ? Et pourquoi ? Pourquoi maintenant ?

— Il est temps, décréta-t-il.

Antonina fit le tour du bureau et se planta devant lui.

— Tu épouseras le comte Mitlovski.

Antonina crut avoir mal entendu.

— Le comte Mitlovski ?

Il était à la fête. Elle l'avait croisé plusieurs fois au cours des deux derniers jours, mais elle n'avait rien fait d'autre qu'accepter son cadeau et le remercier d'une révérence.

— Non, non père, reprit-elle d'une voix aiguë. Il est vieux !

Le prince pinça les lèvres.

— Il n'a pas encore cinquante ans, six ans de moins que moi. Et c'est un homme honnête. J'ai déjà fait affaire avec lui par le passé.

— Des affaires ? C'est donc de cela qu'il est question ?

— Antonina, dit son père en la toisant, tu es assez grande pour comprendre que ces choses, les alliances entre familles, doivent être à l'avantage de toutes les parties concernées.

— Et quel avantage j'en tire, moi ?

Le prince secoua la tête avec impatience.

— Konstantin Nikolaïevitch est un homme influent. Il a une grande propriété près de Pskov. Il est à la tête d'un domaine considérable et possède un grand nombre d'âmes. La plupart des femmes seraient enchantées à l'idée de l'épouser, de nombreuses veuves se sont proposées. Mais il veut...

Il s'interrompit, et lorsqu'il reprit la parole, il avait l'air de peser ses mots :

— Cela fait plusieurs années qu'il est veuf, Antonina. Il cherche une autre femme pour partager sa vie… et sa fortune. Bien que son premier mariage ait été long et, d'après lui, heureux, il n'a pas eu d'héritier. Sa femme n'a pas été très bien portante pendant la majorité de sa vie. Aujourd'hui, il veut des enfants. Les veuves qui se sont fait connaître ne sont pas assez jeunes pour lui assurer une descendance.

— S'il me veut, c'est donc pour que je lui fasse un tas d'enfants ?

— Cesse tes enfantillages. Il te trouve séduisante et intéressante, sinon, il n'aurait pas fait sa demande.

— Vous êtes sûr que c'est bien *lui* qui a fait sa demande, et pas vous ?

Le prince la dévisagea alors longuement, puis baissa les yeux vers sa table de travail.

Antonina remarqua le début de calvitie au sommet de son crâne. Le comte Mitlovski devenait-il chauve, lui aussi ? Non, il avait encore des cheveux épais et ondulés, même s'ils étaient entièrement gris.

Elle s'efforça de rassembler ses souvenirs du comte. Il n'avait été jusque-là qu'un des invités de son père, qui venait parfois passer deux jours, voire une semaine au château. Elle se rappelait vaguement son épouse, une femme osseuse aux cheveux châtains, assez rigide et hautaine, qui avait sur les joues des cicatrices de petite vérole qu'elle tentait de dissimuler sous une épaisse couche de poudre. À un moment, le comte Mitlovski était venu seul, porteur d'un brassard noir indiquant que sa femme était morte. Toujours face à son père, Antonina repensa à un après-midi de janvier venteux, juste après leurs fêtes du nouvel An à Saint-Pétersbourg, où le comte était venu s'enfermer plusieurs heures avec son père avant qu'Antonina ne soit appelée à dîner. Ils n'avaient été que tous les trois autour de la longue table rutilante.

La scène lui revint dans ses moindres détails. Lorsqu'elle était entrée dans la salle à manger pour se joindre à son père et au comte, le prince disait :

— Et nous sommes d'accord pour les âmes : la centaine au complet ?

Le comte Mitlovski s'était levé et s'était incliné en prenant la main d'Antonina pour la baiser. Il avait ensuite tiré une chaise pour la faire asseoir en répliquant au prince :

— Il n'est plus temps de parler affaires, maintenant que votre ravissante fille nous a rejoints. Vous ne croyez pas ?

— Certainement, avait convenu le prince Olonov.

— Vous vendez des serfs, père ? avait demandé Antonina, et comme son père ne lui répondait pas, elle s'était tournée vers le comte. J'espère que non. Il se sent en droit de séparer des familles, ce qui provoque d'immenses détresses.

Le comte Mitlovski s'apprêtait à répondre, mais le prince le devança.

— Je t'en prie, Antonina Léonidovna. Ne te montre pas aussi effrontée devant notre hôte. Laisse ces questions à ceux qui ont une pleine et entière maîtrise de la situation.

Mais Antonina n'était pas prête à se laisser faire.

— J'espère que vous ne soutenez pas ces pratiques barbares, comte Mitlovski, avait-elle poursuivis en s'asseyant.

Le comte avait pris place lui aussi, et la porte s'était ouverte. Des domestiques avaient poussé la porte battante avec des assiettes de soupe et des coupelles d'oignons hachés très fin et de concombres salés au vinaigre sur des plateaux d'argent. Ils avaient commencé à servir.

— Les soutenez-vous, comte ? avait insisté Antonina. Parce que lorsque je traverse ces villages et que je vois…

Son père l'avait interrompue d'une voix doucereuse :

— Le comte est notre invité, ma chère fille, et il a exprimé le désir que nous n'abordions pas ces questions pendant le dîner. Tu voudras bien respecter son souhait.

Antonina s'était écartée tandis que le domestique soulevait la cloche d'argent de la soupe brûlante posée devant elle.

— Oui, père, avait-elle dit.

* * *

Ils avaient terminé le dessert, une tarte à la confiture accompagnée de crème fouettée, et l'on avait apporté le samovar quand le prince Olonov avait demandé à sa fille de réciter un extrait d'*Eugène Onéguine* de Pouchkine pour le comte Mitlovski.

— Juste le début du premier chapitre, Antonina, la pressa-t-il.

— Je vous en prie, père, protesta-t-elle, désireuse de quitter la table. Je suis sûre que le comte Mitlovski a déjà trop entendu toutes les strophes d'*Eugène Onéguine.* Il trouvera cela trop ennuyeux.

— Oh, je puis vous assurer, Antonina Léonidovna, que rien ne me ferait plus plaisir, assura le comte Mitlovski. Il y a bien des années qu'une jeune femme n'a pas dit de poème pour moi.

Il sourit. Bien que légèrement brunies par le thé et le tabac, il avait toutes ses dents, et son sourire était presque séduisant.

— Je suis certain que vous avez une voix envoûtante.

— Oui, allons, Tossia, insista le prince Olonov avec un regard appuyé.

Elle posa sa serviette et se leva en s'éclaircissant la gorge.

— Tes cheveux, Antonina Léonidovna, lui souffla son père.

Elle leva la main et sentit des mèches égarées contre ses joues. Elle essaya de les fixer dans son chignon.

Le prince glissa alors à leur hôte :

— Soyez assuré, Konstantin Nikolaïevitch, que même si ma fille ne possède pas encore tous les codes de la féminité, elle est très docile.

Antonina se tourna vivement vers son père, remplie de colère et de honte. Son père avait certainement raison concernant son manque d'intérêt pour sa coiffure et les derniers critères de la mode, mais la seconde partie de son assertion était un parfait mensonge. Il savait combien elle était indisciplinée.

— Vous avez fait monter des couleurs ravissantes au visage de votre fille, mon cher ami, commenta le comte Mitlovski.

Elle serra les poings et les enfouit dans les plis de sa jupe.

Le tic-tac de la pendule de chrysocale résonnait bruyamment, la porte battante crissa légèrement et l'on entendit un frémissement de porcelaine tandis qu'un serviteur entrait avec un plateau contenant des tasses, des soucoupes et un sucrier. Debout dans la pièce presque silencieuse, Antonina attendit que l'homme eût posé tasses, soucoupes et sucrier puis se fût retiré avec un salut.

— Tu pourrais peut-être nous servir le thé, ma fille, lui dit son père. Nous le prendrons pendant que tu nous distrairas.

Alors qu'elle posait une tasse et une soucoupe sur l'épaisse nappe damassée devant le comte Mitlovski, il lui avait soudain pris la main.

— Vous ne portez pas de gants lorsque vous montez à cheval, Antonina Léonidovna ? questionna-t-il.

Elle le regarda, puis se tourna vers son père et revint vers le comte. Quelle question étrange et personnelle. Et comme il était déplacé de la toucher ainsi.

— Pas quand je décide de ne pas en porter, répliqua-t-elle.

— Le froid vous abîme la peau, commenta-t-il en lui retournant la main pour examiner sa paume. Ma chère, les rênes vous donnent de vrais cals. Vous devriez prendre mieux soin de ces tendres mains.

La façon dont il la tenait, à la fois légère et possessive, la troubla. Elle dégagea ses doigts et se tourna de nouveau vers son père, en quête de… quelque chose, une forme de soutien ou même une expression lui indiquant qu'elle n'avait pas tort de ne pas apprécier l'attention intempestive de cet homme. Mais le prince affichait un petit sourire.

— Je suis sincèrement désolée, comte Mitlovski, déclara-t-elle, mais je ne peux rester vous réciter ce poème. J'ai à faire.

Puis elle s'enfuit de la salle à manger et se réfugia dans sa chambre.

Plus tard, ce soir-là, après que le comte se fut retiré, son père était venu lui reprocher sa grossièreté. Il lui avait de nouveau fait la leçon sur sa conduite. Il avait également souligné qu'il était très important qu'elle se montre sous son meilleur jour pendant le séjour du comte.

— Pourquoi est-il aussi important pour vous ? avait-elle demandé.

Mais son père s'était contenté de secouer la tête en fronçant les sourcils, puis il était sorti de sa chambre.

Elle avait depuis chassé de son esprit le souvenir désagréable de la main du comte Mitlovski sur la sienne. Elle n'avait pas repensé à lui ni prêté attention à sa présence parmi les invités au cours de ces derniers jours. Et voilà que son père lui annonçait qu'elle allait l'épouser.

Son père se rassit en faisant crisser le cuir de son fauteuil, et posa les mains sur son bureau.

— Ce mariage te vaudra des avantages précieux, Antonina. Tu continueras de mener une existence privilégiée, d'avoir tout ce qui te plaît, des occasions de voyager et des invitations à toutes les manifestations les plus en vue de chaque saison. Mais ce sera en tant qu'épouse et non plus en tant que fille. Ne comprends-tu pas quelle chance merveilleuse cela représente pour toi ? Ne vois-tu pas que ta mère et moi ne pensons qu'à ton avenir ?

Antonina retourna de l'autre côté du bureau.

— Je ne l'épouserai pas. Vous ne pouvez pas m'y obliger.

Évidemment, c'était faux. Le prince Olonov régentait la vie de sa fille. Il *pouvait* l'obliger à se marier.

Il se carra dans son fauteuil.

— Tu as donc un autre parti en tête, Antonina Léonidovna ? demanda-t-il. Je n'ai vu aucun prétendant se présenter à notre porte. Les *bals en blanc** que ta mère a organisés cet automne n'ont rien donné. Je n'ai pas l'impression que tu manifestes beaucoup d'intérêt pour aller danser ou participer à des soirées musicales quand tu reçois des invitations des domaines voisins. En fait, tu as refusé toutes les dernières invitations de ce genre. Dois-je en déduire que tu comptes simplement rester ici, à passer ton temps à poursuivre de vaines chimères jusqu'à… jusqu'à quand Tossia ? Tu n'es donc pas une jeune femme normale désireuse d'avoir un foyer, un mari, des enfants ?

Antonina restait figée.

— Eh bien, voilà qui est intéressant, commenta son père en prenant un cigare. Pour une fois, ma fille est à court d'opinion : Antonina Léonidovna Olonova ne trouve rien à dire.

Il alluma son cigare et tira dessus vigoureusement.

* * *

Sa fille n'avait aucune idée de la situation désespérée dans laquelle il se trouvait ni du fait qu'elle risquait très bientôt de ne plus être un parti intéressant du tout.

Toutes ces dernières années, le prince Olonov avait réussi à masquer les graves erreurs financières qu'il avait commises. Or, il devait faire face à des dépenses astronomiques. La gestion de la propriété coûtait déjà des sommes considérables, et il fallait aussi entretenir la grande maison de Saint-Pétersbourg et couvrir les folies de sa femme. Il complétait les revenus de ses trois fils, et Dimitri avait contracté d'énormes dettes de jeu qu'il lui avait fallu honorer. Les impôts à verser à l'État étaient élevés, et il avait accumulé de nombreux arriérés. Il était gravement endetté.

Il avait remarqué l'intérêt que portait depuis son veuvage le comte Mitlovski à sa fille. Il avait expliqué à son vieil ami qu'il lui donnerait volontiers la main d'Antonina Léonidovna, mais qu'avec toutes les charges qui pesaient sur lui, il ne serait pas en mesure de fournir la dot attendue pour une telle alliance.

Konstantin Mitlovski avait accepté en assurant au prince qu'en vertu de la longue amitié qui les unissait et grâce aux affaires florissantes qu'il avait faites ces dernières années, il n'avait pas besoin de dot. La fille pleine de vie du prince serait un cadeau suffisant. Il était si impatient d'avoir une épouse jeune et fertile qu'il avait accepté d'acheter les terres d'une propriété adjacente à celle du prince. Il lui en ferait présent, ainsi que de la centaine d'âmes qui vivaient dessus. Cela aiderait à redresser la fortune déclinante des Olonov.

Lorsque le prince en avait parlé avec sa femme, celle-ci avait approuvé sans réserve. Galina Maximovna avait plus que hâte de voir Antonina quitter le giron familial.

Elle se moquait éperdument des humeurs d'Antonina ou de son indiscipline ; elle ne passait pas assez de temps avec son unique fille pour remarquer ses écarts de conduite. Ce qui l'inquiétait davantage était que la jeune fille, bien qu'elle ne fût pas d'une beauté classique, avait un charme certain, et que l'on ne manquerait pas de faire la comparaison entre une beauté un peu fanée et une autre qui attendait encore de s'épanouir. Il y avait deux ans qu'elle ne permettait plus à sa fille de se tenir près d'elle lorsqu'elle recevait ses invités dans leur hôtel de Saint-Pétersbourg ou leur château de campagne.

La conjonction malheureuse des déboires financiers du prince Olonov et des craintes égocentriques de son épouse décidèrent donc du destin d'Antonina.

14

Antonina ne se soumit pas à ce mariage arrangé sans combattre. Elle en appela à sa mère, implora son père et menaça de s'enfuir. Elle bluffait, et ses parents le savaient ; où serait-elle allée ? La jeune fille mit cependant en pratique toutes les tactiques verbales à sa disposition pour les convaincre qu'elle ne voulait pas épouser le comte Mitlovski. Cela ne servit à rien : le prince et la princesse savaient tous les deux que c'était leur seule chance de pouvoir maintenir leur train de vie.

Ils se disaient en outre qu'Antonina ne serait bientôt plus bonne à marier car elle approchait les vingt ans. Il serait cruel de la condamner à une vie de vieille fille auprès de ses parents ou dans la famille de ses frères. C'était un destin qu'aucune femme ne souhaitait. Ils voulaient le bonheur de leur fille, comme tous les parents soucieux de leur enfant, se répétaient-ils en affichant pour une fois une harmonie parfaite tout en secouant la tête devant tant d'ingratitude.

Le mariage se tiendrait dans la ville de Pskov. À la demande du comte Mitlovski, la cérémonie serait célébrée dans la grandiose et pittoresque cathédrale de La Trinité, à l'intérieur de la citadelle médiévale. Pskov n'était qu'à trois heures de voiture de sa propriété de Polnokove, et il n'avait nulle envie de parcourir près de trois cents kilomètres supplémentaires pour aller jusqu'à Saint-Pétersbourg, ainsi que l'aurait souhaité la princesse Olonova. Elle aurait voulu que le tout Saint-Pétersbourg assiste au mariage de sa fille avec le riche comte Mitlovski, mais était tombée d'accord avec le prince pour ne discuter aucune des suggestions du comte. Il n'y aurait pas d'autre demande aussi avantageuse pour leur fille indisciplinée.

Deux jours avant la cérémonie, pendant le dernier essayage, Antonina renversa un verre de vin sur le devant de sa robe de mariée, que sa mère avait pris la peine de concevoir et de faire confectionner par les meilleures couturières que Pskov pouvait compter. Le liquide vermeil tacha irrémédiablement le corsage et la jupe volumineuse, du haut jusqu'à l'ourlet. Pourquoi Antonina tenait-elle un verre de vin pendant l'essayage, cela parut curieux aux couturières, et comment elle put être assez maladroite pour en renverser l'intégralité sur sa robe, cela demeura un mystère.

La princesse Olonova avait poussé un hurlement lorsque le vin s'était répandu, puis elle avait giflé sa fille. Les couturières présentes affichaient toutes une mine horrifiée. Qu'est-ce qui les avait choquées le plus : que la robe sur laquelle elles travaillaient depuis plus de deux mois, à coudre des milliers de perles minuscules sur la totalité de la jupe et la traîne, fût perdue, ou qu'une dame de la haute société se comportât de la sorte ?

Antonina ne réagit pas à la gifle. Elle s'excusa auprès des couturières et de sa mère, soulignant qu'il faudrait certainement remettre le mariage, puisqu'il ne restait plus assez de temps pour coudre une autre robe. Sa mère eut beau essayer de museler sa voix âpre en un chuchotement, les couturières ne perdirent pas un mot de sa réplique :

— Ne me crois pas assez stupide pour ne pas comprendre ce que tu fais.

Puis elle soudoya grassement la première couturière afin qu'elle leur cède la robe presque achevée d'une autre jeune future mariée. C'était une belle robe de tulle qui, même si elle n'était pas aussi somptueuse que la précédente, ferait parfaitement l'affaire.

Trop serrée à la poitrine et trop large à la taille pour Antonina, il aurait fallu la retoucher, mais il ne restait plus assez de temps.

* * *

Le comte Konstantin Nikolaïevitch Mitlovski et la princesse Antonina Léonidovna Olonova furent mariés dans l'imposante cathédrale de Pskov en septembre 1849. Tandis que le prêtre débitait la liste interminable des vœux et engagements, Antonina éprouva soudain des difficultés à respirer, et mit cela sur le compte, indubitablement, du corsage trop serré, fermé par ses innombrables boutons recouverts de satin. Elle pensa à la jeune femme qui avait été privée de sa robe de mariée à cause de son comportement puéril, et elle eut honte d'elle-même. Elle n'avait pas voulu gâcher le mariage de quelqu'un d'autre, juste le sien.

Plus tard, elle remarqua l'expression dure et satisfaite sur le visage de sa mère quand elle l'embrassa, après la cérémonie, et lui souhaita une vie féconde dans le lointain domaine de Polnokove.

Son père, lui, présentait une mine hésitante, même s'il la cachait sous un sourire jovial.

Antonina préféra ne pas penser à la nuit qui l'attendait.

* * *

Le comte Mitlovski et la nouvelle comtesse Mitlovskaïa passèrent leur nuit de noces dans la somptueuse suite d'une auberge donnant sur la Vélikaïa, cette magnifique rivière qui traverse Pskov.

Une servante avait aidé Antonina à retirer sa robe et à passer sa chemise de nuit écrue à col montant, manches longues et rubans.

Épuisée par la tension de la journée et son angoisse de ce qui l'attendait, Antonina monta dans le grand lit et s'installa contre les oreillers, ses cheveux toujours relevés sur sa tête et entrelacés de rangs de petites perles chatoyantes qui avaient servi à retenir son voile.

Elle était certaine qu'elle n'arriverait pas à dormir, mais s'endormit pourtant presque aussitôt, appuyée contre une pile d'oreillers à dentelles. Des coups discrets frappés à la porte de séparation entre les deux chambres la réveillèrent en sursaut.

— Oui, dit-elle en clignant des yeux.

Puis elle s'éclaircit la gorge et répéta un peu plus fort :

— Oui, entrez.

Konstantin ouvrit la porte et, en chemise de nuit, chaussons et peignoir, vint se planter près du lit avec un air gêné.

— Êtes-vous bien installée, ma chère ? s'enquit-il en s'essuyant la bouche et la moustache avec un mouchoir qu'il prit dans la poche de son peignoir.

— Oui, merci, répondit Antonina.

— C'était un beau mariage, commenta-t-il alors en rangeant le mouchoir dans sa poche. Ne trouvez-vous pas ?

— Si, très beau.

— Je me disais que nous pourrions nous rendre au monastère de Pétchory demain, si cela vous convient. Ce n'est pas loin de la ville et c'est très intéressant. Les pèlerins viennent de toute la Russie pour l'admirer.

Antonina hocha la tête, bien que ce qui lui eût le mieux convenu eut été de retrouver sa chambre de jeune fille et ses affaires : ses nombreux livres d'histoire, ses romans et ses recueils de poèmes, les dessins de chevaux accrochés aux murs, l'atlas et les récits de voyages d'aventuriers décrivant des contrées lointaines et exotiques, et, surtout maintenant, la flasque de vodka cachée derrière le coussin de la banquette, sous la fenêtre. Elle avait bu deux verres de vin au dîner de mariage, mais Konstantin avait fait signe au serviteur de ne pas lui en servir davantage.

Elle tremblait imperceptiblement, comme si la fenêtre ouverte laissait entrer un vent froid qui la transperçait. La soirée était pourtant douce, et il n'y avait pas un souffle d'air.

— Nous retournerons à la cathédrale de La Trinité tout de suite après le petit déjeuner. Je commence toujours ma journée par une prière, ainsi que vous le faites certainement aussi, déclara-t-il. Vous apprécierez mon église du Saint-Sauveur, à Polnokove. J'insiste pour que soit donnée une messe quotidienne pour les serfs du domaine et, bien entendu, pour nous et nos visiteurs. C'est une très belle chapelle. J'ai fait venir les vitraux d'Italie.

Antonina ne fit aucun commentaire. Elle assistait à la messe dominicale au château de son père et disait ses prières le soir, devant ses icônes, mais ses pratiques religieuses s'arrêtaient là.

— Dès que nous aurons apprécié la messe, la voiture nous conduira aux jardins de Pskov avant de nous emmener au monastère hors les murs. Nous ne sommes encore qu'au tout début de l'automne, et les couleurs seront belles. Le jour d'après, vous pourrez voir une couturière. Je suis sûr que cela vous plairait.

— Mais je n'ai besoin de rien, protesta Antonina.

Konstantin sourit.

— Besoin ? Mais je connais les femmes, ma chère. Ce n'est pas une question de *besoin*. Vous aurez certainement envie de vous faire faire de nouvelles toilettes, et peut-être d'acheter quelques bijoux avant de partir pour Polnokove.

Antonina acquiesça d'un mouvement de tête, songeant qu'il était préférable d'accepter, du moins pour le moment, mais elle n'avait aucune intention de s'attarder à Pskov pour faire des essayages. Elle avait déjà consacré trop de temps à ces futilités tous ces derniers mois avec sa mère, à Saint-Pétersbourg.

Son père avait d'ailleurs réprimandé Galina Maximovna, lui assurant que le comte ferait faire toute une nouvelle garde-robe à sa femme et qu'il n'y avait aucune raison de dépenser davantage. Comme d'habitude, la princesse Olonova l'avait ignoré et n'avait cessé de remplir des boîtes de nouvelles robes, de chapeaux, de souliers, de gants et de manteaux pour sa fille. C'était la première fois, avait pensé Antonina, que sa mère semblait heureuse de passer du temps avec elle.

Les seules chemises de nuit d'Antonina remplissaient déjà une malle.

— Mais il y a quelque chose que j'aimerais avoir, dit-elle au comte. Un chien.

Après tous les événements malheureux déclenchés par le court séjour de Sezja au château, elle n'avait plus jamais parlé d'avoir un chien à elle.

— Un chien ? Mais bien sûr. Vous aurez le chien que vous voudrez.

— Merci, dit-elle en souriant à son mari.

Il lui sourit à son tour.

Elle attendit. Elle avait conscience du parfum de cire qui émanait de la moustache de Konstantin, et d'une légère odeur de cigare, qui lui rappela son père. Elle n'avait envie que de dormir. Elle avait envie qu'on la laisse seule.

— Puis-je éteindre les lampes, mon ange ? demanda Konstantin.

— Oui, répondit-elle, mais sa voix lui parut voilée, comme si son larynx était tapissé d'une fine pellicule.

Elle se racla de nouveau la gorge.

— Oui, bien sûr, répéta-t-elle d'une voix plus ferme.

À mesure qu'il baissait et éteignait les lampes, la chambre se retrouva plongée dans l'obscurité, à l'exception de la clarté qui filtrait entre les rideaux tirés devant les grandes fenêtres. Antonina ferma les yeux, et, lorsqu'elle les rouvrit, la silhouette de Konstantin montait sur son lit.

Elle se poussa jusqu'à l'extrême bord, et retint son souffle lorsqu'il écarta les couvertures. Il s'allongea ensuite sur le dos, et Antonina fit de même. Elle avait la nuque raide, et sa cheville la grattait. Les rubans de satin de ses souliers de mariage avaient été un peu trop serrés. Si elle avait eu trop froid quelques instants seulement auparavant, maintenant, elle avait trop chaud, mais ne voulait surtout pas bouger.

Le silence s'éternisa. Elle pensa que Konstantin s'était peut-être endormi. Elle écouta sa respiration, mais ne savait pas quel bruit il était censé faire quand il dormait. Elle finit par fermer les yeux et sentit son anxiété se dissiper. Sa cheville la démangeait de plus en plus. Elle tendit paresseusement la main pour se gratter, et sentit au même moment un mouvement à côté d'elle et un bruissement de draps. Konstantin trouva son visage dans le noir et posa ses lèvres contre les siennes.

La moustache chatouillait, et l'odeur fruitée de la cire lui emplit les narines. Konstantin remua les lèvres et les entrouvrit. Elle garda les siennes résolument fermées et se contenta de se laisser embrasser. Elle craignait par-dessus tout que le parfum de la cire ne la fît éternuer.

Il finit par interrompre ses baisers et fit glisser sa bouche quelque part entre la joue et l'oreille de la jeune femme avant de poser doucement la main sur sa poitrine. Elle se figea. Il laissa sa main posée là un long moment, à presser plus ou moins ses seins comme s'il cherchait à tester quelque chose, puis ses doigts s'immobilisèrent.

— Puis-je ? demanda-t-il.

Elle ne savait pas ce qu'il lui demandait la permission de faire, mais, comme il attendait sa réponse, elle lui dit :

— Oui.

Il entreprit lentement de s'allonger sur elle.

— Cela vous convient-il, ma chère ?

Cela ne lui convenait pas du tout. Il était lourd, mais cette fois encore, Antonina répondit par l'affirmative.

Konstantin agissait très lentement, avec hésitation, comme si elle était très fragile, ou qu'il était très peu sûr de lui.

Il planta bientôt la partie inférieure de son corps entre les jambes d'Antonina, les forçant à s'écarter, et remonta à tâtons sa chemise juste au-dessus de ses genoux. La sensation des jambes poilues de Konstantin frottant contre sa peau lisse lui coupa la respiration. Alors elle resta parfaitement immobile, respirant à peine, comme si en se raidissant et en retenant son souffle, elle pourrait se protéger. Le ventre du comte pesait sur elle et l'enfonçait dans le matelas mou tandis qu'il bougeait en rythme. Elle sentait la chaleur de sa chair entre ses cuisses malgré l'étoffe de leurs chemises respectives. Ce frottement à travers leurs chemises lui parut interminable ; elle gardait les yeux fermés et n'aspirait l'air que par petites goulées quand elle ne pouvait plus se retenir de respirer.

À un moment cependant, elle ouvrit les yeux. Ce qu'elle vit les lui fit refermer immédiatement. Le visage de Konstantin était si proche du sien que, malgré l'obscurité de la pièce, elle parvenait à distinguer ses traits. Il avait les paupières closes, et tout son visage exprimait la concentration, comme s'il se trouvait confronté à un grand problème philosophique. À cet instant, dans cette pièce sombre et étrangère, elle fut soudain effrayée – pas vraiment par Konstantin, mais plutôt par une sensation d'emprisonnement, par cette intimité avec un presque inconnu.

Un gémissement affligé s'échappa de ses lèvres serrées, et elle se débattit, repoussant à deux mains le torse de Konstantin. Il ouvrit les paupières et reprit brusquement son expression familière. Il s'écarta d'elle en roulant sur lui-même avec un gros soupir.

— Je suis désolé, Antonina Léonidovna, dit-il à voix basse.

Ces excuses la déconcertèrent.

— Nous sommes tous les deux fatigués, poursuivit-il. Je vais vous laisser dormir. Bonne nuit, mon ange, ajouta-t-il.

C'était la seconde fois qu'il s'adressait à elle de cette façon. Il se leva et baissa sa chemise. Puis il enfila son peignoir épais et quitta la chambre.

Antonina éprouva d'abord un immense soulagement de n'avoir pas encore perdu sa virginité. L'idée de devenir véritablement la femme de Konstantin l'avait angoissée. Pourtant, une fois qu'il se fut retiré dans sa chambre et qu'elle se retrouva seule, libre de se retourner dans son lit et de se laisser aller au sommeil, la tristesse l'envahit. Elle avait espéré ressentir quelque chose. Elle s'était comportée pendant sa nuit de noces comme elle avait appris à se comporter avec ses frères qui la harcelaient quand elle était enfant. D'ailleurs, le souvenir le plus proche de cette expérience pénible et éprouvante fut quand on la maintenait sous l'eau et qu'elle retenait sa respiration en attendant de pouvoir remonter à la surface.

Elle pensa à sa mère en train de se mouvoir sur le violoniste avec un plaisir manifeste. Elle pensa au visage de Valentin Vladimirovitch en train de la dévisager par-dessus l'épaule de sa mère.

Et elle se demanda si Valentin pensait parfois à elle.

* * *

Antonina trouva gênant de retrouver Konstantin le lendemain matin dans la salle à manger privée réservée aux jeunes mariés, mais il se comporta comme si tout était normal. Il interrogea le serveur sur la fraîcheur du veau coupé en tranches très fines et lui sourit par-dessus la table. Elle se força à lui rendre son sourire.

Plus tard, après la messe du matin, alors qu'ils déambulaient dans la superbe *allée** bordée d'arbres ornementaux des jardins de Pskov, Konstantin finit par dire :

— En tant que gentleman, il serait sans doute préférable que je n'aborde pas le sujet, mais je regrette que la nuit dernière se soit déroulée... comme elle s'est déroulée. Je suppose cependant que la faute en revient à votre trop grande jeunesse.

— Parce que c'était ma faute ? rétorqua Antonina en s'efforçant de museler son indignation.

L'air était chargé d'un parfum poivré émanant des soucis, encore nombreux et épanouis à cette époque de l'année.

— Vous êtes plutôt jolie, mais trop frêle, trop blonde. Je préfère les femmes plus grandes, plus fortes, comme ma défunte épouse.

Antonina se figea, si surprise qu'elle n'eut même pas le temps de se sentir blessée. Elle pensa à la femme en question, si osseuse et masculine.

Konstantin s'arrêta de marcher lui aussi et tira un petit canif de sa poche. Il l'ouvrit et examina ses ongles.

— Vous n'êtes pas encore très intéressante, Tossia.

Antonina se raidit sous l'insulte.

— Même si je vous sais une pianiste accomplie – il chercha ses mots – vous êtes encore creuse et inexpérimentée.

Il se curait les ongles de la main gauche, et parlait avec autant de désinvolture que s'il lui annonçait qu'il n'aimait pas le raifort.

— Espérons simplement que vous deviendrez moins ordinaire en prenant de l'âge.

Antonina le dévisagea et se sentit envahie par une soudaine chaleur, ténue au départ, comme le feu sous la mousse, mais qui s'enflamma soudain, s'embrasant comme une sorte de délivrance. Elle vint se planter en face de lui.

— Comment pouvez-vous me dire une chose pareille ?

Konstantin la gratifia d'un regard indifférent, puis tendit la main devant lui pour examiner ses ongles.

— Vous me trouvez creuse ? *Creuse* ?

Ses mots prenaient un ton saccadé. Un couple qui passait à proximité les regarda puis pressa le pas.

— Creuse comme quelqu'un de stupide, comme une imbécile, sans plus de cervelle qu'un esturgeon ? Si vous avez une si piètre opinion de moi, pourquoi m'avoir achetée si cher à mon père, Konstantin Nikolaïevitch ? Pourquoi ?

Comme il ne répondait pas, elle reprit :

— Je regrette que vous pensiez cela, monsieur. Que je suis seule responsable de ce qui était de toute évidence difficile pour chacun de nous dans ce lit.

Il rangea son canif et remit ses gants.

— Il suffit, Antonina, dit-il à mi-voix. Les gens bien élevés ne parlent pas de ce genre de choses.

Mais Antonina n'en avait pas terminé.

— C'est vous qui avez abordé le sujet. Je ne peux changer mon physique davantage que cette statue, dit-elle en désignant une statue de marbre dressée au centre d'un massif de bégonias. Mais vous et moi savons tous les deux que vous ne dites pas la vérité pour ce qui est de mon intelligence. Votre déception ne doit pas vous rendre mesquin. Quant à ce que j'ai éprouvé la nuit dernière, alors que vous étiez couché sur moi, poursuivit-elle d'une voix plus sourde, vous devriez considérer…

Konstantin releva brusquement la tête et la saisit par le bras.

— Je viens de vous prier de ne pas parler comme une femme vulgaire, et vous vous empressez de me contrer. Vous êtes la comtesse Mitlovskaïa. Vous apprendrez à vous conduire convenablement et à laisser de côté vos manières d'enfant obstinée. Vous n'êtes plus une enfant. Vous êtes une femme, ma femme, et la nouvelle comtesse de mon domaine, rappela-t-il en lui lâchant le bras.

Antonina se retint de ne pas frotter la zone sensible.

Le comte porta une main gantée à son front.

— Antonina, je crois que ces derniers jours nous ont porté à tous les deux sur les nerfs. Ne commençons pas notre mariage par une dispute. Je veux simplement que nous soyons heureux. Discutons de sujets plus plaisants, proposa-t-il avec un sourire. Je vais rebaptiser mon domaine en votre honneur.

Encore blessée par ses commentaires désobligeants sur son intelligence, elle vit tout de même qu'il cherchait à se faire pardonner et s'efforçait de ne pas laisser l'énervement qu'elle lui inspirait leur gâcher la journée.

— Oh ? Et quel sera son nom ? demanda-t-elle en se forçant à sourire à son tour.

— Angelkov. Pour mon ange.

Elle sourit de nouveau et pressa sa main entre les siennes bien qu'elle ressentît toujours la même tristesse au fond d'elle-même.

* * *

À Angelkov, Antonina mit une semaine pour apprendre à se repérer dans le manoir, les jardins et les dépendances environnantes, et pour mémoriser le nom de tous les domestiques. Son mari avait principalement tiré sa fortune de la distillerie de vodka de sa propriété, assortie d'une tonnellerie pour fabriquer les cuves et les fûts nécessaires au stockage de l'alcool qu'il vendait dans toute la province et au-delà.

Elle avait choisi Tinka dans une portée sevrée avant même que Konstantin et elle ne quittent Pskov, et le petit chien lui fut un vrai réconfort dans sa nouvelle demeure.

Antonina ne regrettait pas son père : les choses avaient changé depuis l'incident de la médaille. Sa mère… eh bien, elles n'avaient jamais été proches. Quant à ses frères, cela faisait plusieurs années qu'ils ne faisaient plus partie de sa vie, sinon lors de visites occasionnelles. Les seules personnes qui lui manquaient réellement se limitaient à quelques servantes. À son départ, elle les avait embrassées sur les joues et leur avait glissé quelques roubles et des médailles religieuses dans la main en leur disant au revoir.

Mis à part les affaires qu'elle gardait dans sa chambre, elle n'avait demandé à son père qu'une seule chose à emporter : le ravissant piano carré Érard en bois de rose sur lequel elle jouait depuis qu'elle avait quatre ans. Il avait été expédié à Angelkov et l'attendait à son arrivée.

Konstantin l'autorisa à choisir le décor de sa chambre à coucher, une ancienne chambre d'amis et pas, insista-t-il lourdement, celle de sa première femme. Antonina défit ses bagages, rangea les livres sur les étagères, disposa sa petite collection de verrerie et de porcelaine et commanda des rideaux et couvre-lit dans ses couleurs préférées, vert et ivoire. Elle aimait à s'asseoir sur la large banquette ménagée sous la grande fenêtre de sa chambre, et lever le nez de son livre pour admirer les jardins en contrebas et la campagne qui s'étendait au-delà. En octobre, les arbres perdirent leurs feuilles presque du jour au lendemain et l'air devint glacial le matin. Raïssa, la cuisinière, qui était mariée à l'intendant des écuries, Fiodor, consentait volontiers à ses envies de plats, et Olga, la gouvernante, se montrait gentille et patiente lorsqu'elle essayait de lui expliquer comment tenir une maison.

La seule servante avec laquelle Antonina ne s'entendait pas était sa femme de chambre personnelle, Varvara. Cette femme, d'un certain âge, était froide et pieuse, et Antonina avait toujours l'impression d'être critiquée même si la servante ne se permettait jamais la moindre remarque désapprobatrice. Varvara avait été la servante personnelle de la première comtesse Mitlovskaïa.

Antonina ne voyait pas Konstantin de la journée, mais ils prenaient la plupart du temps leur dîner ensemble. En plus de la distillerie, il avait un certain nombre d'affaires qui réclamaient sa présence à Pskov et même, parfois, à Saint-Pétersbourg. La jeune femme occupait donc ses journées à peu près comme elle l'avait fait au château de son père, à lire, jouer du piano pendant des heures et monter à cheval. Certains soirs, ils avaient des invités à dîner, des amis de Konstantin, et Antonina prenait part aux conversations animées, puis, après le repas, jouait au whist ou au *wint* avec leurs hôtes. Par bien des côtés, elle continuait donc de mener la même existence qu'auparavant, avec, en plus, la responsabilité de diriger une maison : elle devait assigner les tâches de nettoyage et d'entretien du manoir, organiser les menus, rédiger les invitations et les cartes de visite ainsi que préparer et coordonner de petites réceptions. Cependant, elle ressentait une solitude qu'elle n'avait pas connue au château de son père dans la mesure où elle n'entretenait plus de pensées vagues et indistinctes, mais dans l'ensemble optimistes, concernant son avenir.

Son avenir était ici. Elle était mariée, avec un époux qui parcourait régulièrement le long et vaste couloir qui séparait leurs deux chambres.

Antonina resta vierge trois semaines entières, bien que ce ne fût pas faute à son mari d'avoir essayé.

15

Après avoir été vendue avec son petit frère par le prince Olonov à leur nouveau seigneur, le comte Konstantin Mitlovski, Lilia pensait ne jamais revoir la princesse.

Liocha et elle furent emmenés à l'arrière d'une télégue, sorte de chariot ouvert dont on avait remplacé les roues par des patins pour l'hiver, tirée par un cheval à poils longs aux licol et harnais élimés. Il faisait un froid mordant. Le charretier, un homme jeune dont la moitié du visage portait une marque de naissance lie-de-vin, jeta à Lilia et à Liocha des peaux de loup infestées de vermine pour se protéger du froid. Lilia était heureuse qu'il y eût deux chèvres avec eux dans la charrette. Malgré l'odeur, le frère et la sœur se pressèrent contre elles pour profiter de leur chaleur.

Le conducteur portait une chapka et une pelisse en peau de loup et se tenait courbé sur les rênes, tête baissée pour affronter le vent glacial et les rafales de neige. Il fumait la pipe ou mâchait des graines de tournesol dont il crachait l'enveloppe dans le vent. Il arrivait qu'elles atterrissent sur les deux enfants, dans la paille derrière lui. Liocha pleura en silence pendant la première heure du voyage, puis s'arrêta. Il s'endormit dans les bras de sa sœur, qui pria pour qu'il dorme le plus longtemps possible. Lorsque la nuit tomba, le jeune homme fit entrer le cheval et la télègue dans une étable au plafond bas chauffée par un poêle dans un coin. Il ouvrit ensuite un sac de toile et en sortit une tranche de pain noir qu'il tendit à Lilia en la dévorant des yeux. Puis il prit dans le même sac un morceau de poisson séché et deux pommes de terre bouillies.

— T'en voudrais ? demanda-t-il, et Lilia hocha la tête. Peut-être, dit-il alors avant de manger l'une des pommes de terre devant les deux enfants.

Liocha ne cessait de tousser en regardant l'homme manger. Au moment où il allait porter l'autre pomme de terre à sa bouche, Lilia comprit. Elle hocha de nouveau la tête, et il interrompit son geste.

— Quand il dormira, dit-elle.

Le charretier disparut. Elle donna le pain à Liocha et le regarda manger. Puis elle prit son petit frère dans ses bras et fredonna jusqu'à ce qu'il s'endorme.

Le charretier revient en s'éclairant avec une lanterne. Il portait le sac avec lui.

— Le poisson et la pomme de terre d'abord, dit-elle en tendant la main.

— Je ne suis pas obligé de te les donner, répliqua-t-il.

— Dieu te regarde, assura-t-elle en se signant. Et tu devras nous apporter du millet chaud et du thé demain matin.

Il se signa aussi, et lui tendit le sac. Elle le posa près de Liocha, mais l'une des chèvres entreprit de grignoter la toile, et Lilia dut le déplacer. Elle grelottait de froid et de peur, mais Liocha avait besoin de plus qu'une croûte de pain pour survivre.

— Le millet et le thé, tu en apporteras demain ? voulut-elle savoir, et le jeune homme hocha la tête. Dépêche-toi, alors, lui dit-elle. Et ne le réveille pas.

Elle retira son châle et le déposa doucement sur Liocha afin de lui couvrir la tête. Puis elle s'allongea sur la paille, et, alors que l'homme la prenait, dut mordre l'emmanchure de sa pelisse puante pour ne pas crier et risquer de réveiller son petit frère. Elle avait tout juste quatorze ans, et Liocha en avait quatre.

* * *

Le trajet prit encore deux jours. Une fois que Liocha s'était épuisé à tousser, il sombrait chaque nuit dans un profond sommeil, et Lilia se donnait au charretier pour avoir à manger et une couverture supplémentaire. Le village où les envoyait le prince se résumait à quelques cabanes au toit de chaume disséminées le long d'une route. On les déposa devant une isba semblable à celle d'où ils venaient, une masure constituée d'une seule pièce en rondins colmatés à la jute trempée dans du goudron. L'homme et la femme qui vinrent leur ouvrir maudirent le sort qui les envoyait. Une mauvaise fièvre leur avait fait perdre leurs trois enfants l'année précédente, et s'ils pleuraient leur mort, ils y avaient cependant vu une bénédiction des saints. Au moins, ils ne verraient pas leurs petits souffrir de la faim et de la misère. L'homme et la femme pouvaient désormais travailler davantage et avoir davantage à manger. Ils priaient depuis pour que Dieu ne leur envoie pas d'autres enfants.

Aussi, lorsque Lilia et Liocha furent déposés à leur porte avec un petit sac de vêtements, le couple ne cacha pas son irritation.

— On ne se chargera pas du petit, déclara l'homme à Lilia.

— Je m'occuperai de lui, assura-t-elle.

Elle posa un bras autour des épaules de Liocha, et il s'accrocha à elle, enserrant sa jupe à deux bras, tremblant de peur dans l'air glacé, les lèvres violacées.

— Je travaillerai pour aider à gagner ce que nous mangerons. Tout ce que je demande, c'est un toit pour nous abriter de la pluie et de la neige.

Liocha avait cessé de réclamer sa mère dès le deuxième jour de voyage dans leur charrette branlante. Lilia lui avait expliqué qu'il ne la reverrait plus jamais et que ce serait elle, sa mère, désormais.

— Je suis Lilia, se présenta-t-elle. Et voici Liocha.

— Nous, c'est Macha et Ossip, dit la femme, qui retourna dans l'isba. Ossip l'imita. Lilia prit Liocha par la main et ramassa leur petit sac. Sans un regard vers le charretier, elle emmena son petit frère dans leur nouvelle maison et ferma la porte.

Lilia regrettait-elle ses parents ? Le forgeron et sa femme ne lui avaient jamais témoigné beaucoup d'affection. Ils étaient trop usés par le travail et les déconvenues. Elle aurait cependant préféré rester chez elle, où elle connaissait tout et tout le monde. Pendant le voyage de son ancienne masure à celle-ci, elle s'était promis qu'elle ne s'attacherait plus jamais à un endroit puisqu'elle pouvait en être arrachée du jour au lendemain. La seule chose qu'elle ne laisserait jamais arriver serait d'être séparée de Liocha, la seule famille qui lui restait.

Elle se disait parfois qu'elle mourrait pour lui.

Ce qui attristait aussi Lilia était la pensée de ne plus jamais revoir Antonina Léonidovna. Elle n'avait jamais auparavant rencontré personne qui sentait bon en permanence. Il lui arrivait, lorsqu'elles étaient en train de discuter, de respirer profondément en s'émerveillant du parfum d'Antonina. Pendant le temps qu'avait duré leur amitié, elle s'était frotté le visage, les mains et les bras jusqu'aux coudes et tressé soigneusement les cheveux tous les dimanches. Ses parents croyaient qu'elle faisait sa toilette pour aller à l'église, et elle était contente de ne pas avoir à expliquer pourquoi elle troquait sa jupe et sa chemise rapiécées des jours de semaine pour sa tenue du dimanche, la même chose en plus neuf et plus propre.

La nuit, alors que ses parents dormaient sur le grand poêle, chaud en hiver, frais en été, et qu'elle était allongée par terre avec Liocha, sur des couvertures en lambeaux, elle n'avait pensé qu'à Antonina.

Quand la princesse remontait ses manches, dans la chaleur de l'été, Lilia contemplait ses bras à la dérobée. Ils étaient recouverts d'un duvet pâle, presque invisible, dont Lilia ne doutait pas qu'il était soyeux au toucher.

Elle pensait aussi aux lèvres d'Antonina, et à ce qu'elle avait ressenti lorsqu'elle les avait embrassées. Elle avait mis fin à leur amitié, mais cela ne l'avait pas protégée pour autant. Elle ne savait pas pourquoi Antonina avait parlé de leur amitié à son père, mais elle savait que c'était à cause de cela que Liocha et elle avaient été envoyés au loin.

Lorsque le prince Olonov avait fait irruption dans leur isba, suivi par ses hommes, elle s'était levée d'un bond.

— Lilia Petrovna ? avait-il demandé, et elle avait dégluti.

C'était comme si elle s'était attendue à ce moment. Elle avait commis un péché en aimant la princesse, et elle savait que, d'une façon ou d'une autre, Dieu la punirait. Le silence se fit alors qu'elle observait les événements. Même lorsque son père se mit à hurler sous le fouet, que sa mère et Liocha poussèrent des cris de panique et de confusion, Lilia ne les entendit pas.

* * *

Dans leur nouvelle maison du village qui appartenait au comte Mitlovski, Lilia s'occupa de Liocha comme elle l'avait fait dans leur isba de Kajra. Chaque nuit, elle dormait auprès de lui, se réveillant dès qu'elle le sentait bouger dans son sommeil et le guidant jusqu'au seau, près de la porte pour le tenir en équilibre pendant qu'il se soulageait. La seule fois où elle ne s'était pas levée à temps, il avait mouillé les haillons empilés sur lesquels ils dormaient. L'odeur âcre avait envahi la cabane exiguë, ce qui avait valu à Lilia une bonne gifle de la part de Macha.

Le matin, elle nettoyait la figure de son petit frère et disciplinait ses cheveux bruns avec ses mains mouillées. Elle lui préparait des cataplasmes chauds qu'elle appliquait chaque soir sur sa poitrine chétive pour calmer sa toux. Elle reprisait ses vêtements et lui trouvait des habits de rechange quand les siens devenaient trop petits ou trop rapiécés. Une fois par mois, grelottant, enveloppée dans ses châles, elle attendait sur les marches de l'église dès le milieu de la nuit l'arrivée des paniers des bonnes œuvres. Elle était ainsi la première à s'emparer des vêtements d'hiver – bottes, bas et manteaux que le seigneur faisait distribuer dans les villages.

La vie de Lilia sur le nouveau domaine ressemblait peu ou prou à celle qu'elle avait menée à Kajra. Ossip et Macha n'étaient pas particulièrement cruels, mais simplement hébétés. Ils étaient, comme les parents de Lilia, usés par une dure vie de labeur sans autre récompense que l'espoir d'une existence meilleure dans l'Au-delà.

Durant ces premiers mois d'hiver glacials, quand les champs n'étaient plus qu'un tapis blanc, Ossip taillait des cuillers en bois, et l'odeur de moisi douceâtre de son tabac bon marché emplissait l'isba. Macha confectionnait de délicates frivolités de dentelles à la navette, et elle en enseigna la technique à Lilia, qui ne tarda pas à la surpasser en habileté et en rapidité. Certaines des plus belles pièces produites par les deux dentellières étaient données à l'église pour les habits de cérémonie des prêtres ; les autres, plus importantes, étaient vendues au marché qui se tenait chaque semaine au grand village voisin, avec les cuillers d'Ossip.

Au printemps, ils se levaient avec le jour pour aller aux champs, où ils semaient avoine et froment, tournesol, betterave et lin. Comme les autres enfants trop grands pour être portés, mais trop jeunes pour travailler, Liocha suivait Lilia le long des sillons. Ils ne rentraient qu'à la tombée de la nuit, se préparaient un repas frugal et ne parlaient guère.

Durant leur premier été au village, Iossif Igorevitch, surnommé Sosso, demanda au seigneur la permission d'épouser Lilia Pétrovna. Sa première femme avait été une créature aigre et paresseuse. Elle était morte du typhus au bout de quatre ans et quatre fausses-couches. Sosso était veuf depuis dix mois, et il avait besoin de quelqu'un pour lui faire la cuisine et réchauffer sa couche la nuit. Il n'y avait pas de jeune fille à marier dans le hameau en question, aussi, dès l'arrivée de Lilia, il l'avait surveillée, pour vérifier qu'elle était vaillante au travail. Lorsqu'il avait appris que l'enfant qui ne la quittait pas était son frère, l'idée d'avoir une bouche de plus à nourrir ne l'avait pas ravi, mais il ne pouvait pas se montrer trop difficile.

Une fois obtenue la permission d'épouser la nouvelle arrivée, il se présenta à la porte de l'isba et informa Ossip qu'après la moisson, il épouserait la fille qui vivait avec eux.

— Il faudra prendre le petit aussi, répliqua Ossip.

Sosso plongea le regard dans la petite maison obscure. Lilia avait cessé de couper des carottes et le fixait des yeux. L'enfant était agenouillé sous la table.

— D'accord, dit-il.

Ossip tendit la main, et Sosso la serra.

Lilia examina l'inconnu. Il était grand et puissant de torse ; ses cheveux noirs et bouclés, coupés au bol, formaient une masse hirsute et peu flatteuse sous sa casquette. Mais ses vêtements étaient plus propres que ceux de la plupart des villageois, et au lieu des grossières sandales en écorce de tilleul, il portait des bottes de cuir. Lilia se douta qu'il avait mis ses habits du dimanche, et fut satisfaite qu'il eût pris la peine de se mettre sur son trente et un pour lui être présenté.

Il sourit, et, bien qu'il affichât une grande assurance, ce sourire un peu timide indiqua à Lilia qu'il était nerveux. Les vêtements propres et le sourire lui suffirent. Il fallait de toute façon qu'elle se trouve un mari au plus vite. Elle estima qu'il devait avoir une dizaine d'années de plus qu'elle, mais au moins, il n'avait pas toute une tripotée de marmots pouilleux dont elle devrait s'occuper. Sans hésitation, elle accepta d'un signe de tête.

Par la suite, Sosso passa régulièrement le soir à l'isba. Il ne parlait pas beaucoup, et Lilia le trouvait ennuyeux. Il apportait parfois un poisson emballé, ou des œufs durs. Lors d'une visite, il s'accroupit devant Liocha, fouilla dans sa poche et en sortit un petit morceau de sucre. En recevant ce cadeau, Liocha le gratifia d'un de ses rares sourires, et Lilia se dit que Sosso n'était peut-être pas si mal.

Le mariage eut lieu un mois après le quinzième anniversaire de Lilia ; Sosso avait vingt-six ans. Liocha et elle s'installèrent dans l'isba que Sosso avait occupée avec sa première femme. Il y avait le même four en argile sur un sol en terre battue, la même table grossière et les même bancs adossés aux murs que dans les autres isbas. La seule décoration était la petite étagère réservée aux bougies de suif allumées les jours saints et l'icône en métal repoussé de la Sainte Vierge dans son cadre.

Lors de leur nuit de noces, Sosso découvrit que sa nouvelle épouse n'était plus vierge. Il s'interrompit, baissa les yeux sur elle et la gifla, violemment, sur les deux joues. Puis il reprit son mouvement. Il n'en fut plus jamais question.

Il traita Liocha avec indifférence, ne se montrant ni bon ni cruel. Il lui arrivait d'être agacé par l'attention que Lilia portait à son petit frère, mais il s'estimait heureux d'avoir obtenu la permission d'épouser une fille aussi jolie et travailleuse. Comme son frère, elle ne souriait pas souvent, mais lorsque cela se produisait, Sosso éprouvait un sentiment proche de la fierté.

Il s'imaginait que leur vie se poursuivrait toujours ainsi. Lilia et lui travailleraient aux champs, et Liocha deviendrait bientôt assez grand pour les aider vraiment. Ils auraient eux-mêmes des enfants, mais il espérait qu'il n'en survivrait pas trop, parce que cela empêcherait Lilia de travailler, et que cela ferait trop de bouches à nourrir.

16

Il y avait un mois qu'Antonina était devenue la comtesse Mitlovskaïa la première fois qu'elle revit Lilia. C'était au début du mois d'octobre, et il faisait particulièrement doux et humide.

Escortée par un serviteur, Antonina faisait avancer sa monture au pas sur l'un des chemins qui traversaient les champs dorés. Les paysans moissonnaient le froment, et certains s'étaient arrêtés pour déjeuner de pommes de terre bouillies et d'oignons crus accompagnés de tranches de pain noir.

Antonina remarqua une jeune femme qui rejetait la tête en arrière pour boire, laissant l'eau lui couler sur le menton et dans le cou. La femme reboucha le flacon en frappant le bouchon du bas de la paume, puis s'abrita les yeux pour regarder approcher la silhouette à cheval. Personne ne prenait jamais cette voie boueuse à travers champs, bien à l'écart de la grand-route, à part le seigneur ou ses visiteurs.

— Lilia, prononça Antonina, et Lilia laissa tomber la bouteille, qui rebondit par terre et resta à ses pieds.

Elle dévisagea ouvertement Antonina, sans l'ombre d'un sourire. Autour d'elle, toutes les autres paysannes s'étaient inclinées dans un bruissement de jupes et de tuniques.

— Laissez-nous, commanda Antonina.

Les paysannes s'écartèrent avec ce même bruissement jusqu'à ce qu'il ne restât plus qu'Antonina et Lilia, le serviteur et son cheval demeurant un peu en arrière.

Antonina finit par sourire, mais Lilia se rendit bien compte que son sourire était hésitant.

— Qu'est-ce qui vous amène ici, princesse Olonova ? demanda-t-elle, consciente de son corsage trempé de sueur et de son foulard loqueteux.

Elle tenta elle aussi un sourire.

— Vous venez voir le comte ?

Ce n'était pas le sourire dont se souvenait Antonina. Il était maladroit, comme si Lilia avait oublié comment faire.

— Non, répondit Antonina, je ne viens pas le voir. Tu travailles ici ? demanda-t-elle en mettant pied à terre.

— Oui. Je vis sur le domaine depuis près de quatre ans, annonça Lilia, et Antonina en fut bouleversée.

— C'est ici que mon père t'a envoyée ?

Lilia hocha la tête.

Il y eut un moment de silence durant lequel les deux femmes se regardèrent, perdues dans leurs pensées. Puis Antonina se décida à demander :

— Liocha ?

Elle craignait que l'enfant n'ait pas survécu.

Lilia fut heureuse d'aborder un autre sujet.

— Il devient grand, et il est trop maigre, mais il est en aussi bonne santé que les autres de son âge, à présent.

— Bien. C'est très bien, fit Antonina avant un nouveau silence. Comment vas-tu ? s'enquit-elle enfin.

C'était une question stupide. Cela crevait les yeux que Lilia n'avait pas bonne mine du tout.

— Il fait très doux aujourd'hui, ajouta-t-elle.

Lilia s'essuya le front d'un revers du bras.

— Oui, doux pour un mois d'octobre, princesse, convint-elle avec ce sourire artificiel.

— Oh, Lilia, il ne faut plus m'appeler princesse, corrigea Antonina. Je… je suis la comtesse Mitlovskaïa.

Lilia ouvrit de grands yeux.

— Vous avez épousé le seigneur ?

— Le mois dernier, précisa Antonina.

Lilia était si maigre, et elle avait le teint si pâle qu'il en était presque gris, les yeux soulignés de cernes si foncés qu'elle semblait n'avoir pas dormi depuis très longtemps. Elle avait le visage et tout le devant de son corsage trempés par l'effort.

À son arrivée au domaine, Lilia avait vu le seigneur de temps en temps, accompagné de son épouse hautaine. Elle ne s'imaginait pas Antonina mariée à un homme aussi âgé.

— On savait qu'il s'était remarié, bien sûr. Et on avait entendu dire que c'était avec une jeune femme d'un autre domaine de Pskov. Ce mariage… c'est vous qui l'avez voulu ?

Lilia savait qu'elle prenait des libertés, mais tant qu'Antonina ne la remettrait pas à sa place, elle lui poserait les questions qui lui tenaient à cœur.

— C'était la meilleure solution pour toutes les parties, répondit Antonina, qui vit aussitôt les traits de Lilia s'adoucir.

— Pas un mariage d'amour, alors ?

La question directe de Lilia sembla faire disparaître les quatre années écoulées. Antonina était redevenue son amie. Elle fit non de la tête.

— Et est-ce que vous... commença Lilia, qui s'interrompit pour s'humecter les lèvres. Est-ce que vous êtes heureuse avec votre époux ?

— Il est trop tôt pour parler de ce genre de choses, Lilia.

Une ligne mince se creusa entre les sourcils sombres de la jeune paysanne.

— Je suis mariée, moi aussi.

— Ton mari te traite bien ? s'enquit Antonina en jetant un coup d'œil vers les dos courbés des serfs.

— Sosso, Iossif Igorevitch, est fort et travailleur.

— Eh bien, j'espère qu'il est gentil aussi, Lilia Pétrovna. Tu le mériterais.

Un nouveau silence s'installa entre elles, dépourvu de gêne cette fois. Soudain, Lilia demanda :

— Vous avez un chien, comtesse ?

Antonina se sentit tellement soulagée par cette question incongrue qu'elle se mit à rire, et Lilia émit elle aussi un son étranglé qui pouvait passer pour un rire.

— Oui. Elle s'appelle Tinka. C'est encore un chiot. Elle est toute mignonne et me suit partout. Et elle veut venir sur mes genoux dès que je m'assois.

— C'est bien, commenta Lilia.

Antonina nota la maigreur extrême de la jeune femme.

— Tu as des enfants ?

Le visage de Lilia perdit toute animation.

— Non, comtesse. Et je dois me remettre au travail… je ralentis les autres.

— Bien sûr.

Lilia ramassa sa faucille. Antonina se sentit blessée par cette volonté – cette nécessité – affichée de se remettre au travail alors qu'elle avait tellement envie que Lilia lui parle.

— Au revoir, comtesse, conclut Lilia en se courbant sur les épis dorés.

* * *

Lors du premier mois de leur mariage, chaque fois qu'il venait dans la chambre de son épouse, Konstantin s'allongeait près d'elle dans l'obscurité et lui baisait la main. Puis il lui caressait les cheveux et le visage, se débattait avec sa propre chemise de nuit et se mettait sur elle. Mais tout se passait toujours comme lors de cette première nuit à Pskov : il était incapable d'arriver à ses fins.

À chaque tentative de son mari, Antonina fermait les yeux bien serrés et retenait sa respiration, jusqu'à ce qu'une nuit, il lui dise :

— Mon cher ange, je vous en prie. Vous devez faire montre d'un peu de tendresse.

Pour la première fois, sa voix exprimait une nuance de véritable tristesse. La veille, il avait rendu visite à Tania, – comme il le faisait chaque semaine depuis qu'il avait entamé une liaison avec elle, six mois après la mort de sa première femme. Jamais, avant ce remariage, il n'avait eu de problème de virilité. Tania lui rappelait sa défunte épouse – elle était sensiblement du même âge et lui ressemblait – et cela suffisait. Il avait apprécié la partie physique de son mariage avec la première comtesse. Il s'était senti puissant et vigoureux auprès d'elle comme par la suite avec Tania. Mais avec cette fille... il y avait quelque chose dans la manière dont elle se comportait avec lui qui le faisait se sentir vieux et impuissant.

Antonina se rendait bien compte qu'elle avait des devoirs envers son mari. D'après tout ce qu'elle avait lu dans ses romans, le lit nuptial était l'endroit où se déroulait l'acte d'amour. Mais elle n'éprouvait pas d'amour pour Konstantin et ne pouvait en aucune façon s'imaginer la jonction de leurs corps comme source de jouissance. Elle repensait souvent à sa mère avec Valentin. Que ressentait donc sa mère qui lui permettait d'agir aussi librement ? De toute évidence, elle n'aimait pas le jeune violoniste, mais cela ne l'avait pas empêchée de prendre du plaisir.

Antonina savait ce qu'on attendait d'elle, et qu'il faudrait bien que cela se passe s'ils devaient avoir des enfants, objectif annoncé de leur mariage.

— Savez-vous... n'y a-t-il rien que je puisse faire, Antonina ? demanda Konstantin sur un ton exaspéré en roulant sur lui-même.

Mais au lieu de partir, il disposa les oreillers contre la tête de lit et se cala dessus pour s'asseoir, les bras croisés sur la poitrine.

Antonina se redressa aussi et fit de même, son épaule reposant contre celle de son époux dans le noir.

— Je sais que vous êtes jeune et pleine de vie, déclara-t-il enfin. Je ne me leurre pas un instant à croire que vous êtes heureuse d'être mariée avec moi. Je suis bien conscient que vous ne vous attendiez pas à vous retrouver ici. Comme ceci.

C'était la vérité. Antonina n'avait rien à ajouter.

— Mais Tossia, reprit-il en comprenant qu'elle ne le détromperait pas, je veux un enfant – un fils et un héritier. Cela a été la grande déception de ma vie, que ma première femme n'ait pas porté d'enfant. Or, j'ai une chance d'en avoir aujourd'hui. N'y a-t-il rien chez moi que vous trouviez séduisant ? Rien du tout ?

Le *rien du tout*, prononcé avec un désespoir si manifeste, éveilla un elle un sentiment de pitié. Elle n'était attirée par lui en aucun façon, et elle était lasse de son entêtement qui le poussait à monter sur elle toutes ces nuits sans aucune effet. Mais quelque chose – peut-être la nuance de défaite qui perçait dans sa voix – fit naître en elle un sentiment de compassion.

— J'aime bien lorsque vous me parlez du domaine, le soir, au dîner, et lorsque votre visage indique que vous appréciez de m'entendre jouer du piano. Je sais, ajouta-t-elle en se raclant la gorge, que vous ne pensiez pas ce que vous m'avez dit, le premier jour de notre mariage, quand vous m'avez accusée d'être creuse. Vous ne le pensiez pas, n'est-ce pas ?

Curieusement, il était important, à cet instant précis, que cet homme, son mari, la jugeât intelligente.

Il ne répondit pas mais regarda la table de chevet.

— Quel est ce livre ? questionna-t-il en prenant l'ouvrage.

— *Eugénie Grandet*, d'Honoré de Balzac.

— Vous voulez bien m'en lire un peu ? Juste un moment, dit-il en lui tendant le livre avant d'allumer la lampe. Sa requête plut à la jeune femme. Quand elle lisait, elle se trouvait ailleurs, et en sécurité. Elle ouvrit le livre où elle l'avait laissé, et lut à voix haute en français.

Au bout de dix minutes, Konstantin déposa un baiser sur sa joue et se leva.

— Je n'ai jamais été porté sur la lecture. Je suis doué pour les chiffres. Dormez bien.

— Merci, mon cher mari, répliqua Antonina, désireuse de lui faire plaisir.

Une fois qu'il se fut retiré, elle entrevit comme une petite lueur de satisfaction à l'horizon.

* * *

Lors de la quatrième semaine de leur mariage, Konstantin entra en peignoir dans la chambre d'Antonina alors que sa femme de chambre lui tressait les cheveux pour la nuit.

— Remontez-les vite, je vous prie, glissa-t-elle à la servante.

Celle-ci s'exécuta et enroula aussitôt les tresses épaisses autour de la tête de sa maîtresse, les fixant avec des épingles.

Depuis qu'elle avait quatorze ans et avait cessé de ramener ses cheveux en arrière à l'aide de rubans, seules ses femmes de chambre avaient vu les cheveux d'Antonina défaits. Ils lui arrivaient à présent à la taille, et elle craignait que Konstantin ne la trouve trop juvénile en la voyant ainsi.

Il apportait une petite boîte fermée par un nœud blanc. Antonina s'efforça de dissimuler sa déception en le voyant arriver. Elle était fatiguée. Après tout un après-midi de cheval, elle avait pris un bain et ne désirait plus rien d'autre qu'éteindre la lampe et laisser ses muscles au repos. Elle ne se sentait aucune énergie pour ces froissements de chemises et ces interminables coups de boutoir qui ne débouchaient sur rien d'autre que la frustration palpable de Konstantin qui se levait alors en silence et refermait doucement la porte derrière lui pour regagner sa chambre.

Il prit un siège devant la cheminée. Dès que la servante se fut retirée, Antonina se leva et il fit de même en lui présentant la boîte.

— Qu'est-ce que c'est ?

— J'ai vu cela quand j'étais à Pskov, hier, et j'ai pensé à vous.

— Merci, dit Antonina, qui prit la boîte et défit le nœud.

Elle trouva à l'intérieur une ravissante boîte à musique en cerisier poli avec des incrustations de nacre sur le couvercle. Elle tourna le petite clé de laiton, et la boîte fit entendre une petite sonate de Mozart. Cela lui rappela l'orchestre de serfs : il avait interprété cette même sonate lors de sa fête, six mois plus tôt. Elle revit les mains de Valentin sur la taille dénudée de sa mère, et sentit une douce chaleur envahir son ventre.

Antonina posa la boîte à musique qui tintait encore.

— Que c'est joli ! Et comme c'est gentil à vous, Konstantin.

Il fit un signe de tête et baissa la lampe sur la coiffeuse. La seule lumière provenait du feu dans la cheminée et d'une chandelle posée près du lit.

Antonina lui adressa un regard interrogateur.

— Dansons, proposa-t-il.

— Ici ? Dans ma chambre ? fit Antonina avec un sourire. Et en pleine nuit ?

Il ne répondit pas mais se mit en position et ouvrit les bras, entre lesquels Antonina s'empressa de se glisser.

Il la dirigea au son de la musique, esquivant adroitement les meubles de la chambre. Les flammes projetaient des ombres sur les murs.

— Je me rappelle la première fois que je vous ai vue danser, dit-il. C'était lors d'une fête au château de vos parents. Vous deviez avoir treize ou quatorze ans. Vous étiez une enfant ravissante.

Antonina le regarda. Il n'avait que quelques centimètres de plus qu'elle, pas d'une taille très imposante, donc, mais il se tenait très droit.

— Je vous ai remarquée bien souvent ensuite, alors que vous grandissiez. Vous vous déplaciez avec une telle grâce, et cependant avec une certaine méfiance, comme si vous pouviez à tout moment abandonner là votre cavalier.

La description la fit rire.

— Selon la personne avec qui je dansais, j'ai en effet très bien pu m'imaginer en bête sauvage du sombre continent africain, cherchant à échapper à un chasseur.

Ils effectuèrent un nouveau tour de chambre.

— J'ai un livre sur l'Afrique, Konstantin, avec des illustrations d'animaux incroyables et d'étranges peuples à la peau noire. J'aimerais tant y aller un jour. Pensez-vous que nous pourrions un jour aller jusqu'en Afrique ?

— En Afrique ? Vous êtes une drôle de fille.

Elle se rembrunit.

— Je vous en prie, ne me dites pas que je suis une fille. Je suis une femme. Votre épouse.

— Vous avez raison, convint-il, la laissant aller remonter le mécanisme de la boîte à musique. Vous êtes une femme intelligente et accomplie.

Voilà. Les excuses qu'Antonina attendait depuis plus d'un mois. Il l'enlaça de nouveau. Les rides qui entouraient ses yeux et sa bouche s'effaçaient dans la pénombre, et Antonina découvrit soudain comment il avait dû être quand il était jeune. Cela lui plut, et elle déposa un petit baiser sur ses lèvres.

— Merci, Kostia, dit-elle.

En s'entendant appeler par son diminutif, il baissa la tête et l'embrassa avec passion. Antonina ferma les yeux et rêva que c'était Valentin qui la tenait dans ses bras, qui pressait ses lèvres contre les siennes. Elle revit les traits du violoniste la dévisageant par-dessus l'épaule de sa mère, allongé sur le lit.

Elle s'imagina en train de le chevaucher comme elle avait vu sa mère le faire, et elle rendit son baiser à Konstantin. Encouragé, il fit courir ses lèvres sur sa joue, puis dans son cou, en se pressant contre elle. Antonina garda les yeux fermés pour continuer de se représenter le jeune et beau Valentin Vladimirovitch à la place de Konstantin.

— Vous voyez, mon ange ? souffla-t-il contre son oreille. Ce n'est pas si difficile.

Il la conduisit doucement vers le lit. Lorsqu'elle sentit le matelas contre ses cuisses, Konstantin la souleva sans peine et l'allongea.

— Oui, mon mari, chuchota-t-elle en gardant les paupières closes pendant que Konstantin remontait la boîte à musique.

Oui, Valia, pensa-t-elle.

Elle continua de s'imaginer que c'était Valentin qui caressait à présent sa poitrine à travers la mince chemise de nuit, et ses seins se durcirent. Elle s'imagina ses mains délicates, son corps mince et fort à la fois. Elle se dit que c'était Valia qui soulevait sa chemise de nuit, Valia qui se plaçait au-dessus d'elle et qu'elle enlaçait pour le rapprocher d'elle.

Et Konstantin put enfin la pénétrer, très lentement.

— Je ne veux pas vous faire mal, murmura-t-il.

— Ça va, dit-elle, espérant le faire taire.

Elle ressentit une douleur brève et cuisante ; Antonina serra les lèvres pour ne pas crier. Bientôt, la douleur ne fut plus qu'une gêne alors que Konstantin continuait de s'acharner en rythme, le souffle de plus en plus court. Enfin, le mouvement se précipita et sa respiration se fit plus rauque dans sa gorge. Puis il se figea soudain, frissonna et poussa un gémissement étouffé. Ensuite, il parut s'effondrer sur elle et pesa si lourd qu'elle se demanda un instant s'il n'était pas mort. Mais il finit par bouger, se détacha d'elle et se leva.

Elle prit une petite respiration, ramena la couverture sur elle et releva les genoux. Elle avait mal et aurait voulu prendre un bain chaud.

Konstantin se tenait toujours à côté du lit. La chandelle brûlait encore, et Antonina le regarda lisser sa chemise de nuit et remettre de l'ordre dans sa barbe et ses cheveux.

— Merci, ma chère, dit-il. Vous vous sentez bien ?

— Oui, je me sens bien, mentit-elle.

— Parfait, commenta-t-il avec un sourire satisfait. Oui, ce fut une nuit fructueuse.

Elle hocha la tête. Le silence devint pesant.

— Alors je vais me retirer dans ma chambre, n'est-ce pas ?

Il y avait quelque chose, comme du regret peut-être, dans sa voix. Envisageait-il de passer la nuit ici avec elle ? De dormir dans son lit à elle ? Elle ne pourrait pas dormir, s'il restait là. Elle n'avait jamais dormi avec qui que ce fût et ne pouvait le concevoir.

— Oui, bien sûr, répondit-elle. Vous devez aller vous reposer dans votre lit, mon mari.

Il la gratifia aussitôt d'un petit salut raide du buste, comme s'il venait de la ramener à sa chaise après une mazurka endiablée.

— *À demain**, lui dit-il en français, avec un petit sourire.

— *Oui, mon cher, à demain**, lui répondit de même Antonina, pour lui faire plaisir.

Dès que la porte se fut refermée, la jeune femme se leva et retira sa chemise souillée qu'elle jeta sur le dossier d'une chaise. Elle versa l'eau du broc dans la cuvette, puis elle se lava lentement et soigneusement à l'eau fraîche tout en réfléchissant à ce qui venait de se produire. Elle enfila une chemise propre et étendit une serviette de toilette sur le drap afin de couvrir la tache humide et rosâtre encore visible. L'idée que la femme de chambre verrait le drap et la chemise tachés le lendemain matin lui était odieuse.

Était-ce cela que l'on appelait l'amour, dans les romans ?

Ça aurait certainement été très différent avec le violoniste.

La bougie s'éteignit avec un crachotement au moment où Antonina se remettait au lit.

* * *

Le lendemain matin, Konstantin semblait très content de lui. Il riait de bon cœur au moindre prétexte et traitait Antonina avec une affection désinvolte. Il vint dans sa chambre trois autres fois la semaine suivante, et il la remercia à chaque fois, l'assurant qu'il était très content de leur réussite.

La quatrième nuit, alors qu'il bougeait au-dessus d'elle, Antonina l'écarta, et il roula sur le côté.

— Vous-ai-je fait mal, ma chère ? s'enquit-il.

— Non, murmura-t-elle.

Elle repoussa son épaule jusqu'à ce qu'il fût allongé sur le dos et entreprit de monter sur lui.

Konstantin se redressa si vite qu'il la renversa sur le lit.

— Que faites-vous ? questionna-t-il, visiblement offusqué.

— J'ai cru que ce serait…

Antonina se tut alors qu'elle se redressait sur un coude pour regarder son époux. Que ce serait quoi ?

À chaque fois que Konstantin était venu la voir, elle avait pu l'accueillir en s'imaginant qu'elle était avec Valentin. Cette nuit, elle avait eu envie de faire comme s'il était Valentin dans la position même où elle l'avait surpris avec sa mère.

Mais Konstantin s'assit précipitamment et secoua la tête, le front plissé et les rides marquées autour de sa bouche.

— Vous me décevez, Antonina. Non, c'est plus que cela, vous me dégoûtez. Quelle femme respectable agirait de façon aussi vulgaire ? Un tel comportement est sordide.

La jeune femme leva la main pour s'assurer que ses cheveux étaient toujours en place.

— Je ne savais pas que c'était mal. J'ai cru vous faire plaisir.

— Et comment, je vous le demande, avez-vous pu avoir l'idée d'une telle chose ? Pendant toutes les années que j'ai passées avec ma première femme, Irina, une épouse bonne et digne, elle s'est soumise au devoir conjugal avec humilité.

Il secoua la tête en pensant aussi à Tania, qui, malgré ses basses origines, se comportait toujours avec modestie. Il haussa le ton :

— Je m'interroge à présent sur votre innocence. Peut-être est-ce la raison pour laquelle votre père était si pressé de vous marier.

Une brusque chaleur envahit la poitrine de la jeune femme, lui remonta le cou et colora ses joues.

— Vous savez parfaitement que j'étais pure lorsque je vous ai épousé, Konstantin Nikolaïevitch. Je n'arrive pas à croire que vous puissiez entretenir de telles pensées à mon égard, alors que mon seul désir était de vous plaire.

— Et qui vous a enseigné les manières de plaire à un homme ? Se pourrait-il que ce soit votre mère ? Tout le monde connaît sa réputation.

Antonina se sentit la bouche sèche.

— Sortez, dit-elle, d'une voix basse et dure.

Comment avait-il pu deviner la vérité ?

— Laissez-moi seule.

— Avec plaisir, rétorqua-t-il avant de claquer la porte derrière lui.

* * *

Konstantin ignora ensuite Antonina pendant des jours. Il retrouva Tania dans la maison de Gricha plus souvent qu'à son habitude, ce qui énerva profondément le régisseur. Tania, elle, était toujours contente de gagner quelques roubles de plus.

C'est à ce moment-là qu'Antonina s'aperçut qu'elle était enceinte de l'enfant qui deviendrait Micha.

17

Antonina ne revit Lilia qu'au cours des premiers mois de sa grossesse. En décembre, alors que les champs déserts étaient couverts de neige, la comtesse traversa un village et vint à la rencontre d'un groupe de femmes qui descendaient la grand-rue en bavardant, portant des paniers tressés remplis de petit bois sur leur dos. Elle reconnut Lilia.

Celle-ci leva les yeux vers elle, le pâle soleil d'hiver éclairant son visage.

— Bonjour, comtesse, dit-elle.

Les autres femmes s'inclinèrent.

Lilia ne s'inclina pas. Elle semblait avoir repris un peu de chair, mais ce n'était peut-être qu'une impression due au manteau matelassé et au châle épais qui l'enveloppait. En tout cas, elle paraissait moins épuisée que la première fois qu'Antonina l'avait croisée. Elle avait les yeux vifs et les joues d'un rose soutenu dans l'air glacial de décembre.

Antonina mourait d'envie de lui dire qu'elle était enceinte. Elle l'avait annoncé à Konstantin et avait envoyé une lettre à son père. Bien entendu, les serfs de la maison étaient au courant – il était impossible de leur dissimuler quoi que ce soit. Varvara avait assisté à sa nausée du matin et en avait aussitôt conclu que la comtesse attendait un enfant.

Antonina avait tant de questions à poser à Lilia sur les quatre années qui venaient de s'écouler. Et surtout, elle voulait la supplier de lui pardonner, lui expliquer ce qui s'était passé dans le bureau de son père. Mais elles n'étaient plus des enfants, elles étaient des femmes mariées, et, de la même façon qu'Antonina avait été la fille du seigneur de Lilia, elle était à présent l'épouse de son nouveau seigneur. Elle ne pouvait pas lui demander une seconde fois d'être son amie. Il paraissait de plus évident que Lilia n'éprouvait plus les mêmes sentiments pour elle qu'autrefois. Comment aurait-il pu en être autrement ? Antonina l'avait trahie, et, à cause d'elle, Lilia et son frère avaient été arrachés à leurs parents et envoyés au loin.

Elle salua Lilia et les autres femmes d'un signe de tête et poursuivit son chemin.

* * *

Quelques mois plus tard, Konstantin dit à Antonina qu'elle devait penser à une nourrice pour le bébé à venir. Il lui avait remis une liste de femmes qui avaient déjà travaillé dans les domaines voisins, et s'attendait à ce qu'elle choisisse l'une d'entre elles.

Mais Antonina partit en troïka sur les routes neigeuses jusqu'au village où elle avait vu Lilia pour la dernière fois. Elle demanda à un paysan croisé dans la rue où elle pourrait trouver Lilia Pétrovna, mariée à Sosso. On lui indiqua une isba à la sortie du village. Le cocher l'aida à descendre de troïka, et elle lui demanda de l'attendre.

— Vous allez entrer dans cette cabane, comtesse ? s'étonna-t-il. Seule ?

— Oui, répondit-elle avant d'aller frapper à la porte.

Le cocher la suivit avec inquiétude. La porte s'ouvrit sur un petit garçon qui devait être Liocha, et Antonina sourit.

— C'est bien ici qu'habite Lilia ? demanda-t-elle, et le visage de la jeune femme apparut derrière l'épaule de son petit frère.

Elle semblait effrayée.

— Je peux entrer, Lilia ? demanda Antonina.

Comme elle hochait la tête, Antonina se tourna vers le cocher et le pria de nouveau d'attendre dans la troïka. Il obéit cette fois, mais avec un air désapprobateur.

— C'est Liocha ? fit Antonina en pénétrant dans l'isba.

— Oui, madame, confirma le garçon d'une voix haute et claire en s'inclinant.

Elle jeta un coup d'œil dans la pièce obscure et vit une tunique, une jupe et deux paires de chaussettes qui séchaient sur une corde au plafond. Il y avait un poêle, avec une marmite bouillonnante qui sentait la kacha. À part une table sur laquelle il y avait des écheveaux de fil blanc et une navette en bois, il y avait deux bancs, et une icône sur le mur, au-dessus du poêle. Rien d'autre.

— Je ne veux pas t'empêcher de travailler, dit Antonina, en regardant la table.

— Je fais de la dentelle pour gagner quelques kopecks, expliqua Lilia, sans se départir de sa mine inquiète.

Antonina s'approcha.

— Je peux regarder ? Tu peux te relever, Liocha.

Le petit garçon se redressa et alla se poster près de sa sœur.

Lilia présenta l'extrémité d'une étroite bande de dentelle.

— C'est ravissant, commenta Antonina. C'est si fin. Je n'ai jamais été douée pour la frivolité.

Maintenant qu'elle était là, elle se demandait si c'était une très bonne idée, mais elle se lança :

— Je suis venue te demander un service.

— Un service ?

— Oui. J'attends un enfant, et j'aurai, dans quelques mois, besoin d'une nurse.

Elle poursuivit avant que Lilia pût répondre quoi que ce soit.

— Je sais que tu n'as pas d'enfant, et que mon mari n'approuvera pas que j'engage quelqu'un qui n'a pas d'expérience, mais je…

— J'ai eu des enfants, l'interrompit Lilia.

— Mais tu as dit que tu n'en avais pas.

— Ils n'ont pas survécu.

Antonina sentit sa gorge se serrer. Soudain prise d'un vertige, elle posa les mains sur son ventre.

— Il faut que je m'asseye, dit-elle.

Lilia s'approcha, passa un bras autour de ses épaules et la fit asseoir sur un banc. C'était la première fois que la jeune paysanne se retrouvait assez près d'Antonina pour respirer son parfum d'essence de rose.

— Qu'est-il arrivé à tes enfants ? voulut savoir Antonina lorsqu'elle fut assise.

Lilia prit une profonde inspiration.

— J'ai eu des filles. Des jumelles. Elles sont mortes, la première dans son deuxième mois, la deuxième trois semaines plus tard.

— Je ne savais pas…

— Comment l'auriez-vous su ? La dernière – elle s'appelait Clara, et l'autre Lena – n'était morte que depuis quelques semaines quand nous nous sommes retrouvées, à la moisson.

— Que Dieu veille sur leur âme, murmura Antonina en se signant. Mais tu auras d'autres enfants. Certainement.

Les yeux de Lilia restaient curieusement inexpressifs.

— Je serais honorée de m'occuper de l'enfant que vous portez. Mais il y a une condition, dit-elle.

Elle avait conscience qu'elle parlait à l'épouse du seigneur à qui elle appartenait, et sa voix tremblait légèrement.

Antonina ne parut pas offensée.

— Quelle est-elle ?

Lilia ne répondit pas tout de suite. Comment se pouvait-il que Dieu la récompense si généreusement ? Méritait-elle une telle bénédiction ?

— C'est ton mari ? demanda Antonina. Bien sûr, je n'ai pas l'intention de vous séparer. Je demanderai au régisseur de lui trouver un travail avec le bétail ou dans les réserves. On vous donnera une chambre dans le quartier des domestiques.

Lilia prit une longue inspiration.

— Oh… Sosso, dit-elle, comme si elle l'avait oublié. Oui, il sera content d'avoir un meilleur travail. Mais c'est pour Liocha que je m'inquiète, comtesse, reprit-elle en regardant l'enfant à côté d'elle. Je ne veux pas le laisser tout seul au village. Je suis la seule mère dont il se souvienne maintenant.

Ah ! voilà. Antonina fut submergée par un accès de douleur et de culpabilité.

— Bien entendu. Il faut qu'il vienne. C'est ta famille. Oui, prends-le avec toi. Quel âge a-t-il ?

— Huit ans. Il apprend très vite et il a très bon caractère. C'est un gentil garçon, décréta Lilia, aussi fière que si elle était sa mère.

— Il travaille aux champs ?

Lilia fit oui de la tête.

— Mais, ajouta-t-elle en retenant son souffle, il adore les chevaux, comtesse.

Antonina examina l'enfant, qui la regarda sans rien dire.

— Eh bien je lui trouverai une place de garçon d'écurie. Il nettoiera les stalles, graissera les selles, ce genre de choses. Et ensuite, s'il est aussi vif et intelligent que tu le dis, il avancera en grandissant.

— Et il habitera ?

— Avec Sosso et toi. Liocha ? dit-elle en s'adressant directement au petit garçon. Ça te plairait de travailler aux écuries ?

— Oui, comtesse, répondit-il en s'inclinant de nouveau.

— Alors c'est fait, décréta Antonina. Il t'accompagnera, Lilia.

— Vous êtes sûre que le comte approuvera ?

Antonina haussa les épaules et lui fit soudain un grand sourire, redevenant aussitôt la jeune fille que Lilia retrouvait autrefois dans la forêt.

— Je suis la comtesse. Il y a certains domaines où je peux agir à ma guise.

Elle devrait trouver des réponses aux questions de Konstantin, qui voudrait savoir pourquoi elle avait engagé une femme du village et insisté pour qu'on fasse travailler sa famille sur la propriété.

Lilia serra ses bras minces contre sa poitrine et sourit à Antonina.

— C'est un rêve qui devient réalité, Tossia. Vraiment. Liocha, tu crois à notre bonne fortune ?

En entendant Lilia utiliser si spontanément son diminutif, Antonina éprouva un réel bonheur. Elle avait retrouvé son amie et découvert aussi un moyen d'essayer de réparer tout le mal qu'elle avait fait à Lilia et à son petit frère.

Peut-être serait-elle pardonnée un jour.

* * *

Moins d'un mois plus tard, Lilia, Sosso et Liocha étaient installés dans le quartier des domestiques. Sosso fut engagé dans les réserves du domaine, et Liocha, comme promis, devint l'un des plus jeunes garçons d'écurie.

Bien que le bébé ne fût pas attendu avant deux mois encore, Antonina s'arrangea pour que Lilia passe le plus de temps possible avec elle. Bientôt, les deux jeunes femmes bavardaient et riaient comme elles l'avaient fait près de cinq ans auparavant.

Antonina était si heureuse d'avoir Lilia auprès d'elle qu'elle transféra Varvara à d'autres tâches et fit de Lilia sa femme de chambre personnelle. Elle fut soulagée de ne plus avoir à subir la mine désapprobatrice de Varvara. Antonina avait conscience qu'elle ne remplacerait jamais la comtesse défunte, ni dans le cœur de Varvara, ni dans celui de Konstantin.

Lilia apprit rapidement à s'occuper de toutes les couches de vêtements que devait porter sa maîtresse, et à l'aider à les enfiler une à une. En suivant les instructions de la jeune femme, elle fut bientôt capable d'exécuter les coiffures que préférait Antonina. C'était assez compliqué et, lors de ses premières tentatives auxquelles elle s'attela pourtant avec le plus grand sérieux, le résultat les fit parfois éclater de rire. Mais pour qui maîtrisait l'art de la dentelle la plus fine, la complexité de la coiffure des nobles n'avait rien d'inaccessible.

Un soir où Lilia aidait Antonina à prendre un bain devant la cheminée de sa chambre, elle passa doucement la main sur le ventre gonflé de la comtesse. Un petit talon saillait sous la peau tendue. Elle laissa sa main s'attarder dessus et sourit à Antonina, ce qui donna à celle-ci le courage de l'interroger sur la naissance de ses filles. La jeune femme avait honte de son ignorance concernant l'accouchement, et elle n'avait personne d'autre à qui demander.

Lilia, la main toujours posée sur le ventre d'Antonina, ne répondit pas tout de suite.

— Lilia ?

La servante plongea son regard dans celui de sa maîtresse puis reporta son attention sur sa propre main, sans cesser de caresser lentement la peau de l'autre femme.

— Vous avez la peau si douce, souffla-t-elle d'une voix à peine plus forte qu'un murmure.

— Je ne reconnais plus mon corps, fit Antonina avec un haussement d'épaules. Mais je t'en supplie,

Lilia, tu voudras bien rester avec moi pendant toute la durée du travail ?

Lilia retira sa main et prit une serviette chaude et sèche.

— Venez, il est temps de vous coucher.

Pendant qu'elle l'aidait à se lever, elle assura :

— Vous serez forte, je le sais. Si j'ai pu survivre alors que je n'avais qu'une vieille voisine pour m'aider et que le travail s'est fait sur une couverture, à même le poêle, ce sera certainement bien plus facile pour vous, Tossia. Vous aurez un médecin et tout un tas de femmes pour vous aider. Et puis vous m'aurez moi aussi, bien sûr. Je serai toujours là pour vous. Toujours.

Elle tapota la serviette au niveau des omoplates puis fit descendre ses mains et lui massa plus vigoureusement les reins.

— Oui, ça fait tellement de bien. Tes mains sont si réconfortantes, murmura Antonina, et Lilia ferma un instant les yeux.

Plus tard, alors qu'Antonina était couchée et que Lilia rangeait sa robe de jour ample dans l'immense garde-robe, elle caressa l'une des nombreuses superbes robes ajustées qui s'y trouvaient rangées.

— Je suis sûre que vous serez heureuse de les retrouver.

— Je suppose, répliqua Antonina en hochant la tête. Je n'arrive pas à imaginer quand ce sera possible.

Elle se tapota le ventre en riant.

Prenant prétexte de remettre les robes en ordre, Lilia plongea la tête dans l'immense garde-robe et enfouit son visage dans le satin et les soies délicates en respirant le parfum des roses.

18

PRINTEMPS 1861

Depuis l'enlèvement de Micha, Lilia dort sur la banquette de fenêtre, dans la chambre de la comtesse, et tente chaque jour de convaincre Antonina de prendre un bain. Quand la comtesse accepte, Lilia passe doucement et délicatement la serviette chaude et savonneuse sur le corps d'Antonina. Celle-ci ne supporte plus qu'on la touche. Plusieurs fois par jour, elle s'efforce de la tenter avec des plats favoris et du thé sucré. Elle lui fait des bouquets avec les premiers perce-neige et jacinthes du printemps. Chaque soir, elle installe confortablement Antonina devant le feu pendant qu'elle change les draps de son lit. Puis, lorsqu'elle l'a couchée, il lui arrive de s'allonger près d'elle et de lui fredonner un air en lui frottant le dos, le front, les cheveux, jusqu'à ce que sa maîtresse sombre dans ce qui pourrait passer pour du sommeil.

Lilia. Quelle amie fidèle et loyale. Il semblerait parfois que cette période soit étrangement heureuse pour la servante, malgré l'absence de Micha. Le comte reste dans sa chambre, plongé dans une demi-conscience. Elle a Antonina pour elle toute seule.

* * *

Dans la chambre de Konstantin, Olga a disposé des coupes d'ail haché pour chasser la fièvre. Mais l'état de Konstantin empire. Il marmonne et crie dans son délire tandis que l'infection de sa blessure à la main gagne du terrain.

Antonina le veille des nuits entières alors qu'il est saisi de frissons violents puis gît, inerte, aussi essoufflé que s'il venait de courir plusieurs verstes. Il lui arrive de gémir. Pavel s'occupe de lui avec douceur et lui applique des compresses d'eau fraîche, heure après heure.

Bien qu'il reste immobile au point d'en paraître presque sans vie, chaque fois que Pavel porte une cuiller ou une tasse à sa bouche, Konstantin serre les lèvres au point de ne plus former qu'une ligne mince. On dirait qu'elles ont été scellées par du fil de soie bleu d'une finesse extrême, qu'elles ont été cousues à petits points.

Le médecin retire le pansement sur la main du blessé et secoue la tête.

— Je crains que ce ne soit critique, comtesse Mitlovskaïa. Il n'y a toujours pas d'urines ?

Antonina fait un signe de dénégation.

— Ses reins ne vont pas tarder à lâcher. Il faut lui donner de la vodka et du lait, toutes les deux ou trois heures.

— Mais il refuse de prendre quoi que ce soit.

— Alors j'essayerai de le faire boire. De la vodka, du lait, avec de la quinine et de la teinture de chlorure ferrique, dit-il en se détournant du regard fixe de la comtesse pour chercher dans sa trousse de petites fioles et flacons.

— Et si cela ne marche pas ?

Elle voit bien que la main de Konstantin est plus enflée que jamais, que sa peau est livide autour de la blessure, avec des stries rouge foncé et violacées qui remontent vers le poignet et jusqu'à l'avant-bras. Elle observe tout cela mais n'a pas conscience que le poison s'immisce dans tout le corps de son mari.

Mon fils. Lui donne-t-on à manger ? A-t-il assez chaud ? M'appelle-t-il ?

Le médecin suit son regard.

— Il n'y aura aucun moyen d'arrêter l'infection sauf…

Il ne finit pas sa phrase.

— Mais pas encore, reprend-il. Pour l'instant, nous allons essayer de le forcer à prendre le remède.

Il se tourne vers Olga, qui vient d'apporter de l'eau chaude.

— Où est le prêtre ? demande-t-il.

La vieille femme étouffe une exclamation. Elle ne comprend rien au jargon médical du médecin, mais elle sait ce que signifie la présence d'un prêtre.

— Tout va bien, Olga, la rassure Antonina. Faites venir le père Cyril.

— Les prières du père vont sûrement guérir notre maître, grommelle Olga avant de sortir, dardant son regard vers le médecin qui tient un long tube mince à la main. Les prières, au moins, on peut compter dessus, ajoute-t-elle avec un air entendu.

Antonina ne s'excuse pas pour les propos de la domestique.

* * *

La quinine et le chlorure ne donnent rien. Le docteur Molov apporte ensuite un pot d'asticots de mouches.

— C'est parfois efficace, explique-t-il à Antonina. Je vais placer les larves sur la blessure ouverte. Elles ne consomment que la chair morte et laissent les tissus vivants intacts. Cela parviendra peut-être à stopper l'infection. Mais je veux que vous ayez conscience que c'est le dernier recours.

— Le dernier recours avant quoi ? questionne Antonina en détournant les yeux des larves blanches qui se tortillent. Si les asticots ne marchent pas, qu'est-ce qui se passera ?

— Comtesse Mitlovskaïa, répond le docteur Molov. La blessure s'est gangrenée. Il ne restera plus qu'une option pour tenter de sauver la vie du comte.

— Oui ? insiste Antonina, bien que le médecin n'ait pas l'impression qu'elle soit très concernée.

— L'amputation, avant que l'infection ne se généralise dans tout le corps. Nous saurons demain si les asticots font effet ou non.

* * *

L'amputation a lieu deux jours plus tard.

Konstantin s'agite nerveusement, et l'odeur a encore empiré dans la chambre. Le docteur Molov a ouvert une mallette de bois qui contient des outils divers : plusieurs sortes de tenailles et de couteaux ainsi qu'une petite scie à poignée d'ébène.

— Je vais endormir le comte avec du chloroforme, explique le médecin. Ses vapeurs neutralisent le système nerveux, mais il est difficile de trouver le bon équilibre. Pas assez, et le patient souffre. Trop, et il peut... Bref, comme je le disais, l'équilibre est difficile à trouver. Pour plus de sûreté, j'ai besoin de deux hommes pour le tenir au cas où il commencerait à sentir l'amputation.

Il débouche un grand flacon de verre étroit. Antonina est assez près pour sentir une odeur vaguement douceâtre. Soudain, elle remarque un seau de sciure posé par terre, près du lit. Pourquoi de la sciure ? Est-ce pour le bras amputé ? Il sera coupé juste sous le coude, lui a expliqué le médecin. La jeune femme a la bouche sèche ; c'est comme si elle avait mangé le contenu du seau.

— Pavel, mettez-vous de ce côté. Et vous, Gricha, c'est ça ? Mettez-vous de l'autre.

Gricha regarde Antonina.

— Vous ne devriez pas être ici, comtesse.

— Inutile de le toucher pour l'instant, indique le médecin aux deux hommes qui se sont placés comme demandé. Tenez-vous prêts, c'est tout. Il soulève la tête de Konstantin et passe le flacon sous ses narines. Le comte détourne la tête convulsivement ; on dirait tout d'abord que l'anesthésique le stimule. Il regarde autour de lui, les yeux soudain grands ouverts, et marmonne des syllabes sans suite. Puis, l'instant d'après, il tombe dans ce qui semble un état comateux.

— C'est bien, dit le docteur Molov en relevant ses manches.

Il défait le pansement de Konstantin et Antonina se couvre la bouche et le nez pour se protéger de la puanteur que dégage la main noircie et pourrissante aux doigts bouffis dont les ongles d'ébène s'enfoncent profondément dans la chair soufflée.

— Je crois qu'il vaudrait mieux que vous sortiez, comtesse, insiste Gricha.

Elle lui adresse un regard reconnaissant et se retire.

Mais, même de sa chambre, elle entend les hurlements interminables de Konstantin. Elle se bouche les oreilles avec ses mains et fait les cent pas. Enfin, un long silence s'installe. Elle est postée devant la fenêtre quand on frappe à la porte. Elle va ouvrir : c'est Gricha.

— Vous pouvez le voir.

Antonina retourne dans la chambre de son mari. Il a les yeux fermés mais il roule la tête d'un côté puis de l'autre, comme sous l'emprise d'un cauchemar. Les draps sont remontés jusqu'à son cou. Pavel et le médecin sont assis de chaque côté du lit. Il n'y a nulle trace de l'opération qui s'est déroulée des heures plus tôt. La fenêtre est ouverte, et un petit vent frais aère la chambre.

Elle contemple le visage de Konstantin, moite et cireux. Puis elle salue le médecin et retourne dans sa chambre.

* * *

Le lendemain de l'amputation, le docteur Molov informe Antonina que son mari a volontairement accepté de s'alimenter et qu'il a prononcé son nom. Il ne lui dit pas que pendant son délire, le comte Mitlovski a surtout appelé une certaine Tania. Le jour d'après, il lui annonce :

— Là fièvre est tombée et la couture se présente aussi bien que possible. Il n'y a rien de plus que je puisse faire sinon revenir régulièrement pour surveiller la cicatrisation. Le rétablissement devrait se faire tout doucement, mais la difficulté sera pour le comte d'apprendre à se servir de sa main gauche.

Antonina a du mal à aller voir Konstantin. Il ferme les yeux ou regarde par la fenêtre quand elle vient s'asseoir à son chevet. Il l'ignore quand elle lui demande s'il a mal ou s'il a besoin qu'elle fasse quelque chose. Elle finit par ne plus entrer dans sa chambre et se contente de s'enquérir de la santé du comte auprès de Pavel. Sa réponse est toujours la même : *Il va aussi bien qu'on peut l'espérer, madame.* Il lui dit que la teinture de chloroforme mêlée à l'opiacé que le médecin a laissée aide son mari à supporter la douleur.

* * *

Un mois après l'enlèvement, Gricha vient voir Antonina dans le salon de musique où elle se tient sur une chaise, près du piano, les mains posées sur les genoux. Il lui dit qu'il a le sentiment, avec sa permission, qu'il faudrait arrêter les recherches quotidiennes. On a interrogé les serfs dans un rayon de plus de deux cents verstes, explique-t-il à Antonina, mais son visage se brouille aux yeux de la jeune femme, et sa voix lui semble venir de très loin. L'enlèvement a été déclaré aux autorités de Pskov, lesquelles en ont informé le service compétent de Saint-Pétersbourg. Mais personne ne s'est présenté pour signaler la présence d'un enfant inconnu ou pour avoir vu ou entendu quoi que ce soit sortant de l'ordinaire.

— Il semble que nous ne puissions pas faire grand-chose d'autre, conclut Gricha, qui tend le bras comme pour la toucher, mais s'interrompt.

On dirait qu'il vient de lui annoncer une nouvelle aussi inattendue que bouleversante, et le visage de la comtesse exprime la plus totale incrédulité.

— Il reste sûrement quelque chose à faire. Il *doit* y avoir une solution, Gricha, insiste-t-elle. Nous ne pouvons pas juste cesser de le chercher. Comme si… comme s'il…

Elle ne peut continuer.

— Je comprends, dit-il doucement. Mais il faut bien faire tourner le domaine. Voulez-vous que je continue… à titre personnel… de chercher ?

— Oui. Laissez les autres reprendre leur travail, mais je vous en supplie, poursuivez les recherches.

Puis elle quitte le salon de musique et monte à sa chambre, où elle s'assoit sur le lit. Des ténèbres si profondes l'engloutissent que, pour la première fois, elle envisage plusieurs façons de mourir. La pensée que son fils puisse souffrir lui est insupportable.

Une seule chose la soutient : on n'a pas retrouvé de corps.

Le silence de la maison l'étouffe. Les domestiques marchent comme s'ils avaient les pieds enveloppés dans du coton, et ils ne parlent plus qu'en chuchotant. Le printemps – on est en mai à présent – est exceptionnellement pluvieux. Les arbres prennent des teintes magnifiques, et pourtant la terre reste spongieuse sous les pieds et l'air est saturé d'humidité. Peut-être qu'elle se noie. Oui, elle a l'impression de se noyer : elle n'arrive plus à respirer. Antonina est contente que le ciel soit couvert ; la lumière ne lui servirait à rien.

Les mots ne trouvent pas de signification, il n'est pas un passage de la Bible qui lui apporte du réconfort. Lilia ne cesse de prier et tente de persuader sa maîtresse l'imiter.

— Vous devez prier, Tossia. Venez vous agenouiller avec moi, lui répète-t-elle chaque jour. Dieu vous aidera à comprendre pourquoi Il a choisi ce chemin pour vous. Il vous apportera le réconfort.

Antonina fait non de la tête. Elle *a* prié. Cela ne lui a apporté aucun soulagement, cela ne lui a pas ramené Mikhaïl non plus. Quand le père Cyril demande à lui parler, elle refuse de le recevoir.

* * *

Chaque matin, comme un rituel, elle installe la partition de Glinka tachée de vin – la partition du violoniste Valentin – sur le pupitre du piano. Elle en connaît tous les morceaux par cœur, mais cela la rassure de regarder la première page et sa dédicace pendant qu'elle joue.

Lorsqu'elle a terminé le recueil, elle parcourt la maison : la salle du petit déjeuner, la salle à manger, le jardin d'hiver, la bibliothèque, le bureau, la salle de billard, l'armurerie, le salon. Elle effleure toute les choses belles et vaines qui s'y trouvent : les décorations de verre, les portraits en silhouette qui se découpent en noir dans leur cadre, le dos des livres sur leurs rayonnages, les pétales de fleurs dans la serre, les tables de bois poli et de marbre.

— On n'a pas retrouvé de corps, murmure-t-elle des dizaines de fois par jour.

Elle touche la fronde brunie d'un palmier et murmure « pas de corps », puis elle caresse des doigts les lourds angles de verre de l'encrier, et prononce les mêmes mots. Les domestiques l'évitent ; ils s'inclinent et sortent dès qu'elle arrive dans une pièce.

Mais elle doit continuer de répéter ces mots. C'est ce qui la fait tenir. On n'a pas encore retrouvé le corps de son fils. Il reste donc une chance qu'il soit en vie. Et c'est pour cette raison qu'elle continue d'espérer.

Mikhaïl est peut-être en vie. Elle ne renoncera pas aux recherches.

Le vin ou la vodka sont la seule chose qui l'aident à passer la journée, mais cela ne l'empêche pas d'avoir mal à la tête, mal dans tout le corps. C'est comme si ses terminaisons nerveuses s'étaient rapprochées de la surface de sa peau. Un peu de laudanum et un comprimé de bromure écrasé pris avec son vin ou sa vodka juste avant que Lilia ne la borde dans son lit l'assomment pendant quelques heures.

* * *

Antonina suit avec lassitude le docteur Molov dans la chambre de Konstantin.

— Bien qu'il n'ait pas encore récupéré, comtesse, ce sera ma dernière visite. Il n'a plus besoin de mes compétences, et il est sur la voie de la guérison, mais il semble n'avoir aucun souvenir de ce qui s'est passé ces dernières semaines.

Le médecin hausse légèrement les sourcils.

— Il a parlé du soulèvement de novembre 1830 contre les Polonais. Il croit qu'il a été blessé au combat. A-t-il jamais combattu dans l'armée du tsar, comtesse ?

— Non.

— Eh bien, son corps a subi un grand traumatisme. Je suis certain que la lucidité va lui revenir. Mais pour l'instant, il serait préférable de ne pas le perturber avec la vérité, ou des nouvelles trop bouleversantes.

Curieusement, Antonina a peur de pénétrer dans la chambre de Konstantin. Elle n'a pas vu son mari depuis une semaine. À sa grande surprise, lorsqu'elle se décide à entrer, il est assis, les cheveux peignés et le visage rasé. Il est affreusement maigre et c'est devenu un très vieil homme. Ce qui reste de son bras droit est enveloppé dans un pansement.

— Ah ! Antonina, dit Konstantin.

Elle prend place près du lit, sans pouvoir regarder le pansement.

— J'espère que vous vous portez bien, commence son mari. Elle s'efforce de sourire pour répondre à sa phrase anodine.

Mais il ajoute :

— C'est bon d'être à la maison. Amenez-moi mon fils. Je voudrais qu'il voie que son papa est rentré du front.

Antonina adresse un regard au docteur Molov. Pavel est en train de lui présenter son manteau, et le médecin en a déjà enfilé la première manche.

— Kostia, notre Micha…

Elle se tourne de nouveau vers le médecin, qui lui adresse un signe de dénégation.

— Il est très occupé avec ses études. Il viendra vous voir, plus tard.

— Parfait, dit Konstantin. Après dîner, donc, ajoute-t-il avant de fermer les yeux.

Antonina suit le médecin dans le couloir et descend l'escalier avec lui.

— Et vous, comtesse ? Arrivez-vous à dormir ?

— Un peu.

— Vous devez essayer de garder vos forces. Votre mari aura plus que jamais besoin de vous, à présent.

Antonina a l'impression qu'il lui fait la leçon.

— Je voudrais davantage de laudanum.

Il hésite puis sort un flacon de sa trousse.

— Faites-en un usage modéré.

* * *

Même si le moignon du bras amputé cicatrise convenablement, Konstantin continue de ressentir des douleurs et des démangeaisons dans la partie manquante. Il se plaint sans cesse, avec mauvaise humeur, et réclame sa teinture de chloroforme.

Pavel obtempère. Mais lorsque le comte apprend qu'il a terminé le flacon et qu'il n'en reste plus, il entre dans une telle agitation, criant et se débattant, qu'il faut à Pavel plus d'une heure pour le calmer. Konstantin lui ordonne de se procurer un autre flacon de la substance. Il prend quelques roubles dans une cassette qu'il garde dans sa chambre et lui indique le nom d'un homme, en ville, capable de lui fournir n'importe quoi.

Enfin, un après-midi, alors qu'elle est assise à son chevet, Antonina le sent assez lucide pour parler de Mikhaïl.

— Vous vous souvenez, n'est-ce pas, Kostia, de ce qui est arrivé à notre fils ? Qu'il a été enlevé ?

Elle parle bas dans la chambre que Konstantin refuse de quitter.

— Je m'en souviens, dit-il, perdu, le regard fixé sur le feu. Il est mort, notre fils.

— Non ! Non, Kostia, il n'est pas mort.

— Il est mort. Il a été enlevé depuis combien de temps ?

— Six semaines, répond Antonina en déglutissant.

Konstantin se tourne vers elle, les pupilles dilatées.

— Et vous croyez qu'il est toujours en vie ? Les cosaques ont eu leur argent. Ils l'ont tué et ils ont quitté Pskov. C'est fini. Tout est fini. Pavel ! crie-t-il.

Le serviteur apparaît avec le flacon.

— Il n'est pas mort, Konstantin, murmure Antonina.

— Faites graver une pierre tombale à son nom. Qu'elle soit placée dans le cimetière, derrière l'église du Saint-Sauveur, à côté de la tombe de mon Irina, ordonne Konstantin.

— Cessez de parler ainsi ! Cessez ! Je n'en entendrai pas davantage.

Antonina quitte la chambre de son mari en courant. Elle claque sa porte et la verrouille, comme si elle voulait empêcher les propos de Konstantin d'entrer.

Elle s'assoit sur le lit et contemple la bouteille de laudanum sur la coiffeuse. Elle en a besoin pour dormir la nuit, mais cela lui donne parfois des rêves épouvantables et angoissés. Antonina ne cesse alors de courir à travers des fourrés et de fouiller tandis que des épines acérées la transpercent. Le matin, quand elle se réveille, elle peine à avoir les idées claires, a les yeux irrités et mal à la tête. Elle garde la gorge sèche au moins jusqu'à midi.

Elle se lève et prend plusieurs cuillerées de laudanum. Au bout d'un moment, la drogue la plonge dans un état léthargique, mais cela lui donne soif. Elle se sert à la carafe de vin posée sur la coiffeuse. L'alcool lui paraît chaud et épais sur la langue. Elle boit de plus en plus tôt dans la journée, pas parce que cela l'aide à oublier, mais pour faire cesser le tremblement de ses mains et la nausée qu'elle ressent souvent quand son dernier verre remonte à trop longtemps. Lilia lui assure que la nausée vient de ce qu'elle ne mange pas assez, mais Antonina a du mal à avaler des aliments solides.

Elle s'assoit sur son lit, la carafe de vin à la main au beau milieu de ce sombre après-midi, alors que la pluie de mai frappe les fenêtres. Ni le laudanum ni le vin ni la pluie n'arrivent à effacer les paroles de Konstantin. Tout ce qu'elle désire, c'est ne plus penser. Elle écrase plusieurs de ces affreux comprimés blancs de bromure et les avale avec une autre gorgée de vin, puis reprend plusieurs cuillerées de laudanum.

Elle s'allonge ensuite au bord du lit, aspirant désespérément à la paix. Puis elle sent des ailes chaudes la caresser. Quelle délivrance douce et moelleuse… elle se sent soulagée. Le sommeil vient enfin, ce sommeil tranquille d'autrefois. Le sommeil qu'elle connaissait quand son fils dormait dans la chambre tout près de la sienne. Elle l'accueille et invite ses ailes si douces à l'emporter.

Mais, l'instant d'après, elle éprouve une sensation bizarre et troublante et elle respire difficilement. Un oiseau gigantesque et effrayant est posé sur la commode. Elle ne peut pas – ne veut pas – ouvrir les yeux, craignant de se retrouver face à un bec acéré. Elle se dit que c'est un rêve, un cauchemar, et elle essaye de bouger, mais n'y arrive pas. Elle perçoit une respiration courte et précipitée, comme si l'oiseau se rapprochait de son visage.

Ou peut-être que c'est sa propre respiration.

Elle sait bien que ces visions d'oiseau et de bec pointu sont irrationnelles. Tout cela est dû aux comprimés, au laudanum, au vin. Une sensation à la fois bouillonnante et ralentie, une panique assourdie peut-être, monte en elle alors qu'elle tente de se remémorer combien de cachets elle a écrasés, combien de laudanum elle a avalé. Et si elle meurt ?

Elle essaye de soulever ses paupières trop lourdes. Ce n'est plus l'oiseau fantôme qu'elle craint, mais la mort. Si elle mourait et que demain, ou le jour suivant, ou la semaine suivante, Micha revenait à Angelkov ? Lui dira-t-on que sa mère, dans sa faiblesse, s'est donné la mort ? Elle ne supporte pas d'imaginer qu'il pourrait penser cela d'elle, qu'il pourrait se retrouver orphelin de mère parce qu'elle n'a pas su résister et n'a cessé de s'apitoyer sur elle-même. Elle redouble d'efforts pour remuer, pour lutter contre la torpeur qui s'empare de ses membres. On dirait qu'elle est engloutie par des sables mouvants, gorgés d'eau et terriblement lourds. De petits sons s'échappent de sa gorge. Elle finit par ouvrir les yeux et roule jusqu'au bord du lit. Elle sent qu'elle tombe lentement, gracieusement dans de l'eau tiède, et la tentation de rester là, en train de flotter, la pousse à refermer les yeux. Elle combat la stupeur et, sans savoir comment – cela prend-il une minute, ou dix ? – se retrouve à quatre pattes. Elle s'enfonce les doigts dans la gorge et vomit jusqu'à ce qu'elle se soit vidée de tout ce mélange de vin, comprimés et laudanum qui évoque une soupe sanglante sur le tapis clair ; il n'y a rien de solide là-dedans.

Antonina s'effondre par terre, tremblante, en chien de fusil, et se voit dans la psyché, près de l'armoire. Ses lèvres ont une couleur bordeaux. Elle voudrait les humecter, mais sa langue est trop sèche.

On frappe à la porte, et elle entend Lilia appeler à voix basse : *Madame ? Madame ?* Puis, d'une voix plus forte : *Comtesse Mitlovskaïa. S'il vous plaît. Ouvrez la porte.*

Antonina entend des pas précipités, puis le silence. Un instant plus tard, les pas reviennent. Il y a un bruit de clé dans la serrure et la porte s'ouvre.

—Tossia, souffle Lilia en refermant la porte derrière elle.

Elle fixe du regard la bouche d'Antonina et la flaque rouge sur le tapis. Puis elle gémit et se signe.

Lilia apporte une serviette humide et s'agenouille près de sa maîtresse. Elle lui essuie doucement le menton, mais la tache a séché. Les narines de la servante se dilatent.

— C'est juste du vin ? demande-t-elle en reniflant, puis elle esquisse un nouveau signe de croix au-dessus d'Antonina. Dieu soit loué, j'ai cru que c'était du sang.

— Je ne sais pas quoi faire, Lilia, fait Antonina d'une voix faible. Je n'y arrive pas, à supporter la douleur.

— Laissez-moi vous soutenir, dit Lilia, qui passe les mains sous les bras de la jeune femme et l'aide à se relever.

Une fois debout, Antonina laisse sa tête retomber lourdement contre l'épaule de Lilia. Celle-ci lui frotte le dos et le trouve mouillé.

— Vous êtes malade, ma chérie. Il faut dormir.

Elle lui embrasse les cheveux.

— Venez, je vais vous mettre au lit. On change de chemise ?

Antonina refuse d'un signe.

Lilia l'aide à se coucher et la borde.

— De l'eau, réclame Antonina dans un murmure en repoussant les couvertures.

Lilia court lui remplir un verre au broc et le porte aux lèvres trop rouges d'Antonina. Lorsqu'elle a bu son content, Lilia pose le verre et s'assoit sur le lit, puis elle essuie tout doucement, avec son pouce, la tache sur la bouche de la jeune femme. Elle frotte son pouce d'avant en arrière, de plus en plus lentement, jusqu'à ce qu'Antonina repousse mollement sa main.

— Il faut prier, Ninotchka. Priez. C'est ce que je fais toute la journée. Je n'arrête pas de prier Dieu pour que notre enfant nous soit rendu.

Antonina tressaille.

— Tu veux dire, mon enfant.

— Oui, bien sûr, Tossia. Mais il me manque aussi. Chaque jour, mes bras ont envie de le serrer. Je voudrais entendre sa voix, et sa musique.

Antonina trouve cette souffrance partagée réconfortante.

— Tu crois que Mikhaïl est vivant ? Que Dieu a veillé sur lui pendant tout ce temps et qu'il est sain et sauf ? Que je le reverrai un jour ?

Elle a la langue encore engourdie et peine à prononcer chaque mot.

Elle attend – elle voudrait et elle a besoin – que Lilia lui réponde *oui, oui, bien sûr que Dieu vous le rendra sain et sauf.* S'il y a quelqu'un pour y croire, c'est bien Lilia. Elle est devenue de plus en plus dévote depuis qu'elle occupe sa nouvelle position au manoir. Elle s'abstient de manger de la viande, du lait et des œufs pendant les cinq semaines du jeûne des Apôtres en mai et en juin. Elle jeûne également pendant quinze jours pour l'Assomption, au mois d'août, durant les quarante jours qui précèdent la Nativité et enfin pendant les sept semaines du Grand Carême. Sinon, le reste du temps, elle fait maigre chaque mercredi, jour de la trahison de Judas, et chaque vendredi, jour de la mort du Sauveur. Quand Antonina se rend en ville, Lilia lui demande toujours de l'emmener. La ville de Pskov regorge de toutes petites églises pittoresques datant des quinzième et seizième siècles ainsi que de monastères et couvents qui remontent pour certains jusqu'au douzième siècle. Lilia passe des heures agenouillée dans Troïtski Sobor, la cathédrale de La Trinité, et Antonina voit bien que sa servante a du mal à partir lorsqu'elle vient la chercher. Après ses prières à Troïtski ou dans n'importe quel autre lieu saint de la ville, Lilia garde pendant toute une journée une expression de ravissement sur le visage. Antonina n'a jamais oublié que, petite fille, Lilia aurait voulu être religieuse.

Mais elle est étonnée de voir Lilia rougir et avaler sa salive avant de répondre.

— C'est ce que nous *devons* croire, Tossia. Nous ne devons jamais cesser de croire que ce qui est bien s'accomplira.

Malgré la migraine lancinante qui s'installe maintenant, Antonina trouve que c'est une drôle de formule de la part de Lilia. *Ce qui est bien.*

— Ma pauvre Ninotchka, dit Lilia. Ma pauvre petite.

Elle se penche et couvre les joues d'Antonina, son front, ses yeux de baisers.

Antonina s'écarte.

— Je veux dormir, dit-elle en roulant sur le côté, tournant le dos à Lilia.

— Je vais rester avec vous jusqu'à ce que vous dormiez, dit la servante. Peut-être devrais-je dormir dans votre chambre à partir de maintenant. Je vais faire apporter une paillasse.

— Non, murmure Antonina. Tu dois rester avec ton mari, dans le quartier des domestiques.

Il y a un moment de silence.

— Sosso n'est plus au domaine, Tossia, annonce Lilia en s'efforçant de ne pas laisser transparaître le soulagement que lui a apporté le départ de son mari. Il est parti juste après l'émancipation des serfs, chercher quelque chose de différent.

Antonina se sent si lasse. Elle murmure :

— Vas-tu le rejoindre bientôt ? Toi aussi, tu vas quitter le domaine pour aller le retrouver ?

Lilia en a le souffle coupé. Comment Antonina peut-elle penser qu'elle pourrait la quitter ?

— Ma place est ici, avec vous.

Et elle essaye encore d'enlacer sa maîtresse.

— Non, Lilia. Je veux être seule. Laisse-moi, s'il te plaît.

Lilia se sent de toute évidence perdue et blessée, mais Antonina ne le voit pas.

— Mais, Tossia, je voulais juste…

— Lilia, la coupe Antonina d'une voix plus forte. J'ai dit non.

— Comme vous voudrez, madame, réplique Lilia avec raideur.

Elle prend le laudanum, les somnifères et ce qui reste de vin et sort en refermant la porte avec un petit bruit sec.

19

Bien que le docteur Molov ait assuré que l'amputation s'était très bien passée et que la guérison était complète, Konstantin se comporte de plus en plus bizarrement. Il reste assis dans sa chambre et tient des propos sans suite. Il refuse de sortir. Certains jours, il pleure, d'autres jours, il crie. Il envoie chercher Tania, mais, lorsqu'elle arrive, il la prend pour Irina revenue le hanter, et il la chasse. Il appelle Irina. Il n'appelle jamais Antonina.

Certains jours, il parle de son fils mort; d'autres jours, il ne se rappelle même pas qu'il a eu un fils.

Sur les instances d'Antonina, Gricha a pris la direction complète du domaine. Il vient dans le bureau de Konstantin pour l'informer des incidents qui se sont produits ou lui demander de payer pour des réparations, et elle le regarde avec attention, comme si elle avait du mal à comprendre ce qu'il attend d'elle et que cela exigeait une grande concentration. À d'autres moments, elle pioche d'un air absent une liasse de roubles dans la cassette de Konstantin sans même vérifier les comptes que lui remet Gricha.

C'est Konstantin qui s'est toujours occupé de ces choses. Cela ne signifie rien pour elle. Elle suppose, à chaque fois qu'elle ouvre la cassette, que les roubles continueront de s'y trouver alors même qu'elle n'a aucune idée de comment ils sont arrivés là.

* * *

Lors de la première semaine de juin, un homme à cheval s'est présenté au domaine. Antonina a exigé que l'arrivée de tout étranger lui soit signalée, dans l'espoir qu'il soit porteur de nouvelles de Micha. Un serviteur accourt pour la prévenir.

C'est la troisième fois depuis l'enlèvement de Mikhaïl, plus de deux mois auparavant, que cela se produit. Les deux premières fois, c'était simplement quelqu'un qui s'arrêtait pour demander son chemin.

Aujourd'hui, Antonina ne réagit pas aussi vivement que les fois précédentes. Lorsqu'on vient la prévenir dans sa chambre, elle se redresse lentement sur son lit. Lilia ouvre la fenêtre. On est au milieu de l'après-midi, et la pièce sent le renfermé dans la chaleur grandissante.

— Est-ce qu'il est venu ici ? veut savoir Antonina. Est-ce qu'il a demandé à me parler ?

— Non, lui répond Lilia. Apparemment, il est venu à travers champs et il a pris l'allée de derrière pour gagner les écuries.

— Je dois aller le voir, décrète Antonina en posant ses pieds nus par terre. Aide-moi, Lilia.

Elle cherche son peignoir léger au pied du lit.

— Tossia, dit sa femme de chambre, je vais voir ce qu'il veut. Attendez-moi ici.

— Non. Non, je dois y aller. C'est peut-être l'un des ravisseurs qui vient redemander une rançon.

Alors même qu'elle prononce ces mots, Antonina n'y croit plus. Elle a abandonné tout espoir. Elle attend simplement qu'un jour chasse l'autre.

Certains jours, elle boit du thé au citron et avale une tranche de pain avec de la confiture. Mais la plupart du temps, elle reste allongée sur le côté, et regarde par la fenêtre les feuilles se développer sur les arbres. Elle s'assoit régulièrement pour prendre quelques gorgées au verre posé sur sa table de chevet. Elle en a eu assez du vin lourd et épais et ne boit à présent plus que de la vodka. Bien que Konstantin ait fermé la distillerie l'année précédente en expliquant qu'elle ne rapportait plus assez, il y a encore un entrepôt rempli de vodka du domaine qui attend d'être vendue. Et il y a beaucoup, beaucoup de bouteilles dans la cave du manoir. La vodka est limpide et fraîche.

Il arrive qu'un petit rossignol se pose sur les branches de l'arbre qui pousse devant sa fenêtre et siffle un chant crescendo.

— Antonina Léonidovna, insiste Lilia, comme si elle parlait à un enfant qui a été longtemps malade, vous ne devez pas vous énerver. Et si vous voulez descendre, je vous en prie, laissez-moi vous aider à vous habiller convenablement. Ce n'est pas bien que les domestiques vous voient ainsi… s'il vous plaît, laissez-moi vous aider à vous habiller, et… vos cheveux, ajoute-t-elle d'une voix vibrante. Laissez-moi vous coiffer.

— Nous n'avons pas le temps, réplique Antonina, qui se lève et, prise de vertige, doit fermer les yeux et se retenir au lit.

Lilia passe un bras autour de sa taille pour la soutenir, et sent les côtes saillir juste sous la peau.

— Mettez un peignoir plus chaud, alors. Et couvrez votre tête.

* * *

Escortée de Lilia, Antonina traverse la cour ensoleillée et aperçoit Gricha qui parle avec un inconnu. Elle ne peut attendre d'arriver jusqu'à eux et appelle Gricha. Il se retourne et prend une mine interloquée.

Le régisseur contemple le chapeau de velours enfoncé sur le front de la comtesse. Le col de son manteau de laine douce est relevé sur son visage. Il fait doux, et elle est habillée pour le froid. Elle a le teint blafard, maladif. Gricha ne l'a pas vue depuis dix jours : chaque fois qu'il lui fait porter un mot pour dire qu'il doit lui parler de certaines questions concernant le domaine, on lui répond qu'elle se repose et ne veut pas être dérangée, qu'il doit s'en occuper tout seul.

— Qu'est-ce que c'est, Gricha ? demande Antonina, qui est arrivée près de lui.

Elle scrute son expression, puis dévisage l'inconnu. Celui-ci est très costaud, avec une barbe grisonnante. Il retire sa casquette et s'incline devant elle. Ses cheveux gris se soulèvent en épis graisseux.

— Qu'est-ce qu'il veut ? Pourquoi est-il ici ? poursuit-elle en tentant de déchiffrer les yeux sombres de Gricha.

L'homme relève la tête et la regarde effrontément.

— Il apporte un message, annonce Gricha.

— Un message ? répète Antonina, comme si ce mot ne lui disait rien.

— De votre fils. Il apporte quelque chose de Mikhaïl.

Antonina ne bouge pas, ne parle pas, ne cille même pas. Gricha se rend compte qu'elle est vraiment malade. Il se demande si elle a vraiment compris ce qu'il vient de dire.

— Madame ? dit-il doucement. Comtesse Mitlovskaïa ? Vous avez entendu ? C'est un message de Mikhaïl Konstantinovitch.

Elle se redresse et prend l'inconnu par le bras.

— Vous l'avez ? Vous avez mon fils ?

— Non, non, madame. Je suis seulement venu vous apporter la preuve. Je n'ai rien à voir là-dedans, comtesse, je ne suis qu'un messager. Est-ce que je viendrais ici et prendrais un tel risque si j'avais quoi que ce soit à voir dans cette affaire ? ajoute-t-il en s'adressant à Gricha.

— Vous l'avez vu ? insiste Antonina d'une voix plus forte que toutes ces dernières semaines. Allait-il bien ? Où est-il ?

Elle se tourne vers le régisseur.

— Partez avec lui et trouvez-le, Gricha. Ramenez-moi mon fils.

— Eh bien, Lev ? fait le régisseur d'une voix dure. Tu as autre chose à nous apprendre ? Tu peux nous dire où trouver l'enfant ?

Comme le dénommé Lev ne répond pas, Antonina s'écrie :

— Vous êtes venu demander de l'argent ? Je peux vous en donner. Venez dans la maison, je vous redonnerai de l'argent et puis Gricha ira avec vous chercher mon fils. Je vous en prie, oh, je vous en supplie.

Elle pleure, passe de Gricha à Lev, les saisit par la manche, par les pans de leur veste, par les mains.

— Je vous en prie, s'écrie-t-elle encore.

Lev quitte Gricha des yeux pour la regarder.

— Oui, je suis venu chercher de l'argent. Quand ils l'auront, ils rendront l'enfant. Je vous ai apporté quelque chose qui prouve qu'il est vivant, ajoute-t-il en désignant Gricha.

— Qu'est-ce qu'il a apporté ?

— Je vais vous montrer, madame, mais s'il vous plaît, calmez-vous. Rentrons dans la maison et je vous montrerai.

— Montrez-moi ce que c'est tout de suite, supplie Antonina. Donnez-le-moi, exige-t-elle.

Le régisseur prend un papier plié à l'intérieur de sa tunique et le lui tend. Elle examine la portée musicale inscrite d'un côté, et le message écrit au verso. Puis elle tombe à genoux dans la boue et embrasse la feuille froissée à maintes reprises, avant de se balancer d'avant en arrière en la serrant contre sa poitrine. Elle remue les lèvres en une prière, les larmes dévalant ses joues, puis elle finit par se calmer.

— Il est vivant, murmure-t-elle. Mon Micha est en vie.

Lilia l'aide à se relever.

Antonina prend une profonde inspiration et s'essuie les joues. Elle redresse les épaules et s'adresse à l'homme qui se fait appeler Lev.

— Vous allez me dire où vous avez eu ça, commence-t-elle en montrant la feuille. Vous allez me le dire tout de suite.

Lilia retrouve la lueur farouche dans le regard de sa maîtresse, une lueur qu'elle n'y a pas vue depuis longtemps. La voix aussi est redevenue celle de la comtesse et non plus celle d'une femme éplorée et brisée. Antonina paraît même plus grande.

Lev jette un coup d'œil vers le régisseur.

— Comtesse, je ne suis pas directement impliqué. Je ne suis qu'un messager, répète-t-il, et je reçois mes instructions par messages écrits. Je ne vois jamais personne.

— Je ne vous crois pas. Gricha, vous croyez cet homme ? Et qui est-il, d'ailleurs ? D'où vient-il ?

Dans le silence qui suit, un freux croasse sur les branches d'un tilleul.

— Nous n'avons pas vraiment d'autre solution que de faire ce qu'il demande, madame, déclare le régisseur. Nous lui remettrons l'argent, mais je ne le laisserai partir que quand je serai sûr qu'il n'aura rien d'autre à nous apprendre. Et qu'il nous dit la vérité. Dis-tu la vérité ? questionne Gricha, qui pose soudain sa main à plat contre la poitrine de l'homme et le pousse.

Lev tombe sur son postérieur et lève les yeux, à la fois mortifié et arrogant.

— Je crois que je peux le persuader de nous en dire plus, avance Gricha, qui, cette fois, pose le pied sur la poitrine du messager et l'allonge à plat sur le sol.

L'homme reste couché dans la boue, les yeux plissés pour dévisager le régisseur dont le pied pèse contre son torse. Puis Gricha finit par le relever en le tirant pas un bras.

— Ne vous en faites pas, madame, je saurai tout ce qu'il y aura à savoir.

— Et l'argent ? demande Lev, imperturbable.

— Quelle est la rançon, cette fois ? questionne Antonina.

— La même que la première fois, comtesse, répond-il après une légère hésitation.

— Et quand mon fils me sera-t-il rendu ?

— Je ne suis qu'un messager, répète Lev en haussant les épaules, étrangement calme en dépit des menaces de Gricha.

Le régisseur l'entraîne alors vers l'écurie. Il se retourne vers Antonina.

— Rentrez à la maison, madame. Il sera battu jusqu'à ce qu'il me dise ce qu'il sait, et je viendrai tout vous répéter.

Serrant le message de son fils contre sa poitrine, Antonina rentre d'un pas décidé au manoir et se rend directement dans le bureau de Konstantin. Elle prend la cassette et introduit la clé dans la serrure puis compte négligemment une liasse de roubles, remarquant, mais sans s'en soucier, qu'il n'en reste presque plus. Elle enveloppe la liasse dans son mouchoir et la confie à Lilia, qui court la porter à l'écurie.

La servante la remet à Gricha. Celui-ci se tient devant Lev, qui s'appuie contre le mur d'une stalle.

— Laisse-nous, Lilia, lui dit Gricha.

Elle ne se fait pas prier.

* * *

Lorsque Lev est arrivé dans la cour avec la lettre de Mikhaïl écrite au dos d'une partition de Glinka, Gricha a éprouvé un immense soulagement. L'enfant n'est pas mort. Sosso a simplement voulu le punir en le faisant attendre tout ce temps.

Le régisseur ne s'attendait pas à voir la comtesse sortir alors que Lev se trouvait là. Elle s'aventurait rarement hors de la maison, ces derniers temps. Et sa joie en découvrant la lettre de son fils avait compliqué les choses.

— Je garde l'argent, dit-il à présent à Lev. Tu ne crois quand même pas que je vais te le remettre comme ça.

— Mais tu as la preuve que le garçon est en vie.

— Oui, mais vous n'aurez l'argent que quand vous aurez ramené le petit. C'est compris ? Il n'y aura pas d'argent tant que Mikhaïl Konstantinovitch n'aura pas été rendu.

Lev le regarde avec une telle malveillance que Gricha se demande s'il n'a pas scellé le destin de l'enfant.

— Ça va prendre du temps, dit enfin l'étranger. Si tu ne me donnes pas l'argent maintenant, ça veut simplement dire que vous devrez encore attendre. Et qui sait combien de temps, cette fois.

Gricha sait que l'homme agit sous les ordres de Sosso.

— Où est Micha ?

— Il est vivant, je te dis. C'est tout ce qui compte, non ?

Voyant que Gricha ne répond pas, Lev ajoute :

— Je te ferai savoir quand et où porter l'argent, et quand ce sera fait, je vous remettrai le garçon contre la rançon.

— Est-ce que je peux te croire ? fait Gricha en se rapprochant.

— Est-ce que tu as le choix ? rétorque Lev avant de sortir de l'écurie.

Gricha le regarde enfourcher son cheval et s'éloigner. Le garçon doit commencer à les gêner. Combien de temps vont-ils vouloir le garder ?

* * *

Antonina est assise derrière le bureau de Konstantin et regarde encore une fois le message de Mikhaïl. La page provient du cahier de musique de Micha, celui qu'il a attrapé en quittant son piano, le jour où il a été enlevé.

Le message est rédigé au fusain, et certains mots sont rayés, suivant le style habituel de l'enfant. Pendant qu'elle fait courir ses doigts sur les mots, Lev quitte indemne la propriété et galope à travers les champs tout juste ensemencés.

Mes chers papa et maman.

Je suis désolé pour tout ce qui est arrivé dans la forêt parce que je n'ai pas réussi à faire tourner mon cheval. Êtes-vous fâché contre moi, papa ? Maman, est-ce que je pourrai quand même avoir un chiot pour mon anniversaire ? Vous avez promis que j'aurais un chien aux beaux jours. Je prie chaque jour pour être rentré à la maison pour mon anniversaire, à la fin de ce mois. C'est tout ce que j'ai le droit d'écrire.

Micha

L'anniversaire de Micha tombe le 28 juin.
— Le vingt-huit juin, murmure Antonina.

* * *

La jeune femme se rend dans la chambre de Konstantin et montre le message à son mari.

Il l'écarte d'une pichenette.

— C'est une ruse. Il est mort.

— Konstantin. C'est son écriture, et c'est une page de son cahier de musique.

— Ça a pu être écrit il y a des semaines.

— Non. Il dit – regardez – *Je prie chaque jour pour être rentré à la maison pour mon anniversaire, à la fin de ce mois*. Son anniversaire est à la fin du mois, Kostia. Il a écrit cela il y a quelques jours tout au plus. Il va nous revenir, Kostia. J'ai redonné de l'argent à cet homme, et notre fils nous sera rendu.

— Tu es idiote ou quoi ?

Konstantin se lève et gifle Antonina du revers de la main qui lui reste. Il perd l'équilibre mais parvient à rester debout.

Le coup inattendu est douloureux, mais elle réplique, sur un ton de défi :

— Il va rentrer.

Puis elle laisse son mari et retourne dans sa chambre pour appliquer un linge froid sur sa lèvre coupée, qui enfle déjà.

* * *

Le lendemain du jour où Antonina a reçu le message de Mikhaïl, elle se lève de son lit froissé avec un but. Elle a un espoir, un espoir tangible, et éprouve soudain le désir d'aller à l'église. Elle veut remercier Dieu d'avoir entendu ses prières.

Elle s'habille, se glisse hors de la maison et traverse la cour. Elle n'a pas envie d'être accompagnée, pas même de Lilia. Elle passe par les petits bosquets d'arbres aux abords du manoir, et arrive à l'église du Saint-Sauveur d'Angelkov. Derrière l'église, il y a un petit cimetière rempli d'une profusion de muguet, et les lilas commencent à s'épanouir aussi, leurs cônes de fleurs blanches et mauves se balançant doucement dans la brise. Des gazouillis se font entendre dans les grands chênes. Cependant, malgré le temps superbe, les arbres en fleurs et le muguet, il se dégage du cimetière une certaine mélancolie. Il y règne un sentiment de désordre, peut-être même de chaos. De nombreuses pierres tombales penchent après les pluies du printemps, la terre s'affaisse et fait des bosses, les orties et le chiendent envahissent les tombes. Il paraît évident que personne ne s'en occupe plus. Le serf chargé de l'entretien du cimetière doit faire partie de ceux qui ont quitté la propriété : le père Cyril n'est pas venu lui demander l'aide de quelqu'un d'autre. Ou peut-être qu'il l'a fait, l'une des fois où elle a refusé de le recevoir.

Comme il fait très doux, la porte de l'église est ouverte. Il n'y a que quelques bancs le long du mur du fond pour que les vieillards et les infirmes puissent s'asseoir durant les deux ou trois heures que durent les sermons. Tous les autres fidèles doivent rester debout ou s'agenouiller. Les vitraux figurant des saints et la Vierge à l'Enfant, que

Konstantin a fait venir d'Italie, s'illuminent au soleil et projettent des prismes de couleurs sur le sol. Les innombrables rangées de petits photophores en verre rouge apportent un réconfort tranquille, bien qu'il n'y ait qu'un seul cierge allumé ce matin. Antonina porte une mèche à la flamme afin d'allumer un autre cierge pour son fils.

L'église lui procure un réconfort immédiat. Elle allume d'autres cierges, regarde les mèches s'embraser fugitivement puis brûler avec une pulsation régulière. Antonina dispose de la petite église pour elle seule, mis à part un homme en bleu de travail poussiéreux qui, perché sur un échafaudage, repeint les moulures bordant le haut plafond du dôme. Le seul bruit qui signale sa présence est le frottement de ses bottes contre les planches qui le soutiennent.

Antonina l'oublie dès qu'elle se prosterne sur le sol, bras étendus écartés, le front pressé contre la pierre froide. Elle reste ainsi près d'une heure, à remercier Dieu d'avoir épargné son fils. Puis elle a une vision. Elle lui vient sans doute du manque de nourriture et de sommeil, mais elle voit, dans l'obscurité de ses paupières closes, quelque chose de blanc et de doux.

C'est une vision apaisante, qui semble flotter dans l'air.

Oui, ce pourrait être encore un oiseau, très différent cependant de celui qui lui est apparu lorsqu'elle a pris trop de laudanum et de bromure. Il s'agit cette fois d'un oiseau blanc, aux plumes délicates et aux yeux bienveillants. Ce pourrait aussi être un ange, non ? Antonina a envie de croire qu'un ange plane au-dessus d'elle.

La vision est si belle qu'elle se sent soulevée par l'ange, ou l'oiseau. Une paix merveilleuse s'empare d'elle. Elle n'a pas éprouvé une telle paix depuis si longtemps, bien avant l'enlèvement de Mikhaïl. Depuis quand Antonina ne s'est-elle pas sentie aussi sereine ? Pas depuis l'époque où elle était une enfant innocente au château de son père. Peut-être sombre-t-elle simplement dans un sommeil profond et naturel ; il y a si longtemps qu'elle n'a pas dormi d'un sommeil paisible. En tout cas, quelle qu'en soit l'origine, la clarté de la vision lui tire des larmes, qui tombent sur les dalles du sol. Elle voit en pensée l'ange, ou l'oiseau s'approcher tranquillement puis reculer, s'approcher puis reculer en rythme. Il finit par s'immobiliser au-dessus d'elle ; on dirait que la créature ailée est portée par un courant d'air parfumé en provenance des cierges.

Elle reste ainsi en suspens pendant un temps indéterminé : des secondes, des minutes, Antonina n'en a aucune idée. Puis, lentement, presque langoureusement, la créature agite ses ailes.

Antonina ne veut pas qu'elle s'en aille. Elle voudrait qu'elle reste au-dessus d'elle, qu'elle la protège. Mais les ailes battent de plus en plus vite, et elle les entend voleter, cependant, curieusement, ce bruissement d'ailes ne provient plus de l'intérieur de sa tête mais de l'extérieur. La jeune femme est subitement ramenée à la réalité. Quelqu'un pousse un cri, et Antonina, interloquée, ouvre les yeux alors qu'un grand fracas retentit. Quelque chose rebondit contre le dos de sa main. Elle tressaille, crispe les épaules et, dans le silence qui s'ensuit, reste allongée, sonnée.

— Je suis confus, comtesse, toutes mes excuses, entend-elle, très loin au-dessus d'elle. Une hirondelle… il y a un nid ici. J'ai été surpris et j'ai failli tomber. Je me suis rattrapé… le panneau a cédé… je regrette tellement, comtesse.

La voix de l'homme est teintée de panique.

Antonina se redresse à genoux. À sa droite, elle découvre un petit tas de morceaux acérés de plâtre blanc et or. Parmi eux trône un petit angelot doré de six ou sept centimètres de long. C'est sûrement cela qui a touché sa main. Il gît là, intact à l'exception d'un petit éclat au bout d'une aile rutilante.

Elle le ramasse et se lève, tendant le cou pour voir l'homme en bleu de travail se pencher par-dessus son échafaudage.

— Je suis vraiment désolé, comtesse, lance-t-il une fois encore.

Antonina lui adresse un petit signe de tête mais se garde de lâcher le chérubin. Elle sait ce qu'il signifie – ce bébé ange tombé des nues. Elle attendait justement un signe, aussi infime fût-il, quelque chose à quoi se raccrocher. D'abord, il y a eu ce message de Micha, puis la vision, et maintenant ceci. C'est plus qu'il ne lui en faut. On a répondu à ses prières.

Maintenant que l'angelot lui est tombé du ciel avec seulement une aile à peine ébréchée, Antonina est certaine que son fils lui sera rendu.

* * *

Elle croise Olga en montant à sa chambre.

— Comment allez-vous ce matin, madame ? s'enquiert Olga en regardant la lèvre fendue de la comtesse.

— Ça va, répond Antonina en dissimulant l'angelot qu'elle tient à la main dans les plis de sa jupe.

Elle n'aspire qu'à monter à sa chambre pour réfléchir à ce qui vient de se passer. Mais quand elle y arrive, son mari s'y trouve.

— Que faites-vous ? demande-t-elle.

Il est penché au-dessus de son bureau. Les tiroirs sont ouverts et les papiers répandus par terre. Un encrier a été renversé. Tinka jappe derrière le fauteuil, près de la cheminée.

— Je cherche mon argent. Vous me l'avez volé ! lance-t-il d'une voix dure.

La partie inférieure de sa manche est repliée et épinglée au-dessus, afin de dissimuler le moignon.

— Konstantin, arrêtez. Je ne vous vole pas, évidemment – je suis votre femme.

Elle prend garde de rester où elle est, près de la porte.

— Tout le monde vole. J'ai renvoyé Pavel, ce bon à rien. Je l'ai surpris avec mes bottes de cavalier aux pieds.

Antonina baisse les yeux. Il est pieds nus.

— Konstantin, dit-elle doucement, attendez ici. Je vais…

Mais il se précipite sur elle, la figure si empourprée qu'elle en est presque violacée. Elle reste un instant pétrifiée, puis s'enfuit dans le couloir en appelant Pavel, Lilia, à l'aide. Konstantin la poursuit et l'attrape par l'épaule. Son haleine est fétide, ses pupilles sont noires et dilatées. Il y a du bruit, de la confusion, des domestiques qui crient, des pas précipités dans l'escalier, les aboiements frénétiques de Tinka. Soudain, Gricha est là. Il a saisi Konstantin entre ses bras pour lui faire lâcher Antonina. Le vieillard se débat et essaye encore de frapper sa femme avec ses pieds nus.

Gricha, avec l'aide de Pavel, ramène Konstantin dans sa chambre. Antonina les suit, la main plaquée contre sa bouche. Pendant que Gricha le maintient fermement, Pavel agite un flacon sous le nez du comte.

— Respirez, comte. Allons, respirez normalement, supplie Pavel.

Konstantin aspire profondément, et devient assez calme pour être assis dans un fauteuil. Il s'effondre, bouche ouverte et yeux clos.

— Qu'est-ce qu'il a ? demande Antonina. Quel est son problème ?

— Je ne sais pas, comtesse, répond Pavel. Mais ça va maintenant. Je vais l'empêcher de s'agiter comme ça.

— Venez, lui dit Gricha en l'entraînant par le bras.

Il la reconduit à sa chambre. Antonina tremble violemment, et Gricha la fait asseoir sur son fauteuil, devant la cheminée. Il lui sert un verre d'eau, mais, quand il le lui apporte, elle refuse d'un signe de tête.

— De la vodka, dit-elle. Dans mon armoire.

Gricha a ses cheveux noirs et ondulés en bataille, il a les joues rouges de s'être battu avec Konstantin. Il examine la lèvre enflée et meurtrie d'Antonina un instant avant d'ouvrir la double porte de l'armoire et de découvrir la rangée de robes avec une expression effarée.

— C'est derrière, dit-elle. Il y a une étagère, avec une bouteille.

Il fait ce qu'elle lui demande et lui sert un verre de vodka.

— Prenez-en un, lui propose-t-elle, mais il décline l'offre. Qu'allons-nous faire, pour le comte, Gricha ?

— Je vais envoyer chercher le docteur, dit-il, sans partir. Comtesse, je regrette tout ce qui s'est passé. Je regrette sincèrement.

— Rien de tout ceci n'est votre faute, assure-t-elle en prenant un trait de vodka sans faire attention à la coupure de sa lèvre. Je vous suis reconnaissante de pouvoir compter sur vous. Je ne pourrais pas diriger la propriété sans vous.

Elle boit une autre gorgée.

— Il m'a dit qu'il avait renvoyé Pavel. S'il vous plaît, dites à Pavel qu'il reste, bien sûr.

Lilia surgit dans l'encadrement de la porte. Elle semble outrée de trouver Gricha dans la chambre à coucher.

— Madame, commence-t-elle, je viens d'apprendre. J'étais dans la serre, en train de vous couper quelques roses. Comment vous sentez-vous ?

— Ça va, assure Antonina. Tu peux remettre la chambre en ordre ? L'encre... elle a taché le tapis. Mais fait d'abord sortir Tinka – elle est terrifiée.

Lilia prend la petite chienne tremblante dans ses bras et l'emmène, non sans un coup d'œil appuyé vers le régisseur.

— Merci, Gricha, vous pouvez y aller aussi. Je vais bien, maintenant, dit Antonina avant de vider le verre de vodka.

Gricha se baisse et ramasse quelque chose dans le désordre à ses pieds.

— Madame ? dit-il en se relevant pour lui tendre le chérubin, qui a perdu une aile.

Dans la confusion, Antonina a complètement oublié la figurine. Elle l'a laissée tomber quand Konstantin s'est précipité sur elle. Elle pose son verre vide et prend l'angelot.

— Mais il est cassé, remarque-t-elle, et ce petit détail suffit à lui faire monter les larmes aux yeux.

Gricha fouille le sol du regard.

— Ici, comtesse. Regardez, voici l'aile. Je vais le réparer. Donnez-le-moi et je vous le répare tout de suite, assure-t-il en tendant la main.

Antonina le regarde, les yeux humides.

— Ce n'est pas difficile à faire, madame.

Sa voix est rassurante, et, soudain, Antonina a envie de poser sa joue contre la paume tendue. Elle connaît Gricha depuis qu'elle est arrivée à Angelkov. Gricha est efficace et digne de confiance. Alors qu'il se tient devant elle, Antonina décèle dans ses yeux sombres une expression qu'elle n'y a jamais vue auparavant. Comme s'il éprouvait de la souffrance. Pour elle ?

— Gricha, prononce-t-elle en lui rendant l'angelot.

Il attend.

— Gricha, répète-t-elle.

Cette fois, il répond à mi-voix :

— Oui, madame ?

— Je ne sais plus quoi faire.

Il frotte le chérubin du gras du pouce et réplique :

— Je sais, comtesse.

— M'aiderez-vous ? Vous vous occupez déjà d'Angelkov. Mais Konstantin… avance-t-elle en portant ses doigts tremblants à son front. Pour trouver Micha. Je ne sais pas à qui d'autre…

Gricha se rapproche et pose la main sur l'épaule d'Antonina.

Lilia entre avec Tinka et se racle ostensiblement la gorge.

Gricha retire sa main.

— Je ferai tout mon possible, comtesse Mitlovskaïa.

Puis il s'incline et se retire.

Antonina le regarde partir, laissant son regard s'attarder sur son dos et ses épaules fermes.

Lilia étudie sa maîtresse.

20

À son arrivée à Moscou, en 1844, Gricha était très différent du garçon qui s'était enfui de Tchita. Il avait près de deux ans de plus et ne perdait pas de temps à s'apitoyer sur son sort ou à entretenir de vains regrets. Il avait appris que c'est en affrontant ses pires craintes et en y survivant qu'on n'a plus peur de rien par la suite. Il ne craignait donc plus rien ni personne. Et cette intrépidité lui faisait croire qu'il était insensible.

Rien ne lui procurait jamais ni joie ni peine.

Il trouva du travail dans une tonnellerie de la banlieue moscovite, où il fabriqua de superbes fûts comme il avait appris à les faire sous la direction de son père. Au bout d'un an, il entendit parler d'une place mieux rémunérée dans une tonnellerie de Saint-Pétersbourg, et il partit travailler là-bas. Il avait cependant toujours du mal à se fixer. Lorsqu'une nouvelle opportunité se présenta, cette fois dans un grand domaine de la province de Pskov, il se dit qu'il trouverait peut-être là ce qu'il cherchait. Doté d'une bonne recommandation de son employeur, vêtu de neuf et montant un cheval qu'il avait réussi à acheter en économisant sur son salaire – il le baptisa Félia, comme tous les chevaux dont il fit par la suite l'acquisition – il se rendit dans la propriété qui s'appelait alors Polnokove et, en 1846, fut engagé par le comte Mitlovski.

Dès le début, il détesta le comte, comme il avait détesté tous les hommes qui lui donnaient des ordres, à part son père. À Noël, lorsqu'ils faisaient aligner leurs serfs et employés pour leur remettre à chacun une bouteille de vodka – cette même vodka pour laquelle Gricha fabriquait les tonneaux – le comte et son épouse au visage vérolé se comportaient comme s'ils distribuaient de l'or. Ils leur faisaient également distribuer une petite bourse de kopecks et, pour les hommes, une pièce de cuir dans laquelle se tailler un gilet ou une ceinture, pour les femmes un rouleau de tissu. À Pâques, Gricha serrait les poings alors qu'on les faisait à nouveau mettre en rang, comme des enfants, pour leur donner des œufs colorés et des *paskhi*, ces gâteaux sucrés tout en hauteur, au fromage blanc, fruits confits et raisins secs. Ils étaient censés alors s'incliner avec reconnaissance et feindre une loyauté éternelle. Son gâteau coincé sous le bras, Gricha combattait alors ses souvenirs de Pâques à Tchita, alors qu'il suivait la messe avec son père et son petit frère dans l'église orthodoxe à dôme vert de la ville. Cette fête avait toujours été sa préférée.

Et maintenant, elle était gâchée.

Un an après l'arrivée de Gricha, l'épouse du comte succomba. Le veuf n'attendit que quelques mois avant d'entamer une relation avec Tania, la blanchisseuse, qui ressemblait énormément à la comtesse et avait les mêmes marques de petite vérole sur les joues. Un an plus tard, Mitlovski se remariait. La nouvelle épouse était encore presque une enfant, et Gricha la vit descendre de voiture en tenant dans ses bras un petit chien minuscule avec un ruban rose autour du cou. Le personnel qui travaillait au manoir et dans les dépendances, soit plus d'une soixantaine de personnes, fut convoqué devant la demeure et aligné le long du sentier qui reliait l'ovale de l'allée centrale à l'entrée. Tous s'inclinèrent bien bas.

Le comte entraîna la jeune fille dans l'allée, le gravier crissant sous leurs pieds, et lui fit monter les marches du perron.

—Je vous présente la nouvelle comtesse Mitlovskaïa, annonça-t-il. Relevez-vous et regardez-la bien.

Le personnel obtempéra.

— Afin de l'accueillir dans son nouveau foyer, j'ai changé le nom de la propriété. Ce ne sera désormais plus Polnokove, mais Angelkov.

Le personnel resta silencieux.

La nouvelle épouse commença par embrasser l'icône de la Sainte Vierge que lui présentait la gouvernante, puis sourit et remercia d'un signe de tête le serviteur qui lui présentait le pain de bienvenue et le sel. Bien qu'elle parût tout à fait calme pour saluer le personnel du domaine, passant devant chacun et chacune en répétant son nom et sa position sur un ton léger et cependant respectueux, Gricha discerna, juste avant qu'il ne courbe la tête en l'entendant répéter *Gricha, tonnelier*, de l'incertitude dans son regard.

Il supposa que le comte cesserait désormais de voir la blanchisseuse, mais il ne tarda pas à se rendre compte qu'il n'en fut rien. La nouvelle épouse apportait un peu de fraîcheur au manoir, et lorsqu'elle donna naissance au fils de Mitlovski, la vie de Gricha bascula elle aussi.

* * *

Lors de la première année que la nouvelle comtesse Mitlovskaïa passa à Angelkov, Gricha n'eut à lui adresser la parole qu'en de rares occasions. Elle vint un jour à la tonnellerie pour lui demander de fabriquer un lit pour Tinka, sa petite chienne.

— Elle a un panier en velours, mais il est tout abîmé. J'ai pensé que vous pourriez peut-être me fabriquer un petit lit en bois. Gricha, c'est cela ? ajouta-t-elle.

Elle demandait qu'il utilise des douves poncées et vernies et lui expliqua qu'elle tapisserait le petit lit d'étoffe rembourrée.

— Oui, comtesse, répondit-il en s'inclinant.

Il remarqua qu'elle était enceinte. Se souvenait-elle vraiment de son nom ou l'avait-elle demandé à un domestique ?

— Vous pensez à une essence de bois en particulier ?

— Ce qui vous paraîtra le plus adapté, dit-elle en regardant autour d'elle.

Elle saisit une douvelle poncée et la porta à ses narines.

— J'aime l'odeur qu'il y a ici, remarqua-t-elle.

Puis elle reposa la petite planche et se mit à rire, comme si elle était un peu embarrassée d'avoir fait cet aveu. Elle avait un joli rire cristallin, et Gricha se sentit curieusement satisfait, même s'il se doutait, à la façon dont elle posait inconsciemment la main sur le renflement qu'on devinait sous la robe ample, qu'elle était tout simplement heureuse d'attendre un enfant.

Il fabriqua la couche pour le chien et la fit porter au manoir, ne s'attendant pas à la revoir. Cependant, une semaine plus tard, elle était de retour.

— Je suis venue vous dire à quel point Tinka apprécie son petit lit, dit-elle en tenant son chien minuscule contre elle. N'est-ce pas, Tinka, que tu l'adores ? ajouta-t-elle en embrassant l'animal sur le museau. Merci pour votre savoir-faire, Gricha, dit-elle en levant les yeux vers lui.

— C'était un honneur, comtesse Mitlovskaïa, répliqua-t-il en s'inclinant.

Mais elle ne partit pas tout de suite et fit le tour de l'atelier en touchant diverses pièces de bois et outils comme si elle n'avait rien d'autre à faire que de rester là. Elle s'empara de *La Fille du Capitaine*, qu'il avait laissé sur un tabouret.

— C'est à vous ?

Gricha se maudit d'avoir été assez stupide pour laisser son livre à la vue de tous. Supposerait-elle qu'il se distrayait au lieu de travailler et le ferait-elle punir ?

— Oui, je lis en prenant mon déjeuner.

— Y a-t-il beaucoup de serfs qui sachent lire à Angelkov ? demanda-t-elle, visiblement étonnée.

— Je ne suis pas un serf, madame. Je suis un homme libre.

— Oh. J'ai lu *La Fille du Capitaine*, l'année dernière, poursuivit-elle. C'est très triste, n'est-ce pas ? Mais j'étais vraiment contente que Dounia tienne tête à son père et s'enfuie avec l'homme qu'elle aime.

Elle porta aussitôt la main à sa bouche.

— Je suis désolée. Je vous en ai trop dit ?

— Je l'ai déjà lu, assura Gricha en secouant la tête. J'ai lu toutes les œuvres de Pouchkine au moins deux fois.

— Cela me plaît de savoir qu'il a écrit tant de ses livres ici, dans notre province, quand il a été exilé de Saint-Pétersbourg. Et j'ai même donné son nom à ma pouliche, Dounia, l'héroïne du roman, précisa-t-elle. Ainsi vous aimez lire aussi ?

— Oui, madame.

— La bibliothèque d'Angelkov est malheureusement indigente, mais j'essaye de garnir ses rayonnages. J'ai apporté un certain nombre de livres de chez moi, et j'en achète d'autres chaque fois que nous allons en ville.

Gricha émit un petit son poli. La comtesse le mettait curieusement mal à l'aise en bavardant avec lui de manière si amicale. Il espérait que le comte Mitlovski ne viendrait pas chercher sa femme ici.

Elle se détourna alors.

— Au revoir, dit-elle, et encore merci à vous.

Au moment où elle sortait, le soleil joua sur l'entrelacs élaboré de ses cheveux blonds, et Gricha songea à elle avec le comte. Pendant un instant, il essaya de s'imaginer la jeune fille en train de rire de façon insouciante avec le vieillard.

Il se dit alors que l'argent pouvait véritablement acheter tout ce qu'on voulait dans ce bas monde.

* * *

Il ne la revit qu'après la naissance de l'héritier de la fortune des Mitlovski.

La jeune mère traversait le jardin, suivie par la nounou qui portait le bébé emmailloté. La comtesse venait à l'écurie voir un nouveau poulain. Mais après avoir admiré le pur-sang arabe tout en jambes et l'avoir encouragé de la voix, elle fit un détour inattendu. Au lieu de repartir par les grandes portes, elle se dirigea vers les portes du fond, qui donnaient dans la cour où l'on administrait le fouet.

Elle surgit au moment où le régisseur, une brute nommée Gleb, levait son knout. Il s'apprêtait à fouetter un serf qui avait déplu au comte en se montrant maladroit lors de la castration d'un taureau. Le malheureux était torse nu et attaché de face sur un banc que l'on avait relevé à la verticale contre le mur d'une dépendance. Gricha passait par hasard alors qu'il se rendait à la forge avec une herminette cassée à faire ressouder.

Gricha se sentait souvent furieux contre le comte, qui ne surveillait pas la manière dont Gleb s'acquittait de sa tâche. Le régisseur avait le droit d'occuper une maison de bois modeste mais propre et dotée d'un petit jardin en façade. Gricha y apercevait parfois sa robuste épouse courbée au-dessus de ses rangées de légumes. Dans la maison à un étage réservée aux domestiques, Gricha partageait une chambre avec trois hommes qui travaillaient à l'étable et une odeur de fumier omniprésente semblait incrustée dans leur peau.

Gleb abattit le fouet constitué de lanières de cuir mouillées terminées chacune par une boule métallique sur le dos nu du serf. Celui-ci poussa un cri perçant et horrible. Mais alors que son cri mourait sur ses lèvres, l'assistance entendit un autre cri. Tous furent consternés de découvrir alors la présence de la nouvelle petite comtesse, le visage livide, qui portait la main à sa gorge.

Pour une raison mystérieuse, elle se tourna vers la nounou et lui arracha le bébé des bras pour le serrer contre elle, comme si le petit risquait lui aussi de subir le même châtiment.

— Arrêtez ! cria-t-elle à Gleb, qui avait levé le knout au-dessus de sa tête et s'apprêtait à l'abattre une deuxième fois. Je vous dis d'arrêter, répéta-t-elle. J'exige que vous détachiez ce serf.

Gleb abaissa le fouet et fusilla Antonina du regard.

— Sans vouloir vous offenser, comtesse, je n'ai pas de comptes à vous rendre. C'est votre mari qui me donne ses ordres, et c'est pour votre mari que je travaille depuis neuf longues années. Il n'a jamais eu à se plaindre de moi. Si je peux vous faire une suggestion, comtesse, c'est de ne plus remettre les pieds dans la cour du knout.

Antonina regarda autour d'elle, en quête de soutien. Elle repéra Gricha et ouvrit la bouche.

Il lui adressa un petit signe de dénégation, presque imperceptible, et fut soulagé qu'elle eût l'intelligence de comprendre qu'il ne fallait pas l'entraîner dans cette altercation.

— Très bien, lâcha-t-elle en reportant son regard sur Gleb. Je parlerai au comte de votre grossièreté à mon égard. Vous pouvez en être sûr.

Puis elle redressa le menton, fit volte-face et s'en alla.

Gricha remarqua le petit visage solennel du bébé, au-dessus de l'épaule de la jeune femme.

* * *

L'arrivée de ce fils avait plongé le comte dans la félicité. À la naissance de l'enfant, il avait offert un banquet de trois jours à tous les habitants du domaine, avec deux séances de feux d'artifice. Son excitation le rendait généreux, et il remit également un petit flacon de vodka et quelques kopecks à chacune des âmes – plus d'un millier – qui habitaient les villages environnants et travaillaient la terre. Il prenait son fils dans ses bras et le montrait à tout le monde, sans que personne n'eût le droit de le toucher. Les serfs de la maison s'accordaient à dire qu'ils n'avaient jamais vu le comte sourire de cette manière.

Mikhaïl Konstantinovitch n'avait que deux mois lorsque Antonina était tombée sur cette scène de châtiment et en avait parlé à son mari.

— C'est parfaitement normal, avait répliqué Konstantin. Vous avez sûrement déjà été témoin de pareille scène dans votre enfance, ou, en tout cas, vous en avez eu connaissance. Comment voulez-vous que nous fassions travailler nos enfants avec diligence, sinon ?

— Ce ne sont pas nos enfants, avait protesté Antonina qui tenait le bébé sur ses genoux et repensait au serf dont le dos, déjà couvert de cicatrices, présentait une vilaine balafre rouge.

Konstantin, assis près d'elle sur le divan, secoua la tête en chatouillant, le sourire aux lèvres, le menton minuscule de son fils.

— Vous savez ce que je veux dire, répliqua-t-il sans la regarder mais en prenant la main miniature de Mikhaïl pour contempler ses tout petits ongles parfaits. Je dois être un père pour eux, afin de leur montrer leur conduite dévoyée et leur enseigner à ne jamais commettre deux fois la même erreur.

Elle ne se rappelait que trop clairement les arguments similaires de son père.

— Je n'aime pas le régisseur. Il est grossier et insubordonné. Il m'a totalement manqué de respect. Je ne veux plus de lui à la propriété.

Elle revoyait le gros ventre tremblotant de Gleb alors qu'il abattait le knout, et la salive qui luisait sur son menton alors qu'il lui répondait vertement depuis l'autre bout de la cour.

Konstantin finit par quitter son fils des yeux.

— Que voulez-vous que je fasse, mon ange ? Un bon régisseur est difficile à trouver. Il faut qu'il sache lire et soit capable de tenir les comptes. Gleb n'est pas très fort pour la lecture – mais vous savez que je ne suis pas très porté là-dessus non plus – mais il s'en sort très bien avec les chiffres. Un régisseur doit avoir de l'autorité sur les serfs, et il doit être honnête.

— Cette brute serait honnête ? Ce n'est pas l'impression qu'il me donne.

Sans lâcher le bébé, elle s'assit sur les genoux de Konstantin. Il parut décontenancé, mais la laissa faire.

— S'il vous plaît, mon mari, dit Antonina en déposant un baiser sur sa joue.

Konstantin bougea alors pour obliger son épouse à reprendre sa place près de lui.

— Je *suis* mécontent de Gleb pour tout un tas de raisons depuis un moment, reconnut-il. Mais cela prendra du temps de trouver quelqu'un pour le remplacer.

Antonina embrassa doucement le petit crâne tendre de Mikhaïl et sentit son pouls battre sous ses lèvres.

— Que pensez-vous du tonnelier ? Le brun, dit-elle, se surprenant elle-même. Gricha. Il est beaucoup plus jeune et plus fort que Gleb. Et je sais qu'il sait lire parce que je l'ai vu avec un livre.

— Il est bon à ce qu'il fait, commenta son mari.

— Un tonnelier n'est-il pas plus facile à remplacer qu'un régisseur ?

— Il ne parle pas beaucoup, dit Konstantin. Mais c'est vrai qu'il dégage une certaine force.

Il se leva, soudain pressé de partir : il avait demandé à Tania de venir le retrouver.

— En tout cas, je ne vois pas quel mal il y aurait à lui en toucher deux mots.

Antonina lui sourit, et il ne put s'empêcher d'être charmé par ce sourire.

— Merci, mon cher mari, dit-elle. J'ai l'impression que Micha vous ressemble de plus en plus tous les jours, ajouta-t-elle. Regardez-moi ce noble front.

Konstantin bomba visiblement le torse.

— Vous parlerez à Gricha dès maintenant ? demanda-t-elle.

Konstantin lui répondit que oui, il le ferait. Puis il saisit son fils et, rayonnant, le souleva dans les airs.

* * *

Mikhaïl était venu au monde sans problème. Ce fut seulement long et douloureux pour Antonina, comme lors de la plupart des premiers accouchements.

Elle refusa de confier l'enfant à une nourrice, et préféra l'allaiter elle-même, ce qui dérangea quelque peu son mari, qui trouvait cela indigne de sa condition. En tant qu'épouse du seigneur, son seul devoir était de porter les enfants de son mari. Il convenait de laisser à d'autres le soin de s'occuper d'eux et de les élever : les nourrices, les nurses, les gouvernantes et les précepteurs. Les parents n'étaient censés qu'écouter les comptes rendus sur la santé de leur progéniture et, à mesure que les enfants grandissaient, constater les progrès de leurs apprentissages : le français et l'allemand, les premiers morceaux de musique hésitants, le cheval, le tir à l'arc et au fusil pour les garçons, les travaux d'aiguille pour les filles. Cependant, Antonina était fascinée par son fils. Avant Mikhaïl, elle n'avait jamais tenu de bébé dans ses bras. Au cours des premières semaines de sa vie, alors qu'elle apprenait à le nourrir et à s'occuper de lui, elle ne s'intéressa plus à rien d'autre. Était-ce normal ? demanda-t-elle à Lilia.

Lilia n'en savait rien. Quand elle tenait Mikhaïl, cela lui rappelait la sensation de ses propres bébés dans ses bras, mais les jumelles avaient toutes les deux été malades et pleuraient sans cesse. Elle avait dû retourner travailler dans les champs avec un bébé attaché dans son dos et l'autre fixé devant alors qu'elles n'avaient que quelques jours. La nuit, elle était tellement épuisée qu'elle pleurait en leur donnant le sein et faisait tout pour qu'elles se taisent afin que leurs cris ne réveillent pas Sosso et ne le mettent pas en colère. Elle était reconnaissante à Liocha : il l'aidait toujours en prenant et en berçant l'une des petites pendant qu'elle s'occupait de l'autre. Il se chargeait aussi de tâches simples comme remuer la kacha sur le fourneau afin qu'elle ne brûle pas, ou aller chercher des bouses séchées dans de petits paniers pour entretenir le feu.

À présent, elle ressentait quelque chose qui se rapprochait de la tristesse en contemplant le bonheur d'Antonina. Elle aurait voulu connaître une telle félicité avec ses propres enfants. Elle avait mémorisé leur petit visage et leurs cheveux duveteux. Celle qui était morte en dernier avait commencé à rire, et Lilia se rappelait que ce rire lui procurait à chaque fois un frémissement de plaisir. Mais elle avait eu tant de mal à s'en sortir avec le travail aux champs et dans l'isba, à faire en sorte que Sosso soit satisfait. Après que la seconde jumelle fut mise en terre, elle avait connu sa première nuit de sommeil depuis des mois. Elle s'était réveillée le matin avec le cœur lourd, mais aussi avec une sorte de soulagement.

C'était tellement différent pour Antonina, se disait-elle alors qu'elle observait la jeune femme qui se reposait dans son grand lit propre avec Tinka à ses pieds, en train de lire et de boire du thé avec son bébé près d'elle. Elle regarda Antonina poser brusquement son livre et sa tasse en entendant son fils pousser un tout petit cri, et prendre le bébé pour couvrir son visage minuscule de baisers. Lilia savait ce qu'Antonina avait envie d'entendre, aussi lui assura-t-elle que oui, c'était tout à fait normal, et qu'Antonina était tombée amoureuse de son bébé, comme le voulait la nature.

— L'amour d'une femme pour son enfant est peut-être le seul véritable amour qu'une femme connaît dans sa vie, madame, mis à part son amour pour Dieu.

Antonina leva les yeux vers elle.

— Oui, l'amour pour son enfant et pour Dieu, répéta-t-elle.

Elle ne voulait pas demander à Lilia si elle croyait possible d'éprouver un amour aussi profond pour un homme.

* * *

Le soir, quand Konstantin était avec des amis ou s'était absenté en disant qu'il avait à faire au domaine, Antonina demandait à Lilia de rester près d'elle lorsqu'elle donnait à Mikhaïl sa dernière tétée de la nuit.

Lilia savait, comme pratiquement tous les domestiques, que Konstantin passait certaines de ses soirées avec la blanchisseuse. Elle se demandait si Antonina avait la moindre idée de ce que faisait son mari.

Une nuit, alors que Mikhaïl avait trois mois, Antonina était allongée avec son bébé reposant au creux de son bras. Il venait de boire et dormait, les lèvres encore pincées. Antonina lisait en tenant son livre de sa main libre. Lilia se tenait assise tout près, occupée à coudre à tout petits points une robe de dentelle pour Mikhaïl.

Antonina laissa tomber son livre sur le couvre-lit.

— J'ai les yeux fatigués. Je veux que tu lises pour moi, Lilia.

Lilia leva la tête et haussa les épaules.

— Vous savez bien que je ne sais pas lire.

— Je vais t'apprendre, décida Antonina. Nous commencerons dans quelques semaines, quand Michenka sera un peu mieux réglé.

Elle déposa un baiser sur le crâne du bébé.

— Comme vous voudrez, Tossia, répliqua Lilia, qui se concentra sur sa couture. Je serai contente d'apprendre à lire si c'est ce que vous souhaitez, bien que je n'en aie jamais éprouvé le besoin.

— Mais il *faut* savoir lire, Lilia, énonça Antonina en désignant une pile de livres sur la table.

Lilia leva de nouveau les yeux de son ouvrage.

— Je n'ai pas de temps pour ce genre de choses.

— Alors je te donnerai plus de temps. Je prendrai une autre femme pour se charger de certaines des tâches que tu fais pour moi, la couture par exemple, et comme ça tu auras plus de temps pour lire. Tu apprendras tellement de choses sur le monde quand tu sauras lire.

Lilia continuait de coudre. Puis elle finit par dire :

— Je n'ai pas besoin d'en savoir plus que ce que je sais déjà.

Antonina se pencha vers elle, mais avant qu'elle puisse répondre, Lilia poursuivit :

— À quoi cela me servirait-il d'en savoir plus alors que mon monde est ici, Tossia ? Cela ne m'apporterait-il pas de la tristesse de savoir ce qu'il y a par-delà la boue des villages, par-delà les ruisseaux et les rivières, au-delà des limites du domaine, alors que je n'en verrai jamais davantage ?

Elle croisa le regard de sa maîtresse.

Le bébé endormi renifla et ses sourcils frémirent. Antonina se cala contre son oreiller.

— Mais Lilia, il viendra peut-être une époque, un jour, où il y aura d'autres possibilités. Tu sais qu'on parle de proposer l'émancipation. Si jamais ce décret passe…

Lilia leva la main, et Antonina s'interrompit.

— Je préfère que vous ne me parliez pas de ces choses, Tossia. Je préfère ma vie comme elle est. Je préfère ne pas…

Elle fronça les sourcils, visiblement mécontente d'elle-même, ou peut-être d'Antonina.

— Tu préfères ne pas imaginer plus que ce que tu as aujourd'hui. Tu n'as donc pas d'autre rêve ?

Antonina se demandait si Lilia pensait encore au couvent.

Lilia coupa le fil avec ses dents et piqua l'aiguille sur le coussinet.

— Mon rêve est *ici*. C'est à ça que je rêvais. Et maintenant, je l'ai. Vous comprenez ? dit-elle sans lâcher la petite robe, mais en regardant Antonina bien en face. J'ai tout ce que je veux ici, dans cette chambre, Tossia.

Antonina fut troublée par l'intensité du regard de Lilia, mais le bébé poussa un petit cri, et elle reporta aussitôt son attention sur lui.

* * *

Gricha savait que c'était à Antonina qu'il devait sa nouvelle vie. Lorsque le comte le convoqua dans son bureau et lui annonça qu'il y avait une possibilité de prendre les fonctions de régisseur occupées par Gleb, Gricha tomba des nues. C'était la place la plus convoitée pour un homme libre sans titre ni terres.

— Ma femme a le sentiment que vous feriez un régisseur plus respectable et plus posé que Gleb, déclara le comte. Que ce serait un changement positif pour le domaine. Les serfs travailleront peut-être mieux avec quelqu'un de nouveau. Le salaire est bien plus élevé que ce que je vous paye en tant que tonnelier, ajouta-t-il. Cela vous intéresse-t-il ?

— Oui, comte Mitlovski. Je peux vous assurer que je prendrais de telles responsabilités avec le plus grand sérieux.

Konstantin acquiesça d'un signe de tête.

— Ma femme me dit que vous savez lire.

— Le russe et le français.

— Le français ?

Gricha se demanda s'il n'en avait pas un peu trop fait.

— Juste un peu, mentit-il. Et j'apprendrai la comptabilité, si cela s'avère nécessaire.

— Oui, oui. Je ne chercherai pas à replacer Gleb tant que vous n'aurez pas fait vos preuves. Nous vous prenons à l'essai pendant quinze jours.

Ces deux semaines ne seraient pas faciles avec Gleb qui saurait que sa femme et lui risquaient d'être envoyés dans un autre domaine pour laisser la place à Gricha. Mais, encore une fois, c'était le comte Mitlovski qui décidait de l'avenir de Gleb, pas Gricha.

* * *

Gricha prouva rapidement au comte que non seulement il s'en sortait beaucoup mieux que Gleb avec les comptes, mais aussi qu'il se plaignait moins. Il gérait seul les problèmes immédiats avec les serfs sans venir sans cesse en référer au comte pour discuter interminablement de détails insignifiants et demander quoi faire.

Deux semaines plus tard, il emménageait dans la petite maison agréable du régisseur, et en peignit aussitôt les volets en bleu, comme ceux de la maison en bois de Tchita où il avait grandi. Il remplaça les légumes du jardin par un cerisier et un pommier. Il fabriqua une bibliothèque pour les livres qu'il avait rapportés de Sibérie et tous ceux qu'il avait acquis depuis, ainsi que ceux que lui prêtait la comtesse lorsqu'elle pensait que tel ou tel auteur pourrait lui plaire. Pour la première fois de sa vie, sauf les mois qu'il avait passés à traverser la Sibérie sans autre toit que le ciel au-dessus de sa tête, il dormait seul la nuit.

Et pourtant, il continuait d'être tiraillé par l'envie de bouger. Il se disait que c'était parce qu'il était toujours esclave des fantaisies de quelqu'un d'autre. Il considérait Konstantin comme inférieur à lui du point de vue de l'intelligence, et cela aussi était difficile à supporter. Alors qu'il était régisseur depuis un an, le comte lui confia qu'il était las de se cacher dans tous les coins du manoir avec Tania et qu'il ne pouvait s'abaisser à la retrouver dans sa chambre du quartier des domestiques. Il voulait donc utiliser la maison de Gricha une fois par semaine. Gricha se sentit atterré et dégoûté, mais que pouvait-il dire ? Le comte ne le possédait pas, mais il possédait la maison.

Certes, ces facteurs jouaient un rôle dans l'insatisfaction chronique de Gricha. Mais la solitude n'y était pas pour rien non plus. Après s'être tant acharné pour ne plus rien ressentir, Grigori Sergueïevitch Narychkine se trouvait incapable de reconnaître qu'il se sentait seul.

* * *

Antonina remerciait chaque jour le Seigneur d'avoir retrouvé Lilia. Mais elle regrettait que leur amitié doive rester cachée. Il n'y avait que quand elles étaient seules dans sa chambre qu'elles pouvaient discuter comme lorsqu'elles étaient adolescentes. Là, Lilia pouvait l'appeler Tossia au lieu de comtesse ou madame et lui parler avec une bonne part de sa franchise d'autrefois. De temps en temps, quand Lilia riait spontanément à une cabriole de Micha, Antonina retrouvait presque la jeune fille de la forêt.

Elle s'interrogeait sur la vie que menait Lilia quand elle n'était pas là, mais Lilia lui fit bien comprendre qu'elle ne voulait pas parler de Sosso. Elle évoquait en revanche souvent Liocha avec fierté, répétant à Antonina qu'il devenait de plus en plus fort et qu'on lui donnait sans cesse plus de responsabilités aux écuries.

Un matin, en voyant Lilia sourire alors qu'elle lissait les cheveux blonds de Micha de la paume de la main, Antonina lui demanda :

— Et toi, Lilia, aurais-tu envie d'avoir d'autres enfants ?

Le sourire de Lilia s'évanouit, bien qu'elle continuât de caresser les cheveux de Mikhaïl.

— J'espère que non. Je n'en veux plus.

— Vraiment ? insista Antonina en posant sa main sur le bras de Lilia. Tu resteras toujours à mon service, même si tu as des enfants, je te le promets. Et je veux que tu sois de nouveau heureuse, comme je le suis avec mon Micha.

Comme Lilia ne disait rien, Antonina insista :

— Tu n'es sûrement pas sérieuse quand tu dis que tu ne veux plus avoir d'enfants. Et Sosso ? Ne veut-il pas un fils, comme tous les hommes ?

Lilia haussa les épaules, et la conversation s'arrêta là.

* * *

Lilia était heureuse qu'Antonina eût besoin d'elle des nuits entières pendant les premiers mois du bébé. Mais lorsque l'enfant grandit un peu et qu'Antonina lui dit qu'elle pouvait retourner avec Sosso dans le quartier des domestiques, Lilia continua de trouver des prétextes pour rester tard. Elle n'aimait pas plus ses rapports avec Sosso qu'au tout début de son mariage. Elle essayait de faire en sorte que Sosso soit déjà plongé dans un profond sommeil lorsqu'elle revenait dans leur chambre, et qu'il ronfle au lieu de rouler sur elle.

Elle savait que moins elle se soumettait à ses assauts dans le mois, moins elle courait le risque de tomber enceinte. Elle détestait devoir lui ouvrir ses jambes.

Antonina ne se doutait pas que lorsqu'elle s'imaginait avec Valentin Vladimirovitch pour s'aider à se soumettre au devoir conjugal les nuits où son mari s'agitait lourdement sur elle, Lilia rêvait au cou long et blanc de la belle comtesse.

21

Le mois de septembre est déjà là ; l'anniversaire de Mikhaïl a eu lieu à la fin du mois de juin, mais il n'y a pas eu d'autres nouvelles. Antonina ne cesse d'interroger Gricha. *Cet homme, Lev, que vous a-t-il dit de plus quand vous l'avez battu ? Pourquoi ne pas l'avoir suivi pour voir où il allait ? Vous auriez pu attendre, regarder où il habitait. Il avait l'argent de la rançon. Quelqu'un a dû venir chercher cet argent.*

Et tout comme Antonina le harcèle avec les mêmes questions, Gricha martèle les mêmes réponses : *Je n'ai rien pu en tirer de plus. Il va de village en village ; il n'habite nulle part. Il n'est qu'un messager, d'autres tirent les ficelles. Il ne sait rien de plus. Nous devons nous armer de patience, comtesse.*

De patience ? Comment pourrait-elle se montrer plus patiente ?

La vie au domaine devient elle-même de plus en plus difficile. Konstantin n'est plus que le fantôme confus de celui qu'il a été. Il erre dans le manoir en criant après les domestiques, en se trompant de nom et en les accusant de vol et d'insubordination. Ils l'évitent autant que possible et se signent lorsqu'ils le croisent. Aucune servante ne veut plus faire le ménage dans sa chambre à l'exception de Tania, et il ne se laisse plus examiner par le médecin. Pavel est la seule personne dont il tolère la présence auprès de lui, mais il refuse de laisser son fidèle valet de chambre l'aider à prendre un bain ou à changer de vêtements. Ses cheveux sont longs et sales, sa barbe maculée de nourriture. Il jure que son fils est mort et déambule parfois dans le cimetière, en quête de sa tombe.

Au cours de l'été, leurs plus proches voisins, le prince et la princesse Bakanev sont venus à trois reprises à Angelkov. À chaque fois, Antonina a prétendu que Konstantin se reposait, leur a offert des rafraîchissements et s'est efforcée de suivre la conversation émaillée de potins de la princesse tout en espérant que Konstantin ne se mette pas à hurler à l'étage pendant leur visite. D'autres seigneurs de la province ont envoyé des messages pleins de sympathie à propos de Mikhaïl, se sont enquis de la santé du comte et ont lancé des invitations à Antonina. Elle leur a poliment répondu qu'ils traversaient une période très difficile et qu'elle ne manquerait pas de leur rendre visite ultérieurement.

Au bout de quelque temps, les invitations se sont faites de plus en plus rares.

Les serfs émancipés sont nombreux à quitter Angelkov, pas seulement parce que l'émancipation les a libérés de toute responsabilité ou obligation légale vis-à-vis de leur ancien seigneur, mais parce que cet ancien seigneur est devenu fou. Les derniers roubles de la cassette ont été dépensés, et Antonina ne peut plus rien payer. La plupart préfèrent essayer de commencer une nouvelle vie plutôt que de continuer à rester dans l'atmosphère délétère d'Angelkov.

Chaque fois que l'un d'eux vient lui annoncer qu'il ou elle s'en va, Antonina lui dit au revoir et le ou la remercie de les avoir servis si fidèlement. Elle leur fait à chacun un petit cadeau, l'un de ses jolis châles, un peigne en écaille ou un flacon de parfum pour les femmes, des mouchoirs au monogramme du comte ou une des chemises de Konstantin pour les hommes.

Elle esquisse le signe de croix sur leur front. Certaines femmes pleurent, et elle leur tient les mains un instant en essayant de sourire et en leur souhaitant bonne chance.

Le manoir devient plus vaste, plus vide, plus silencieux, sauf lors des éclats sporadiques de Konstantin. Le soir, dans l'air immobile, Antonina perçoit le son lointain des paysans qui travaillent dans les champs : leurs appels, leurs sifflements, le rythme régulier de leurs faucilles. Le ciel reste clair assez tard, et ils travaillent jusqu'à la tombée de la nuit.

Ceux qui restent à Angelkov, ceux qui ont décidé qu'ils préféraient travailler pour un toit au-dessus de leur tête et des repas assurés, s'efforcent de rentrer toutes les récoltes. Raïssa annonce à Antonina qu'ils n'arriveront peut-être pas à tout rentrer avant les premiers gels. Elle n'a pas assez d'aide en cuisine : il faut saler les concombres et les conserver dans d'énormes jarres remplies de saumure ; cueillir les fruits du verger pour faire des compotes, de la confiture ou des conserves ; ramasser les pommes de terre et autres tubercules et les mettre en sacs pour les stocker dans des caisses à l'abri des caves sombres et fraîches ; fumer le porc et sécher des quartiers de bœuf ; déshydrater les champignons – tout le travail nécessaire pour constituer les réserves du manoir pendant l'hiver. Raïssa est une grande femme solide aux bras épais et aux mains fortes. C'est habituellement une heureuse nature, mais elle affiche maintenant un front perpétuellement soucieux.

Alors qu'Angelkov commence à se désagréger sans les centaines de bras indispensables à son bon fonctionnement, Antonina entend dire qu'à l'extérieur du domaine, les serfs gagnent en puissance.

Le monde qu'elle connaissait touche à sa fin. Elle n'a d'autre choix que de trouver une autre manière de vivre.

* * *

La vie change également pour Lilia.

Liocha et elle travaillent côte à côte au jardin pour déterrer les derniers navets. Peu importe les attributions de chacun : toutes les personnes disponibles doivent parer au plus pressé.

— Lilia, commence Liocha, alors qu'ils se relèvent tous les deux pour boire un peu d'eau, qu'est-ce qui va se passer, d'après toi ?

— Qu'est-ce que tu veux dire ?

— Combien de temps le comte et la comtesse vont-il pouvoir rester à Angelkov ? demanda-t-il en désignant le manoir. Sans le personnel nécessaire pour s'en occuper, la propriété ne va pas tarder à se délabrer puis à tomber en ruine. Il faut qu'ils envisagent de partir, d'aller vivre ailleurs.

Lilia le dévisage.

— La comtesse ne m'en a pas parlé. Quant au comte… fait-elle en haussant les épaules, il ne vaut pas mieux que s'il était mort. Pourquoi ? Tu sais quelque chose ?

— Non, assure-t-il, mais Lilia voit bien son malaise.

— La comtesse trouvera un moyen de faire revenir du personnel, même si cela prendra du temps, déclare-t-elle. Les choses redeviendront comme avant.

Pas tout à fait. Pas sans Micha. Pas avec le comte dans cet état. Mais Antonina et elle œuvreront ensemble pour recréer ce qu'elles pourront de leur ancienne vie à Angelkov. Toutes les deux, ensemble.

Liocha frotte sa paume sur le manche de sa pelle et secoue la tête.

— Les choses ne seront plus jamais comme avant, Lilia. Tu le sais.

— Mais si, insiste sa sœur. Avec toi ici, comme toujours, et moi…

Liocha l'interrompt :

— Chère sœur, j'ai l'intention de me marier.

Lilia laisse tomber sa pelle et le regarde, bouche bée. Elle émet alors un bruit rauque, comme si elle essayait de rire. Son visage est baigné de sueur dans l'air chaud de l'automne.

— Te marier ? Avec qui veux-tu te marier ? De quoi parles-tu ?

— Je vais épouser Ania Fomovna.

Lilia cligne des yeux et réfléchit.

— Ania Fomovna ?

Pas cette petite villageoise blafarde ? Elle ?

— Oui.

— Ne dis pas de bêtises. Elle n'est pas assez bien pour toi.

Liocha se doutait que sa sœur ne prendrait pas très bien la nouvelle, et il appréhendait de la lui annoncer. Cela fait plusieurs semaines qu'il attend le bon moment, pour enfin se rendre compte qu'il n'y aurait jamais de bon moment.

— Ne parle pas d'elle comme ça, dit-il. Tu ne la connais pas.

— Je sais que c'est une paysanne. Je ne t'ai pas élevé pour que tu épouses une paysanne, s'écrie Lilia d'une voix plus forte, en colère maintenant.

— Qu'est-ce que tu entends par là ? Nous *sommes* des paysans, Lilia. Qui voudrais-tu que j'épouse ?

Lilia baisse aussitôt la voix, sa colère retombée aussi vite qu'elle était montée.

— C'est juste que… je n'avais pas imaginé que tu allais te marier.

— Tu ne me vois que comme ton petit frère. Mais je vais avoir vingt ans. Il est temps pour moi de commencer ma propre vie, de fonder une famille.

En entendant cela, Lilia l'agrippe soudain.

— Mais c'est moi ta famille, Liocha. *Moi.*

Liocha lui prend les mains en souriant.

— Nous formerons toujours une famille, Lilia. Tu es ma sœur et tu sais combien je te suis reconnaissant. Mais le moment est venu pour moi de me marier. Tu as Sosso. Il te fera sûrement venir bientôt, non ?

— Sosso ? rétorque Lilia en le dévisageant. Bon débarras. Mais… est-ce que tu as déjà fixé une date ? Le mariage a-t-il été organisé derrière mon dos ?

Liocha lui lâche les mains.

— Tu ne rejoindras pas ton mari quand il voudra te faire venir ? s'étonne-t-il.

— J'espère ne plus jamais revoir ce porc. Je suis chez moi ici. La comtesse a besoin de moi. Mais je t'ai posé une question : le mariage est-il déjà fixé ?

— Non. Mais je suis souvent allé voir Ania dans l'isba de ses parents, depuis l'année dernière, et elle est heureuse à l'idée de m'épouser, Lilia. J'en ai aussi parlé à son père. Tout ce que je te demande, c'est ta bénédiction, et puis j'irai parler à la comtesse pour lui demander la permission qu'Ania puisse venir vivre avec moi dans le quartier des domestiques mariés. Ania pourra peut-être aider Raïssa en cuisine pendant le peu de temps qui reste.

— Qu'est-ce que tu entends par *le peu de temps qui reste* ?

— Jusqu'à notre départ.

Lilia déglutit.

— Tu veux partir d'Angelkov ? Pour aller où ?

— Nous partirons avec Gricha.

— Gricha ?

Lilia se rend bien compte qu'elle ne fait que répéter les paroles de son frère, mais sa surprise est telle – ou peut-être le terme de choc serait-il plus approprié – qu'elle a du mal à réagir.

— Il va avoir son propre domaine, et je serai son régisseur.

— Gricha, propriétaire ? Et comment cela se pourrait ?

— Il a déjà des terres, réplique Liocha calmement.

Il n'a aucune raison de cacher cela à sa sœur. Gricha lui en a parlé dès le mois de février, à l'annonce de l'émancipation.

Les pensées de Lilia se bousculent.

— Il possède des terres ? Où ça ?

— Il a acheté une petite parcelle au prince Bakanev.

— Comment a-t-il pu faire ça ?

— Lilia, tu sais que Grigori Sergueïevitch travaille pour le comte depuis des années en tant que salarié. Il n'a pas de femme, pas de famille – il a économisé tout ce qu'il a gagné.

Lilia saisit la main de Liocha.

— Ne fais rien encore, petit frère. S'il te plaît, je t'en conjure. Ne dis pas un mot à la comtesse et ne parle pas de partir. Pas maintenant.

Liocha voit la panique sur son visage, il l'entend dans sa voix. Et il y a quelque chose d'autre, quelque chose de troublant. Elle lui paraît trop désespérée et elle s'accroche à lui de façon trop farouche, trop possessive. Il est triste pour elle ; il se dit qu'elle a travaillé trop dur.

* * *

Antonina réussit à ne pas retomber dans les ténèbres des premiers mois qui ont suivi la disparition de Mikhaïl. Elle ne cesse jamais de penser à lui, mais c'est à présent dans une sorte de torpeur. Elle ne croit pas à sa mort, même s'il n'y a pas eu d'autres nouvelles de lui, pas d'autre visite de Lev.

C'est aussi comme si elle était veuve. Konstantin devient de plus en plus confus et passe ses nuits à errer en titubant dans le manoir, la manche vide de sa chemise de nuit lui battant le flanc. Il arrive à Antonina d'ouvrir les yeux et de le trouver debout près du lit, en train de l'observer. La première fois, elle a crié, et Pavel est accouru pour reconduire son maître dans sa chambre. Par la suite, elle a simplement demandé à son mari de s'en aller, et il s'est exécuté.

Elle a vu Pavel le nourrir à la cuiller, comme un petit enfant trop faible. Pavel assure qu'il a toujours besoin de teinture de chloroforme, mais elle se demande s'il souffre encore vraiment, quatre mois après son amputation.

Antonina traverse chaque journée du mieux qu'elle peut. Maintenant qu'il n'y a plus de serfs – alors qu'il y en avait parfois trop – pour tout faire, Angelkov a besoin de son aide et la jeune femme découvre quelque chose qu'elle n'a jamais connu auparavant : un objectif.

Tant qu'elle a assez de vodka, elle arrive à dormir deux ou trois heures par nuit et parvient à tenir.

* * *

Antonina reçoit un jour une invitation pour une soirée musicale chez le prince et la princesse Bakanev. Elle s'apprête à la décliner. Ils comprendront. Cela ne fait que cinq mois, même si Antonina a l'impression que cela fait cinq ans. Elle ne se rappelle plus à quoi ressemblait sa vie auparavant, même s'il reste tant de moments heureux avec Mikhaïl présents à son esprit : quand elle l'écoutait lire en russe et en français, l'excitation de l'enfant lorsqu'il lui parlait de ses leçons de zoologie et des animaux merveilleux qu'il venait de découvrir sur tous les continents, sa compréhension de plus en plus précise du monde grâce à ses leçons de géographie, ses premiers dessins avec son précepteur, et toujours, toujours le plaisir qu'elle avait à l'écouter au piano.

Bien qu'elle puisse parler avec Lilia, Antonina commence à trouver sa servante et amie un peu ennuyeuse. Elle a eu beau essayer, elle n'a pu convaincre la jeune femme de retourner dormir la nuit chez elle, dans le quartier des domestiques. Lilia aime rester près du feu, dans la chambre d'Antonina, à confectionner tranquillement de la dentelle compliquée. Comme Antonina l'en pressait, elle a appris à lire et à écrire quand Micha était encore bébé, mais cela lui a demandé beaucoup de temps et d'efforts. Il lui arrive de lire des psaumes.

Certes, elle pourrait être d'un réconfort tranquille pour Antonina, mais celle-ci n'aime pas devoir insister lorsqu'elle désire être seule. Elle n'aime pas non plus l'expression un peu fausse qu'a parfois Lilia en la regardant, comme si la servante voulait qu'elle se souvienne toujours de ce qui s'est passé il y a si longtemps à présent, au domaine des Olonov.

Il ne subsiste rien de cette vie-là. Le père d'Antonina est mort d'une crise cardiaque deux ans après la naissance de Mikhaïl, et le château a été vendu. La mère d'Antonina est partie peu après à Paris avec un amant français. Elle a écrit de façon assez irrégulière, puis ses lettres ont cessé complètement; Antonina ne sait même pas si sa mère est encore en vie. Victor est mort à la suite d'une grave blessure à la bataille d'Alma, en Crimée, et son plus jeune frère, Dimitri, semble s'être évaporé dans les vapeurs de l'alcool et une vie de débauche. Le cadet, Marik, vit toujours dans sa petite propriété au nord de Pskov, avec sa femme et ses quatre enfants, mais Konstantin et lui se sont disputés lors d'une fête de famille, plusieurs années auparavant. Ni l'un ni l'autre n'ont voulu s'excuser, et Marik a coupé tous liens avec son beau-frère et avec sa sœur.

Malgré la perte de sa famille – ou peut-être à cause de cela – avant qu'on ne lui enlève son fils, Antonina se rendait compte de la chance qu'elle avait d'avoir son propre foyer, un mari et un enfant, et se reprochait son manque de reconnaissance. Elle avait le loisir de s'adonner aux activités habituelles de son rang : il y avait d'innombrables prétextes pour se rendre dans d'autres domaines et y séjourner quelques jours, elle pouvait lancer des invitations à Angelkov pour des après-midi de promenades à pied dans le parc, de canotage en été ou de troïka sur la neige lumineuse en hiver. On pouvait organiser des parties de whist ou des soirées musicales. Mais Antonina n'avait jamais aimé se retrouver parmi la foule. Cependant, même si elle reconnaissait se plaire la plupart du temps seule ou avec Micha, elle éprouvait une sorte d'inquiétude sourde, comme si elle passait à côté de sa vie. Comme si elle était emportée par le courant, sans savoir où elle allait ni comment, en quête de quelque chose à quoi se raccrocher. Ou peut-être de quelqu'un.

* * *

Lilia pousse Antonina à accepter l'invitation des Bakanev.

— Vous n'êtes pas allée à une seule réception depuis… un certain temps, dit-elle après une pause. Cela vous aiderait peut-être de voir de vieux amis.

Antonina examine la carte d'invitation bistre que lui a remise Pavel. Elle est assise devant le piano.

— Des amis ? dit-elle en regardant Lilia. Ce ne sont pas mes amis. Ce sont ceux de Konstantin.

— Pourtant, Tossia, ce pourrait être agréable de remettre une belle robe, celle en soie bordeaux peut-être. Elle vous va si bien.

Antonina se sert une autre vodka avant de jouer des arpèges. Ses doigts dérapent sur les touches et les accords sont faux. Elle essaye encore, puis commence le rondo d'une sonate de Haydn à la place. Elle se représente la foule des corps vêtus de satin, de soie et de velours dans une salle surchauffée et brillamment éclairée de lustres et de lampes à huile fumantes. Les odeurs de parfums et de cigares mêlée. Les visages qui la contemplent avec pitié, les soupirs et les mains qui serrent les siennes avec sympathie. Puis tous ces gens bien intentionnés qui se détourneront d'elle, soulagés d'avoir fait leur devoir vis-à-vis de cette pauvre créature, enfin libres de retourner à leurs coupes de champagne et aux plateaux d'argent chargés de caviar d'esturgeon sur canapés, prélude à tout récital de musique.

Puis Antonina pense à la longue soirée qui l'attend à Angelkov. Elle prendra un dîner léger et se retirera dans sa chambre. Elle devra dire à Lilia qu'elle préfère rester seule. Elle lira et boira jusqu'à ce que ses yeux la brûlent et qu'elle se sente somnolente. Elle priera alors pour s'endormir, priera pour être délivrée des cauchemars qui la hantent au sujet de Mikhaïl.

Elle ne veut plus y penser. Le Haydn ne sonne pas bien. Elle s'interrompt et commence le prélude de Chopin en *si* mineur. Au bout de dix mesures, elle n'y tient plus et se souvient avec quel plaisir elle aimait écouter de la belle musique et assister à des soirées musicales.

Elle veut prendre son verre, mais le renverse. Heureusement, la vodka coule sur le flanc du piano et non sur les touches.

— Je vais demander à Noucha de nettoyer, intervient Lilia en ramassant le verre vide.

Antonina contemple le clavier. Elle se rend compte que Lilia a raison : elle est trop souvent seule. Il faut qu'elle sorte d'Angelkov, qu'elle s'éloigne de Konstantin et de son comportement déprimant, qu'elle s'éloigne de ces verres de vodka avalés pour s'abrutir.

— Je vais peut-être y aller quand même, Lilia, lance-t-elle. Pas la robe de soie bordeaux. Sors celle en taffetas noir.

22

Dès les premières minutes passées dans le salon des Bakanev, Antonina se rend compte qu'elle aurait dû rester à Angelkov.

Elle ne s'est jamais sentie à l'aise dans ce genre de mondanités, et se sent le plus souvent incapable de dire quoi que ce soit en dehors de répondre à des questions concernant son mari ou raconter les derniers exploits de son fils. Or, il est à présent douloureusement évident, tandis qu'elle passe d'un petit groupe à un autre, que nul ne parlera de Konstantin ou de Mikhaïl. Ce n'est pas à ce genre de soirée que l'on aborde des sujets aussi déplaisants.

Alors elle sourit et hoche la tête, acceptant avec la meilleure grâce possible les commentaires de tous ceux qui lui assurent qu'ils sont heureux de la voir. Elle ne cesse de s'entendre dire combien elle a bonne mine alors qu'elle sait pertinemment que c'est faux. Elle se sent gênée dans sa robe de taffetas noire et avec les plumes noires dans ses cheveux. Elle porte une tenue de veuve – encore une erreur.

Elle répond à des questions simples sur le domaine, la fuite des serfs, et convient que la fraîcheur de l'automne est un soulagement après la chaleur de l'été.

Elle vide les verres de champagne qu'on lui présente tout en refusant la nourriture. Pendant tout le concert, elle reste au fond de la salle. Elle apprécie les morceaux et regarde les huit musiciens sans les voir : ils évoquent une volée d'oiseaux noirs en mouvement. Mais à la fin de leur dernier morceau, lorsque le pianiste joue les premiers accords de *la Séparation* en *fa* mineur de Glinka, elle a la brusque sensation d'être plongée dans un lac d'eau glacée.

Elle voit Mikhaïl qui tient son petit cahier de musique et court après son père.

Reposant son verre d'une main tremblante, elle fixe le violoniste du regard. Elle se retrouve chez son père, en train d'écouter Valentin Vladimirovitch accompagner le pianiste après avoir fait l'amour à sa mère.

* * *

Il sait qu'il a déjà vu la dame en noir dans l'une des grandes propriétés qui jalonnent la région du nord de Pskov. Lorsque Valentin appartenait au riche prince Sergius Denissovitch Yablonski, celui-ci décidait de quand, quoi et où son orchestre trié sur le volet jouerait. Pour le public des salons et des bals de la noblesse environnante, l'orchestre de serfs constituait une agréable distraction. Pour Valentin, c'était sa vie : la liberté enivrante de la musique mêlée à la prison que représentait sa condition de serf.

Maintenant, tout a changé. Il est un homme libre et peut choisir où il veut se produire, avec qui et pour qui. Oui, tout en Russie a changé depuis l'émancipation.

Et elle – la femme – a changé elle aussi. Son visage est plus mince, presque transparent tant il est pâle, et il y a quelque chose dans son regard… Il se dit qu'elle a vieilli, mais pas comme quelqu'un qui a subi le passage naturel du temps, la dizaine d'années ou peut-être plus, qui s'est écoulée depuis leur rencontre. Non, il s'agit de quelque chose de plus profond. Il a déjà vu ces yeux-là, mais généralement pas chez quelqu'un de la noblesse. C'est une expression qu'il a observée sur le visage de paysans, de ceux qui étaient encore tout récemment des serfs, qui n'avaient aucune prise sur leur propre existence. Il lui est donc arrivé quelque chose, quelque chose de tragique. Toute vêtue de noir, elle n'est qu'une ombre dans cette salle vibrante de couleurs même si sa robe fait ressortir la blancheur de sa peau au point que ses mains et son cou semblent phosphorescents.

Valentin coule brièvement des regards dans sa direction alors que les musiciens de l'orchestre soulèvent leurs instruments et commencent à jouer. Il abaisse son archet au moment où l'alto reprend la mélodie et dévisage ouvertement l'inconnue, se rappelant soudain qui elle est. C'était au château des Olonov, le jour de sa fête. Elle se tenait au fond de la salle. C'est pareil aujourd'hui : contrairement aux autres femmes, qui se frayent poliment un chemin vers les meilleurs places, au premier rang, elle reste en arrière.

À sa propre fête, elle avait affecté une indifférence étudiée pendant le concert et contemplé les corniches baroques qui cernaient le haut plafond, comme captivée par les détails de la salle somptueuse. Cependant, il se rappelle aussi le mouvement occasionnel de ses sourcils, la façon dont sa tête remuait comme celle d'un animal qui entend un bruit insolite à proximité. Cela l'avait trahie. Contrairement à l'attitude calme et détachée qu'elle affichait, elle écoutait avec une concentration extrême. Il connaît la musique – il l'a connue toute sa vie – et il sait reconnaître ceux qui la connaissent aussi. Les autres jeunes filles en robes froufroutantes avaient contemplé les musiciens installés devant elles avec des expressions langoureuses. Elles gardaient la tête gracieusement inclinée de côté, lèvres entrouvertes et légèrement humides, comme dans l'attente d'entendre leur nom susurré par les cordes des violons et violoncelles ou murmurés par les instruments à vent. Elles ne pensaient qu'à elles, sans jamais se laisser gagner par la musique. Les accords n'entraient pas dans leur sang, ne les parcouraient jamais pour créer la sensation d'une fièvre soudaine et étourdissante qui faisait alterner le chaud et le froid.

Valentin contemple à présent la femme qui se tient en retrait et cherche à se souvenir de ce qu'il a lu sur son visage, toutes ces années auparavant. Valentin aime les femmes, toutes les femmes, et en a une mémoire prodigieuse. Il a couché avec plus de femmes qu'il ne peut les compter, mais il se rappelle des détails sur chacune d'elles.

Il n'a pas fait l'amour avec celle-ci, mais... Ah. Il l'avait fait avec sa mère, la princesse Olonova. La fille... que lui reste-t-il d'elle ? Son visage exprimait une attente, mais pas la même attente que celle qui animait les belles *dévouchki* superficielles. Il ne s'agissait pas d'un désir de badinage ou de riche mariage ; elle espérait visiblement quelque chose de tout à fait différent. Il n'y avait aucune ruse décelable, malgré l'intelligence dont témoignait son regard. Ses yeux étaient-ils bleus ou verts ? Gris peut-être ? Ils étaient d'une couleur changeante, mouvante, qui, il le sentait, pouvaient passer d'une teinte à une autre selon qu'on les voyait à la lueur du jour ou d'une chandelle, selon qu'elle était excitée, lasse ou triste. Il avait déjà vu des yeux semblables, mais sur le visage d'une seule personne, et il s'agissait d'une vieille femme. Il ne se souvenait plus si c'était sa grand-mère, sa *niania* ou simplement une étrangère qui s'était occupée de lui à un moment de son enfance. Comme la plupart de ses souvenirs de cette époque de sa vie, la vieille femme semblait faire partie d'un rêve.

La dernière fois qu'il avait vu la princesse, elle avait fini par le regarder dans les yeux alors qu'il jouait, et bien qu'il sût qu'il aurait dû éprouver de la honte d'avoir été surpris avec sa mère, il n'en avait ressenti aucune. Après cette dernière soirée, lorsqu'ils s'étaient parlé – il se souvient clairement lui avoir parlé – Valentin s'était couché sur un lit étroit, dans la chambre froide et humide qu'il partageait avec le premier flûtiste et le violoncelliste au quartier des serviteurs, et il avait pensé à elle.

Il aimait avoir une femme à qui penser lorsqu'il jouait. Cela l'emplissait de désir alors qu'il fichait sa mâchoire dans la mentonnière et fermait les yeux. Il sentait alors le désir imprégner son jeu. Cette ardeur remontait le long de ses bras et animait ses doigts puis se propulsait dans l'archet, qui glissait alors sans à-coups sur les cordes, comme lubrifié par la passion. Son sang brûlait dans ses veines, réchauffait ses membres et son ventre. Plus il jouait, plus il se sentait excité, mais c'était une excitation des émotions et non du corps. Lorsqu'il jouait en pensant à une femme en particulier, il avait l'impression que son cœur enflait dans sa poitrine, qu'il se raffermissait et palpitait comme s'il attendait... quoi ? Un accomplissement ? Une sorte de délivrance ? La délivrance de quelque chose d'indéfini. Il arrivait que ses yeux fermés le brûlent d'une recherche inassouvie qu'il ne parvenait pas à identifier.

Il avait su tout de suite qu'il penserait à elle, la princesse Olonova. Et il y avait pensé pendant plusieurs semaines, dès qu'il fermait les yeux et jouait devant des salles peuplées d'inconnus, bien qu'elle ne réapparût jamais dans le public.

Et voilà qu'elle ressurgit après toutes ces années. Comment s'appelle-t-elle, déjà ? Un beau nom, quelque chose d'élégant mais dont il ne se souvient pas.

Valentin est las. Il a voyagé trois jours dans une *britchka* ouverte à tous les vents pour venir de Saint-Pétersbourg à la ville de Pskov, où il a joué dans l'après-midi avec un ensemble pour la fête d'anniversaire d'une baronne. Puis il a mis encore trois heures à venir jusqu'ici – chez le prince et la princesse Bakanev. Il n'a eu que le temps d'avaler un bol de soupe de poisson et un morceau de pain noir avec un peu de thé âcre et tiède dans la cuisine du quartier des serviteurs avant de répéter pendant deux heures et de revêtir sa tenue de concert. La soirée a commencé à huit heures. Il est à présent minuit passé. Demain cependant, il occupera une nouvelle position dans la maisonnée du prince et de la princesse. Il enseignera la musique à leurs deux nièces, qui sont arrivées de Smolensk avec leurs parents et resteront au moins jusqu'au nouvel An.

Sa vie d'homme libre est-elle si différente de celle qu'il menait en tant que serf musicien ? Lorsque l'émancipation a été proclamée, le prince Yablonski a autorisé ses musiciens à emporter leurs instruments et leurs partitions lorsqu'il a dissous l'orchestre. D'autres n'ont pas eu la même chance : beaucoup ont dû abandonner leurs instruments bien-aimés et leurs précieuses partitions lorsqu'ils ont été délivrés de leurs anciens seigneurs.

À Saint-Pétersbourg, Valentin s'en sort mieux que la plupart : il bénéficie du soutien de Mme Golitsyna, une riche émigrée française qui a été mariée à un comte russe. La veuve, qui a douze ans de plus que Valentin, l'a pris sous son aile. En échange de sa compagnie et de certaines faveurs, elle l'héberge lorsqu'il est en ville et lui achète ses tenues de concert.

Valentin a appris jeune – à quinze ans, lors de sa première année dans l'orchestre de Yablonski – qu'il avait quelque chose à offrir aux femmes. Et qu'il pouvait utiliser ce don pour obtenir une partie de ce qu'il attendait de la vie. Depuis la première fois qu'une femme somptueusement vêtue et parfumée l'a entraîné dans sa voiture fermée après un concert et lui a montré comment la satisfaire avant de lui remettre une petite bourse garnie de roubles, Valentin se sert de son charme. Cela a rendu sa vie de serf musicien bien plus intéressante, et les gratifications qu'il en a tirées sous forme de roubles, de vêtements bien coupés ou de cigares coûteux lui ont assuré une existence nettement plus agréable.

Maintenant qu'il est libre, Valentin joue dès qu'il le peut dans des soirées pétersbourgeoises, mais lorsque les engagements viennent à manquer, il doit accepter des contrats en province. Cela implique des voyages pénibles et des heures de travail plus nombreuses, le tout sans le confort de pouvoir rentrer prendre un repas chaud et dormir dans un lit chaud auprès de Mme Golitsyna.

Certes, on le paye à présent pour son travail, mais on le paye une misère.

Il s'agenouille néanmoins chaque soir et chaque matin pour remercier Dieu d'être un homme jeune en cette époque pleine de promesses. Il n'obéit plus à personne et ne vit plus dans la crainte que, sur un coup de tête, le prince Yablonski lui prenne son violon. Il n'a plus à redouter d'être envoyé travailler aux champs et de ne plus jamais sentir le satin de la mentonnière sous sa peau, la légèreté de l'archet dans sa main.

Oui, Valentin Vladimirovitch est reconnaissant envers Dieu et le Tsar Alexandre II, mais il doit désormais vivre d'expédients. Il passe son temps à chercher la prochaine opportunité, ou la prochaine femme, qui lui permettra de mieux vivre.

* * *

Ce soir, Valentin remarque que la femme qu'il a vue jeune fille au château des Olonov entre dans la salle une fois que l'orchestre s'est échauffé. Elle s'avance avec légèreté au fond du salon de musique, comme si elle avait les os frêles, friables, à l'instant même où le pianiste lève ses doigts au-dessus des touches et où l'archet se place en suspens au-dessus des cordes. Elle se déplace telle une plume tombée du jabot d'une colombe en deuil. Il sait intuitivement que ses pas ne font aucun bruit. Et puis, n'était-elle pas autrefois entrée dans la chambre de sa mère tellement silencieusement que sa présence l'avait surpris ?

Comme autrefois, elle ne s'assied pas mais reste debout, les mains crispées devant sa robe de taffetas noire, donnant à tout moment l'impression qu'elle va les joindre pour prier. Elle fixe les yeux sur les tentures ouvragées, devant les fenêtres, et reste ainsi, parfaitement immobile à l'exception de ses sourcils. Il se rappelle qu'elle a demandé à l'orchestre de jouer *la Séparation* en *fa* mineur de Glinka. Il se souvient toujours d'une femme, et d'un morceau de musique.

Il va demander à l'orchestre de jouer ce morceau pour elle ce soir, et peut-être le regardera-t-elle et le reconnaîtra-t-elle. Il veut qu'elle sache qu'il se souvient d'elle.

* * *

Il se penche et fait savoir au reste de l'orchestre qu'ils interpréteront le nocturne de Glinka en clôture du concert.

— Devons-nous annoncer le changement de programme ? s'enquiert le pianiste.

Valentin fait non de la tête. Il se moque de la réaction du public. Tout ce qui lui importe, c'est d'attirer l'attention d'Olonova, si tant est qu'elle s'appelle encore ainsi : elle doit être mariée depuis des années maintenant. Mais, encore une fois, sa tenue noire suggère un veuvage.

Il lève son archet et attend que le pianiste commence. Il observe la femme tandis que les notes douces du nocturne montent en intensité, et la voit plisser les yeux, ou du moins tressaillir, lorsqu'il pose la mèche sur les cordes. Puis elle le regarde directement et il éprouve une bouffée de plaisir. Cependant, l'instant d'après, il prend conscience qu'elle ne semble pas le voir. Ses yeux sont trop brillants ; on dirait qu'ils scintillent d'une éclat trop vif. Il en distingue le vert, même à cette distance. Mais elle ne paraît pas le reconnaître.

Son expression évoque davantage l'angoisse. La mélodie se construit lentement, en vagues de notes harmonieuses, les cordes tendues de son violon vibrent, et le visage de la jeune femme reflète le caractère poignant de la musique. Puis elle disparaît. Elle quitte la salle alors qu'il égrène les dernières notes prolongées.

* * *

Antonina veut rentrer chez elle. Elle s'est aperçue que c'était lui, mais seulement lorsque l'orchestre s'est mis à jouer le morceau de Glinka. Malgré tout, elle n'a envie de parler à personne ; elle a l'impression qu'elle va s'effondrer. Elle se précipite dans le vaste couloir du palais des Bakanev en cherchant… quoi ? Elle n'arrive plus à respirer.

Un domestique la voit courir, la main plaquée contre sa gorge, et vient à son aide. Il la conduit au vestiaire bien qu'Antonina ait du mal à se rappeler ce qu'elle portait pour venir. Elle finit par désigner la cape de velours noire et demande au serviteur de faire venir sa calèche. Tout cela prend un temps interminable. Elle sort sur la terrasse pour respirer l'air frais de l'automne et rafraîchir son visage brûlant.

* * *

Valentin pose son violon dans son étui et quitte précipitamment le salon en souriant avec grâce tout en essayant d'esquiver ceux qui souhaitent lui serrer la main ou le remercier d'avoir si bien joué. Il ne s'attend pas vraiment à croiser Olonova ; elle était visiblement bouleversée et doit être déjà partie. Il sort fumer sur la terrasse. Des hommes sont là, qui fument et bavardent à mi-voix.

Elle est là aussi.

— Excusez-moi, dit-il en s'avançant vers elle puis en s'inclinant. Nous nous sommes déjà rencontrés. Il y a des années. À votre fête, je crois. Madame… ?

Il attend qu'elle se présente.

— Comtesse Mitlovskaïa, énonce-t-elle en tendant la main. Oui, je vous ai reconnu. Pardon… je ne sais pas votre nom de famille. Mais vous êtes Valentin Vladimirovitch, n'est-ce pas ?

Il jubile et sourit alors qu'il écarte ses lèvres de la main gantée.

— Quelle mémoire, commente-t-il, oubliant qu'il lui a donné une partition signée de son nom.

Elle ramène sa main contre elle.

— Le concert était superbe. C'est un de mes morceaux préférés, *la Séparation* en *fa* mineur.

— Je sais, réplique-t-il.

Antonina cille, troublée, et joue nerveusement avec la poignée de sa pochette. Aurait-il gardé le même souvenir qu'elle de cette soirée ?

— J'attends ma calèche, dit-elle.

— Vous habitez dans le voisinage, je suppose, puisque vous ne restez pas la nuit.

— Effectivement.

— Ah, fait-il. Elle ne l'aide décidément pas beaucoup. Eh bien, peut-être nous reverrons-nous, si vous passez avec votre époux. Je vais rester ici quelques mois, pour enseigner la musique aux jeunes nièces de la princesse Bakanev.

Antonina perçoit la question dans sa voix lorsqu'il dit *votre époux*, et fait courir sa main le long de sa robe de taffetas noire.

— Nous ne sortons pas beaucoup. Mon mari est souffrant.

— Vous m'en voyez désolé.

— Merci. Oh, voici ma voiture. J'ai été ravie de vous revoir, dit-elle alors qu'une calèche aux lampes de cuivre étincelantes et tirée par deux beaux et fringants pur-sang arabes s'immobilise devant le palais. Comme je viens de vous le dire, vous jouez toujours aussi bien, non, mieux encore, j'en suis sûre, ajoute-t-elle. Au revoir, monsieur...

— Kropotkine.

— Monsieur Kropotkine, répète-t-elle.

Puis elle se détourne et dévale les marches.

Il se penche par-dessus la balustrade et regarde le cocher descendre et lui offrir son bras. Il est grand, avec des cheveux noirs ondulés, ébouriffés par le vent, et il ne porte pas de livrée. La femme pose la main sur son bras tandis qu'il ouvre la portière et l'aide à monter dans la calèche. La situation a quelque chose d'étrange : l'homme paraît trop familier pour être un cocher.

Valentin se tourne vers l'un des invités qui fument le cigare à proximité.

— Je vous prie de m'excuser, dit-il, mais cette femme... la comtesse Mitlovskaïa... vous la connaissez ?

L'homme retire le cigare de sa bouche en soufflant un trait de fumée odorante.

— On ne l'avait pas vue sortir depuis un moment. Son mari est très souffrant. Une maladie du cerveau, maintenant, à ce qu'il paraît. Triste histoire que celle des Mitlovski. Des victimes de l'agitation : le fils a disparu dans une affaire non élucidée, et le mari a perdu un bras. Il semble que le domaine soit en piètre état.

L'homme s'interrompt, conscient d'en avoir trop dit au musicien. Il en impute la faute aux trop nombreuses coupes de champagne.

— Elle habite la propriété voisine, ajoute-t-il pour mettre visiblement fin à la conversation. Angelkov.

23

Le lendemain matin, Antonina reste allongée dans son lit, et pense à son étrange rencontre avec Valentin Kropotkine chez les Bakanev.

Micha jouait le nocturne de Glinka avant d'être enlevé, et même si elle a joué ce morceau bien souvent depuis, le fait de l'entendre interpréter avec une telle sensibilité par le petit orchestre l'a profondément émue.

Il y a plus de douze ans qu'elle a vu le violoniste faire l'amour à sa mère. Elle se rappelle la dernière fois qu'elle s'est remémorée cette scène – il y a bien, bien des années à présent. Ces fantasmes sont loin maintenant : avec le désespoir et l'inquiétude que lui ont apporté l'enlèvement de Micha, son corps est devenu plus un fardeau qu'autre chose. Il ne doit rester solide que pour lui permettre de diriger le domaine et empêcher qu'on renonce aux recherches pour retrouver son fils.

Après la naissance de Mikhaïl, Konstantin n'est plus venu la voir que très rarement, peut-être une fois tous les quelques mois. Elle aurait voulu un autre enfant, d'autres enfants, en fait, après avoir connu la joie profonde que lui a apportée Micha, mais une fois qu'il avait eu un fils, Konstantin semblait s'être désintéressé de cette partie de leur mariage. Elle n'avait plus eu besoin de s'imaginer l'étreinte du violoniste pour supporter le contact de son mari : celui-ci ne la touchait plus.

Il y a longtemps qu'elle sait, pour Tania. Un après-midi, quelques mois après la naissance de Micha, alors qu'elle passait devant la chambre de son mari, elle l'a vu glisser quelques mots à l'oreille de la blanchisseuse, une main possessive posée sur sa taille. Elle est allée immédiatement trouver Lilia et lui a demandé si le comte l'importunait, elle ou d'autres jeunes servantes de la propriété. Lilia lui a fermement répondu que non.

— C'est seulement Tania, alors ? a insisté Antonina, et Lilia a hoché la tête.

Antonina s'en moque. En fait, elle se sent désolée pour la blanchisseuse. Celle-ci est vieille, presque de l'âge de Konstantin, ses cheveux auburn sont striés de gris et ses yeux sont las. En passant devant l'énorme blanchisserie, Antonina l'a vue déplacer des lessiveuse remplies d'eau bouillante et d'eau de Javel, la figure trempée par la vapeur et les épaules voûtées. Lorsqu'elle la croise de temps en temps dans le couloir, chargée d'une pile de draps repassés, Antonina ne lit que de la fatigue sur son visage. Comment aurait-elle pu en vouloir à cette femme pour ce qu'elle est obligée de faire ?

Il y a eu cependant des fois où Antonina s'est sentie si seule qu'elle s'est rendue dans la chambre de Konstantin. La plupart du temps, il lui a fait comprendre qu'elle se comportait en dévergondée en venant le voir au lieu d'attendre sagement qu'il vienne la retrouver, et il l'a renvoyée.

Cela fait trois ans qu'ils n'ont plus de rapports du tout. Même lorsqu'elle lui a dit qu'elle ne désirait qu'un peu de compagnie et aurait voulu s'endormir dans ses bras, il l'a renvoyée.

Les carafes de vin et les bouteilles de vodka sont alors venues à son secours, comme si souvent au cours de sa vie.

À présent, elle ne peut plus compter sur Konstantin pour rien. La dernière fois qu'elle a voulu l'interroger sur leur situation financière, tout ce qu'il a voulu répéter, c'est que les serviteurs avaient tout pris.

* * *

Une fois que Lilia l'a aidée à s'habiller et l'a coiffée, Antonina écrit une lettre au notaire de Konstantin, Yakovlev, à Pskov, pour lui demander de venir au domaine. Elle a besoin d'argent. Alors qu'elle envoie Liocha porter la lettre, elle se surprend à penser au goût d'un velouté de champignons fraîchement cueillis et de pommes de terre. C'est le première fois depuis le printemps qu'elle pense à ce qu'elle pourrait manger : elle se contente de mâcher et d'avaler sans rien ressentir. Mais aujourd'hui, elle a envie de velouté de pommes de terre aux champignons.

Elle se rend dans la cuisine et demande à Raïssa d'en préparer pour le dîner. La cuisinière secoue la tête et lui dit qu'il n'y a pas de champignons.

— Mais on est en septembre. Les bois en sont pleins.

La vieille femme hoche la tête et s'incline légèrement.

— Oui, madame la comtesse. Mais il n'y a personne pour les ramasser. Chacun de nous fait le travail de trois ou quatre personnes.

— Je comprends, réplique Antonina, merci Raïssa. Vous avez un panier ?

— Un panier, madame ?

— Je vais aller en ramasser. Je le faisais, quand j'était petite.

Raïssa baisse les yeux sur les pieds de sa maîtresse en lui tendant un panier de saule tressé et un petit couteau aiguisé. Antonina suit son regard jusqu'à ses escarpins de soie roses.

— Mes bottes sont sous le banc, indique Raïssa, qui se signe aussitôt. Je vous demande pardon, comtesse – je sais qu'elles sont vieilles et craquelées, mais vous allez abîmer vos souliers et vous faire mal aux pieds en y allant comme ça.

Antonina voit tout de suite que les bottes sont trop grandes. Elle pourrait aller dans la salle où sont rangées ses tenues de cheval pour enfiler une paire de belles bottes de cuir, mais il lui serait difficile de marcher en forêt avec de telles semelles. Elle remercie donc Raïssa d'un sourire et met les bottes. Elle traverse le jardin en sentant la peau de ses talons frotter à travers les bas minces, et elle sait qu'elle aura des ampoules.

Gricha se rend à l'écurie.

— Merci de m'avoir conduite chez les Bakanev hier soir, lui dit-elle en marchant près de lui.

Elle ne lui a pas parlé lorsqu'il l'a aidée à descendre de calèche, de retour à Angelkov, et s'est contentée de monter en courant les marches du perron, laissant tomber ses gants. Gricha l'a appelée, les a ramassés et les lui a donnés. Il a vu alors qu'elle avait pleuré.

— Mais on dirait que vous ne vous êtes pas beaucoup amusée, lui dit-il à présent en jetant un coup d'œil sur son panier et son couteau.

— Pour chercher des champignons, explique-t-elle. Les Bakanev se sont montrés très hospitaliers. Mais je ne me sentais pas à ma place.

Elle s'immobilise. Gricha s'arrête aussi. Il paraît distrait et ramène sans cesse ses cheveux noirs derrière ses oreilles avec des doigts. Il a les cheveux très épais, qui ne tiennent pas en place. Cela rappelle à Antonina quand elle écartait les cheveux du front de son fils.

— Et toujours rien de cet homme, Lev ? Il a pris l'argent et a simplement disparu ?

Antonina lui a déjà posé maintes fois la même question, mais il faut qu'elle le lui redemande encore.

Gricha se racle la gorge.

— Je continue de faire ce que je peux pour retrouver votre fils, vous savez.

Elle ferme les yeux un instant, et Gricha s'en veut.

Il a vu Antonina sombrer dans la détresse après l'échec de la première remise de rançon, puis la situation s'est aggravée jour après jour. Après avoir interrogé Sosso une première fois, Gricha s'est rendu à l'entrepôt pour le défier de nouveau. Mais Sosso n'était plus là. Le régisseur a questionné Lilia, mais celle-ci a haussé les épaules et répondu qu'il avait décidé de quitter la propriété. C'était un homme libre à présent, n'est-ce pas ?

— Il m'a dit qu'il m'enverrait des nouvelles quand il serait installé quelque part, mais ça m'étonnerait qu'il le fasse, a-t-elle ajouté en haussant une nouvelle fois les épaules, les lèvres pincées, montrant bien à Gricha que cela lui était parfaitement égal.

Celui-ci étudia son expression. Il était certain qu'elle ne savait rien au sujet de la disparition de Micha. Sosso avait annoncé qu'il ne lui dirait rien, et Gricha savait qu'il avait eu raison : elle était trop proche de la comtesse.

— Tu n'as vraiment aucune idée d'où il est parti ?

— Je te dis que non. Pourquoi ça t'intéresse ?

Gricha s'éloigna sans répondre. Lilia était son seul lien avec Sosso, qui était, à son tour, son seul lien avec Mikhaïl. Lev avait disparu. Gricha l'avait fait suivre par Fiodor et Liocha le jour où l'homme avait apporté la nouvelle demande de rançon. Ils avaient surveillé l'isba où il avait passé la nuit, mais s'étaient aperçus au matin qu'il avait disparu.

Gricha avait déjà cherché Sosso dans tous les villages alentour. Puis il avait de nouveau fait le tour de ces villages, en quête de Lev cette fois, mais sans plus de résultats. Même s'il craignait parfois qu'ils n'aient tué l'enfant et quitté la région, il connaissait aussi leur cupidité. Il se répétait donc qu'ils garderaient le petit en vie tant qu'ils pensaient pouvoir en tirer plus d'argent.

Il avait du mal à se retrouver en présence de la comtesse Mitlovskaïa et dormait peu, ressassant la situation : la santé du comte qui se dégradait, la comtesse qui n'était plus que l'ombre d'elle-même et le visage de Mikhaïl dans la clairière.

Il avait été rongé en silence par le remords jusqu'à aujourd'hui. Au réveil, il avait trouvé un message glissé sous sa porte. Il devait apporter le deuxième versement dans une isba de Touchinsk le lendemain après-midi. Mikhaïl Konstantinovitch l'attendrait.

Il regarde Antonina chaussée des bottes élimées de la cuisinière, le panier sous le bras.

— Je crois que la journée sera belle, comtesse, dit-il enfin, désireux de lui faire part de la nouvelle, mais conscient qu'il ne faut pas, pas tant qu'il n'aura pas l'enfant.

— Vous pensez, Gricha ? Vous pensez ?

Il sourit et désigne d'un signe de tête le panier et le couteau.

— Vous aurez des champignons tout frais.

Un sourire las relève un coin de la bouche d'Antonina.

— Oui, convient-elle. J'aurai des champignons frais.

Gricha lève de nouveau la main, dans un dernier effort pour discipliner sa chevelure.

* * *

Dans la forêt, Antonina respire l'odeur de moisissure et d'humidité des feuilles mortes et elle se rappelle le plaisir qu'elle avait, enfant, à chercher des champignons avec sa gouvernante ou l'un de ses frères.

Elle se fraye un chemin parmi les fourrés marécageux, guettant le dôme minuscule d'un chapeau au milieu du terreau de feuilles, de branches cassées et de mousse qui tapisse le sol. Quand elle en repère un, elle se baisse, écarte la terre humide avec ses doigts et coupe le champignon : des lactaires délicieux et de parfaits bolets orangés. De temps en temps, elle tombe sur des pleurotes, ces champignons si particuliers qui poussent sur des troncs d'arbre.

Lorsque, son panier plein, elle rentre au manoir, quelques heures plus tard, la porte d'entrée est verrouillée. Il n'y a plus de valet de pied à Angelkov pour se tenir dans le vestibule et s'occuper de la porte, faire entrer les visiteurs, recevoir les cartes de visite, prendre les manteaux et autres vêtements. Plus personne ne se présente à la porte de toute façon.

Elle fait le tour de la demeure et pénètre dans la cuisine par l'entrée de service. Elle laisse le panier de champignons sur la table. Raïssa n'est pas là, mais il y a une grosse marmite d'eau qui bouillonne sur le fourneau, et il y a des pommes de terre coupées sur une planche.

Cela l'a épuisée de marcher, s'agenouiller et creuser ; elle a perdu l'habitude de faire de l'exercice. Elle n'a même plus l'énergie de défaire son manteau et de se déchausser dans la cuisine chaude. Tout en montant lentement l'escalier, elle remarque la couche de poussière sur les bords de chaque marche ainsi qu'un accroc dans l'épais tapis de Perse. Le cuivre de la rampe tourne au vert-de-gris. Il n'y a tout simplement plus assez de domestiques pour faire tourner la maison. Olga est restée, bien qu'Antonina ait remarqué depuis peu que c'est à présent Lilia qui porte le trousseau de clés à sa ceinture. Elle ne lui a pas demandé depuis quand ni pourquoi.

Dans sa chambre, Antonina s'assoit sur le fauteuil de velours, devant la cheminée éteinte, et dégrafe laborieusement les bottes, qu'elle s'empresse de retirer, les abandonnant là où elles tombent. Ses bas sont collés à ses talons par des taches de sang, là où la chair est à vif. Antonina s'allonge et contemple le plafond. Il n'y a pas d'air dans la chambre. L'atmosphère y est étouffante et confinée. Tout est tel qu'elle l'a laissé : le lit défait, la serviette jetée près de la cuvette d'eau sale, sa chemise de nuit abandonnée par terre, près de l'armoire.

Elle se lève et ouvre la fenêtre. Il fait encore plus chaud dehors que dedans, sans doute la dernière vraie chaleur de l'automne. Elle boit quelques gorgées de vodka au flacon qu'elle garde dans son armoire et se recouche sur le lit défait. Elle examine ses ongles. Ils sont cassés et noircis par la cueillette des champignons. Une mouche, puis une autre pénètrent dans la chambre par la fenêtre ouverte et bourdonnent dans l'air chaud et immobile. Au bout d'un moment, la jeune femme se tourne sur le côté et ferme les yeux, espérant s'endormir un instant. Elle glisse une main sous l'oreiller de dentelle et écarte les doigts pour savourer ce petit rectangle de tissu plus frais. Elle effleure alors le petit sachet de velours qu'elle conserve là.

Elle le tire de sous l'oreiller, l'ouvre et en sort l'angelot qui est tombé du plafond de l'église, au mois de juin. Elle caresse de ses doigts malpropres le corps doré de l'angelot, ses ailes et ses pieds minuscules. Gricha a parfaitement recollé l'aile cassée ; la fissure se remarque à peine.

Pendant tout l'été, long et étouffant, elle a entretenu l'espoir de retrouver Mikhaïl. Elle se rend chaque jour à l'église et prie au moins une heure, bien qu'elle n'ait plus jamais reçu d'autre vision ni le moindre signe.

L'orage gronde au loin. Antonina enferme l'angelot dans ses deux mains et le presse contre sa poitrine en fermant les yeux.

* * *

Le temps change pendant la nuit. Le lendemain, l'air est frais et vif bien que le soleil brille encore.

C'est l'après-midi, et Antonina se tient sur la terrasse, les yeux fixés sur les corbeaux qui hantent les pins, quand elle remarque que les bouleaux ont soudain viré au jaune, leurs petites feuilles tournoyant au bout de leur tige au moindre souffle d'air. Elle n'a pas envie de rentrer à l'intérieur : malgré Pavel, qui tente de l'apaiser avec du chloroforme, Konstantin hurle.

Elle aperçoit Gricha à cheval et l'appelle.

— Où allez-vous, Gricha ?

— J'ai à faire à Touchinsk.

Le soleil brille dans ses cheveux. Antonina remarque l'intensité de leur couleur, si noirs qu'ils en paraissent bleus dans la lumière.

— Vous pouvez m'attendre, s'il vous plaît ? Je vous accompagne.

À peine a-t-elle prononcé ces mots qu'Antonina s'aperçoit qu'elle a terriblement envie d'une promenade à cheval. Elle n'a monté Dounia qu'une fois de tout l'été, et n'est alors sortie qu'une demi-heure.

Elle n'avait aucun but, aucune raison de sortir. Maintenant, elle veut échapper à Konstantin et au triste délabrement du manoir.

— Comtesse, comme je vous l'ai dit, j'ai à faire. Je vais y aller au galop puis reviendrai directement. Ce n'est pas une promenade.

— Je vous accompagne quand même, décrète Antonina en remontant l'escalier. Je me change et j'arrive dans dix minutes.

— Je préférerais que vous ne...

Les paroles de Gricha se perdent. Il jure à mi-voix. Il ne sait pas comment lui dire non.

* * *

— Le notaire, Yakovlev, m'a répondu, annonce Antonina à Gricha alors qu'ils chevauchent tranquillement côte à côte dans l'allée qui va du manoir à la route. Il apportera tous les papiers de Pskov dans deux jours pour les regarder avec moi. Il faut que je trouve comment rassembler les fonds de Konstantin.

— C'est une bonne nouvelle, madame, répond Gricha.

Cela rappelle à Antonina qu'il n'a pas été payé. Elle sait que Konstantin lui versait son salaire tous les quatre mois, or, elle ne lui a rien donné depuis la disparition de Mikhaïl.

— Vous voudriez que je sois présent aussi ? propose Gricha. Je traitais souvent avec lui et le comte.

— Vous seriez le bienvenu. Votre contribution me serait précieuse. Je vous ai confié trop de responsabilités. Je n'aurais pas dû m'appuyer autant sur vous sans…

Elle lui parle en gardant les yeux rivés droit devant elle.

— Je sais que nous vous devons votre salaire.

— Votre confiance m'honore, madame, se contente-t-il de répliquer.

— Vous vous êtes montré si compréhensif depuis ce printemps. Mais je reprends des forces et je vais me charger de la direction de la propriété. Konstantin Nikolaïevitch, comme vous le savez, est à présent incapable de gérer quoi que ce soit. De faire quoi que ce soit.

Gricha ne fait aucun commentaire.

— Votre silence signifie-t-il que vous ne m'en jugez pas capable, Gricha ? demande Antonina en pivotant légèrement sur sa selle afin de le regarder. Je peux apprendre. Soyez assuré que j'apprendrai à diriger cette propriété.

— Je ne doute pas un instant que vous maîtriserez les aspects financiers lorsque vous aurez eu le temps de les étudier, assure Gricha en hochant la tête. Mais savez-vous, madame, combien de serfs ont quitté le domaine ?

Antonina lui adresse un nouveau regard.

— Je sais que beaucoup sont partis, mais ils ne partiront pas tous.

Elle affiche une confiance forcée.

— Les domestiques retournent le plus souvent dans leur famille, reprend Gricha. Les paysans, les anciens serfs qui occupent les villages s'organisent à présent en *mirs*, madame, c'est une forme de propriété collective. La terre appartiendra à la communauté, mais chaque famille produira ses propres récoltes. Chacun travaille pour le bien de la communauté, c'est la nouvelle loi. Vous serez forcée de vendre une grande partie de vos terres à vos anciens serfs, afin qu'il puissent l'exploiter de la sorte. Ils la cultiveront et en partageront tous les bénéfices. De la même façon qu'ils vous donnaient autrefois une part des récoltes, ils partageront désormais cette part équitablement.

Antonina garde le silence un instant. Son père, puis Konstantin avaient été résolument contre le manifeste d'émancipation. Ils assuraient avec véhémence que donner la liberté aux serfs priverait les seigneurs de l'immense main-d'œuvre bon marché dont ils avaient besoin pour entretenir leurs domaines. Elle se rend compte à présent qu'elle n'a pas posé assez de questions ; elle ne peut imputer à personne son manque de connaissances. La manière dont son père et son mari traitaient les serfs lui a toujours fait horreur et elle n'a pas cherché plus loin.

— Attendez, dit-elle. D'après la nouvelle loi, je serais *forcée* de leur vendre mes terres ? Mais… n'est-ce pas à moi de décider ?

— Eh bien, oui, en partie. Mais le gouvernement va vous faire payer tellement d'impôts fonciers que vous aurez du mal à tout conserver. Sans les paysans, ces terres ne vous serviraient à rien de toute façon. Vous ne pourrez plus recevoir les redevances annuelles qu'ils vous versaient, et, sans personne pour les cultiver, il n'y aura pas de récoltes pour vous nourrir, vous et ceux qui continuent de travailler au domaine.

— Alors je leur vendrai une partie de mes terres, et avec l'argent que je toucherai, je pourrai continuer d'entretenir Angelkov, de nourrir et d'habiller tous ceux dont j'ai la responsabilité, comme avant, déclare-t-elle.

Gricha émet un rire bref qui résonne dans l'air vif de l'automne.

— C'est ce qu'avait imaginé le tsar.

— Que voulez-vous dire ?

Gricha arrête son cheval, et Antonina tourne la bride à Dounia pour lui faire face. Les chevaux se reniflent doucement, et leurs naseaux se touchent.

— Comtesse Mitlovskaïa, où pensez-vous que les anciens serfs vont trouver l'argent pour acheter les terres ?

— Où cela, Gricha ?

Le régisseur, pour la première fois, paraît agacé.

— Ils n'ont *pas* d'argent, comtesse, dit-il d'une voix dure. Vous devez le savoir. Ils n'ont rien d'autre que les haillons qu'ils ont sur le dos. Même le toit plein de trous censé les abriter ne leur appartient pas. Vous ne recevrez aucun paiement. Aucun seigneur n'en recevra. Pas maintenant. On distribuera des formulaires. Chaque ancien serf fera une croix là où on lui demandera de signer. Le formulaire l'engagera à payer plus tard. Sauf qu'il ne pourra jamais rembourser la terre. Jamais. Il ne pourra jamais économiser assez d'argent. Il continuera juste de vivre de la même façon, sauf qu'à partir de maintenant, il travaillera pour son village au lieu de travailler pour le seigneur.

Antonina ne se résout pas à croiser le regard insistant de Gricha. Elle préfère regarder au-delà de son épaule une volée de courlis gris-brun, au long bec fin recourbé vers le bas, se diriger vers le sud.

— En bref, je ne toucherai rien du tout. Je me contente de perdre mes serfs et mes terres.

— Oui, madame, convient Gricha. C'est ce qui vous attend. C'est ce qui se passe depuis plusieurs mois.

— Mais Konstantin a sûrement prévu... commence-t-elle, puis elle s'interrompt. Yakovlev me dira de quels fonds je disposerai. Et vous, Gricha ? Vous avez toujours été un homme libre.

C'est en parlant qu'elle envisage pour la première fois qu'il puisse partir. Elle n'imagine pas Angelkov sans lui. Elle n'imagine pas sa vie sans Gricha quelque part.

Le visage du régisseur se durcit et devient indéchiffrable.

— Ne vous souciez pas de moi, comtesse Mitlovskaïa. J'ai toujours veillé à mes intérêts.

La façon dont il formule ces derniers mots – *à mes intérêts* – la glace. Elle l'examine, grand et droit sur son cheval, et elle prend conscience qu'elle ne sait rien de son passé. Elle ne connaît que sa maison aux volets bleus, la maison du régisseur : des livres soigneusement rangés sur des étagères, un feu qui crépite dans la cheminée.

— Vous travailliez comme tonnelier pour le comte, quand je suis arrivée au domaine, énonce-t-elle.

— En effet.

Combien d'années a-t-il de plus qu'elle ? Sept ou huit ans ?

— Êtes-vous originaire d'un des villages voisins ?

— Non, je suis venu de Saint-Pétersbourg. Mais avant cela, j'ai vécu à Moscou.

— Ah ! bien, dit Antonina.

Il y a quelque chose de troublant dans la façon dont Gricha la regarde. On dirait qu'il voudrait soit qu'elle lui en demande davantage, soit qu'elle cesse complètement de l'interroger. Antonina s'aperçoit qu'elle est très mal à l'aise, mais sans pouvoir déterminer pourquoi. Au cours de ces derniers mois, elle a passé plus de temps avec Gricha qu'avec quiconque, à l'exception de Lilia. Et elle ne s'est jamais sentie mal à l'aise avec lui.

Il la dévisage toujours et Antonina se sent brusquement fébrile. Elle lui retourne son regard pendant ce qui lui paraît quelques secondes de trop puis baisse les yeux sur ses propres mains, nues sur les rênes. Une soudaine rafale d'air froid la fait frissonner. Des aiguilles orangées et dorées s'envolent des mélèzes qui bordent la route et entament une danse endiablée. Des nuages passent devant le soleil quoique le ciel soit encore bleu.

— Reprenons notre route, madame, déclare Gricha en tirant légèrement sur les rênes afin de remettre son cheval dans la bonne direction.

Antonina laisse échapper l'air de ses poumons, alors qu'elle ne s'était pas aperçue qu'elle retenait sa respiration.

Elle fait elle aussi pivoter sa monture.

— Quand le notaire sera là, il éclaircira les choses.

Elle donne un coup de talons dans les flancs de Dounia, et la jument se remet à marcher d'un pas réconfortant. Une nouvelle rafale de vent soulève les pans de la cape d'Antonina. Des feuilles lumineuses commencent à tomber, se prenant dans leurs cheveux, leurs vêtements, la crinière de leurs chevaux.

Gricha scrute le ciel.

— Il va pleuvoir. J'espère que ça attendra quelques heures.

Il a une feuille cuivrée accrochée à l'épaule.

* * *

Antonina sent le vent fraîchir encore alors qu'ils approchent de Touchinsk. L'air est encore clair et vif pourtant, et elle ferme les yeux en respirant profondément. Elle pose la main sur la crinière de Dounia et caresse sa douce épaisseur.

— Attendez-moi ici, à l'entrée du village, madame, la prie Gricha, qui paraît étrangement agité. Ça ne prendra que cinq minutes et je vous retrouve ici. Il y a des ornières profondes, ajoute-t-il soudain, et Dounia aurait du mal à circuler.

Il craint que si elle insiste pour l'accompagner, Lev ne lui rende pas l'enfant.

Antonina attend donc. Cinq minutes s'écoulent, puis dix. Elle contemple le carré central de terre nue, dominé par la petite église et son dôme dont la peinture verte s'écaille. Des poulets sont juchés sur les marches de bois, et le vent ébouriffe leurs plumes. Un prêtre émacié d'une cinquantaine d'années arborant une longue barbe noire striée de gris et des cheveux emmêlés se tient, apathique, sur le seuil, vêtu d'une soutane élimée et de *valenki* – des bottes de feutre. Contrairement aux membres du clergé plus élevés dans la hiérarchie – les moines célibataires qui peuvent prétendre à devenir évêques, voire archevêques, dans l'ordre ecclésiastique –, les simples prêtres de village doivent se marier avant d'être ordonnés. Mais comme ils sont parmi les plus pauvres du village – vivant d'aumônes et de ce qu'ils peuvent tirer du jardin minuscule derrière l'église – il leur est difficile de trouver une épouse. Leur seul espoir réside dans la fille d'un autre prêtre de village.

Antonina regarde des hommes tirer des voitures remplies de bois de chauffe et de sacs de racines comestibles tandis que de vieilles femmes épluchent des pommes de terre et des oignons sur le seuil des isbas. Des chiens étiques restent allongés sur le flanc contre les habitations et des chèvres déambulent au hasard, tête baissée, en quête de quelque chose à grignoter. Des femmes plus jeunes portant dans leur châle des bébés sur le dos, des enfants un peu plus grands accrochés à leurs basques, marchent légèrement penchées pour affronter le vent. Quelques villageois regardent dans sa direction, et Antonina lit sur leur visage quelque chose de différent de ce qu'elle a connu toute sa vie. Au lieu de la soumission et de la peur habituelles, elle perçoit du ressentiment. Peut-être même de l'hostilité.

Gricha a raison. Les serfs sont libres à présent, mais en quoi leur vie a-t-elle changé ? Antonina passe en revue les masures au toit défoncé, les animaux faméliques, la pauvreté et le désespoir. Que leur apporte cette nouvelle liberté ?

Elle finit par en avoir assez d'attendre et engage lentement sa monture dans la ruelle qui traverse Touchinsk. Ainsi que l'a prévenue Gricha, les ornières sont profondes, et Dounia trébuche à plusieurs reprises.

Craignant qu'elle ne se blesse, Antonina immobilise sa monture et jette un coup d'œil dans une ruelle latérale où elle aperçoit Gricha. Il se tient devant l'entrée d'une isba et parle à un homme qui lui paraît familier. Gricha tient un petit paquet à la main.

Elle essaye de se souvenir d'où elle connaît cet homme. A-t-il travaillé dans l'une des étables ou dans les réserves ? Sentant les rênes se relâcher, Dounia se remet tout doucement en marche. Antonina remarque une femme qui descend la rue un peu plus loin, devant elle. La femme porte un fagot sur son épaule. Un petit garçon marche à côté d'elle. Antonina les regarde s'éloigner.

L'enfant est Mikhaïl. Il porte son manteau. Même à cette distance, elle reconnaît l'inscription brodée au fil bleu – le prénom de son fils – au dos de son manteau, sur l'ourlet. Elle voit ses cheveux blonds.

— Mikhaïl, prononce Antonina, incrédule, puis elle crie et sa voix est celle d'une folle. Micha !

Dans sa panique, elle tire brutalement sur les rênes. Dounia relève brusquement la tête alors que sa cavalière se penche en avant pour voir l'enfant plus clairement. Le crâne du cheval heurte le visage d'Antonina, et la jeune femme glisse au bas de Dounia avant que la jument n'ait eu le temps de s'arrêter. Elle tombe à genoux, momentanément étourdie par le choc au visage. Puis elle secoue la tête, se lève et court vers la femme en hurlant le nom de Mikhaïl. Celui-ci ne se retourne pas, et la femme non plus.

Une autre femme qui arrive en sens inverse tend le bras, et lorsque la femme au fagot tourne enfin la tête et voit Antonina courir vers elle, sa bouche forme un cercle de frayeur. Elle laisse tomber sa charge et saisit l'enfant par la main.

Antonina trébuche dans les profondes ornières et les flaques de boue, elle reste cependant plus leste que l'autre femme, à moins que ce ne soit le désespoir qui la rende si rapide. Pendant qu'elle les poursuit en hurlant le nom de Micha, des paysans sortent des isbas pour la regarder. Les femmes serrent leurs enfants contre elles, d'autres se dissimulent derrière le bord de leur mouchoir.

— Arrêtez ! crie Antonina. Arrêtez ! Rendez-moi mon fils !

Mais la femme continue de courir en traînant l'enfant qui chancelle sur ses pieds nus. Antonina finit cependant par se rapprocher suffisamment pour saisir la femme par l'épaule et la forcer à faire volte-face.

La femme, plus jeune qu'Antonina, tombe en se retournant et lève les yeux, présentant un mélange de confusion et de peur, comme si elle s'attendait à ce que la comtesse la frappe. Elle lève le bras.

L'enfant s'accroupit près d'elle.

Antonina le dévisage, puis émet une longue plainte. Ses genoux faiblissent, mais elle conserve son équilibre. La femme se relève lentement sans cesser de la regarder avec cette même expression apeurée.

L'enfant aux cheveux blonds n'est pas Mikhaïl. Un épais filet de morve lui coule jusqu'à la lèvre supérieure. Il a un orgelet purulent au coin de son œil brun et rond.

Le cri de détresse d'Antonina s'éteint. Elle prend une profonde inspiration et ferme les yeux avant de les rouvrir en se passant la langue sur les lèvres. Sa bouche est sèche, comme recouverte d'une épaisse substance laineuse.

— Le manteau du petit, parvient-elle enfin à prononcer. Où l'avez-vous eu ?

Tout en parlant, elle prend conscience d'un liquide au goût métallique dans sa bouche, et qu'il y en a trop pour l'avaler. Elle crache une espèce de mousse rouge sombre et cherche à l'essuyer d'une main tremblante ses lèvres et son nez. Sa main est aussitôt couverte de sang. En relevant la tête, Dounia lui a peut-être brisé le nez, ou déchaussé une dent. Antonina sait que quelque chose ne va pas, mais elle ne ressent aucune douleur.

La paysanne continue de la dévisager, les lèvres frémissantes.

Antonina la secoue, légèrement, par l'épaule.

— Je vous ai demandé d'où vient ce manteau. Parlez. Répondez-moi.

Elle voit la peur sur le visage de la femme et se force à prendre une voix plus calme.

— Vous n'avez rien à craindre. Je suis la comtesse Mitlovskaïa. Je possède...

Elle s'interrompt. Elle ne possède plus ce village, ni cette femme.

— Je... j'ai besoin de savoir d'où vient ce manteau.

Les yeux de la femme se portent sur un point derrière Antonina, et elle prend une expression soulagée.

— Je vous en prie, s'il vous plaît, madame, lance une voix grave.

Antonina se retourne et découvre un jeune homme qui arrive en courant, une hache à la main. Il est tout empourpré et a le souffle court.

— Ma femme… et mon fils… ils sont sourds et muets. Elle ne comprend pas ce que vous dites.

Antonina tressaille.

— Le manteau du petit, dit-elle en portant le regard sur l'enfant. Je… il faut que je sache où il l'a eu.

Le jeune homme reste un instant silencieux, sa poitrine se soulevant de façon précipitée.

— Elle ne l'a pas volé, madame. On nous distribue des vêtements par les paniers de charité de l'église.

Antonina n'arrive pas à parler.

— Comtesse Mitlovskaïa, s'écrie Gricha, soudain à côté d'elle. Comtesse, vous êtes blessée.

Antonina quitte le jeune homme du regard pour se tourner vers Gricha, et sent une douleur intolérable envahir son visage tout entier, comme si le choc venait tout juste de se produire. Elle frissonne et tend la main pour se retenir au bras du régisseur, fermant les yeux pour se protéger de l'éclat blanc qui l'enveloppe et l'aveugle.

— Un siège, lance Gricha, qui la soutient de son autre bras.

— Pour l'amour du ciel, qu'on apporte un banc pour la comtesse !

Antonina s'effondre un instant contre lui puis sent qu'on l'assoit sur une surface dure. On pose un tissu contre son nez ; elle respire une odeur de cuir et de savon.

Un coq chante, un chien aboie, et Antonina rouvre les yeux. C'est Gricha qui presse un mouchoir contre sa figure. Elle lève la main pour maintenir l'étoffe en place, et ses doigts recouvrent ceux du régisseur. Il retire sa main.

Les paysans forment un grand cercle autour d'elle tout en se tenant à distance respectueuse. Dès qu'elle les regarde, ils s'inclinent bien bas.

La jeune mère a attiré son fils contre elle ; l'enfant se trouve entre elle et son père. Elle le protège, et Antonina comprend. Il a des jambes longues et grêles. Sa mère le mouche avec ses doigts. Il ne doit pas avoir plus de six ou sept ans, et le manteau est beaucoup trop grand pour lui. Le mari tire sa femme par la manche. Elle s'incline aussitôt, et indique d'un coup de coude à son fils d'en faire autant.

— La *talmotchka*... c'est celle de mon fils, explique la comtesse en écartant le mouchoir afin de s'adresser à eux, bien que Gricha soit le seul à la regarder. À l'adresse des têtes baissées, elle reprend :

— Il y a son nom, tout en bas du dos. Mikhaïl.

Alors qu'elle dit son nom à ces étrangers, Antonina déglutit et doit prendre une longue inspiration.

— Il a été enlevé, pris par des cosaques. Il portait ce manteau ce jour-là. Je vous en prie. Vous, dit-elle, et tous les paysans sauf la mère et l'enfant lèvent la tête pour voir à qui elle s'adresse.

Elle regarde le jeune père.

Celui-ci baisse les yeux vers son fils et pose la main sur la tête de l'enfant. En le voyant faire, Antonina se sent parcourue par un léger spasme. Elle comprend que l'homme est soulagé que ce ne soit pas son enfant qui ait été enlevé. Peut-être, à cet instant, est-il heureux de n'être qu'un simple paysan qui n'a pas d'argent pour une rançon, ce qui met son enfant à l'abri des cosaques en maraude.

Il touche de nouveau la manche de sa femme, et elle lève la tête vers lui. Il fait une série de gestes avec ses doigts, et le visage de la femme s'adoucit. Elle regarde Antonina un long instant puis hoche la tête. Elle retire ensuite doucement le manteau de l'enfant et vient le remettre à la comtesse.

Celle-ci le prend et le presse contre son nez ensanglanté pour essayer de retrouver le parfum de son fils. Mais elle ne respire qu'une odeur de graisse et de fumée. Le manteau est crasseux, et il est à présent taché de son sang.

— Merci, dit-elle d'une voix mal assurée en regardant la mère envelopper l'enfant dans son châle pour le protéger du vent froid. Mon régisseur, ajoute-t-elle en désignant faiblement Gricha de la main, fera en sorte que votre enfant reçoive un autre manteau.

Antonina adresse un regard à Gricha, qui acquiesce d'un signe de tête.

— Venez, comtesse, dit-il en tendant le bras. Il faut faire examiner votre blessure.

Antonina se lève, mais doit s'accrocher à lui pour ne pas tomber. Tous les paysans reculent.

— Merci de m'avoir rendu le manteau de mon enfant, dit-elle au jeune homme en pressant le vêtement contre sa poitrine. Et dites à votre femme que je suis désolée de lui avoir fait peur.

— Nous comprenons, madame, assure-t-il.

— Merci, répète Antonina d'une voix plus faible encore avant de laisser Gricha l'entraîner vers Dounia.

Le cheval du régisseur attend au même endroit, tête baissée. Les paysans se dispersent lentement tandis qu'Antonina pose le pied sur les mains entrelacées de Gricha et passe l'autre jambe par-dessus la selle. Le cuir crisse lorsqu'elle s'assoit dessus.

— Un instant, madame, la prie Gricha. Je vais prendre le nom du paysan afin de pouvoir lui faire porter un nouveau manteau.

Hébétée, Antonina le regarde retourner d'un pas vif vers le couple, qui se tient toujours au milieu de la route de terre et se parle avec les mains. Lorsque le régisseur s'adresse à eux, l'homme et la femme semblent intimidés et reculent d'un pas. Gricha lui tourne le dos, et elle ne voit pas son visage. D'abord, le jeune homme ne dit rien, puis se met à parler, entourant les épaules de sa femme d'un bras protecteur.

La réaction du villageois n'étonne pas Antonina. Il est naturel que les paysans craignent des hommes comme Gricha, des hommes qui occupent des postes importants.

* * *

Lorsque Gricha revient vers elle, il se frotte les mains comme pour se laver de la boue du village. Son expression est sombre.

Il enfourche son cheval et ils regagnent lentement la route. Gricha tient les rênes de Dounia et ils avancent au pas. Antonina serre d'une main le manteau de Mikhaïl contre sa poitrine et maintient de l'autre le mouchoir trempé contre son nez.

Gricha ne cesse de lancer des regards dans sa direction.

À une verste à peine du village, un roulement de tonnerre se fait entendre au loin. À quelques gouttes d'eau succède bientôt une froide averse automnale.

— Madame, appelle Gricha en se rapprochant d'Antonina pendant qu'elle remonte la capuche de sa cape.

À cause du vacarme de la pluie, il est obligé de se pencher vers elle. Leurs jambes se touchent.

— Je connais un endroit, une datcha pas loin. Préférez-vous attendre la fin de l'averse là-bas ou bien voulez-vous rentrer directement ?

— La datcha, répond Antonina en grelottant.

Elle se sent aussi épuisée que si elle venait d'accomplir une tâche éreintante.

24

Dans la petite écurie de la datcha, Gricha l'aide à mettre pied à terre. Le manteau de Mikhaïl tombe sur le sol poussiéreux, et Antonina pousse un cri. Gricha s'empresse de ramasser le vêtement et d'en brosser la paille avant de le lui redonner. Elle enfouit le visage dans la *talmotchka* et laisse un sanglot s'échapper de sa gorge.

En la voyant pleurer, il pose une main hésitante sur son épaule. Sans lâcher le petit manteau, elle s'appuie contre sa poitrine, et Gricha la prend dans ses bras, si légèrement, qu'elle ne s'en aperçoit pas tout de suite.

À part les caresses apaisantes de Lilia lorsque celle-ci lui donne son bain, la coiffe ou l'aide à s'endormir, Antonina n'a pas été touchée depuis longtemps. Le simple fait de poser sa joue contre la laine rugueuse de la tunique de Gricha et d'entendre battre un cœur humain lui apporte un tel réconfort qu'elle a du mal à s'en écarter.

Ils restent ainsi, dans l'écurie, avec les grains de poussière qui volent autour d'eux, dans les effluves denses du crottin et de la paille mouillée. Les sabots des chevaux s'agitent sur le plancher de bois, à travers la mince litière. Des hennissements et des reniflements légers se font entendre, le claquement d'une queue contre un flanc. La pluie martèle le toit en bois.

Antonina prend soudain conscience qu'elle est restée trop longtemps dans les bras de Gricha, et elle s'écarte. Elle s'essuie les yeux avec son poing et son souffle se fige lorsque ses doigts accrochent son nez tuméfié. Le sang se remet à couler et elle plaque de nouveau le mouchoir de Gricha contre sa figure tandis qu'ils se rendent à l'entrée de la datcha. Elle distingue le scintillement de l'eau à travers les arbres : un petit lac.

Gricha passe devant elle pour lui ouvrir la porte. Il conduit Antonina à un petit canapé, près de la cheminée, puis s'agenouille devant l'âtre et manie une pierre à briquet devant une pile de brindilles. Le feu ne tarde pas à prendre, et bientôt, des flammes s'élèvent contre la brique noircie. Gricha se redresse sur les talons et ajoute de petites bûches dans le feu. Il fait ensuite glisser sa veste de ses épaules et la jette sur un fauteuil à bascule.

— Il fera bientôt chaud dans la datcha, madame, annonce-t-il en la regardant par-dessus son épaule. Je vais allumer aussi le fourneau et faire chauffer de l'eau pour que vous puissiez vous nettoyer la figure.

Il part dans une autre pièce, et Antonina entend des bruits d'eau.

Elle laisse le manteau de Mikhaïl sur le canapé et emprunte un petit couloir, qui mène dans une petite salle d'eau rudimentaire. La datcha de bois est agréable, bien tenue et décorée de façon rustique mais tout à fait charmante. Ce doit être le pavillon d'été de... ? Appartient-elle aux Bakanev ? Elle est enfouie dans la campagne, et l'on n'y accède que par un sentier étroit et presque invisible entre les arbres, ou depuis le lac.

Devant le miroir légèrement convexe accroché au mur du réduit, Antonina écarte le mouchoir et ne peut réprimer un clignement d'yeux. Elle ne se reconnaît pas : son reflet lui renvoie quelque chose de sauvage, quelque chose qui l'effraie. Les élancements lancinants qui partent de son nez rendent tout son corps douloureux. Son corsage est taché de sang.

Gricha est à nouveau agenouillé devant l'âtre lorsqu'elle revient dans le salon.

— Vous souffrez beaucoup, madame ? demande-t-il en levant les yeux vers elle.

— Y a-t-il quelque chose à boire, Gricha ?

Celui-ci se lève et disparaît dans la cuisine pour revenir avec une demi-bouteille de vodka et un verre. Antonina se demande vaguement comment il peut connaître cet endroit.

— Je m'excuse, il n'y a pas de vin, juste de la vodka. Mais c'est de la bonne, précise-t-il avec un semblant de sourire. Ce n'est pas celle d'Angelkov, mais elle n'est pas mal quand même. L'eau chauffe, ajoute-t-il.

Antonina reprend sa place sur le canapé. Elle laisse tomber le mouchoir froissé et ensanglanté près d'elle et saisit le manteau qu'elle étend sur ses genoux. Elle le caresse, s'interrompt puis tire sur une couture intérieure légèrement défaite.

Gricha remplit le petit verre à moitié. Il tient encore la bouteille quand Antonina pousse une exclamation.

— Regardez ! Regardez, s'écrie-t-elle en brandissant deux petits carrés de sa transcription du morceau de Glinka portant quelque chose d'écrit au dos. C'était caché dans la doublure.

Comme pour le message que Lev avait apporté, Mikhaïl avait écrit au fusain.

Je n'aime pas être ici. Il y a un cochon qui dort à côté de moi, et j'ai peur qu'il me morde. Mais je ne pleure pas. Je suis un soldat pour papa. Quand je rentrerai à la maison, je lui demanderai de punir ces hommes méchants.

Sur le deuxième morceau de papier, le fusain a été tellement frotté qu'Antonina a du mal à déchiffrer les mots.

Ici, c'est mieux parce qu'il n'y a pas de cochon. Je suis toujours un soldat. Mais quelquefois, je pleure en pensant à maman quand j'entends les cloches de l'église. Il fait chaud, maintenant. Je crois que mon anniversaire est passé parce qu'il fait très chaud. Ça me gratte partout.

Elle pleure.

— Il était en vie cet été, Gricha, mais pourquoi son manteau... Gricha ne dit rien.

Elle ne peut terminer sa phrase. Elle presse la base de ses paumes contre ses paupières. Que porte-t-il, maintenant, dans le froid de l'automne ?

— Pourquoi cet enfant avait-il le manteau de mon Micha sur le dos ? demande-t-elle en abaissant ses mains, mais sans cesser de pleurer, pour prendre le verre que tient encore Gricha.

Le régisseur connaît la réponse. Il le sait parce qu'il a interrogé le villageois moins d'une heure plus tôt. Mais il ne peut pas le dire à Antonina. Il la regarde engloutir la vodka d'un seul trait.

— Encore, dit-elle en tournant le visage vers lui pendant qu'il remplit son verre. Buvez avec moi, Gricha.

Il n'hésite qu'un instant avant de répondre :

— Comme vous voudrez, comtesse. Excusez-moi, je vais chercher un autre verre.

Antonina pose les messages de Mikhaïl et son verre afin de retirer son manteau mouillé. Elle reprend ensuite son verre plein et attend le retour de Gricha, l'autre main posée sur les pages maculées à côté d'elle. Le feu est vif, et ses flammes dansent, oranges rouges et jaunes, grossies par la vodka contenue dans le verre.

Gricha revient et se sert à boire, puis il se place devant la cheminée.

— À Micha, dit Antonina en levant son verre.

Gricha hésite un instant, puis il s'avance et trinque avec elle. La peau de la jeune femme est pâle contre le lainage violet sombre de sa robe.

— À Mikhaïl Konstantinovitch, dit-il, attendant qu'elle boive avant de porter le verre à ses propres lèvres.

Comme avec le premier verre, elle avale la vodka d'un seul trait, long et régulier. Il ne devrait pas être surpris ; il sait que la comtesse est portée sur l'alcool. Il ne s'imaginait pas, cependant, qu'elle buvait comme un homme.

— Un autre, commande Antonina, et Gricha la ressert.

— L'eau doit être chaude maintenant, annonce-t-il en s'excusant.

Il revient avec une cuvette en fer blanc pleine à ras bord et une serviette de toilette douce et propre. Le verre d'Antonina est vide.

— Je vous porte ça dans le cabinet de toilette, propose-t-il.

Un profonde lassitude envahit Antonina. Elle secoue la tête, et ce simple mouvement déclenche une nouvelle douleur.

— Je voudrais rester ici.

Gricha pose la cuvette par terre et mouille la serviette. Il l'essore et la plie en un carré bien net avant de la lui tendre.

Antonina serre son verre vide entre ses mains et présente son visage au régisseur.

Gricha s'assied près d'elle sur le canapé. Il presse la serviette chaude et humide sous son nez et contre ses lèvres. Elle respire soudain un grand coup.

— Ça fait mal. Donnez-moi encore à boire, dit-elle, et Gricha se dit qu'elle devait parler ainsi lorsqu'elle était enfant.

Il connaît le pouvoir de la bonne vodka pure. Il obéit.

Elle vide la moitié de son verre et lui présente de nouveau son visage, les yeux clos. Gricha continue de laver doucement le sang séché. Cette fois, elle ne frémit pas.

— Puis-je toucher votre nez, madame ? demande-t-il.

Elle acquiesce, mais alors que Gricha presse doucement le tissu sur l'arête de son nez, elle cesse de respirer et repousse sa main. Elle finit la vodka et laisse tomber le verre vide sur le tapis à ses pieds.

— Il est cassé, comme je le craignais, dit-il.

— Pourquoi ne prenez-vous pas un autre verre avec moi, Gricha ? réplique-t-elle de cette curieuse voix de petite fille.

La vodka l'a calmée. Il fait chaud dans la datcha tandis qu'il pleut toujours dehors, même si le martèlement de la pluie a perdu de son intensité. Gricha se dit que s'ils s'attardent encore, le chemin sera difficile à suivre entre les arbres, par une nuit sans lune.

— Nous devrions partir, madame, si nous voulons éviter l'obscurité.

Antonina se penche en avant et appuie sa tête contre l'épaule du régisseur.

— Je n'ai pas envie de partir. Je suis si fatiguée.

Gricha regarde les mains de la jeune femme, qui reposent mollement sur ses genoux. Sa chevelure est si douce et épaisse contre lui. Il respire un parfum sucré, mais ne sait pas s'il provient de ses cheveux, de sa robe ou de sa peau.

Ils restent ainsi, dans la pièce éclairée par la seule cheminée. Les bûches s'effondrent avec un bruit sourd et le feu crépite. Il faut remettre du bois, ou il va s'éteindre.

— Madame, dit-il à mi-voix, et elle pousse un petit soupir. Je vais attiser le feu et allumer une lampe.

Pendant qu'il s'écarte d'elle avec douceur, elle saisit la bouteille et boit ce qui reste.

Lorsqu'il se retourne vers elle, elle est allongée, tenant d'une main la bouteille vide, l'autre repliée sous sa joue. Il allume la lampe sur la table ronde, dans le coin de la pièce. Une pluie régulière frappe contre les vitres. Il retourne près du canapé et regarde la jeune femme avant de lui prendre précautionneusement la bouteille pour la poser sur le sol. Elle a le nez enflé et bleuissant, mais elle paraît paisible, les yeux clos et le souffle régulier. Le manteau de Mikhaïl est tombé par terre ; il le ramasse et le pose sur l'accoudoir du canapé.

Il prend alors une couverture épaisse sur le dossier du fauteuil à bascule et l'étend sur elle. Une mèche de cheveux clairs lui barre le visage, et il se demande ce qu'il arriverait s'il l'écartait. Il se demande quelle texture ont ses cheveux.

Elle ouvre soudain les yeux et le regarde, nullement étonnée de le découvrir si proche. C'est une femme différente ici, dans la datcha. Ce n'est pas celle qui lui donne des ordres dans le bureau lambrissé, qui le congédie abruptement lorsqu'elle en a fini avec lui. À la lueur des flammes, il ne la reconnaît pas, même s'il la trouve toujours aussi jolie.

— Approchez, lui dit-elle, et il s'agenouille près du canapé.

Elle touche ses cheveux et les écarte de ses tempes.

— Tu as les cheveux si noirs, comme tes yeux. Comment cela se peut-il, Gricha ?

Il ne bouge pas.

— Ma mère était bouriate.

— Bouriate ?

Antonina plisse les yeux. Elle sait ce que sont les Bouriates, ce peuple aux traits asiatiques, qui vit à l'extrême sud-est de la Sibérie, près de la Mongolie.

— Comment se fait-il que ta mère soit bouriate, Gricha ?

Il ne répond pas, et elle laisse retomber sa main.

Elle le dévisage longuement.

— Je me sens seule, Gricha, dit-elle.

* * *

Lorsqu'il essaye de défaire le somptueux entrelacs de tresses épaisses, sur sa nuque, elle arrête son geste.

Elle s'est levée du canapé et lui a pris la main. Elle se déplaçait avec une élégance assurée malgré toute la vodka qu'elle avait ingérée. Il se sentait lent et soudain maladroit dans son sillage. Elle l'a entraîné vers l'une des chambres et s'est tenue devant lui, visage levé. Il a compris qu'elle attendait un baiser.

Il l'a enlacée prudemment, prêt à laisser retomber ses bras au moindre signe d'hésitation. Mais, loin de se raviser, elle a approché son visage, et il a pressé ses lèvres contre les siennes.

Antonina n'a jamais connu que le premier baiser de Lilia, et ceux de Konstantin. Elle n'a jamais été embrassée comme ça auparavant. Gricha l'embrasse en homme sûr de lui, et sûr de son désir, mais sans précipitation. Alors qu'ils continuent de s'embrasser, la bouche de Gricha se faisant de plus en plus insistante, il pose la main sur le creux de ses reins et la soulève à demi contre lui.

Puis il la repose.

— Tu en es sûre ? murmure-t-il.

C'est au moment où elle hoche la tête qu'il veut dénouer ses cheveux et qu'elle l'interrompt.

— Non, dit-elle en plaçant ses mains sur celles de Gricha. Laisse mes cheveux. S'il te plaît.

Il sait qu'il ne devrait pas faire ça. Doit-il rejeter toute la responsabilité sur la vodka ? L'alcool a-t-il altéré les sens de la comtesse, l'a-t-il rendue vulnérable ? Gricha n'a pas programmé cela, même s'il a souvent pensé – imaginé – la prendre ainsi. Il a possédé beaucoup, beaucoup de femmes au cours de sa vie ; cela ne lui a jamais posé de problème de séduire une femme. Pour certaines, il a éprouvé une véritable estime ; avec les autres il assouvissait simplement un besoin physique. Il s'est toujours montré honnête avec elles, ne leur promettant rien et leur annonçant qu'il n'était pas du genre à se marier. Les plus spirituelles, celles qui le faisaient rire, comptaient davantage que celles qui étaient simplement jolies.

Mais aucune d'entre elles n'a jamais éveillé cette inquiétude en lui ; aucune n'a suscité une telle confusion de ses sentiments. Depuis l'âge de quinze ans, Gricha s'est astreint à ne jamais se laisser aller à quoi que ce soit qui puisse se rapprocher de l'affection ou de la sympathie. Ces émotions auraient pu raviver des souvenirs qui auraient laissé affluer la culpabilité. Gricha sait que la culpabilité est un fardeau qui écrase la poitrine et dont il est presque impossible de se débarrasser. Il devient très difficile d'arriver où l'on veut avec un tel fardeau ; il altère la vision et handicape la marche. La culpabilité empêche de faire le nécessaire pour arriver à ses fins dans l'existence.

Il sait exactement qui il est et ce qu'il a fait. Il se voit sous une lumière crue et impitoyable. Il fera tout ce qui est nécessaire pour avancer.

Il écarte les mains des cheveux d'Antonina et les pose de part et d'autre de son visage.

— J'essayerai de ne pas toucher votre nez, madame, dit-il avec un sourire.

Elle lui renvoie un sourire bien à elle, un sourire paresseux, non, langoureux.

Il éprouve comme un sursaut. C'est un sourire qu'il n'a jamais vu.

— Mais tu dois m'appeler Tossia, souffle-t-elle. Dans un tel moment, tu dois m'appeler Tossia.

Et elle dirige les doigts de Gricha vers les boutons de son corsage sanglant.

* * *

Lorsqu'elle se réveille, seule la flamme vacillante d'une bougie éclaire la chambre obscure, et Antonina ne se sent pas bien. N'ayant avalé que de la vodka dans un estomac vide, elle se sent nauséeuse et a mal à la tête.

Elle fixe des yeux le plafond bas tout en bois et sent la chaleur de Gricha à côté d'elle. Elle tourne la tête et contemple son profil. Le drap le recouvre jusqu'à la taille. Elle regarde son torse nu se soulever en rythme et a envie de le toucher.

Elle a croisé un enfant qu'elle a pris pour son fils. Puis elle a lu des phrases qu'il avait écrites et a serré sa *talmotchka* contre elle. C'est une mère, c'est une épouse… et une hypocrite. Elle avait trouvé répugnant que Konstantin continue sa liaison avec Tania une fois marié avec elle ; elle le trouvait faible et immoral. Et maintenant… elle ferme les yeux. Comment a-t-elle pu laisser cela se produire ?

Elle se signe et prie en silence pour demander pardon.

Gricha remue, se tourne vers elle, et elle retient son souffle. Malgré sa prière inachevée, elle a envie qu'il la reprenne dans ses bras, de sentir sa peau brûlante contre la sienne, de poser les doigts sur son corps et de sentir le contour de ses côtes, le creux de sa clavicule, la saillie de sa hanche. Cela n'aurait jamais dû arriver. Mais comment pourrait-elle nier qu'il la trouble à ce point ?

* * *

Elle se rendort, puis se réveille en sentant Gricha remuer. Le matin n'est pas encore levé même s'il fait moins sombre dans la chambre, qui a pris des tons grisé. Gricha s'est redressé sur un coude et la regarde. Sans se donner le temps de réfléchir, elle le prend par le cou et l'attire contre elle, s'arquant contre lui, sentant le désir monter en lui. L'ardeur de Gricha enflamme aussitôt la sienne.

Konstantin ne l'a jamais désirée. Il s'est contenté de faire ce qu'il fallait pour avoir un héritier.

Gricha s'incline et dépose un baiser sur son sein. Puis il le prend dans sa bouche, et Antonina en a le souffle coupé. Les cheveux noirs masquent la joue de Gricha, et elle les repousse en plaquant la main sur sa nuque pour le simple plaisir de voir ses longs cils noirs projeter une ombre sur sa peau. Il lève la tête pour la regarder et elle pose ses lèvres sur les siennes. Il lui rend son baiser puis la pénètre d'un mouvement rapide. Il la fait alors basculer afin qu'ils se retrouvent face à face. Il fait doucement passer la jambe d'Antonina par-dessus sa hanche et se meut lentement, sans l'urgence de la veille.

— Gricha, j'ai envie de toi, murmure-t-elle.

— Appelle-moi Tima, réplique-t-il. Je t'en prie. Appelle-moi Tima.

Le désir d'Antonina est tel qu'elle ne prend pas le temps de s'interroger.

— Tima, souffle-t-elle à son oreille avant d'en effleurer le bord du bout de la langue.

* * *

Lorsqu'ils se réveillent, un soleil pâle filtre à travers les vitres. Antonina ne sait pas si c'est elle qui a réveillé Gricha ou si c'est l'inverse, mais ils se regardent dans la lumière ténue. Il ouvre la bouche pour parler, mais le poids de la culpabilité s'abat sur Antonina et elle se redresse, lui tournant le dos. Bien qu'elle n'ait éprouvé aucune honte pendant la nuit, elle s'enveloppe dans le couvre-lit et ramasse ses vêtements par terre. Ils sont froids et humides. Elle quitte la pièce sans rien dire ni regarder Gricha. Elle se rend dans la salle d'eau, où elle s'habille à la hâte. Puis elle s'autorise un coup d'œil dans le miroir.

Elle a le nez enflé et des ecchymoses sous les yeux. Il y a aussi une petite tache rouge là où le menton de Gricha a frotté contre sa mâchoire. Ses cheveux, même s'ils sont toujours emprisonnés dans un réseau d'épingles et de peignes, présentent un aspect emmêlé et désordonné.

Elle a mal au cœur, mais souffre surtout d'un remords insupportable.

Elle retourne dans le salon et est en train de mettre sa cape quand Gricha sort de la chambre. Il garde les yeux baissés pour boucler sa ceinture de cuir sur sa tunique blanche. Il a les cheveux en bataille, et ses joues pas rasées sont un peu rouges. Il porte ses bottes sous son bras.

Elle range les pages de Micha dans la poche de la *talmotchka*.

— Après toute cette pluie, la route ne sera plus qu'un bourbier, déclare-t-elle, sans parvenir tout à fait à garder une voix neutre. Le retour va être difficile.

— C'est vrai, répond Gricha, qui lève les yeux de sa ceinture pour la regarder. Comment est ton nez, ce matin ?

Il s'assoit sur une chaise et entreprend d'enfiler une botte.

Antonina prend conscience que c'est la première fois qu'il s'assoit en sa présence sans lui en avoir demandé la permission. La vodka de la veille lui assèche la bouche. Elle aspire à une tasse de thé chaud et se détourne pour nouer les liens de sa cape.

— Je vais seller Dounia, annonce-t-elle.

— Mais non, Tossia. Je vais le faire.

Ce nom qu'elle lui a demandé d'employer sonne faux à la lumière du jour.

— Je préfère le faire moi-même, dit-elle en ouvrant la porte. Et… Gricha ?

Il se fige, sa botte à demi enfilée, et lève vers elle un visage empreint d'une sorte d'espoir. Il sourit, à peine. Il paraît heureux.

— J'ai trop bu hier soir, Gricha. Je n'étais pas… Après ce qui est arrivé à Touchinsk, et mon nez… mais c'était une erreur. Vous comprenez ? Je n'arrive pas vraiment à me souvenir…

Ils savent tous les deux qu'elle se raccroche à ce mensonge. Il ne la contredit pas.

Elle ne peut déchiffrer son expression, mais la joie n'en fait plus partie.

— Nous n'en parlerons plus jamais, conclut-elle.

Il n'est pas nécessaire d'ajouter quoi que ce soit. Mais quelque chose la pousse à répéter :

— Vous comprenez ?

Le visage de Gricha se crispe. Il redevient le régisseur. Elle pourrait tout aussi bien lui demander d'apporter les comptes, ou de se débarrasser d'un serf paresseux.

— Je comprends.

Aucune tendresse ne filtre plus dans sa voix, rien qui puisse laisser soupçonner ce qu'ils viennent de partager.

— Parfait, commente Antonina d'une voix ferme.

Lorsque Gricha quitte la datcha, elle a déjà sorti Dounia de l'écurie, et la jument caracole dans l'air froid de l'automne.

* * *

Antonina a du mal à rentrer à Angelkov aux côtés de Gricha.

Elle sait qu'il ne lui a rien imposé, au contraire. Gricha n'aurait jamais couché avec elle si elle n'en avait pas pris l'initiative, si elle ne l'avait pas encouragé.

Elle s'efforce de se sortir de la tête le nom par lequel il lui a demandé de l'appeler.

Tima.

Gricha se remémore comment ce nom sonnait dans la bouche d'Antonina. Cela le ramène à une époque innocente, une époque où il n'avait pas encore commis l'irréparable. Cela lui a permis d'oublier, l'espace d'une nuit, ce qu'il traîne comme un boulet.

Personne ne l'a appelé Tima depuis vingt ans. La dernière fois qu'il s'est entendu appeler ainsi, il avait quinze ans et fuyait tout ce qu'il connaissait.

25

Le père de Tima était *polkovnik,* officier supérieur dans l'armée russe. Le colonel Alexandre Danilovitch Kassakov comptait également parmi les célèbres décembristes révolutionnaires de 1825. Le petit groupe d'officiers supérieurs s'était alors rendu sur la place du Sénat de Saint-Pétersbourg pour essayer de forcer la chambre et le tsar Nicolas Ier à signer un manifeste censé renverser l'autocratie et abolir le servage.

Comme les autres officiers, Alexandre Kassakov avait séjourné en Europe au cours des dernières campagnes militaires. La rencontre du monde occidental avait poussé les officiers instruits de la noblesse à rechercher le changement dans leur pays soumis au despotisme. Mais le mouvement révolutionnaire initié par ces hommes ne fut pas difficile à écraser et ne réussit qu'à monter Nicolas Ier contre le libéralisme. Les décembristes payèrent chèrement leur tentative d'abolition du servage visant à assurer une existence plus digne aux paysans opprimés. Cinq officiers furent exécutés tandis que la plupart des autres étaient condamnés à une vie d'exil en Sibérie.

Le tsar, déterminé à faire un exemple, s'efforça d'effacer toute trace de ces hommes. Les épouses des proscrits avaient généralement le droit de suivre leur mari en Sibérie, mais cette fois, l'Église et l'État décrétèrent que les femmes des décembristes étaient à présent veuves et pouvaient se remarier librement, sans devoir recourir à un divorce préalable. Certaines refusèrent ce décret et suivirent leur mari malgré tout. Mais elles durent renoncer à tous leurs biens et, pis encore, furent contraintes d'abandonner leurs enfants. Et si leur mari devait succomber avant elles, on leur précisa qu'elles devraient malgré tout finir leur vie en Sibérie.

La femme d'Alexandre Kassakov ne put se résoudre à abandonner pour toujours ses deux filles derrière elle. Son mari l'encouragea à rester en Russie et lui donna sa bénédiction depuis la forteresse Pierre et Paul – la prison de Saint-Pétersbourg. Il alla même jusqu'à la presser de se remarier afin que ses enfants pussent avoir un père. Il ne voulait pas que celles qu'il aimait le plus fussent punies pour ses crimes.

Il fit un an de travaux forcés dans une mine, au fin fond de la province sibérienne d'Irkoutsk. Il travaillait enchaîné à une brouette, entouré par la mort et les atrocités. Il apprit, à trente-cinq ans à peine, que l'oppression devient véritablement efficace lorsque l'on monte les victimes les unes contre les autres.

Après cette année de travail éreintant, il fut envoyé vivre son bannissement à Tchita, dans une région désertique de Sibérie orientale. Tchita se trouvait à huit cents verstes de la plus grande ville sibérienne, Irkoutsk, près du carrefour qui conduisait à la Mongolie et à la Chine. La toute petite ville de Tchita était habitée par de nombreux Bouriates – des bouddhistes qui apportaient leur culture et leur religion de la Mongolie toute proche.

Alexandre n'était qu'un squelette en haillons lorsqu'il débarqua à Tchita. Il s'imaginait que l'exil dans un village balayé par les vents ne serait rien comparé à son expérience dans la mine. Mais il découvrit là une nouvelle sorte de souffrance : la solitude et l'isolement. Alors qu'il endurait les interminables mois d'hiver dans une quasi-obscurité et les hurlements du vent en repensant à sa vie perdue, à la femme et aux enfants qu'il ne reverrait plus jamais, dans une cabane si glaciale que ses cheveux gelés collaient à la paillasse le matin au réveil, il comprit qu'il devait changer son destin. Faute de quoi, il mourrait dans la solitude et l'amertume.

Pour un homme comme Alexandre, la seule façon de survivre en Sibérie était de trouver quelque chose de productif à faire. Et il lui fallait une femme pour le réchauffer la nuit.

Le village s'anima durant l'été, chaud mais bref. Alexandre abordait tous ceux qu'il croisait et leur demandait du travail. La plupart des villageois se rendaient bien compte que tous ces exilés instruits ne savaient pas faire grand-chose de leurs mains et ils hésitaient à embaucher des révolutionnaires. Mais l'un d'eux prit tout de même le risque d'engager Alexandre Danilovitch. Témoudjine, tonnelier de son état, lui enseigna comment couper et raboter les douves destinées aux tonneaux et lui donna de quoi manger et une cabane moins misérable que celle qu'on lui avait octroyée. Témoudjine avait examiné la stature d'Alexandre et l'avait imaginé avec un peu de chair sur les os. Il fut séduit par son attitude digne et son sérieux au travail. Peu lui importait qu'Alexandre eût été exilé pour ses activités révolutionnaires. Témoudjine était bouriate, il était veuf et venait de Verkhneoudinsk, ou Haute Ouda, ville située au sud-est du lac Baïkal. Alexandre aimait l'odeur des copeaux de bois et le rythme réconfortant de l'herminette sur les planches. Témoudjine le considéra comme un travailleur honnête et courageux et, de cette façon, lui redonna espoir.

Au bout de quelques mois, un autre décembriste arriva à Tchita, quelqu'un qui venait du même milieu que lui, qui avait mené le même combat pour la même cause, et son amitié fut pour Alexandre un profond réconfort. D'autres exilés s'installèrent peu à peu à Tchita, créant une petite société bien à eux.

Deux de ces camarades révolutionnaires avaient la chance d'être encore mariés. Leurs épouses avaient fait l'épouvantable et interminable voyage jusqu'en Sibérie, renonçant à tout pour rester avec leur mari. En observant ces couples, Alexandre refusa de s'apitoyer sur lui-même mais ressentit avec plus d'acuité encore le besoin de trouver une compagne. Il y avait bien quelques Russes veuves ou célibataires à Tchita, mais c'étaient toutes des paysannes. Alexandre ne s'imaginait épouser qu'une Russe de la haute société, comme l'était sa précédente femme.

Il n'avait au début guère prêté attention à la fille de Témoudjine, Oula, qui apportait son déjeuner à son père. Les traits mongols de la jeune fille – les yeux noirs en amande, la bouche et le nez petits et bien dessinés, les cheveux noirs et brillants qu'elle attachait sur la nuque et laissait pendre jusqu'à la taille – ne l'attiraient guère, mais il finit par s'habituer à son visage et son sourire timide. Il appréciait aussi son attitude sage et respectueuse. Elle parlait bouriate avec son père, mais s'adressait à lui en un russe soutenu et teinté d'un léger accent, qui, à mesure que l'intérêt de l'ancien colonel s'éveillait, prenait un rythme agréable.

Oula avait été fiancée à un jeune Bouriate qui avait succombé à une maladie infectieuse l'année de l'arrivée d'Alexandre à Tchita. Elle trouvait le militaire digne et bien élevé, qualités qu'elle n'avait jamais rencontrées chez les paysans russes de Tchita. Il y avait quelque chose dans la façon dont il la regardait, à la fois franchement et respectueusement – ce que ne se permettaient pas les Bouriates, trop modestes – qui la troublait et l'excitait.

Le père d'Oula souhaitait que sa fille se marie et soit heureuse. À trente-cinq ans, Alexandre avait quinze ans de plus qu'Oula, mais ce n'était pas ce qui posait problème. Témoudjine s'inquiétait davantage de la différence de culture et de religion. Alexandre se rendait chaque jour à la messe dans la petite église orthodoxe qu'il avait aidé à construire avec ses anciens compagnons décembristes.

Lorsque Alexandre demanda officiellement la main d'Oula à Témoudjine, ce dernier aborda le problème de la religion. Alexandre lui assura qu'il ne voyait aucun inconvénient à laisser Oula pratiquer le bouddhisme, et que, s'ils avaient des enfants, ceux-ci seraient élevés dans les deux confessions.

Alexandre et Oula se marièrent donc. Alexandre apprit à sa jeune épouse à écrire son nom en russe et, le soir, lui faisait la lecture. De son côté, il l'écoutait raconter son enfance et apprenait ce qu'était le bouddhisme. Bien qu'ils eussent très peu en commun, Alexandre était heureux d'avoir trouvé une épouse aussi paisible et facile à vivre, et il connut, un an après leur mariage, un véritable bonheur à la naissance de Timofeï Alexandrovitch. Il semblait que l'enfant resterait fils unique, quand, sept ans plus tard, le couple eut la surprise et la joie de voir naître Nikolaï Alexandrovitch.

Lorsque le petit Tima fut assez grand pour faire tourner un moulin à prières et psalmodier avec sa mère au *datsan*, le temple bouddhiste, tout en disant ses prières devant les icônes et se signant de droite à gauche ainsi que le veut la coutume chez les orthodoxes et comme son père le lui avait appris, Alexandre avait aidé Témoudjine à faire prospérer son entreprise. Si les jeunes mariés avaient au départ emménagé avec Témoudjine dans son isba paysanne traditionnelle, Alexandre put bientôt construire sa propre maison. Il la bâtit dans le style des petites datchas de campagne où on l'emmenait l'été, quand il était enfant et qu'il faisait très chaud, et il en peignit les volets en bleu.

Bien qu'il sût qu'il n'arpenterait plus jamais les rues d'une grande ville dynamique, qu'il ne monterait plus jamais les hauts chevaux de l'armée, qu'il ne fréquenterait plus jamais l'élite sociale de Saint-Pétersbourg ni de Moscou et qu'il ne pourrait plus jamais peser sur la politique de la Russie, Alexandre Kassakov ressentait néanmoins un étrange sentiment de bonheur.

Il n'avait plus l'énergie de s'opposer à quoi que ce soit. Il en avait terminé avec les conflits.

Lorsqu'il esquissait le signe de croix sur ses fils endormis ou étreignait sa femme au cœur de la nuit, le visage enfoui dans ses cheveux épais et parfumés, il avait l'impression qu'on lui avait donné une nouvelle vie. La femme et les deux filles qu'il avait laissées à Saint-Pétersbourg ne seraient jamais remplacées, mais, avec Oula et ses fils, il en avait fini avec la souffrance.

* * *

Timofeï hérita des yeux de sa mère et de ses pommettes hautes, mais il avait la peau claire de son père et, comme lui, les cheveux ondulés bien qu'ils fussent bruns à la façon des Bouriates. Son cadet, Nikolaï – Kolia – avait les cheveux blonds et les yeux d'un bleu intense de leur père. Il était aussi d'une stature plus frêle que Tima.

Alexandre fit en sorte que ses fils sachent lire et écrire tant en russe qu'en français. Dès qu'il estima Tima assez grand pour comprendre, il aborda aussi avec lui en termes simples les questions de la situation politique en Russie. Il lui parla avec franchise de sa vie passée dans l'armée, de son rôle dans l'insurrection et des raisons de son exil. Il insista sur la notion de liberté et sur le fait qu'il s'était battu afin que les paysans, soit quatre-vingts pour cent de la population russe, puissent jouir de cette liberté.

— Vivre libre, posséder sa propre terre et posséder son âme voilà ce qui compte pour un homme, disait-il à son fils. Il existe des endroits dans le monde où il y a la liberté pour tous. Souviens-toi de ça et garde-toi de posséder jamais la vie d'un être humain. La liberté est un droit que nous octroie le Seigneur.

Tima ne se montrait pas toujours un auditeur très attentif, mais il dévora avec avidité les livres de son père. Bientôt, Alexandre eut emprunté tous les livres de ses amis pour nourrir la passion de son fils aîné. Kolia, en revanche, ne s'intéressait guère à la lecture, pas plus qu'au calcul ou aux déclarations de son père sur leur pays. Il préférait passer du temps installé tranquillement devant le feu ou le poêle, la tête légèrement inclinée de côté, comme s'il écoutait quelque chose que lui seul pouvait entendre. Tout petit, il fredonnait et produisait de petits airs simples avec des clochettes tibétaines et des bouts de bois. Dès son plus jeune âge, il aima accompagner ses parents au temple et à l'église, tendu par la concentration quand le prêtre orthodoxe psalmodiait en rythme ou quand les moines tibétains frappaient leur gong et sonnaient leurs cloches. Il interrompait toujours son activité pour entendre le carillon de l'église russe, le matin et le soir, hochant la tête pour marquer la mesure.

Oula protégeait Kolia de toutes les façons possibles, se gardant de le pousser ou d'attendre de lui les résultats qu'elle espérait de Tima. Alexandre trouvait qu'elle le dorlotait beaucoup trop et regrettait au fond de son cœur que son cadet ne ressemblât pas davantage à Tima, qui s'intéressait tant au monde autour de lui et se montrait si franc et curieux de tout.

Témoudjine possédait un vieil accordéon dont il lui arrivait de jouer pour ses petits-enfants. Kolia avait tout juste quatre ans lorsqu'il le prit des mains de son grand-père et entreprit d'en pousser et tirer le soufflet avec une curieuse concentration, en plaçant ses petits doigts sur les touches. En moins d'une semaine, il apprit tout seul à jouer et créa des mélodies qu'aucun d'eux n'avait jamais entendues auparavant. Ce n'étaient ni les chants bouriates que sa mère fredonnait pour lui, ni les airs de la musique militaire ou du folklore russe que son père sifflotait. Nul ne comprenait comment il savait faire cela, mais Alexandre arriva à la conclusion que Kolia était un musicien-né. Avec ses kopecks si chèrement gagnés, il engagea un vieil exilé qui jouait du violon avec une douceur poignante pour donner des cours à son fils. Le vieil homme possédait un petit violon de belle facture sur lequel il apprit au jeune Kolia à jouer.

Oh, ce garçon est tout à fait capable de jouer, assura à Alexandre le vieux professeur de musique au bout de trois leçons. Moins d'un an plus tard, il lui déclara qu'il ne servait plus à rien de dépenser son argent en cours. *Je n'ai plus rien à lui enseigner*, conclut le vieil homme. *Il a appris tellement vite à lire la musique. Et, une fois qu'il a entendu un air, il peut le reproduire à la perfection. Il compose ses propres mélodies et peut jouer n'importe quoi en duo avec moi.* Le professeur ajouta qu'il n'avait jamais rencontré un tel talent.

Alexandre acheta le petit violon et l'offrit à Kolia. L'enfant en joua des heures chaque jour, ne s'intéressant pratiquement à rien d'autre. Il dit à sa famille que lorsqu'il jouait, le monde prenait une couleur merveilleuse – qu'il se parait d'or, comme les feuilles d'automne illuminées par le soleil.

* * *

Pendant que Kolia apprenait le langage de son violon, Timofeï gagnait en taille et en puissance et passait beaucoup de temps à disputer des épreuves de force avec les autres garçons de Tchita. Il était clair pour ses parents qu'il avait l'étoffe d'un chef, et ils voyaient bien que les autres le considéraient avec respect et une certaine prudence, et qu'ils s'en remettaient toujours à lui.

Kolia, en revanche, était sensible et fragile. Sa mère préférait qu'il reste à la maison avec elle, à jouer sur son petit violon plutôt que d'affronter le vent glacial du dehors. De plus, les longs cheveux bouclés de l'enfant, ses grands yeux et ses traits délicats faisaient de lui la cible des autres garçons, qui le tourmentaient dès qu'il sortait dans la rue boueuse traversant le village.

Donc, quand il sortait, c'était à Tima de le protéger. Cela mettait ce dernier en colère de devoir veiller sur son petit frère.

— Dépêche-toi, Kolia. Tu ne peux pas aller plus vite ? houspillait-il l'enfant, qui trottinait derrière lui alors qu'il marchait à longues enjambées pour rattraper ses amis. Mets tes mains dans tes poches si tu as froid, et arrête de m'embêter.

Si Kolia s'écorchait les genoux en tombant et pleurait pour rentrer à la maison, Tima s'y opposait.

— Il faut que tu sois plus courageux, Kolia. Tu ne pourras pas toujours courir te réfugier dans les jupes de maman quand il t'arrivera quelque chose.

Puis, après un coup d'œil par-dessus son épaule pour vérifier que ses copains ne regardaient pas, il mouchait son petit frère sur sa manche et ajoutait, en désignant les écorchures :

— Et ne parle pas de ça à maman ou je me ferai gronder pour ne pas t'avoir assez surveillé. Promis ?

Et Kolia acquiesçait en reniflant.

Alexandre et Oula accordaient toute leur attention à Kolia, parce que l'enfant en avait besoin. Timofeï avait su très tôt se débrouiller tout seul. À douze ans, il travaillait avec son père. Témoudjine était mort en début d'année, et Alexandre avait repris la tonnellerie à son compte. Il emmena donc Tima avec lui et lui enseigna le métier tout comme Témoudjine l'avait fait avec lui des années auparavant : comment tailler les merrains de bois pour obtenir des douelles aux extrémités affinées tout en les laissant bien larges au milieu afin de donner tout son renflement au fût.

Cette opération exigeait un regard acéré, non seulement pour évaluer le dolage, mais pour repérer les points faibles ou les nœuds dans le bois. Tima comprit tout de suite. Alexandre l'initia alors au maniement des outils – la doloire, l'herminette, le jabloir, la chasse et le maillet ainsi que tout un assortiment de planes – et Tima apprit à polir l'extérieur de chaque douelle pour obtenir une surface parfaitement lisse, et à creuser légèrement la face interne. Les douelles étaient alors arrosées afin de les assouplir. Une fois les cercles mis en place, Tima était chargé de rendre les joints étanches en les enduisant de poix.

Comme l'affaire prospérait et que Tima et lui n'arrivaient plus à satisfaire toutes les commandes, Alexandre finit par engager un ouvrier, Antip. Ses tonneaux étaient utilisés non seulement à Tchita, mais dans tous les hameaux et villages environnants.

Quand Tima avait fini son travail de la journée – son père le laissait partir deux heures avant lui et Antip –, il devait s'occuper de son petit frère. C'était pour donner à sa mère le temps de faire ses courses sans avoir le petit dans les jambes. Elle recommandait alors à Timofeï d'emmener Kolia prendre l'air dehors si le temps le permettait, et de faire attention à ce que le petit ne se fasse pas bousculer ni ne se blesse. Mais après toute une journée de travail, Tima avait envie de passer un peu de temps avec ses amis, et pas de surveiller son petit frère. Aussi, même s'il était d'un naturel plutôt bienveillant, plus on le contraignait à jouer les protecteurs, plus cela l'ennuyait, et Kolia avait beau grandir, il ne s'endurcissait pas.

Un après-midi, alors que Tima, agenouillé sur la terre battue, jouait avec des cailloux en compagnie de trois copains, Kolia se mit à crier du bout de la rue alors que son grand frère lui avait recommandé de rester tranquille jusqu'à ce qu'il ait terminé.

— Tima ! Tima ! Au secours !

Tima regarda par-dessus son épaule. Un garçon, plus vieux et beaucoup plus grand que Kolia, le poussait et le tirait par les cheveux.

— T'es un garçon ou t'es une fille avec toutes ces bouclettes ? raillait le garçon, qui le malmenait en riant.

— Tima ! hurla Kolia.

Tima essaya de continuer la partie, mais les cris de Kolia ne cessèrent de s'intensifier jusqu'au moment où le silence se fit.

L'un de ses amis lui donna un coup de coude :

— Regarde ton frère.

Tima laissa tomber son caillou et jeta un coup d'œil derrière lui. Kolia gisait, inerte, sur le sol. Tima se leva d'un bond et courut le rejoindre.

— Kolia, appela-t-il en secouant le petit par l'épaule. Kolia, réveille-toi.

Au bout d'un moment, Kolia ouvrit les yeux.

— Il m'a fait tomber, Tima, dit-il en respirant profondément pour retenir ses sanglots. Mais ne t'en fais pas, Tima, je ne dirai rien à maman.

Tima le releva en le tenant par sa veste. Un mince filet de sang coulait sur la joue de Kolia, là où le petit avait heurté une pierre coupante en tombant.

— Tu vas bien, assura-t-il en crachant sur ses doigts pour nettoyer le sang.

Ce n'était qu'une petite entaille.

— Je t'ai appelé, Tima. Tu n'es pas venu, constata Kolia en le dévisageant avec une expression de tristesse. Tu n'es pas venu.

— C'est l'heure de rentrer, déclara Timofeï avec un haussement d'épaules. Et souviens-toi : pas un mot à papa ni à maman.

Kolia voulut prendre Tima par la main, mais celui-ci se dégagea et prit le chemin de la maison en marchant devant.

Durant les années qui allaient suivre, Timofeï n'oublierait jamais cette expression sur le visage de son petit frère, ni le son de sa voix, ni la façon dont il avait repoussé la main du petit garçon.

* * *

Même s'il en était venu à accepter la vie stable et monotone qu'il menait à Tchita, Alexandre Kassakov espérait pouvoir offrir davantage à ses fils. Il savait quel avenir les attendait dans la petite ville sibérienne isolée et se représentait souvent la carrière que Timofeï pourrait faire dans l'armée, ou celle que pourrait mener Nikolaï comme musicien dans un orchestre, devant un public de connaisseurs à Saint-Pétersbourg ou Moscou. Mais il se rendait compte aussi que tout cela n'était qu'un rêve.

Lorsque Tima eut quatorze ans et Kolia sept, Alexandre découvrit avec angoisse les premières taches de sang dans son mouchoir, après un accès de toux. Il le cacha à sa femme et à ses fils le plus longtemps possible, mais ses quintes de toux prolongées et caverneuses, suivies de petits épanchements de sang épouvantèrent bientôt Oula et le poussèrent à agir.

Alexandre comptait sur Timofeï pour reprendre la tonnellerie. Depuis le premier jour où il avait placé une pièce de bois entre les mains de son fils et lui avait montré comment faire, le garçon s'était mis à la tâche avec intelligence et dextérité. Il était en outre doué pour les chiffres. Alexandre avait pu constater au cours de l'année écoulée que son aîné était plus rapide encore que lui-même pour rédiger les commandes et vérifier que les roubles avaient été encaissés.

— Je suis fier d'avoir un fils à qui transmettre la tonnellerie, répétait-il souvent à Timofeï. Tu n'auras jamais faim, parce que les gens auront toujours besoin de tonneaux. Et quand viendra le temps de te marier et de fonder ta propre famille, tu pourras leur offrir une belle vie. Quant à ton frère… eh bien, il aura de la chance de t'avoir toujours près de lui pour le soutenir. Il aura besoin de toi, Tima. Quand ta mère et moi ne serons plus de ce monde, tu seras sa seule famille.

Il s'inquiétait cependant de savoir si Tima prendrait réellement son devoir envers son frère au sérieux. Il reconnaissait dans son aîné un goût de l'aventure et une tendance à avoir envie de faire le contraire de ce qu'on lui demandait. Alexandre avait beau percevoir l'impatience qui agitait Tima, il se disait que son aîné était heureux d'être l'héritier de l'affaire familiale.

Mais Timofeï n'appréciait guère l'avenir que lui décrivait son père. Les récits que leur faisait Alexandre de la grande vie qu'il avait menée en Russie et en Europe avaient éveillé chez Timofeï des désirs d'explorations et de défis. Malgré les explications de son père, Tima ne s'intéressait guère à la question des serfs. La région était ici aussi impitoyable et ingrate qu'un maître cruel. Il était peu envisageable de s'engager seul dans les steppes désolées et les taïgas balayées par les vents de la Russie asiatique.

— Tu ne m'as jamais demandé si ce travail me plaisait, lui répliqua un jour Timofeï. Tu voudrais que je me contente de la monotonie de fabriquer des douves jusqu'à la fin de mes jours ?

Tima détestait les échardes qu'il s'enfonçait sans cesse dans les paumes, l'odeur de la poix noire qui s'incrustait sous ses ongles.

— Je ne veux pas rester tonnelier toute ma vie ! protesta-t-il d'une voix intrépide.

Alexandre ne répondit rien tandis que Tima faisait les cent pas devant lui. Puis, il finit pas demander :

— Qu'est-ce que tu as envie de faire, alors ?

— Je ne sais pas. Mais je ne veux pas rester ici.

Timofeï envisageait un avenir beaucoup plus excitant, peut-être à Irkoutsk. C'était nettement plus civilisé que Tchita et la ville était, d'après ce que Tima avait entendu dire, tout à fait splendide, avec un théâtre, un musée, des jardins publics où des orchestres jouaient des concerts à la belle saison, et des trottoirs en bois pour ne pas patauger dans la boue. Même s'il n'avait jamais quitté Tchita, Tima savait que le village ne lui suffisait pas.

Lorsque Timofeï comprit enfin que son père était atteint d'une maladie incurable, et qu'on attendait de lui non seulement qu'il reprenne l'affaire, mais qu'il se charge toute sa vie de son petit frère et qu'il reste à Tchita, un énorme nuage noir s'abattit sur lui.

Timofeï refusait toute entrave. Il se mit à rêver à des horizons plus lointains qu'Irkoutsk, au monde qui s'étendait au-delà de la Sibérie, peut-être aux grandes villes de Russie. En se contentant de suivre la carte que son père avait tracée pour lui, il aurait eu l'impression que sa vie s'arrêtait avant même d'avoir commencé.

Mais Alexandre prit les propos rebelles de Tima pour la simple affectation d'un jeune esprit impétueux. Il avait le sentiment de l'avoir mis sur les bons rails. C'était Nikolaï, le petit Kolia, qui le préoccupait.

Aussi Alexandre, avec le goût métallique de son sang dans la gorge, pria tant qu'il put afin d'obtenir un signe lui indiquant une solution pour son benjamin. Ne pouvait-on vraiment rien faire du talent musical de l'enfant ? N'y avait-il pas pour lui de meilleure vie envisageable que de rester dans un si petit village alors qu'il produisait une musique aussi belle sur son violon ?

Il fit part à Oula de ses inquiétudes, mais elle se refusait à croire à la mort prochaine de son mari. Et quand bien même il mourrait, elle se disait qu'elle serait encore là durant de nombreuses, très nombreuses années pour veiller sur leur jeune fils et faire en sorte qu'il soit le plus heureux possible. Elle ne savait pas grand-chose du monde au-delà de Tchita, et n'avait pas envie d'en apprendre davantage. Cependant, quand Alexandre lui demanda de prier, elle sortit de bonne grâce ses moulins à prières et se rendit au *datsan* deux fois par jour pour y allumer de l'encens et psalmodier devant les petits stupas en nouant des bandes de tissu bleu, des messages aux esprits, sur les branches des arbres à prières qui encadraient le temple bouddhiste.

Puis il se produisit quelque chose qui laissa penser à Alexandre que la combinaison des prières orthodoxes et bouddhistes avait fait venir le signe tant espéré.

26

Il fut annoncé, en mai 1842, que pour la première fois de son histoire Tchita accueillerait une petite troupe de musiciens d'Irkoutsk. Ils joueraient quatre soirs de suite dans la petite salle municipale. Alexandre envoya sa femme et ses deux fils assister au premier concert. Lorsqu'ils rentrèrent, Kolia avait les yeux brillants. Il confia à son père que c'était la plus belle musique qu'il avait jamais entendue. Il n'avait que huit ans mais s'exprimait déjà avec une passion d'adulte.

Puis Kolia sortit son violon et joua, les yeux fermés, certaines mélodies du répertoire qu'il venait d'entendre. Il semblait possédé par un esprit, tout son corps se balançant alors qu'il faisait courir l'archet sur les cordes, et Alexandre se sentit à la fois émerveillé par les capacités de son fils, et affolé par la perspective de ce que l'enfant deviendrait s'il restait dans un endroit comme Tchita.

Lorsque Oula et ses fils furent couchés, Alexandre rédigea une lettre. Le lendemain matin, il demanda à Timofeï de la porter au chef d'orchestre. C'était une invitation à dîner. Alexandre avait écrit qu'en tant qu'officier supérieur, lui, colonel Alexandre Danilovitch Kassakov, savait quel long voyage le maestro et son orchestre avaient fait pour venir d'Irkoutsk, et était désireux de lui offrir le meilleur de l'hospitalité russe dans un village aussi primitif et inculte.

Alexandre ne doutait pas que le chef d'orchestre saurait parfaitement qu'un ancien membre de l'armée russe à Irkoutsk ne pouvait être qu'un exilé politique, mais il espérait qu'il ne lui en tiendrait pas rigueur. Heureusement pour lui, le chef d'orchestre connaissait une mauvaise passe. Il avait contracté des dettes et ne trouvait pas suffisamment d'engagements réguliers à Irkoutsk pour les rembourser. Cela faisait donc des mois qu'il était contraint de sillonner les villes et villages de Sibérie orientale. Il détestait ces déplacements inconfortables, l'ignorance musicale du public et les cachets de misère qui récompensaient son talent. Il fut flatté d'être invité à dîner par un ancien colonel. Il se moquait de savoir ce que cet homme, ce *polkovnik*, avait fait dans une autre vie. Tout ce qui l'intéressait, c'était la perspective d'un bon repas et de s'éloigner un moment des chambres pleines de courants d'air au-dessus de la salle minable où ses musiciens et lui étaient cantonnés.

Il écrivit donc qu'il serait ravi de venir le lendemain soir, et remit son message au garçon qui attendait la réponse.

Le lendemain soir, lorsque le chef d'orchestre arriva, Alexandre se leva lentement pour l'accueillir. Il ne voulait pas déclencher une quinte de toux. Les commentaires du chef d'orchestre sur sa maison si agréable et les odeurs appétissantes du dîner que préparait la maîtresse des lieux lui firent très plaisir. Alexandre se présenta – *je vous en prie, appelez-moi*

Sacha, afin d'impliquer une intimité immédiate avec son invité – puis lui présenta sa femme et ses fils.

Oula était une excellente cuisinière, et les mets copieux et délicieux arrosés de la meilleure vodka qui se pouvait trouver à Tchita animèrent la conversation. Une fois qu'Oula eut débarrassé la table, Alexandre demanda au petit Kolia de leur interpréter quelque chose.

— Qu'est-ce que je joue, papa ? demanda l'enfant en accordant son violon.

— Une de tes compositions, Kolia, lui répondit Alexandre en regardant le maestro.

Il scruta le visage du chef pendant que son fils jouait. Lorsque l'enfant eut terminé, le musicien hocha lentement la tête. Alexandre envoya Kolia ranger son violon dans sa chambre et indiqua à Tima qu'il pouvait aller rejoindre ses amis. Puis il demanda à sa femme d'aller préparer le samovar dans la cuisine pour leur apporter du thé et des gâteaux.

— Alors ? questionna enfin Alexandre. Qu'en pensez-vous ?

Le chef hocha de nouveau la tête en examinant le teint livide d'Alexandre, sa peau tirée sur son visage émacié. Il remarqua que l'homme s'efforçait d'étouffer une toux grasse et caverneuse dans son mouchoir et devina que la consomption l'emporterait avant un mois.

— Il a un talent considérable.

— Je vais vous faire une proposition, annonça Alexandre, et le chef d'orchestre hocha la tête pour la troisième fois.

Il se doutait bien que son hôte attendait quelque chose de lui.

— Je voudrais que mon fils ait la meilleure vie possible. Il n'y a pas beaucoup d'options à Tchita pour quelqu'un d'aussi doué. Je sais qu'il n'est encore qu'un enfant, il a tout juste huit ans, mais ne vaut-il pas mieux commencer très jeune sa formation professionnelle ?

— Vous voudriez envoyer votre fils à Irkoutsk avec moi ? demanda le maestro, préférant ne pas perdre de temps avec la question qu'il sentait venir.

— Je voudrais qu'il puisse tirer le meilleur parti de son talent, répliqua Alexandre.

Il lui devenait de plus en plus difficile de réprimer sa toux, et il avait déjà sali trois mouchoirs, les pliant aussitôt sur ses genoux pour que son invité ne voie pas le sang.

— Il ne pense qu'à faire de la musique, et il a de telles dispositions qu'il paraît évident qu'il est fait pour ça. Vous verrez que c'est un élève obéissant et attentif. Si vous pouviez être son maître, peut-être que… je n'attends pas vraiment qu'il puisse se produire à Moscou ou Saint-Pétersbourg, mais il pourrait certainement trouver un public attentif et une vie à Irkoutsk. Comme vous.

Le chef d'orchestre lui adressa un regard difficile à déchiffrer. Alexandre insista :

— S'il reste à Tchita, il passera sa vie à jouer seul, chez lui, ou de temps en temps, au mariage d'un paysan. Je voudrais mieux que ça pour lui.

Son visage se tordit, et il toussa si fort dans son mouchoir qu'on aurait dit qu'il vomissait.

Le maître sortit son propre mouchoir et s'en protégea le nez et la bouche. Oula sortit précipitamment de la cuisine et vint se placer devant son mari, pressant le poing contre sa bouche comme pour se retenir elle-même de tousser. Elle lui tapota l'épaule de son autre main en murmurant *Sacha, Sacha*.

La quinte cessa, et Oula retourna dans la cuisine.

— Je comprends, dit le chef d'orchestre. Mais l'enfant est très jeune, et il faut nous montrer francs et honnêtes. Le séparer de sa mère... comment va-t-il le supporter ? Rien que le voyage d'ici à Irkoutsk... vous croyez que votre fils va y arriver ?

Le maître pensait cependant déjà à l'argent qu'il pourrait tirer d'un enfant aussi doué. D'ici quelques années tout au plus, il pourrait le vendre très cher à un seigneur d'une province russe comme violoniste pour son orchestre de serfs. Ces aristocrates richissimes, qui n'avaient rien d'autre à faire que de se distraire et de distraire leurs invités, ne cessaient de rivaliser.

Alexandre n'avait pas répondu à ses questions.

— Je pars dans deux jours, dit alors lentement le chef. Le petit pourra-t-il être prêt ?

Alexandre avait le visage luisant de transpiration. Il n'imaginait pas Kolia loin de sa mère et de chez lui, entre les mains de cet étranger.

— Il sera prêt, assura-t-il en luttant contre son instinct. Et je sais qu'il supportera le voyage. C'est un enfant très résistant.

C'était un mensonge éhonté que de prétendre que Kolia était résistant, mais Alexandre n'aurait reculé devant rien pour assurer l'avenir de son fils.

Oula revint avec le samovar. Au moment où elle le posait au centre de la table et s'apprêtait à aller chercher les gâteaux dans la cuisine, le maestro demanda :

— Comment avez-vous dit que l'enfant s'appelait, déjà ?

— Timofeï Alexandrovitch, répondit-elle. Il a quinze ans, maintenant. Et vous voyez que c'est déjà un homme.

— Non, l'autre.

— Oh, mon plus jeune s'appelle Nikolaï Alexandrovitch, *moï malichka*, Kolia, précisa-t-elle en souriant fièrement.

Alexandre ferma les yeux, incapable de supporter ce qu'il s'apprêtait à lui faire. À elle, à Kolia, à eux tous.

C'est mieux comme ça, se dit-il en prenant la bouteille de vodka, sans prendre garde aux petites taches de sang qui parsemaient son menton.

* * *

Après le départ du chef d'orchestre, il s'efforça de trouver un moyen de parler à Oula de son projet pour Kolia, de la préparer et de lui faire comprendre qu'il le faisait pour l'avenir de leur enfant. Qu'elle pourrait aller le voir à Irkoutsk : Timofeï ferait le voyage avec elle au moins tous les étés.

Au milieu de la nuit, elle sortit de la chambre et rejoignit Alexandre, qui couchait à présent sur le banc capitonné de la salle à manger pour ne pas lui tousser en pleine figure. Il était assis, et vit à la lueur de la bougie qu'elle tenait à la main l'expression soucieuse de sa femme. La flamme accentuait aussi ses yeux creusés et les sillons autour de sa bouche. Elle lui parut soudain vieillie.

— Tu ne tousses pas, Sacha, dit-elle. Pourquoi ne dors-tu pas ?

Il la regarda, sa longue tresse noire, maintenant striée de blanc, ramenée par-dessus son épaule.

— Tu pleures, constata-t-elle en s'agenouillant près du banc. Je ne t'ai jamais… Que se passe-t-il ?

Il ne put parler.

— Je vais faire du thé, dit-elle en se relevant, mais il lui saisit le poignet.

Il prit une profonde inspiration et s'essuya les yeux et les joues avec son autre main.

— C'est votre avenir, Oula. Je m'inquiète de ce qui va vous arriver, à toi et aux garçons quand je serai parti.

— Je ne veux pas parler de ça, dit Oula en dégageant sa main.

— Il faut qu'on en parle. Tu sais que ça va venir. Bientôt, ajouta-t-il, et Oula serra les lèvres en fermant les yeux. Tu ne peux pas faire comme si ce n'était pas vrai, ajouta-t-il.

Elle se mit à pleurer aussi et s'agenouilla pour poser la tête sur les genoux de son mari.

— J'ai pensé à quelque chose, lui dit-il, et elle releva la tête pour étudier son expression. Pour Kolia, précisa-t-il.

Mais il ne put continuer. Il savait ce que cela représenterait pour elle de perdre Kolia. Ce serait comme perdre un fils juste avant de perdre son mari. Qu'est-ce qu'il s'imaginait ? Comment avait-il pu croire que c'était une bonne idée ? Non. Il écrirait une autre lettre au chef d'orchestre pour lui expliquer qu'il avait changé d'avis, et Tima irait la porter. Il s'était montré impulsif et irréfléchi.

— C'est Kolia qui me préoccupe le plus, dit-il enfin.

Oula hocha la tête.

— Je sais. Tima réussira avec la tonnellerie. Je m'en rends compte. Il abat déjà le travail de deux hommes, et il est doué pour les chiffres. Kolia pourra travailler avec lui.

Ils savaient tous les deux que cette dernière phrase était un vœu pieux.

— Tu ne veux rien de mieux pour lui ?

En entendant cela, Oula prit un air digne.

— C'était assez bien pour mon père et pour toi. Pourquoi faudrait-il que ce ne le soit plus assez pour les garçons ? C'est un travail honnête.

Alexandre voyait bien qu'elle feignait de ne pas comprendre sa question. Sa gorge se serra, et il combattit une première quinte, qui conduirait inexorablement à une toux plus âpre et douloureuse et se terminerait par un épanchement de sang. Mais il ne put l'interrompre. Pendant qu'il toussait, plié en deux, un mouchoir pressé contre sa bouche pour absorber l'écoulement vermeil, Oula s'empressa d'aller faire du thé. Rien ne fut ajouté concernant l'avenir de Kolia.

* * *

Le lendemain matin, un beau jour de printemps, avec un ciel sans nuages, le chef d'orchestre se présenta à la porte d'Alexandre.

Tima travaillait à la tonnellerie et Kolia jouait du violon dans la chambre des garçons. Alexandre était allongé sur le banc capitonné. Oula avait pris son panier pour aller faire les courses. Avant qu'elle ne sorte, Alexandre lui avait demandé du papier, une plume et de l'encre. Dès qu'il aurait repris des forces, il rédigerait sa lettre et enverrait Tima la porter plus tard dans la journée.

La vue du maestro dans l'encadrement de la porte ouverte glaça le corps fiévreux d'Alexandre. Il avait la gorge à vif à force de tousser, et se sentait tout entier fébrile et endolori. Il lui fut très difficile de s'asseoir, mais il y parvint et lissa ses cheveux en arrière d'une main pâle et tremblante.

Derrière le chef, les musiciens du petit orchestre s'entassaient dans un *tarantass* ouvert tiré par trois chevaux.

— Bonjour, Kassakov, dit le maître. Je sais que je suis en avance d'un jour, mais hier soir, le public s'est révélé si restreint et si peu réceptif, tellement borné en fait, que j'ai décidé qu'il ne valait pas la peine de jouer le dernier concert. Pouvez-vous préparer votre fils tout de suite ?

Alexandre s'humecta les lèvres et ne répondit pas. La musique s'arrêta dans la chambre.

— Allons, nous avions un arrangement, fit le chef d'orchestre, toujours dans l'entrée. Je quitte Tchita maintenant, et nous devons arriver au prochain village avant la nuit.

Alexandre n'arrivait toujours pas à parler. Au moment où le chef s'avançait vers lui, Kolia sortit de la chambre, son violon dans une main et son archet dans l'autre. Le temps était doux et il était pieds nus, vêtu d'une tunique blanche immaculée et d'une culotte noire. Alexandre remarqua – était-ce la première fois ? – la finesse des chevilles de son fils.

Nikolaï regarda le visiteur et lui adressa son doux sourire.

— Bonjour, maestro, dit-il.

Alexandre sentit sa poitrine se serrer douloureusement, et sut à cet instant qu'il devait accomplir ce qu'il avait prévu très vite, avant de changer à nouveau d'avis.

— Kolia, dit-il, je veux que tu mettes tes bottes. Ensuite, tu prendras tes affaires, toutes tes affaires, et tu les mettras dans un sac à farine. Prends-en un dans la cuisine. Et range ton violon dans son étui.

L'enfant acquiesça d'un signe de tête, fila dans la cuisine puis repassa par le salon pour retourner dans sa chambre, le sac vide sous le bras. Alexandre savait que son fils ne lui poserait aucune question. Il obéissait toujours sans réserve ni la moindre hésitation.

Pendant qu'ils attendaient en silence, les pensées d'Alexandre se bousculaient au rythme des battements précipités de son cœur. Il sentait la pression brûlante du sang qui s'accumulait dans ses poumons.

— Soyez bon pour l'enfant, recommanda-t-il au maître. Comme vous le voyez, il est docile et obéissant. C'est…

Il s'interrompit.

— C'est mon fils, vous comprenez.

Il prit la feuille vierge devant lui et écrivit quelques lignes à la hâte sans se préoccuper des taches d'encre.

— Il sait lire, même s'il ne comprendra peut-être pas tout de suite la portée de ce que je viens d'écrire. Il est important pour moi qu'il comprenne pourquoi j'ai pris cette décision. Pourrez-vous vous assurer qu'il ne perde pas cette lettre ?

Le chef d'orchestre acquiesça, mais sans chercher à dissimuler son impatience, et Alexandre ne voulait pas qu'il emmène l'enfant en se sentant irrité.

— Kolia ! appela-t-il avec un regain de forces. Viens, viens ici, maintenant.

Le petit garçon sortit de sa chambre, tenant le sac rempli d'une main et son étui à violon en cuir de l'autre. Il regarda son père avec de grands yeux. Alexandre prit conscience qu'il avait dû l'effrayer en l'appelant d'une voix forte et peu habituelle.

— Tout va bien, Kolia, dit-il doucement. Tout va bien… tu n'as rien fait de mal.

Nikolaï détendit les épaules et sourit à son père.

— Kolia, reprit Alexandre en combattant le sentiment de terreur qui lui étreignait la poitrine, tu vas aller avec le maître.

Kolia le dévisagea, la tête légèrement inclinée.

— Tu joueras du violon avec les autres musiciens. C'est ce que tu veux, n'est-ce pas ? Tu as envie de jouer du violon tous les jours et de trouver des harmonies merveilleuses.

Kolia sourit et hocha la tête.

— Oui, papa. Je vais jouer avec eux aujourd'hui et je rentrerai ce soir pour tout raconter à maman.

Alexandre ferma les yeux. Son Kolia, si magnifique, si musicien. Il glissa la feuille de papier pliée dans la poche de sa tunique.

— Il faut que tu gardes ça toujours avec toi, tu comprends ? dit-il en plaquant la main de Kolia sur sa poche. C'est très, très important. Ton nom y est écrit, et là d'où tu viens. Il y a mon nom, celui de ta mère et celui de Tima. Il est écrit aussi… C'est une lettre, pour toi. Tu n'es pas obligé de la lire maintenant. Lis-la quand tu seras grand, Kolia. Tu ne dois jamais la perdre.

L'enfant tapota sa poche, sourit en entendant le bruit du papier et fit un signe de tête à son père.

— Maman fait de la *chouba* ce soir. J'adore le hareng haché avec des œufs !

Alexandre attira son fils contre lui. Il sentit les os de l'enfant sous le peu de chair. Puis il scruta son petit visage et écarta les cheveux de son front.

— Tu es un bon petit. Souviens-toi toujours que ta mère et ton père savent que tu es un bon garçon. Et tu es un musicien exceptionnel. Exceptionnel.

Kolia hocha une nouvelle fois la tête.

— Va avec le maître maintenant, dit Alexandre, que la toux allait bientôt submerger. Dis au revoir à ton papa.

Il embrassa le front et les joues du petit, se refusant à déposer un baiser sur ses lèvres à cause de sa maladie.

— Va, maintenant, le pressa-t-il, désireux que son fils parte avant le début de la quinte de toux, sachant aussi qu'il ne pourrait pas se retenir plus longtemps de pleurer.

27

Oula arriva au moment où le tarantass s'ébranlait.

— Qu'est-ce que c'était que cet attelage ? demanda-t-elle en posant son panier. Tu te sens mieux ?

Mais, lorsqu'elle se tourna vers son mari, l'expression bizarre et indéchiffrable qu'elle décela sur ses traits lui coupa soudain les jambes. Elle déglutit et s'approcha de lui.

— Que se passe-t-il, Sacha ?

— Oula, commença-t-il, incapable de trouver les mots justes. Notre fils, je... j'ai pensé...

Il tourna la tête vers la chambre des garçons.

Elle suivit son regard.

— Tima s'est blessé au travail ? Tima ? appela-t-elle.

N'entendant pas de réponse, elle traversa précipitamment la pièce, ses bottes martelant le plancher de bois.

— Kolienka ? dit-elle en fouillant des yeux la chambre vide et impeccable. Qu'est-il arrivé ? questionna-t-elle en faisant volte-face pour affronter Alexandre. Kolia... où est-il ?

Alexandre était si pâle, à l'exception des deux taches fiévreuses qui enflammaient ses pommettes, que sa femme sut à l'instant à quoi il ressemblerait lorsqu'il serait mort.

— C'est mieux, Oula. Il aura un avenir…

— Qui ça ?

— Kolia.

— Un avenir ? bredouilla Oula d'une voix que la confusion rendait à peine audible. L'avenir de Kolia est ici, avec nous. Avec moi, précisa-t-elle en redressant la tête. Il ne peut pas être ailleurs qu'ici, avec moi, ajouta-t-elle d'une voix plus forte. Qu'est-ce que tu as fait ?

Elle regarda la porte d'entrée ouverte et cligna des paupières en s'efforçant de donner un sens à ce que lui disait son mari.

Alexandre se frotta les yeux, comme s'il avait du mal à émerger d'un rêve perturbant.

Oula se précipita vers lui en prenant une allure curieusement glissante, bras écartés, comme si la pièce penchait soudain.

— Dis-moi ce que tu as fait, ordonna-t-elle à voix si basse que c'était presque un grognement. Qu'est-ce que tu as fait, Alexandre Danilovitch ? répéta-t-elle en se tournant de nouveau vers la porte ouverte.

Oui, qu'avait-il fait ? Alexandre fut submergé par la panique, la toux grondant dans sa poitrine. Il se remémora le corps frêle de l'enfant contre le sien, ses omoplates saillantes.

— Sa musique, avança-t-il. Son talent. Le chef d'orchestre pourra…

À cet instant, un hurlement bestial s'échappa de la gorge d'Oula. Alexandre ne l'avait jamais entendue pousser un cri pareil, pas même lorsqu'elle avait donné naissance à leurs deux fils. Elle sortit en courant de la maison et descendit la rue, son hurlement se répercutant contre les murs.

* * *

Seul Timofeï porte le secret de ce qui se déroula ensuite. Il entendit les cris de sa mère depuis la tonnellerie, au bout de la rue, et se dit : *Ça y est, papa est mort.* Rien d'autre n'aurait pu déclencher des hurlements si déchirants. Il se précipita dehors et la vit arriver, son châle traînant derrière elle ; elle soulevait sa jupe à deux mains et montrait tant ses jambes qu'il en fut gêné malgré la peur qui lui glaçait le ventre.

— Papa ? lança-t-il en se courant à sa rencontre. C'est papa ?

Elle fit non de la tête, à bout de souffle, bouche ouverte, ses lèvres bordées d'un filet de salive blanche, sa peau ayant pris un éclat curieusement cendreux.

— Vas-y ! cria-t-elle en le poussant par l'épaule. C'est Kolia. Rattrape-le !

Elle était hors d'haleine et s'exprimait d'une voix entrecoupée.

— Qu'est-ce qui s'est passé ? Que j'aille où ? Il s'est perdu ?

Elle le gifla, fort, et il dut lui saisir le poignet. Sa mère était si douce d'ordinaire. Elle ne criait jamais, ne l'avait jamais frappé, ne donnait même jamais de coups de pied aux chiens qu'ils possédaient. Elle n'était pas comme les mères de ses amis, qui battaient leurs fils régulièrement. Il en fut si troublé qu'il ne savait plus que penser.

— Je t'ai dit d'y *aller*. Cours ! Prends un cheval. Rattrape-les, souffla-t-elle entre deux sanglots, le corps pris de violents tremblements.

— Oui, oui, j'y vais. Mais dis-moi qui. Qui je dois rattraper ? Qu'est-il arrivé à Kolia ? Maman ? fit-il en posant la main sur son épaule.

À ce dernier mot, Oula prit en tremblant une profonde inspiration et s'efforça de se ressaisir. Elle s'essuya les lèvres.

— Pardon, Tima, pardon. C'est le maestro. Ton père… il l'a laissé partir avec cet homme. Il le lui a *donné*. Il l'emmène.

— Il l'a donné ? s'étonna Tima en se demandant si sa mère avait perdu la raison.

Son père ne pouvait pas avoir fait une chose pareille.

— La musique… pour la musique. Il a emmené mon bébé, mon Kolienka.

Elle se remit à sangloter et tomba à genoux sur la route en tirant sur les mains calleuses de Timofeï. Les gens sortaient de chez eux pour les regarder.

— Timofeï Alexandrovitch ! appela quelqu'un. Tu veux de l'aide ?

Tima ne répondit pas. Il s'écarta de sa mère et se mit à courir, la poussière se soulevant en un long panache gris derrière lui.

* * *

Il dévalait depuis peut-être cinq minutes la route en lacets quand un cheval surgit lourdement derrière lui. Ce n'était qu'une vieille jument, un poney mongol sans selle, mais le voisin qui l'avait hélé dans la rue avait entendu les injonctions d'Oula. Il avait pris son cheval et s'était lancé à la poursuite de Timofeï. Il se laissa glisser à terre, et le garçon s'accrocha à la crinière du poney pour monter à cru.

Sans lâcher les crins de sa monture, il la pressa à coups de talons dans ses flancs osseux. La vieille jument faisait tout ce qu'elle pouvait et avançait à un trot débridé et douloureux qui, au bout de dix minutes, permit à Timofeï de repérer l'arrière de la voiture découverte des musiciens, perdue dans un nuage de poussière.

Il talonna encore la jument, qui parvint à prendre le petit galop, et Timofeï vit qu'il gagnait du terrain. Il ne tarderait pas à rattraper l'attelage. Il se placerait contre la voiture et crierait au chef d'orchestre de lui rendre son frère. Il y avait eu un malentendu, et Kolia ne partait plus.

Il s'imagina Kolia en train de pleurer. Le petit comprenait-il ce qui se passait ? Peut-être que son petit frère souriait en fait, et croyait qu'il partait en promenade.

Non, Kolia pleurerait.

Le chef d'orchestre protesterait peut-être, mais Timofeï n'hésiterait pas à le menacer. Son travail lui avait forgé une belle carrure et des bras musclés. Il connaissait sa force et envisagea de sortir l'homme du tarantass et de lever le poing. Les autres n'étaient que de jeunes musiciens malingres. Ils auraient peur de lui et craindraient de s'abîmer les mains, leur gagne-pain. Il serait facile de récupérer Kolia et de l'asseoir devant lui, à califourchon sur la jument.

Tima se représenta Kolia en train de sourire avec reconnaissance, comme toutes les fois où son grand frère était venu à son secours. Il s'imagina aussi le visage de sa mère, son soulagement et la joie qui l'envahirait quand elle le verrait rentrer avec Kolia. Il ne parvenait pas à se représenter l'expression de son père. Timofeï ne comprenait pas comment il avait pu laisser une chose pareille arriver.

Tout cela lui traversa la tête tandis qu'il se rapprochait de l'arrière de la voiture. La poussière lui piquait les yeux et collait à ses lèvres. Même en gardant la bouche fermée, il goûtait la terre de la piste.

Il fut bientôt assez près pour entendre tinter les clochettes qui ornaient les harnais des chevaux attelés au tarantass.

Puis, comme une petite déflagration explosant à l'intérieur de sa tête avec un éclair de lumière, Tima aperçut un tout autre tableau. Il se vit sur un cheval – pas cette vieille rosse ensellée, mais sur un beau cheval vif et solide –, s'éloignant de Tchita par cette même route. Délivré de la charge de son frère, sans Kolia pour le retenir jusqu'à la fin de ses jours, il serait libre de s'en aller dès que sa mère n'aurait plus besoin de lui. Il ne serait plus enchaîné à la tonnellerie, ni à Kolia.

Tima serait alors libre de mener la vie qu'il choisirait, sans aucune entrave.

Comme à l'écoute de ses pensées, la jument ralentit l'allure et émit une sorte de toux en agitant la tête.

Il lui redonna des coups de talons, assez près maintenant de la voiture pour croire qu'il distinguait la nuque de Kolia. La tête se tourna vers lui. Était-ce Kolia qui appelait à l'aide? *Tima! Tima, au secours!*

Le tarantass arrivait à une fourche. Tima plissa les yeux pour scruter la poussière, pour tenter de discerner plus clairement les personnes entassées sur les bancs de bois. Mais la vision ne laissait aucun doute: son frère, le visage trempé de larmes, qui pleurait pour qu'il vienne, comme toujours, le sauver. Son frère qui avait, qui aurait, toujours, besoin de lui.

Et alors, durant un instant qu'il revivrait toute sa vie, Timofeï desserra les jambes. À ce signal, la jument ralentit aussitôt, puis s'arrêta tout à fait. Un grand frisson de soulagement la parcourut, et elle laissa retomber sa tête.

Sous le beau soleil du mois de mai, assis sur l'animal essoufflé, Timofeï regarda la voiture prendre la voie de gauche puis s'éloigner sur la route poussiéreuse et semée d'ornières pour disparaître complètement.

* * *

Il retourna lentement vers Tchita et ramena la jument au généreux voisin. Puis il rentra seul à la maison. Sa mère se tint longtemps sans bouger, debout, à le regarder. Il secoua la tête et elle se précipita dans la chambre avec un gémissement.

Tima conserva un visage fermé et resta incapable de parler, craignant que ce qu'il venait de faire se devine sur ses traits.

Son père lui expliqua son raisonnement, cherchant auprès de Timofeï la compréhension qu'il ne pouvait obtenir de sa femme.

— Il faut que tu saches pourquoi cette solution m'a paru la meilleure, mon fils, commença-t-il d'une voix faible, entrecoupée d'une respiration pénible et douloureuse, tout en s'épongeant la bouche. Tu connais Kolia, peut-être mieux que n'importe qui. J'ai fait ce qu'il fallait.

Il contempla le mouchoir ensanglanté dans sa main.

Timofeï se rapprocha de son père.

— Non. Tu n'as pas fait ce qu'il fallait. Regarde comme maman souffre. Et Kolia... il ne survivra pas loin de la maison. Loin de nous. De moi. Je ne te pardonnerai jamais. Tu m'entends ? Jamais.

Puis il s'enfuit en courant.

Tima se rendait compte qu'il avait fait bien plus de mal à Kolia que son père. Celui-ci avait agi guidé par un amour aveugle ; lui s'était refusé à agir afin d'obéir à son seul égoïsme.

Timofeï savait qu'il ne serait jamais pardonné, même s'il se confessait à un prêtre. Un homme d'Église pourrait bien lui donner toutes les absolutions qu'il jugerait nécessaires. Lui-même pourrait bien aller au *datsan* faire tourner tous les moulins à prières et nouer autant de rubans de prières bleus que possible sur les branches des arbres. Il était coincé entre les deux religions et avait à la fois conscience des flammes de l'enfer éternel et de la puissance du karma. Une religion lui offrait la souffrance éternelle après sa mort, et l'autre la renaissance en un bousier méprisable.

Il ne pourrait jamais se pardonner. Néanmoins, il savait aussi que si la situation se représentait, il ferait la même chose.

Le lendemain du jour où Timofeï avait commis son grand péché, sa mère était venue le voir dans sa chambre alors qu'il se préparait à aller travailler. Elle le pressa de se rendre à Irkoutsk. Le voyage du chef d'orchestre prendrait encore bien des jours, et il s'arrêterait la nuit dans des villages. Timofeï n'aurait qu'à se rendre dans chaque village jusqu'à ce qu'il retrouve Kolia et le ramener.

— Ferme la tonnellerie et vas-y, dit-elle sombrement, le visage barbouillé et les yeux bouffis d'avoir pleuré toute la nuit.

— Mais papa est... commença-t-il sans finir sa phrase. Maman, comment pourrais-je partir alors que papa est tellement malade ?

Il lança un regard vers le salon, où son père était allongé sur le banc. Mais Oula secoua la tête.

— Ne t'occupe pas de ton père.

Sa voix avait pris une dureté qui choqua Timofeï. Il pensait comprendre la profondeur de son ressentiment, mais la froideur soudaine de sa mère le surprit tout autant que sa gifle de la veille. Ne l'avait-il jamais vraiment connue, ou était-ce l'effet que produisait la peine sur les gens ?

— Il y a assez d'argent avec la tonnellerie. Tu pourras aller jusqu'à Irkoutsk s'il le faut, ajouta-t-elle sans essayer de baisser la voix. Il faut que tu cherches jusqu'à ce que tu retrouves Kolia et que tu me le ramènes.

— Qu'est-ce qui te rend si sûre que je le retrouverai ? se permit-il de lui demander alors qu'il sentait monter inexplicablement en lui une sourde colère contre sa mère.

Les doutes qu'il exprimait ne manqueraient pas de la faire souffrir, mais cette colère nouvelle étouffait une partie de sa culpabilité.

— C'est un endroit très vaste, non ?

— Il ne doit pas y avoir tant de chefs d'orchestre que ça, et pas tant de petits garçons qui savent jouer du violon et viennent d'arriver en ville. Tu le trouveras, dit-elle avec une telle assurance que Timofeï ne put que hocher la tête.

Il dit que *oui, oui, une fois que papa...* et il se détourna avant de finir sa phrase. Mais Oula, elle, répliqua encore plus fort, comme pour s'assurer qu'Alexandre pouvait entendre :

— D'accord, dès que ton père n'aura plus besoin de toi, tu partiras me chercher mon fils.

* * *

Alexandre Danilovitch Kassakov mourut trois jours après que Timofeï eut regardé disparaître la voiture qui emportait Kolia au loin.

Ces trois journées silencieuses furent pesantes et d'une infinie tristesse : Timofeï partait tôt à l'atelier et y restait le plus tard possible. Il lui répugnait de se retrouver à la maison, alors que son père étouffait et crachait sans cesse du sang, et que sa mère pleurait sans faire de bruit.

Les dernières paroles qu'il avait dites à son père le hantaient.

* * *

La maison paraissait d'un calme surnaturel sans la toux de son père.

Le corps de celui-ci gisait dans un grossier cercueil ouvert, posé sur des chaises dans le salon et entouré de bougies crachotantes. Ses mains raides avaient été posées sur sa poitrine et s'enroulaient autour d'un cierge qui éclairait son visage. Timofeï se tenait assis sur un banc. Il se raidissait dans l'attente d'une quinte de toux en provenance du cercueil.

Des amis d'Alexandre s'étaient présentés plus tôt dans la journée, mais Oula ne leur avait pas fait bon accueil, ne leur avait proposé ni de prendre le thé ni même de s'asseoir. Ils étaient donc restés quelques instants dans la petite pièce au plafond bas, debout dans un silence pesant, puis s'étaient retirés.

Après leur départ, Oula s'était enfermée dans sa chambre, préférant ne pas s'asseoir auprès de Timofeï, ne pas verser de larmes, ni prier, ni veiller pour l'âme de son mari selon la tradition russe, ni psalmodier ni faire brûler d'encens suivant la tradition bouddhiste. Timofeï se rappelait qu'à la mort de son grand-père, sa mère lui avait dit de ne pas être triste, même s'il était tout à fait libre de pleurer s'il en avait envie. La mort de Témoudjine, lui avait-elle expliqué, n'était qu'un tour de plus de la Roue de la Vie, et il était important de garder son calme et de penser à des choses positives.

— Témoudjine va se transformer, avait-elle précisé, et il se prépare à sa renaissance. Mon père a toujours été un homme bon, et il renaîtra sous une forme agréable.

Trois jours durant, les moines bouddhistes et les visiteurs s'étaient succédé à la maison, on avait psalmodié des textes ensemble, fait sonner des clochettes, battu des tambours et soufflé dans des trompes à intervalles réguliers. Il y avait de l'encens et des lampes à huile qui brûlaient devant une représentation de Bouddha installée près du corps de Témoudjine jusqu'à son départ pour la crémation au *datsan*. Les amis de Témoudjine étaient venus nombreux lui rendre paisiblement un dernier hommage. Tout lui avait paru empreint de grâce et d'une certaine lenteur, comme dans un rêve.

Au contraire, les funérailles auxquelles Timofeï avait assisté avec son père à l'église orthodoxe des décembristes revêtaient une fièvre chaotique et un aspect tapageur tandis que le prêtre suppliait Dieu d'avoir pitié de l'âme entachée de péchés du défunt. Le garçon trouvait que les rites orthodoxes créaient une sorte de désespoir autour de la mort, qui était selon eux une conséquence inéluctable de toute vie humaine du fait du péché originel, contrairement aux bouddhistes, pour qui la mort était une étape nécessaire afin d'accéder à la vie éternelle.

Timofeï fut profondément troublé de voir que sa mère refusait d'accorder à son père le respect de l'une ou l'autre religion. Il ne pouvait comprendre la profondeur de la colère de sa mère. Malgré sa mort, elle ne pouvait pardonner à Alexandre ce qu'il avait fait et n'arrivait pas à le pleurer. Il comprit, alors qu'il veillait pendant cette longue nuit obscure, que c'était parce qu'elle était déjà en deuil de Kolia.

À la lueur vacillante des bougies, Timofeï pleura seul son père en contemplant son profil cireux et en se remémorant tout le temps qu'ils avaient passé ensemble, alors qu'Alexandre lui apprenait à lire et à écrire en russe et en français, lui parlait de l'histoire du monde, de politique et de la vie loin de Tchita tout en lui enseignant son métier. Il pensa à toutes les fois où son père lui avait tapoté le dos avec un sourire de fierté, et il éprouva une véritable tristesse.

Alors il pleura, agenouillé près du cercueil en embrassant son crucifix. Mais tout en pleurant, il avait conscience de verser aussi des larmes sur lui-même.

Il avait pleinement conscience de l'égoïsme de son acte et savait que ce qu'il allait commettre ensuite serait tout aussi condamnable, sinon pire.

* * *

Le lendemain des funérailles, Alexandre fut enterré suivant le rite russe, au cimetière qui se trouvait derrière la petite église des décembristes en bois, surmontée d'un dôme vert. Oula dit à Tima qu'il devait aller à Irkoutsk.

—Ton père est mort. Il n'y a plus de raison de traîner. Plus longtemps Kolia reste éloigné de moi, plus c'est difficile pour lui.

—Tu veux que je parte tout de suite ? Ne devrais-je pas attendre la prière du neuvième jour pour la mort de papa ? Ce n'est pas bien de… voulut dire Timofeï, mais Oula secoua la tête avec impatience.

— Il faut que tu partes, décréta-t-elle, et son visage se décomposa.

Timofeï prit alors conscience qu'elle n'avait pas pleuré pendant l'enterrement d'Alexandre, mais avait semblé plongée dans une profonde réflexion, les yeux rivés sur les arbres en bourgeons, derrière l'église.

— Il n'y a que Kolia qui puisse me faire me sentir mieux, rien que mon bébé. Il devrait être ici, avec moi. Je n'ai envie ni besoin de rien d'autre que de lui.

Puis elle lui tourna le dos, et Timofeï sentit un grand froid lui envahir la poitrine.

— D'accord, répondit-il en s'adressant au dos de sa mère d'une voix détachée. Je partirai dès que j'aurai terminé la dernière commande, dans deux ou trois jours.

Il devrait fermer la tonnellerie. Antip, qui avait dix ans de plus que lui et se chargeait parfaitement du travail physique, ne savait pas lire. Il recevait sans problème les ordres de l'adolescent, mais n'avait aucune ambition.

— J'achèterai un cheval et je partirai.

Pendant les deux jours suivants, Timofeï travailla sans relâche pour terminer les commandes en cours. Le rythme et la monotonie du mouvement – le frottement de l'herminette sur le bois – le calmèrent et lui permirent de concevoir son plan.

* * *

Ce fut plus facile qu'il ne l'aurait cru. Il expliqua à Antip que la tonnellerie serait fermée pour une durée indéterminée et le gratifia d'une semaine de salaire supplémentaire en s'excusant de le mettre au chômage. Puis il rédigea un document pour s'assurer que sa mère recevrait le produit de la vente éventuelle de la tonnellerie. Il le fit attester et signer par l'ami fidèle de son père, Gueorgi, dernier exilé encore à Tchita. Tous les autres décembristes étaient morts ; la plupart étaient plus âgés qu'Alexandre, et tous avaient été affaiblis par les conditions brutales de leur travail forcé.

— C'est pour protéger ma mère, indiqua Timofeï à Gueorgi. Au cas où il m'arriverait quelque chose.

Gueorgi secoua la tête.

— Un gars costaud comme toi dirigera encore la tonnellerie des années après que ta mère ne sera plus de ce monde.

Timofeï hocha la tête, mais lui demanda de conserver le document.

Avec les fonds de la tonnellerie, il s'acheta Félia, un beau et jeune cheval du Don, ainsi qu'une paire de bottes. Sa mère lui prépara autant de nourriture que ses sacoches en toile pouvaient en contenir, et lui remit deux couvertures mongoles en laine de yak bien chaudes.

Il prit le crucifix et les livres de son père, et un moulin à prières de sa mère. Il prit aussi le petit *svirel* que Kolia lui avait donné pour sa dernière fête. Kolia y avait maladroitement gravé le nom de Tima, et l'avait présenté avec fierté à son grand frère lors de la célébration familiale.

— Tu le trouves, et tu rentres tout de suite, recommanda Oula alors que Timofeï se tenait à côté de son cheval.

C'était le matin, et les cloches sonnaient pour appeler à la messe. Timofeï n'arrivait pas à croiser son regard. Il caressa à deux mains le garrot miel foncé du grand cheval, doré au soleil.

— Combien de jours va-t-il te falloir pour arriver là-bas ? demanda sa mère.

— Beaucoup. Ça dépendra du temps et de l'état des routes.

Tima avait hâte de s'éloigner du visage triste et cependant plein d'espoir de sa mère.

— On est en juin. C'est une bonne chose, lui lança-t-elle alors qu'il enfourchait sa monture.

Elle ne l'avait même pas embrassé.

Il tira sur les rênes de Félia afin de lui faire prendre la bonne direction.

— Au revoir, *Mamacha*. Sois bénie des deux mains, lui dit-il.

Il se remémora soudain les chansons qu'elle lui chantait lorsqu'elle le mettait au lit, quand il était petit, son sourire à table, quand elle posait son plat préféré devant lui, sa douceur.

— Je guetterai votre retour, à toi et à ton frère, dit-elle. Je sais que je peux te faire confiance. Tu es un bon fils, Timofeï Alexandrovitch. Un homme bien.

Elle lui adressa elle aussi sa bénédiction en bouriate, puis Timofeï talonna sa monture et quitta Tchita.

28

Gricha a bien essayé d'oublier les dernières paroles de sa mère. Il sait à présent, alors qu'il revient de la datcha avec Antonina, que sa mère avait tort. Il n'a pas été un bon fils, et il n'est pas quelqu'un de bien.

Il a encore l'odeur d'Antonina sur sa peau. Lorsqu'Antonina s'est autorisée à cesser d'être une comtesse pour être simplement une femme, il a perdu la maîtrise qu'il s'est imposée presque toute sa vie. En la regardant dormir, il a éprouvé le désir de la protéger, d'écarter la souffrance.

La souffrance d'une trahison dont il est responsable.

Et malgré la façon dont elle lui a parlé avant de se détourner pour quitter la datcha, une heure plus tôt, ses sentiments pour elle n'ont pas changé. Alors qu'ils chevauchent en silence, accompagnés par le bruit de succion des sabots dans la boue et les croassements de corneilles, il a envie de la voir sourire comme elle l'a fait à la lueur des bougies dans la datcha.

En la regardant maintenant étreindre le manteau de Mikhaïl, tout ce qu'elle a de lui, il se souvient d'elle dix ans auparavant, dans la cour où l'on fouettait les serfs, serrant son enfant contre elle afin de le protéger farouchement.

Gricha sait qu'elle lui fait implicitement confiance. Il lui est douloureux de penser à ce qui s'est passé la veille à Touchinsk. Il avait prié, ardemment espéré qu'il suffirait de se rendre à la porte indiquée et de remettre l'argent à Lev pour que Mikhaïl sorte de l'isba. Mais ce n'était pas ce qui s'était passé. Lev n'avait pas l'enfant avec lui. Il assura que le gamin l'attendait dans un autre village, un peu plus loin le long de la route. Il prendrait l'argent que Gricha avait apporté et lui expliquerait comment récupérer le petit Mitlovski. Allons-y tout de suite, répliqua Gricha, allons le chercher, mais Lev fit non de la tête. Gricha était furieux ; il se disputa avec Lev tout en brandissant le sac de roubles et l'accusa de vouloir le tromper. Il garderait l'argent jusqu'à ce qu'il soit certain que l'enfant était encore en vie. Donne-moi une preuve, et conduis-moi à lui. Tu auras ton argent dès que j'aurai le garçon. C'est alors qu'il protestait qu'il entendit les cris de la comtesse. Il rangea aussitôt l'argent dans sa tunique et se précipita pour la trouver, le visage en sang et la main pointée vers le petit villageois qui portait la *talmotchka* de Mikhaïl.

Lorsqu'il retourna interroger le père de l'enfant sourd, il le somma de lui dire la vérité. Il sut, en voyant l'homme cligner des yeux et déglutir avec difficulté, qu'il cachait quelque chose.

— Tu te rappelles quand je suis venu à Touchinsk au printemps, pour chercher le fils du seigneur ?

L'homme hocha la tête.

— Tu sais qui je suis alors.

L'homme hocha encore la tête.

— Tu n'as donc rien à craindre. Tout ce que je veux, c'est retrouver l'enfant pour le rendre à sa mère.

L'homme regarda Antonina par-dessus l'épaule de Gricha.

— Tu ne seras pas puni. Tu as ma parole. Dis-moi ce que tu sais.

Entourant sa femme de son bras, le jeune homme lui dit alors qu'il avait été forcé de cacher l'enfant pendant l'été, quelques mois après le passage de Gricha à Touchinsk. Trois hommes avaient amené le petit garçon. Cela se passait au début du mois de juillet; l'orge était déjà haut. Ils s'étaient présentés à sa porte en pleine nuit. Il se rappelait qu'il faisait chaud et que l'enfant tenait son manteau à la main. Il le tenait serré contre lui, c'était tout ce qu'il avait. L'homme expliqua à Gricha qu'on les avait choisis pour cacher le garçon parce que sa femme et son fils étaient sourds-muets; ils ne pouvaient communiquer qu'avec lui, et personne ne leur prêtait attention. On lui avait assuré que si jamais il parlait à quiconque de l'enfant qu'il cachait, ou s'il laissait l'enfant sortir de l'isba, c'était son fils qui serait tué.

— Je savais qu'il s'agissait du fils du seigneur et qu'on l'avait enlevé. Mais qu'est-ce que je pouvais faire? dit-il à Gricha. Je ne pouvais pas risquer la vie de mon fils pour celle d'un autre.

Gricha regarda l'enfant sourd, qui pressait la tête contre le bras de sa mère.

— Mikhaïl… le petit était-il en bonne santé?

— Il était sale et maigre, avec des cheveux longs et des vêtements déchirés. Il avait des bleus sur les bras et les jambes. Il ne parlait pas, sinon pour me demander de l'aider à se sauver. Il m'a dit que son père me donnerait des centaines de roubles, ajouta-t-il avant de prendre une profonde inspiration. Je lui ai répondu que son père ne pouvait plus rien, maintenant, et le gosse a essayé de me frapper. J'ai bien vu qu'il avait peur, mais je me doutais qu'il ne serait pas facile à faire tenir tranquille. Il fallait que je sois sûr qu'il ne fasse rien qui puisse mettre la vie de mon fils en danger.

Il posa la main sur la tête de son fils, et sa voix s'affermit.

— Je lui ai donné une correction, et il s'est calmé. J'ai quand même dû le garder attaché, parce que j'avais peur qu'il essaye malgré tout de s'échapper. Et puis, une semaine plus tard, les hommes sont venus le rechercher, toujours au milieu de la nuit. Il dormait quand il l'ont détaché et traîné dehors, et il a oublié son manteau.

L'homme examina attentivement Gricha.

— Vous avez des enfants ?

Gricha secoua la tête. Il avait la joue droite agitée par un tic nerveux.

— Si vous en aviez, vous comprendriez pourquoi j'ai agi comme ça, dit le jeune homme avec une expression de défi.

Gricha baissa les yeux sur l'enfant sale.

— Comme l'a promis la comtesse, un nouveau manteau te sera envoyé pour ton fils. Et tu recevras une petite récompense… pour ton honnêteté.

Il fit demi-tour et retourna vers Antonina, effondrée sur son cheval.

Maintenant, alors qu'ils font route vers Angelkov, Gricha repense au villageois lui avouant tout naturellement qu'il avait frappé l'enfant et l'avait gardé attaché. Il se demande comment Mikhaïl survit. S'il survit encore.

Mikhaïl a pour lui d'être le fils de sa mère. L'enfant lui ressemble en tous points : intelligent et curieux, doté de sensibilité et d'un côté malicieux. C'est un charmeur, comme sa mère. S'il avait pris le caractère impérieux et égocentrique de son père, la situation serait sans doute encore pire pour lui. Le régisseur essaye de se rassurer en se rappelant sa propre jeunesse : il n'avait que cinq ans à peine de plus que Mikhaïl quand il était parti, et il avait survécu.

Mais l'enfant n'est pas comme Gricha. Non, pas avec cette ossature fine, ses doigts agiles et sa sensibilité. Il lui fait davantage penser à un autre petit garçon que Gricha a bien connu autrefois. Mikhaïl lui rappelle, il doit bien le reconnaître, ce petit frère qu'il a perdu vingt ans plus tôt, Kolia.

Depuis l'enlèvement, Gricha se reproche chaque jour d'avoir mis l'enfant en danger et pratiquement détruit la comtesse, simplement à cause de son mépris pour le comte. Il n'avait plus prié depuis son départ de Tchita, mais lorsque Mikhaïl n'a pas été délivré comme promis, il a éprouvé le besoin de prier. Il s'est donc rendu dans la petite église du domaine, tard dans la nuit, pendant que le père Cyril dormait, et il a prié pour que l'enfant soit indemne.

Mais la prière n'apaise pas sa vieille culpabilité. Il a trahi un deuxième petit garçon.

* * *

Lorsqu'ils arrivent à Angelkov, Lilia se rue dehors. Elle pousse un petit cri et porte la main à sa bouche en découvrant le visage tuméfié d'Antonina et son corsage ensanglanté sous la cape ouverte. Elle foudroie Gricha du regard, comme si tout était sa faute.

— Vite, madame, dit alors Lilia sans quitter Gricha des yeux. C'est le comte. Il… ça ne va pas.

Antonina se laisse glisser au bas de sa monture sans lâcher le manteau de Mikhaïl.

— Que s'est-il passé ?

Lilia touche la manche de la *talmotchka*.

— Où avez-vous passé la nuit ? Qu'est-il arrivé à votre visage ? Et où avez-vous trouvé le manteau de…

Antonina se dirige vers l'entrée.

— Parle-moi du comte.

Elle ne jette pas un regard vers Gricha.

Mais Lilia, elle, se retourne et voit qu'il regarde Antonina intensément.

— Après avoir donné au comte son chloroforme hier soir, Pavel s'est endormi, raconte Lilia. Et quand il s'est réveillé, juste avant l'aube, le comte n'était plus dans son lit. Pavel a cru qu'il était peut-être allé dans votre chambre et il est allé voir, mais… il n'a trouvé que moi, qui vous y attendais. Comment aurais-je pu dormir, alors que vous n'étiez pas rentrée ?

Antonina traverse la terrasse. Lilia la suit de près et parle avec vivacité :

— Pavel m'a dit qu'il ne trouvait pas votre mari, alors je suis allée réveiller Liocha au quartier des serviteurs. Il a envoyé tous les domestiques à votre recherche à tous les deux. Nous avions peur que le comte s'en soit pris à vous. Nous étions tous tellement inquiets, Tossia.

Elle se cogne dans Antonina, qui s'est immobilisée pour se retourner.

— On l'a retrouvé ?

— Oui. Oui, Liocha l'a retrouvé au cimetière, complètement trempé et grelottant, couché sur une vieille tombe. Quand on l'a ramené à la maison, il a dit qu'il dormait avec son fils. Il est très malade, Tossia, encore plus mal qu'avant.

Tinka cabriole autour des pieds d'Antonina, qui remonte le long couloir jusqu'à la chambre de Konstantin. Pavel, qui est assis près du lit, se lève d'un bond à son entrée.

— Comment va-t-il ? demande-t-elle.

Son mari respire difficilement.

— La fièvre l'a repris, madame. Je ne sais pas combien de temps il est resté sous la pluie, dans le froid. Je suis désolé, madame, je croyais qu'il dormirait toute la nuit, je...

— Ce n'est pas votre faute, Pavel. A-t-on envoyé chercher le médecin ?

— Non, madame. Il n'y avait personne pour en donner l'ordre. Vous n'étiez pas là. Nous sommes allés chez Gricha. Il n'était pas à Angelkov non plus.

Pavel la dévisage quelques secondes de trop.

— Envoyez Liocha chercher le docteur Molov. Je suis rentrée et je vous en donne l'ordre.

Dieu la punit déjà pour son comportement dans la datcha. Il lui fait savoir que ses péchés ont un prix.

Lilia la suit dans sa chambre, mais Antonina prend Tinka dans ses bras et dit à sa servante qu'elle désire être seule. Elle verrouille sa porte et pose le manteau de Micha sur la banquette, sous la fenêtre. Elle se lave et se change. Puis elle s'assoit avec le manteau sur ses genoux. Elle le caresse, et Tinka s'endort à côté d'elle.

Antonina finit par quitter la banquette et contemple dans le miroir ses yeux noircis et son nez enflé. Remplie de honte pour s'être donnée ainsi pendant que son mari errait sous la pluie alors qu'elle n'aurait dû penser qu'à retrouver son fils, elle s'agenouille devant la petite table où sont disposées les icônes, elle confesse à Dieu et à la Sainte Vierge qu'elle est coupable d'avoir enfreint l'un des commandements et d'avoir commis un péché mortel. Elle supplie qu'on lui pardonne son adultère et sa luxure.

* * *

Ce soir, Antonina occupe de nouveau la banquette sous la fenêtre quand Lilia entre.

— Bonsoir Tossia, dit-elle en jetant un coup d'œil sur le manteau de Mikhaïl, toujours maculé de graisse, de suie et de sang séché, posé sur les genoux d'Antonina. Je vous apporte votre chocolat chaud.

Elle pose le plateau d'argent et sa haute tasse fumante, puis se dirige vers le lit pour replier le couvre-lit.

— Le docteur vous a-t-il donné quelque chose pour que votre nez vous fasse moins mal ?

— Comment me trouves-tu, Lilia ? demande à brûle-pourpoint Antonina, ignorant la question.

— Eh bien, vous serez bientôt très bien, Tossia, dit Lilia en redressant les oreillers sur le lit. Votre nez va cicatriser. Le plâtre que le docteur vous a mis l'empêchera de dévier, et...

Elle s'interrompt enfin avant de se retourner vers la comtesse, puis elle prend une inspiration.

— Qu'y a-t-il, Tossia ? Vous paraissez... changée.

Malgré les minces bandes de plâtre sur l'arête de son nez et les traces de choc sur son visage, il s'agit d'autre chose. Lilia prend conscience que l'état d'Antonina lui fait surtout penser à celui dans lequel sa maîtresse se trouvait les jours qui ont suivi l'enlèvement de Mikhaïl, comme si elle avait reçu une sorte de choc.

— Changée ? répète Antonina, qui enfouit aussitôt son visage dans ses mains.

Lilia ne sait que penser. Elle s'est fait un sang d'encre en voyant qu'Antonina n'était pas rentrée la nuit précédente. Pendant que le médecin se trouvait avec Konstantin, Antonina lui a raconté l'épisode de l'enfant qui portait le manteau de Micha et comment elle s'était brisé le nez. Elle lui a dit que comme ils se trouvaient alors plus près de chez les Bakanev, elle avait demandé à Gricha de la conduire là-bas. La pluie s'était mise à tomber, et les Bakanev l'avaient persuadée de rester pour la nuit.

— Tossia, insiste la servante, que se passe-t-il ? Qu'est-ce que vous ne me dites pas ?

Antonina écarte ses mains de son visage, mais ne répond rien. Lilia se laisse tomber à genoux et saisit les mains de sa maîtresse.

— Est-ce que c'est à propos de Micha ? souffle-t-elle. Vous avez appris quelque chose d'autre, en plus de son manteau et de ses notes ?

Lilia se dit que seule une mauvaise nouvelle concernant son fils pourrait donner à Antonina cette curieuse expression de frayeur. Mais il y a autre chose.

Antonina se ferme et retire ses mains de celles de Lilia.

— Non. Il n'y a rien d'autre concernant Micha.

Elle se tourne vers la fenêtre et contemple l'obscurité au dehors.

— Vous voulez bien que je prenne le manteau de Micha pour le nettoyer ? propose la servante, toujours à genoux.

Antonina murmure son assentiment.

Lilia sent qu'il s'est produit quelque chose d'important, mais elle ne peut déterminer de quoi il s'agit.

* * *

Tôt le lendemain matin, Antonina est encore couchée quand Olga frappe doucement à sa porte pour lui annoncer que Fiodor doit lui parler.

Antonina n'a pas réussi à dormir à force de ressasser ce qui s'est produit au village et ce qui s'est passé dans la datcha. Le médecin lui a dit que Konstantin avait beaucoup souffert de sa nuit sous la pluie, et qu'il reviendrait l'examiner aujourd'hui.

La culpabilité est si forte.

Elle jette un châle sur sa chemise de nuit, enferme Tinka dans sa chambre et descend pieds nus l'escalier.

Ses cheveux sont rassemblés en une longue tresse enroulée de façon assez lâche autour de sa tête, et son visage est affreusement tuméfié. Elle se moque à présent que les domestiques puissent la voir ainsi. Quelle importance ?

Elle ressent en descendant les marches une raideur dans la face interne de ses cuisses – encore un rappel de ce qu'elle a fait avec Gricha.

Dans le vestibule, Fiodor retourne sa casquette entre ses mains. Il est pâle et a les traits tirés. Antonina ne comprend pas son expression.

— Comtesse, commence-t-il. Je suis désolé, mais il est… il s'est passé une chose terrible.

Qu'est-ce qui pouvait encore leur arriver ?

— Sainte Mère de Dieu, murmure-t-elle. Je vous en prie. Ce n'est pas… Est-ce que c'est Mikhaïl ? Qu'est-ce qu'il y a ? Dites-moi, Fiodor, dit-elle, de la panique dans la voix.

Il baisse les yeux par terre, la casquette tournant de plus en plus vite entre ses mains.

— Pardonnez-moi, comtesse. C'est l'un des chevaux…

Antonina pousse un profond soupir de soulagement. Ce n'est pas Mikhaïl.

— Dounia ? Elle est malade ?

— Non, c'est Félia. Le cheval de Gricha. Il est mort. Je regrette, madame.

Il lui faut un moment pour digérer la nouvelle. Gricha adore son cheval.

— Mais il allait très bien. Gricha l'a monté hier.

Elle écarte Fiodor pour se rendre aux écuries, afin de voir par elle-même de quoi il retourne, mais le serviteur la saisit par le bras. Elle contemple les doigts épais sur la fine batiste de sa manche. Il a les jointures noircies par ce qui ressemble à des ecchymoses et le dos de sa main présente une grosse égratignure qui remonte jusqu'au poignet. Il regarde Antonina et retire sa main.

— Il vaudrait mieux ne pas y aller, comtesse. Vous ne devriez pas voir le cheval dans cet…

Il s'interrompt, et Antonina a l'impression soudaine d'avoir avalé quelque chose de très lourd.

— C'est affreux à voir, madame, mais il fallait que vous soyez informée. La carcasse sera emportée au plus vite.

Antonina lui passe devant et se précipite en chemise de nuit vers l'écurie. Elle est toujours pieds nus mais ne sent pas la terre froide et tassée, encore humide et collante de la pluie de la veille. Elle entend le pas de Fiodor derrière elle. Son souffle fait un panache de vapeur dans l'air froid de l'automne. Une poignée d'hommes se tient à l'entrée de l'écurie. Ils baissent tous les yeux en la voyant approcher, et s'écartent pour la laisser aller à la stalle de Félia.

L'écurie est presque vide. Au cours de ces dernières semaines, Gricha a vendu un bon prix la plupart des trotteurs Orlov – considérés comme la race reine de Russie. La comtesse a été heureuse de le voir arriver avec les roubles de la vente. Il ne restait donc plus que six chevaux : trois Orlov pour tirer la troïka, Dounia et un arabe, ainsi que Félia.

Liocha se tient jambes écartées, comme s'il montait la garde, le visage crispé par le chagrin et les joues mouillées de larmes. Il secoue la tête en disant *Non, comtesse,* mais elle l'écarte pour passer.

Antonina fixe la stalle du regard, et son cerveau s'efforce de comprendre ce qu'elle voit. Elle serre les lèvres pour réprimer un cri devant ce qui reste de Félia. Elle plaque la main sur sa bouche et son nez. Une masse grouillante de mouches recouvre l'animal, et la puanteur du sang et des organes exposés est abominable.

Antonina a un haut-le-cœur provoqué non seulement par l'odeur, mais aussi par la brutalité de la scène.

Félia, le noble et fringant Félia, a été ouvert du poitrail à la queue. Entaillé, découpé par le milieu comme on le ferait d'un poisson, et éviscéré, ses entrailles répandues sur la paille de la stalle. Il a les yeux encore ouverts. Une cordelette est attachée autour de l'encolure noire et fine de l'animal, et on y a accroché une planchette de bois irrégulière. Deux phrases maladroites y sont grossièrement écrites au charbon de bois : *Voilà ce qui arrive. T'as pas fait ce qu'on t'a dit.*

— Où est Gricha ? demande-t-elle.

— Je suis allé chez lui, comtesse, répond Liocha en s'essuyant les yeux sur sa manche. Mais il n'y était pas. Vous savez où il est ?

Un pas précipité se fait entendre, et Gricha se matérialise soudain à côté d'elle. Il saisit la barre supérieure de la stalle en contemplant son cheval. Le choc lui blanchit le tour des lèvres.

— Nous allons l'enterrer, Fiodor, décrète-t-il d'une voix âpre.

— Mais nous brûlons toujours les animaux morts. Ce serait trop difficile de creuser un trou aussi…

— Nous sommes assez nombreux. Il ne sera pas incinéré. C'est compris ?

— D'accord, Gricha, répond Fiodor. Si la comtesse donne son autorisation, ajoute-t-il en se tournant vers elle.

Elle se rend compte qu'il fixe des yeux ses pieds nus.

Le fait qu'un serf – un ancien serf, comme elle doit sans cesse se le répéter – d'écurie puisse voir ses pieds nus lui rappelle qui elle est.

— Bien sûr. Il sera fait selon la volonté de Gricha. Merci, Fiodor, dit-elle, et l'homme détache son regard de ses pieds pour la regarder bien en face.

Elle n'est pas certaine que Fiodor la regarde avec tout le respect requis. Mais il finit par adresser un signe de tête aux hommes qui se trouvent derrière lui, et Antonina se rapproche de Gricha pour les laisser pénétrer dans la stalle afin d'étendre une grande toile sur le sol. Avec force grognements et jurons étouffés, ils entreprennent de sortir les restes de Félia de l'écurie.

Antonina les observe et voit que Liocha lutte encore pour se ressaisir. C'est un gentil garçon. Un homme gentil, se corrige-t-elle. Il doit avoir dans les dix-neuf ans, à présent. Il n'y a pas de violence en lui.

Elle repense aux jointures bleuies de Fiodor, et à l'entaille profonde au revers de sa main. Fait-il partie de ceux qui ont massacré Félia et feint-il la consternation afin de détourner les soupçons ?

Aussitôt après, elle se dit qu'elle se laisse emporter par son imagination. Du fait de leurs tâches difficiles, tous les serviteurs qui travaillent dehors présentent des ecchymoses et des égratignures en plus de tout un tas de cicatrices. Fiodor et Raïssa travaillaient pour Konstantin depuis déjà des années lorsqu'elle est arrivée à Angelkov, et Fiodor s'est toujours montré un intendant d'écurie respectueux et courageux.

— Attendez ! lance-t-elle, et tous les hommes s'immobilisent. Coupez la cordelette et donnez-moi la planchette de bois, ordonne-t-elle.

Gricha la regarde prendre le morceau de bois des mains de Liocha.

— C'est un avertissement, indique Gricha.

Elle examine la planche grossière.

— Un avertissement ? Mais de quoi, Gricha ?

Gricha n'a pas remis l'argent à Lev, et maintenant, son cheval tant aimé est mort. Ils s'enhardissent.

— Vous rencontrez le notaire, cet après-midi ? demande-t-il pour éviter de répondre à sa question.

Elle a complètement oublié la visite de Yakovlev.

— Oh. Avec tout ça, et Konstantin qui est mourant…

Elle a tellement envie que Gricha la réconforte.

— Je voudrais pouvoir reporter le rendez-vous, mais Yakovlev doit déjà être en route. Voulez-vous toujours… Dois-je vous prévenir quand il arrivera ?

Il acquiesce, à peine un hochement de tête, et s'éloigne d'elle, qui sent soudain le froid sur ses pieds nus et tient encore la planchette à la main.

* * *

De retour dans sa chambre, Antonina frissonne en serrant Tinka dans ses bras, le front appuyé contre la fenêtre. La planchette grossière est posée sur la table, près de la cheminée. *Voilà ce qui arrive. T'as pas fait ce qu'on t'a dit.* Tu n'as pas fait ce que qui a dit ? C'était le cheval de Gricha. La menace s'adresse-t-elle à lui ?

Son fils a disparu, son mari... Qui sait ce qu'il va devenir ? Les serviteurs s'en vont tous. Elle a commis un horrible péché. Et maintenant, un superbe cheval a été massacré.

De la fenêtre, Antonina voit Olga cueillir les derniers chrysanthèmes or et bronze et gerberas orange du jardin d'ornement. Olga n'a pas de famille et nulle part où aller. Elle compte sur Antonina pour l'entretenir jusqu'à sa mort.

Combien de serviteurs continueront de dépendre d'elle ? Sans eux, elle ne peut pas diriger Angelkov. Comment pourrait-elle entretenir le somptueux manoir, le petit verger, le potager, le jardin d'agrément, la serre de plantes exotiques ainsi que les greniers à grain, les étables et les écuries ? Elle a besoin d'argent. Même si la dernière chose dont elle a envie aujourd'hui est de parler finances et gestion du domaine avec le notaire, elle n'a pas le choix. Tout cela est déjà très déroutant en temps normal. Mais après tout ce qui s'est passé depuis deux jours... L'expression indéchiffrable de Gricha alors qu'elle se tenait près de lui dans l'écurie lui revient de nouveau, et la pousse à poser Tinka pour aller chercher la vodka dans son armoire.

Il y a des traces de sang sur le tapis clair. Elle a dû s'entailler le pied sur quelque chose, une écharde dans l'écurie ou une pierre dans la cour. Elle regarde le sang, et cela lui rappelle celui qui coulait de la main de Konstantin sur la soie verte du sofa.

Elle prend la bouteille et la porte à sa bouche. La première gorgée lui fait penser à la vodka qu'elle a bue avec Gricha dans la datcha, aux lèvres du régisseur retroussées sur le bord du verre. À leur douceur sur les siennes.

Elle plaque sa main sur sa bouche et avale l'alcool. Elle est toujours mariée. Elle range la bouteille et va voir Konstantin. Le souffle du comte ébranle le silence de la chambre.

— Prévenez-moi quand le médecin sera là, s'il vous plaît, demande-t-elle à Pavel avant de ressortir dans le couloir. Lilia ! appelle-t-elle, mais Lilia ne vient pas.

Antonina appelle encore, et une jeune fille finit par sortir d'une chambre avec un seau et une serpillière.

— Noucha, la prie la comtesse, trouve Lilia et dis-lui de venir dans ma chambre.

La fille baisse vivement la tête et dévale l'escalier.

Lilia arrive quelques minutes plus tard.

— Où étais-tu ? demande Antonina. Je t'ai appelée je ne sais combien de fois. Je voudrais que tu m'apportes de l'eau chaude pour me laver les pieds. Mais… qu'est-ce qui ne va pas, Lilia ?

— Le cheval. Je l'ai vu.

— Qui peut faire quelque chose d'aussi barbare ?

Lilia ne répond rien. Elle se tort les mains devant elle.

— Cela te fait tant de peine que ça ? s'étonne Antonina.

Elle n'aurait pas cru que Lilia serait aussi émue par la mort de l'animal. La servante n'a jamais manifesté le moindre intérêt pour les animaux, à part pour Tinka.

Lilia ne profère toujours pas un mot et secoue la tête tout en continuant de se tordre les mains.

Une pensée traverse l'esprit d'Antonina. Elle se trompe sûrement, tente-t-elle de se rassurer alors qu'elle coule un regard vers le bout de planche et sa menace sanglante.

Lilia n'a jamais réussi à écrire que de façon très rudimentaire. Elle a toujours tracé ses *q* à l'envers, en recopiant ses psaumes. Antonina a eu beau la reprendre encore et encore, Lilia a continué de former ses *q* à l'envers.

La servante va chercher de l'eau chaude, et Antonina prend le morceau de bois. Elle examine les lettres grossièrement écrites et voit que ce n'est pas l'écriture de Lilia ; les erreurs sont trop nombreuses. Cependant, la lettre *q* la trouble. Ce n'est qu'une lettre, mais elle ne peut cesser d'y penser.

Elle revoit le visage de Liocha : sérieux, un peu mélancolique. Lilia a-t-elle appris à écrire à son petit frère ? Je vous en prie, supplie Antonina, pas Liocha.

Pas Liocha.

29

— Ça ressemble à un début de pneumonie, déclare le docteur Molov, les yeux clos tandis qu'il presse son oreille contre la poitrine de Konstantin.

Il se redresse, sort un petit marteau de caoutchouc de sa trousse et tape sur la poitrine du malade, produisant un son mat.

— Oui, ajoute-t-il, il y a du liquide dans les poumons.

Konstantin gémit, et Pavel s'approche avec une bouteille et un verre.

— Qu'est-ce que c'est ? s'enquiert le médecin.

— Du chloroforme, docteur, répond Pavel, comme vous l'avez prescrit.

— Comme je l'ai prescrit ? Quand ? Vous voulez dire, après l'amputation de son bras ?

Pavel déglutit, puis hoche la tête.

— Vous lui faites inhaler du chloroforme régulièrement ?

— C'est une teinture, mélangée avec de l'alcool. Il la boit. Quand…

Pavel comprend, à l'expression du médecin, que ça ne va pas du tout.

— Quand il a eu terminé le flacon que vous lui aviez laissé, nous en avons fait apporter une provision au domaine.

Le médecin se laisse tomber lourdement sur la chaise à côté du lit.

— Sainte Mère de Dieu, souffle-t-il.

— Qu'y a-t-il, docteur Molov ? demande Antonina.

— Son comportement, les accès de hurlements et de confusion, sa méfiance irrationnelle et ses menaces.

— Oui, ça n'a cessé d'empirer depuis l'amputation.

— Le chloroforme empoisonne le cerveau, déclare le médecin en se relevant. On ne doit l'utiliser qu'en très petites quantités et de façon très temporaire, pour faire dormir le patient et lui permettre de supporter le traumatisme subi par le corps.

Il regarde alternativement Pavel et Antonina.

— C'est le chloroforme qui est responsable de sa folie.

— Mais vous aviez dit à Pavel de…

— Pendant deux ou trois jours. Pas plus. Pas quotidiennement, et pas durant des mois. Personne ne peut donc suivre une prescription simple ? proteste-t-il avec une exclamation dégoûtée.

Il ferme sa trousse d'un mouvement sec et fait signe à Antonina de le suivre à l'écart du lit. Ils s'arrêtent à la porte.

— Il crache des humeurs jaunes. S'il ne peut s'en débarrasser, le liquide contenu dans ses poumons va le noyer en quelques jours. Je regrette de devoir vous parler aussi brutalement, comtesse.

— Mais il a une chance de s'en sortir ? demande Antonina.

— Il y a peu de chance qu'il recouvre réellement la santé. Il n'y a rien à faire. Il faut aussi que vous sachiez, dit encore le médecin avec un regard en direction de Konstantin, que s'il se remet physiquement, son état mental ne s'améliorera pas. Les dommages ne sont pas réversibles. Mais, reprend-il après avoir ouvert la porte, quelle que soit l'issue, je vous suggère, comtesse Mitlovskaïa, de vous préparer au pire.

* * *

Le notaire, courtaud et replet, arrive à deux heures de l'après-midi.

Tout ce qui vient de se passer se bouscule dans la tête d'Antonina, mais elle se force à ne plus toucher à la bouteille de son armoire. Il faut qu'elle ait l'esprit aussi clair que possible pendant son entretien avec Yakovlev. Pour la même raison, elle décide de se passer de la présence de Gricha. Même si elle lui a dit plus tôt qu'il lui serait utile de l'avoir auprès d'elle, la jeune femme a conscience que sa présence ne ferait que la distraire.

Debout derrière le bureau de Konstantin, Antonina trouve Yakovlev irritant avec sa manie de triturer inlassablement sa moustache et le tic qui agite son œil droit. Il a des clous de girofle dans les narines, et il salue Antonina en s'excusant : il a, explique-t-il, un rhume de cerveau, et les clous de girofle l'aident à mieux respirer.

Yakovlev scrute le visage de son hôtesse. Son éducation ne lui permet pas de poser de questions sur ses blessures, mais il s'enquiert de Mikhaïl.

— Votre fils… il n'y a toujours pas de nouvelles ?

Antonina fait non d'un signe de tête.

— Et le comte ? Comment se porte-t-il ?

— Son état s'aggrave.

Yakovlev prend un air compatissant, mais commence à étaler ses documents sur le bureau de Konstantin.

— Madame, dit-il, en la regardant. La situation est critique.

Il a la voix nasillarde à cause des clous de girofle dans son nez, et, pendant un instant horrible, Antonina doit lutter contre un fou rire presque hystérique. Le médecin l'a prévenue, quelques heures seulement auparavant, qu'elle devait se préparer au pire. Et maintenant, le notaire l'informe que la situation est critique. Comment ces hommes s'imaginent-ils qu'elle a vécu ces derniers mois ? Elle se détourne pour dissimuler le sourire involontaire qui étire ses lèvres tremblantes.

— Tout va bien, comtesse ?

Elle se ressaisit aussitôt et lui présente une expression posée. Puis elle prend place sur la chaise de Konstantin et fait signe au notaire de s'asseoir aussi.

— Oui. Exposez-moi la situation, dit-elle, refusant de céder à la panique.

Yakovlev n'a peut-être pas la même notion qu'elle de ce qu'est une situation critique.

— Depuis quelques années, votre époux s'est montré quelque peu négligent dans la gestion de ses finances, reprend le notaire. Plus exactement, il a contracté des dettes et négligé de payer ses droits de succession. J'ai eu beau évoquer ces questions à maintes reprises, et je sais que votre régisseur l'a fait aussi, votre mari a choisi d'ignorer nos conseils. Il doit beaucoup d'argent, comtesse.

— Je vois. Nous devons des droits à l'État. Je dois donc les régler. De quelles ressources dispose le comte ?

Yakovlev se rembrunit et se penche en avant.

— Quelles ressources ? Qu'entendez-vous par là, ma chère madame ?

Antionina ressent comme une palpitation contre ses côtes.

— Je vous demande, maître Yakovlev, d'où je dois sortir l'argent nécessaire pour régler à l'État ce qu'il dit – ce que vous dites – que je lui dois, réplique-t-elle en désignant du menton les papiers étalés entre eux.

Yakovlev tripote les extrémités cosmétiquées de sa moustache, et Antonina remarque qu'il y a un côté plus épais que l'autre.

— Mais, comtesse Mitlovskaïa, reprend-il.

Antonina sait ce qu'il va dire avant qu'il le dise. Elle serre ses mains sur ses genoux afin que Yakovlev ne puisse pas les voir derrière le bureau.

— Il n'y a pas de ressources. Il ne reste plus rien d'autre que ce que vous avez ici, au manoir. Au cours de ces dernières années, le comte a vendu toutes ses entreprises uniquement pour maintenir Angelkov à flot, précise-t-il en s'appuyant de nouveau contre le dossier de sa chaise.

Le regard d'Antonina se porte sur le secrétaire-bureau, un très beau meuble, vieux d'un siècle, que Konstantin a hérité de son père. L'écritoire se rabat, et le dernier tiroir verrouillé abrite le coffre à cadenas de Konstantin, qui contenait d'innombrables liasses de roubles. Il est vide à présent, comme la cassette de sa chambre.

Elle déglutit.

— Je savais, bien sûr, qu'il avait fermé la distillerie. Sinon, mon mari ne me tenait pas au courant de ses affaires. Mais l'État… quand on ne peut pas payer ses impôts… et je suis certainement dans la même situation que beaucoup d'autres propriétaires, ajoute-t-elle en se rappelant les paroles de Gricha. Si je ne peux pas payer ces impôts, qu'est-ce que le gouvernement peut y faire ?

Le ventre de Yakovlev émet des gargouillis, ce qui fait penser à Antonina qu'elle a négligé de lui proposer à manger, ou même du thé, alors qu'il arrive à cheval de Pskov. Mais tout ce qu'elle veut, c'est que cet homme lui dise exactement ce qu'il en est, puis qu'il s'en aille. Il ne s'agit pas d'une visite de courtoisie.

Yakovlev s'éclaircit la gorge.

— Pour tous ceux qui sont très endettés, comme c'est le cas d'Angelkov, le gouvernement confisquera les biens. Ou…

Il s'interrompt.

— Il les confisquera ? Je pourrais perdre Angelkov ?

Elle est scandalisée par le ton désinvolte du notaire, et le silence de celui-ci est maintenant une réponse en soi. Elle finit par ajouter :

— Ou ? Vous avez dit « ou ». Il y aurait une autre possibilité, maître Yakovlev ?

— Vous pourriez vendre la terre qui n'appartient pas à vos anciens serfs, vendre vos bêtes, vendre vos meubles, tout ce que vous pouvez, pour essayer de lever des fonds afin d'effectuer un dépôt. Si le gouvernement constate que vous essayez de régler votre dette, on peut espérer qu'il se montre magnanime et vous laisse vivre au domaine. Il faudra pouvoir verser une somme minimale chaque année. Je vous suggère de commencer à verser quelque chose tout de suite – au plus tard au début du mois prochain.

— Vous laissez entendre que mes voisins pourraient m'acheter ce qui subsiste de mes terres ? demande Antonina avant de réfléchir un instant. Que reste-t-il exactement de mon domaine ?

— C'est calculé sur le nombre d'âmes que possédait votre mari, explique Yakovlev avec un hochement de tête. En l'occurrence, il y en avait beaucoup, des milliers. Donc, une fois que la terre sera divisée en *mirs*, il vous en restera juste assez pour récolter de quoi survivre, en admettant que vous arriviez à convaincre vos serviteurs non payés de la travailler pour vous. Et il vous restera encore une quinzaine de dessiatines de forêts. C'est tout. Les temps sont difficiles pour tout le monde, comtesse Mitlovskaïa, conclut-il, et Antonina se doute que sa détresse se lit sur son visage et s'entend dans sa voix.

Ils restent silencieux un bon moment. Dehors, un chien se met à aboyer, mais le cri d'un homme le fait taire.

— Savez-vous… d'autres seigneurs ont-ils été menacés ? demande-t-elle, l'image sinistre de Félia encore tenace dans son esprit.

Yakovlev hausse les sourcils.

— Les troubles sont partout, comtesse, les troubles et la discorde dans de nombreuses régions. Les choses se calmeront quand les anciens serfs comprendront que la révolte ne les mènera nulle part, quand ils se souviendront qu'ils devraient se montrer reconnaissants envers Dieu et le Tsar pour toutes les bénédictions qui leur ont été accordées.

Antonina pense à la misère qu'elle a vue à Touchinsk.

— Les bénédictions ?

— Leur liberté, bien sûr. Il y a eu trop de sang répandu toutes ces dernières décennies, à commencer par les décembristes en 1825. Maintenant, les serfs ont obtenu leur liberté, mais ils se comportent comme des enfants ingrats, dit-il en secouant la tête. Ils dépendent pour tout de leurs petits pères, les seigneurs, et ne font que se plaindre. Alors nous leur donnons la liberté, et qu'est-ce que ça apporte ? Encore plus de mécontentement.

Il soupire et presse les doigts contre son estomac. Antonina entend de nouveaux borborygmes.

Elle se lève et tend la main.

— Merci, maître. Nous avons tous beaucoup à faire.

Une ombre de déception passe sur le visage du notaire lorsqu'il comprend qu'on ne l'invitera pas à manger.

Il s'incline au-dessus de la main de son hôtesse. Antonina grimace en remarquant l'eczéma qui lui ronge le crâne.

— Je vous laisserai ma note, dit-il en se relevant. Quoique, afin de ne pas vous faire perdre davantage de temps, vous pourriez choisir de… – il hésite, cherchant le terme juste – … nous épargner à chacun l'inconvénient de devoir revenir pour le paiement. Vous comprenez.

Il n'a pas lâché sa main.

— Absolument, dit-elle en retirant sa main. Mais je vous en prie, ne partez pas sans prendre quelque chose à manger. Je regrette de ne pas pouvoir me joindre à vous, mais je vais vous faire dresser un couvert dans la petite salle à manger. Et je suis certaine qu'il reste quelques merveilleux vins millésimés à la cave, aussi… me ferez-vous l'honneur d'en accepter deux – peut-être trois – bouteilles en cadeau ?

Yakovlev n'est pas dupe mais accepte de jouer le jeu. Il s'incline de nouveau.

— Ce serait un honneur pour moi, comtesse.

— Je vous en fais monter immédiatement, réplique-t-elle.

Il sourit. C'est plus que ce que nombre de ses clients peuvent offrir en ce moment.

* * *

Antonina fait venir Liocha dès que Yakovlev est installé dans la petite salle à manger, dégustant avec un plaisir manifeste une salade de betteraves bouillies aux oignons et à l'huile de tournesol. Un beau poisson attend dans un poêlon, juste devant lui.

Le jeune homme entre dans le bureau, son chapeau à la main. Il a retiré ses bottes, et quelqu'un lui a donné des chaussons de feutre pour marcher à l'intérieur de la maison. Ils sont trop petits et ses orteils appuient contre l'étoffe épaisse.

— Sais-tu lire et écrire, Liocha ? questionne-t-elle en espérant une réponse négative.

— Oui, madame.

— Assieds-toi, alors, s'il te plaît, dit-elle en désignant le bureau où se trouvent disposés une feuille de papier, une plume et un encrier. Je voudrais que tu écrives quelque chose pour moi, ajoute-t-elle en s'efforçant de garder une voix neutre, mais ferme.

La pomme d'Adam de Liocha a un soubresaut lorsqu'il déglutit avant de s'asseoir. Il plonge ensuite la plume dans l'encrier et la tient en suspens au-dessus du papier avant de se tourner vers Antonina.

— Qu'est-ce que je dois écrire, comtesse Mitlovskaïa ?

Quelque chose dans son expression rappelle à Antonina le petit garçon à la toux grasse qui se cachait derrière les jupes de sa mère, il y a si longtemps. Il n'a pas pu participer à une telle sauvagerie.

— Écris : *que les anges, en chœur, le reçoivent.*

— Oui, comtesse, dit-il avant de faire courir la plume rapidement sur la feuille.

Elle regarde par-dessus son épaule. Les lettres sont assurées et parfaitement formées ; il écrit bien plus vite qu'elle ne s'y attendait. Le *q* est impeccable. Soulagée, Antonina ferme les yeux. Elle respire et pose la main sur l'épaule de Liocha.

— Tu écris très bien. C'est Lilia qui t'a appris ?

Il lève les yeux vers elle.

— Non, comtesse.

— Qui alors ? veut-elle savoir, étonnée.

— Gricha. L'année où je suis arrivé aux écuries.

— Pourquoi ça ?

Liocha finit par sourire.

— Il a dit que j'avais l'air prometteur et que je ne travaillerais peut-être pas toujours aux écuries. Mais Lilia a appris à écrire à Sosso.

— À Sosso ?

— Oui.

— Merci, dit Antonina au bout d'un moment. Tu peux partir maintenant.

Liocha se lève et s'incline, puis il se dirige vers la sortie d'une démarche raide dans ses chaussons trop étroits.

* * *

Ce soir-là, seule dans le bureau, Antonina occupe le fauteuil de Konstantin et pense à Sosso. Elle sait par Lilia qu'il a quitté Angelkov juste après l'enlèvement. Mais beaucoup de serviteurs sont partis ; pourquoi la disparition de Sosso l'aurait-elle alertée ?

Épuisée, elle ferme les yeux et se repasse sa conversation avec Yakovlev. Se pourrait-il qu'elle perde Angelkov ? Où iraient-ils, Konstantin et elle, en admettant que Konstantin vive ? Et si ce n'est pas le cas ? Elle se voit veuve, dépouillée de tout. Brusquement, elle ouvre les yeux.

— Comment vais-je survivre ? se demande-t-elle à voix haute.

L'idée de faire partie des *prijivaltsy*, ces nobles désargentés qui quémandent auprès d'un riche voisin ou d'un lointain parent de les héberger, lui est odieuse. Les riches n'ont pas envie qu'on les considère comme des avares et mettent presque toujours une chambre à la disposition permanente de ceux qui sont là sans avoir été invités. Mais vivre chez quelqu'un d'autre rend la position de ces nobles très précaire, et humiliante. *Prijivalets*. Le terme lui-même est péjoratif et fait référence à quelque chose qui vit aux dépens de quelque chose d'autre, guère mieux qu'un parasite.

Elle pense à son frère Marik. Il y a des années qu'ils ne se sont pas parlé, mais une vieille dispute avait éclaté entre lui et Konstantin. Elle pourrait lui demander de l'argent, mais se rend compte aussitôt qu'il est très peu probable que Marik lui verse une grosse somme – en admettant même qu'il le puisse – pour l'aider à ne pas perdre son domaine.

Non. Si elle allait le voir veuve et sans le sou, si elle devait en arriver là, il lui offrirait l'hospitalité. Elle s'imagine vieillissant chez son frère, pauvre veuve dont les cheveux grisonnent, dont la peau se flétrit et les fines ridules se creusent autour des yeux. Pour, d'une certaine façon, dédommager Marik, elle aiderait à s'occuper des enfants, leur donnant peut-être des cours de musique. Elle pense à sa belle-sœur, plutôt agréable dans le souvenir qu'elle en garde. Mais combien de temps durerait sa patience si une autre femme, la sœur de son frère, devait vivre avec eux jusqu'à la fin de leurs jours ?

Pas encore, se répète-t-elle. Je ne suis pas encore prête pour ça. Je ne renoncerai pas à Angelkov. Pas avant que ce ne soit absolument inévitable.

— Pas encore, dit-elle tout haut.

Et Mikhaïl ? Que se passera-t-il si elle est forcée de quitter cet endroit alors qu'il n'est pas rentré ? S'il finit par revenir à Angelkov et qu'elle n'y est plus ?

Elle ne veut pas y penser – ne veut plus penser à rien. Elle se dirige vers la vitrine qui contient verres et bouteilles quand on frappe à la porte.

— Entrez, dit-elle, toujours près de la vitrine.

C'est Gricha. Il la regarde depuis l'embrasure de la porte avant de pénétrer dans le bureau.

— Il n'y a personne pour ouvrir, madame. Je suis passé par l'entrée de service.

— Venez, Gricha, je vous en prie.

Elle a un peu de mal à prononcer son nom. Dans l'univers fermé du bureau, cela lui paraît dangereusement intime.

Il s'avance vers elle mais s'arrête à quelques pas.

— Pourquoi vouliez-vous me voir, Gricha ? s'enquiert-elle, se forçant à prononcer de nouveau son nom.

— Je voulais tout d'abord vous demander des nouvelles du comte.

— Il a une pneumonie. Le médecin n'est pas très optimiste.

Il hoche respectueusement la tête. Ils n'ont l'un et l'autre rien à ajouter au sujet de Konstantin.

— Votre entretien avec le notaire… avez-vous obtenu toutes les réponses que vous attendiez ?

Antonina soupire, et ses épaules se voûtent.

— Pardon de ne pas vous avoir fait venir. Je sais que je vous avais dit que je le ferais, mais après la visite du médecin…

Elle avale sa salive, et sa lèvre supérieure esquisse un tremblement presque imperceptible.

— J'ai pensé qu'il valait mieux me charger moi-même de Yakovlev. Les problèmes sont entièrement dus à mon mari, et relèvent à présent de ma responsabilité. Ce que j'ai appris est extrêmement inquiétant. J'aimerais bien pouvoir parler du domaine avec vous, en toute franchise, comme avant.

Il raidit la mâchoire. Antonina suit des yeux la fermeté de son menton, et se rappelle sa façon de la regarder, dans le lit froissé, la courbe bien dessinée de sa pommette. Elle connaît la texture de ses cheveux, des muscles de ses bras. Elle connaît le souffle du régisseur dans son oreille.

Lui connaît les contours et les secrets de son corps de femme, la texture de sa peau.

Elle sent son visage s'empourprer et doit se retourner.

— C'est un honneur que vous puissiez me demander mon avis, assure Gricha en s'inclinant.

Il fait comme s'il ne s'était rien passé entre eux moins de quarante-huit heures plus tôt.

— De quoi voudriez-vous me parler ?

Antonina se passe la main sur le front, comme pour écarter une mèche de cheveux qui la gêne. Elle n'a pas envie de lui avouer qu'elle ne sait pas quoi faire. Elle prend une profonde inspiration.

— Il ne nous reste plus rien pour faire tourner le domaine, Gricha. Le comte est très endetté. Je dois trouver un moyen de…

Elle sent monter la panique. *Un moyen de survivre.*

— J'ai besoin de votre aide, Gricha.

Elle s'approche alors de lui et, malgré toutes ses résolutions, pose sa tête contre la poitrine du régisseur. Il la prend dans ses bras.

Elle lève les yeux vers lui, luttant contre l'angoisse de perdre Angelkov. De désirer autant cet homme. La vodka la calmera.

— Prenez un verre avec moi.

Il va servir deux verres de vodka dans la vitrine. Puis il revient vers elle, lui en tend un et recule.

— Comment vais-je trouver l'argent pour payer l'État et continuer à entretenir Angelkov ? demande-t-elle après une gorgée. Sans serviteurs, comment vais-je… commence-t-elle avant de s'interrompre, craignant de paraître trop désespérée. Un domaine aussi vaste qu'Angelkov tombera rapidement en ruine s'il n'est pas entretenu. Qu'allons-nous faire, Gricha ?

— Nous ? répète Gricha. C'est *votre* domaine.

Antonina redresse les épaules.

— Oui, vous avez raison.

Gricha attend qu'elle poursuive. Il examine le tableau derrière elle.

— Serez-vous comme la plupart des autres, Gricha ? Allez-vous vous aussi m'abandonner ?

Sa poitrine se soulève avec précipitation tandis qu'elle attend sa réponse. Elle sait ce qu'elle a envie – besoin – d'entendre.

Gricha se rapproche à nouveau d'elle.

— Voulez-vous que je reste pour vous aider à diriger la propriété ? Pour continuer ce que j'ai toujours fait ?

Antonina sent sa gorge se serrer. Elle respire profondément et redresse les épaules.

— Oui, je voudrais que vous restiez. Mais… mais je n'ai pas de quoi vous payer. Il ne me reste plus rien. Accepteriez-vous de rester, même dans cette situation ? Cela signifie que vous continueriez d'habiter votre maison, comme toujours, de manger ce que nous pouvons produire au domaine. Avec le jardin et les animaux. De ce point de vue, nous pourrons très certainement nous en sortir pendant un certain temps – maintenant que beaucoup de serviteurs sont partis et qu'il n'y a plus autant de bouches à nourrir. Les réserves…

Elle ne termine pas sa phrase.

— Où en sont les réserves ?

Gricha boit un trait de vodka.

— Les réserves ont été pillées. Il ne reste plus grand-chose dans les magasins et la distillerie.

— Quoi ? Pourquoi ne m'a-t-on rien dit ? Il n'y avait donc personne pour monter la garde ?

— Si. Mais les gardiens, comme les autres, se sont montrés faibles. Après l'accident du comte, ils ont pris tout ce qu'ils ont pu, petit à petit, la nuit, sac de marchandises par sac de marchandises, pour les vendre. On a fini par les attraper et on les a punis. Mais la plupart des denrées avaient disparu.

— Comment se fait-il que je n'ai pas été mise au courant ?

— Certains jours, madame… non, la plupart du temps, vous refusiez de me voir, ou de voir qui que ce soit. Lilia m'a dit que vous…

Il ne continue pas.

Que lui a raconté Lilia ? Sait-il qu'elle a passé des jours et des jours à dormir, abrutie par les bouteilles cachées dans son armoire ? Elle vide son verre et le tend pour qu'il la resserve.

Il fait comme s'il ne le voyait pas.

— Pour être honnête, madame, je n'ai pas trop insisté pour vous rapporter tout cela parce que j'avais le sentiment que vous aviez déjà beaucoup de sujets d'inquiétude. J'ai pensé un moment que le comte allait se remettre. Et puis, quand j'ai vu qu'il n'avait plus toute sa raison, j'ai pris la décision de vous présenter un état des lieux dès que vous seriez assez forte.

Il finit par prendre le verre, mais c'est pour le poser avec le sien sur la vitrine.

— Venez. Allons prendre l'air.

Il lui prend le bras et l'entraîne vers la haute porte-fenêtre, qu'il ouvre en grand avant de poser la main sur les reins de la jeune femme afin de la conduire sur la vaste terrasse, comme s'il était le maître du domaine.

C'est elle qui a introduit la confusion entre eux, en permettant que les choses se produisent à la datcha – en partie à cause de la solitude et de l'affliction et, bien sûr, de la vodka. Les rôles simples et bien définis de maîtres et serviteurs ne peuvent plus fonctionner. Gricha est un homme libre, et il est en droit de partir à tout moment.

— Je resterai, Antonina, lui assure Gricha.

Ils ont conscience tous les deux qu'il a utilisé son prénom. Ils se tiennent à la balustrade et contemplent la terre qui s'étend devant eux. Les balustres auraient besoin d'un coup de peinture.

— Et je suis conscient que vous n'avez pas les moyens de me verser un salaire. En contrepartie, je suis prêt à accepter quelques dessiatines de terres.

Il doit être dédommagé, c'est bien normal.

— Oui, oui, prenez les dessiatines – deux ou trois ? – que vous voudrez.

— Disons six, réplique le régisseur. Il y a un beau terrain près de la limite qui vous sépare du domaine du prince Bakanev. Cela m'aidera à assurer mon avenir, ajoute-t-il après un silence.

Elle éprouve une brusque déception, puis s'efforce de comprendre pourquoi elle réagit ainsi. L'avenir du régisseur n'est donc pas ici ? Elle ne se l'est jamais représenté vivant ailleurs que dans la maison aux volets bleus. Et pourtant… il a parfaitement le droit d'avoir une maison bien à lui. Une terre et une maison qu'il pourrait construire à sa convenance. Il a droit à une femme, se dit-elle alors. À des enfants. Mais tout ce qu'elle parvient à émettre se résume à :

— Oh !

Gricha sourit. En fait, ce n'est pas vraiment un sourire, mais plutôt une réaction, une façon de découvrir les dents.

— Ce n'est pas pour tout de suite, Antonina. Pour le moment, je ne me préoccupe que de vous et d'Angelkov. Mais je pense simplement à mon avenir, dit-il, comme s'il avait besoin d'insister particulièrement sur ce point. Nous devons tous y penser. C'est une nouvelle Russie.

Antonina est tendue, et sa bouche tremble légèrement. Elle a l'impression qu'il lit dans ses pensées.

— Marchons un peu, propose Gricha sur ce même ton assuré.

Il ne la touche pas pour descendre l'escalier et traverser l'esplanade. Antonina frissonne : la fraîcheur tombe avec le soir.

— Oui, admet-elle, c'est une nouvelle époque, Gricha. Grigori… commence-t-elle. Quel est votre patronyme ?

Elle se rappelle tout à coup qu'il lui a demandé de l'appeler Tima. Ce n'est pas le moment de lui demander pourquoi. Non, se corrige-t-elle, ce moment n'arrivera jamais. Elle n'aura jamais la réponse et ne peut se permettre de se poser ce genre de questions.

— Sergueïevitch.

— Oui, c'est une nouvelle époque, Grigori Sergueïevitch, répète-t-elle. Si elle doit en arriver à dépendre autant de lui, elle doit l'appeler par son prénom complet et son patronyme, en marque de respect, et non par le diminutif dont on se sert avec les domestiques. C'est effectivement une nouvelle époque.

L'écurie apparaît, et Antonina sent la bile lui monter à la gorge alors qu'elle essaye de repousser l'image du cheval éviscéré en se concentrant sur celle du bout de planche ensanglanté, avec la lettre *q* inversée. Elle pense à Mikhaïl.

— Je suis bouleversée par ce qui est arrivé à Félia. Celui qui a fait ça pourrait-il avoir joué un rôle dans l'enlèvement de Mikhaïl ?

Que répondre à cela ?

— Le pays grouille de gens dangereux en ce moment.

— Vous croyez que je suis en danger ici, chez moi ? le teste Antonina.

— Je suis à votre service, comtesse Mitlovskaïa, répond-il en revenant à l'usage du titre alors qu'il se retourne pour lui faire face. Avec moi, vous n'avez rien à craindre. Il ne vous sera fait aucun mal, assure-t-il.

Son expression s'adoucit, comme lorsqu'ils se sont regardés, dans le lit.

Antonina a du mal à respirer en le voyant si près, et avec ce regard. *Avec moi, vous n'avez rien à craindre.* Est-ce le sentiment qu'elle a eu, dans la datcha ? Est-ce pour cela qu'elle a abaissé sa garde – parce que, pour la première fois depuis si longtemps, elle s'est sentie en sécurité ?

— Merci, dit-elle.

Et elle esquisse un signe de croix en l'air, devant lui. C'est un geste automatique, la bénédiction coutumière d'un seigneur, même si les règles du jeu ont été modifiées. Elle a cependant conscience de vouloir lui toucher le front, d'effleurer sa tempe burinée et sa pommette pour caresser sa bouche.

Elle laisse retomber sa main le long de son corps, et Gricha baisse la tête.

— Vous avez froid. Je vous ramène au manoir.

Il la quitte sur l'escalier de la terrasse. Elle remarque que l'un des grands volets en façade est de guingois parce qu'il lui manque un gond.

30

Le jour se lève, et Pavel se tient devant la chambre d'Antonina.

Comme elle ne répond pas à ses coups discrets, il ouvre timidement la porte.

— Comtesse Mitlovskaïa, appelle-t-il. S'il vous plaît. Il faut venir dans la chambre du comte.

— Oui, répond-elle d'une voix endormie en se redressant.

Lorsqu'elle sort dans le couloir, Lilia est là et se lève d'une paillasse à même le sol, près de sa porte. Antonina lui a dit de partir hier soir, en rentrant de sa promenade avec Gricha. Elle avait envie d'être seule pour réfléchir. Elle supposait que la servante était retournée chez elle, dans le quartier des serviteurs.

Arrivée dans la chambre de Konstantin, elle comprend aussitôt que son état a empiré. Il a la peau moite, les lèvres et les ongles bleus. Il respire péniblement. Pavel a dû envoyer chercher le père Cyril; ce dernier est assis sur une chaise basse près du lit, et il est en train de prier, ses incantations n'évoquant pour Antonina qu'un bourdonnement de mouche, tandis que sa longue robe noire et sa toque tout en hauteur lui paraissent complètement saugrenues.

À un moment, le père Cyril se lève et chuchote quelques mots à Olga, qui hoche la tête en pleurant. Antonina la regarde installer une petite table recouverte d'une nappe blanche. Le père Cyril pose alors dessus un crucifix, deux bougies, un flacon et un petit paquet enveloppé. Les pleurs d'Olga s'intensifient ; la vieille gouvernante se couvre le visage avec son châle et se balance d'avant en arrière.

Le prêtre est prêt à donner l'extrême-onction si jamais Konstantin réclame les saintes huiles et veut se confesser. Antonina voit bien que tout est en place pour la mort de son mari.

Le ciel sombre de l'aube ne projette qu'une faible lueur dans la chambre à coucher. Antonina examine le profil du prêtre sous sa haute coiffe, puis se tourne vers le comte.

Sa respiration rocailleuse fait peine à entendre.

— Dois-je envoyer chercher le médecin, madame ? demande Pavel.

Elle fait non de la tête.

— Il n'y a plus rien à faire. Il l'avait annoncé.

Pavel se signe.

Antonina vient se placer à côté du prêtre. Celui-ci prie de plus en plus fort tout en faisant tourner son encensoir de plus en plus loin au-dessus du lit. Seule la poitrine de Konstantin se soulève encore. La lente asphyxie du comte n'est accompagnée que par la voix du prêtre et par son propre souffle, rauque et difficile.

Elle ne le pleurera pas lorsqu'il sera mort. Il n'y a jamais eu d'amour entre eux. Son mari n'a jamais été vraiment un mari. Mais elle ne doute pas qu'il s'agisse là d'une punition divine pour sa conduite avec Gricha. Dieu la punit en faisant d'elle une veuve. Cela l'oblige à envisager ce qu'elle s'est interdit de penser jusque-là : si Mikhaïl est mort, Konstantin le retrouvera au Paradis.

Et il ne mérite pas de revoir son fils aussi vite.

Alors qu'elle le fixe du regard à cette dernière pensée, une sourde colère s'empare d'elle. Ce n'est au départ qu'une étincelle, mais ce sentiment de rage enfle et palpite au point de rendre sa respiration lourde et sifflante. Elle pose les mains sur sa poitrine pour essayer de se calmer.

— Laissez-nous un instant, je vous prie, père Cyril, dit-elle lorsqu'elle a réussi à maîtriser son agitation. Je voudrais passer quelques minutes seule avec mon mari.

Olga et Pavel s'inclinent aussitôt et quittent la pièce. Le prêtre pose l'encensoir fumant par terre, près du lit, et sort dans le couloir.

Antonina se laisse tomber à genoux, de sorte que son visage n'est plus qu'à quelques centimètres de celui de son mari.

— Konstantin, souffle-t-elle sans se préoccuper ni de la porte ouverte ni du bas de la soutane du prêtre encore visible. Konstantin garde les yeux clos.

— Konstantin, ne pouvez-vous donc me dire un mot ? C'est donc ainsi que vous voulez partir ?

Elle est si pleine d'amertume que la fumée âcre de l'encens la fait suffoquer. Sa toux se mue bientôt en pleurs, et le comte ouvre les yeux.

Antonina voit que, pour la première fois depuis des semaines, il a le regard lucide. Elle prend une inspiration tremblotante et prononce de nouveau son nom, mais il détourne les yeux pour regarder la porte. Il cligne fortement des paupières, et le prêtre, qui a fait volte-face en entendant Antonina pleurer, revient dans la chambre et se penche vers le comte. Ce faisant, il marche sur la jupe d'Antonina, qui se sent retenue par la taille.

Le prêtre a l'oreille contre la bouche de son mari. La longue barbe rêche et grise du pope l'empêche de voir les lèvres de Konstantin, mais elle entend quelque chose, à peine plus qu'un soupir murmuré. Le prêtre se retourne alors vers elle.

— Il réclame Tania.

Antonina ne dit rien, serre les mâchoires à en avoir mal aux molaires et fait non de la tête.

Le père Cyril se penche encore pour entendre le chuchotement du comte, hoche la tête et se tourne vers la table pour bénir les bougies, les allumer et déboucher le flacon d'huile sainte. Antonina éprouve alors une telle fureur – plus violente encore que l'accès qui l'a submergée un instant auparavant – qu'elle crispe les poings contre ses flancs.

Konstantin a retrouvé sa voix. Ses derniers mots ont été pour demander à voir Tania. Il a réclamé l'extrême-onction et la communion au père Cyril. Il va confesser ses péchés et, de cette façon, sera absous de toutes ses fautes pour rejoindre le Seigneur dans la mort. Il sera purifié.

Et il a choisi de ne pas lui faire ses adieux.

* * *

Konstantin meurt une heure plus tard. Il a les yeux enfoncés et la peau du visage parcheminée, aussi crevassée que le cuir d'une bête exotique, un éléphant ou un rhinocéros.

Olga arrive avec un plateau chargé de verres et d'une petite théière en argent. Elle regarde alternativement le prêtre, puis sa maîtresse. Elle pose alors brusquement le plateau sur la table la plus proche et se précipite vers le lit. Puis elle fixe Konstantin des yeux en se signant encore et encore et se met à gémir. Quelques instants plus tard, la maison, si étrangement silencieuse depuis quelques jours sans les crises habituelles du comte, s'anime de pleurs et de plaintes. Des pas résonnent dans l'escalier et le couloir, et l'entrée de la chambre se peuple des serviteurs restants – ceux qui travaillent dehors comme ceux qui travaillent dedans – qui se pressent pour regarder leur défunt maître.

Antonina ne supporte pas de rester près du corps de son mari, devant les serviteurs qui s'arrachent les cheveux et tombent à genoux en embrassant leur crucifix et en implorant Dieu. Elle se fraye un chemin entre eux et se réfugie dans sa chambre. Lilia est en train de changer les draps. Tinka frissonne sur la banquette de la fenêtre, les oreilles dressées vers les cris du couloir.

Antonina est certaine que Lilia entend les pleurs et les prières, et qu'elle comprend que Konstantin est mort. Mais la servante ne s'est pas précipitée vers la chambre comme les autres. Elle poursuit au contraire ses occupations.

—Il est mort, Lilia, annonce inutilement Antonina. Konstantin Nikolaïevitch est mort.

Prononcés à voix haute, ces mots lui semblent curieux.

— Le maître, mon mari, est mort, prononce-t-elle pour la troisième fois.

Lilia se contente de la regarder. Un oreiller à moitié inséré dans sa taie.

Antonina remarque la dentelle élaborée qui borde la taie. Elle a fait l'acquisition de ce linge de maison à Saint-Pétersbourg, il y a plus de douze ans, pour son trousseau.

— Mon mari est mort, et mon enfant… mon enfant…

Elle n'arrive pas à achever sa phrase.

Lilia pose l'oreiller sur le lit et vient vers elle pour la prendre dans ses bras.

— Asseyez-vous, Tossia, murmure-t-elle d'une voix à peine audible.

Antonina s'assoit sur le siège capitonné, devant la cheminée, précautionneusement, comme si elle avait un sac de farine attaché à son dos et ne savait pas trop comment gérer ce poids inhabituel. Comme si la moindre faute d'attention pouvait la déséquilibrer. Elle ferme les yeux et saisit les bras du fauteuil ; elle a beau être assise, le vertige la saisit.

Lilia s'agenouille devant elle.

— Maintenant, il n'y a plus que nous, Tossia. Juste vous et moi.

Antonina ouvre les yeux et la regarde. Elle sait parfaitement que Lilia ne regrette pas la disparition de son maître. Les sentiments de Lilia envers Konstantin Nikolaïevitch ne sont pas un mystère. Elle constate à présent que Lilia a les yeux vifs et le regard serein.

Tout en l'observant, Antonina se dit aussi qu'il y a autre chose dont elle doit parler avec sa servante.

Sosso. Oui, elle doit parler de Sosso avec Lilia. Elle doit lui parler du bout de planche autour de l'encolure de Félia. Mais pas maintenant.

* * *

Konstantin est enterré le troisième jour qui suit sa mort. Plus de trois cents personnes venues de toute la province assistent au service funèbre et à la messe donnés dans l'église du Saint-Sauveur. Antonina remarque de nombreux visages familiers, dont celui du violoniste, Valentin Vladimirovitch Kropotkine, avec d'autres personnes venues du domaine des Bakanev. En plus des serviteurs, le parvis de l'église est rempli par les anciens serfs du comte.

Après la messe, la procession suit le cercueil jusqu'au cimetière, derrière l'église, à l'endroit même où Konstantin croyait avoir dormi sur la tombe de son fils. Les vieilles servantes et les villageoises pleurent à grands cris.

Tania se trouve avec les autres domestiques. Contrairement à la plupart d'entre elles, ses yeux sont secs et son visage inexpressif. Antonina la regarde, et la femme en fait autant.

Soudain, le violoniste est près d'Antonina et serre sa main entre les siennes.

—Toutes mes condoléances, comtesse Mitlovskaïa, dit-il.

—Merci, réplique-t-elle en détournant les yeux de Tania alors que le prêtre entame ses prières.

Le violoniste s'incline et va se fondre dans la foule.

Antonina entend les paroles familières du prêtre, mais n'arrive pas à penser à Konstantin. C'est Micha qui occupe toutes ses pensées. Puis, sans qu'elle le veuille, l'image de Félia lui revient, et l'inscription sur le morceau de planche. Elle sent la présence de Gricha derrière elle. À un moment, il la prend par le coude alors qu'elle trébuche sur une motte de terre.

Lorsque les prières s'achèvent, elle voit Lilia s'approcher de Tania. Elle observe, le regard légèrement brouillé, la blanchisseuse qui secoue la tête et remue les lèvres avant de s'éloigner de Lilia.

Pendant que le cortège funèbre se disperse lentement et que le cercueil disparaît sous la terre, Gricha et Lilia restent avec la comtesse. Enfin, lorsque les trois hommes armés de pelles viennent s'incliner devant elle et se retirent, Antonina se tourne vers ses compagnons.

— J'aimerais être seule, maintenant, s'il vous plaît, leur dit-elle, et ils la laissent.

Parmi les pierres tombales abîmées et couvertes de mousse, la tombe de Konstantin forme un tertre de terre fraîchement remuée. Antonina sait qu'elle devrait faire graver une pierre pour lui. Mais il ne reste plus d'argent, même pour cela.

Le père Cyril la rejoint.

— Comtesse Mitlovskaïa, cela vous réconforterait peut-être d'avoir un endroit où prier pour votre fils comme vous en avez un pour votre mari.

— Que voulez-vous dire, mon père ?

— Je suggère une stèle pour Mikhaïl Konstantinovitch. Quand vous ferez dresser une pierre gravée au nom du comte Mitlovski, vous pourriez en faire faire une pour votre fils.

Konstantin n'avait-il pas, au cœur de sa folie, suggéré la même chose ? Une expression d'horreur passe sur les traits d'Antonina.

— Non ! proteste-t-elle à voix haute. Qu'est-ce que vous dites ? Mon fils n'est pas mort, ajoute-t-elle d'une voix claire dans le silence alentour. Il n'a pas besoin d'une stèle.

— Bien sûr, bien sûr, mon enfant, concède le prêtre d'une voix apaisante. Je voulais simplement dire que cela pourrait vous apporter du réconfort de prier devant quelque chose de tangible.

Elle hait le père Cyril en cet instant, et décide de ne pas retourner à l'église. Elle priera dans sa chambre, devant ses icônes.

* * *

Le lendemain des funérailles, Lilia est surprise de trouver Gricha dans la cuisine. Elle fait comme s'il n'était pas là et prépare un plateau à porter à Antonina pour le petit déjeuner.

— Tania m'a dit que tu lui avais ordonné de quitter Angelkov, hier, commence-t-il. Ce n'est pas toi qui commande.

L'aplomb de Lilia dérange le régisseur. Il a toujours plaint Tania. Il lui a donné une petite liasse de roubles lorsqu'elle est passée chez lui pour lui faire ses adieux, son baluchon à la main. Elle lui a assuré qu'elle était heureuse de quitter Angelkov et tous ses malheurs. Elle avait prévu de retourner dans son ancien village juste après l'enterrement. Lilia n'était pour rien dans cette décision.

— Je n'aurais pas eu à recevoir d'ordre d'elle, de toute façon, a-t-elle ajouté. Dis à la comtesse… dis-lui au revoir pour moi. Et que je lui souhaite tout le bien possible.

À présent, Lilia hausse les épaules.

— On sait tous qu'elle n'avait plus de raison de rester, maintenant que le comte est mort. Je voulais épargner à la comtesse la peine d'avoir à lui parler.

Elle arrange les couverts sur le plateau.

— Est-ce qu'on ne veut pas lui éviter au maximum les désagréments ? Et puis, Noucha peut se charger du linge à présent. Il n'y a plus grand-chose, maintenant qu'il ne reste plus que la comtesse.

— Comment est-elle aujourd'hui ?

— Comment elle est ? Qu'est-ce que tu imagines ? Et puis, pourquoi me poses-tu cette question ?

— Tu la connais mieux que personne, répond Gricha.

— Qu'est-ce que tu veux dire ?

— Tu es sa confidente, non ?

— C'est possible, admet prudemment la servante.

Gricha saisit dans une coupe, sur la table, un œuf brun et tacheté qu'il fait sauter dans sa main. Si Lilia ne le connaissait pas aussi bien, elle pourrait croire qu'il est nerveux. Mais Gricha n'est jamais nerveux, ni même irritable. En fait, il affiche généralement un calme étrange, quasi surnaturel.

— A-t-elle parlé de quoi que ce soit qui sorte de l'ordinaire ? S'est-elle comportée… je ne sais pas… différemment de d'habitude ?

Il n'arrête pas de penser à elle, à ce qu'ils ont partagé dans la datcha. Il ne connaît pas les sentiments d'Antonina, ne sait pas ce qu'elle pense de lui. Il lui a proposé de rester à Angelkov pour l'aider. Elle a accepté son offre, mais les choses ont-elles changé ?

Lilia incline la tête.

— Évidemment qu'elle est dans un état épouvantable, avec son fils qui ne réapparaît pas, et maintenant la mort de son mari. Tu as vraiment besoin de me poser ce genre de questions ?

Il est certain que Lilia n'est au courant de rien. Elle ne peut pas lui cacher des choses comme elle le fait avec Antonina.

— D'accord, dit-il, et il s'en va, l'œuf toujours dans la main.

Il a complètement oublié qu'il le tenait.

Lilia n'a jamais très bien su que penser de Gricha. Liocha l'adore et le considère comme un grand frère. Et elle doit admettre que le régisseur a toujours fait preuve de bonté envers le garçon. Il y a en lui une patience qui ne se manifeste que lorsqu'il travaille avec Liocha. Gricha s'est montré beaucoup plus protecteur avec lui que ne l'a jamais été Sosso.

Quelques minutes plus tard, alors qu'elle se tient devant la chambre d'Antonina, elle repense à Gricha, et à l'attitude d'Antonina lorsqu'elle est rentrée, le matin suivant l'orage, alors que le vieux Mitlovski avait passé des heures au cimetière. Sur le moment, Lilia n'a pas réussi à mettre le doigt dessus, mais l'histoire que lui a servie Antonina ne tenait pas debout. Et voilà que Gricha voudrait savoir comment se sent la comtesse. Jamais auparavant, il n'avait posé de questions personnelles à son sujet.

Lilia n'aime pas ça. Elle prend sa respiration et lance à mi-voix à travers la porte :

— Tossia, votre petit déjeuner.

Elle perçoit un vague murmure en réponse et manœuvre le plateau contre sa hanche pour tourner le bouton de porte en cristal.

* * *

Quelques minutes plus tard, sans avoir touché à son petit déjeuner, Antonina demande à Lilia de s'asseoir.

La servante cesse de faire le lit et se retourne, la courtepointe encore à la main.

— Je voudrais te poser une question, annonce Antonina, installée dans son fauteuil près de la cheminée, Tinka sur les genoux. Assieds-toi avec moi, s'il te plaît.

Lilia lâche la courtepointe et prend le fauteuil de l'autre côté de la cheminée.

— Tu as des nouvelles de Sosso ? s'enquiert Antonina.

— Pourquoi me parlez-vous de mon mari maintenant, Tossia ? Est-ce que c'est parce que vous venez de perdre le vôtre ?

— Je veux savoir si tu sais où il est et ce qu'il fait.

D'abord les questions de Gricha dans la cuisine, et maintenant celles-ci !

— Non, je ne sais pas où il est, et je n'en ai rien à faire. Je vous l'ai dit. Je vous ai déjà dit que je n'éprouve rien pour Iossif Igorevitch.

— D'accord, dit Antonina. Mais si tu as des nouvelles de lui ou si tu entends quoi que ce soit à son sujet, peut-être par d'autres serviteurs, tu veux bien me le dire ?

— Pourquoi ne demandez-vous pas à Gricha ? rétorque Lilia.

— Gricha saurait où il est ? s'étonne la comtesse en plissant le front.

Lilia hausse les épaules et ramasse un fil sur le brocart du fauteuil.

— Gricha croit tout savoir sur tout le monde, dit-elle d'une voix pleine de sous-entendus. C'est peut-être vrai. En tout cas pour le moment.

Cette dernière remarque dérange Antonina.

— Qu'est-ce que tu veux dire : pour le moment ?

— Pendant qu'il est à Angelkov. Ça ne durera pas.

— Tu te trompes, Lilia. Il n'a pas parlé de s'en aller avant longtemps.

Lilia pense à ce que Liocha lui a dit à propos de Gricha devenant propriétaire et lui son régisseur.

— C'est peut-être ce qu'il raconte pour vous faire plaisir. Mais maintenant qu'il a de la terre, vous croyez qu'il va rester ici ?

— Comment le sais-tu ? questionne Antonina en la dévisageant.

Elle ne peut imaginer Gricha – si discret, si secret – parlant aux autres domestiques des six dessiatines qu'ils ont évoquées juste avant la mort de Konstantin.

— On entend des choses, hasarde Lilia, impassible.

Antonina voit bien que Lilia se montre volontairement mystérieuse. Mais pourquoi ?

— Ce sera tout alors, Lilia.

Celle-ci se lève et gagne la porte. Au moment de l'ouvrir, elle jette un coup d'œil par-dessus son épaule en direction d'Antonina, et celle-ci lit sur le visage de sa servante une expression qui la trouble encore davantage.

* * *

Antonina sait qu'elle ne trouvera pas le sommeil cette nuit. Elle boit trois verres de vodka, ce qui la calme juste assez pour qu'elle cesse de serrer les dents au point d'en avoir mal. Elle est allongée sur son lit, mais les images qui l'assaillent – Micha sans son manteau bien chaud, le visage mort et bleuâtre de Konstantin, le père Cyril lui suggérant de faire graver une stèle, le cheval massacré – la mettent dans un tel état qu'elle se redresse et fixe l'obscurité. Il faut qu'elle pense à autre chose.

Elle ouvre le petit coin de sa tête qu'elle s'efforce de garder verrouillé : Gricha dans la datcha.

Mais alors qu'elle se revoit avec lui, quelque chose lui vient à l'esprit. Elle était tellement éperdue à Touchinsk, en voyant cet enfant avec la *talmotchka* de Mikhaïl, qu'elle n'y a pas prêté attention. Comme elle démêle ses souvenirs de cette journée, elle repense à l'homme – comment s'appelait-il, déjà ? Lev ? – qui a apporté la lettre de Micha. N'était-ce pas l'homme avec lequel elle a vu parler Gricha ? Non, sûrement pas, ou Gricha le lui aurait dit.

Mais elle se rappelle aussi avoir vu Gricha remettre un paquet à cet homme. Qu'est-ce que ça pouvait être ?

Elle laisse Tinka sur le lit, pose un châle sur sa chemise de nuit et ouvre la porte. Lilia est endormie sur une paillasse, bouche ouverte et une main glissée sous sa tête.

Antonina est contrariée. Demain, elle dira à sa servante qu'elle ne veut pas qu'elle dorme devant sa porte comme si elle était une enfant susceptible de sortir la nuit et de s'attirer des ennuis. Mais alors qu'elle descend silencieusement l'escalier, elle se demande si ce n'est pas justement ce qu'elle est en train de faire. Elle a bu trop de vodka.

Il reste si peu de domestiques qu'elle ne craint pas d'en croiser. Deux chiens qui servaient autrefois à la chasse mais attendent à présent simplement qu'on les nourrisse puisqu'il n'y a plus de chasse à Angelkov cet automne, bondissent sur la terrasse en l'entendant sortir. Elle claque des doigts une fois et ils se couchent aussitôt, le museau sur les pattes. D'un pas mal assuré, elle s'avance dans la nuit silencieuse et glacée, dépasse les écuries et les dépendances, le quartier des serviteurs, et descend la courbe de l'allée bordée de tilleuls. Son cœur se gonfle quand elle voit la lumière allumée dans la maison aux volets bleus. Elle s'imagine Gricha assis au coin du feu, en train de lire. Elle voudrait simplement l'interroger au sujet de l'homme qu'il a rencontré à Touchinsk.

Est-ce bien tout ?

Ou voudrait-elle se trouver en sa présence parce qu'elle a envie de se sentir femme ? Elle voudrait sentir les bras de Gricha autour d'elle, des bras forts et compétents, entendre sa voix lui dire que ça ira. Qu'il ne faut pas avoir peur, que son fils reviendra. Qu'elle ne perdra pas Angelkov. Qu'il ne l'abandonnera pas.

Elle voudrait aller dans son lit.

Déjà chancelante, elle trébuche sur un obstacle – une pierre ou une branche – et tombe durement sur les genoux en s'égratignant la paume des mains pour tenter de freiner sa chute. Elle s'accroupit sur les talons et entend une chouette ululer. À cet instant, les lumières s'éteignent chez Gricha.

Elle se relève et retourne lentement vers le manoir. Son pas est lourd sur l'allée de cendres. Plongé dans une complète obscurité, entouré d'arbres dénudés, le manoir lui paraît soudain menaçant. Antonina ne s'y sent plus chez elle.

31

Quelques jours plus tard, dans l'après-midi, Antonina essaye de se distraire en lisant dans sa chambre, mais au bout d'un moment, elle arrive à la conclusion qu'elle a déjà lu le passage sur lequel elle tente de se concentrer. Elle prend conscience qu'elle a déjà terminé ce livre avant la mort de Konstantin. En descendant à la bibliothèque pour en chercher un autre, elle s'arrête devant la fenêtre du palier. Celle-ci donne sur le jardin qui s'étend devant le manoir et la longue allée qui mène à la route. Le soleil brille dans un ciel d'un bleu intense, et Antonina voit Gricha parler avec un homme. Elle ne distingue que le haut du chapeau de ce dernier, noir, avec un rebord, ses épaules couvertes d'un beau manteau noir à col d'agneau gris, et le bout de ses bottes noires cirées.

Gricha ne porte pas de chapeau, et, même à cette distance, Antonina voit ses cheveux briller au soleil.

Gricha secoue la tête et l'autre homme lève le visage vers le manoir. Antonina bat en retraite derrière le rideau, mais elle a eu le temps de discerner ses traits.

Il retourne à son cheval, que Liocha tient par la bride.

Une fois le visiteur parti, elle envoie chercher Gricha. Il se tient devant elle, dans le bureau. L'air frais de l'automne lui a rougi les joues.

— Tout va bien, Antonina ? demande-t-il.

— L'homme à qui vous parliez, qu'est-ce qu'il voulait ?

Gricha ne répond pas tout de suite.

— C'était le maître de musique de chez les Bakanev.

— Le violoniste, énonce-t-elle.

— Il a dit qu'il était maître de musique.

Antonina laisse passer quelques secondes.

— Que voulait-il ? demande-t-elle enfin.

Le visage de Gricha se crispe.

— Il est venu présenter ses condoléances.

Antonina pense à sa main gantée entre celles de Valentin, à l'enterrement.

— Je lui ai dit que c'était impossible, que vous ne receviez pas. J'ai eu raison, non – il jette un regard vers Pavel, qui passe devant la porte ouverte –, comtesse Mitlovskaïa ?

— Je suppose que oui.

— Je lui ai demandé pourquoi il pensait pouvoir débarquer comme ça, sans avoir pris rendez-vous ou au moins envoyé sa carte auparavant, une semaine seulement après les funérailles, et s'attendre à être reçu. On vous doit davantage de savoir-vivre.

— Mais vous l'avez éconduit sans même m'en parler avant ?

Le regard de Gricha passe de ses yeux à sa bouche puis revient vers ses yeux.

— Vous vouliez le voir ?

Comme elle ne répond pas tout de suite, quelque chose le pousse à demander :

— Vous connaissez cet homme ?

Pourquoi se sent-elle coupable ? Elle n'a rien fait de mal.

— Il a joué au château de mon père, il y a très longtemps, avant mon mariage. Et puis je l'ai revu à la soirée musicale, chez les Bakanev.

— Et vous vous souveniez de lui après toutes ces années ?

Gricha se représente le visage de l'inconnu. Il est à la fois masculin et en même temps… le mot joli lui vient à l'esprit, même s'il ne convient pas exactement. C'est le genre de visage qui plaît à certaines femmes. Mais, se dit-il, c'est un visage bien trop délicat pour une femme comme Antonina.

— Avez-vous envisagé de me demander si je voulais le recevoir ? insiste-t-elle. N'est-ce pas à moi de décider qui je dois voir, même si certaines personnes se présentent sans y être invitées ?

Gricha se sent accusé.

— Je voulais seulement vous protéger, Antonina, proteste-t-il en retenant un accès de colère. Ce n'est pas comme si vous étiez généralement heureuse d'avoir des visiteurs, même des gens que vous connaissez bien. J'ai supposé que vous ne voudriez pas recevoir un quasi-étranger.

Curieusement, Antonina se sent énervée. Elle secoue la tête, lèvres serrées.

— Le problème, c'est que vous n'avez pas le droit de prendre des décisions à ma place.

— Vraiment ? fait Gricha sur un ton glacé, et Antonina se sent la gorge sèche. N'est-ce pas ce que vous m'avez demandé de faire pour le domaine ? Prendre des décisions ?

— Eh bien, oui, pour le domaine, réplique-t-elle en appuyant sur le dernier mot. Pas pour ce qui touche à ma vie personnelle.

L'atmosphère est lourde, comme s'ils venaient de se lancer des mots durs à la figure alors que ni l'un ni l'autre n'a élevé la voix.

— Comme vous voudrez, lâche enfin le régisseur en fouillant dans la poche de son manteau pour en tirer un petit carton. Voici sa carte. Si vous désirez le recevoir, vous pourrez le lui faire savoir.

— Merci, dit Antonina.

Elle saisit le carton par l'extrémité d'un coin afin de s'assurer que ses doigts ne frôlent pas ceux de Gricha. Elle craint ce qui pourrait arriver si jamais elle le touchait, elle craint ce qu'elle pourrait faire. Le petit rectangle vibre, à peine un frémissement, alors qu'ils en tiennent chacun un bout. Qui de lui ou d'elle a les doigts qui tremblent ? Il lâche la carte, et elle la glisse dans sa ceinture.

— Je regarderai mon agenda.

Ils sont conscients tous les deux du ridicule d'une telle phrase. Que pourrait-elle bien avoir sur son agenda ?

— Et si j'ai envie qu'il me rende visite, je fixerai un jour et vous le ferai savoir.

Gricha n'a pas bougé.

— Ce sera tout, Grigori Sergueïevitch, dit Antonina.

Elle se retient pour ne pas le remercier de nouveau dans le simple but de prolonger leur conversation et se dirige vers le bureau en faisant mine de chercher quelque chose dans une petite pile de papiers.

— Oh, non, attendez, s'exclame-t-elle soudain alors que cela lui revient. Le paysan de Touchinsk. Celui à qui vous parliez, ajoute-t-elle en se tournant vers lui.

— J'ai fait envoyer un manteau pour l'enfant, ainsi qu'un panier de vêtements neufs en récompense, dit-il avec un hochement de tête.

— Pas lui. Celui à qui vous parliez à l'entrée de l'isba, juste avant que je voie l'enfant avec le manteau de Micha.

Gricha attend.

— Qui était-ce ? A-t-il déjà travaillé pour moi ?

Le visage de Gricha reste impassible.

— Oui, admet-il enfin.

— Il m'a bien semblé que je le connaissais.

Ce n'était donc pas Lev.

— Avez-vous appris quoi que ce soit concernant ce qui est arrivé à Félia ?

Elle brûle d'envie de lui demander s'il a des soupçons, s'il pense qu'il pourrait s'agir de Sosso. S'il craint d'autres menaces pour Angelkov.

— Non, répond-il, son visage toujours indéchiffrable.

Comme le silence s'éternise, elle contemple de nouveau les papiers sur le bureau, soulagée de ne pas avoir frappé à la porte de Gricha quelques nuits plus tôt, heureuse de s'être reprise avant de s'être placée dans une position embarrassante. Je ne suis pas comme ma mère, se dit-elle, l'image de Galina Maximovna et du violoniste encore vivace dans son esprit.

Ce qu'elle a fait avec Gricha était une erreur. Tout le monde a droit à l'erreur.

Lorsqu'elle relève enfin la tête et s'aperçoit qu'elle est seule, elle connaît un moment de déception. Elle s'assoit, pesamment, sur le siège de Konstantin, derrière le bureau. Mais il fait froid ; le feu s'éteint. Elle frissonne dans cette pièce remplie du souvenir de son mari. Elle se lève pour monter dans sa chambre. Lilia y allume toujours un feu. Elle baisse les yeux sur la carte dans sa main et déchiffre le nom, inscrit en lettres cursives alambiquées.

* * *

Trois jours plus tard, Valentin Vladimirovitch Kropotkine est introduit dans la bibliothèque. Antonina l'attend. À l'instant où il arrive, elle regrette de l'avoir invité. Qu'espérait-elle ? Que va-t-elle lui dire ? Le fantôme de sa mère se tiendra-t-il dans un coin de la pièce, souriant d'un air narquois ?

Antonina s'était dit, en envoyant son message chez les Bakanev, qu'elle lançait cette invitation pour se distraire de la douleur permanente d'avoir perdu Mikhaïl, de son veuvage tout neuf, de ses soucis concernant Angelkov. Elle sait que ce n'est qu'une partie de la vérité. Elle repousse aussi les pensées compliquées que lui inspire Gricha.

C'est le régisseur qui accueille Valentin devant le manoir et lui parle en le conduisant à l'entrée.

— J'espère que vous savez quel malheur s'est abattu sur Angelkov en plus de la mort du comte, dit-il en coulant un regard vers Valentin.

Il dépasse le musicien d'une dizaine de centimètres.

— J'ai entendu parler de l'enlèvement du petit Mitlovski, à l'enterrement.

— La comtesse vient de vivre six mois d'enfer. Elle n'est pas elle-même. Et maintenant, la mort de son mari, si récente…

Il dévisage de nouveau le musicien.

— Vous comprenez ce que je vous dis, Kropotkine ?

— Vous êtes-vous institué garde du corps de la comtesse ?

Valentin n'a pas à se justifier. C'est un homme libre maintenant. Il a découvert lorsqu'il est venu la première fois à Angelkov pour essayer de voir la comtesse, que Narychkine est l'homme qu'il a vu aider la comtesse à monter dans sa voiture après le concert.

— Je suis venu lui présenter mes condoléances. Et vous, Narychkine ? rétorque-t-il en regardant Gricha.

— Quoi ?

— Qu'est-ce que vous faites ici ?

Gricha s'immobilise, forçant Valentin à s'arrêter aussi.

— Vous savez que je suis le régisseur. Je l'aide à gérer le domaine, comme j'aidais son défunt mari.

— Je vois, dit Valentin.

Ces deux mots sonnent avec condescendance à l'oreille de Gricha, peut-être même sont-ils suggestifs, ou insultants. Il regarde Kropotkine joindre les mains et les serrer, comme pour relâcher une tension dans ses doigts. Ils sont longs et délicats. Il y a dans ce mouvement soudain quelque chose qui lui rappelle Mikhaïl.

C'est parce qu'ils sont tous les deux musiciens, se dit Gricha.

* * *

Alors que Gricha lui fait franchir les hautes portes d'entrée, Valentin remarque qu'il n'y a que très peu de serviteurs présents pour une si grande demeure. Rien n'évoque l'activité qui règne en permanence chez les Bakanev, où les domestiques ne cessent de nettoyer et de s'affairer à tous les étages. Il y a un vieux monsieur portant la livrée des domestiques dans le hall d'entrée, mais c'est tout. Valentin trouve également curieux que ce soit le régisseur qui l'escorte jusqu'au manoir. À son arrivée, le régisseur a sifflé et un jeune homme est accouru de l'écurie pour emmener son cheval.

Gricha reste à l'extérieur tandis que Pavel s'avance pour prendre le manteau et le chapeau de Valentin, puis, avec un petit salut de la tête, tend la main vers le couloir, en direction de la bibliothèque. Antonina a décidé de recevoir son invité dans la pièce confortable, tapissée de livres.

Gricha entend un pas furtif dans l'escalier. Il lève la tête et aperçoit Lilia, qui darde les yeux sur Valentin. Puis elle se tourne vers lui, et il lit la désapprobation sur ses traits.

En regardant Valentin se diriger vers la porte de bois sculpté sans ajouter un mot, il éprouve une nouvelle bouffée de colère. Cet homme a oublié que moins d'un an plus tôt, il n'était qu'un serf.

Qu'un an auparavant, en tant qu'homme libre, lui, Gricha aurait été au-dessus d'un violoniste et que celui-ci aurait dû s'incliner devant lui sous peine de se faire réprimander. Mais peut-être que le musicien ne l'a pas oublié, justement – comment pourrait-on oublier aussi vite les schémas suivis pendant toute une vie ? – et qu'il veut au contraire faire comprendre au régisseur qu'il ne lui doit rien. Qu'ils sont égaux, maintenant : des hommes libres tous les deux.

Gricha attend, l'oreille tendue, pendant que Pavel ouvre la porte et fait entrer Valentin. Il n'arrive pas à croire qu'Antonina ait pu laisser ce type maniéré et efféminé lui rendre visite. Il entend la voix d'Antonina – bien qu'il ne puisse pas saisir ce qu'elle dit – puis celle de Kropotkine lui répondre. Ensuite Pavel ferme la porte et se poste devant la bibliothèque. Lilia est toujours dans l'escalier.

Antonina a décidé de se passer de chaperon durant la visite de Kropotkine.

La présence du musicien au manoir met Gricha mal à l'aise – non, elle le trouble. Il y a quelque chose chez cet homme qui lui tape sur les nerfs. Mais il ne peut pas s'attarder sans raison. Il fait donc volte-face et s'en va, préférant que ni Lilia ni Pavel ne voient son expression.

* * *

Valentin Vladimirovitch est habitué à ce que les femmes l'adorent, mais ne trouve guère de place dans son cœur pour les subtilités de leurs sentiments. C'est toujours la même chose : les soupirs exagérés et les regards insistants, les contacts, timides au départ puis de plus en plus hardis, les mélodrames en début de liaison, puis à la fin. C'est aussi régulier et ennuyeux que la pluie qui s'écoule d'un toit. Pourtant, ce jeu l'amuse, et il en a compris depuis bien longtemps l'intérêt. Valentin donne aux femmes ce qu'elles veulent – la forme d'adulation, de respect, de romantisme ou de sensualité qu'elles attendent – et il obtient en retour ce dont il a besoin.

Lorsqu'il a vu la princesse, maintenant comtesse, Olonova chez les Bakanev, il a senti qu'elle était affolée. Sachant maintenant que son fils a disparu et que son mari est mort, Valentin s'imagine qu'elle est très vulnérable. Il est possible que la comtesse Mitlovskaïa, seule et désespérée, puisse profiter de sa compagnie. Il est possible qu'il puisse profiter de la sienne.

La nervosité et le manque d'assurance de la comtesse sont visibles lorsqu'elle le reçoit, un petit bichon coincé sous un bras. Il lui exprime toute sa sympathie concernant le décès de son mari. À sa réaction plutôt détachée à la fois au moment des funérailles et aujourd'hui, il en déduit qu'il ne devait pas exister beaucoup d'affection entre elle et un époux qu'il sait avoir été beaucoup plus âgé. Situation typique : combien de fois n'a-t-il pas offert sa compagnie à des jeunes femmes dévorées par l'ennui, des jeunes femmes trop passionnées et enthousiastes pour un mari plus vieux qu'elles de plusieurs décennies, que les activités de la jeunesse n'intéressaient guère.

Valentin émaille sa visite d'anecdotes spirituelles et amusantes sur des situations rencontrées dans certains des domaines où il a travaillé. Il accepte deux tasses de thé et trois petits gâteaux, et lui en fait compliment : *Une cuisinière capable de confectionner une pâtisserie aussi aérienne est difficile à trouver en province.* Il répond aux questions d'Antonina sur ses compositeurs préférés et ce qu'il enseigne aux nièces des Bakanev. Antonina et lui tombent d'accord sur le fait que ce mois d'octobre semble plus frais que le précédent. Il remarque la dévotion de Tinka pour sa maîtresse et le plaisir que l'on trouve à l'affection d'un chien. Il ne perd jamais la notion du temps et se retire au bout d'une heure exactement.

Il a fait en sorte que la conversation soit légère et naturelle. Cependant, Antonina prend conscience une fois qu'il est parti que Valentin Vladimirovitch n'est en aucun cas quelqu'un de simple. Elle comprend aussi qu'il a dû se donner beaucoup de mal pour entretenir une conversation aussi plaisante. Elle se rend compte à quel point elle est gauche et embarrassée. Il lui a tendu des perches pour qu'elle parle de son défunt mari, mais s'est gardé d'évoquer son fils, alors que les Bakanev n'ont sûrement pas manqué de lui raconter ce qui s'est passé. Preuve qu'il est attentionné et sensible.

Elle ne s'attend pas à ce qu'il veuille la revoir, vu que la visite n'a pas dû lui être très agréable.

Elle est donc étonnée de recevoir le lendemain un message de Valentin Vladimirovitch lui disant combien il a apprécié ce moment avec elle. Elle réfléchit un moment avant de lui répondre qu'elle serait heureuse de le recevoir la semaine suivante.

Lors de sa deuxième visite à Angelkov, il apporte son violon.

— J'ai pensé que nous pourrions jouer ensemble.

— Oh, je ne crois pas, monsieur Kropotkine.

— Je comprends, dit-il en posant son boîtier. Veuillez excuser mon impudence.

— Je ne me sens tout simplement pas prête à vous accompagner. Mais je serais ravie de vous entendre jouer, ajoute-t-elle avec une pointe d'inquiétude, à moins que ce ne soit du soulagement. Peut-être est-ce simplement que s'il joue, elle n'aura pas à faire la conversation.

Il se rend compte que, comme lors de sa première visite, la présence d'un homme la met mal à l'aise, et pourtant elle a accepté qu'il revienne. Il est néanmoins évident que son mari est mort depuis trop peu de temps pour que Valentin puisse décemment être invité au manoir.

Ils vont dans le salon de musique, et elle prend place sur le canapé pendant qu'il se tient devant le bow-window.

— Vous avez une envie particulière, comtesse ? demande-t-il en sortant son violon de son étui.

L'instrument présente un beau vernis brun-rouge, et une fleur de lys dorée incrustée sur le cordier.

— J'ai un grand répertoire, précise-t-il sans fausse modestie. Avez-vous un compositeur de prédilection ?

Il se souvient de l'effet qu'a produit sur elle le morceau de Glinka, à la soirée chez les Bakanev, et craint que d'autres morceaux ou compositeurs ne l'affectent profondément. Elle est, c'est évident, assez fragile, et il repense à l'avertissement du régisseur. Cet homme ne lui plaît pas.

— Bach, peut-être ? propose-t-il en voyant qu'elle ne répond pas. *La Partita* en *ré* mineur ? Je vais vous jouer le premier et le deuxième mouvement.

Elle acquiesce d'un mouvement de tête, les mains sur les genoux, appuyée contre le dossier du canapé.

Valentin s'approche du piano carré Érard et soulève le couvercle du clavier. Il appuie sur le *la* de l'octave du milieu.

Le piano est légèrement désaccordé. Comme tout le reste du domaine, il n'est pas entretenu. Quelle dommage de négliger un si beau piano. Quels concerts Valentin ne pourrait-il pas donner dans un salon pareil ? Il repère une partition et regarde de plus près. C'est Glinka. Et c'est la sienne, dédicacée à la princesse Olonova. Il avait oublié qu'il la lui avait donnée pour sa fête, tant d'années auparavant. La première page de *la Séparation* en *fa* mineur est légèrement déchirée et maculée de taches rougeâtres qui s'estompent.

— Comtesse, dit-il en la regardant. Vous l'avez encore. La partition que je vous ai offerte.

Elle s'empourpre.

— Oui, cela m'a tellement plu. J'ai transposé les passages les plus complexes de Glinka pour mon fils, quand il était plus jeune. Mais il peut les jouer sans problème comme c'est écrit maintenant. Évidemment, vous connaissez la difficulté qui sous-tend l'interprétation des œuvres de Glinka : il faut acquérir une simplicité et un naturel qui sont en fait très difficiles à obtenir. Mon Micha jouait justement ce morceau – *la Séparation* en *fa* mineur – la dernière fois que je… que nous étions ensemble…

Il comprend à présent pourquoi le nocturne de Glinka l'avait mise dans un tel état.

— Pardonnez-moi, comtesse, dit Valentin en s'écartant du piano.

Il sort un petit diapason de sa poche et s'en sert pour accorder sa corde de *la* en faisant tourner imperceptiblement la cheville fuselée dans la tête du violon. Lorsque la corde est assez tendue, il accorde les autres par rapport à ce *la*. Puis il coince son instrument sous son menton et lève son archet. Les notes somptueuses du premier mouvement résonnent alors dans la pièce silencieuse.

* * *

Après le départ de Valentin, Antonina se remémore l'image de ses jambes et de ses bras nus dans les draps de satin en désordre de sa mère. Les membres étaient musclés malgré l'impression de délicatesse qui émanait de lui. Aujourd'hui, il a vieilli, certes, comme elle, mais il est toujours mince et garde un côté adolescent. Il évoque, se dit-elle, un cheval conçu pour la vitesse, puissant et souple à la fois, avec peut-être une vulnérabilité du côté de la bouche. Il donne l'impression d'une fusion parfaite entre la force et la douceur.

Il n'est pas comme Gricha, dont la dureté et la maîtrise de soi la troublent. Il affiche ses émotions, alors que Gricha… est indéchiffrable.

Malgré ce que Gricha a dit concernant le manque d'éducation de Valentin, qui s'était présenté sans se faire annoncer, Antonina constate qu'il est très courtois. Elle sait que dans son passé de serf musicien, on lui a appris comment se tenir parmi les gens de la noblesse et même les membres de la famille royale lorsqu'il jouait dans leurs salons de musique, leurs théâtres et leurs salles de bal. Il est également très instruit : il lâche des expressions françaises avec nonchalance et a dit en passant qu'il était en train de lire *La Confession d'un enfant du siècle* de Musset.

Pendant qu'il joue, une mèche de cheveux blond clair retombe sur son front haut et pâle. Il touche son violon comme s'il s'agissait d'un enfant aimé. Non, son étreinte est trop ferme – comme s'il s'agissait d'une maîtresse secrète.

Mais cela la ramène à Gricha, et à la facilité avec laquelle il l'a soulevée et maintenue contre lui, à l'assurance dont il a fait preuve pour l'orienter tout en la laissant prendre l'initiative.

Gricha. Sans lui, Antonina n'éprouverait pas ce désir soudain et troublant de sentir la douceur d'une peau contre la sienne, ne se remémorerait pas avec sensualité le poids d'un homme sur elle, le mouvement montant et descendant de la passion.

Elle se laisse tomber à genoux et prie pour tenter de repousser ces images.

* * *

Au terme de sa seconde visite, Valentin lui a demandé s'il pouvait venir la voir régulièrement.

— C'est tellement ennuyeux, cet échange de cartes d'un domaine à l'autre, vous ne trouvez pas ? a-t-il fait remarquer. Je n'enseigne que le matin, a-t-il poursuivi. L'après-midi, je suis libre de faire ce que je veux. Et vous, comtesse, disposez-vous d'un peu de temps pour vous ? Je comprends que la gestion d'un domaine comme Angelkov doit beaucoup vous accaparer.

Elle a vaguement hoché la tête. Elle n'est pas sûre de vouloir qu'il vienne régulièrement, mais elle ne sait pas comment l'éconduire poliment. Valentin est si enjoué qu'au bout de deux visites seulement, elle constate qu'il apporte un peu de couleur et de musique à ses mornes journées. Qu'il la détourne, brièvement, des sombres pensées qui l'assaillent : des remords qu'elle éprouve à s'être laissée aller alors que son fils souffre loin de chez lui ; des problèmes financiers du domaine.

Antonina envoie chercher l'accordeur de piano de Pskov, et le paye avec l'une des tabatières en argent de Konstantin. Le métal en est terni. Il y a longtemps que l'argenterie ne brille plus à Angelkov. L'homme retourne la tabatière entre ses mains, et Antonina ne doute pas qu'il la nettoiera et la vendra beaucoup plus cher que ce qu'il aurait demandé pour son travail.

Valentin continue d'apporter son violon, enveloppé dans un lainage et une peau de mouton pour le protéger du froid pendant le trajet entre le domaine des Bakanev et Angelkov. Maintenant, quand le musicien arrive, Pavel le conduit directement au salon de musique, où il déballe l'étui à violon et sort son instrument. Il le dépose sur une ottomane et le laisse se réchauffer à la chaleur de l'un des poêles situés aux coins de la pièce avant de l'accorder et d'enduire la mèche de colophane. En attendant que l'instrument s'adapte à la température du salon, il bavarde avec son hôtesse. C'est plus facile à présent ; elle se détend un peu plus à chacune de ses visites.

Antonina apprécie de passer à nouveau du temps dans le salon de musique. À la façon dont Valentin fait bouger son archet sur les cordes pour créer le son, pour le modeler et lui donner une couleur, Antonina sent son cœur enfler dans sa poitrine et se remplir de gratitude au souvenir de tout le bonheur qu'elle a connu avec son fils dans cette même pièce. Elle se rappelle tant d'heures délicieuses, tant de semaines, de mois et d'années où il était assis au piano et jouait avec un engagement et une expression admirables. Lorsqu'il se retournait sur le banc capitonné pour lui demander : « Comment avez-vous trouvé ce dernier mouvement, maman ? Les trilles étaient-ils assez légers ? Qu'est-ce que je joue maintenant ? »

Micha. Elle se tourne vers les vitres dégoulinantes de pluie. Le temps est indubitablement en train de changer ; l'hiver est tout proche. A-t-il assez chaud ?

Bien avant la tombée de la nuit, Lilia vient toujours allumer les bougies et les lampes, subtile façon de rappeler à Kropotkine qu'il devrait se mettre en route. Elle fait alors preuve d'une lenteur inhabituelle et s'attarde bien trop longtemps devant chaque mèche pour observer le violoniste avec un air presque irrité.

Antonina se demande ce qui prend à sa servante. Pourquoi manifeste-t-elle tant d'aigreur ? Il est clair que la présence de Valentin à Angelkov déplaît à Lilia, et ce n'est sûrement pas à cause du thé qu'elle vient leur servir dans l'après-midi.

Ce n'est qu'après la troisième ou quatrième fois que Lilia vient allumer les bougies avec ostentation, qu'une idée traverse l'esprit d'Antonina : Lilia ne serait-elle pas jalouse ?

Antonina la rejette aussitôt. Pourquoi Lilia serait-elle jalouse ?

* * *

Lilia croit comprendre ce qui se passe : Valentin est en train de tomber amoureux d'Antonina. La servante trouve tout naturel de penser cela ; elle s'imagine que personne ne peut passer un peu de temps auprès d'Antonina sans tomber amoureux d'elle.

Elle ne sait pas en revanche ce qu'éprouve Antonina pour Valentin bien qu'elle cherche à la sonder, mine de rien, sur le ton de la conversation. *Combien de temps M. Kropotkine compte-t-il rester au château du prince et de la princesse ? Est-il marié ? D'où vient-il ? Retournera-t-il à Saint-Pétersbourg quand les nièces des Bakanev partiront, ou restera-t-il dans la région pour donner des cours aux enfants d'autres seigneurs ?*

Antonina répond franchement à toutes ses questions pendant que la servante refait le lit ou range une robe après la visite du musicien. Mais lorsque Lilia se permet une petite critique de Valentin du genre : *En tout cas, il mange beaucoup de gâteaux chaque fois qu'il vient, et, vous avez remarqué ? il a mis un morceau de sucre entre ses dents pour boire son thé à travers – c'est évident qu'il a des racines paysannes,* elle attend – elle espère – que sa maîtresse va rire avec elle.

Au lieu de quoi Antonina lui répond sèchement :

— Ton travail est de servir les gâteaux, Lilia, pas de compter combien les invités en mangent.

Lilia se dit alors qu'Antonina se soucie de Valentin Vladimirovitch d'une façon qui n'a pas grand-chose à voir avec ses talents de violoniste.

* * *

Lilia sent que les visites de Kropotkine irritent profondément le régisseur. À chaque fois que le musicien arrive devant le manoir, Gricha l'escorte à la porte d'entrée et regarde Pavel le conduire au salon de musique.

Elle observe le visage de Gricha lorsqu'il accompagne le musicien à la porte, et elle pense à présent que ce qu'elle a commencé à soupçonner quelques semaines plus tôt se vérifie. Gricha éprouve des sentiments pour la comtesse. Mais Lilia est certaine qu'Antonina ne peut s'intéresser à lui ; c'est son régisseur, rien de plus. Elle se servira donc de Gricha pour repousser Valentin.

Personne ne viendra se mettre entre elle et Antonina.

32

Un après-midi, pendant l'une des visites de Valentin et alors que Gricha vient d'accompagner le musicien à la porte du manoir, il s'apprête à quitter la terrasse quand Lilia l'appelle. Elle se tient juste derrière lui : d'où a-t-elle pu sortir ?

— Lilia ! Qu'est-ce que tu fais, à surgir comme un voleur ?

— Il faut que je te parle.

Il pourrait jurer qu'elle a une idée derrière la tête.

— Qu'est-ce que tu veux ?

— Pas ici. Je dois te parler en privé. Je passerai chez toi.

— Non. Dis ce que tu as à dire ici.

— Alors ce soir, dit-elle en regardant par-dessus son épaule. Quand elle sera couchée. Viens dans la cuisine.

Cette grossière invitation à comploter ne plaît pas à Gricha.

— Que se passe-t-il, Lilia ?

— C'est au sujet de Micha, précise-t-elle.

Les réticences du régisseur s'évanouissent aussitôt. Il croyait qu'elle ne savait rien de l'enlèvement, rien de la participation de Sosso ni de la sienne. Mais en la regardant à présent, il se demande s'il ne s'est pas trompé.

— Que veux-tu dire ?

Elle plisse les yeux sans cesser de le dévisager avec cette curieuse expression rusée.

— On parlera de Micha plus tard, dans la cuisine.

* * *

À partir du moment où le violoniste était venu voir régulièrement la comtesse et où Lilia avait vu la réaction de Gricha, elle avait agi très rapidement.

Ayant reconnu l'écriture de Sosso sur le bout de planche autour de l'encolure du cheval, Lilia avait compris qu'il devait se trouver quelque part dans les environs d'Angelkov. Et si elle était horrifiée à la pensée de ce qu'il avait fait au cheval, elle se remémora d'autres réflexions qu'elle s'était faites plusieurs mois auparavant. Pendant plusieurs jours, au mois d'avril, Lilia s'était demandé avec inquiétude si Sosso n'était pas, d'une certaine façon, impliqué dans l'enlèvement de Mikhaïl. Lorsqu'il avait quitté le domaine, peu après la disparition de l'enfant, elle avait été heureuse d'être débarrassée de lui et s'était convaincue qu'il n'avait pas pu participer. Tout le monde parlait de cosaques, et Sosso n'avait rien d'un cosaque.

Mais après le massacre de Félia, elle y repensa : ce n'était pas parce que des hommes étaient habillés en cosaques et armés de sabres de cosaques que *c'étaient* forcément des cosaques.

Elle tourna et retourna la question dans sa tête. Pourquoi Sosso avait-il tué si sauvagement le cheval que Gricha aimait tant ? Pourquoi ? Lilia s'interrogea longuement sur les raisons qui auraient pu pousser son mari à vouloir atteindre le régisseur. Plus elle réfléchissait à ce qui était écrit sur la planche – *Voilà ce qui arrive. T'as pas fait ce qu'on t'a dit* – plus elle se disait que si Sosso avait pris part à l'enlèvement, Gricha n'y était peut-être pas pour rien non plus.

Elle devait retrouver Sosso, et le forcer à lui dire la vérité.

Il ne lui fallut pas longtemps pour le trouver. Sosso pouvait se montrer rusé, mais pas assez rusé pour elle.

Elle pria donc Liocha d'atteler l'un des trotteurs Orlov à une voiture et se rendit, seule, au village de Borzik, à mi-chemin entre Angelkov et la ville de Pskov. Borzik n'était pas le village où Sosso et elle vivaient avant d'emménager au domaine, mais c'était celui de la grand-mère de Sosso. Même si elle était morte depuis longtemps, Sosso avait beaucoup aimé sa grand-mère et avait souvent parlé à Lilia d'aller la voir dans son isba, à l'entrée du village. Après leur mariage, il avait assez souvent rendu visite à des cousins qui habitaient là-bas. Il disait qu'on lui faisait toujours bon accueil et qu'à chaque fois qu'il s'y arrêtait, il y avait toujours un lit et de la vodka pour lui.

À peine arrivée à Borzik, Lilia repéra son mari dans la rue boueuse, marchant d'un pas pesant dans sa pelisse en peau d'ours. Il aimait s'envelopper dedans parce qu'elle lui donnait de l'envergure. Elle appela son nom et il ne parut ni heureux ni mécontent de la voir, mais simplement surpris.

— Lilia ? Qu'est-ce que tu fais à Borzik ?

— Je pensais bien te trouver ici. Je voudrais te parler, Sosso.

— Je ne retourne pas à Angelkov.

— Ce n'est pas de ça que je suis venue discuter. Où tu habites ?

Sosso désigna une isba un peu plus loin. Un âne à triste mine était attaché à côté.

— Chez mon cousin Max.

— Conduis-moi là-bas si tu ne veux pas que toute la rue soit au courant de nos affaires, lui conseilla Lilia.

Il partit donc devant elle et dut baisser la tête pour passer sous le linteau bas de l'entrée.

Sans lâcher le sac qu'elle avait apporté, Lilia embrassa du regard les couverts sales sur la table, la gamelle tapissée de kacha séchée, les couvertures chiffonnées sur les paillasses à même le sol. Elle perçut le frottement produit par les cafards dans la paille crasseuse tassée entre les murs et le plancher pour empêcher les courants d'air de passer. L'âne se mit à braire au dehors.

— Il n'y a que toi et Max ici ?

— Sa femme s'occupe de sa mère dans le village d'à côté.

— Sainte Mère de Dieu, Sosso, mais quel porc tu es devenu !

Il éclata de rire et parut satisfait, comme si elle lui avait fait un compliment.

— Je t'ai apporté quelque chose, annonça-t-elle alors, en produisant la bonne bouteille de vodka qu'elle avait prise dans la cave d'Angelkov. Il y a aussi du pain et du saucisson, et des lactaires en saumure.

Sosso raffolait des champignons avec sa vodka.

— Assieds-toi, commanda-t-elle.

Il laissa tomber sa pelisse par terre et s'assit sur le banc, d'un côté de la table. Elle prit place sur le banc d'en face, essuya le couteau sur sa jupe et coupa le saucisson dont elle glissa les rondelles entre deux tranches du pain levé et aéré de Raïssa. Elle lui tendit l'ensemble avec le pot ouvert de champignons, puis elle déboucha la bouteille de vodka avec ses dents et la poussa de l'autre côté de la table. Il la regarda et sourit.

— Qu'est-ce que tu veux? demanda-t-il en mordant allègrement dans le sandwich.

— Tu me manques, Sosso. Mon lit est froid, dit-elle, sans rien ajouter pendant qu'il mangeait.

Il se détourna une fois, pour cracher par terre. Elle prit une gorgée de vodka et le laissa boire le reste. Elle avait tout son temps.

Une fois la bouteille vide et les champignons avalés, il la dévisagea avec ce regard trouble qu'elle connaissait si bien. Elle s'approcha de lui et le prit par la main.

— Tu m'as manqué, Sosselo, répéta-t-elle en indiquant d'un signe de tête le tas de couvertures. Viens.

Il la suivit. Lilia murmura des encouragements et remonta sa jupe en se couchant par terre. Sosso avait beau être ivre, il ne l'était pas complètement. Ensuite, elle laissa reposer sa tête sur la poitrine de son mari et le laissa dormir en ronflant pendant une demi-heure. Alors, sans lever la tête, elle le secoua doucement de sa torpeur.

— Tu devrais entendre la comtesse pleurer encore à cause de son fils, dit-elle. C'est dur de rester près d'elle.

Sosso respira bruyamment par la bouche, puis fit claquer ses lèvres et déglutit.

— Ceux qui ont enlevé Mikhaïl Konstantinovitch – ces cosaques, là – ça, ce sont des hommes : ils n'ont peur de rien. Et ils ont donné une sacrée correction à Gricha, ajouta-t-elle en entendant le ventre de Sosso gargouiller, en pleine digestion. Bien fait pour lui. À le voir se pavaner et prendre ses grands airs, on pourrait croire que le domaine lui appartient.

Elle attendit que Sosso fasse un commentaire, mais comme il continuait de se taire, elle émit un petit rire.

— La comtesse se prend pour une vraie tsarine maintenant qu'elle est la maîtresse du domaine. Gricha et elle rendent la vie impossible à tous ceux qui sont restés. J'espère que Dieu va bien les punir.

Elle se signa.

— Si c'est pas Dieu, on s'en chargera, lâcha Sosso, et Lilia attendit la suite. Comme on l'a fait avec ce vieux salopard.

— Qu'est-ce que tu veux dire ? demanda-t-elle, la main sur le torse de son mari. Ne me dis pas… Sosso, souffla-t-elle, est-ce que c'était toi ? Tu as quelque chose à voir avec l'enlèvement ?

Elle redressa la tête sur son coude et dévisagea son mari avec de grands yeux – l'image même de l'épouse admirative.

La poitrine de Sosso se gonfla sous la main de Lilia, et il hocha la tête.

— Et maintenant, mon cher, mon courageux époux ? Que va-t-il se passer ? questionna-t-elle.

— On va demander encore de l'argent pour le gosse.

— Et les deux autres, ce sont vraiment des cosaques ?

— Tu ne les connais pas.

— Ils ne sont pas d'Angelkov ?

— Non.

Lilia passa les doigts dans la barbe de Sosso.

— Il est donc encore en vie ? Mikhaïl ? demanda-t-elle sur un ton détaché.

— Il est vivant, assura-t-il. Tant qu'on peut en tirer plus d'argent, il reste en vie.

— Vous allez retourner voir la comtesse ?

— Non, on attend que ce soit Gricha qui nous l'apporte. Il met trop de temps.

— Gricha ?

— Il était dans le coup.

Lilia se redressa vivement sur les genoux et posa les mains sur les épaules de Sosso.

— Gricha a participé à l'enlèvement ?

Il repoussa les mains de sa femme. Ses yeux se fermaient et il sombrait dans le sommeil.

— Sosso, mon bien-aimé, ne te rendors pas. Je ne peux pas rester longtemps. Parle-moi. Qu'est-ce que Gricha a à voir là-dedans ?

Sosso se frotta les yeux et s'efforça de se redresser en s'appuyant contre le mur de planches grossières derrière lui. Il la regarda, les paupières lourdes.

— Tu veux aider ?

Lilia s'humecta les lèvres.

— Je le vois ce salopard tous les jours. Il doit y avoir un moyen. À condition que j'aie ma part de la rançon.

Sosso haussa les épaules.

— Lev, l'un des cosaques, et moi, on a décidé que Gricha devait nous donner plus de fric que ce que lui a remis la comtesse. On veut plus… beaucoup plus, ajouta-t-il en fermant les yeux. La première rançon a déjà été dépensée. On a besoin de lui pour en avoir plus.

Les derniers mots étaient à peine intelligibles.

— Mais Sosso, reprit Lilia un peu plus fort pour qu'il rouvre les yeux, si Gricha était avec vous, pourquoi devrait-il vous payer ?

— On s'est juste servis de lui tant qu'on en a eu besoin. Mais je lui ai montré que je ne plaisantais pas avec le coup du cheval. Il n'a même pas eu sa part sur la rançon qu'il nous a apportée dans la forêt, dit-il en ricanant. Je n'aurais jamais cru qu'il était aussi bête.

Gricha n'avait rien d'un idiot. Les soupçons de Lilia se confirmaient donc. Elle sut alors avec certitude pourquoi il faisait autant d'efforts pour ramener Micha à Antonina.

— Mais faudrait pas que ça traîne. Le prêtre ne veut pas garder le gosse bien longtemps. Il est dur à contrôler et il excite les autres gamins.

— Oui, dit-elle, l'esprit en ébullition. Mikhaïl Konstantinovitch est une forte tête.

Il est donc dans une église, ou une sorte de monastère.

— Quel prêtre ? demanda-t-elle.

— Tu te souviens de Slava Saavitch ? répliqua Sosso avec un rot sonore. De notre village ?

— Oui, répéta Lilia.

Slava Saavitch n'était guère plus qu'un pèlerin errant en robe de bure ceinte d'une simple corde. Toutes ses possessions tenaient dans un sac qu'il portait en bandoulière, et il mendiait dans toute la province. Il avait fait halte dans leur village, où le prêtre venait de succomber au typhus et dont l'église avait besoin d'un remplaçant. Sosso en avait parlé au comte, et le père Saavitch était resté.

— Mais Saavitch n'est plus au village, si ?

Sosso s'exprimait avec lenteur et s'arrêtait longuement entre chaque phrase :

— Il a repris un monastère, et il forme des orphelins pour qu'ils deviennent prêtres de village. Il me doit une faveur, je lui ai sauvé la mise plus d'une fois. Je l'ai persuadé de nous aider avec des bouteilles de vodka, des sacs de bœuf séché et de graines de tournesol que j'ai pris dans les réserves d'Angelkov, expliqua-t-il en se passant la main sur les yeux. Pour l'instant, Micha n'est qu'un gosse de village parmi d'autres dans un petit ermitage. Mais Saavitch sait que si le gosse s'échappe et dit où il a été retenu, il sera responsable. Alors il est très prudent. Mais il en a marre du petit Mitlovski, maintenant. Et nous aussi. Alors encore un versement – et Gricha a intérêt à en filer un gros – et on arrête. On va pouvoir se la couler douce, Lilia.

— Qu'est-ce que tu es intelligent, mon cœur, murmura la servante. Donc, après le dernier versement, Micha rentrera chez lui ?

Sosso émit un son qui évoquait presque un rire.

— Pour qu'il raconte à sa maman tout ce qu'il sait sur les méchants messieurs qui l'ont enlevé ? Il m'a vu, Lilia, et, bien sûr, il connaît Saavitch. Non, quand Gricha apportera le reste de l'argent, le gosse disparaîtra. Pour de bon.

Il tend la main et tâte sa pelisse posée en tas à côté de la paillasse. Il tire la peau d'ours à lui et la fouille un instant avant d'en sortir un pistolet.

— Il disparaîtra, et Gricha aussi. C'est le plus beau pistolet des cosaques, commenta-t-il en brandissant l'arme. C'est Lev qui me l'a donné. Regarde ce cuir, vanta-t-il, nettement plus réveillé, en passant la main sur la crosse. Comme ça, on aura tout ce qu'on veut. Il arma le pistolet et le pointa sur le poêle. Boum, fit-il, avant de laisser retomber le chien. Je le garde toujours chargé et prêt à tirer.

Lilia sourit à Sosso en fixant l'arme du regard, mais elle avait la bouche sèche. Elle ne laisserait pas Micha se faire tuer. C'était un enfant adorable, qui ressemblait tellement à sa mère. Et sa mort achèverait de détruire Antonina. Lilia voulait que tout redevienne comme avant – Micha, la comtesse et elle. Maintenant que Konstantin était mort et une fois que Gricha aurait repoussé le violoniste – et que Gricha lui-même serait mort, comme Sosso l'avait annoncé – tout serait parfait. Parfait.

— Range ça, Sosso, dit-elle. Tu me fais peur.

Il sourit avec fierté et remit le pistolet dans la poche de sa pelisse.

— Comment puis-je t'aider, mon chéri ? questionna Lilia. Je veux participer, avec toi. Laisse-moi t'aider à punir cette garce, dit-elle lentement. Je déteste la façon dont elle me traite à présent.

— Eh bien, pousse Gricha. Dis-lui de se dépêcher de rassembler l'argent. Pas seulement celui que lui a confié la comtesse mais des centaines de roubles en plus. Dis-lui ça.

— Oui, oui, je te l'amènerai avec l'argent, ça te va ?

Sosso désigna d'un doigt sale l'icône au-dessus du poêle.

— Il y a une lettre du gosse coincée là, derrière. Je l'ai forcé à l'écrire la semaine dernière. Lev m'a dit qu'il me faudrait une preuve pour Narychkine, ou il ne nous donnera pas d'autre fric. C'est là, répéta-t-il en montrant l'icône.

Lilia acquiesça.

— Je la montrerai à Gricha pour qu'il me fasse confiance. Et ensuite, Sosso, on aura assez d'argent pour faire tout ce qu'on voudra. Il est où, le gamin, mon chéri ? Il ne doit pas être loin si tu l'as vu la semaine dernière.

Sosso semblait avoir à nouveau les paupières très lourdes.

— Toi et moi, hein, Lilia ? prononça-t-il enfin. On vaut bien plus qu'eux, là-bas, au domaine.

— Oui. Où il est, le monastère de Saavitch ? insista Lilia sur un ton doux et apaisant. C'est loin d'ici ?

Sosso avait fermé les yeux.

— Non. C'est dans la banlieue de Pskov. Oubénovo Monastyr, un coin complètement paumé.

Lilia baissa les yeux vers son mari. Il était si facile de lire en lui, surtout quand il avait bu. Elle avait parfaitement conscience qu'une fois qu'il aurait l'argent, elle pourrait tout aussi bien se coller elle-même le canon de l'arme sur la tempe. Évidemment qu'il n'avait aucune intention de partager avec elle.

Sosso ouvrit brusquement les yeux et lui adressa une œillade. Il avait les dents verdâtres. L'instant d'après, il ronflait.

* * *

— Par ici, ordonne Lilia à Gricha ce soir-là, lorsqu'il entre dans la cuisine. Elle le fait passer devant Raïssa, Olga et Noucha, qui font la vaisselle du dîner et préparent la table du petit déjeuner.

Elle l'entraîne dans le garde-manger, cette haute pièce toute en longueur bordée d'étagères où s'empilent les provisions : bocaux de concombres au vinaigre, de tomates et de champignons cuits aux herbes, sacs de farine, d'avoine et de son, sacs de pommes de terre et d'oignons, cônes de sucre enveloppés dans de la gaze et boîtes de thé.

Sans préambule, Lilia annonce :

— J'ai vu Sosso. Je sais qu'il a tué Félia, comme tu le sais aussi. Et je sais pourquoi. Il m'a dit qu'il attendait que tu lui verses de l'argent.

Elle est contente de voir le régisseur déglutir, même si c'est sa seule réaction.

— Alors tu sais où il est ?

— Oui, répond-elle d'une voix ferme.

— Mikhaïl est-il avec lui ?

— Non. Mais il connaît l'endroit où le petit est retenu. Et ils sont prêts à le rendre, Gricha. Ils ne veulent pas le garder tout l'hiver. Il commence à devenir incontrôlable et pose des problèmes.

Gricha ne veut pas que Lilia voie à quel point il a hâte qu'elle lui en dise davantage. Il y a quelque chose chez elle qui le dérange depuis quelque temps.

— Comment fait-on pour récupérer l'enfant ?

— Tu te doutes bien que c'est une question d'argent. Mais comme tu les as fait lanterner, maintenant ils veulent plus – beaucoup plus. Sosso a dit que si on lui en apportait assez, il nous conduirait à Mikhaïl.

Gricha abat son poing sur une étagère avec une telle force que les bocaux s'entrechoquent.

— Non, c'est toujours la même histoire. J'ai essayé de suivre leurs ordres, mais ils ne respectent pas leur part du marché. Es-tu même sûre que Mikhaïl soit en vie ?

— Il est en vie.

— Parce que ce mari que tu méprises te le dit ? Et tu le crois ?

Lilia sort de son corsage le message plié de Mikhaïl et le tend à Gricha. Il l'ouvre. Comme les autres, il est écrit au fusain au dos d'une partition qu'Antonina a transposée.

Maman, tu me manques tellement. Ils m'ont dit que papa était mort. Je suis triste. Je prie chaque jour. J'ai encore le reste de mes partitions de Glinka. S'il te plaît, garde celle-ci jusqu'à mon retour, ma chère Mamouchka. C'est moi qui veillerai sur toi maintenant. Micha.

— As-tu montré ça à Anto… à la comtesse ? demande-t-il.

— Non. Je ne crois pas que ce serait très avisé. Pas encore.

Gricha la dévisage.

— Tu ne crois pas que ça pourrait la réconforter de savoir que son fils est vivant ?

— Et comment expliquer que j'aie ce message, Gricha ? De toute façon, ce sera le dernier paiement. Sosso me l'a promis.

— Il m'a déjà promis la même chose.

— Mais comme je te l'ai dit, ils en ont assez d'avoir le petit. Et ils veulent quitter Pskov pour une autre province. Peut-être Voronej, ou plus loin, pour commencer une nouvelle vie.

Sosso n'a rien dit de tel, mais elle a l'impression que cela étaye son histoire. Elle reprend le message à Gricha, le replie et le remet dans son corsage.

— Apparemment, Micha ne va pas très bien.

— Qu'est-ce que tu entends par là ?

— Sosso dit qu'il est tombé malade.

Elle s'enfonce dans le mensonge afin d'alerter Gricha et de le rendre plus pressé de récupérer l'enfant.

— Il ne tiendra pas très longtemps dans des conditions aussi difficiles, pas un petit garçon fragile comme Mikhaïl Konstantinovitch, ajoute-t-elle en scrutant ses traits. Micha ne t'a pas vu, si ? Au moment de son enlèvement ?

Gricha fait non de la tête. L'enfant ne l'a vu que comme celui qui venait le sauver.

— Alors tu seras son héros, et celui de la comtesse aussi. Tu ramèneras l'enfant à sa mère. Elle te sera éternellement reconnaissante.

Gricha ne se fie pas à Lilia.

— Qu'est-ce que tu veux dire ?

Lilia a un étrange sourire sombre, et, alors qu'elle lève le bras pour se gratter la nuque, Gricha respire une bouffée d'huile essentielle de rose, le parfum d'Antonina.

— Elle te sera tellement reconnaissante qu'elle décidera peut-être même de ne plus cacher ce qui existe entre elle et toi. Elle t'invitera peut-être à t'installer au manoir avec elle.

Ça a peu de chances de marcher, mais Lilia préfère tenter le coup. Elle est convaincue qu'il s'est produit quelque chose entre Antonina et Gricha pendant cette nuit de septembre où ils ne sont pas rentrés au manoir. C'est après cette nuit que l'attitude de Gricha a légèrement changé envers la comtesse. Mais rien d'autre ne s'est passé depuis, Lilia y a veillé : elle sait exactement où est Antonina, jour et nuit.

Elle est récompensée par la réaction de Gricha.

— Elle t'en a parlé ? s'étonne-t-il, visiblement surpris.

Lilia élude la question.

— Il faut donc que tu trouves plus d'argent rapidement, Gricha. Et ensuite, je te conduirai à Sosso. Il nous mènera à Mikhaïl. Et si tu dois vendre tes terres pour avoir l'argent, fais-le. Fais-le pour la comtesse.

— Qu'est-ce que tu sais de mes terres ? demande-t-il sèchement.

— Liocha m'a dit que tu partirais bientôt d'ici pour vivre sur tes terres et qu'il serait ton régisseur. Lui et sa *femme*, ajoute-t-elle sur un ton venimeux.

Gricha n'a pas fait promettre le secret à Liocha, mais il n'aurait pas cru que le jeune homme confierait leurs projets à sa sœur.

— Tu en a parlé à la comtesse ?

— Tu crois que je lui raconte la vie des domestiques ? Tu t'imagines qu'elle me demande : *Oh Lilia, viens donc discuter avec moi : parle-moi de ton frère et de toi. Dis-moi ce que tu sais de Gricha et de ses projets,* énonce-t-elle d'une voix chargée d'amertume. Ou bien la comtesse est-elle trop plongée dans ses propres préoccupations pour se soucier de nous ? Dis-moi Gricha, où est la vérité d'après toi ?

Il ne répond pas, mais demande à son tour :

— Et toi, Lilia ? Si j'accepte de faire ce que tu suggères, qu'est-ce que tu y gagnes ?

— D'après toi ? Tu crois que je vais aider Sosso pour rien ? J'ai hâte de partir d'ici, dit Lilia en haussant une épaule. J'en ai marre de cette vie. Je pourrais en avoir une meilleure ailleurs, quelque part où on m'apprécierait davantage. Un nouveau départ, comme dit Sosso. Ce sera mieux pour tout le monde. La comtesse retrouvera son fils. Tu auras la comtesse. Et moi, je pourrai vivre ma propre vie, pour une fois, sans qu'*elle* dirige tout.

Lilia se gratte l'épaule à présent. Elle s'est fait piquer par des puces en couchant avec Sosso. Le message frotte contre son corsage.

Gricha l'entend et cela lui fait penser à l'enfant, et à Antonina. Il n'a pas confiance en Lilia, ni en Sosso, mais il n'a pas d'autre solution.

* * *

Plus tard, ce jour-là, pendant que Valentin est revenu voir Antonina, Gricha se rend au château des Bakanev pour s'entretenir avec le régisseur du domaine au sujet de la terre qu'il a achetée, douze dessiatines qui longent Angelkov, il y a un peu plus d'un an.

Il réfléchit en chemin, et pense que si le prince est prêt à négocier – qu'est-ce qu'une douzaine de dessiatines pour quelqu'un qui en possède des milliers ? – et que si l'argent ne tarde pas trop à être versé, Mikhaïl pourrait être avec sa mère avant les premières neiges. Gricha a conscience que même si le prince accepte de lui racheter sa terre, il ne peut être assuré que ce sera au prix qu'il l'a payée. Mais il faudra que ce soit assez pour contenter ces ordures cupides. N'importe quel prix sera mieux que rien.

33

Le lendemain, veille du deux centième jour depuis l'enlèvement de Mikhaïl, Lilia fait parvenir un message à Gricha comme quoi elle veut de nouveau lui parler.

Le régisseur entre par la porte de service et tape des pieds pour faire tomber la boue de ses bottes.

— Qu'est-ce que tu veux, cette fois ? demande-t-il en regardant la bouteille de vodka pleine posée sur la table.

Il constate que la servante prend de plus en plus de libertés et qu'elle va jusqu'à se servir dans la réserve personnelle de la comtesse.

— Assieds-toi, lui dit Lilia en leur servant un verre à chacun avant de pousser vers lui une coupe en cristal contenant des cubes de betterave et des petits oignons salés. Alors ? Tu as l'argent ?

— Bientôt, une semaine tout au plus. Il y a des papiers à remplir, et le prince est absent pour plusieurs jours. Je ne pourrai avoir l'argent qu'à son retour.

— Hum. Et que fais-tu de Kropotkine ? ajoute-t-elle avant de boire une gorgée.

Gricha garde son verre à la main, les yeux rivés sur elle.

— Il est en train d'embobiner la comtesse avec sa musique et ses belles paroles. Je l'entends, dit-elle, et je vois comment elle le regarde.

La main de Gricha se serre sur son verre, et Lilia remarque que ses jointures ont blanchi.

— Je crois que si ça continue comme ça, il va essayer de l'épouser.

Gricha se relève à moitié, et sa chaise recule sur le plancher avec un raclement sonore.

— Qu'est-ce que tu racontes ? Il n'est venu ici que quelques fois.

— Six fois, précise Lilia. Il est venu ici six après-midi en quelques semaines, et aujourd'hui, elle m'a annoncé qu'il resterait à dîner demain soir.

Gricha la foudroie du regard, lève son verre et le vide d'un trait.

— Son mari est à peine refroidi. Tu es folle de suggérer qu'il pourrait y avoir quelque chose entre eux.

— On a vu des choses plus étranges se produire. On doit la protéger de lui, Gricha. Et peut-être d'elle-même.

Lilia fait signe au régisseur de se rasseoir.

— La comtesse a ordonné à Raïssa de préparer une soupe avec la fin du bœuf salé et de tuer un poulet. Elle va sûrement faire ouvrir l'une des dernières bouteilles de vin pour son invité. Et s'il reste à dîner, tu crois qu'il va seller son cheval après, par ce froid, et rentrer chez lui en pleine nuit ? Tu crois vraiment que c'est ce qu'il va faire ? Il va certainement rester.

Elle s'interrompt pour laisser ses paroles produire leur effet.

— Ce n'est pas bon, Gricha. Il n'est pas bien pour elle.

— Qu'est-ce qu'elle lui trouve ? s'interroge Gricha en se resservant. C'est un serf.

— C'*était* un serf, corrige négligemment Lilia. Il n'aurait pas de mal à conquérir son cœur. Elle se sent très seule, Gricha.

Gricha, toujours enveloppé de son gros manteau matelassé, a soudain trop chaud dans la cuisine où rugit le fourneau. Il enlève le manteau et prend un autre verre. Il se rappelle comment Antonina a rejeté la tête en arrière pour boire sa vodka cul sec dans la datcha, sa gorge fine et pâle exposée, vulnérable. C'est ce qu'elle lui avait dit juste avant de le conduire à la chambre. *Je me sens seule, Gricha*. Prononce-t-elle ces mêmes mots avec le violoniste ?

— Tu as raison, on doit protéger la comtesse de cet homme.

Lilia pousse la bouteille vers lui.

— En tant que veuve, elle peut faire d'Angelkov tout ce qu'elle veut, dit-elle en secouant la tête avant de prendre un morceau de betterave dans lequel elle mord délicatement. Mais si elle épouse Kropotkine, le manoir et toutes les terres qu'il restera après la division et la répartition entre les *mirs* locaux appartiendront au musicien.

Gricha est étonné que Lilia connaisse la loi – à savoir qu'en Russie, une femme doit être veuve ou célibataire pour posséder la terre – et soit donc consciente de l'enjeu que représenterait le remariage d'Antonina. Il pensait que le maître de musique avait quitté le château des Bakanev à l'heure qu'il est, et qu'il ne devait s'agir que de deux ou trois visites.

Lilia secoue la tête et prend une autre bouchée de betterave.

—Je n'en reviens pas du comportement de madame. Ce que j'ai vu... enfin, c'est inconvenant pour une femme de son rang.

Elle termine la betterave et s'essuie les coins de la bouche avec son tablier. Elle sait que Gricha meurt d'envie de lui demander de quoi elle parle exactement, mais qu'il ne le fera pas. C'est mieux ainsi. Lilia connaît le pouvoir de l'imagination.

—Je me disais juste qu'il fallait que tu sois au courant. Vu que tu es aussi soucieux que moi du bien-être de madame, ajoute-t-elle en se levant.

Gricha la dévisage. Il se lève aussi, vide son verre et ramasse son manteau. Pendant qu'il l'enfile et ouvre la porte, Lilia lui glisse :

—Je te raconterai ce qui se passera demain. Quand il viendra dîner.

Alors qu'il rentre chez lui, Gricha se remémore les baisers d'Antonina, son avidité, son désir assumé. Certes, la vodka lui avait fait perdre toute retenue, mais la jeune femme ne jouait pas la comédie lorsqu'elle lui avait fait l'amour.

Jamais le musicien ne saurait s'y prendre avec une femme comme elle.

— Ce violoniste n'est pas fait pour elle, dit-il dans l'obscurité.

* * *

Valentin et Antonina ont dégusté leur *solianka,* cette soupe à la viande de bœuf épaisse et épicée, suivie d'une volaille rôtie accompagnée de sauce, d'une salade de pommes de terre aux câpres, olives, œufs durs et petits pois. Un plateau de fromage et de betteraves au vinaigre attend dans la cuisine. Il y a un gâteau aussi, bien qu'Antonina soit consciente qu'il ne leur reste plus beaucoup de sucre.

Valentin remarque que c'est le domestique, Pavel, qui le fait d'ordinaire entrer au manoir et lui prend son manteau, qui les sert à table ce soir. Il n'y a de toute évidence plus de personnel spécifique pour le service de la table. L'émancipation des serfs a visiblement affecté profondément la comtesse et le domaine.

Antonina mange peu mais boit son vin de façon soutenue. Pavel ouvre en silence une deuxième bouteille et remplit le verre vide de la comtesse. Il s'avance ensuite vers Valentin, bouteille levée, mais le musicien refuse d'un signe de tête. Pavel repose alors la bouteille sur le buffet et retourne se poster à la porte.

— C'est un repas plutôt simple, déclare Antonina. Veuillez m'en excuser.

— Savez-vous pourquoi je me suis souvenu de vous pendant toutes ces années, comtesse ? demande Valentin en ignorant son commentaire sur la nourriture. Et pourquoi vous m'avez fait une telle impression la première fois que je vous ai vue, le jour de votre fête ?

Antonina plonge son regard dans le sien. Elle souhaite ardemment que la réponse n'ait rien à voir avec ce qui s'est passé avec sa mère.

— Je vous ai vue le premier jour des répétitions. Vous pensiez être cachée par un pilier. Ce qui m'a frappé, c'est votre liberté. Il y avait en vous quelque chose de sauvage, je ne trouve pas d'autre mot pour le décrire. C'était à la fois subtil et bien présent : dans votre façon de bouger, de rejeter avec impatience vos cheveux en arrière comme s'ils ne se trouvaient sur votre crâne que pour vous embêter. Et vous n'en aviez absolument pas conscience. Cela faisait partie du mystère – le fait que vous n'ayez aucune idée de votre singularité. J'ai décelé tout de suite en vous le pouvoir de briser le cœur des hommes pour peu que vous le laissiez s'exprimer.

Antonina se demande s'il ne se trompe pas de personne. Nul ne l'a jamais décrite ainsi, comme une femme désirable.

La lueur des bougies vacille sur les traits de la comtesse. Elle est très forte pour masquer ses émotions. Mais Valentin parvient tout de même à la percer à jour. Il est davantage qu'un musicien. Il devine ce que les femmes aiment entendre, ce qu'elles voudraient que les hommes voient en elles. Il poursuit donc sur la même ligne.

— Et lorsque je vous ai revue récemment, chez les Bakanev, votre charme juvénile s'était épanoui en véritable beauté. Cependant, ajoute-t-il une fois qu'elle a intégré le compliment, tout le côté sauvage avait disparu. Vous sembliez désemparée, comme prise au piège. Vous paraissez perdue, comtesse.

Sa voix douce est empreinte d'une profonde sympathie.

Antonina prend une nouvelle gorgée de vin. C'est un bourgogne français qui lui réchauffe la bouche.

Ce soir, elle apprécie le vin plus que la brûlure sèche de la vodka au fond de sa gorge.

— Puis-je avoir l'audace de vous demander pourquoi vous ne souhaitez pas m'accompagner lorsque je joue ? s'enquiert Valentin, et Antonina détourne les yeux.

— Pourquoi je refuse de jouer ? répète-t-elle avec l'impression que son cerveau tourne au ralenti.

Le violoniste hoche la tête d'un air encourageant. Ses compliments et son empathie ne semblent pas la toucher, alors il essaye une autre tactique.

Antonina se lève de table.

— Je vous en prie, prenez votre verre. Allons au salon de musique.

Ils quittent la salle à manger, et elle lui explique :

— Ça me détend d'être près de mon piano. Mon fils et moi…

Elle s'interrompt pour boire une gorgée.

— Mikhaïl voulait que je joue avec lui chaque jour, reprend-elle. Je n'ai joué pour personne – avec personne – depuis qu'on me l'a pris.

Les mots s'étranglent dans sa gorge. Elle se passe la langue sur les lèvres. Ils sont arrivés à la porte du salon de musique.

Valentin l'ouvre et s'efface, puis la suit tandis qu'elle se dirige vers le piano et s'assoit sur la banquette.

— Pour vous, c'est tout à fait différent, monsieur Kropotkine. Vous pouvez vous servir de vos capacités, de votre talent inné pour apporter de la joie à un vaste auditoire.

Valentin prend place près d'elle.

— Et cela vous a mené quelque part : voyez votre vie à présent, dit-elle en posant son verre sur le piano pour regarder le musicien. Vous venez certainement d'un petit village.

Valentin vide son verre et le pose à côté de celui d'Antonina.

— Et maintenant… vous êtes là, un vrai monsieur en habit sur mesure qui dîne avec une comtesse.

Elle a les mains sur les touches et, pour la première fois, paraît détendue en compagnie de Valentin.

— Qui dîne avec une comtesse, répète-t-elle.

Valentin fait glisser ses doigts par-dessus les siens sur les touches du piano.

— Alors que la musique vous a donné accès à un monde différent, poursuit-elle sans le quitter du regard, elle a toujours été pour moi enfermée entre les murs de ma maison. Comme toutes les femmes de mon rang, je ne suis autorisée à jouer que pour le plaisir de ma famille.

Valentin prend conscience qu'elle est ivre. Elle s'efforce de le cacher, mais n'y parvient pas complètement.

— Parce que, comme vous le savez, Valentin Vladimirovitch, reprend-elle en utilisant pour la première fois son prénom et son patronyme, aucune femme de la noblesse russe n'est en droit d'aspirer à quoi que ce soit d'autre, aussi talentueuse qu'elle puisse être.

Un craquement sonore retentit, et ils sursautent tous les deux.

— C'est fou ce que le froid fait au vieux bois de charpente, commente Valentin, heureux de pouvoir interrompre le monologue de la comtesse. Il faut toujours qu'il craque en se contractant.

Antonina a soudain conscience de s'être ridiculisée, et d'avoir embarrassé son hôte. Elle écarte ses mains de celles de Valentin et se lève. Il l'imite.

— Comtesse, commence-t-il, mais, quand il se fixe sur lui, le regard d'Antonina a perdu sa légère hébétude, et il ne doit rien précipiter. À n'en pas douter cette situation – la vie dont vous parlez – change depuis que le manifeste d'émancipation a été signé. Ça ne se sent peut-être pas encore en province, mais dans la capitale, les nihilistes sont vraiment en train de créer une nouvelle Russie pour les hommes et les femmes de ce pays. On parle d'ouvrir à Saint-Pétersbourg et à Moscou des conservatoires qui accueilleront aussi bien des femmes que des hommes pour en faire des musiciens professionnels.

Elle ne s'est pas écartée de lui.

— Il y a un certain temps que je ne suis pas allée à Saint-Pétersbourg. Pas depuis… enfin, pas depuis… plus d'un an. Oui, c'est cela, avant l'annonce de l'émancipation.

Elle a envie de vin, mais Valentin se trouve entre elle et son verre.

— Je crois que vous trouveriez tout très changé, poursuit-il. Les choses s'ouvrent de façon inattendue. La Société musicale russe a été fondée il y a quelques années pour élever le niveau de la musique dans ce pays, et pour qu'il y ait une véritable formation musicale en Russie.

Il s'arrête, mais, comme elle ne dit rien, reprend aussitôt :

— La diversité des élèves est incroyable : cela va de bureaucrates et de commerçants à des étudiants de l'université. Il y a même des jeunes femmes qui ne peuvent pas se payer de cours particuliers qui s'y inscrivent. Il y a énormément de possibilités et d'options nouvelles.

Antonina aperçoit son verre à moitié plein derrière l'épaule du musicien.

— Je n'en avais aucune idée… j'ai été tellement préoccupée par mes problèmes, ces derniers temps. Je vous prie de m'excuser, monsieur Kropotkine, j'ai perdu la notion du temps.

Elle cherche désespérément à retrouver son calme ; elle a conscience d'avoir déjà trop bu.

— Le trajet du retour va être glacial, ajoute-t-elle en faisant un geste vers la porte.

— Les Bakanev ont eu la bonté de mettre une voiture et un cocher à ma disposition. Je n'aurai donc pas à me préoccuper du froid pour le retour. Mais bien sûr, si vous préférez que je parte tout de suite…

Il pose la main sur le bras de la comtesse.

Malgré le léger bourdonnement qui résonne dans sa tête, Antonina se sent honteuse. Elle vient de se plaindre de son existence oisive et fastueuse et a l'impression de lui avoir donné une image peu flatteuse, peut-être même affreuse, de ce qu'elle est vraiment. Elle sent la chaleur de la main sur son bras et regarde la pendule en chrysocale sur la cheminée.

— Il est encore tôt. Puis-je vous offrir du fromage, ou un dessert ?

— Non, merci, décline Valentin, qui se tient encore tout près d'elle. J'ai déjà eu plus que mon content.

Il lui met la main sur la taille.

— Nous passons au salon ? propose-t-elle en s'écartant.

Elle saisit son verre au passage et termine le bourgogne.

— J'ai prié Lilia de veiller que les poêles et les cheminées soient allumés. Il y fera chaud.

— Oui, répond Valentin. Avec plaisir.

* * *

Dans le salon, Antonina ouvre la porte d'une vitrine puis sert deux vodkas et tend l'un des verres au musicien.

Il secoue la tête.

— Non, merci, comtesse.

— Vous ne voulez pas boire avec moi ? Vous voulez dire qu'il existe un homme en Russie qui refuse un verre de vodka ?

Elle prend un verre pour elle et, lentement, d'un pas incertain, se dirige vers Valentin.

Celui-ci la prend de nouveau par le bras, mais cette fois pour la soutenir.

— Je suis désolé, mais si je veux prendre mon violon, si vous en avez envie, tout à l'heure, je joue mieux avec les idées claires.

— Pas même un seul verre ? insiste Antonina.

Il décline en souriant.

— J'aimerais que vous me parliez de votre enfance, dit-elle, désireuse de dissiper la pesanteur qui s'est installée entre le salon de musique et le salon.

Valentin regarde la fenêtre et s'éclaircit la gorge.

— Mais si vous n'en avez pas envie, je…

— Bien sûr, je vais vous raconter, si c'est ce que vous désirez. Mais me pardonneriez-vous mon audace si j'osais vous demander une tasse de thé ?

Elle appelle Pavel, qui attend derrière la porte, et lui demande d'apporter du thé. Puis elle se tourne vers Valentin :

— Je vous en prie. Allons nous asseoir près du feu.

Il attend qu'elle soit installée dans le profond fauteuil en velours, sa vodka à la main, pour s'asseoir à son tour.

— J'ai été formé par un maître très respecté, un certain Déciatnikov, commence-t-il sans préambule. Je n'ai guère de souvenirs de mon enfance avant cette période.

À la façon dont il commence son récit, on dirait qu'il lit son texte. Antonina le soupçonne d'avoir raconté cette histoire bien des fois et à bien des femmes ; les hommes ne parlent pas en général aussi facilement de leur passé.

— Je sais seulement que j'étais très jeune quand j'ai été enlevé à ma famille. Mon âge reste un mystère, précise-t-il en souriant. J'étais assez jeune – et peut-être assez effrayé ou désorienté – pour oublier ce qui s'était passé avant.

Il contemple le feu.

— Je ne me suis aperçu que plus tard, quand d'autres garçons se sont joints à nous, qu'on nous donnait tout de suite un nouveau nom. J'avais donc eu un autre nom, mais il s'est lui aussi effacé de ma mémoire.

Après un moment de silence, Antonina demande:

— Est-ce que cela a été très pénible pour vous? D'être arraché à votre famille? Je pense à... je m'inquiète pour mon fils.

— Comtesse, cette époque...

— Je vous en prie. Je vous en prie, appelez-moi Antonina, le coupe-t-elle, trouvant soudain ridicule de se faire appeler par son titre alors qu'il lui confie des souvenirs aussi intimes.

— Comme vous voudrez, Antonina.

Il lui sourit, et aussitôt, l'atmosphère devient plus légère.

Le verre d'Antonina est vide. Elle pense à celui qu'elle a servi à Valentin et qui est resté sur l'étagère de la vitrine.

— Bien que je ne me souvienne ni de ma famille ni de mon village ni de comment j'ai été choisi, j'ai par la suite assisté à la procédure, quand j'ai été plus grand et que j'accompagnais Déciatnikov dans ses tournées. Vous savez certainement comment cela se passait.

Antonina hoche la tête et s'éclaircit la gorge. Puis elle se lève et va troquer son verre vide contre le verre plein. Elle ne sais pas pourquoi, mais elle a le sentiment qu'elle se serait sentie plus proche de Valentin s'il avait accepté le verre de vodka qu'elle lui offrait, s'il avait trinqué avec elle. Lorsqu'elle se retourne, il est accroupi devant le feu et attise les flammes avec le soufflet.

Antonina se rassoit, mais Valentin reste debout, un pied sur la barre de cuivre, devant l'âtre.

— À chaque fois que j'ai vu le maître choisir un nouveau garçon, j'ai essayé de me remémorer la même scène avec moi : un monsieur en beaux habits, chemise propre, gilet à rayures et bottes luisantes en train d'examiner mon visage ou mes mains. Mais c'était impossible. Je n'ai pas le moindre souvenir de quoi que ce soit datant d'avant mes heures de travail sous la direction de Déciatnikov.

Elle pense à Mikhaïl. Il se souviendra sûrement de la vie ici, de sa vie à Angelkov. Pourrait-il oublier son propre nom ? Ou le visage de sa mère ?

— L'un des autres musiciens, un garçon avec qui j'ai travaillé pendant de nombreuses années, m'a raconté que je n'ai pas parlé pendant très longtemps. J'ai dû me renfermer sur moi-même ; j'en ai vu d'autres réagir ainsi, surtout les plus jeunes.

« Mon seul réconfort – et cela, je m'en souviens – était la certitude qu'un jour, quelqu'un de grand et de fort viendrait me sauver. J'imagine que je pensais à mon père – le rêve enfantin qu'il viendrait à mon secours et me ramènerait à la maison. Puisque je ne pouvais pas me rappeler ma maison, j'en ai évidemment fait l'endroit le plus merveilleux qu'on puisse se représenter. Bien sûr, ajoute-t-il avec un sourire contrit, personne n'est venu. Je me suis habitué à ma nouvelle vie, et j'ai grandi.

« Vous connaissez maintenant l'histoire sans grand intérêt de ma vie, conclut-il en esquissant un geste théâtral de la main. Je suis devenu Valentin Vladimirovitch Kropotkine. Le petit garçon que j'étais n'existe plus, Antonina.

Ce nom sonne si mélodieusement dans sa bouche. Il le fait rouler sur sa langue comme une cerise bien mûre.

Pavel arrive avec le thé sur un plateau. Lorsqu'il s'est retiré, Antonina demande à Valentin pendant combien de temps il est resté auprès de Déciatnikov.

— Quand j'ai eu dans les quatorze ans, il m'a vendu à un orchestre que possédait le prince Yablonski dans la province de Smolensk. Nous jouions lors de ses soirées musicales, et il nous louait à ses amis ou à des domaines situés dans toute la province et au-delà.

Il boit son thé.

— C'est comme cela que nous sommes venus jouer à votre fête.

— C'est affreusement triste, Valentin.

— Pas si l'on regarde la vie des villageois. Sans l'orchestre de serfs, je n'aurais sans doute été rien de plus qu'un ouvrier courbé dans les champs, et je n'aurais jamais connu les joies de la musique.

— Oui, sans doute. Et maintenant, vous pouvez jouer pour qui vous voulez – quand et où vous voulez.

Valentin s'efforce de conserver une expression détendue en reposant sa tasse de porcelaine fine. Évidemment, il ne lui parlera pas de ce qu'est en réalité sa vie : la difficulté de trouver du travail, l'espoir qu'il aura de quoi se payer les nouvelles cordes et la colophane dont il a besoin. Et Mme Golitsyna – l'a-t-elle déjà remplacé ? Trouvera-t-il un endroit où vivre lorsqu'il rentrera à Saint-Pétersbourg une fois son contrat avec les Bakanev terminé ?

— Cela vous dérangerait-il de me parler de votre fils ?

Antonina prend une profonde inspiration et la retient dans ses poumons. Peut-elle parler de Micha ? Valentin reste parfaitement immobile, mais elle sent qu'il attend.

— Si vous vous en sentez capable, Antonina, ajoute-t-il à mi-voix.

— Il… il a eu onze ans en juin. Il est musicien. Comme vous, précise-t-elle en se forçant à sourire. C'est un pianiste vraiment doué – il joue depuis qu'il a trois ans. Comme un ange.

Elle pense à l'angelot tombé du toit de l'église.

— Je suis certain qu'il a hérité du talent de sa mère.

— En fait, Valentin, vous me faites penser à lui, dit-elle avec un sourire.

Son propos la surprend elle-même. A-t-elle fait cette constatation lors de sa première visite ?

— Parce que je suis musicien ?

— Eh bien, oui, mais aussi à cause de la finesse de vos traits et de l'expressivité de votre visage. Quand avez-vous compris que vous aviez la musique en vous ?

— Je ne m'en souviens pas non plus, répond Valentin avec l'air de s'excuser. Je me revois seulement jouer avec les autres garçons sous la direction de Déciatnikov. Mais je sais que j'ai toujours eu un rapport étrange avec la musique : dès que j'entends une mélodie, je vois des couleurs. Je suis sûr que cela m'a toujours fait cet effet parce qu'il arrive qu'une teinte soit pour moi comme un murmure sorti tout droit de mon passé.

— Je ne comprends pas.

Valentin s'anime :

— Enfant, je croyais que c'était pareil pour tout le monde. Quand j'entends certains sons, je vois certaines couleurs. Par exemple, le son du violoncelle me fait voir du rouge. Selon le talent du violoncelliste, la teinte peut être franche et éclatante ou bien partir vers un bordeaux sombre et terne. La couleur palpite autour de moi ou, si je ferme les yeux, à l'intérieur de ma tête.

Il lui parle ainsi longuement des couleurs qu'il voit pour chaque instrument.

— Comme c'est étrange et merveilleux.

— N'est-ce pas ? Évidemment, je n'en parle pas souvent. Certains trouveraient cela trop bizarre, ceux qui ne comprennent pas le pouvoir de la musique et l'influence qu'elle peut exercer sur l'esprit. Sur l'âme.

— Déjà, quand il était tout petit, Mikhaïl ressentait la musique bien plus intensément que moi, dit Antonina, et Valentin retourne s'asseoir.

— Comment a-t-il été enlevé ? demande-t-il ensuite.

Antonina bat précipitamment des paupières. Soudain, tout dans la pièce lui paraît trop lumineux et lui fait mal aux yeux.

— Pardon, s'empresse-t-il d'ajouter. Je vois que je n'aurais pas dû vous demander cela.

— Valentin, dit-elle. Et si Mikhaïl m'oubliait, comme vous avez oublié votre mère ? Vous dites que l'enfant que vous étiez n'existe plus.

— Je suis certain que j'étais plus jeune que votre Mikhaïl.

— C'est vrai. Mikhaïl a déjà onze ans. Il ne m'oubliera pas, dit-elle en se levant, les yeux remplis de larmes. N'est-ce pas ? insiste-t-elle.

Elle a du mal à garder son équilibre et doit se rattraper au bras du fauteuil.

Valentin se rapproche, lui prend les mains et les porte à ses lèvres pour les baiser.

— Il ne vous oubliera pas. Il se rappellera chaque trait ravissant de votre visage. Il connaît son nom et celui du domaine. Il saura vous retrouver.

Antonina est émue par la compassion qui se lit sur le visage du musicien, qui s'entend dans sa voix, et elle est prise d'un vertige. Elle se retient à lui.

— Il reviendra, murmure Valentin en l'entourant de son bras. Un enfant comme le vôtre, un enfant de la noblesse, reconnaissable à son éducation, à son instruction et à son talent, ne disparaît pas comme cela. Il attend quelque part, Antonina, et peut-être qu'il joue de la musique.

Il l'embrasse. Ses lèvres sont chaudes et douces.

Mais les lèvres de Valentin lui font penser à Gricha et à sa propre immoralité. Elle est de nouveau ivre et se comporte de manière abominable. Elle pose les main sur la poitrine du musicien et écarte son visage du sien. Il la tient toujours dans ses bras, sans serrer.

— Pardon, dit-il. Je vous en prie, acceptez mes excuses. Vous êtes si belle, et si triste. Je voudrais… je vous en prie, je voudrai tellement alléger votre peine. Je n'ai pas d'excuse pour ma conduite, je me suis laissé emporter. Par vous.

Elle se touche les lèvres du bout des doigts, puis la gorge.

— Je… je ne suis pas sans reproche. Je ne sais plus trop où j'en suis en ce moment. Je n'arrive à penser qu'à mon fils, lâche-t-elle, consciente de proférer un demi-mensonge. Lorsqu'elle pense à Gricha, il y a des moments où elle ne pense pas à Mikhaïl. Gricha occupe tellement d'espace lorsqu'il entre quelque part. Il envahit sa tête de la même façon.

Valentin l'entoure toujours de ses bras. Antonina sait qu'elle devrait s'écarter.

— Je ne connais personne qui ait le pouvoir de trouver mon fils, dit-elle.

Mais elle ne peut s'empêcher de penser de nouveau à Gricha. C'est lui qui est entré une fois en contact avec les ravisseurs, même si cela remonte à plusieurs mois.

— Quiconque me ramènera mon fils, Valentin, sera assuré de mon amour et de ma gratitude éternels.

Un bruit sourd retentit.

Antonina se dégage de l'étreinte de Valentin et découvre Lilia dans l'encadrement de la porte. Trois bûches gisent à ses pieds. Elle en tient encore deux autres.

Lilia a eu le temps de voir Valentin Vladimirovitch tenir la comtesse dans ses bras. A-t-elle vu le baiser ? En tout cas, elle a entendu les derniers propos d'Antonina.

— Excusez-moi, madame, dit-elle en s'agenouillant pour ramasser les bûches.

Quiconque me ramènera mon fils, sera assuré de mon amour et de ma gratitude éternels.

C'est exactement ce que Lilia a toujours voulu d'Antonina.

34

Le lendemain, Lilia envoie chercher Gricha. Il n'y a pas de vodka, cette fois, pas d'assiettes de friandises. Dès qu'il franchit le seuil de la porte de service, elle lui indique le garde-manger d'un signe de tête. Une fois dans le réduit, elle annonce :

— Il faut faire quelque chose.

— Dis-moi ce qui s'est passé hier soir, réplique Gricha, puis, sans attendre la réponse, il ajoute : Il est resté ?

— Le cocher des Bakanev a passé la soirée dans la cuisine, à attendre de raccompagner Kropotkine, raconte-t-elle. Kropotkine n'a donc pas pu invoquer le froid comme excuse pour rester.

Elle cherche un indice sur le visage de Gricha, mais celui-ci ne trahit rien.

— En tout cas, il m'a dit que Kropotkine pouvait rester indéfiniment au château.

Lilia s'appuie contre une étagère et croise les bras.

Gricha remarque la coiffure de la servante. Elle a remonté ses cheveux sur sa nuque et a coupé des mèches qui restent libres tout autour du visage. Elle essaye de ressembler à Antonina.

— Continue, dit-il.

— La sœur de la princesse a décidé de passer l'hiver au domaine. Cela signifie que Kropotkine continuera d'enseigner la musique à ses enfants.

— Jusqu'au printemps ?

Lilia hausse les épaules.

— Qui sait ? Peut-être même jusqu'à cet été. Tu connais ces gens – ils font toujours ce que bon leur semble, dit Lilia en levant la main pour toucher ses cheveux. Tu vois bien que Kropotkine est devenu un invité régulier à Angelkov. Et voilà qu'il semble ne pas devoir quitter la province avant très longtemps. Assez longtemps, si tu vois à quoi je veux faire allusion.

Gricha scrute son visage comme s'il lisait les mots à mesure qu'ils jaillissent des lèvres de la jeune femme.

— Si seulement... avance-t-elle.

— Si seulement quoi ?

— Si seulement il y avait un moyen de soustraire Antonina à une influence aussi immorale. Mais que pouvons-nous faire ? Nous n'avons plus qu'à nous croiser les bras pour assister au désastre. Pour le regarder séduire la comtesse.

Lilia n'en dit pas plus.

Gricha prend une pomme dans un sac ouvert, sur l'étagère. Il la frotte distraitement en sortant du garde-manger.

Lilia le suit.

— Gricha ! appelle-t-elle, puis, comme il ne répond pas, elle ajoute : Antonina a droit à l'amour. Mais pas à ce que cet homme cherche à tirer d'elle.

Ces paroles figent le régisseur. Il finit par se retourner vers Lilia et pose la pomme sur la table. Le fruit roule et tombe par terre au moment où il sort.

Lilia enroule ses cheveux autour de ses doigts. Une fois qu'elle aura ramené Mikhaïl Konstantinovitch à Antonina, la comtesse l'aimera de tout son cœur. C'est bien ce qu'elle a dit à Kropotkine : *Quiconque me ramènera mon fils, sera assuré de mon amour et de ma gratitude éternels.*

* * *

Antonina est au piano quand Lilia entre dans le salon avec le plateau du thé.

Antonina s'arrête de jouer pour regarder par-dessus son épaule Lilia poser le plateau.

— Tu n'as toujours pas de nouvelles de Sosso, Lilia ? Tu ne sais pas où il est ?

Pourquoi la comtesse lui parle-t-elle de Sosso maintenant, si peu de temps après qu'elle est allée le voir ? S'agit-il d'une simple coïncidence ?

— Non, répond Lilia.

— Il te manque ? demande Antonina en scrutant le visage de sa servante.

— Je vis bien mieux sans lui, assure Lilia en disposant la tasse et la soucoupe, puis l'assiette de biscuits. Il buvait trop et se montrait souvent grossier, quand il n'était pas violent.

Antonina se racle la gorge.

— À un moment, peut-être il y a quelques années, est-ce que tu as eu de l'affection pour lui ?

— Il était travailleur, répond Lilia avec un haussement d'épaules. Et il n'a jamais frappé Liocha, même s'il n'était pas très content de l'avoir à la maison.

— Rien de plus, Lilia ?

— Je vous l'ai dit, réplique Lilia en soutenant son regard. Je n'ai jamais aimé un homme, Tossia.

— Mais c'est affreusement triste, Lilia.

— Vous trouvez ? la défie Lilia. Mais c'était pareil pour vous et le comte, non ? Vous êtes bien pareille que moi, non ?

— Pareille que toi ? fait Antonina en ouvrant de grands yeux.

— Aucune de nous deux ne pourra jamais aimer vraiment un homme, décrète Lilia.

Elle voudrait tellement qu'Antonina comprenne ce qu'elle ressent et qu'elle puisse voir les choses comme elle. Comment ce serait, pour la comtesse, si seulement elle acceptait de reconnaître ce qu'elle est.

* * *

Le premier novembre, Antonina se prépare pour la venue de Valentin.

Elle pense à Yakovlev, qui lui a conseillé de régler une petite part des impôts qu'elle doit le premier du mois. Mais elle n'a toujours pas de roubles à verser. Dans combien de temps des envoyés de l'administration vont-ils se présenter à sa porte pour la menacer de lui prendre son domaine ? Elle doit parler à Gricha de la vente d'objets et meubles anciens. Il saura sûrement comment procéder pour commencer à vider le manoir de ce qui rapportera le meilleur prix.

Afin de ne pas se laisser envahir par la panique, elle travaille le Nocturne n° 20 de Chopin. Elle jouera ce morceau pour Valentin. Elle a décidé de ne pas prendre de vin ni de vodka, cette fois. Elle ne boira pas.

À deux heures, heure à laquelle il arrive d'habitude, il n'est toujours pas là alors que le feu crépite dans le salon de musique et que le samovar attend près de la théière et des tasses de la porcelaine la plus fine. Antonina monte regarder à la fenêtre du palier, scrutant la route et le ciel clair. Tout est paisible, si tranquille, comme si la campagne se préparait au long hiver. Quelque chose a changé pour Antonina. Malgré le mauvais état et la décrépitude du manoir proprement dit, elle voit la beauté de cette terre pour la première fois depuis très, très longtemps. Le souci des impôts à payer lui revient. Cet hiver risque-t-il d'être le dernier qu'elle passera à Angelkov ? L'instant d'après, elle pense à Mikhaïl. Il est sensible aux rhumes et aux angines pendant l'hiver. Qui lui donnera alors du lait chaud avec du miel et du beurre ? Qui lui fera prendre des bains de pieds à la farine de moutarde ?

Elle n'arrive pas à envisager qu'il pourrait ne pas être soigné. Cela lui donne des envies de vodka.

Elle jette un coup d'œil sur la montre épinglée à son corsage. Valentin a près d'une heure de retard. Quand elle regarde de nouveau par la fenêtre, un cavalier solitaire apparaît tout au bout de l'allée. Antonina hoche la tête : le voilà. Mais alors que le cavalier se rapproche, elle voit que ce n'est pas Valentin. Cet homme est plus trapu et plus petit. Elle descend l'escalier, et quand Pavel ouvre la porte aux premiers coups, un inconnu lui tend un papier plié, incline la tête et se retire.

— Madame, dit Pavel en remettant la missive à Antonina.

Lilia s'est approchée elle aussi en entendant frapper, et se tient près de sa maîtresse.

— J'espère qu'il n'est pas tombé malade, dit Antonina en emportant la lettre dans le salon de musique.

Lilia la suit, et la comtesse déplie l'épaisse feuille de vélin portant la marque royale des Bakanev sur la partie supérieure. Elle lit le message et s'assoit, laissant tomber le lettre sur ses genoux.

— Que se passe-t-il, Tossia ? s'enquiert Lilia, qui s'agenouille aux pieds d'Antonina, un sillon profond creusé entre ses sourcils.

La comtesse avale sa salive et replie la feuille en se levant.

— Je monte dans ma chambre, Lilia. Je ne veux pas être dérangée.

Lilia se relève d'un bond et pose la main sur le bras d'Antonina.

— Il y a une mauvaise nouvelle ? Alors, il est malade, Kropotkine ?

Antonina regarde sa servante bien en face.

— Il s'appelle M. Kropotkine, Lilia. Et non, il n'est pas malade. Il a été appelé ailleurs.

Lilia ne cille pas sous le regard scrutateur de sa maîtresse.

— Que deviennent les leçons des enfants ?

— Tu te préoccupes des enfants de chez les Bakanev, Lilia ? s'étonne la comtesse en inclinant la tête.

Lilia ne détourne pas les yeux.

— Je sais combien vous appréciez les visites de Kro... de monsieur Kropotkine, Tossia. Je regrette que vous soyez aussi affectée par son départ.

— Qu'est-ce qui te fait penser qu'il est parti ? J'ai simplement dit qu'il avait été appelé ailleurs, pas qu'il avait quitté Pskov.

— Je voulais seulement dire...

— Merci pour ta sollicitude.

Antonina se tient très droite pour quitter le salon de musique, laissant Lilia près du feu mourant et du thé qui refroidit.

* * *

Dans sa chambre, loin des questions de Lilia, Antonina relit la lettre.

Ma chère comtesse Mitlovskaïa,

Nous avons appris que Valentin Kropotkine vous rendait des visites de courtoisie.

Étant donné que M. Kropotkine était notre employé, nous nous sentons en quelque sorte responsables de ses actes. En sa qualité d'ancien serf musicien, M. Kropotkine s'est conduit de façon déplacée.

Le prince et moi-même tenons à vous présenter nos excuses pour son comportement inqualifiable. Nous comprenons qu'il a profité de votre nature généreuse et de vos largesses. Nous en avons conclu que vous êtes encore profondément bouleversée, et nous sommes bien conscients que les épreuves que vous avez traversées sont susceptibles de laisser des traces sur une âme sensible.

M. Kropotkine a été réprimandé et renvoyé ce matin même. Nous nous assurerons que son comportement ne demeure pas impuni. Nous ne lui avons pas donné de bonnes références et ferons en sorte qu'il ait du mal à trouver du travail auprès des familles nobles de la province de Pskov et, avec un peu de chance, au-delà.

Nous avons estimé qu'il vaudrait mieux pour toutes les parties concernées que vous laissiez passer un peu de temps avant de sortir à nouveau dans la société, afin de laisser se dissiper un peu les répercussions de cette malencontreuse situation.

Avec la grâce de Dieu,
princesse Eugénia Stepanovna Bakaneva

* * *

Avant la tombée de la nuit, Antonina fait les cent pas sur la terrasse. Lorsqu'elle rentre, au bout d'une heure, elle croise Lilia sur le chemin de sa chambre, mais l'ignore délibérément. Elle ordonne à celle-ci de s'en aller quand la servante vient frapper, doucement mais avec persistance, à sa porte verrouillée.

L'obscurité tombe et Antonina ajoute des bûches dans le feu, froisse la lettre et la jette dans les flammes. Puis elle se retire dans son lit avec la bouteille de vodka de son armoire, Tinka à côté d'elle.

* * *

Il est huit heures passées ce soir-là quand Valentin arrive à Angelkov.

Pavel s'est endormi dans la cuisine, sur une chaise, devant le fourneau, et aucun bruit ne filtre de la chambre d'Antonina depuis des heures.

Lorsque Lilia entend les chiens aboyer frénétiquement, elle va ouvrir la porte et fouille l'obscurité du regard. Dès que Valentin monte les marches et se retrouve éclairé par la lampe qu'elle tient à la main, elle lui signifie, avant même qu'il puisse parler, que la comtesse Mitlovskaïa est endormie et a exprimé le désir qu'on ne la dérange pas. Sous aucun prétexte, ajoute-t-elle. Elle sait qu'Antonina a dû boire au point de sombrer dans l'inconscience, à l'heure qu'il est.

— Où puis-je trouver le régisseur ? demande le musicien.

— Pourquoi voulez-vous voir Gricha ? questionne Lilia en fronçant les sourcils.

— Cela ne vous regarde pas, réplique Valentin. Où puis-je le trouver ?

— Je suppose qu'il est chez lui, dit la jeune femme.

— Et où cela se trouve-t-il ? insiste Valentin en se contenant pour ne pas exploser.

Il a vu comment cette femme rôde sans cesse autour d'Antonina, saisissant le moindre prétexte pour être présente durant ses visites, lui adressant des regards sombres dès qu'elle pense que sa maîtresse ne la voit pas. Lilia esquisse un signe du menton.

— Derrière le quartier des serviteurs. Vous continuez sur la route. C'est la seule maison.

Il tourne les talons sans rien ajouter.

Lilia le regarde s'éloigner sans frémir. Gricha fera en sorte que Kropotkine ne s'attarde pas à Angelkov.

* * *

Gricha ouvre sa porte en entendant Valentin frapper.

— Comment m'avez-vous trouvé ? demande-t-il.

— C'est cette femme sinistre, au manoir, qui me l'a indiqué. Puis-je entrer une minute ?

Gricha s'écarte pour le laisser entrer, puis referme la porte derrière lui.

— Que voulez-vous ?

Valentin comprend tout de suite que le régisseur ne l'invitera pas à se réchauffer près du feu. Cela n'a pas d'importance. Ce qu'il veut lui demander ne prendra qu'un instant.

— Je suis venu pour essayer de parler à la comtesse Mitlovskaïa.

— J'ai appris que vous aviez quitté les Bakanev.

— Oui. J'ai pris une chambre dans l'auberge du village le plus proche. La servante du manoir m'a dit que la comtesse dormait déjà. Je la soupçonne de mentir.

— Elle s'arrange avec la vérité, convient Gricha en croisant les bras.

— Cette paysanne ne s'est pas cachée de ses sentiments à mon égard, commente Valentin, qui transperce le régisseur du regard. Il est clair que nul ne souhaite me voir à Angelkov excepté la maîtresse des lieux, ce qui est tout ce qui importe, en réalité.

Sa voix enfle sous l'effet de la colère, et il s'avance dans la pièce malgré l'expression désapprobatrice de Gricha.

— La comtesse Mitlovskaïa a semblé réconfortée par ma musique et ma conversation. Et j'ai beaucoup apprécié sa compagnie. Cependant, quelqu'un…

Il s'interrompt.

— … a colporté des propos sordides.

Gricha ne dit rien. Valentin coule un regard vers la bibliothèque fournie. Il trouve cela curieux pour un homme qui a certainement passé la moitié de sa vie à battre les serfs d'Angelkov. Mais d'après ce que Valentin a pu voir, il ne reste plus guère de serfs à fouetter aujourd'hui.

— Vous avez donc appris que j'avais été chassé du château des Bakanev, reprend-il, puis, comme Gricha ne fait aucun commentaire, il poursuit : Toute la province doit se délecter de ce petit scandale. J'ai estimé nécessaire de parler à la comtesse. Je tiens à m'assurer qu'elle va bien. La dernière chose que je voudrais serait d'ajouter encore à son chagrin. Elle a déjà subi suffisamment d'épreuves sans devoir endurer des ragots cherchant à salir sa réputation. Quant à la mienne, – il émet une toux aiguë – j'aurais de la chance de trouver une ou deux journées de travail dans toute la province de Pskov une fois que les Bakanev en auront terminé avec la campagne qu'ils ont lancée contre moi.

— Je ne comprends pas ce que tout cela a à voir avec moi, dit Gricha, qui s'attendait à ce que Valentin soit venu l'accuser d'avoir propagé les calomnies. Il est ami avec le régisseur des Bakanev. Quelques mots glissés à son oreille ont suffi.

— J'ai écrit une lettre à la comtesse. J'ai pensé la poster, mais, comme je vous l'ai dit, je tiens finalement à vérifier par moi-même qu'elle va bien. Lorsque cette servante ne m'a pas permis d'entrer, je n'ai pas voulu lui laisser la lettre. Je me suis dit qu'il valait mieux la confier à quelqu'un de responsable, quelqu'un qui veillerait à ce que la comtesse la reçoive.

Kropotkine ne l'accuse de rien, en fin de compte.

— Vous ne faites pas confiance à Lilia pour la lettre, constate Gricha.

— Cette femme au visage dur ? Non. Et même si je sais que vous ne m'estimez pas beaucoup, Narychkine, vous me faites l'effet de quelqu'un de sûr.

Pendant que Gricha s'approche de la cheminée pour remettre une bûche dans le feu, Valentin examine la bibliothèque de plus près. Elle est garnie de livres soigneusement rangés auxquels se mêlent de petits objets charmants. Un *svirel*, cette petite flûte paysanne en bois, repose sur l'étagère du haut. Il la prend, la retourne et contemple le nom gravé dessus. Puis il porte la flûte à ses lèvres et en tire une petite gamme.

Gricha lève les yeux, le tisonnier à la main. Un frisson le parcourt. Il laisse tomber le tisonnier et arrache la flûte des mains de Valentin. Personne n'est jamais entré chez lui, excepté le comte et Tania – la comtesse n'est restée qu'une ou deux fois sur le pas de la porte – et cela le dérange que cet homme soit ici, sans même parler du fait qu'il touche à ses affaires.

Valentin garde les mains suspendues dans les airs. Il secoue la tête devant la grossièreté du régisseur puis, sans savoir pourquoi, demande :

— Qui est Tima ?

Gricha sent son estomac se contracter comme si la kacha de sarrasin qu'il venait d'avaler avait soudain viré.

— Donnez-moi la lettre pour la comtesse, dit-il en reposant la flûte sur l'étagère. Si vous comptez regagner votre auberge avant qu'ils ne ferment les portes, je vous conseille de partir maintenant.

Valentin sort de la poche intérieure de son manteau un carré de papier cacheté à la cire bleu marine. Le froid a fissuré le sceau. Il remet la missive à Gricha.

— Il est très important pour moi qu'elle la reçoive dès demain matin. De bonne heure.

Le régisseur est énervé par l'impudence du musicien.

— Demain, je suis occupé toute la journée. Je veillerai à ce qu'elle l'ait dès que j'aurai le temps de…

— Au nom du ciel, Narychkine, s'emporte Valentin. Vous n'avez donc jamais rien éprouvé pour une femme ?

Gricha retient son souffle, se retourne et pose la lettre sur la cheminée. Sans regarder Valentin, il va ouvrir la porte.

Le musicien enfonce son chapeau sur sa tête et sort dans le froid.

— Je vous en prie, Narychkine, ajoute-t-il. Tout ce que je vous demande, c'est de remettre la lettre à Antonina dès demain. Ce n'est pas grand-chose, si ?

Il garde une voix égale, sans la moindre trace de soumission, et cela énerve encore plus le régisseur. Et aussi qu'il appelle Antonina par son prénom.

— Ne pouvez-vous donc pas m'aider, Gricha ? insiste-t-il.

Le sang bat les tempes du régisseur. Il y a chez Kropotkine quelque chose qui le dérange, qui le déstabilise sans qu'il comprenne pourquoi. Il est pressé qu'il parte.

Dire qu'il ose faire comme s'ils étaient de vieux amis, qu'il lui donne du « Gricha » et lui parle de ses sentiment pour une femme, pour *elle*, ressasse Gricha en refermant la porte sur son visiteur.

Le musicien la connaît à peine.

* * *

Le lendemain matin, Antonina ouvre la porte de sa chambre quand Lilia lui apporte son chocolat chaud et deux petites brioches.

— Il faut manger, Tossia, déclare la servante en posant le plateau sur la petite table.

Antonina y jette un coup d'œil.

— Je n'ai pas faim, dit la comtesse, qui présente un visage blême et boursouflé.

— Si vous vous en faites pour Kropotkine et je ne sais quoi d'autre mentionné dans cette lettre..., ça ne vaut pas la peine de vous mettre dans cet état, Tossia, assure Lilia qui prend la bouteille de vodka vide sur le lit et va la poser près de la porte. Il n'a rien, Tossia. Il n'a pas un sou en poche et ne sert à rien d'autre qu'à jouer de la belle musique. C'est comme un bel oiseau chanteur, il n'est là que pour vous charmer les oreilles. Oh, c'est sûr qu'il parle bien, mais il a répété chaque mot pour vous plaire. Pour vous impressionner.

Elle retient sa respiration, prête à se faire réprimander.

Le silence d'Antonina l'enhardit.

— Vous ne comprenez donc pas, Tossia ? Pour quelqu'un d'aussi intelligent, vous ne voyez même pas ce qu'il y a devant vous.

Antonina la regarde et attend, ne doutant pas que Lilia ne va pas manquer de lui expliquer ce qui se trouve devant elle.

Et c'est bien ce que fait la servante, mais en prenant un angle différent de celui qu'elle a utilisé pour convaincre Gricha.

— Il sait que vous êtes inaccessible pour lui. Certes, c'est un homme libre à présent, mais cela ne veut rien dire, tous les hommes sont libres en Russie. Est-ce que vous seriez prête à vous lier avec le boucher du village ou le maréchal-ferrant pour autant ? Avec un petit marchand de tissus ou un ancien régisseur qui aurait un peu de terrain à son nom ?

Elle teste un peu sa maîtresse avec cette phrase, mais Antonina reste impassible.

— Il ne faut pas perdre votre rang de vue, Tossia. De ce point de vue, rien n'a changé. Vous l'avez fait marcher, c'est tout.

— Je l'ai fait marcher ?

— Vous l'avez séduit, non ? Vous lui plaisez énormément, c'est évident, répond Lilia en secouant la tête. Qu'est-ce que vous faites, Antonina Léonidovna ? demande-t-elle presque dans un murmure. Qu'est-ce que vous faites ? répète-t-elle. Vous mettez Kropotkine dans une situation impossible. Il ne peut pas faire partie de votre vie. Vous transgressez les règles de votre classe, et en faisant cela, vous vous montrez cruelle envers lui.

Antonina se détourne du regard scrutateur de Lilia.

— Il n'y a aucune possibilité de quoi que ce soit entre vous, décrète Lilia fermement, quoique toujours à voix basse. Vous en avez certainement conscience, Antonina. Au premier abord, il a l'air d'un homme bien mais ce n'est pas le cas. Ce n'est pas l'homme qu'il vous faut, même s'il était de votre classe. Vous ne trouverez jamais un homme qui saura gérer votre force de caractère, un homme qui comprenne ce que vous avez traversé. Ce que nous avons tous enduré à Angelkov.

Elle s'agenouille devant Antonina et prend ses mains dans les siennes.

— Regardez comment vous vous en sortez sans votre mari. Il n'a plus servi à rien depuis le jour de l'enlèvement alors que vous avez fait front avec un tel courage. Maintenant, vous devez laisser partir le musicien. Vous savez qu'il a déjà assez souffert.

Lilia s'exprime d'un voix basse, apaisante, pleine de sympathie.

— Je n'ai jamais ressenti autre chose que de l'amitié pour Valentin, Lilia. Et je ne crois pas qu'il ait éprouvé pour moi les sentiments que tu lui prêtes. Nous appréciions simplement la compagnie l'un de l'autre, c'est tout.

— Vous en êtes sûre, Antonina ?

— Tu ne me crois pas ?

Antonina dégage ses mains et se lève.

— Personne ne vous connaît comme je vous connais, Tossia. Personne, répète Lilia à mi-voix, toujours à genoux.

Antonina ne répond rien. Elle s'assoit près de la fenêtre et regarde le jardin mourant au-dehors.

35

Le ciel est rempli d'étoiles et la pleine lune éclaire l'allée. Tinka est endormie devant le feu qui rougeoie dans le salon de musique ; Antonina a décidé de prendre son dîner là. Le reste de la maison est plongé dans l'obscurité à l'exception de la cuisine, où les domestiques achèvent les dernières tâches de la journée. Il n'y a aucune raison d'alimenter des poêles ou d'allumer des feux dans les cheminées quand les pièces sont désertes.

Antonina contemple la bouteille de vodka pleine que Pavel a posée à sa demande sur la table, près de la porte, mais elle enfile son manteau sans y toucher. Elle laisse Tinka dormir et emporte sa tasse de thé sur la terrasse pour contempler les étoiles. Elle repère certaines constellations et se rappelle les avoir montrées à Mikhaïl.

L'écho d'un aboiement lointain résonne soudain dans le silence de la nuit. Les deux chiens de chasse qui se tenaient couchés sur la terrasse, près de la porte, se lèvent sans bruit. Des sabots se font entendre dans l'allée. Le cheval et son cavalier se rapprochent, et elle ne tarde pas à voir au clair de lune qu'il s'agit de Valentin. Elle pose sa tasse sur la rambarde et s'avance vers les marches. Les chiens se rassemblent contre sa jupe et elle met une main sur chaque tête.

— Vous avez donc eu ma lettre, dit Valentin en descendant de cheval pour s'approcher. Merci de m'avoir attendu. Je voulais venir plus tôt, mais cela n'a pas été possible.

Antonina secoue la tête.

— Je n'ai reçu aucune lettre. Je suis sortie… les étoiles sont si…

— Votre régisseur ne vous a pas remis la lettre vous annonçant que je viendrais ce soir ?

— Non.

— Je voulais m'assurer par moi-même que vous alliez bien après ce qui s'est passé avec les Bakanev, explique Valentin.

Il pense qu'il était très près d'arriver à quelque chose avec la comtesse. Il se doutait que cela prendrait du temps car il avait rarement rencontré une femme aussi réservée.

— Je ne sais pas ce qu'ils vous ont dit, même si j'ai été informé qu'ils vous ont écrit. Se sont-ils montrés indélicats ?

— Ils se sont montrés très clairs. Mais vous, Valentin ? Est-il vrai que vous ne pourrez pas retrouver de travail dans les environs de Pskov ?

— Il semble bien. Je n'ai pas eu beaucoup de chance aujourd'hui, même en ville.

— Qu'allez-vous faire ?

— Je vais retourner à Saint-Pétersbourg. Là-bas, personne ne se préoccupera de ce qui s'est passé, ou ne s'est pas passé (il sourit), entre un musicien inconnu et une belle dame de la noblesse au fin fond de la province.

— Vous avez des amis là-bas, quelque part où séjourner ?

Valentin pense à Mme Golitsyna. L'invitera-t-elle à entrer lorsqu'il frappera à sa porte ?

— J'ai mon violon. Je n'ai besoin de rien d'autre. Je trouverai quelque chose, et si ce n'est pas à Saint-Pétersbourg, ce sera à Moscou.

Antonina réfléchit à ce que lui a dit Lilia dans sa chambre, ce matin.

— Je me sens responsable, Valentin. Je n'aurais pas dû… vous encourager.

Valentin lui adresse un autre sourire.

— C'est moi qui ai cherché votre compagnie. Je voulais voir qui vous étiez devenue.

Il remonte le col de son manteau pour se protéger du froid.

— Et vous avez vu ?

Valentin continue de sourire.

— Il fait froid, dit-elle. Vous voulez entrer ?

Ah, tout n'est donc pas terminé. Le musicien répond, à voix très basse :

— Ne vous ai-je pas créé assez de problèmes comme ça ?

— Je suis encore chez moi. Personne n'est en droit de me dicter ce que je dois faire. Et il semble que les ragots pourraient difficilement vous nuire davantage. Venez.

D'un mouvement téméraire, sachant qu'elle ne le reverra plus, elle lui prend la main. Celle-ci est chaude malgré la nuit glacée, et les doigts du violoniste s'enroulent autour des siens.

Antonina allume une bougie dans l'entrée. Olga s'est endormie dans l'ombre, sur un fauteuil capitonné, son chapelet passé autour de ses phalanges. Antonina porte l'index à ses lèvres en la désignant, puis conduit Valentin au salon de musique.

Tinka se lève et vient au devant de sa maîtresse.

— Pourriez-vous ranimer le feu ? demande la comtesse.

Elle allume les lampes pendant que Valentin s'accroupit devant l'âtre pour remuer les braises. Il ajoute du petit bois puis, dès que celui-ci a pris, remet deux petites bûches. L'atmosphère ne tarde pas à se réchauffer, et le feu éclaire leurs visages d'une lueur rougeoyante et orangée lorsque Antonina revient se poster devant la cheminée. Elle prend le journal de Mikhaïl sur la tablette ; elle s'était mise à le relire pour se rassurer.

Valentin cherche à l'enlacer ; elle s'esquive.

— Antonina, prononce-t-il, presque dans un murmure.

Tenant le carnet contre elle d'une main, elle porte l'autre main à son visage, réchauffé par les flammes. Elle pense à Gricha. Elle le connaît depuis plus d'un tiers de sa vie. Elle le respecte et le comprend, elle apprécie son honnêteté, son intégrité, sa force de caractère. Elle sait si peu de chose de Valentin, même s'il s'est confié davantage sur sa vie que Gricha l'a jamais fait.

— Mon fils occupe toutes mes pensées, Valentin.

— Je peux vous aider. Si vous m'ouvrez votre cœur et me laissez vous aimer, Antonina, l'avenir sera moins sombre, je vous le promets.

La jeune femme lui tourne à moitié le dos. Elle caresse le cuir lisse du carnet de Mikhaïl, puis le porte à ses lèvres et l'embrasse.

— Il y a eu un message de lui, disant qu'il était vivant. Mais c'était il y a des mois. Je crois qu'il vit encore, Valentin. Je le saurais, s'il n'était plus de ce monde. Tant que je ne l'aurai pas vu…

Elle affronte à nouveau son regard.

Ils gardent le silence. La distance qu'Antonina a mise entre eux demeure infranchissable.

Valentin a essayé. Elle ne faiblira pas. Mais une autre femme est née, une femme qui ne sera pas aussi inflexible que la comtesse Mitlovskaïa.

— Je crois qu'il est temps pour moi de vous laisser, Antonina, annonce-t-il.

Ils sortent ensemble sur la terrasse. Antonina retient les chiens pour les empêcher d'aboyer.

— Une fois encore, je suis désolée de ce que vous subissez à cause de moi, assure la jeune femme. Partez-vous bientôt pour Saint-Pétersbourg ?

— Oui, je n'ai plus vraiment de raison de m'attarder, n'est-ce pas ?

— Merci, Valentin Vladimirovitch, se contente-t-elle de répondre.

— Pourquoi me remerciez-vous ?

— De votre amitié.

Et elle s'approche enfin de lui et lui permet de l'enlacer un bref instant.

Il est trop tard, et il sait que cela ne mènerait à rien. Il la lâche, descend les marches et enfourche son cheval. Juste avant de se fondre dans l'ombre des arbres qui bordent l'allée, il se retourne pour la saluer.

Lilia observe la scène depuis la fenêtre du palier plongé dans l'obscurité.

* * *

Le lendemain matin, Lilia apporte le petit déjeuner d'Antonina. La comtesse est déjà en robe de chambre, occupée à lire devant la cheminée. Ses cheveux sont emmêlés.

La chemise de soie et dentelle fine d'Antonina a été négligemment jetée sur les draps défaits. Lilia s'imagine Kropotkine l'arrachant à la comtesse dans le salon de musique, la veille au soir.

— Tossia, il y a un problème en cuisine, annonce-t-elle. Raïssa a trouvé des crottes de souris dans la farine. Elle est dans tous ses états. Il faut absolument que la farine nous dure jusqu'à la fin de l'hiver.

Antonina pose son livre.

— Que fait-on, en temps normal, quand ce genre de chose se produit ?

— On peut poser des pièges. Ou on peut enfermer un des chats de la grange dans le garde-manger.

— Eh bien, ne peut-on s'en occuper maintenant ?

— Raïssa voulait vous en parler d'abord. Elle ne veut pas faire entrer un chat au manoir sans votre approbation.

Lilia remarque qu'Antonina n'a pas boutonné sa robe de chambre jusqu'en haut, et qu'elle ne porte pas de chemise en dessous. Elle n'a jamais vu Antonina aussi débraillée.

— Bien, soupire la comtesse en se levant.

Lilia s'apprête à boutonner la robe de chambre, et ses doigts effleurent au passage la poitrine d'Antonina, qui la repousse alors pour se charger elle-même des boutons.

Dès qu'elle est sortie, Lilia ramasse la chemise, la porte à son visage et hume son parfum. Elle pense alors aux mains de Kropotkine sur l'étoffe et la roule en boule en la serrant entre ses mains.

Elle plonge de nouveau le visage dans la soie et la respire profondément avant d'y planter ses canines pour y faire un trou. Elle déchire alors la soie sur toute sa longueur puis jette les deux morceaux dans le feu. La fine dentelle fume un instant puis devient la proie des flammes.

Lilia remue les fragments d'étoffe calcinés à l'aide du tisonnier jusqu'à ce qu'il ne reste plus trace de ce qu'elle vient de faire, puis remet le tisonnier en place et dresse le petit déjeuner d'Antonina. La tasse cliquette dans la soucoupe.

* * *

Une demi-heure plus tard, la servante arrive sans prévenir chez Gricha et cogne à sa porte.

— Il était avec elle, Gricha. *Avec elle*. Dans le salon de musique. Elle l'a fait entrer en douce. Je les ai entendus. J'ai entendu ce qu'ils faisaient.

Gricha est trop sonné pour parler, mais lutte pour rester maître de lui devant Lilia. Il pense à l'expression de Valentin quand il lui a dit : *Vous n'avez donc jamais rien éprouvé pour une femme ?* Puis il finit par retrouver assez de calme pour demander à mi-voix :

— Pourquoi éprouves-tu le besoin de venir me dire ça, Lilia ?

— Ça n'a servi à rien de le faire renvoyer de chez les Bakanev. Tu crois vraiment qu'il va la laisser tranquille, maintenant qu'il y a goûté ? Il est en train de détruire la réputation de la comtesse, et elle est trop aveugle pour s'en soucier. La prochaine étape, c'est qu'il rangera ses bottes sous son lit. Je les ai *entendus*, Gricha, répète-t-elle. Que comptes-tu faire pour arrêter cet homme ? le défie-t-elle.

À la couleur de son visage et à sa fureur à peine déguisée, Gricha comprend dans un sursaut ce qui lui a échappé jusqu'à présent.

Cette femme ne craint pas qu'Angelkov tombe aux mains de Kropotkine. Elle est jalouse, exactement comme lui. Elle veut Antonina comme il la veut. Depuis combien de temps cela dure-t-il ? Comment a-t-il pu ne rien voir ?

Il défaille à la pensée que le musicien puisse avoir fait l'amour à Antonina.

— Nous ne pouvons pas empêcher la comtesse de faire venir qui elle veut chez elle, réplique-t-il calmement car il ne veut pas qu'elle sache à quel point il est affecté. Elle est encore chez elle, Lilia. Ne l'oublie pas.

Lilia le dévisage.

— Très bien. Puisque c'est comme ça, je m'en chargerai moi-même.

Il se détourne du regard de la servante.

— Et qu'est-ce que tu envisages de faire, exactement ?

Comme elle ne répond pas, il jette un coup d'œil vers elle par-dessus son épaule. Elle affiche un drôle de sourire, une expression qui en dit encore plus long que sa fureur de l'instant précédent. *Il y a quelque chose qui cloche chez cette fille. Elle est certainement malade.*

—Tu verras, Grigori Sergueïevitch. Tu verras comment je vais l'arrêter.

* * *

Plus tard, dans la matinée, alors qu'une pluie oblique glacée se met à tomber, Antonina contemple le jardin par la fenêtre de sa chambre.

Presque toutes les plantes sont mortes, les feuilles noircies pendent au bout de leurs tiges et les massifs de fleurs détrempées font penser à des tombes. Les seuls survivantes sont quelques chrysanthèmes aplatis aux fleurs de rouille et d'or terni déchiquetées et gorgées d'eau. Il subsiste quelques taches éclatantes du côté des rosiers: grenats fermes et lumineux accrochés à l'extrémité des branches épineuses et squelettiques des buissons.

Alors qu'Antonina contemple ces tristes vestiges de la splendeur passée, la pluie se mue en première neige de l'année. Les flocons recouvrent peu à peu le jardin d'un étrange éclat argenté. La jeune femme éprouve une sorte de soulagement. Elle préfère que tout disparaisse sous un blanc virginal plutôt que de voir la végétation aussi laide.

Elle ne reverra plus jamais Valentin. Elle serre ses bras contre elle et entend le violoniste lui dire que Mikhaïl est peut-être en train de jouer de la musique. Elle sait au fond de son cœur que c'est très improbable, mais se laisse aller au réconfort de cette image: Micha au piano. C'est plus supportable que de penser à lui enfermé dans une cabane de paysan. Elle ne supporte pas de penser que son fils peut avoir froid ou faim. Qu'il est peut-être blessé.

Elle n'a pas envie de rester enfermée avec ces pensées, alors elle enfile un manteau et sort marcher dans le jardin. Mais la pluie revient et dissout le délicat voile de dentelle blanche.

Antonina ne tarde pas à être trempée et glacée. Valentin a dit qu'il lui avait laissé une lettre chez Gricha. Pourquoi le régisseur ne la lui a-t-il pas remise ?

Gricha ouvre la porte, s'attendant à trouver Lilia. Mais il recule, surpris.

— Gricha ? Valentin Vladimirovitch m'a dit qu'il vous avait remis une lettre pour moi. Je viens la chercher, annonce-t-elle.

Le visage de Gricha paraît sombre dans la lumière curieuse de ce trois novembre. Il examine Antonina comme s'il voulait vérifier qu'elle n'a pas changé, maintenant qu'elle est avec le musicien. Une colère sourde bouillonne en lui lorsqu'il pense à eux ensemble, mais il ne faut pas qu'Antonina sache qu'il est au courant, que Lilia est venue le voir. Il a besoin de Lilia pour arriver à Sosso. Et à Mikhaïl.

— Comtesse, prononce-t-il, et le mot reste en suspens entre eux, comme une présence. Il ne veut pas l'appeler Antonina. Veuillez m'excuser. J'ai été appelé à l'extérieur toute la journée d'hier, et j'ai complètement oublié cette lettre.

C'est un mensonge éhonté. Il ne voulait tout simplement pas la lui donner. Il ne voulait pas l'affronter. Il n'en peut plus de mentir à propos de Mikhaïl, à propos des sentiments qu'il a pour elle.

— Puis-je entrer ? demande-t-elle.

— Oui, je vous en prie. Entrez.

Les rideaux sont ouverts dans le petit salon pour laisser pénétrer la lumière pâle, et un feu de pommes de pin laisse échapper un parfum boisé. Le canapé, recouvert d'un doux lainage brun, a été tiré près du feu. Plusieurs lampes sont allumées, ajoutant à l'aspect chaleureux de la pièce. Il y a beaucoup de livres, et il se dégage de l'ensemble un sentiment de confort et de bien-être.

— La lettre… reprend Gricha en regardant autour de lui. Je l'ai mise quelque part.

Antonina s'empare d'un livre ouvert, retourné contre le canapé.

— Guiraud : *Les Deux Princes*. Vous lisez donc le français ?

— Mon père me l'a appris.

— Comment se fait-il que votre père parle français ?

Gricha n'est pas prêt à lui dévoiler son histoire pour le moment. Il se dit soudain que s'il s'approche assez, il va sentir Kropotkine sur elle, ce qui ranime aussitôt toute sa fureur. Ce n'est qu'une chienne en chaleur : elle sécrète une odeur qui rend fous tous ceux qui la respirent. Mais il se réfrène et se contente de répondre :

— J'ai eu ce livre tout jeune. Je l'ai apporté avec moi ici, à Angelkov.

— Timofeï Alexandrovitch Kassakov, lit-elle sur la page de garde.

C'est l'écriture de Gricha. Timofeï. Tima : c'est ainsi qu'il lui a demandé de l'appeler, cette nuit à la datcha. *Appelle-moi Tima*, lui a-t-il murmuré. Elle lève les yeux du livre.

— Tima, dit-elle, et il sait, à son regard, ce qu'elle pense.

Il tremble, bien qu'il ne soit pas homme à trembler. Il désire tant s'approcher d'elle, la serrer dans ses bras, qu'il en a du mal à respirer.

— C'est ainsi que l'on vous appelait, avant ?

Il se sent les nerfs à vif. Il sait parfaitement ce qu'elle a fait avec Kropotkine, ce que Lilia lui a dit qu'ils avaient fait au cours des douze dernières heures. En cet instant, Gricha a l'impression qu'il n'y a plus d'avenir possible et que plus rien n'a d'importance. Il voudrait dire quelque chose de convaincant, quelque chose qui lui fera comprendre que c'est avec lui qu'elle devrait être – avec lui, pas avec Kropotkine.

Mais il se contente de lâcher :

— Oui, c'était le nom que l'on m'avait donné.

— Vous l'avez changé en Grigori Sergueïevitch Narychkine.

— Oui, répond-il posément.

Elle laisse s'écouler quelques secondes, puis repose le livre sur le canapé. Malgré la brusquerie du régisseur, elle ne semble pas désireuse de partir. Elle saisit le *svirel* et pose un doigt sur chacun des six trous, comme Valentin l'a fait, en contemplant le nom Tima gravé sur le côté.

— Vous en jouez ?

— Non, c'est un cadeau.

Les questions d'Antonina retournent le couteau dans ses entrailles. Elle doit savoir ce qu'elle fait, à lui parler ainsi, comme si rien n'avait changé. Cherche-t-elle à le punir ?

Elle remet la flûte en place.

— Vous savez quoi ? Kropotkine m'a dit une chose étrange : quand il entend de la musique, il voit des couleurs. Le son que produit le violoncelle est rouge, le piano est vert, le piccolo jaune… il m'a dit ce qu'il voyait pour chaque instrument. Il m'a fait penser à Micha en me racontant ça. Micha a appris à jouer du piano aussi facilement qu'il a appris reconnaître les lettres de l'alphabet ou les chiffres.

Elle sourit en se remémorant son fils en train d'apprendre à jouer.

— Il m'est arrivé de penser que…

Elle cesse de sourire en regardant Gricha.

— Qu'y a-t-il ?

Il s'accroche à la cheminée, les mains crispées, le teint blême.

— Vous n'avez pas l'air bien, insiste-t-elle.

— Ça va.

— Vous avez déjà entendu ce genre de chose ? De la musique qui créerait des couleurs dans le champ de vision de quelqu'un ?

Gricha émet une sorte de raclement de gorge, à moins que sa respiration ne se soit étranglée là.

— Quelle couleur voit-il quand il joue du violon ? demande-t-il enfin. Sa question la surprend.

Le régisseur trouve la bouche d'Antonina ravissante, et il se sent étrangement faible en regardant la lumière pâle l'inonder. C'est extrêmement troublant, ces deux éléments qui se télescopent. Alors qu'il se consume de désir pour elle, elle lui apporte la dernière pièce de quelque chose qu'il ne s'est jamais permis d'envisager.

Il connaît la réponse avant qu'elle la lui donne.

— Il voit du doré quand il joue. Et il dit que certaines tonalités font chatoyer cet or comme le soleil à travers les feuilles d'automne. Vous êtes sûr que ça va ? ajoute-t-elle en le regardant d'un air interrogateur. Vous semblez... peut-être êtes-vous en train de tomber malade ?

— Non, assure-t-il en redressant les épaules. J'ai du travail. Les comptes...

Antonina ne voit pas trace de livres de comptes.

— La lettre, alors, Gricha. Vous avez cette lettre pour moi ?

— Oui, réplique le régisseur sur un ton vague, comme s'il était soudain très las, ou très distrait.

Il regarde autour de lui en secouant imperceptiblement la tête, puis trouve la lettre sur la cheminée, à côté d'un petit tableau.

— La voilà, dit-il en la lui remettant. Bonne journée, conclut-il pour lui signifier que leur entretien est terminé.

Dès qu'elle est partie, il s'assoit pesamment sur le canapé. Il pose le regard sur le *svirel*. Puis il se lève, lentement, et se dirige vers son bureau. Il l'ouvre, prend une feuille de papier, une plume et une bouteille d'encre. Puis il fixe un moment la feuille des yeux avant d'écrire : *Cher Valentin Vladimirovitch Kropotkine*.

Il s'interrompt, comme en panne d'inspiration. Il lui faut beaucoup de temps pour rédiger trois lignes toutes simples.

* * *

Antonina lit ce que Valentin lui a écrit deux jours plus tôt. Il lui répète combien il a apprécié sa compagnie. Il viendra la voir une dernière fois, le lendemain soir, et ensuite, il lui écrira de là où il trouvera à s'installer. Ainsi, peut-être, s'il se produit à Saint-Pétersbourg ou à Moscou, viendra-t-elle l'écouter jouer un jour. « Lorsque vous aurez retrouvé votre fils », lit-elle, « je serai heureux de faire sa connaissance. Je vous en prie, amenez-le avec vous. »

Mikhaïl. *Est-ce pour cela que je voulais être avec vous, Valentin, parce que vous me rappelez tant mon fils ?*

* * *

L'après-midi touche à sa fin quand Antonina se rend dans la cuisine. Elle informe Raïssa qu'elle va prier Liocha d'apporter un chat, pour les souris. Raïssa veut savoir s'il faut jeter la farine, et Antonina lui demande s'il y a une autre solution.

— Nous pourrions la passer au tamis, madame, pour nous débarrasser des crottes, mais cela va prendre du temps.

— Je vais vous aider, décrète la comtesse.

Elle ne peut pas rester les bras croisés, à attendre d'être servie, quand elle voit tout ce que Raïssa et les autres ont à faire.

La cuisinière lui dit, pendant qu'elles travaillent ensemble, que Liocha est parti à la chasse aux lapins. Avec un peu de chance, ils auront du civet le lendemain, annonce-t-elle avec un sourire.

Ni Antonina ni Raïssa ne savent que Liocha est déjà rentré avec deux gros lièvres qu'il a laissés devant le quartier des serviteurs, et que Lilia est déjà en train de les dépouiller et de les vider.

Liocha a posé son fusil debout contre la façade de la bâtisse, et il est parti étriller son cheval dans l'écurie.

Antonina se trouve dans le garde-manger, et elle prend un autre sac de farine sur une étagère quand elle entend les chiens aboyer. Elle suppose que c'est Liocha qui rentre. Elle porte le sac dans la cuisine et se remet à tamiser la farine.

Lilia lève les yeux de la carcasse dépiautée du lièvre à l'instant où le cavalier passe au galop devant le quartier des serviteurs pour descendre l'allée vers la maison de Gricha.

C'est Valentin.

Les mains ensanglantées, elle jette le lièvre par terre et s'empare du fusil adossé au chambranle de la porte.

* * *

Gricha a fait entrer Valentin chez lui. Le musicien tient sa lettre à la main. *Je vous en prie, venez chez moi dès que vous aurez ce message. Nous devons parler. Je me souviens de vous.*

Gricha a pris le *svirel*.

— Que signifie cette flûte pour vous, Kropotkine ? demande-t-il en le lui tendant.

Valentin fourre la lettre dans sa poche et fait courir son index sur le nom gravé dans le bois.

— J'ai soufflé dedans quand je vous ai laissé la lettre pour la comtesse, répond-il.

— Mais représente-t-il quelque chose de particulier pour vous ? Quelque chose d'une autre époque ?

— D'une autre époque ? Je ne comprends pas de quoi vous parlez. Qu'est-ce que vous racontez, Narychkine ?

Gricha déglutit et lui reprend doucement le *svirel.*

— J'ai emporté cet objet quand je suis parti de chez moi. Quand j'ai quitté Tchita.

— Je ne sais pas où est Tchita.

— C'est en Sibérie. À l'est d'Irkoutsk.

Le visage de Valentin ne laisse rien paraître.

— C'est mon petit frère qui me l'a offert, dit Gricha, le visage très pâle. Il a gravé mon nom dessus et me l'a offert pour ma fête. Il avait à peine huit ans et jouait déjà du violon comme s'il l'avait appris au paradis. On l'a emmené au loin, pour qu'il devienne musicien.

La poitrine de Valentin se soulève rapidement.

— Je ne me souviens pas de mon enfance.

— De rien du tout ?

— Des cloches, dit-il d'une voix étranglée. Des cloches d'église et un autre son. Des gongs, me semble-t-il.

— Des gongs tibétains.

Valentin se passe la main sur le front.

— Un verre d'eau, Narychkine.

— Tu te rappelles les gongs du temple où nous allions avec notre mère.

— Notre mère ?

— Oui, Kolia.

Valentin s'assoit, les yeux fixés sur Gricha.

Celui-ci hoche la tête.

— Kolia. Tu t'appelais Kolia. Et moi, j'étais Tima. Je suis Tima. Ton frère, Tima.

Valentin ouvre la bouche sans quitter Gricha du regard. Il a la respiration précipitée et le visage empourpré.

— Tu es… attends. Attends, répète-t-il en se levant et en tendant les deux mains comme s'il voulait figer le temps.

La porte s'ouvre soudain avec une telle violence qu'elle cogne contre le mur. C'est Lilia, armée du fusil de Liocha. Elle vise Valentin.

Le violoniste la regarde, puis regarde Gricha et revient vers elle, l'incompréhension sur le visage. Gricha comprend ce qui se passe, mais avant qu'il puisse réagir, une explosion déchire le silence.

Valentin, la poitrine défoncée, est projeté en arrière. Il heurte le canapé, puis le sol.

* * *

Antonina perçoit le bruit étouffé d'une détonation. Elle se tourne vers la fenêtre. Le soir tombe. Liocha ne devrait plus chasser, se dit-elle. Il fait bien trop sombre pour viser sa proie.

* * *

Lorsque Liocha arrive chez Gricha, essoufflé d'avoir couru en entendant le coup de feu, le régisseur est à genoux et tient le musicien dans ses bras. Il presse une couverture imbibée de sang contre la poitrine du blessé. Lilia est prostrée contre le panneau ouvert de la porte comme si on l'avait propulsée là. Elle a les yeux fixes, écarquillés. Le fusil, tout collant de sang de lapin, gît près d'elle sur le plancher. Elle se signe compulsivement et murmure des prières en regardant le blessé.

Liocha porte les mains à sa tête. Il y a tellement de sang. On dirait... on dirait que Lilia a tiré sur le musicien. Et Gricha... pourquoi serre-t-il cet homme dans ses bras comme s'ils étaient amants ? Il murmure des choses en pressant la tête du mourant contre sa poitrine, son propre visage tordu en une expression effrayante à voir.

Lilia tremble violemment, et, lorsque Liocha se tourne vers elle, elle lui chuchote :

— J'ai entendu une chouette ululer la nuit dernière. Je savais que quelque chose d'épouvantable arriverait aujourd'hui.

Elle prononce ces mots comme si elle lui confiait un secret. Puis elle continue de se signer en marmonnant des prières sans suite : *Pardonnez-moi Père qui êtes aux Cieux, pardonnez-moi Dieu du Ciel, pardonnez-moi Seigneur céleste, pardonnez-moi.*

Liocha tombe à genoux. Il a toujours les mains sur la tête. Sainte Mère de Dieu. Il n'a jamais vu un homme mourir ainsi. Le musicien suffoque, et un gargouillement jaillit de sa gorge. La couverture est saturée de rouge. Gricha en est entièrement recouvert.

— Tu es venu, halète le musicien. Tu es venu, Tima.

Gricha essaye de parler. Il n'y arrive pas. Il essaye encore.

— Oui, Kolia, je suis venu te chercher.

Sa voix est rauque et ses mots étirés, hachés.

— Comme dans mes rêves. Je savais que tu viendrais un jour.

Le gargouillement s'intensifie. Valentin tousse, et un flot de sang jaillit de sa bouche, mais ses lèvres s'étirent en ce qui ressemble à un sourire.

Après un long silence, Gricha lève les yeux vers Lilia et Liocha.

— Il est mort, dit-il en esquissant lentement le signe de croix, trois fois de suite, au-dessus du corps.

Ses yeux sont pleins de larmes.

Liocha n'a jamais vu Gricha faire le signe de croix. Il regarde sa sœur, puis de nouveau Gricha.

— Alors tu le connaissais… tu le connais donc bien, Gricha ? demande Liocha, qui parle comme si sa gorge le brûlait.

Ses mains tremblent violemment.

— Non, répond Gricha. Je ne le connais pas du tout. Mais j'aurais pu.

36

Gricha contemple le corps du frère qu'il a abandonné sur la route, juste après Tchita.

Il se souvient de ce jour à Irkoutsk, où il n'a pas voulu rester par crainte de rencontrer Kolia. Il se rappelle qu'il s'est soûlé et a connu sa première femme. Que tout ce qu'il voulait, c'était commencer une nouvelle vie, sans responsabilités, sans lien avec un petit garçon qui n'aurait fait que le retenir.

Comme il lui a été facile de trahir cet enfant. Il l'a trahi alors, et maintenant, il porte la responsabilité de sa mort.

— Lilia, souffle Liocha qui finit par se relever. Lilia, qu'est-ce que tu as fait ?

Il prend le fusil.

Lilia a les yeux rivés sur le corps.

— Lilia ? l'appelle de nouveau Liocha.

Elle ne cesse de se signer et de marmonner des prières. Elle se tord les mains et les lève devant elle. Liocha a envie de lui crier dessus, de la frapper, mais tout cela est trop effrayant, trop déconcertant aussi. Le silence règne à présent dans la maison de Gricha. Le régisseur, visiblement dévasté, serre toujours le corps du musicien dans ses bras.

— Qu'est-il arrivé ? Pourquoi as-tu fait une chose pareille ?

Lilia ne répond pas, et Liocha se retourne vers le régisseur.

— Pourquoi Lilia a-t-elle fait cette chose épouvantable ?

— Je dois aller à l'église. Je dois demander pardon, sont les premières paroles que Lilia prononce à voix haute. Je… je ne voulais pas… je ne savais pas ce que je faisais. Je ne pensais même pas qu'il était chargé. Comment aurais-je pu le savoir ? Pourquoi l'as-tu laissé chargé, Liocha ? Je ne voulais pas le tuer. Je voulais juste le chasser. Lui faire comprendre qu'il ne devait jamais revenir la voir. Je dois demander pardon. Dieu me pardonnera-t-il, Liocha ?

Elle pleure maintenant.

Gricha repose doucement Valentin par terre.

— Liocha, emmène ta sœur au quartier des serviteurs. Et puis reviens m'aider.

Liocha est si pâle.

— T'aider ? Mais que va-t-il arriver à Lilia ? Est-ce qu'elle va aller en prison ? Je n'aurais jamais dû laisser la cartouche dans le fusil. Je ne fais jamais ça, d'habitude. Je… j'étais fatigué. Je suis rentré, et…

— Je n'irai pas en prison.

Curieusement, Lilia s'exprime d'une voix forte et assurée. Elle détourne la tête du corps de Valentin et fixe Gricha d'un regard venimeux.

— De mauvaises choses arrivent, mais ce n'est pas forcément parce qu'on est mauvais.

Gricha soutient son regard.

— Je voulais juste lui faire peur pour qu'il ne revienne jamais. Mais… mais maintenant…

Lilia perd de son assurance et se met à pleurer, mais se ressaisit presque aussitôt.

— Ne me dis pas que tu n'es pas content, dit-elle à Gricha. C'est toujours ça que tu n'auras pas à faire, non ?

Gricha voudrait qu'elle se taise. Il s'efforce de garder son calme, de réfléchir de façon logique, mais il n'y arrive pas. Il voudrait être seul avec la dépouille de son frère.

— Nous allons l'enterrer dans les bois, reprend Lilia. Comment expliquer la balle dans sa poitrine, sinon ? Il ne manquera à personne. Il a été renvoyé de chez les Bakanev. Sa carrière est finie. Ce serait logique qu'il soit parti dans une autre province, là où personne ne connaîtrait sa disgrâce.

Les mots se bousculent dans sa bouche et elle postillonne en parlant.

— Et tu ne peux pas me dénoncer, Gricha. Si tu le fais, je dirai à Antonina que c'est *toi* qui l'as tué. Tu crois qu'elle me soupçonnerait ? Tu crois qu'elle ne sait pas ce que tu ressentais pour lui ? Que tu le haïssais tout autant que moi ?

Elle regarde de nouveau le corps.

— Je lui dirai que c'est toi, répète-t-elle.

— Lilia, supplie Liocha, Lilia, arrête.

— Et puis, ajoute-t-elle, ignorant l'intervention de son frère, si je suis arrêtée pour son meurtre, tu ne trouveras jamais Sosso.

Gricha la rejoint alors d'un bond et, d'un mouvement rapide, lui saisit la gorge à deux mains. Il voudrait juste qu'elle se taise enfin.

Liocha prend son fusil.

— Gricha, qu'est-ce que tu fais ?

Le régisseur ne serre pas les doigts, pas assez en tout cas pour empêcher Lilia de parler.

— Vas-y, tue-moi, le provoque-t-elle, tue-moi et tu ne retrouveras jamais le petit. Tue-moi et tu ne récupéreras jamais Mikhaïl Konstantinovitch.

Gricha lève les mains, les écarte de la gorge de Lilia et recule.

— Mon Dieu, mon Dieu, répète Liocha. Dis-moi de quoi tu parles, chère sœur. Au nom de Dieu, que se passe-t-il ?

Gricha porte une main à sa tempe.

— Fais-la sortir d'ici.

Quelque chose dans la voix du régisseur effraie Liocha davantage que s'il avait crié.

— Ne la laisse pas s'approcher de la comtesse, recommande Gricha tandis que Liocha prend sa sœur par le bras. Et reviens ensuite m'aider.

* * *

Cette nuit-là, Gricha et Liocha creusent une tombe dans le cimetière, derrière l'église du Saint-Sauveur. Gricha a choisi un endroit dissimulé derrière un bosquet de sapins, où nul ne remarquera la terre fraîchement retournée. Même s'il n'est pas encore gelé, le sol est dur à creuser.

— Pourquoi a-t-elle fait ça, Gricha ? demande Liocha en soulevant des pelletées de terre compacte.

Ils sont éclairés par deux lampes posées à même le sol. Le jeune homme contemple le corps enveloppé d'un suaire, à l'arrière de la charrette.

— Et pourquoi devons-nous l'enterrer ? Ne devrions-nous pas prévenir quelqu'un ? Au moins le père Cyril ?

Gricha cesse de creuser. La lueur crue des lampes fait ressortir l'ossature de son visage. Sa bouche a pris un pli dur.

— Tu veux que ta sœur aille en prison, Liocha ? Tu veux qu'elle soit envoyée dans un camp pour femmes en Sibérie, et qu'elle meure après des années de travail éreintant ?

— Non. Mais c'est mal. C'est mal devant Dieu. Nous devrions prévenir les autorités de Pskov. C'était un accident. Tu l'as bien vu. Lilia ne voulait pas le tuer, ajoute-t-il avec un nouveau coup d'œil en direction du corps. Je dirai que c'est moi qui l'ai fait. Je chassais, et je l'ai touché par erreur. Je dirai que c'est moi, Gricha. C'est ma faute, je n'aurais pas dû laisser le fusil chargé. Je vais prendre la responsabilité sur moi.

Gricha dévisage le jeune homme et voit ce qu'il est prêt à faire par amour pour sa sœur. Lui-même n'a jamais connu ce genre d'attachement. Il ne l'a pas éprouvé pour son frère, qu'il n'a pas hésité à trahir. Comme il a trahi Mikhaïl, et au bout du compte Antonina, pour son profit personnel. Liocha est bien meilleur qu'il ne le sera jamais.

— Tu ne ferais pas la même chose ? insiste Liocha.

Le régisseur se détourne. Il s'approche de la charrette et soulève le corps de Valentin avec précaution. Sans grand effort, il le dépose doucement sur le sol gelé, près de la tombe. Il défait alors le suaire et s'agenouille contre Valentin pour déposer un baiser sur son front avant d'y tracer le signe de croix.

Alors qu'il regarde le visage de Valentin, il a soudain un éclair de compréhension. Son père voulait donner à son plus jeune fils une chance de mener une existence qu'il n'aurait jamais pu vivre en restant à Tchita. S'il avait pu voir Kolia, Valentin, en jeune homme séduisant et maître de lui, musicien brillant qui procurait une telle joie autour de lui, il aurait été fier.

—Je te pardonne, papa, prononce Gricha en se signant. Tu avais raison, ajoute-t-il dans un murmure.

Si seulement il pouvait se pardonner; si seulement il avait fait quelque chose dont son père pourrait être fier.

Gricha replace le suaire puis, avec l'aide de Liocha, descend le corps au fond du trou. Il ramasse ensuite une poignée de terre noire et l'émiette lentement sur le corps de son frère en disant une prière. Liocha le rejoint, et les deux hommes entreprennent de combler la fosse.

Il neige toute la nuit, et, le lendemain matin, la nouvelle tombe n'est plus qu'un petit tertre parmi les autres, dans le cimetière abandonné.

* * *

Juste avant l'aube, pendant que Gricha et Liocha attendent, seuls et épuisés, que la nuit s'achève et alors qu'Angelkov est encore plongé dans le silence, Lilia se rend dans la chambre d'Antonina. Elle fait du feu puis réveille sa maîtresse. Elle s'assoit alors sur le lit, prend la main d'Antonina et lui parle avec douceur.

—Hier, Tossia, annonce-t-elle, Kropotkine est mort. Il a été tué par des bandits, sur la route, tout près d'ici. Il devait sans doute venir vous voir. Il a été tué et dévalisé et on a abandonné son corps au bord de la route. Tout le village en parle. Il a été emmené à Pskov et sera enterré quelque part là-bas. Je l'ai appris hier soir, mais je n'ai pas voulu vous le dire tout de suite. Je préférais que vous dormiez un peu avant.

Antonina retire sa main.

— Lilia, qu'est-ce que tu racontes ? Tu te trompes certainement. Tu…

— Non. Il est mort. C'est arrivé hier, à la tombée de la nuit. Il cherchait à revenir vous voir, comme l'autre nuit. Le musicien est mort parce qu'il vous aimait, Tossia.

Le visage d'Antonina a pris la teinte du mastic. Elle repense au coup de feu qu'elle a entendu, croyant que c'était Liocha encore en train de chasser. Elle tremble.

— À boire Lilia. J'ai besoin d'un verre.

La servante va chercher la bouteille de vodka dans l'armoire. Elle en sert un demi-gobelet à Antonina.

— Tenez, *moïa dorogaïa*, ma chérie. Oui, vous avez besoin d'un remontant. Je comprends à quel point ceci doit vous paraître choquant et incroyable. Mais vous savez combien certains paysans sont devenus violents, ces derniers temps. Vous êtes particulièrement bien placée pour savoir de quoi ils sont capables. Et je ne serais pas surprise d'apprendre que Gricha y est pour quelque chose.

Antonina la dévisage, de la vodka plein la bouche. Elle a du mal à avaler.

— De quoi parles-tu ?

— Vous n'avez jamais vu Gricha en colère, mais moi, oui, répond Lilia.

— Pourquoi Gricha ferait-il du mal à Valentin ?

Lilia se rassoit sur le lit et caresse les cheveux d'Antonina.

— Par jalousie, simplement par jalousie, Tossia, susurre la servante d'une voix basse et apaisante. Nous savons tous ce que cela peut pousser à faire.

— La jalousie, murmure Antonina.

Elle repense à sa visite à Gricha, la veille, durant laquelle elle n'a cessé de parler de Valentin. Comme il avait paru bizarre soudain, presque malade, songe-t-elle en posant le verre sur sa table de chevet. Et elle ne s'était pas arrêtée pour autant. Gricha éprouverait-il de tels sentiments pour elle ? Serait-elle responsable alors ? Aurait-elle mis Gricha assez hors de lui pour…

Elle enfouit son visage dans ses mains. Lilia a raison. Ce qui est arrivé à Valentin est entièrement sa faute. *Je ne sais pas pourquoi il revenait me voir… nous nous étions fait nos adieux. Mais le fait est là. Il revenait pour moi.*

— Oh miséricorde, dit-elle à voix haute. Je suis responsable de la mort de Valentin. Va-t'en, Lilia, ajoute-t-elle.

Mais la servante ne s'en va pas et la prend dans ses bras.

— Non, Tossia, vous avez besoin de moi près de vous. Vous avez besoin de moi, répète-t-elle avant de couvrir la joue d'Antonina de baisers. Je vais rester avec vous pour vous réconforter.

Antonina se soumet un instant à l'étreinte de Lilia. Mais elle ne tarde pas à trouver à sa servante une expression morbide, quelque chose d'effrayant.

On dirait que toute cette situation l'excite. Antonina se dégage avec brusquerie.

— Je t'ai dit que je voulais être seule. Va-t'en, ordonne-t-elle d'une voix ferme.

Lilia se lève.

— Je vous apporte un petit déjeuner. Nous pourrons le prendre ensemble.

Antonina se redresse, les poings serrés.

— Lilia, tu ne comprends donc pas ? crie-t-elle. Laisse-moi tranquille.

— Je comprends. Vous ne voulez pas de petit déjeuner, c'est l'émotion, dit Lilia. Vous pourrez manger plus tard.

* * *

Dès que Lilia est sortie, Antonina s'agenouille devant les icônes. Elle comprend. C'est elle. Elle est le poison d'Angelkov. Elle est cause de tout.

Je suis mauvaise et immorale. J'aimais mon fils plus que la vie, et il m'a été retiré parce que mon mari ne voulait pas que notre enfant me voie dans cet état. Je suis responsable de la mort de mon mari parce que, la nuit où il est tombé malade, je couchais avec Gricha. Valentin est mort de s'être lié avec moi. Et Gricha… Si ce que Lilia suggère est réellement arrivé, il sera condamné à mort par les autorités, et je serai encore responsable.

Antonina presse le front contre ses mains serrées.

— Mon Dieu, vous avez vu ma noirceur. J'apporte la destruction sur tous ceux qui m'approchent. C'est pour cela que vous gardez mon fils loin de moi. C'est mon châtiment.

Elle a la bouche sèche. Elle traverse la pièce d'un pas chancelant, saisit la bouteille de vodka et en boit une rasade au goulot. Puis elle la jette dans le feu. Le flacon se fracasse, et des flammes vives se mettent à rugir dans l'âtre.

Antonina a le souffle court. Elle doit continuer à prier pour faire pénitence. Il faut qu'elle chasse le mal qui est en elle. Plus elle restera à Angelkov, plus elle sèmera la destruction autour d'elle.

Il faut qu'elle soit seule, et loin de toute tentation.

* * *

Vingt minutes plus tard, Lilia revient avec un plateau.

— Je sais que vous avez dit ne rien vouloir, mais vous vous sentirez mieux si vous…

Lilia regarde les vêtements éparpillés sur le lit d'Antonina. Une valise est posée par terre.

— Tossia, qu'est-ce que vous faites ?

— Je m'en vais, dit Antonina en sortant une chemise d'un tiroir.

— Vous vous en allez ? Que voulez-vous dire ?

— Demande à Liocha de seller Dounia, et un des arabes aussi.

— Je vous ai demandé où vous allez.

Lilia contemple des vêtements sur le lit. Le choix est hétéroclite. On dirait qu'Antonina a pris ce qui lui tombait sous la main : un châle, une chemise de nuit, un bonnet d'été. Que fait-elle ?

— Vous voulez prendre des robes ? Et des souliers. Vous n'avez pas pris…

— Cela n'a pas d'importance, l'interrompt la comtesse.

Elle s'assoit devant la coiffeuse, les yeux tournés vers le miroir, mais Lilia n'a pas l'impression qu'elle puisse même voir son reflet.

La servante pose le plateau et s'assoit sur le fauteuil de velours bordeaux, près de celui d'Antonina.

— Tossia, dit-elle en saisissant la main de sa maîtresse. Ninotchka.

Elle baise le revers de la main, puis la retourne et embrasse la paume. Ses lèvres sont chaudes et humides.

Antonina frissonne.

— Je sais que vous pleurez M. Kropotkine, dit Lilia. Je voudrais pouvoir adoucir votrc chagrin. Mais vous n'avez aucune raison de partir. Vous vous sentirez mieux quand vous aurez mangé et…

Antonina se lève.

— Descends ma valise.

* * *

Lorsque Antonina et Liocha arrivent à la datcha, une légère couche de neige recouvre les marches de bois.

Liocha porte la valise et le panier de nourriture que la comtesse a demandé à Raïssa de préparer. Il allume du feu avec le bois qui reste dans l'âtre. Puis il sort fendre des bûches entassées derrière la datcha et en rentre deux brassées. Il en dépose un tas sur le perron et remplit une caisse de petit bois près de la cheminée.

Tout en l'observant, Antonina songe que Liocha ne ressemble guère à sa sœur. Il a un visage franc et honnête alors que celui de Lilia s'est durci et que ses traits semblent s'être contractés : ses yeux, ses lèvres, ses narines pincées.

— Vous êtes sûre que ça va aller, ici, toute seule ? Vous saurez entretenir le feu…

— Merci, Liocha. Tu peux rentrer maintenant. Et emmène Dounia – je ne veux pas avoir à m'inquiéter pour elle dans l'écurie toute froide. Mais je t'en prie, je veux que personne ne sache où je suis. C'est compris ? *Personne.*

En voyant l'expression de sa sœur, qui les a regardés partir de la terrasse, Liocha ne doute pas que Lilia soit très en colère devant le refus de la comtesse de lui dire où elle allait.

Liocha est épuisé et malade d'inquiétude. Il ne cesse de penser à ce que Lilia a fait la veille, au fait d'avoir dû enterrer le malheureux. Mais ce matin, Lilia semblait parfaitement maîtresse d'elle-même, comme si rien ne s'était passé. Comment a-t-elle pu tuer cet homme, ce musicien tranquille, de sang-froid, et être aussi calme aujourd'hui ? Et pourquoi a-t-elle parlé de Sosso et de Mikhaïl Konstantinovitch ?

— Je suis désolée de devoir te demander une chose pareille, Liocha, dit Antonina. Mais il est très important que tu gardes cela pour toi. Je sais que je peux te faire confiance.

— Oui, madame, répond Liocha. Quand dois-je revenir vous chercher ?

— J'ai à manger pour trois ou quatre jours.

Liocha touche sa casquette et enfourche son cheval. Antonina le regarde s'éloigner, entraînant Dounia sur l'étroit sentier forestier.

Elle regarde autour d'elle dans la datcha et se remémore la dernière fois qu'elle est venue ici, avec Gricha. Elle se rend dans la chambre. Le lit est toujours défait. Personne n'est entré là depuis. Elle s'allonge et enfouit son visage dans les draps froids. Ils sentent une vague odeur de cuir, et son parfum aussi. Elle tire le couvre-lit sur elle et découvre alors le gilet brodé que Gricha portait lorsqu'ils se trouvaient ici ensemble. Elle passe les doigts sur les broderies et se dit que Gricha n'est pour rien dans la mort de Valentin. C'est impossible. C'est Lilia qui lance des rumeurs. Gricha n'a rien fait. Elle songe à sa générosité durant toutes ces années : envers son fils, envers Liocha et tant de serviteurs. Jamais il ne donne le knout, comme le faisait Gleb. Elle le sait par les domestiques. Ils prenaient garde de ne pas mettre Konstantin au courant, mais elle, elle savait. Même Micha le savait. Il a dit un jour qu'il était content que Gricha ne soit pas cruel avec les garçons d'écurie comme le régisseur qu'il avait pu voir dans un autre domaine où il avait été invité.

Elle se rappelle le comportement de Gricha avec elle, dans cette chambre. À aucun moment il n'avait oublié sa blessure au nez quand il pressait, à la fois doucement et fermement, sa bouche contre la sienne. Valentin, lui, l'avait tenue dans ses bras comme un animal que l'on aime, et son rapide baiser… il lui avait donné l'impression de goûter à quelque chose d'agréable et de sucré, quelque chose qui ne durait pas sur la langue, comme ces glaces qu'on mange en été. La bouche de Gricha avait de la substance.

Elle s'est convaincue qu'elle ne connaîtra plus jamais les lèvres de Gricha, ni ses mains sur son corps. Mais là, tout de suite, elle ne souhaiterait rien d'autre que d'entendre son pas sur les marches de bois. Elle voudrait qu'il ouvre la porte à la volée, sans frapper, qu'il traverse la datcha et la serre dans ses bras afin qu'elle puisse oublier, ne serait-ce qu'une heure, son chagrin pour Mikhaïl, sa tristesse concernant Valentin, son inquiétude au sujet de l'avenir du domaine. Au sujet de son propre avenir. Afin d'en oublier un besoin de boire tel qu'elle a la sensation de ne plus pouvoir faire un pas ou même respirer sans alcool. Avec Gricha, elle pourrait oublier pour ne plus vivre que le moment où il prend possession d'elle.

Elle doit renoncer à ses fantasmes stupides. Elle retourne dans le salon chauffé et sort de sa valise la lettre que Micha lui a écrite au dos de sa transcription de Glinka ainsi que les deux autres pages trouvées dans son manteau. Elle les a toutes lues si souvent qu'elle a presque peur de les déplier tant elles sont froissées et fragiles. Elle songe à toutes les épreuves auxquelles elle a été soumise : Konstantin, Gricha, Valentin. La vodka. Elle a échoué partout.

Le seule chose dont elle puisse se targuer est d'avoir été une bonne mère.

Elle tombe à genoux et, pressant les feuilles contre sa poitrine, prie à voix haute.

— Père céleste, je me confesse à vous. J'ai beaucoup péché et je comprends que vous me jugiez indigne d'avoir une autre chance. Mais je fais devant Vous le serment d'essayer de m'amender. Je vais essayer encore. Peut-être estimez-vous que je ne mérite pas de retrouver mon fils. J'ai été une mauvaise épouse. Je suis une femme méprisable. J'accepte votre châtiment pour ces fautes. Mais je ne suis pas une mère indigne.

Antonina s'assied sur ses talons. Elle a soif et ses mains tremblent de plus en plus. Son ventre se contracte comme avant ses règles. Elle va dans la cuisine vider le panier de victuailles. Il y a un morceau de saucisson, une miche de pain, un bocal de chou au vinaigre et un autre de pommes marinées, des pommes de terre en robe des champs, des œufs durs et des bouteilles de babeurre. Elle ouvre une bouteille et la porte à ses lèvres. Elle boit et fait la grimace. Le goût prononcé lui donne la nausée.

Il n'est que midi.

Valentin est mort depuis moins de vingt-quatre heures.

* * *

Gricha est retourné près de la tombe, ce matin. Il s'est agenouillé et a prié pour son frère. Il connaît une telle agitation qu'il a le sentiment de devoir faire davantage.

Il ne sait pas ce qui le perturbe le plus : la peine, la culpabilité ou la colère.

Il se rend au château des Bakanev afin de toucher la somme convenue pour les terres qu'il revend au prince. Celui-ci est agacé par la transaction et ne lui donne que la moitié de ce qu'il a payé, mais le régisseur n'a pas le choix. Il a troqué sa sécurité contre la liberté de Mikhaïl.

Il rentre en fin d'après-midi et gagne directement la porte de service. Pour la première fois, elle est verrouillée. Il frappe, et Lilia ouvre aussitôt, se plaçant dans le passage.

Il s'enquiert de la comtesse.

— Elle va bien, assure Lilia.

— Je voudrais la voir. Pour vérifier par moi-même qu'elle va bien. Je me demande ce que tu lui as dit. Je ne te fais pas confiance.

Gricha écarte la servante pour entrer dans la cuisine. Il n'aura bientôt plus à s'inquiéter d'elle. Elle quittera Angelkov dès que Mikhaïl sera rentré et qu'elle aura touché sa part de l'argent.

— Lui as-tu parlé de…

Il a du mal à prononcer le nom de son frère.

— Lui as-tu dit quoi que ce soit, sur ce qui s'est passé hier ?

Lilia regarde autour d'elle pour s'assurer qu'ils sont seuls.

— Tu ne peux pas la voir maintenant. Tu as l'argent ?

— Oui.

— Bien. Il commence à faire froid, et je ne sais pas s'il garderont Mikhaïl au chaud.

— Tu crois que je ne m'inquiète pas autant que toi pour lui ?

— Tu t'inquiétais donc quand tu as aidé à le faire enlever ?

Gricha serre la mâchoire.

— Il est déjà tard. Demain, tu me conduiras à Sosso et nous ramènerons Mikhaïl Konstantinovitch. Va dire à Antonina que je veux lui parler.

Il ne veut pas informer la comtesse de ce qui se passera le lendemain, au cas où les choses ne se dérouleraient pas comme prévu. Mais il tient à vérifier – il en a besoin – qu'elle va bien.

— Elle dort encore, proteste Lilia.

— Comment ça, encore ? L'après-midi touche à sa fin.

— Tu sais bien dans quel état elle se met, dit Lilia en faisant mine de porter un verre à ses lèvres. Je n'irai pas la réveiller.

— Demain matin, alors, Lilia. Je reviendrai demain matin, et nous irons voir Sosso.

La servante hausse les épaules et lui tourne le dos.

* * *

À cinq heures de l'après-midi, Antonina a déjà très mal au ventre. Le soir tombe, et elle gémit en serrant son abdomen endolori, se sentant alternativement glacée et fiévreuse, le corps trempé de sueur. Elle a déjà mis la cuisine sens dessus dessous en cherchant la bouteille de vodka qu'elle a partagée avec Gricha quand elle est venue ici avec lui. Lorsqu'elle la trouve enfin, vide, elle pousse un hurlement et la projette contre le fourneau. Le flacon se fracasse. Désespérée, elle se laisse tomber à quatre pattes et se blesse le doigt sur un morceau de verre. Elle retire le fragment de bouteille et suce le sang qui coule, puis elle s'allonge en chien de fusil sur le sol glacé de la cuisine, saisie d'une envie de pleurer mais incapable d'y arriver.

* * *

Gricha revient au manoir le lendemain matin. Raïssa et Pavel travaillent dans la cuisine. Le régisseur demande à Pavel d'aller chercher Lilia.

— Comment va-t-elle aujourd'hui ? demande-t-il quand Lilia arrive dans la cuisine.

La servante ignore sa question.

— Tu as laissé la porte ouverte. Ferme-la. Il fait froid, et regarde, il neige.

Elle ramène les bras contre sa poitrine et s'approche du fourneau.

Gricha ferme soigneusement la porte. La neige s'est mise à tomber pendant la nuit. Ce n'étaient au début que quelques flocons poudreux, mais le vent d'est s'est levé, et de gros flocons humides tombent à présent si serrés que les pas de Gricha sont presque recouverts le temps qu'il arrive à l'entrée de service. On n'est qu'au début du mois de novembre, mais il semble que l'hiver veuille s'installer plus tôt que d'habitude.

Lorsqu'il se retourne, Gricha constate, avec un sursaut désagréable, que Lilia porte une robe d'Antonina.

Raïssa remue une bouillie d'orge sur le feu pendant que Pavel frotte l'argenterie sur la table : un poêlon, des chandeliers, des couteaux à poisson.

Gricha reconnaît la robe d'intérieur : coupée dans un tissu souple, couleur crème, cintrée pour souligner la taille. Antonina la portait la dernière fois qu'il l'a vue, lorsqu'elle est venue chez lui récupérer la lettre de Valentin. La couleur mettait en valeur la transparence de sa peau ; elle donne à Lilia un teint olivâtre. L'étoffe est trop tendue sur ses hanches : Lilia n'est pas faite comme sa maîtresse. Et puis elle arbore le trousseau de clés d'Olga, les clés de la gouvernante, accroché à une grosse ceinture de cuir, parfaitement incongrue sur la robe délicate.

— La comtesse t'a donné la permission de porter ses vêtements ?

— Ce que je porte ne te regarde pas, réplique Lilia, visiblement ennuyée.

Elle a tracé deux ronds rouges sur ses joues, et un peigne d'écaille s'accroche de travers dans ses cheveux.

— Je veux la voir, comme je voulais la voir hier soir.

— C'est impossible, répond Lilia.

Gricha continue d'étudier la servante. Elle est un peu plus petite qu'Antonina et porte des bottines à semelles plates. Antonina porte toujours des escarpins à talons. L'ourlet de la robe traîne par terre, accrochant au passage poussières et saletés diverses. Le rouge paraît plombé sur les joues de la servante.

— Est-ce qu'elle est malade ? questionne-t-il alors. C'est cela, Raïssa ? La comtesse est-elle malade et refuse de voir qui que ce soit ? Je vais chercher le médecin.

Raïssa ouvre la bouche, ses sourcils froncés, mais Lilia la devance :

— Elle n'est pas malade.

Gricha ne veut pas imaginer qu'Antonina puisse boire à ce point si tôt le matin.

— Eh bien je la verrai, que cela te plaise ou pas, dit-il en entreprenant de traverser la cuisine.

— Non ! s'écrie Lilia, qui se précipite vers la porte donnant sur le couloir.

Gricha repousse le bras tendu censé lui barrer le passage et sort dans le couloir, ses bottes mouillées faisant résonner le plancher d'un pas lourd et décidé.

Toutes les portes du rez-de-chaussée sont fermées. Il les ouvre toutes rapidement, méthodiquement, pour chercher Antonina dans la salle à manger, la salle du petit déjeuner, la bibliothèque, le bureau, le salon, le salon de musique. Chaque pièce est plongée dans l'obscurité, les rideaux tirés afin d'éviter l'air froid des fenêtres givrées. Ni poêle ni cheminée ne sont nulle part allumés. Il fait froid et sec. Il n'y a plus assez de bois dans le bûcher autrefois gigantesque pour chauffer plus de quelques pièces à la fois. Ils sont entourés de forêts, mais il n'y a plus assez d'hommes pour couper et transporter le bois.

La vieille Olga dort dans un coin du vestibule, sur une chaise à dossier droit, les épaules enveloppées dans une grosse couverture, le menton baissé sur la poitrine. Réveillée par le pas de Gricha, elle soulève la tête et cligne des yeux avec une expression perdue en le regardant prendre l'escalier. Noucha, la dernière des jeunes servantes encore à Angelkov, est agenouillée sur le tapis, qu'elle frotte à l'aide d'une petite brosse à poils durs. Elle s'écarte d'un bond pour laisser passer Gricha, qui monte les marches quatre à quatre.

Lilia le suit.

Il s'arrête devant la porte d'Antonina.

— Madame, appelle-t-il en frappant. Comtesse, c'est Gricha. Je peux entrer ?

Il tourne la poignée de cristal et pousse le panneau.

— Madame ? répète-t-il d'une voix inquiète.

Mais lorsqu'il franchit le seuil, la chambre est comme les autres pièces, rideaux tirés et feu éteint. Il se tourne vers Lilia.

— Où est-elle ? Dis-moi où elle est, ordonne-t-il en s'approchant de la servante, la dominant de toute sa taille.

Lilia ne recule pas, ne frémit pas non plus. Elle lève les yeux vers lui.

— La comtesse est partie, Gricha, dit-elle d'une voix calme. Partie, répète-t-elle.

— Que veux-tu dire ? Où ça ?

Plus Gricha paraît agité, plus Lilia devient sereine, insondable.

— Elle a demandé à Liocha de la conduire en ville. Elle comptait louer une voiture et un cocher, là-bas.

Lilia est furieuse contre son frère, qui n'a rien voulu lui dire. Qu'il obéisse à Antonina plutôt qu'à elle a déclenché une nouvelle dispute entre eux. Ils ne se sont pas parlé depuis l'horrible événement dans la maison de Gricha. Lilia pense vite et s'exprime lentement.

— Elle est partie à Saint-Pétersbourg, conclut-elle.

Elle est récompensée par les pupilles du régisseur qui se dilatent soudain, et par son visage qui se décolore.

— Saint-Pétersbourg ? répète-t-il.

Lilia a l'avantage. Elle a réussi à faire sortir Valentin de la vie d'Antonina, et elle va maintenant se débarrasser de Gricha.

— Oui, Saint-Pétersbourg. Elle a dit que plus rien ne la retenait à Angelkov pour le moment. Elle m'a dit qu'il n'y avait plus rien pour elle ici.

Lilia apprécie ce petit jeu en observant le visage de Gricha. Sans Antonina, le temps s'écoule, lent et morne.

37

La neige tombe dru et s'amoncelle. Le vent forcit et devient de plus en plus glacé.

Liocha pense à Antonina, seule à la datcha et contrainte de brûler bien plus de bois que l'un et l'autre l'ont escompté. À onze heures, ce matin-là, il se rend à l'écurie, s'enfonçant dans la neige jusqu'à mi-mollets. Il selle l'arabe et prend l'allée. Il serait plus logique, par ce temps, d'atteler les Orlov à la troïka. Ils sont entraînés à tirer le traîneau à vive allure. Les trois chevaux attelés font merveille sur la route, mais Liocha sait qu'ils ne passeront pas sur le sentier de forêt étroit qui mène à la datcha. Il projette de ramener Antonina avec lui sur le cheval, si elle veut bien venir. Sinon, il fendra davantage de bûches pour elle. Peut-être même qu'il restera là-bas, pour s'assurer qu'elle est en sécurité.

Lorsqu'il atteint l'embranchement du sentier, la neige est aveuglante. Il lui reste une demi-heure de trajet à travers bois avant d'arriver à la datcha. Le cheval lutte et cherche à lever les jambes aussi haut qu'il le peut, puis se met à broncher nerveusement et à piaffer. Liocha a beau insister, le pur-sang refuse d'avancer. Le garçon a si froid qu'il ne sent plus ses mains sur les rênes. Il a baissé son *ouchanka* sur ses yeux et couvert son nez d'une grosse écharpe. Mais ses cils sont gelés, et la neige lui brûle les yeux.

Il finit par faire rebrousser chemin à son cheval. Celui-ci reprend lentement le chemin qu'il vient de parcourir. Mais Liocha ne voit plus la route. Tout est blanc et aveuglant. Sans la détermination et le sens de l'orientation de la monture, ils se seraient fourvoyés dans un champ et seraient morts de froid. Il y a maintenant six heures que Liocha est parti pour un trajet qui n'aurait pas dû excéder deux heures. L'obscurité tombe alors que l'animal lutte sur la longue route qui conduit au manoir.

Mais le pur-sang arabe est trop épuisé pour franchir les congères de plus en plus hautes qui barrent l'accès à l'étable. Liocha plisse les yeux pour tenter de se repérer. Il ne parvient à discerner que la masse imposante du manoir lui-même, mais les dépendances ont toutes disparu. Il descend alors de son cheval, le prend par la bride et, courbé en deux pour affronter le vent, avance vers le perron.

Il s'effondre sur les marches, et il lui faut quelques instants pour reprendre assez de forces pour les gravir à quatre pattes. Sans se relever, il frappe contre la porte verrouillée. Lilia et Gricha finissent par ouvrir, Pavel, Raïssa, Olga et Noucha, les seuls domestiques à être restés à Angelkov, se pressant derrière eux.

Alors que Liocha s'effondre à moitié sur le seuil, Gricha fait monter le cheval dans la vaste entrée haute de plafond. Le pauvre animal a des glaçons qui pendent à ses narines et aux poils de sa mâchoire, et sa crinière est tellement prise dans la glace qu'elle est dure comme de la pierre. Il est secoué de frissons violents.

Pendant que les femmes emmènent Liocha dans la cuisine, Fiodor apporte des couvertures avec lesquelles Gricha et lui frottent vigoureusement le cheval. Puis Gricha laisse Fiodor terminer seul et rejoint les autres dans la cuisine.

Liocha est couché par terre, près du poêle, vidé de toutes forces. On a jeté une épaisse couverture sur lui, et Lilia est agenouillée à son côté. Elle lui a retiré ses bottes et ses chaussettes et lui frotte à présent vigoureusement les pieds.

En voyant que son frère ne venait pas prendre son déjeuner, Lilia était allée au quartier des serviteurs. Elle l'avait cherché là-bas, puis à l'écurie. Elle était toujours fâchée contre lui, mais en voyant la stalle de l'arabe vide, elle avait pris peur. Où Liocha avait-il pu aller par cette tempête ? Elle s'était aventurée jusque chez Gricha pour lui signaler que Liocha avait disparu. Ils ont tous deux pensé la même chose : après ce qui était arrivé au musicien, Liocha n'avait pas voulu rester à Angelkov. Il avait décidé de ne rien leur dire – comment l'en blâmer ? – et de partir. Lilia se demandait s'il s'était rendu chez Ania Fomovna. Mais quelle qu'ait été son intention, il n'avait pas pu aller bien loin dans cette tempête.

Gricha est retourné au manoir avec Lilia et s'est installé à la table de la cuisine, les yeux fixés sur ses poings. Les serviteurs priaient devant les icônes au-dessus du fourneau pour que Liocha rentre sain et sauf.

Le jeune homme remue enfin. Il s'assoit péniblement. Lilia lui donne une tasse fumante, et Gricha vient se planter devant lui.

— Mais qu'est-ce que tu avais dans la tête ? Tu sais bien que c'était une folie de faire sortir un cheval par ce temps, dit-il d'un ton sec, préférant dissimuler l'inquiétude qu'il a éprouvée pour Liocha en parlant du cheval.

— J'essayais de la rejoindre. La comtesse, dit Liocha, dont l'extrémité du nez est gelée. J'ai pensé qu'elle aurait besoin de davantage de bois, et…

— Où est-elle ? le coupe Lilia.

Gricha dirige son regard vers la servante.

— Tu as dit qu'elle était partie à Saint-Pétersbourg.

— Elle est dans une datcha, à environ six verstes d'ici, indique Liocha. C'est dans les bois, en prenant…

— Je sais où c'est, l'interrompt Gricha. Pourquoi est-elle allée là-bas ?

— Je n'en sais rien, Gricha. Je l'ai emmenée là-bas comme elle me l'a demandé.

— Pourquoi m'as-tu menti ? demande le régisseur en se tournant vers Lilia.

— Elle ne savait pas, intervient Liocha. Je n'étais censé le dire à personne. Lilia ne savait pas, répète-t-il.

— Quelle différence ? fait Lilia avec un haussement d'épaules. Pour moi, elle *était* partie à Saint-Pétersbourg.

Gricha secoue la tête, préoccupé.

— Elle est donc là-bas… Quand l'y as-tu conduite, Liocha ?

— Hier matin, de bonne heure, après…

Il ne peut continuer. L'image du musicien mort est trop présente. Il n'arrive pas à la repousser, ni la vision de sa sœur aux mains ensanglantées.

— J'ai voulu y retourner aujourd'hui parce que j'avais peur qu'elle n'ait pas assez de bois.

— Combien de temps a-t-elle dit qu'elle resterait là-bas ?

— Elle m'a demandé de revenir la chercher dans trois ou quatre jours, mais comment aurions-nous pu deviner qu'une tempête allait se lever ? Et je ne sais pas si elle a du pétrole pour les lampes. Je n'avais pas envie de la laisser seule, Gricha, mais elle a insisté.

Il se cache les yeux sous sa main.

— Je vais aller la chercher, décide le régisseur.

— Mais il fait sombre, et un cheval ne peut pas sortir par ce temps, murmure Liocha.

Gricha ne sait que trop qu'il devra attendre le lendemain matin. Dans la cuisine chaude et bien éclairée, alors qu'une soupe appétissante bouillonne sur le fourneau, ils pensent tous à la comtesse Mitlovskaïa, seule en pleine forêt, dans le froid et l'obscurité.

— Il y a des loups dans la forêt, commente Noucha.

* * *

La tempête s'apaise vers minuit, et Gricha se met en route aux premières lueurs du jour. La neige étincelle dans le soleil levant. Le cheval peine, et la route est difficile.

Lorsqu'il arrive à la datcha, aucune fumée ne s'élève de la cheminée et il y a une myriade d'empreintes de loups tout autour de la maison. Il déblaie la neige accumulée devant la porte avant de l'ouvrir. Dès qu'il entre, il trouve Antonina allongée par terre devant la cheminée qui ne contient plus qu'un petit tas de cendres. Elle a empilé sur elle des couvertures et une vieille peau d'ours qui se trouvait clouée au mur de la petite véranda située derrière la datcha. Comme Liocha l'avait craint, il n'y a plus de bois, et il fait plus froid à l'intérieur que dehors. Gricha ne voit pas le visage de la jeune femme, mais son souffle fait un panache de buée au-dessus d'elle.

Il referme doucement la porte et ressort pour aller fendre une brassée de bûches et couper du petit bois. Lorsqu'il entre avec son chargement, Antonina s'est assise et porte la main à sa gorge. Il y a du sang séché sur un de ses doigts.

— Gricha, c'est vraiment vous ? s'écrie-t-elle, un sanglot dans la voix. J'ai entendu la hache. J'ai froid, Gricha, et j'ai eu peur. Les loups… Gricha, ils n'ont pas arrêté de hurler et de gratter.

Elle paraît si pâle et épuisée que Gricha se sent effrayé. Elle a de grands cernes sombres sous les yeux, et ses lèvres semblent à vif.

— Est-ce que les loups sont partis ? demande-t-elle.

Il fait signe que oui, s'approche d'elle et pose le bois par terre. Puis il s'agenouille et entreprend de retirer la cendre de l'âtre avant de se tourner vers elle.

— Est-ce que ça va, Antonina ?

Évidemment, que cela ne va pas. C'est davantage que du froid et de la peur. C'est quelque chose d'autre, quelque chose qui s'est emparé d'elle.

Elle claque des dents.

— C'est Liocha qui vous a dit où j'étais ?

Gricha hoche de nouveau la tête, puis se détourne pour allumer le feu. Il s'assoit sur les talons pour regarder le feu prendre sur les brindilles, et les flammes s'enrouler et grésiller autour du bois humide.

— Il a essayé de venir hier, mais il n'a pas réussi.

— Alors vous êtes venu.

Antonina a les yeux fixés sur lui. Il y a de la neige, pareille à des diamants minuscules, accrochée aux cheveux noirs du régisseur, à ses larges épaules.

— Antonina, vous êtes souffrante, dit-il en se tournant vers elle. Qu'est-ce que c'est ?

Elle a les lèvres écorchées, comme si elle les avait mordues furieusement.

Comment le lui avouer sans s'humilier ? Il n'y a rien d'autre à faire que de dire la vérité pure et simple.

— Je suis venue ici faire pénitence, Gricha, et aussi pour m'éloigner de… de… la tentation.

— La tentation ?

— L'alcool, Gricha. Le vin. La vodka.

Elle voudrait s'humecter les lèvres, mais sa langue est si sèche.

— Je ne peux pas, je ne peux plus, reprend-elle. Je ne peux plus boire pour rendre ma vie supportable, parce que ça ne marche pas. Ça ne la rend pas plus supportable. Ça ne fait qu'aggraver les choses.

En fait… cela me rendait faible. Alors que je me disais que cela me rendait plus forte.

Soudain, elle est secouée d'un violent frisson et se penche en avant en se tenant le ventre. Puis elle se couche sur le côté et se recroqueville en fermant les yeux avec un gémissement presque imperceptible.

Gricha l'observe à la lueur du feu qui forcit. Elle semble avoir sombré dans une sorte de sommeil bien qu'elle soit raide et agitée.

Elle rouvre soudain les yeux et pousse un cri en le voyant.

— J'ai oublié… j'ai cru que vous étiez un rêve. J'ai rêvé que vous viendriez me sauver.

Gricha doit détourner la tête afin qu'Antonina ne voit pas à quel point ses paroles l'affectent. Son propre frère ne lui a-t-il pas dit à peu près la même chose à peine quelque jours plus tôt, alors qu'il était mourant ? Mais Antonina n'est pas mourante, n'est-ce pas ? Il *peut* encore l'aider, même s'il n'a pas pu aider son frère.

— Oui, je suis là. Je suis là, répète-t-il en lui prenant la main.

Elle est glacée et pourtant moite. Ses doigts semblent dépourvus d'os.

— Vous réchauffez-vous ?

Elle fait oui de la tête, mais claque toujours des dents.

Il écarte les couvertures et voit que le devant de sa robe est taché de vomi. Gricha remarque aussi le gilet qu'il avait laissé sur le lit ; elle a dormi en tenant son gilet. Il éprouve une vive émotion. Il la ramène contre lui et la serre dans ses bras. Elle appuie la tête contre sa poitrine, telle une enfant confiante.

Il se relève alors et la porte sur le canapé. Elle est plus légère encore que dans son souvenir. Il l'allonge et l'enveloppe dans une couverture. Mais, brusquement agitée, elle la repousse et se redresse.

— Couchez-vous, Antonina, lui dit-il. Essayez de dormir.

— Je ne peux pas. Dès que je ferme les yeux, je vois des choses horribles. C'est comme des cauchemars, sauf que je ne crois pas que je dorme.

— Ça s'arrêtera.

— Il arrive que j'aie les yeux ouverts et que les cauchemars viennent quand même. J'ai peur, Gricha. Quand me sentirai-je mieux ?

— Bientôt, assure-t-il en l'enlaçant de nouveau. Je suis certain que ça va bientôt s'arrêter.

En réalité, il n'en sait rien, mais l'alcool doit à présent s'être évacué de son corps puisque cela fait trois jours qu'elle n'en a pas pris. Son organisme en garde simplement le souvenir et réclame une nouvelle dose. Gricha a vécu une expérience semblable après sa nuit avec Antonina : son corps la réclamait. Et il sait combien de temps le souvenir perdure.

Il écarte les cheveux blonds de la jeune femme. Ils sont tout emmêlés et des peignes jaillissent en tous sens.

Antonina entreprend de les retirer. Il s'assoit près d'elle et la regarde. Lorsque la dernière longue mèche de cheveux tombe dans son dos jusqu'à sa taille, Gricha prend une profonde inspiration. Il fait courir ses doigts dans les cheveux dénoués. Ils sont si fins, et cependant si lourds.

Il comprend ce qu'elle fait : elle le laisse la voir en état de complète vulnérabilité. Non, ce n'est peut-être pas de la vulnérabilité mais de la force au contraire. C'est sa façon à elle de lui dire qu'elle a confiance en lui. Elle se livre à lui tout entière, ce qui exige de la force.

— Je vais vous faire du thé.

Il se lève pour aller dans la cuisine, et elle lui saisit la main.

— Ne me laissez pas. Ne partez pas, Gricha.

— Juste dans la cuisine, Antonina.

Elle tremble encore et plante ses dents dans sa lèvre gercée, faisant surgir une perle de sang.

Gricha se retient de l'effacer d'un coup de langue et se maudit d'avoir ce genre de pensées alors qu'Antonina est de toute évidence malade et fragile. Dans la cuisine, il trouve la nourriture qu'elle a apportée intacte. Il allume le fourneau et remplit la bouilloire avant de revenir se poster à l'entrée de la pièce pour la regarder.

— J'ai essayé de me montrer courageuse en récitant de la poésie, cette nuit, dit Antonina. Vous connaissez *Soir d'hiver* de Pouchkine ?

Il acquiesce.

— N'est-ce pas curieux ? En le disant à voix haute, j'ai pris conscience qu'il parlait de ma vie.

Ciel de brume, la tempête, commence-t-elle à réciter,
Tourbillonne en flocons blancs,
Vient hurler comme une bête
Ou gémit comme un enfant.

Mais buvons, compagne chère
D'une enfance de malheur !
Noyons tout chagrin ! qu'un verre
Mette de la joie au cœur !

Antonina tente un sourire tremblé.

— Même Pouchkine me pousse à boire. Un poème sur l'hiver, les bêtes de la forêt, les enfants qui gémissent et la boisson. Ha ! dit-elle amèrement. C'est bien difficile, n'est-ce pas ? Ici, je n'ai pas le choix. Il n'y a pas de vodka. Mais quand je rentrerai à Angelkov… vais-je y arriver, Gricha ?

La bouilloire émet une suite de petits claquements secs.

— Il faut que ce soit pour toujours, ajoute la jeune femme. Il le faut.

Il la contemple encore une minute, puis retourne préparer le thé ainsi qu'une assiette de tranches de pain et de saucisson.

Le thé fume dans le verre. Gricha y a ajouté des fragments de pain de sucre. Il lui montre l'assiette. Elle la regarde, puis prend une tranche de pain et en prend une toute petite bouchée. Elle mâche, puis s'efforce d'avaler, mais s'étrangle et crache discrètement dans sa main le bout de mie mâché.

— Pardon, je n'arrive pas encore à manger, Gricha. Mon estomac… j'ai été tellement malade.

— Le pain est trop dur, et le saucisson… non, bien sûr. Buvez le thé.

Elle parvient à en avaler quelques gorgées.

— Je vais vous préparer de la soupe, annonce-t-il. C'est de la soupe qui vous conviendra le mieux pour le moment.

— Vous savez faire de la soupe ?

Il pose une main sur son épaule.

— Dormez maintenant, et plus tard, quand vous vous réveillerez, il y aura une bonne soupe chaude.

* * *

Antonina sombre dans un sommeil agité, et Gricha en profite pour confectionner une soupe épaisse avec le saucisson, les pommes de terre et le chou que la comtesse a apportés. Il regarde la cuisine, conscient que la datcha ne lui appartient plus. Elle est à nouveau la propriété du prince Bakanev puisqu'elle se situe sur les terres que Gricha a possédées si peu de temps. Il refuse de se lamenter sur ce qu'il vient de perdre et sort couper du bois pour s'assurer que le feu brûle avec vigueur et garde le salon au chaud. Des étincelles crépitent dans la cheminée, et le bois craque. Le régisseur s'assoit sur une chaise à côté du canapé et regarde Antonina bouger dans son sommeil. Le visage et la gorge de la jeune femme sont moites. Elle grimace et gémit et finit même par pousser un cri. Il lui prend la main.

— Dors, Tossia, murmure-t-il en lui essuyant le front et le cou.

L'après-midi touche à sa fin lorsqu'elle s'assoit enfin.

— Ma tête, dit-elle. J'ai tellement mal.

Elle a les pupilles légèrement dilatées.

— Cela te ferait du bien de manger. Tu veux essayer un peu de soupe ?

Elle hoche la tête sans réagir au tutoiement et elle plonge la cuiller dans le bol qu'il tient devant elle. Mais sa main tremble trop et c'est lui qui la porte à sa bouche. Au bout de quatre cuillerées, elle secoue la tête.

— C'est un bon début, assure-t-il. Tu en prendras d'autre plus tard.

Il porte le bol dans la cuisine.

— Gricha ? appelle-t-elle, tu pourrais m'apporter un verre d'eau ?

Il lui apporte l'eau et elle la fixe du regard.

— À partir de maintenant, je ne boirai pas autre chose, Grigori Sergueïevitch. J'ai conclu un pacte avec Dieu.

— C'est bien.

— Tu me crois ? Est-ce que tu crois en moi, Gricha ?

— Je crois en toi, Antonina Leonidovna, répond-il.

Il éprouve alors une telle tendresse pour elle – son expression et sa voix sont si sérieuses – qu'il ne peut pas s'en empêcher : il prend la joue de la jeune femme dans sa paume.

Elle s'appuie dessus et place sa main sur celle de Gricha. Ils demeurent ainsi un long moment.

— J'ai besoin d'un bain, dit-elle enfin.

* * *

Il fait bouillir de l'eau dans deux chaudrons, rentre la cuve en fer-blanc accrochée sous le porche, à l'arrière de la maison et la place devant le fourneau, qui chauffe toute la cuisine.

— Je viens te chercher dans un instant, Antonina, lance-t-il alors qu'il verse l'eau chaude dans la cuve.

Mais elle arrive toute seule, à pas lents et en se tenant au chambranle de la porte. Elle regarde l'eau fumante et, comme si elle était très vieille, ou très faible, déboutonne sa robe, en fait glisser les manches le long de ses bras et la laisse tomber en tas à ses pieds. Puis elle retire ses bas et son pantalon de coton pour enfin faire passer sa chemise par-dessus sa tête. Elle ne le quitte pas des yeux. Sa lèvre supérieure frémit.

Elle est beaucoup trop maigre avec son abdomen concave, ses hanches et ses clavicules saillantes, et elle évoque une fleur pâle et frêle tout juste éclose.

Il tend la main, et elle la prend pour monter dans la cuve puis s'assoit, genoux repliés sous le menton. Il passe derrière elle et se penche pour, d'une main, relever sa masse de cheveux, tout en lui versant de l'autre de l'eau sur ses épaules. Elle arrondit le dos et baisse la tête. Sa nuque est si blanche, si vulnérable. Il distingue toutes ses vertèbres et voudrait presser ses lèvres sur chacune d'entre elles. Il se contente de prendre un linge et de le mouiller avant de le passer sur sa peau comme s'il s'agissait d'un papier extrêmement mince.

Il lui lave doucement le cou, les épaules, les bras.

Antonina pose son front sur ses genoux et passe ses bras autour de ses jambes. Elle demeure enfin parfaitement immobile, et sa respiration est douce et régulière. Gricha se demande si elle ne s'est pas rendormie. Il pose le linge et laisse lentement retomber sa chevelure avant de prendre la couverture propre qu'il a mise à chauffer sur le dossier d'une chaise, devant le fourneau.

— Viens, dit-il en ouvrant la couverture.

La jeune femme lève la tête pour le regarder. Elle a encore les pupilles légèrement dilatées. S'appuyant de nouveau sur le bras du régisseur, elle sort de la cuve. Il l'enroule dans la couverture chaude et la retient contre lui.

Il se rappelle les paroles de Lilia dans la cuisine. *Antonina a droit à l'amour.*

— Je voudrais t'aimer, Antonina, prononce-t-il à voix si basse qu'elle doit soulever la tête pour approcher son oreille de la bouche du régisseur.

Elle ne répond pas. L'a-t-elle entendu ? Il n'a jamais rien dit de tel à une femme. Il ne sait même pas s'il a voulu parler d'amour physique ou du sentiment. Mais soudain, c'est la même chose. Elle est si petite dans ses bras, si fragile. Comment a-t-il pu la prendre, en septembre, sans la blesser ?

— Pouvons-nous retourner au salon ? demande-t-elle.

Il la soulève comme il l'a fait plus tôt, et, cette fois encore, elle s'appuie contre lui, s'abandonne avec une telle confiance qu'il se sent plus fort qu'il ne s'est jamais senti. Il pourrait la porter indéfiniment.

Mais il la pose sur le canapé et attise le feu.

— Gricha ? dit-elle. S'il te plaît, viens t'asseoir avec moi.

Il s'exécute, et elle lui prend la main – c'est elle, cette fois, qui fait le geste – avant de continuer.

— Il ne faut pas m'aimer, Gricha.

Elle l'a donc entendu.

— Et je ne dois pas t'aimer non plus.

— Tu as bien voulu de moi à un moment, Antonina. Tu as voulu de moi, et puis tu n'en as plus voulu. Est-ce que c'est parce que je ne suis qu'un régisseur ?

Il sent la confusion l'envahir, les prémices de la colère.

— Pourtant, ça ne t'a pas arrêtée avec Valentin Vladimirovitch. Tu t'es donnée à lui malgré sa position inférieure, ajoute-t-il en faisant un gros effort pour garder une voix calme.

Un pli se forme entre les sourcils de la jeune femme.

— Je me suis donnée à lui ? Non, pas du tout. Il m'a embrassée, une fois. Ça ne voulait rien dire.

Elle ferme résolument les yeux puis les rouvre.

— Pauvre, pauvre garçon, dit-elle.

Gricha se rend compte que Lilia lui a appris la mort de Valentin. Il n'est pas surpris.

— Mais pourquoi penses-tu qu'il y a eu autre chose entre nous ? demande-t-elle.

— Parce que Lilia… il s'interrompt aussitôt. Ah, fait-il alors, commençant à comprendre.

Il voit dans sa tête la tombe derrière le bosquet de sapins. Quand tout sera terminé, une fois que tout aura été clarifié, il fera dresser une pierre tombale. Il donnera à son frère les rites funéraires qu'il mérite.

— Oui, pauvre Valentin, dit-il, et quelque chose dans sa voix fige Antonina.

— Mais… *tu* ne lui as rien fait, n'est-ce pas ? Ce n'est pas toi qui lui as fait du mal ? Lilia a dit…

Gricha garde les yeux rivés sur le feu.

— Évidemment que je ne lui ai pas fait de mal. Pourquoi lui en aurais-je fait ? Il ne faut pas croire

Lilia, Antonina. Elle a ses propres raisons de fabriquer des mensonges, pour nous monter l'un contre l'autre.

— Alors, c'étaient juste des bandits de grand chemin ? Un crime horrible, comme elle l'a dit ? Mais le fait est que Valentin venait me voir, poursuit-elle sans attendre sa réponse. S'il n'était pas venu me voir, il ne se serait pas fait tuer.

— Il ne venait pas te voir, Antonina.

Les flammes palpitent d'une lueur dorée. Gricha a presque l'impression d'entendre quelque chose, comme une mélodie assourdie dans la datcha silencieuse.

— Mais si, rétorque la jeune femme en fronçant les sourcils. Et je ne pourrai jamais me le pardonner.

— Tu ne dois pas te sentir responsable de la mort de Valentin, Antonina, assure Gricha en se tournant vers elle. Tu ne dois te sentir ni fautive ni coupable.

— Tu ne vois donc pas ? Je *suis* coupable. Toutes les choses épouvantables qui se sont produites à Angelkov sont ma faute. Tout. Tous les hommes qui m'approchent sont punis. Konstantin. Valentin. Et même mon propre fils. C'est parce que… dès que je bois, je ne suis plus moi-même. Et alors il se produit de mauvaises choses.

Gricha ferme les yeux.

— Je suis venue à la datcha pour être seule, pour expier mes fautes.

— Tu crois que tu commettais une faute quand tu es venue ici avec moi, la première fois ? Tu dis que nous, ensemble, c'était une mauvaise chose ?

— C'était de l'adultère.

Elle se tait un instant, puis ajoute :

— Mais c'était parfait, Gricha. C'était si bon. J'ai eu encore plus envie de toi.

— Et maintenant ?

— Si je retourne avec toi, il va t'arriver des choses affreuses. Si je te laisse me toucher, Gricha, tu seras comme empoisonné.

Il désire tellement lui dire que rien n'est de sa faute. L'enlèvement était programmé de longue date : s'il ne s'était pas produit ce jour-là, il aurait été perpétré un autre jour. Sosso et ses complices avaient tout leur temps. Valentin est revenu à Angelkov parce que c'est lui, Gricha, qui lui a écrit pour lui demander de revenir. Cela n'avait rien à voir avec Antonina. Mais comment peut-il la convaincre sans lui avouer qu'il était impliqué dans l'enlèvement ? Sans lui apprendre que Valentin était son frère ? Tout ce qu'il parvient à dire, c'est :

— Je crois que tu devrais te pardonner tout le mal que tu crois avoir fait, Antonina. Tu es quelqu'un de bien. Une belle âme.

Elle ne réplique pas tout de suite.

— T'est-il arrivé de faire des choses qui t'obsèdent, des choses que tu voudrais pouvoir changer ?

— Oui, dit-il à voix basse. Ça m'est arrivé.

— Des choses qu'il est impossible de réparer.

Il hoche la tête.

— Et tu t'es pardonné ?

Il pense au visage de Valentin, à ses mots. *Tu es venu comme dans mes rêves. Je savais que tu viendrais un jour.*

— Non, je n'ai pas pu me pardonner.

— Pas encore ? demande-t-elle. Ou jamais ?

Il revoit le visage de Mikhaïl lorsqu'il est arrivé dans la clairière avec l'argent de la rançon. Le petit visage livide de Micha, si semblable à celui d'Antonina, le hante. Cela lui rappelle tellement le visage de son petit frère, de cet enfant à l'arrière du tarantass.

Il a fait la même chose à ces deux petits garçons qui l'aimaient et lui faisaient confiance : il les a trahis.

Il est maintenant trop tard pour l'un d'eux, mais il peut arranger les choses pour l'autre.

Il se lève pour aller fouiller dans les poches de sa veste. Il en rapporte la dernière lettre de Micha, celle que Sosso a donnée à Lilia. Avant de quitter Angelkov pour venir à la datcha, il a obligé Lilia à la lui donner. Il a honte d'avoir eu recours à la force physique, lui tordant le poignet jusqu'à ce qu'elle pousse un cri : *C'est bon, lâche-moi. Je vais te la donner.* Mais il avait besoin du soutien d'Antonina pour retrouver l'espoir. Il lui fallait cette lettre pour qu'elle le croie quand il lui dirait qu'il lui ramènerait son fils.

— Qu'est-ce que c'est ? demande-t-elle en regardant la feuille de papier pliée dans la main de Gricha.

Elle le sait déjà. Son expression montre qu'elle le sait. Elle reconnaît sa transcription de Glinka. Celle-ci est plus neuve, moins froissée et abîmée que la précédente.

Elle tend la main. Le tremblement a repris, mais il n'est pas dû cette fois au manque d'alcool dans son organisme. Cette fois, c'est un tremblement provoqué par la peur et l'espoir mêlés.

— Lis-la, Tossia, l'incite Gricha. Elle vient d'arriver.

Il espère qu'elle ne demandera pas comment.

Antonina déplie doucement la feuille.

— *Maman, tu me manques tellement. Ils m'ont dit que papa était mort,* lit-elle à voix haute avant de prendre une profonde inspiration. *je suis triste. Je prie chaque jour.*

Elle s'arrache à présent des lambeaux de peau sur sa lèvre inférieure, et Gricha doit se retenir de ne pas écarter ses doigts de sa bouche.

— *J'ai encore le reste de mes partitions de Glinka. S'il te plaît, garde celle-ci jusqu'à mon retour, ma chère Mamouchka. C'est moi qui veillerai sur toi maintenant. Micha.*

Les yeux pleins de larmes, elle regarde Gricha.

— Est-ce que c'est vrai ? Dieu me pardonnerait-Il ? A-t-Il vu à quel point je voulais changer et me récompense-t-il déjà ?

Elle repense à l'angelot tombé du plafond de l'église.

— Est-il possible qu'Il m'aime assez pour m'accorder cela ?

Gricha ne veut pas entendre parler de Dieu. Pour lui, Dieu ne joue aucun rôle dans les maux des hommes. En tout cas dans les maux d'un homme comme lui.

— Je vais te ramener Micha, Tossia. Dans quelques jours, je saurai où il est. Je te ramènerai ton fils.

Antonina pleure.

— Gricha, oh, Gricha. Pourvu que tout ceci soit bien réel. Dis-moi que je ne dors pas.

Il la prend dans ses bras.

— Non, tu ne dors pas, Tossia. Tu sens mes bras autour de toi, non ?

Il la serre plus étroitement et lui caresse les cheveux.

Ils restent ainsi enlacés un bon moment, et les pleurs d'Antonina finissent par s'atténuer, puis cessent complètement. Elle prend en frissonnant une profonde inspiration, mais avant qu'elle relève la tête, il parle, la bouche contre ses cheveux.

— J'ai quelque chose d'important à te dire, Antonina. Je vais te ramener ton fils, mais il faut que tu saches quelque chose de très important. Et je dois te le dire maintenant, avant que tu n'éprouves trop de reconnaissance envers moi.

Il ne pensait pas lui dire cela aujourd'hui, mais il ne peut commettre de péché d'omission ni faire comme si la culpabilité et le remords qu'il éprouve suffisaient à annuler le mal qu'il a fait. Il ne doute pas qu'une fois qu'il aura prononcé ces mots – *j'ai une part de responsabilité dans l'enlèvement de ton fils* – elle se détournera de lui et ne voudra plus jamais avoir quoi que ce soit à faire avec lui. Il sait avec une telle certitude qu'elle le haïra qu'il se sent terrorisé à un point qu'il n'a jamais connu, pas même lorsqu'il tenait son frère mourant dans ses bras. Dès qu'elle aura son fils, elle sera parfaitement en droit de le dénoncer aux autorités. Il ira alors en prison, sera torturé ou envoyé en Sibérie. Peut-être ne la reverra-t-il plus jamais. Il sait tout cela. Mais tant pis, rien de ce qui pourra lui arriver n'a d'importance. Tout ce qui compte, c'est qu'Antonina retrouve son fils. Il ne veut plus jamais devoir penser à elle dans l'état où elle se trouve à présent. Il veut l'imaginer en train de rire, au piano avec son fils.

— Antonina, je t'en prie, écoute-moi. Quand Mikhaïl a été enlevé, je…

Elle pose les deux mains sur son bras et lève les yeux vers lui.

— S'il te plaît, Gricha, ne gâche pas ce moment. Ne parle pas de ce jour affreux. Là, tout de suite, je ressens quelque chose de merveilleux. Ne le gâche pas, répète-t-elle.

— Mais je dois te dire que je…

— Tu me le diras une autre fois, plus tard, quand je serrerai mon fils contre moi. À ce moment-là, tu me diras tout ce que tu dois me dire. Tu comprends ?

Qu'est-ce qu'elle entend par là ? Serait-ce une façon de lui signifier qu'elle se doute de son implication ?

Elle lève les bras et noue ses mains sur la nuque de Gricha. La couverture tombe. Il voit la veine battre à son cou. Il voit sa poitrine se soulever au rythme de son souffle. Il connaît la sensation de ses seins sous sa langue. Il connaît la douceur de sa peau, son odeur.

Gricha écarte doucement les bras de la jeune femme et se lève.

— Te sens-tu assez bien pour rentrer à Angelkov avant la tombée de la nuit ? Tu devrais être dans ton lit, dans ta chambre bien chaude, ce soir.

Il scrute son expression. Le visage de la jeune femme n'exprime qu'une confiance absolue : elle le considère comme quelqu'un de bien. Il ne sera pas libre de l'aimer ni de recevoir son amour tant qu'elle ne connaîtra pas et n'aura pas admis la vérité à son sujet.

38

Antonina est assise devant Gricha sur le cheval pour rentrer lentement à Angelkov. La neige prend une teinte bleutée dans la lumière déclinante. La jeune femme s'appuie contre le régisseur, consciente de sa carrure rassurante et de la chaleur de ses bras alors qu'il tient les rênes. L'air est vif ; chaque inspiration profonde fait disparaître un peu plus la douleur dans sa tête.

Alors que le manoir apparaît au bout de la longue allée, Antonina annonce :

— Je ne crois pas que je vais garder Lilia. Il y a maintenant un moment que je me dis qu'il vaudrait mieux, et pour elle et pour moi, qu'elle ne soit plus au domaine. Elle a tellement changé, et elle me fait presque…

Elle s'interrompt. Elle allait dire *elle me fait presque peur*, mais ce n'est pas ça. Lilia ne lui fait pas peur, mais il y a en elle à présent quelque chose d'autoritaire. De presque possessif.

— La vie l'a changée. La vie nous a tous changés, conclut-elle. Noucha pourra apprendre à la remplacer.

— Oui, convient Gricha. Je crois que ce serait la meilleure chose à faire. Lilia devrait avoir une vie à elle, quelque part où tu ne seras pas.

— Je l'aiderai, dit Antonina en regardant le soleil déclinant se refléter dans les vitres du manoir. Il me reste encore quelques beaux bijoux. Elle pourrait les vendre, et peut-être monter une petite affaire à Pskov, ou dans une autre grande ville. C'est une excellente couturière et elle confectionne de superbes dentelles. Je ne veux pas la laisser sans rien. Elle mérite d'avoir une vie agréable. Mais pas près de moi, c'est tout.

— Ne lui parle pas de ça aujourd'hui. Pas avant…

Il ne termine pas.

— Pas avant quoi, Gricha ?

Pas avant qu'elle m'ait conduit à Sosso, pense Gricha. Il ne veut pas que le moindre problème surgisse entre Lilia et Antonina tant que Micha ne sera pas en sécurité auprès de sa mère. Une fois que l'enfant sera rentré à Angelkov, Lilia pourra partir. Et alors, il confessera tout à Antonina.

— Je t'en prie, ne lui dis rien pour l'instant, insiste-t-il.

Elle le dévisage par-dessus son épaule.

— Pourquoi ?

— Je t'en supplie. Fais-moi confiance.

Elle le regarde encore un peu.

— D'accord, dit-elle enfin avant de regarder de nouveau devant elle. J'imagine que rien ne presse. Mais elle ne partira pas facilement.

Gricha finit par lui donner un dernier conseil :

— Souviens-toi, Antonina, que, quoi qu'elle dise ou fasse c'est toi la comtesse. Angelkov t'appartient. C'est toi qui as l'autorité sur tes terres, et sur ta vie. Pas Lilia.

* * *

Lilia entend un hennissement et court à la porte d'entrée. Elle l'ouvre et voit Gricha mettre pied à terre puis aider la comtesse. Elle remarque comment Antonina s'accroche à lui. Celle-ci ne peut pas voir l'expression du régisseur, mais Lilia, oui, et elle soupçonne qu'ils ont partagé davantage que ce trajet à cheval. Non, pense-t-elle, mon Dieu, non. Faites que cela n'arrive pas de nouveau.

Lilia porte encore la robe d'intérieur de sa maîtresse. Elle croise les bras sous sa poitrine et se balance doucement d'avant en arrière en regardant Gricha passer son bras derrière le dos d'Antonina pour la ramener lentement vers le perron.

* * *

Antonina a retiré son manteau et son chapeau et est installée sur son lit, appuyée contre les oreillers, une couverture légère posée sur ses jambes. Gricha est assis au bord du lit et lui tient la main quand Lilia arrive devant la porte ouverte. Elle a attendu sans se faire voir qu'ils soient montés.

— Tu peux partir, maintenant, Gricha. Je m'occupe d'elle, lance-t-elle depuis le seuil de la chambre.

Ils n'ont même pas eu la décence de fermer la porte et se montrent comme s'ils n'avaient pas de honte à avoir. Elle en a mal au ventre de voir les doigts d'Antonina s'enrouler autour de ceux de Gricha. Elle distingue à présent les taches sur la robe de sa maîtresse, et se rend compte que ses cheveux… ses cheveux sont complètement dénoués et tombent sur ses épaules, jusqu'à sa taille. Antonina n'a jamais laissé personne voir ses cheveux lâchés. Même après son accouchement, alors que Konstantin attendait derrière la porte de voir son fils, Antonina avait insisté pour que Lilia lui attache les cheveux avant de le laisser entrer.

Antonina n'avait jamais montré sa chevelure à son mari. Seule Lilia en connaissait la véritable beauté, et elle sent à présent la nausée, dense et aigre, lui monter à la gorge.

— Va-t'en, Gricha, dit-elle plus fort. Je sais ce dont la comtesse a besoin.

— Non, intervient Antonina. Je veux que Gricha reste ici. Il va me ramener Micha, Lilia, peut-être dès demain. Laisse-nous seuls. Je vais bien.

Lilia ne bouge pas, et Antonina l'examine.

— Pourquoi portes-tu ma robe, Lilia ? demande-t-elle en fronçant les sourcils.

Comme Lilia ne répond pas, elle secoue la tête en disant :

— Va mettre une robe à toi et mets celle-ci au sale. Je n'aurais pas cru cela de toi. Vas-y, s'il te plaît. Tout de suite.

— D'accord, Tossia, dit enfin Lilia. Mais avant de sortir, elle dévisage Gricha.

Pour le moment, on a besoin l'un de l'autre, se dit-elle. Mais attends un peu. Tu n'as aucune idée de ce qui va t'arriver.

* * *

Lilia attend, tapie dans l'ombre du palier, jusqu'à ce qu'elle entende le pas de Gricha descendre l'escalier. Il est huit heures du soir passées. La porte d'entrée se referme. Elle remarque que le régisseur a pris une telle assurance qu'il n'emprunte même plus l'entrée des domestiques.

Elle pénètre dans la chambre d'Antonina. Une lampe brûle doucement et un bon feu crépite dans la cheminée. Antonina est profondément endormie. Lilia retire ses bottines, puis la ceinture avec le trousseau de clés et la robe d'Antonina et dépose le tout au pied du lit. Puis, en chemise et jupon de coton elle s'allonge près d'Antonina. Le matelas gémit sous son poids. Antonina remue et tend la main, touchant du bout des doigts le bras nu de la servante.

Lilia retient son souffle. Elle voit les lèvres d'Antonina esquisser un sourire.

— Tu es encore ici, Gricha ? murmure la comtesse.

Ses paupières frémissent mais restent closes. Le sourire s'efface, et elle se rendort. Lilia ne bouge pas et remarque la sérénité d'Antonina.

* * *

Antonina finit par ouvrir les yeux et pousse un cri en découvrant le visage de Lilia aussi près du sien. Elle se dépêche de se relever pour s'écarter de la servante.

— Chut, chut, souffle Lilia en essayant de lui caresser la joue. Chut, ma chérie, c'est moi. Je suis venue pour rester avec toi, pour t'aider à passer une bonne nuit de sommeil. Je vais rester là.

Antonina cligne des yeux et rejette ses cheveux en arrière. Ses yeux sont écarquillés à la lumière de la lampe, et sa bouche tremble.

— Pourquoi cet air bouleversé ? Calme-toi, ma ravissante. Tout va bien. Dès que tu te sentiras mieux, je te montrerai que je peux t'aimer bien mieux qu'il ne le pourra jamais.

Lilia s'empare d'une mèche des cheveux d'Antonina et l'approche de son visage pour la humer en fermant les yeux.

Antonina se lève précipitamment en se retenant à la tête de lit.

— Sors, Lilia, ordonne-t-elle d'une voix sourde. Ne me parle plus jamais de cette façon. Tu me fais honte. Tu m'entends ?

Elle désigne la porte.

— Lève-toi de mon lit et sors de ma chambre tout de suite.

Lilia se lève par l'autre côté du lit sans quitter sa maîtresse des yeux. On dirait qu'elle vient de recevoir une gifle.

— Et ne reviens pas tant que je ne t'ai pas appelée.

Antonina regarde sa robe et la ceinture de Lilia au pied du lit. Elle saisit la ceinture et en détache le trousseau de clés.

— Tu es ma servante, énonce-t-elle en repliant les doigts sur les clés. Ne l'oublie jamais, ajoute-t-elle avant de jeter la ceinture par terre.

Lilia pleure à présent, et les larmes coulent sur ses joues.

— Tossia, murmure-t-elle, je vous en prie. Ne sommes-nous pas amies ? Plus que des amies après tout ce que nous avons traversé ensemble. Ne me traitez pas comme ça. Après ce que Liocha, et moi, avons subi autrefois, comment pouvez-vous…

Antonina n'est pas prête à laisser Lilia reprendre cette vieille rengaine.

— Je te demande de sortir, coupe-t-elle. Nous parlerons de tout cela demain, quand il fera jour.

Lilia s'essuie les joues sur ses paumes.

— Oui, demain. Nous parlerons demain. La journée a été longue et pénible, Tossia. Vous n'avez pas les idées claires.

Elle ramasse sa ceinture et ses bottines et se dirige en jupon vers la porte, puis elle regarde par-dessus son épaule.

— Vous commettez une erreur, dit-elle. Vous vous rendrez bientôt compte que vous vous êtes trompée et vous me supplierez de vous pardonner. Et je vous pardonnerai. Je vous pardonnerai, répète-t-elle avant de disparaître, ses pieds chaussés de ses seuls bas, dans le couloir obscur.

Antonina se dépêche d'aller fermer la porte et la verrouille avant de s'appuyer contre le panneau, le souffle court. Quoi que Gricha ait pu lui dire, elle doit renvoyer Lilia sans attendre. Cette femme est dangereuse, pense-t-elle en revoyant le visage de Lilia qui la regardait dans son lit. Elle est dangereuse.

* * *

De bonne heure, le lendemain matin, et alors qu'Antonina dort encore à l'abri de sa porte verrouillée, Gricha arrive au manoir.

— Le moment est venu, Lilia, lui dit-il.

Elle a le teint brouillé, les paupières rouges et bouffies.

— Tu me conduis maintenant à Sosso et nous récupérons Mikhaïl Konstantinovitch. Il faut qu'il retrouve sa mère aujourd'hui, précise le régisseur.

Lilia cligne des yeux et l'examine avec attention.

— Non, répond-elle alors en prenant tout son temps. Nous le ferons demain.

— Pourquoi demain ?

— Je dois prévenir Sosso de notre arrivée. Il doit faire certaines choses – lui et les autres… dit-elle sans terminer sa phrase. Il faut que ce soit demain. Et Liocha nous accompagnera.

— Non. Ne mêle pas Liocha à tout ça. Il ne sait rien et n'a pas besoin d'en savoir davantage.

La bouche de Lilia devient plus fine encore.

— Je n'irai pas sans Liocha.

Gricha la saisit par le bras.

— Demain matin à la première heure, alors. Pas plus tard.

— D'accord. À la première heure, convient-elle.

Quand il est parti, elle tend l'oreille en bas de l'escalier pour vérifier qu'Antonina n'a pas quitté sa chambre. Puis elle se rend dans le bureau de Konstantin et referme doucement la porte derrière elle. Elle prend place devant le bureau imposant et sort une plume et du papier à l'en-tête des Mitlovski. Puis elle soulève le couvercle de l'encrier.

Il lui faut très longtemps pour écrire sa courte lettre, et par deux fois, elle froisse la feuille et en prend une autre pour recommencer. Une fois la lettre achevée, elle attend que l'encre sèche puis roule la feuille bien serrée et la maintient avec un beau lien qu'elle trouve sur une bobine, dans le tiroir.

Ensuite, elle range tout avec soin et va brûler les deux feuilles froissées dans le fourneau. Elle enfile son manteau et traverse la cour pour se rendre à l'écurie.

* * *

— Liocha, je voudrais que tu fasses quelques courses pour moi.

Il pose son étrille et dévisage Lilia.

— D'abord, explique-t-elle, tu vas à Borzik. À l'entrée du village, tu verras une isba avec un âne attaché devant. C'est là que tu trouveras Sosso.

— Sosso habite à Borzik ?

— Oui. Dis-lui que nous viendrons le voir, Gricha, toi et moi, demain en milieu de matinée. Dis-lui que le plan est prêt.

— Le plan ? De quoi tu parles ?

— Ne me pose pas de question, Liocha. Fais ce que je te dis, c'est tout. Si Sosso n'est pas d'accord pour demain, ou si tu n'arrives pas à le trouver, tu reviens me voir. Mais s'il est là, et s'il dit qu'il nous attendra demain matin, alors va jusqu'à Pskov. Lilia tire la lettre roulée de son manteau.

— Porte cette lettre aux autorités de la Perspective Fédossovoï. Tu ne dois en parler à personne.

Liocha contemple la lettre qu'elle lui tend. Tous ces secrets ne lui plaisent guère.

— Chère sœur, je ne…

— C'est pour aider à ramener Mikhaïl Konstantinovitch à sa mère, coupe-t-elle avec sévérité. Tu ne veux donc pas que ça arrive ?

Liocha se souvient de la déclaration glaçante qu'elle a faite juste après avoir tué le musicien. *Tue-moi et tu ne trouveras jamais le petit. Tue-moi et tu ne retrouveras jamais Mikhaïl Konstantinovitch.*

— Bien sûr que si, Lilia. Mais pourquoi faut-il que tout soit fait en cachette ? Qu'est-ce que Sosso a à voir là-dedans ?

— C'est tout ce que je peux te dire pour l'instant. Si tu ne suis pas exactement mes instructions, la comtesse ne reverra jamais son fils. Tu comprends ?

Liocha hoche la tête et prend la lettre.

— Personne ne doit savoir, insiste Lilia. Cette lettre doit être remise directement aux autorités, ajoute-t-elle, le visage impénétrable. Je peux te faire confiance, n'est-ce pas ?

— Oui, tu le sais bien, Lilia.

* * *

Lilia frappe à la porte d'Antonina, mais la comtesse lui répond qu'elle ne veut pas la voir.

— Mais vous m'avez dit hier soir que nous parlerions aujourd'hui, plaide Lilia, la bouche contre la porte.

— Envoie-moi Noucha avec de l'eau chaude pour que je prenne un bain, ordonne Antonina. Et du thé. Fais ce que je te dis.

Lilia s'exécute.

Plus tard, une fois lavée, habillée et coiffée du mieux qu'elle l'a pu, Antonina descend. Enveloppée dans un manteau chaud, elle fait les cent pas sur la terrasse. Le jardin est désert et figé, la neige piétinée par les sabots des chevaux. Le ciel est bleu pâle et strié de cirrus. Elle descend les marches. Arrivée au milieu de la cour, elle aperçoit Fiodor.

— Est-ce que Gricha est à l'écurie ? lance-t-elle.

L'homme secoue la tête.

— Je l'ai vu tout à l'heure. Mais je ne sais pas où il est maintenant.

Gricha est certainement parti chercher Mikhaïl, comme il l'a promis. Antonina retourne dans sa chambre. L'attente est si pénible. À un moment, elle va ouvrir son armoire. Il ne reste plus de bouteilles dedans – elle a jeté la dernière dans le feu. Mais elle se sent mieux en constatant par elle-même qu'il n'y a que ses robes, ses chapeaux et ses souliers. Elle boit beaucoup d'eau et parvient à avaler quelques bouchées du petit déjeuner refroidi que Noucha lui a apporté plusieurs heures auparavant. Elle rattache quelques mèches de cheveux échappées et tente de fixer un peu de couleur sur ses joues. Elle veut avoir l'air le mieux possible pour le retour de Micha.

La journée passe, et Gricha ne lui ramène pas son fils.

Elle refuse de céder au désespoir et se réconforte avec la pensée que Gricha lui ramènera son fils le lendemain.

Elle n'a rien autre à quoi se raccrocher.

* * *

Le lendemain matin, Lilia attend Gricha dès l'aurore, et à peine se présente-t-il à la porte de service qu'elle troque ses bottines de travail contre de chaudes *valenki* de feutre. Elle enfile une grosse pèlerine par-dessus son châle et noue son foulard sous son menton.

— Montre-moi les roubles, dit-elle.

— Je les ai. Contente-toi de me conduire à Sosso.

Ils vont à l'écurie. Fiodor et Liocha y sont déjà.

Liocha a suivi les instructions de sa sœur. Il observe tour à tour Lilia et Gricha. Il émane à présent de sa sœur quelque chose d'affreux, et il est évident que rien ne va plus entre elle et le régisseur. Il sent dans l'air une tension presque palpable, qui semble vibrer tel un fil tendu en plein vent.

— Fiodor, demande Gricha, attelle les trois Orlov à la troïka.

* * *

En se rendant à Borzik, Lilia réclame à nouveau l'argent de la rançon. Il a avec lui la somme que lui a rapportée la vente de ses terres ainsi que la liasse de roubles qui appartient à la comtesse, celle qu'il n'a pas voulu remettre à Lev au village de Touchinsk. Il a divisé les roubles en paquets et en sort maintenant une petite part qu'il remet à Lilia. Elle est assise seule à l'arrière de la troïka ; c'est Liocha qui tient les rênes. Elle ouvre le paquet et évalue la somme.

— C'est tout ?

Gricha ne répond pas. Il espère que Sosso, elle et les autres se contenteront de ce qu'ils peuvent tirer. C'est leur dernière chance : il la saisiront parce qu'ils veulent quitter Pskov. Ils n'ont aucune envie de continuer à garder l'enfant. Mieux vaut prendre quelque chose que rien du tout.

— Je sais qu'il y a plus. Je sais que tu avais des terres.

Liocha se tourne vers Gricha, les lèvres entrouvertes.

— Gricha ? demande-t-il, mais celui-ci a les yeux rivés sur Lilia.

— Une terre sans serfs pour la travailler ne vaut pas grand-chose, réplique-t-il. Prend l'argent avant que je change d'avis et ne raconte tout à la comtesse.

— Si Sosso ne voit pas assez d'argent, il ne nous conduira pas à Mikhaïl. Je sais que tu en as forcément plus. Donne-le-moi, répète Lilia.

— Pourquoi te ferais-je confiance ? Tu crois que je n'y ai pas déjà réfléchi ? Que je ne sais pas que tu pourrais simplement prendre l'argent et disparaître avec Sosso ? Non, Lilia, je garde ce qui me reste jusqu'à ce que j'aie le petit.

Liocha jette un nouveau coup d'œil en direction de Gricha, puis par-dessus son épaule, vers sa sœur.

— Lilia, qu'est-ce que...

La jeune femme fixe Gricha d'un regard venimeux.

— Conduis et tais-toi, intime-t-elle à son frère.

Gricha et lui se tournent tous les deux vers la route.

Liocha pilote la troïka avec quatre guides, une pour chaque galopeur extérieur et deux pour le trotteur placé entre les brancards, sous la *duga*, sorte d'arche en bois reliant les deux brancards et décorée de rosaces bleues et de clochettes traditionnelles. Le tintement de la centaine de clochettes dans l'air vif hivernal rappelle à Liocha des moments plus heureux. Il a la figure légèrement empourprée par le froid, mais surtout à cause de l'inquiétude suscitée par la conversation qui oppose sa sœur et Gricha.

Ils arrivent à Borzik quarante minutes plus tard. Liocha et Gricha attendent dehors pendant que Lilia entre dans la maison basse. Un cochon renifle les fondations et un âne se met à braire de façon revêche en découvrant ses grosses dents jaunes. Sosso sort avec Lilia au bout de quelques minutes. Il a de la nourriture séchée dans sa barbe, et ses cheveux partent dans tous les sens, comme s'il venait de se réveiller. Il lève les yeux vers Gricha.

— Tu as l'argent ?

— Je l'ai. Dépêche-toi avant que je perde patience.

— Tu l'as vu ? demande Sosso en regardant Lilia.

— Oui, lui dit-elle. En voilà une partie.

Elle ouvre le paquet afin que Sosso puisse voir les roubles.

— Qu'en est-il de Lev et Edik ?

— Je partagerai l'argent avec eux plus tard, précise-t-il après une brève hésitation.

Cela suffit à indiquer à Lilia que son mari n'a pas la moindre intention de partager l'argent avec quiconque. Ses deux comparses ne sont pas au courant de cette transaction. Peut-être même ont-ils déjà quitté la province.

— Pourquoi il est ici ? questionne Sosso en désignant Liocha du menton.

— Je voulais qu'il vienne, répond Lilia, qui tient la pelisse de son mari.

Il la lui prend et fourre ses bras dans les manches. Puis il donne un coup de pied au cochon, qui s'écarte en piaillant.

— On prend la direction de Pskov, indique-t-il avec un nouveau coup d'œil en direction de Lilia, et le regard qu'échangent alors le mari et la femme tire une sonnette d'alarme dans la tête de Gricha.

— C'est là-bas que Mikhaïl Konstantinovitch est retenu ? veut-il savoir.

— Pourquoi on irait, sinon ? réplique Sosso, qui grimpe à l'avant de la troïka et pousse Liocha pour prendre les rênes.

Le jeune homme va rejoindre sa sœur à l'arrière.

Alors qu'ils s'éloignent de l'isba, Gricha sort le pistolet chargé qu'il a glissé dans sa tunique avant de quitter Angelkov. Il l'a depuis qu'il a quitté Moscou pour venir travailler au domaine, mais ne s'en est jamais servi. Il se place légèrement de biais sur la banquette avant, pour faire face à Sosso et garder en même temps l'œil sur Lilia, assise derrière son mari. Il tient son arme basse, orientée vers Sosso. Celui-ci la regarde.

— C'est juste pour que tu comprennes, Sosso. On va chercher le petit.

Sosso crie après les chevaux qui se lancent au trot.

* * *

Quarante-cinq minutes plus tard, alors que la ville n'est plus qu'à quelques verstes, Sosso tourne soudain sur une route étroite qui s'enfonce dans les bois. Les chevaux avancent lentement étant donné que les deux galopeurs ne cessent d'être fouettés ou griffés par les branches qui se rabattent sur le chemin. Personne n'a prononcé un mot depuis le départ de Borzik.

Ils traversent péniblement la forêt broussailleuse. Gricha respire l'odeur de Sosso, de sa pelisse sale dont les poils sont tout collés. Il ne veut pas envisager que ce soit un nouveau piège, que Sosso pourrait en fait les conduire à ses deux complices pour le dévaliser, le rouer de coups ou pire encore. Il serre davantage le pistolet. Il est prêt à s'en servir dès qu'il percevra une menace. Il ne peut qu'espérer, prier, comme il l'a fait avant de venir, pour que Mikhaïl Konstantinovitch soit bien présent à l'arrivée.

Il voit que Lilia scrute les bois et jette de temps en temps des coups d'œil derrière la troïka. L'inquiétude est tangible. Gricha souhaite de toute son âme que l'enfant soit encore en vie, qu'il puisse le rendre à Antonina. Que se passera-t-il si Mikhaïl n'est pas là où Sosso les conduits ? Sa plus grande crainte est de mourir sans savoir ce qui est arrivé au petit ni s'il retrouvera jamais sa mère.

Gricha ne peut se résoudre à imaginer le visage d'Antonina si son fils ne lui était pas rendu. Alors il se plaît à imaginer son expression lorsqu'elle apercevra Micha. Il est prêt à tout pour que cela devienne réalité : il donnera sa vie si c'est nécessaire. Et alors qu'ils continuent de traverser la forêt, il éprouve une soudaine et surprenante euphorie. Ce n'est pas seulement qu'il n'a pas peur, mais il est impatient de vivre ce qui va venir. Le simple fait de savoir que ce sera la fin de tout ce gâchis lui apporte un vrai soulagement. Et il est prêt à accepter la mort avec grâce si cela permet que Mikhaïl soit rendu à sa mère.

Sur leur droite apparaît une croix de bois clouée à un tronc d'arbre, avec une pancarte annonçant le Oubénovo Monastyr et un chemin qui n'est guère plus qu'un sentier à champignons ou à baies sauvages. Sosso tire sur les rênes pour arrêter les chevaux.

— Ils ne peuvent pas aller plus loin, annonce-t-il avant de descendre de la troïka.

Liocha attache les guides à un arbre, puis Lilia, Gricha et lui suivent Sosso sur l'étroit sentier semé d'ornières enneigé et gelé. Ils ne tardent pas à atteindre une clairière. Les arbres ont été coupés pour dégager un bel espace au milieu duquel trône une chapelle basse de forme circulaire avec un toit en forme de dôme. Il y a des cadenas sur les portes de toutes les dépendances. Le silence règne, brisé seulement par les cris bas des corneilles mantelées recroquevillées contre le froid dans les bouleaux et les trembles dénudés.

Gricha garde son arme pointée sur Sosso tout en fouillant l'endroit sinistre du regard. Lilia cherche elle aussi autour d'elle, comme si elle s'attendait à voir quelqu'un.

— Père Saavitch, appelle Sosso dans le silence. Slava Saavitch ! lance-t-il de nouveau, plus fort cette fois.

Un prêtre d'une cinquantaine d'années, en soutane râpée et bottes rudimentaires, une croix pendant à son cou au bout d'un lien de cuir, ouvre la porte de la chapelle. Il arbore une barbe et des cheveux gris, longs, maigres et sales ; son teint est jaune, comme s'il souffrait de problèmes de foie.

— On vient le chercher, annonce Sosso.

Le prêtre regarde alternativement Sosso puis Gricha. Ses yeux s'attardent sur le pistolet.

— Vous entendez ? insiste Sosso. On vient chercher le gamin. Faites-le sortir.

Le prêtre fronce les sourcils en regardant Sosso, comme s'il ne le reconnaissait pas.

— Saavitch, répète Sosso d'une voix bourrue, vous êtes sourd ? Allez chercher le gamin.

Le prêtre finit par disparaître à l'intérieur de la petite église.

Ils attendent tous, annoncés par les cris des corneilles. C'est un lieu triste et désolé. Les bâtiments, très vieux, tombent en ruine et la chaux s'écaille des murs.

— Qu'est-ce que c'est que ce monastère ? s'enquiert Liocha à mi-voix.

Personne ne lui répond.

— Sosso, qu'est-ce que c'est que cet endroit ? insiste Liocha.

— C'est pour les gosses de paysans. On les forme pour devenir moines. Ensuite, ils retournent dans leur village en tant que prêtres.

— Et c'est nécessaire de les enfermer ? s'étonne Liocha en désignant les cadenas sur les portes.

Il n'a pas fini sa phrase que le prêtre réapparaît, la main serrée sur l'épaule d'un garçon.

39

À la vue de l'enfant, une grande douleur enserre la gorge de Gricha, et il dissimule son arme derrière son dos pour ne pas l'effrayer. Il n'est pas certain, avant cet instant, d'avoir vraiment cru qu'il reverrait Mikhaïl Konstantinovitch vivant.

C'est bien Mikhaïl, mais pas l'enfant si vif de son souvenir. Ce garçon est plus grand, ses poignets, qui dépassent des manches de la robe noire, sont noueux et ses mains rouges et gercées par le froid. Il a la mâchoire anguleuse, le menton pointu. Ses cheveux dorés sont coupés à ras.

Son expression, dure, ne lui ressemble pas. Mais dès qu'il les voit – Gricha, Liocha et Lilia – tous les traits crispés de son visage se métamorphosent. Ils se détendent, s'adoucissent, et l'enfant redevient aussitôt Micha. Il essaye de s'élancer vers eux alors que les voix résonnent, la sienne qui les appelle, les leurs qui l'appellent, mais le prêtre le retient par l'épaule. Il a les ongles longs et crasseux.

Le silence s'abat de nouveau. Sosso s'avance vers le prêtre et l'enfant.

Micha incline la tête pour voir Gricha derrière la masse imposante de la pelisse. Il a les yeux brillants mais ne pleure pas. Il redresse les épaules et relève le menton. Malgré la robe noire en lambeaux serrée à sa taille par une corde et les cheveux rasés, il est de nouveau un enfant de la noblesse. Gricha remarque qu'il n'a que des chaussures d'écorce aux pieds, et des engelures sur ses chevilles nues. Il ressent une bouffée de fierté, comme si ce garçon était le sien. Pour la première fois de sa vie, il voudrait avoir un fils, un fils à lui.

— Mikhaïl Konstantinovitch, dit-il.

— Oui, Gricha, c'est moi, réplique Mikhaïl d'une voix assurée.

Mais ces mots sont déchirants et laissent à penser qu'ils auraient tous pu oublier qui il est. Sa respiration est courte et saccadée, blanche dans l'air glacé.

Gricha comprend que l'enfant lutte pour rester maître de lui. Sosso se trouve entre eux. Le petit garçon a appris la peur, et il sent qu'ils sont à un moment crucial, qu'il ne doit pas anéantir ce qui est si important. Il n'a que onze ans, mais il a reçu une bonne éducation et il s'en souvient, songe Gricha, malgré tout ce qu'il a enduré.

— Voilà, dit Sosso en regardant Gricha derrière lui. Tu peux constater que le gosse est vivant. Donne-moi l'argent.

— Nous sommes venus te chercher, Mikhaïl Konstantinovitch, dit Gricha, qui ignore délibérément Sosso tout en tendant la main vers le garçon sans cesser de maintenir le pistolet derrière son dos. Viens.

— Pas sans le fric, réplique Sosso.

Gricha sort les paquets de roubles, mais ramène en même temps son arme devant lui. Il ne peut pas viser Sosso ; Mikhaïl est trop près. Il lance les paquets par terre.

Sosso regarde derrière le régisseur. Son visage exprime l'étonnement, peut-être même l'incrédulité, et Gricha se retourne pour voir de quoi il s'agit.

Lilia tient à deux mains un pistolet à hauteur de poitrine, et elle le braque sur son mari. Sosso fronce les sourcils et cherche dans sa pelisse. Il esquisse un pas en avant.

— Donne-moi ça, pauvre idiote.

— Reste où tu es, Sosso, lui enjoint Lilia.

Sosso s'arrête, mais grimace un sourire.

— Lilianka, dit-il d'une voix doucereuse. Allons, c'est moi, Sosso. On est ensemble sur ce coup-là, non ?

— Non. On n'est pas ensemble.

— Comment as-tu pris mon pistolet ? hurle soudain Sosso, et Lilia sursaute.

— Tu crois que ça a été difficile ? Tu dors toujours comme une souche. Ça a été un jeu d'enfant de le prendre dans ta pelisse avant de te réveiller.

— Lilia, énonce Sosso avec une sorte de ricanement dans la voix, comme s'il avait affaire à un petit enfant particulièrement intelligent.

Lilia arme le chien du pistolet cosaque, comme elle a vu Sosso le faire dans l'isba. En entendant ce déclic, si sonore dans l'air glacé, le ricanement de Sosso s'étrangle. Lilia comprend, à son expression, que le pistolet est bien chargé, comme il s'en est vanté.

— Tu crois que je ne tirerai pas ? lance-t-elle. J'ai déjà tué, et je suis prête à recommencer, si c'est nécessaire.

Elle recule.

— Liocha, ramasse l'argent.

Le jeune homme obéit, et Sosso fait un autre pas en direction de Lilia.

— Sosso ! s'écrie Liocha. Arrête ! C'est vrai. Elle a déjà...

Il se tourne vers sa sœur, puis de nouveau vers Sosso.

— Ne doute pas qu'elle en soit capable. Je t'assure, Sosso : elle tirera.

Quelque chose dans l'expression de Lilia et dans l'assurance avec laquelle elle tient son arme et maintient son pouce sur le chien, ou peut-être les dernières paroles de Liocha font que Sosso se fige.

Gricha tient toujours son propre pistolet. Avant que quiconque puisse anticiper ce qui va se passer, Sosso se retourne et s'empare de Micha, l'arrachant au prêtre pour s'en servir comme bouclier.

L'enfant se débat, donne des coups de pied en arrière et tente de se libérer de l'étreinte de Sosso.

— Non, crie-t-il, laissez-moi partir !

Aussitôt, un homme massif en long pardessus et toque de fourrure grise surgit de la petite église, derrière le prêtre. Il porte une étoile blanche sur sa toque, et les mots *Police de Pskov* sont brodés en dessous. Il est suivi par un second, puis un troisième homme, tous aussi grands et massifs que le premier, revêtus des mêmes pardessus et toques de la police. Ils sont tous armés.

Gricha est en pleine confusion.

— C'est bien, fait Lilia. Vous êtes là.

— Vous êtes Lilia Pétrovna ? demande le capitaine, qui, la voyant acquiescer, ajoute : Posez cette arme. Et vous aussi, dit-il en se tournant vers Gricha.

Gricha hésite un instant, puis pose doucement le pistolet sur le sol, devant lui.

Lilia ne lâche pas le sien. Ses mains sont fermes, son expression déterminée.

— Laissez partir l'enfant, ordonne le capitaine.

Sosso crache sur les bottes du prêtre avec un dégoût manifeste tout en lâchant le bras de Mikhaïl. L'enfant se précipite vers Gricha, qui est le plus près. Le régisseur le serre contre lui.

L'enfant laisse échapper un sanglot. Mais il sent que ce n'est pas fini. Il dévisage Lilia et contemple le pistolet. Elle ne lui a pas accordé un regard et garde les yeux rivés sur son mari.

— Posez ce pistolet, répète le capitaine.

Comme Lilia ne bouge pas, Liocha tend lentement la main vers elle, paume ouverte.

— Qu'est-ce que tu fais grande sœur ? Regarde. C'est Micha. Nous l'avons retrouvé maintenant. Ne blesse personne. Tu es bouleversée, Lilia, c'est tout. Donne-moi cette arme et ramenons Micha à la maison. Rentrons à Angelkov, auprès de la comtesse.

À ces mots, le visage de Lilia prend une expression étrange, comme une prise de conscience aussitôt suivie par un sentiment d'horreur. Elle regarde les mains qui tiennent le pistolet comme si ce n'étaient pas les siennes, et abaisse l'arme vers le sol, à ses pieds. Pour la première fois, elle regarde Micha. Il a enfoui la tête contre la poitrine de Gricha et plaqué les mains sur ses oreilles.

— Micha, dit-elle. Pardon, *moïa malich*, mon bébé, pardon. Tout va bien, n'aie pas peur. Il ne faut plus avoir peur.

Micha abaisse les mains et lui adresse un demi-sourire, un petit sourire timide et confiant, et Lilia essaye de le lui rendre. Puis elle s'adresse à Liocha d'une toute petite voix :

— Je l'aimais, Liocha. Je l'ai toujours aimée. Mais elle ne veut pas de moi. Je le sais maintenant. Je l'ai lu clairement sur son visage. Même si je lui ramène son fils, elle ne m'aimera pas.

Liocha ne comprend pas de quoi elle parle, mais il veut que sa sœur se calme et qu'elle ne blesse personne. Elle tient toujours le pistolet.

— Je… tu sais que je tiens beaucoup à toi, Lilia.

Il n'a jamais utilisé le verbe *aimer*, et ne se sent pas encore prêt à le faire.

Elle cligne des yeux et le regarde comme s'il était un étranger.

— Tu aimes Ania maintenant. Je ne voulais pas que tu aimes quelqu'un d'autre. Mais tu l'aimes, n'est-ce pas, Liocha ? Tu l'aimeras comme elle l'aime *lui*. Elle l'aime *lui*, et pas moi.

— Lilia, je t'en prie, la presse son frère, dépassé.

Soudain, Lilia lui adresse un vrai sourire, et Liocha se sent soulagé. Il lui sourit aussi et hoche la tête en signe d'encouragement.

— C'est cela, Lilia. Voilà qui est mieux. Donne-moi ça.

Il avance d'un pas, la main tendue vers elle.

Elle place le pistolet dans la paume ouverte. Liocha le dépose aussitôt par terre, comme l'a fait Gricha.

— Vous disiez qu'ils étaient quatre, intervient le capitaine.

Lilia hausse les épaules.

— Ils ne sont plus que deux à présent, Sosso et Gricha. Pas lui, ajoute-t-elle en posant la main sur le bras de Liocha.

Sosso agite les bras en l'air.

— Qu'est-ce qu'elle raconte ? s'exclame-t-il d'une voix indignée. Elle est folle. Vous voyez bien qu'elle est folle. On est venus délivrer le fils de la comtesse. On a su qu'il était enfermé ici, au monastère. On est venus le chercher…

— Vous êtes Iossif Igorevitch, connu sous le diminutif de Sosso, énonce le policier.

Sosso ferme la bouche et laisse tomber les bras le long de son corps.

— Nous avons parlé au père Saavitch. Il corrobore l'histoire de la femme, à savoir que vous deviez venir chercher l'enfant aujourd'hui. Que vous l'avez menacé pour l'obliger à cacher l'enfant tous ces derniers mois.

— Salaud, traître, lâche Sosso en se tournant vers le prêtre avant de lui cracher sur les bottes.

— Et quelle a été votre participation ? demande le capitaine à Lilia.

— Aucune, intervient Gricha.

L'enfant a cessé de trembler et lève les yeux vers lui.

— Elle n'a pas participé à l'enlèvement. Elle vous a dit la vérité. C'était Sosso et moi, Grigori Sergueïevitch Narychkine. Micha, va retrouver Lilia, dit-il alors.

L'enfant obtempère, mais sans cesser de le regarder par-dessus son épaule.

Lilia ôte sa pèlerine, l'enveloppe dedans, puis l'embrasse sur les joues, sur ses cheveux rasés et ses oreilles glacées.

— Liocha, donne-lui ton Ouchanka, demande le régisseur.

Liocha s'empresse de retirer son chapeau pour le mettre sur le crâne de Mikhaïl.

* * *

On fait entrer Sosso et Gricha, mains liées derrière le dos, au poste de police de la Perspective Fédossovoï de Pskov. Lilia, Liocha et Mikhaïl les suivent. Il faut rédiger un rapport sur la libération du petit Mitlovski.

Lilia conserve son sang-froid pendant la prise en notes laborieuse de nombreux détails. Elle répond lentement à toutes les questions en gardant les mains posées sur ses genoux.

Liocha attend avec Mikhaïl dans une antichambre. L'enfant est toujours enveloppé dans la pèlerine de Lilia. Il tient l'*ouchanka* à la main. Quelqu'un lui a trouvé une veille paire de bottes de feutre.

À un moment, on emmène Gricha en le faisant passer par l'antichambre. L'enfant prend une profonde et vibrante inspiration en le voyant, et Liocha passe un bras autour de ses épaules. Gricha s'arrête devant eux et demande :

— Liocha. S'il te plaît, assure-toi que l'argent soit bien remis à la comtesse. Cela lui permettra de payer les impôts et de garder Angelkov un peu plus longtemps.

Liocha hoche la tête, et le régisseur se tourne vers Mikhaïl. Celui-ci ne le quitte pas des yeux.

— Gricha ? murmure-t-il, l'interrogation dans la voix.

— Mikhaïl Konstantinovitch, répond Gricha. Je te demande pardon. Je n'ai jamais voulu qu'une telle chose t'arrive. Jamais.

Alors que le capitaine et un autre policier essayent de l'entraîner, Gricha demande :

— Aurai-je le droit d'écrire une lettre ?

— Pas maintenant, répond le capitaine. Plus tard, vous aurez droit à une communication.

— J'écrirai à ta mère, Mikhaïl, pour tout lui expliquer. Tu peux lui dire que je lui écrirai ?

Micha fouille dans le haut de sa robe et en tire un petit cahier de cuir. Il l'ouvre et en arrache deux pages, qu'il porte à Gricha.

Le capitaine saisit les deux pages de musique et les retourne d'un air perplexe.

— C'est la transcription de Glinka de ma mère, explique l'enfant, pour que Gricha puisse lui écrire une lettre.

Le capitaine hoche la tête, et emmène le régisseur.

* * *

Le capitaine déclare qu'il raccompagnera Lilia, Liocha et Mikhaïl à Angelkov.

— Je vous suivrai à cheval, indique-t-il dans la salle d'attente. Je dois m'assurer que l'enfant sera bien rendu à la comtesse Mitlovskaïa et lui présenter le rapport officiel.

Liocha se tient bien droit, la main posée sur l'épaule de Micha, et il incline la tête devant le policier.

Celui-ci les suit dehors et leur demande d'attendre qu'il ramène son cheval de l'écurie.

Avant que Mikhaïl ne prenne place dans la troïka, Lilia le serre de nouveau dans ses bras et l'embrasse. Elle le tient si longtemps que Liocha lui touche l'épaule. Elle lâche alors Micha et se tourne vers son frère. Il tend la main pour l'aider à monter. Elle la saisit, mais la porte alors à ses lèvres, y dépose un baiser et la presse contre sa joue.

— Viens Lilia, monte.

— Remets bien l'argent à la comtesse, comme Gricha te l'a demandé.

Liocha glisse la main dans sa veste.

— Tiens, prends-le. C'est à toi de le lui donner.

— Non, c'est à toi de t'en charger. Je ne viens pas avec vous.

— Tu ne rentres pas à Angelkov ?

— Non. Il ne me reste plus qu'une chose à faire.

— De quoi tu parles ? La comtesse aura plus que jamais besoin de toi maintenant que Micha…

— Non, coupe-t-elle. C'est comme je l'ai dit. La comtesse n'a plus besoin de moi. Il n'y a plus de place pour moi à Angelkov.

Liocha la dévisage. Elle est pâle, mais calme. Résolue.

— Tu sais que le Seigneur t'aime, Lilia, assure-t-il.

— Non, pas depuis que j'ai commis l'impardonnable chez Gricha.

— Mais Il est miséricordieux. Il te pardonnera.

— Je vais consacrer le reste de la vie à Lui demander pardon. Au revoir, Liocha.

— Où comptes-tu aller ?

— Là où je ne pourrai faire que le bien. À Seltotchiva.

Liocha se rembrunit.

— Le couvent ?

— Elles m'ont accueillie parmi elles. Elles m'attendent.

Liocha sait qu'elle est trop âgée pour être novice. En outre, les religieuses n'acceptent dans leur communauté que des jeunes filles de la noblesse. Mais que peut-il dire ? Il connaît assez bien Lilia pour savoir que rien ne la fera changer d'avis. Il semble qu'elle ait déjà tout préparé. Il la revoit dans la maison de Gricha, le fusil sanglant entre les mains. Et, quelques heures à peine plus tôt, un pistolet braqué sur Sosso.

— Si tu changes d'avis, reviens à Angelkov.

Elle secoue la tête, mais ses yeux et sa bouche sont empreints de douceur.

— Cela fait partie de mon expiation, Liocha. Il faut que je sois punie. Mon plus grand chagrin sera de ne plus jamais revoir ceux que j'aime vraiment. Adieu, Michenka, mon chéri, dit-elle en se tournant vers le petit garçon.

— Adieu Lilia, rétorque Mikhaïl. Ta pèlerine, ajoute-t-il en commençant à la retirer. Il faut que tu reprennes ta pèlerine.

Lilia l'arrête d'un geste.

— Reste au chaud. Reste au chaud jusqu'à ce que tu sois dans les bras de ta maman.

Mikhaïl et Liocha regardent Lilia s'éloigner. Le vent glacé de novembre soulève sa jupe et son châle trop fin. Son foulard glisse vers sa nuque, comme souvent, et Liocha aperçoit la raie qui sépare ses cheveux.

Son crâne paraît si vulnérable.

— Adieu, grande sœur, dit-il, bien qu'elle soit déjà trop loin pour l'entendre.

Puis il grimpe dans la troïka pour s'asseoir à côté de Micha.

* * *

À Angelkov, Antonina s'est réveillée dans une maison silencieuse. Quand elle est descendue à la cuisine, elle y a trouvé Raïssa avec Pavel et Noucha. Elle a demandé à la cuisinière où se trouvait Lilia, mais Raïssa lui a répondu qu'elle ne l'avait pas vue. Et Gricha ? Raïssa a de nouveau secoué la tête.

Antonina attend qu'un événement se produise. Que Gricha arrive avec Mikhaïl. Ou même de voir Lilia apparaître. Mais personne ne vient. En milieu d'après-midi, elle a le pressentiment qu'il est arrivé quelque chose, quelque chose qui lui sera insupportable.

Elle se rend à l'écurie, mais n'y trouve que Fiodor. Il lui annonce que Gricha, Lilia et Liocha sont partis ensemble en troïka le matin même. Elle descend le chemin sinueux qui conduit chez Gricha. La maison est froide et déserte. Elle allume un feu et reste là, à regarder les livres et les objets disposés dans la bibliothèque. Au bout d'un moment, elle se lève et explore la petite cuisine bien tenue et la chambre. Elle s'assoit sur le lit. Elle imagine Gricha à cet endroit, remplissant tout l'espace. Elle s'allonge et tire le gros édredon sur elle.

Une heure s'écoule.

Lorsque le feu s'est éteint dans la cheminée, Antonina retourne au manoir. Elle se sent abandonnée. Elle n'a jamais été aussi seule de sa vie. Ils sont tous partis : Micha, Konstantin, Valentin, Lilia, Gricha. Et même Liocha.

Elle regarde autour d'elle tout en foulant le chemin enneigé, admire la beauté des sapins givrés, écoute l'appel des sittelles et des pics à dos blanc posés sur leurs branches.

Lorsque le manoir apparaît, elle découvre la troïka et un cheval qu'elle ne connaît pas. Elle presse l'allure et repère deux silhouettes hautes. S'il vous plaît, supplie-t-elle, faites que l'une d'elles soit Gricha. Faites que ce soit Gricha. Mais ce n'est pas lui. Liocha et un homme en uniforme se tiennent sur la terrasse. Elle se dépêche. En arrivant devant l'escalier, elle tente de déchiffrer le visage de Liocha, mais n'arrive pas à interpréter son expression. Elle coule un regard vers l'autre homme. À ses vêtements, elle en déduit qu'il doit s'agir d'un policier. Mais soudain, peu lui importe, parce qu'elle l'entend.

De la musique. Et cela vient du manoir. Antonina écarte Liocha, qui tend le bras vers elle. Elle voit ses lèvres remuer tandis qu'il lui parle, mais elle ne peut entendre sa voix. Seule la musique lui parvient. Elle ouvre la porte à la volée et se précipite dans le couloir, ses bottes pleines de neige glissant sur le parquet.

Elle court vers le salon de musique, vers le nocturne de Glinka et vers son fils.

UN AN PLUS TARD

Jour de l'An, 1863

COUVENT DE SELTOTCHIVA, VILLE DE PSKOV

Le couvent de Seltotchiva est tranquille pour les fêtes. Les Petites Sœurs de Sainte-Elizaveta la Juste ont célébré la naissance du Christ au réveillon de Noël, mais le nouvel an passe inaperçu.

Lilia fait partie de ces bénévoles qui gagnent leur subsistance au couvent en offrant des services que les sœurs ne sont pas capables d'accomplir elles-mêmes. Les sœurs entretiennent le couvent et le jardin. Elles font des conserves, préparent les repas et les servent, et elles s'occupent du linge. Mais il leur faut de la dentelle délicate pour leurs surplis saints, et aucune d'entre elles n'a l'adresse de Lilia. Alors, chaque jour, elle s'assoit dans sa petite cellule de religieuse meublée d'un lit et d'une icône, et travaille à la lumière de la haute fenêtre sur les motifs complexes et minuscules qu'elle conçoit. Outre la chambre, on lui fournit deux repas par jour. Bien qu'elle ne soit pas religieuse, elle n'est vêtue que de noir, en signe de repentir et de simplicité. Elle suit le service à la chapelle matin et soir, et prie avec ferveur durant les processions de la petite et de la grande entrée, la lecture des Épîtres et des Évangiles, la Divine Liturgie, l'Anaphora, la distribution de la Sainte Communion et la fin du service. Dans sa chambre pareille à une cellule, elle s'agenouille toutes les heures et prie avec les cloches de la chapelle.

Elle termine son ouvrage avec les dernières lueurs du jour. Ce n'est pas un surplis ; c'est un cadeau. Elle se lève, s'étire, puis caresse du bout des doigts la ceinture d'étoffe finement brodée qu'elle a confectionnée. Elle lisse ses cheveux et se pince les joues pour y apporter un peu de couleur. L'heure vient de sonner, et le silence fait naître un sentiment de paix délicieux.

Lilia rend grâce à l'icône puis emprunte le long couloir étroit. Elle frappe, doucement, à la porte basse de sœur Ludmilla. La porte s'ouvre. La jeune religieuse la regarde et sourit.

— Lilia Pétrovna, dit-elle.

Lilia sourit à son tour. Elle a fait vœu de silence bien que les Petites Sœurs n'y soient absolument pas tenues. Elle tend la ceinture à sœur Ludmilla. La religieuse la prend, et Lilia en profite pour toucher les doigts de la jeune femme.

Sœur Ludmilla écarte sa main et son sourire s'efface.

— Vous l'avez faite pour moi ?

Elle examine la ceinture, symbole de leur vœu de chasteté, à porter les jours de fête.

Lilia ne quitte pas la jeune femme du regard. Sœur Ludmilla a le visage mince et pâle, et une lumière pure anime ses yeux gris. Quelques cheveux blonds s'échappent de sous son *klobouk* noir, au niveau de sa tempe. Lilia tend la main pour les effleurer.

Elle sait que sous la guimpe, le cou de la religieuse sera long et blanc.

Elle aimerait tellement le voir, un jour. Elle rêve de ce moment.

Perspective Ilitchiv, Saint-Pétersbourg

Le *Novogodnaïa Iolka,* le sapin de Noël, est superbe avec son étoile éclatante tout en haut. Des bonbons et des noix peintes en doré sont dispersés sur les branches, et l'angelot d'Angelkov, dont l'aile a été réparée par Gricha, est accroché à un rameau à l'aide d'un ruban de satin rouge.

Dans l'appartement de Saint-Pétersbourg, il n'y a pas la place de mettre un grand sapin comme ils le faisaient à Angelkov, mais celui-ci présente une forme bien symétrique, et ses branches sont douces et fournies. Liocha est allé le choisir et le couper lui-même avec Micha en forêt, à la lisière de la ville. Ils l'ont ramené en le traînant derrière le cheval de Liocha la veille de Noël et l'ont dressé dans un seau rempli de cailloux à un coin du salon. Il penche légèrement, mais personne n'y prête attention.

Il y a un cadeau de nouvel An pour Micha sous le sapin – un nouveau cahier de musique à reliure de cuir –, même s'il est trop grand maintenant pour croire encore que ce soient Ded Moroz et Snégourotchka qui le lui ont apporté. Croyait-il encore au père Frimas et à sa petite fille de neige quand il a été enlevé ? Cette période est trop floue pour Antonina. Il y a plus d'un an que Micha et elle ont commencé une nouvelle vie.

À l'automne, Mikhaïl a été accepté au Conservatoire de Saint-Pétersbourg fondé cette année même par le jeune musicien Anton Rubinstein. C'est la première école d'enseignement artistique de Russie, et elle est financée par la Société musicale russe. Mikhaïl Konstantinovitch Mitlovski en est l'un des plus jeunes élèves, et il s'y rend chaque jour avec plaisir.

L'année 1862 a vu naître un autre établissement d'enseignement à Saint-Péterbourg : l'École de musique gratuite fondée par Mili Alexeïevitch Balakirev. Antonina Léonidovna Mitlovskaïa est l'une des trois enseignantes engagées pour former des jeunes femmes talentueuses mais qui n'ont pas les moyens de s'offrir des cours particuliers. C'est exactement comme le lui a prédit Valentin Vladimirovitch : de nouveaux choix et de nouvelles possibilités s'offrent à eux.

Chaque matin, elle accompagne son fils à pied au conservatoire. Puis elle va travailler à l'école de musique, où elle enseigne toute la matinée. L'après-midi, elle donne des cours particuliers dans son appartement. Ses cours à l'École et ceux qu'elle donne chez elle lui rapportent assez pour payer le loyer et acheter ce dont ils ont besoin.

Le piano droit britannique dont elle a fait l'acquisition sonne assez bien, même s'il n'égale pas le beau piano carré Érard en bois de rose, beaucoup trop grand pour leur petit salon. Avec l'argent que Liocha lui a remis, elle a réussi à faire en sorte de pouvoir garder le domaine pendant encore quelques années. À Angelkov, les fenêtres du manoir ont été condamnées avec des planches, et les meubles

restants sont recouverts de draps. Antonina craint que les souris ne grignotent les livres et ne fassent des nids à l'intérieur du Érard. Un jour, elle retournera peut-être vivre là-bas. Un jour, elle aura peut-être une raison de le faire, mais pour le moment, sa vie est à Saint-Pétersbourg.

Une fois ses cours terminés, Micha rentre du Conservatoire avec ses nouveaux amis, et, quand il fait beau, Antonina et lui emmènent Tinka et Dani se promener au parc. Dani est le chien de Micha. C'est un petit chien brun tacheté de blanc, avec de longues oreilles douces, et il dort au pied du lit de Micha la nuit. Tinka est trop vieille pour marcher longtemps maintenant, et Antonina doit la porter.

Après la promenade au parc, ils dînent et parlent de la musique qu'ils ont écoutée et jouée dans la journée, puis Micha fait ses devoirs ou travaille son piano. L'appartement de la Perspective Ilitchiv, à deux rues de la Fontanka, est petit mais chaud et accueillant.

— Mère, demande Mikhaïl – à douze ans, il ne l'appelle plus maman – quand irons-nous voir le feu d'artifice sur la place ?

Antonina se souvient de Micha en train d'admirer le spectacle que faisait donner Konstantin tous les ans pour le réveillon, à Angelkov. Elle revoit l'émerveillement sur le visage de l'enfant.

— Bientôt, mon fils. Liocha ? À quelle heure doit commencer le feu d'artifice ?

Liocha consulte la pendule, sur le piano.

— Il faut partir dans un quart d'heure.

— Trinquons d'abord. Va chercher Ania dans la cuisine, si tu veux bien. Demande-lui d'apporter les beaux verres.

Liocha s'est marié dix mois plus tôt. Ania Fomovna est une petite femme charmante aux cheveux châtains qui brillent comme des marrons. Ils sont venus avec Antonina et Micha à Saint-Pétersbourg et vivent tout à côté. Liocha a trouvé un travail bien payé aux écuries de l'armée. Ania vient chez Antonina tous les matins pour faire le ménage et la lessive pendant que la comtesse donne ses cours. Le dimanche, elle lui apprend à faire la cuisine.

La petite Noucha est retournée chez ses parents, dans un *mir* des environs, avec un petit paquet de roubles en remerciement. Antonina s'est arrangée pour obtenir une place pour Pavel chez les Bakanev : elle l'a autorisé à prendre tout ce qu'il voulait ayant appartenu à Konstantin.

Fiodor et Raïssa sont les gardiens d'Angelkov. Ils habitent la petite maison aux volets bleus. Olga les a accompagnés. Elle était trop âgée pour commencer une nouvelle vie. Elle est morte le mois dernier, et Antonina est retournée à Angelkov pour veiller à ce qu'elle soit enterrée derrière l'église du Saint-Sauveur. Pendant qu'elle était là-bas, elle a fait poser des stèles pour les tombes de Konstantin et de Valentin, et elle a prié seule sur celle du violoniste.

Elle a appris tout ce qui s'était passé durant ces longs mois affreux à Angelkov. Elle jette un coup d'œil vers le bureau dont le tiroir supérieur contient la lettre de Gricha, écrite d'une main ferme au dos de sa transcription de Glinka. Les deux pages lui ont été remises une semaine après qu'elle eut retrouvé Micha. La lettre lui raconte tout. Elle la connaît par cœur à force de l'avoir lue.

Elle s'efforce de pardonner, et trouve plus facile d'y arriver en regardant devant elle plutôt qu'en arrière.

À présent, ils lèvent tous les quatre leur verre pour célébrer la nouvelle année. Ce n'est pas un grand vin, mais il brille d'un beau rouge dans les verres en cristal qu'Antonina a apportés à Saint-Pétersbourg.

— *Za vache zdorovié !* lance Liocha.

Et Antonina lui fait écho :

— À votre santé !

Puis tous les quatre choquent leurs verres. Micha fait la grimace en goûtant le vin, mais il semble fier d'y avoir droit aussi en ce jour de fête. Antonina estime qu'il a, Dieu le sait, traversé assez d'épreuves pour ne plus être considéré comme un enfant.

Ce soir entre tous, elle pense à ses parents et à ses frères, à Konstantin et à Valentin, pauvre Valentin, parmi tous ceux qui ont essayé, à leur façon, de veiller sur elle. Elle pense à Lilia.

Liocha a tenté par trois fois de rendre visite à sa sœur à Seltotchiva, mais il n'a pas pu la voir. On lui a répondu que Lilia Pétrovna consacrait sa vie à Dieu et avait quitté de façon définitive le monde extérieur. Liocha a accepté l'idée de ne plus jamais la revoir.

Après avoir trinqué avec les autres, Antonina repose son verre sans toucher au vin. Elle tient la promesse qu'elle a faite à Dieu et à elle-même dans la datcha.

Alors qu'ils s'habillent chaudement pour aller voir le feu d'artifice sur la place, Antonina remarque avec un pincement au cœur que Liocha enfile un manteau matelassé que Gricha portait dans les écuries. Elle passe la main sur la manche et sourit au jeune homme.

Avant de sortir, elle embrasse l'icône et se signe. *À l'espérance,* se dit-elle avant de suivre Liocha, Ania et Micha dans l'air glacé de janvier et de refermer la porte d'une main assurée pour ne pas laisser la chaleur s'échapper.

KATORGA ZERENTOUÏ, SIBÉRIE

Les hommes du baraquement 83 ont terminé leur journée de travail et ont reçu une ration de vodka de pomme de terre pour fêter la nouvelle année. Trente-deux hommes sont entassés dans la cabane en bois. Une allée étroite sépare les seize lits superposés, avec la porte à une extrémité, et un seau découvert qui sert de latrines à l'autre bout. Ce soir, le baraquement est encore plus bruyant et fétide que d'habitude.

— Alors, quels sont tes projets pour 1863 ? demande le nouveau qui s'appelle Bogdan.

Puis il sourit, enfin, grimace plutôt, à sa propre plaisanterie.

— Tes projets, répète-t-il avec un reniflement appuyé.

Gricha fait rouler la timbale en fer-blanc contenant la dose de vodka entre ses paumes.

— La seule chose possible, répond-il en plongeant son regard dans les yeux rougis de son interlocuteur.

Bogdan comptait parmi le dernier chargement de prisonniers arrivés à Zerentouï. C'est un Sybirak, un Polonais exilé en Sibérie. On lui a assigné la couchette au-dessus de celle de Gricha. Celui qui l'occupait auparavant est mort trois jours avant l'arrivée de Bogdan, crachant du sang et le corps réduit à la peau sur les os. Quelques codétenus, ayant remarqué le calme peu naturel de la couchette supérieure, s'étaient dépêchés de récupérer la couverture, les vêtements et les bottes du mort avant que les gardiens ne soient alertés et emportent le corps au matin.

Gricha avait été le premier à savoir que l'homme, un vieux violoncelliste qui avait autrefois joué pour le tsar, avait rendu l'âme. Il l'appréciait et le respectait, aussi, au lieu de prendre ce dont le défunt musicien n'aurait plus l'usage, il avait fait le signe de croix sur son front et avait recouvert son visage cireux et glacé avec la couverture avant que les autres ne viennent la dérober. Il ne le leur reprochait pas. Il lui était arrivé de faire la même chose.

Bogdan qui a la tête à moitié rasée, comme tous les nouveaux prisonniers, n'est pas encore trop amaigri. Il n'a pas non plus de taches d'engelure sur les joues. Gricha examine ses bottes, étonné que les gardes ne les lui aient pas déjà prises. Mais ils le feront. Gricha voudrait bien sentir à nouveau du cuir souple autour de ses pieds, au lieu des bottes de feutre fourrées de papier journal qu'on réserve aux prisonniers. Il se demande distraitement ce que cet homme a fait pour échouer ici, dans ce bagne sibérien. Il sait également qu'il ne l'apprendra sans doute jamais.

Les hommes ne parlent jamais de leurs crimes, ou de ce dont on les a jugés coupables. Il ne fait pas bon avoir la langue trop pendue dans un katorga. Certains de ceux avec qui Gricha travaille chaque jour sont des voleurs et des criminels. D'autres ont simplement trouvé trop à redire sur le nouveau régime de la Russie tsariste : ceux qui estiment que la volonté du tsar ne saurait remplacer arbitrairement la loi russe.

— Je vais quitter cet endroit, finit par rajouter Gricha à l'intention de Bogdan. Voilà quels sont mes projets.

Un petit personnage ratatiné, affligé d'une claudication marquée, passe devant la couchette inférieure sur laquelle se trouvent les deux hommes.

— Tu es un doux rêveur Grigori Sergueïevitch. Tu sais que tu n'y survivrais pas.

— Mais si, réplique Gricha d'une voix ferme et posée.

Le vieux secoue la tête, et ses poumons font un bruit de forge lorsqu'il se met à rire. Bogdan vide sa timbale. Il la tient entre ses mains immenses et couvertes de cicatrices.

— Comme c'est le Nouvel An, Narychkine, je vais aller dans ton sens. Imagine que tu t'évades du camp. Le vieux corniaud, dit Bogdan en regardant le dos du prisonnier à la respiration sifflante, y a renoncé. Il sait qu'il n'a pas une chance. Mais disons que toi, tu t'évades. Et après ? Comment feras-tu pour traverser la Sibérie ? Où iras-tu ?

Gricha pose sa timbale à ses pieds et fouille sous son manteau élimé retenu par une corde en guise de ceinture, parmi les couches de tuniques rapiécées. Il en tire un bout de pain noir et dur et parvient non sans mal à le couper en deux. Il en tend un morceau à son nouvel ami. L'homme prend le pain en le remerciant d'un signe de tête et prend garde de le glisser du côté droit de sa bouche, où il lui reste six dents – trois en haut et trois en bas. Gricha se doute, à la façon prudente dont le Polonais mâche le pain et à la difficulté qu'il a à articuler, qu'il n'a perdu la plupart de ses dents que récemment.

— Allez, Narychkine, le presse Bogdan. C'est le Nouvel An, la nuit où on prédit l'avenir. Dis-moi ce que tu vois pour toi, mon ami.

— Je vais partir à pied, dit Gricha en reprenant sa timbale. J'ai déjà traversé la Sibérie une fois, et je n'étais qu'un gosse. Je l'ai fait une fois, et je le referai.

— D'accord, dit Bogdan, qui mâche toujours avec circonspection. Et tu iras où ? Tu as une famille qui t'attend ? Une maison ?

Gricha pense à la maison aux volets bleus.

— Je ne sais pas. Mais je sais vers qui je vais retourner. Qui j'ai envie de retrouver en espérant qu'elle m'attendra.

Le visage de son compagnon s'adoucit.

— C'est toujours bon de penser à quelqu'un qui vous attend, dit-il à mi-voix. Ce qui compte, dans un endroit comme celui-ci, c'est l'espoir.

Sa timbale est vide, mais il la lève.

— À l'espérance, murmure Gricha, qui se signe, lève sa timbale vers Bogdan puis en l'air. À l'espérance, répète-t-il en se représentant le visage d'Antonina, puis il boit.

REMERCIEMENTS

J'ai grandi au son de récits reconstitués de la vie en Russie au début du vingtième siècle ; j'écoutais mon père et ma grand-mère parler russe au dîner, et ma grand-mère me chuchotait des phrases dans cette langue le soir, dans mon lit. Je répétais ses mots sans les comprendre, mais j'aimais ce lien furtif et secret entre nous. Du fait des soupçons et de la méfiance qui pesaient sur tout ce qui touchait à l'Union soviétique au temps de la guerre froide, on m'a appris à dissimuler mon héritage russe. Mais le mystère qui entourait la vie de mes grands-parents dans des villages près d'Odessa et de Saint-Pétersbourg avant qu'ils ne fuient dans l'espoir d'un avenir meilleur me remplissait, enfant ignorante que j'étais, du désir de comprendre ce qui me paraissait obscur et impénétrable. C'est cette part de mon histoire qui m'a poussée à écrire sur la Russie tant d'années plus tard. J'ai commencé par un incident inspiré de la vie de ma grand-mère et transformé pour les besoins du roman : elle a vu son petit frère de cinq ans se faire enlever par les cosaques sur un chemin boueux devant leur maison de village. Il n'est jamais revenu.

L'étude de la Russie du milieu du dix-neuvième siècle, avec ses contrastes de richesse et de pauvreté extrêmes, ses connotations religieuses omniprésentes, l'éclosion de ses géants de la littérature et de la musique, et l'histoire ancestrale de la servitude s'est révélée terriblement excitante et une véritable gageure. Pour m'aider dans mon projet de capturer l'atmosphère de l'époque, je me suis appuyée sur la fiction et la poésie des œuvres classiques de Gogol, Pouchkine, Dostoïevski, Tolstoï et Tchekhov, sur les œuvres légèrement plus contemporaines de Akhmatova, Pasternak, Nabokov et Soljénitsyne. Des ouvrages comme *Les Mémoires d'un serf* d'Alexandre Nikitenko, et ceux d'Anna Labzina, *Days of a Russian Noblewoman : The Memories of Anna Labzina, 1758-1821*, m'ont apporté une foule de détails intéressants sur le passé. *Village Life in Late Tsarist Russia* d'Olga Semyonova Tian-Shanskaia ; *La Perle* de Douglas Smith ; *Échos d'une terre natale : deux siècles d'un village russe* de Serge Schmemann ; *Serfdom, Society, and The Arts in Imperial Russia* de Richard Stites et *Life on the Russian Country Estate* de Priscilla Roosevelt se sont révélés d'une aide précieuse.

De grands mercis, comme toujours, à mon agent, Sarah Heller, pour ses suggestions et ses encouragements. Merci à Anne Collins, éditrice et directrice littéraire exceptionnelle, pour son intelligence et ses conseils tout en douceur. Merci à John Sweet pour ses corrections tout en finesse et pour avoir posé les bonnes questions ; à Terry Nimmo, pour la couverture et la présentation générale ; à Caleb Snider, Deirdre Molina, Marion Garner et Ashley Dunn, de l'équipe de Random House Canada.

Zalie, Brenna et Kitt, merci à vous, comme toujours, d'avoir supporté d'aussi bonne grâce l'esprit débridé de votre mère et ses soudaines lubies. Merci tout particulièrement à Brenna, qui a traversé avec moi la Mongolie, la Sibérie et la Russie occidentale lorsque je cherchais à installer mon histoire. Merci à Vialetta d'Oulan Oude, à Valeri de Listvianka, sur les bords du lac Baïkal, à Tamara d'Irkoutsk et à Irina d'Iekaterinbourg, qui nous ont ouvert leur maison et nous ont fait goûter à la vraie vie sibérienne. Merci à Randall, Tim, Shannon et à vos familles pour vos encouragements et votre affection indéfectibles. En cette année de changements pour nous tous, riche en arrivées et en départs, votre présence bienveillante a plus que jamais compté pour moi. Merci à mes amis – vous vous reconnaîtrez – pour votre patience infinie, votre intérêt et votre soutien concernant la façon dont j'ai décidé de vivre ma vie. Chacun de vous apporte une belle nuance à la tapisserie.

Enfin, ma reconnaissance pleine d'affection à Marty, qui m'a tant appris sur les histoires, qu'elles soient véridiques ou imaginaires, et la joie de partager les vies et les cœurs de la création.

Composition :
Soft Office – 5, rue Irène Joliot-Curie – 38 320 Eybens